로버트 루이스 스티븐슨(1850~1894)

사라나크 호 요양소 건강을 위해 7년 동안 유럽 곳곳을 여행했으나 호전되지 않아 1887년 뉴욕에 있는 사라나크 호의 요양소에 들어갔다.

스티븐슨 박물관 1893년 폐결핵으로 남태평양을 여행하던 중 기후가 좋은 사모아 제도 우폴루 섬 숲에 정착해 살았다. 1994년 스티븐슨 사망 100주기를 맞아 이곳에 박물관을 세웠다.

스티븐슨 동상 스코틀랜드 콜링튼 교구 교회

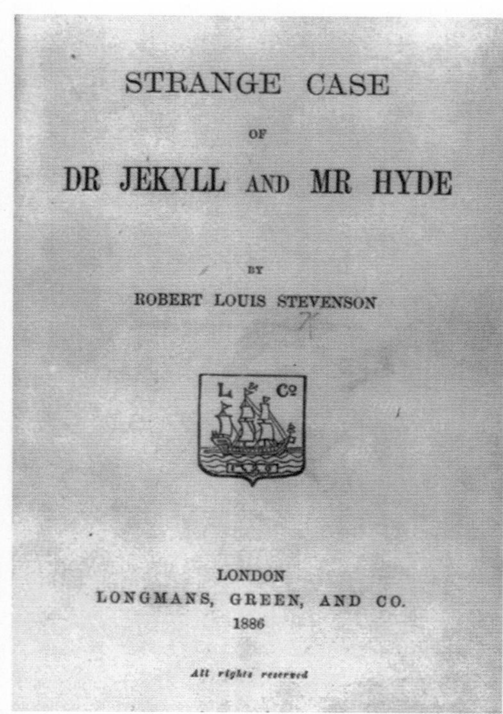
STRANGE CASE
OF
DR JEKYLL AND MR HYDE

BY
ROBERT LOUIS STEVENSON

LONDON
LONGMANS, GREEN, AND CO.
1886

All rights reserved

《지킬 박사와 하이드》(1886) **초판 속표지**

《데이비드 모험》(1886) **초판 표지** 원제목은 '납치'

《지킬 박사와 하이드》 포스터 1886.

《지킬 박사와 하이드》 삽화 그는 느닷없이 불같이 화를 내고 한쪽 발로 땅을 구르면서 지팡이를 쳐들어 미친 사람처럼 휘둘러댔다.

《지킬 박사와 하이드》 삽화 "이 거울은 온갖 기이한 것들을 다 보았겠군요." 폴이 속삭였다. "가장 기이한 건 이 거울 자체네."

〈데이비드 벨푸어의 모험〉 N.C. 와이어스. 1913.

《데이비드 모험》 삽화 "두 놈을 해치웠군. 그래도 아직 피를 덜 봤어. 놈들은 다시 올 거다. 데이비드, 잘 감시해."

《데이비드 모험》 삽화 한없는 친절에 말로는 고맙다고 표현할 길이 없었기 때문에 오랫동안 바닷가에 서서 머리를 가로저을 뿐이었다. "정말 착한 아가씨야."

영화 〈지킬 박사와 하이드〉 빅터 플레밍 감독, 스펜서 트레이시·잉그리드 버그만 주연. 1941.

세계문학전집076

Robert Louis Stevenson

STRANGE CASE OF DR. JEKYLL AND MR. HYDE

KIDNAPPED

지킬 박사와 하이드/데이비드 모험

로버트 루이스 스티븐슨/강혜숙 옮김

동서문화사

디자인 : 동서랑 미술팀

지킬 박사와 하이드/데이비드 모험

차례

스티븐슨 이야기

로버트 루이스 스티븐슨 생애와 작품

Strange Case of Dr. Jekyll and Mr. Hyde
지킬 박사와 하이드

캐서린 드 매토스*에게

신이 맺어준 것을 푸는 것은 잘못이다
우리는 언제까지나 히스와 바람의 아이
고향을 멀리 떠나 있어도, 아 지금도 북국에서는
그대와 나를 위해 금작화가 어지러이 피어 있네

---

* 결혼 전 이름은 캐서린 스티븐슨. 작자의 사촌이자 소꿉친구.

문(門)에 얽힌 이야기

변호사인 어터슨은 좀처럼 미소를 짓지 않는 무뚝뚝한 사람이었다. 말투가 쌀쌀맞고 어눌한 데다 말수도 적었다. 감정을 겉으로 드러내지도 않았다. 촌스럽고 음울한 말라깽이 키다리였으나 그러면서도 어딘가 밉지 않은 데가 있었다. 마음이 통하는 모임에서 와인까지 입에 맞으면 어딘가 더없이 인간적인 면모가 그의 눈에서 빛났다. 그런 면은 대화에서는 절대로 표현되는 일이 없었다. 그러나 저녁식사 뒤의 표정에서 은근히 드러날 뿐만 아니라, 일상의 행동에서는 더욱 빈번하고 뚜렷하게 나타났다. 그는 자신에게 엄격한 사람이었다. 혼자 있을 때는 좋아하는 와인에 대한 욕구를 억누르고 오로지 진만 마셨다. 연극을 좋아하지만 20년 동안 한 번도 극장 문턱을 넘은 일이 없다. 그러나 타인에 대한 관용은 사람들도 인정하고 있었다. 그는 때로는 그릇된 행동을 하는 사람의 왕성한 정신력에 감탄하면서 부러움마저 느꼈다. 아무리 극악무도한 범죄자라도 비난하기보다는 도와주고자 했다. "난 이단자 카인에게 끌린다네. 내 형제가 굳이 원한다면 악마에게도 보내 줄 수 있지." 이런 식으로 말하는 것이 그의 독특한 입버릇이었다. 그러한 성격 때문인지 그는 곤경에 빠진 사람들이 가장 마지막에 찾는 좋은 의논 상대, 최후의 뛰어난 감화력이 되곤 했다. 그런 사람들이 사무실에 찾아와도 그는 평소의 태도를 조금도 바꾸지 않았다.

물론 그것은 어터슨에게는 별로 대단한 일도 아니었다. 워낙 감정을 내색하지 않는 성격이어서 그렇지, 그가 보이는 우정까지 선의에서 비롯된 포용력을 바탕으로 하고 있는 듯했다. 우연히 기회가 닿아 알게 된 지인들을 친구로 받아들이는 것이 겸허한 사람들의 특징인데, 이 변호사도 그러했다. 가까운 친구들은 모두 친척이거나 오래 알고 지낸 이들이었다. 그의 우정은 마치 담쟁이덩굴처럼 세월이 흐르면서 자라난 것일 뿐, 특별히 대상을 가리지는 않았다.

그가 리처드 엔필드와 친분관계를 맺게 된 것도 바로 그런 것으로, 그의 먼 친척인 엔필드는 런던에서 모르는 사람이 없는 한량이었다. 따라서 이들이 서로 무엇이 마음에 들었는지, 또는 어떤 공통 관심사를 가지고 있는지 고개를 갸웃거리는 사람이 적지 않았다. 일요일에 산책하다가 이들과 마주친 사람들의 얘기로는, 둘은 서로 아무 말도 하지 않고 왠지 따분해 보이는데, 어쩌다 만난 친구한테는 큰 소리로 인사하며 안도해 하는 기색이 역력했다고 한다. 그런데도 두 사람에게는 이 산책이 가장 큰 즐거움이고, 한 주의 가장 중요한 일과였다. 다른 즐거운 일들을 제쳐놓는 것은 물론, 중간에 방해받고 싶지 않아서 업무와 관련된 전화도 쉽사리 받지 않았다.

그렇게 산책을 하던 어느 날 그들은 런던 번화가의 한 골목길에 들어섰다. 그 거리는 좁고 한갓졌지만 평일에는 활발한 상거래로 북적이는 곳이었다. 장사도 그럭저럭 잘되는 듯싶었고, 다들 더욱더 성공하고 싶은 마음에 큰돈을 들여 가게를 화려하게 꾸몄기 때문에, 상점마다 늘어선 진열대도 활짝 웃는 여점원들처럼 손님들을 유혹하는 듯한 분위기를 연출하고 있었다. 그런 화려한 분위기가 사라지는 비교적 한산한 일요일에도, 너저분한 지역의 그 거리만은 숲 속의 모닥불처럼 밝게 빛나고 있었다. 새로 칠한 덧문들, 잘 닦아 윤이 나는 놋쇠 장식들, 전반적으로 깨끗하고 밝은 분위기가 지나가는 행인의 눈길을 사로잡아 즐겁게 했다.

동쪽을 향해 왼쪽으로 모퉁이를 돌아 두 번째 집에서 상점가가 끊어지고 막다른 골목으로 들어가는 입구가 나타났다. 그곳에는 어쩐지 음산한 느낌이 드는 건물 한 채가 박공지붕을 거리로 내밀고 서 있었다. 그 이층 건물은 창문이 하나도 보이지 않았다. 아래층에는 출입문 외에는 아무것도 없고 이층은 그저 빛바랜 밋밋한 벽뿐으로, 오랫동안 돌보지 않은 흔적이 곳곳에 남아 있었다. 초인종도, 두드리는 손잡이도 없는 문은 여기저기 페인트가 들뜨고 떨어져 나가 있었다. 후미진 입구에는 부랑자들이 구부정히 앉아 판자벽에 성냥을 그어댔고, 아이들은 돌계단 위에서 가게놀이를 했다. 악동들은 벽널에 칼을 그어 시험해 보기도 했다. 거의 한 세대가 지나도록, 누군가가 나와서 그런 잡다한 방문자들을 쫓아내거나 그들이 훼손한 부분을 수리하지도 않은 것 같았다.

엔필드와 변호사는 골목길 맞은쪽을 걷고 있었는데, 골목 입구에 가까이

오자 엔필드가 지팡이를 들어 가리켰다.

"저 문을 보신 적이 있습니까?" 그가 물었다. 어터슨이 고개를 끄덕이자 그가 덧붙였다. "실은, 내 머릿속에서 저 문은 아주 이상한 이야기와 얽혀 있습니다."

"그래?" 어터슨의 억양이 조금 달라졌다. "무슨 이야기인데?"

"이야기는 이렇습니다." 엔필드가 이야기를 시작했다. "아주 먼 곳에 갔다가 집에 돌아오는 길이었어요, 어두운 겨울 새벽 세 시쯤이었죠. 가로등 말고는 아무것도 보이지 않는 깜깜한 거리를 걷고 있었습니다. 사람들은 모두 잠들어 있었고—거리라는 거리는 모두 가로등이 무슨 행렬처럼 불을 밝히며 줄지어 서 있고 텅 빈 교회처럼 조용했지요. 나중에는 혹시 무슨 소리라도 나는지 귀를 기울이고 또 기울이다가 차라리 경찰이라도 눈에 띄었으면 하고 바라는 마음이 되었어요. 그런데 갑자기 두 사람이 눈에 들어왔습니다. 한 사람은 키가 작은 사내였는데 거친 발걸음으로 동쪽으로 가고 있었고, 또 한 사람은 여덟이나 열 살쯤 된 계집아이로 교차하는 거리를 온 힘을 다해 달려오고 있었어요. 당연히 두 사람은 길모퉁이에서 부딪쳤는데, 거기서 끔찍한 일이 일어났습니다. 사내는 쓰러진 소녀를 태연하게 발로 짓밟고는 울부짖는 아이를 길바닥에 내버려둔 채 가버린 겁니다. 듣기에는 별일 아닌 것 같지만 실제로 볼 때는 아주 소름 끼치는 장면이었어요. 사람 같지가 않더군요. 마치 사람을 깔아뭉개면서 나아가는 흉포한 수레 같았으니까요.

나는 소리쳐 그자를 부르면서 뒤따라가 목덜미를 낚아챘죠. 그자를 끌고 가니 울고 있는 아이 주위로 이미 사람들이 모여 있었어요. 그자는 아주 태연하게 아무런 저항도 하지 않았지만, 나를 힐끗 쳐다보는 눈빛을 보니 등골이 오싹해지더군요. 그곳에 모인 사람들은 알고 보니 아이의 가족이었고 의사도 곧 나타났는데, 아이는 그 의사를 데리러 심부름 갔다가 돌아오던 길이었다더군요. 의사가 살펴보더니 아이는 크게 다친 데는 없고 그저 놀랐을 뿐이라는 거예요. 그걸로 소동은 끝났다고 생각할 수도 있겠지만, 한 가지 뜻밖의 일이 있었습니다. 난 그자를 보자마자 이상한 증오를 느꼈거든요. 아이의 가족도 그렇게 느꼈을 것이고 그건 당연한 일이었지요. 그런데 제 관심을 끈 건 의사의 태도였어요. 그는 어디에나 있을 법한 평범한 의사로 나이나 생김새에 특별히 주의를 끄는 데는 없고, 에든버러 억양이 강했지만 특별히 감정을 드러내는 인물로는 보이지 않았어요. 그런데 그런 그도 우리와 별반 다르지 않더군요. 내가 잡아 온 그자를 쳐다보는 그의 얼굴이 살의로 창백하게 질려 있었으니까요. 난 그가 무슨 생각을 하는지 알 수 있었고 그 역시 내 생각을 알았죠. 죽일 수는 없는 노릇이었으니 차선을 택했어요.

우리는 그자를 몰아세웠죠. 이 일을 널리 퍼뜨려서 당신의 이름이 런던 구석구석까지 악명을 떨치도록 하고, 조금이라도 친구나 신용이 남아 있다면 모조리 다 잃도록 만들겠다고 말입니다. 그렇게 열을 내며 얘기하는 동안, 우리는 여자들을 최대한 그자에게서 멀리 떼어놓았어요. 여자들이 흥분하면 우리 남자 이상으로 사납거든요. 나는 그때까지 그렇게 증오에 찬 얼굴을 본 적이 없는데, 그 가운데 서 있는 그 사내는 음험하고 사람을 내려다보는 듯한 냉정함을 유지하면서—속으로는 겁을 내고 있다는 건 알았지만—마치 악마처럼 동요를 보이지 않더군요. 그는 이렇게 말했지요. '이 사고로 돈 좀 벌어보겠다는 거라면 나로선 별수 없지. 신사라면 누구나 괜한 소란을 좋아하지 않는 법이니 말해 보시오, 얼마를 원하는지.' 그래서 우리는 아이의 가족을 생각해 100파운드를 제시했고 그는 분명히 떠름한 기색이었지만 만만치 않은 상대라고 생각했는지 결국 동의하더군요.

그 다음은 돈을 받는 것이 문제였는데, 그가 우리를 데리고 간 곳이 어딘 줄 아십니까? 그게 바로 저 문입니다. 사내는 열쇠를 꺼내 문을 열고 들어가더니 곧 다시 나왔습니다. 현금으로 10파운드, 나머지는 쿠츠 은행의 수표를 들고 나왔는데, 그 서명자가 이 이야기의 중요한 핵심의 하나지만 차마 발설할 수 없는 이름이에요. 어쨌든 세상에 널리 알려져 있고 신문에도 종종 등장하는 이름인 건 분명합니다. 고액수표였는데 만약 그 서명이 진짜라면 그보다 더한 액수도 받아낼 수 있었지요. 내가 나서서 진위가 의심스럽다, 새벽 네 시에 지하실 문으로 들어가 다른 사람 명의로 된 수표를 가지고 나와서 100파운드 가까이 지불하는 게 말이 되느냐고 지적했어요. 하지만 그자는 흔들리는 기색도 없이 엷은 웃음조차 띠면서 말하더군요. '안심하시오. 같이 가서 은행문이 열릴 때까지 기다렸다가 내가 직접 수표를 현금으로 바꿔주겠소.' 그래서 의사, 아이의 아버지, 그 사내, 그리고 나, 이렇게 모두 내 집에 가서 남은 밤을 보내고 이튿날 아침을 먹은 뒤 함께 은행에 갔습니다. 내 손으로 창구에 수표를 주면서 아마도 위조수표일 거라고 말했지요.

하지만 아니었어요. 그 수표는 진짜였습니다."

"쯧쯧." 어터슨도 이해할 수 없다는 듯이 혀를 찼다.

"저와 같은 생각이시군요." 엔필드가 말했다. "네, 정말 불쾌한 이야기예요. 그 사내는 아무도 상종하고 싶어 하지 않을 상대, 추악한 사람이었어요. 그 반면에 수표를 발행한 사람은 매우 점잖고 유명한 사람인데다 (더 놀라운 것은) 세상을 위해 좋은 일을 하는 사람이었지요. 내 생각엔 공갈 협박을 한 것 같아요. 훌륭한 인물이 젊은 시절 철없이 저질렀던 일에 대해 터무니없는 금액을 갈취당한 거죠. 그래서 난 저 문 안에 있는 집을 '협박의 집'이라고 부른답니다. 물론 그것으로 모든 게 다 설명되는 건 아니지만." 그는 이렇게 덧붙이며 생각에 잠겼다.

그는 어터슨의 다소 뜻밖의 질문에 그 명상에서 깨어났다.

"그 수표를 발행한 사람이 저곳에 사는 건가?"

"당연히 저 집에 살 거라는 생각이 들지 않습니까?" 엔필드가 말했다. "하지만 얼핏 그 사람의 주소를 보았는데 무슨 광장 근처였어요."

"저 집에 대해 사람들에게 물어본 적은 없고?" 어터슨이 물었다.

"없어요. 그럴 수야 없지요. 남의 일에 대해 깊이 파고드는 건 좋아하지 않습니다. 아무래도 마지막 심판의 날이 연상되어서요. 질문을 던지는 건 돌을 굴리는 것과 비슷하지요. 그냥 언덕 위에 가만히 앉아 있는데, 돌이 하나 굴러서 다른 돌에 부딪치고, 연달아 돌들이 부딪치면서 굴러가다 보면, 자기 집 마당에 앉아 있던 (꿈에도 생각지 못한) 애꿎은 노인의 뒤통수를 때려 그 가족에게 깊은 슬픔과 분노를 안겨줄 수도 있지 않겠습니까? 그래서 난 아무것도 묻지 않기로 원칙을 세웠지요. 뭔가 사연이 있어 보일 때는 더 말할 것도 없고요."

"본받을 만한 원칙이군." 변호사가 말했다.

"대신 저 집을 직접 관찰해보았습니다." 엔필드가 말을 이었다. "집이라고 말하기도 민망하더군요. 저기 외에는 다른 문도 없고, 제가 만난 그자가 아주 가끔 들락거리는 일 외에는 출입하는 이도 전혀 없었습니다. 이층에는 안마당을 향해 난 창문이 세 개 있지만 아래층에는 하나도 없었어요. 창문은 항상 닫혀 있고 깨끗했습니다. 굴뚝이 하나 있는데 자주 연기가 나고 있었으니 누군가 살고 있는 건 분명합니다. 하지만 확실한 건 알 수 없는 것이, 그

골목 주변에는 건물들이 너무 다닥다닥 붙어 있어서 각 건물 사이의 경계를 구분하기가 힘들거든요."

둘은 한동안 말없이 걸었다. 그러다 어터슨이 말했다. "엔필드, 자네의 그 원칙이 맘에 드는군."

"네, 나도 그렇게 생각합니다." 엔필드가 대답했다.

"그렇지만 한 가지 물어보고 싶은 것이 있네. 아이를 밟았다는 사내의 이름이 뭔가?"

"그 정도는 말해도 문제가 되지 않겠죠. 하이드라는 이름이었습니다." 엔필드가 대답했다.

"음, 어떻게 생겼던가?"

"설명하기가 쉽지 않아요. 외모를 보면 뭔가 정상이 아닙니다. 뭔가 불쾌하고 혐오스럽다고밖에 말할 수가 없어요. 그렇게 불쾌한 느낌이 드는 사람은 정말 처음이었는데, 그 이유를 딱히 알 수가 없어요. 틀림없이 어딘가 정상이 아닌 부분이 있어요. 꼬집어 얘기할 순 없지만 하여튼 기형의 분위기가 강하게 납니다. 정말 특이하게 생긴 사람인데 어디가 이상한지 묘사할 수가 없네요. 그래요, 그 사내를 말로 표현하는 건 불가능해요. 그렇다고 기억을 못 하는 건 아니에요. 지금도 눈앞에 생생히 떠오르거든요."

어터슨은 다시 한동안 말없이 길을 걸었는데, 어딘가 생각을 확실하게 정리하지 못하고 있는 모습이었다. "집에 들어갈 때 분명히 열쇠를 사용했나?" 마침내 그가 물었다.

"무슨 말씀을……." 엔필드는 어이가 없다는 표정이었다.

"알아." 어터슨이 말했다. "이상하게 생각될 거야. 솔직하게 말하지, 내가 다른 한 사람의 이름을 묻지 않는 건 이미 알고 있기 때문이네. 리처드, 자네 이야기는 알아들었어. 어딘가 일부러 얼버무린 점이 있다면 확실하게 말해 주겠나."

"알고 있었다면 처음부터 그렇게 말씀하시지 않고요." 엔필드가 다소 부루퉁하게 말했다. "저는 고지식하다고 할 만큼 정확하게 말했습니다. 그 사내는 분명히 열쇠를 가지고 있었고, 지금도 가지고 있을 겁니다. 사용하는 걸 본 지 일주일도 채 안 됐으니까요."

어터슨은 깊게 한숨을 내쉬고는 아무 말도 하지 않았다. 손아래인 남자는 곧 말을 이었다. "다시 한 번 교훈을 얻었네요, 입을 가볍게 놀리지 말 것. 제 가벼운 입이 부끄럽습니다. 다시는 이 일에 대해 얘기하지 않기로 하지요."

"그러세, 그게 좋겠어, 리처드." 어터슨이 말했다.

하이드를 찾아서

그날 밤 어터슨은 울적한 기분으로 집에 돌아와 혼자 저녁 식탁에 앉았지만 입맛이 없었다. 일요일 저녁이면 그는 저녁식사 뒤 벽난로 가까이에서 독서대에 딱딱한 신학 서적을 올려놓고 읽다가, 가까운 교회에서 자정을 알리는 종소리가 울리면 경건한 표정으로 내심 안도하면서 잠자리에 드는 것이 습관이었다. 그러나 그날 밤에는 식탁이 치워지자마자 촛불을 들고 서재로 갔다. 그는 금고를 열고 가장 깊숙한 곳에서 '지킬 박사의 유언장' 서류 봉투를 꺼내 와, 의자에 앉아 이마를 찡그리며 그 내용을 자세히 살펴보았다. 그 유언장은 자필로 작성되어 있었다. 어터슨은 작성된 유언장을 보관하고는 있지만 유언장을 작성하는 일에는 일체 관여를 거절한 터였다. 유언장에는 의학박사이자 민법박사, 법학박사, 왕립협회회원인 헨리 지킬이 세상을 떠났을 때 전 재산을 그의 '친구이자 이해자'인 에드워드 하이드에게 양도하며, 지킬 박사의 '실종 또는 3개월 이상 이유를 알 수 없는 부재'의 경우에도 앞서 말한 에드워드 하이드가 헨리 지킬의 재산을 즉시, 지킬 박사의 식솔들에게 지불할 얼마 안 되는 돈 외에는 어떤 부담이나 의무도 없이 상속한다는 것이 명기되어 있었다. 어터슨은 오랫동안 이 유언장이 신경에 거슬렸었다. 그것은 변호사로서뿐만 아니라, 정상적이고 관습적인 면을 사랑하고 비정상적인 것을 천박하게 여기는 사람에게는 유쾌한 것이 아니었다. 지금까지는 하이드에 관해 아는 것이 아무것도 없어 불쾌했으나, 이제는 반대로 그가 어떤 인간인지 알게 되자 참을 수 없을 만큼 화가 치밀었다. 그냥 이름만 쓰여 있을 뿐 그 이상 아무것도 알 수 없었을 때도 이미 충분히 불쾌했는데 이제 그 이름에 혐오스러운 속성이 덧붙여지자 더욱 불쾌해졌다. 오랫동안 시야를 가리고 있던, 실체가 없는 망막한 안개 속에서 홀연히 악마의 모습이 확연하게 드러난 셈이었다.

"미친 짓이라 생각했더니 이제는 망신거리나 안 될지 걱정해야겠군." 그렇게 중얼거리면서 그는 못마땅한 유언장을 금고에 넣었다.

그는 촛불을 불어 끈 뒤 외투를 걸치고 의학의 아성인 캐번디시 광장으로 향했다. 그곳에서는 친구이자 일류 개업의인 래니언 박사가 자택에서 병원을 운영하며 밀려드는 환자를 진찰하고 있었다. "래니언이라면 혹시 알지도 몰라."

근엄한 얼굴의 집사가 그를 알아보고 반갑게 맞아들였다. 기다릴 것도 없이 현관에서 곧바로 식당으로 안내되어 가자, 래니언 박사는 혼자 앉아 와인잔을 기울이고 있었다. 쾌활하고 건강하며 단정한 그는, 혈색 좋은 얼굴에 나이에 비해 일찍 세어버린 덥수룩한 머리, 행동거지가 활달하고 자신감이 넘치는 신사였다. 어터슨을 본 그는 의자에서 벌떡 일어나 두 팔 벌려 환영했다. 그의 이러한 다정다감함은 다소 과장되어 보이기도 했지만 거짓 없는 진심에서 나오는 것이었다. 두 사람은 오랜 친구로 대학까지 줄곧 같은 학교를 다녔고, 서로 상대의 자존심도 지켜주고 존경하는 사이였으며, 그런 사이라도 늘 한결같을 수는 없는 법이지만 함께 있는 시간을 정말 즐거워했다.

잠시 이런저런 이야기를 나눈 뒤, 변호사는 줄곧 불쾌하게 그의 머릿속에 자리 잡고 있던 문제를 꺼냈다.

"이보게 래니언, 자네와 난 헨리 지킬의 가장 오래된 친구 아닌가?"

"좀 더 젊은 친구였으면 좋았겠지만." 래니언 박사가 낄낄거리며 웃었다. "우리가 오래되긴 했지. 그런데 왜? 나 요즘 그 친구 통 안 만나는데."

"그래?" 어터슨이 말했다. "난 자네들이 같은 천직으로 이어진 친밀한 사이라고 생각했는데."

"그랬지. 하지만 벌써 십여 년 전부터 헨리 지킬은 내가 감당하기엔 너무 이상하게 변했다네. 그 친구, 정상이 아니야. 자꾸 이상한 방향으로 생각이 흐르더군. 물론 그래도 옛정을 생각해서 계속 관심은 가지고 있지만 만나는 일은 없네. 전혀 만나지 않고 있어. 그렇게 비과학적인 헛소리만 듣다 보면……." 래니언은 갑자기 얼굴에 어두운 노기를 띠며 덧붙였다. "아무리 다몬과 핀티아스*라도 등을 돌리고 말 거야."

그의 가벼운 분노에 어터슨은 왠지 안심이 되었다. '뭔가 의학상의 사소한

---

* 고대그리스에서 목숨을 걸고 맹세를 지킨 두 친구.

견해 차이에 불과하군.' 그는 생각했다. 변호사인 만큼 양도 문제를 제외하고는 학술적 열정이 없는 그는 거듭 생각했다. '이 일에 비한다면 아무것도 아니지.' 그는 친구가 냉정을 되찾을 때까지 잠시 기다렸다가 원래 목적했던 질문을 던졌다. "지킬의 법정상속인을 만난 적 있나, 하이드라고 하던데?"

"하이드?" 래니언 박사가 반문했다. "아니, 처음 듣는 이름인데. 우리가 친했을 때도 들어본 적이 없어."

그 정도 정보만 듣고 집으로 돌아온 변호사는 어둠 속에서 커다란 침대에 누워 밤새 몸을 뒤척이다가 환히 밝아오는 아침을 맞았다. 어지러운 생각과 마음을 어루만져 주는 밤이 아니라, 암흑 속에서 무수한 의문에 사로잡힌 채 복잡한 머릿속을 헤매야 하는 괴로운 밤이었다.

집 가까이에서 편리하게 시간을 알려 주는 교회 종이 6시를 울렸을 때도 어터슨은 그 문제에 골몰해 있었다. 그때까지는 이성만 관여했으나, 이제는 상상력까지 동원되었다. 아니, 그 상상의 노예가 되어버렸다. 커튼이 내려져 밤처럼 깜깜한 어둠 속에서 그는 끊임없이 몸을 뒤척였다. 그의 뇌리에는 엔필드의 이야기가 조명이 비춰진 파노라마처럼 펼쳐졌다. 밤의 도시에 가로등이 줄지어 선 평원이 떠올랐다. 그리고 빠르게 걷고 있는 한 사내의 모습, 심부름 간 의사의 집에서 달려오고 있는 한 아이, 이들이 부딪치고, 두 다리로 걷는 흉포한 수레가 아이를 짓밟고는 아이의 비명도 개의치 않고 지나가 버린다. 또 부유한 저택의 한 방이 보이고, 자신의 친구가 누워 잠든 채 미소를 지으며 꿈을 꾸고 있다. 그때 방문이 열리고 침대 커튼이 젖혀지자 친구는 잠에서 깨어난다. 맙소사, 그 곁에 멍하니 서 있는 사람이 있고, 그 그림자가 어떠한 힘을 가지고 있는 건지, 친구는 한밤중에도 일어나 그자의 명령에 따라야 한다. 그 두 장면에 등장하는 그림자가 밤새도록 변호사를 괴롭혔다. 어터슨이 깜박 졸기라도 하면, 잠든 집들 사이로 몰래 돌아다니는 그림자가 보였다. 그 움직임은 점점 빨라져서, 가로등이 켜져 있는 거리의 점차 넓어지는 미로를 현기증이 날 정도로 빠르게 휘젓고 다녔다. 그자는 길모퉁이마다 계집아이와 부딪쳐서 짓밟고는, 비명을 지르는 아이를 내버려 두고 사라졌다. 그래도 그 그림자의 얼굴은 여전히 보이지 않았다. 꿈속에서조차 얼굴이 없었다. 한순간, 알아보기 힘든 얼굴이 어터슨을 당혹하게 한 뒤, 눈앞에서 녹아버렸다. 그러자 진짜 하이드의 얼굴을 보고 싶다는 매우 강렬하고 터무니없는 호기심이 솟아나 급격히 커져 갔다. 그자를 한 번만이라도 볼 수 있다면 불가사의한 대상이 확실하게 안개가 걷히듯 사라져버릴 것 같은 기분이었다. 어쩌면 친구의 기묘한 애정 또는 의무감(그걸 어떻게 부르든)의 이유, 그리고 유언장의 놀라운 이유도 알 수 있을지 모른다. 적어도 그것은 한 번쯤 봐둘 만한 얼굴이리라. 인정머리라고는 눈곱만큼도 없는 사내의 얼굴이고, 힐끗 보여준 것만으로도 그 무덤덤한 엔필드의 마음속에 사라지지 않는 증오를 불러일으킨 얼굴이기에.

그때부터 어터슨은 상점들이 늘어선 뒷골목의 그 문을 틈만 나면 살폈다. 아침에는 일하기 전에, 낮에는 일처리에 바쁜 정오 무렵에, 밤에는 안개 낀 도시의 달빛 아래서, 밤낮을 가리지 않고, 혼자 있든, 아니면 누군가하고 같이 있든, 자신이 정한 위치에 서 있는 변호사의 모습을 볼 수 있었다.

'그가 숨는 자(하이드)라면, 나는 찾아내는 사람(시크)이 되리라.' 어터슨은 마음속으로 그렇게 중얼거렸다.

그리고 마침내 그의 끈기가 승리를 거두었다. 맑고 건조한 밤이었다. 공기는 차가웠지만 거리는 무도회장 바닥처럼 깨끗했고, 어떤 바람에도 흔들리지 않는 가로등이 빛과 그림자의 기하학적 무늬를 그려내고 있었다. 열 시가 되자 상점들은 전부 문을 닫았고 골목길엔 인적이 사라졌다. 사방에서 런던의 깊고 나지막한 웅얼거림이 들려오는데도 묘하게 고요했다. 때로는 멀리서 오는 작은 소리가 귀에 와 닿았다. 집 안에서 들려오는 갖가지 소리와 사람 목소리가 길 어느 쪽에서도 뚜렷하게 들렸다. 행인이 다가오기 전에 그 발소리가 훨씬 먼저 들렸다. 어터슨이 그 자리에 선 지 몇 분쯤 지났을까, 어디선가 평범하지 않은, 가벼운 발소리가 다가오고 있었다. 그는 이렇게 야행을 한 지 얼마 안 되었을 때부터 홀로 걷는 사람의 발걸음 소리가 내는 독특한 효과에 익숙해져 있었다. 행인이 아직 멀리 있어도, 그 소리는 도시의 깊은 웅얼거림과 잡음 속에서 갑자기 또렷하게 들리는 것이다. 그러나 그의 신경이 이렇게 날카롭게, 게다가 주의가 끌리는 건 처음이었다. 그는 뭔가 제대로 걸릴 것 같은 강렬한 예감이 들어 얼른 골목 입구에 숨어들었다.

발소리가 빠르게 다가와서 길모퉁이를 돌더니 갑자기 한층 더 소리가 커졌다. 골목길에서 주시하고 있던 변호사는 곧 자신이 이제부터 상대해야 할 사내가 어떤 사람인지 볼 수 있었다. 그는 키가 작고 아주 소박한 옷차림이었는데, 비록 거리는 멀었지만 그 얼굴은 왠지 모르게 심한 반감을 불러일으키는 데가 있었다. 사내는 조금이라도 빨리 가려고 도로를 비스듬하게 가로질러 곧장 문으로 향했다. 그리고 자기 집 앞에 다 온 사람이 모두 그렇듯이 걸으면서 호주머니에서 열쇠를 꺼냈다.

어터슨이 골목에서 나와 지나가는 사내의 어깨에 손을 얹었다. "하이드 씨죠?"

하이드는 숨을 헉 삼키면서 뒤로 물러섰다. 하지만 당황한 것은 한순간뿐이었다. 변호사의 얼굴을 똑바로 쳐다보지는 않았지만 대답하는 목소리는 태연했다. "그렇소만, 왜 그러시오?"

"들어가시는 길인가 보군요. 나는 지킬 박사의 친구인 곤트 가(街)의 어터슨이라고 하는데, 들어보신 적 있을 겁니다. 마침 이렇게 만났으니 들여보내 주시겠소?"

"지킬 박사는 만날 수 없소, 외출했어요." 하이드는 그렇게 대답한 뒤 열쇠를 꽂아 넣었다. 그러다가 문득, 시선은 여전히 아래로 향한 채 물었다. "어떻게 나를 안 거요?"

"그보다도 부탁이 하나 있습니다." 어터슨이 말했다.

"그러지요, 뭡니까?" 그가 대답했다.

"얼굴을 좀 보여 줄 수 없겠소?" 변호사가 물었다.

하이드는 잠시 망설이는 듯하더니 갑자기 무슨 생각을 한 건지 도전적으로 얼굴을 돌렸다. 두 사람은 서로를 몇 초 동안 뚫어지게 바라보았다. "이제는 다시 봐도 알아보겠군요." 어터슨이 말했다. "도움이 되겠소."

"그럴 테지, 만나게 되어 다행이군요. 아무튼 이렇게 되었으니 내 주소를 가르쳐 드리리다." 그는 소호 지구의 주소를 알려주었다.

'그렇다면 이자도 그 유언장을 염두에 두고 있었단 말이군.' 어터슨은 생각했다. 하지만 내색은 하지 않은 채 주소에 대한 대답으로 음, 하고 낮게 대꾸했다.

"그건 그렇고 나를 어떻게 알아보았소?" 하이드가 물었다.

"인상착의를 들었지요."

"누구한테서?'

"우리 둘 다 아는 친구들이 몇 명 있지 않습니까?" 어터슨이 말했다.

"둘 다 아는 친구들?" 하이드가 약간 갈라진 목소리로 되풀이했다. "그들이 누구요?"

"이를테면 지킬이라든가……" 변호사가 대답했다.

"그가 당신에게 내 얘길 할 리가 없는데." 하이드는 화난 기색으로 목소리를 높였다. "당신은 거짓말을 하고 있군."

"아니, 그건 온당치 않아요." 어터슨이 말했다.

하이드의 화난 목소리가 높은 웃음소리로 바뀌었다. 그리고 다음 순간 놀랄 만큼 재빠르게 문을 열쇠로 열고 집 안으로 사라졌다.

혼자 남은 어터슨은 한동안 그 자리에 서 있었는데, 그 모습에 마음속 동요가 그대로 드러나고 있었다. 이윽고 그는 천천히 거리를 걷기 시작했다. 한두 발짝마다 걸음을 멈추고 생각의 갈피를 잡지 못하는 것처럼 이마를 손으로 짚었다. 걸으면서 머릿속으로 골몰하고 있는 문제는 좀처럼 풀 수 없는 난해한 성질의 것이었다. 하이드는 안색이 좋지 않은 왜소한 사내였다. 어디가 이상한지 딱 집어낼 수는 없지만, 어딘가 기이한 인상을 받았다. 불쾌한 웃음, 소심함과 대담함이 기묘하게 뒤섞인 태도로 변호사를 대하고, 말할 때는 다소 갈라진 듯한 쉰 목소리로 낮게 중얼거렸다. 이 모두가 그 사내의 불쾌한 인상이기는 하지만, 그것들을 전부 합쳐도 어터슨이 지금까지 그에게 느낀, 도무지 이해할 수 없는 그 혐오감과 끔찍함, 공포를 설명할 수는 없었다. "뭔가 또 있어." 어터슨은 혼란을 느끼면서 생각했다. "분명히 뭔가 더 있는데 그게 뭔지 알 수가 없단 말이야. 아니야, 그자는 도무지 인간 같지가 않았어! 원시인 같다고나 할까? 아니면 이유도 없이 증오심을 느끼게 하는 사람? 어쩌면 사악한 영혼이 밖으로 배어 나오면서, 그 그릇인 육체까지 저렇게 변형한 건 아닐까? 틀림없이 그거야. 오, 가엾은 헨리 지킬, 만약 사람의 얼굴에서 악마의 서명을 읽을 수 있다면, 자네 친구라는 저자의 이마에 바로 그것이 있다네."

뒷골목의 모퉁이를 돌자 광장을 에워싸고 고풍스럽고 훌륭한 집들이 늘어선 지역이 나타났다. 대부분 옛날의 고급주택에서 쇠락하여 지금은 세를 주는 아파트와 사무실이 되었고, 지도조판공, 건축가, 뒤가 구린 변호사, 수상쩍은 사업의 대리인 등 온갖 직종과 계층의 사람들이 살고 있었다. 그러나 모퉁이에서 두 번째 집만은 여전히 온전한 독채로 사용되고 있었다. 어터슨은 부와 안락한 분위기를 물씬 풍기는 그 집, 현관문 위의 작은 부채꼴 창문을 제외하고는 온통 어둠에 잠겨 있는 그 집 문 앞에 멈춰 서서 문을 두드렸다. 잘 차려입은 나이 든 집사가 문을 열었다.

"지킬 박사 집에 계신가, 풀?" 변호사가 물었다.

"알아보겠습니다, 어터슨 씨." 풀은 그렇게 말하면서 어터슨을 안내했다. 천장이 낮고 바닥에 석재를 깐 널찍하고 쾌적한 홀은 (시골집처럼) 난롯불을 빨갛게 피워 놓아 따뜻했고, 참나무로 만든 값비싼 장식장들이 놓여 있었다. "난로 옆에서 불을 쬐면서 기다리시겠습니까, 아니면 식당에 불을 켜드릴까요?"

"여기 있겠네, 고맙네." 어터슨은 대답하며 난롯가로 다가가 높다란 난로 울타리에 몸을 기댔다. 지금 그가 혼자 남아 있는 이 홀은 친구 지킬 박사가 아끼는 곳이었고, 어터슨 자신도 이곳을 런던에서 가장 기분 좋은 방이라고 말하곤 했다. 그러나 핏속까지 전율이 멈추지 않는 오늘밤, 그에게는 하이드의 얼굴이 기억 속에 묵직하게 자리 잡고 있었다. 그는 세상에 대한 욕지기와 혐오를 느끼며(좀처럼 없는 일이었다) 기분이 울적했고, 반짝이는 장식장 표면에 일렁거리는 장작불과 천장에 이상하게 늘어진 그림자 속에서도 불길한 뭔가가 느껴졌다. 풀이 곧 돌아와 지킬 박사가 외출했다고 알리자 그는 스스로 부끄러울 정도로 안도감을 느꼈다.

"하이드 씨가 해부실 문으로 들어가는 걸 봤네만, 지킬 박사가 집에 없는데 그래도 괜찮은가?"

"예, 괜찮습니다, 어터슨 변호사님. 하이드 씨는 열쇠를 가지고 계십니다." 풀이 대답했다.

"자네 주인이 그 젊은이를 꽤나 신뢰하는 모양이군, 풀." 손님은 생각에 잠겨 말했다.

"예, 맞습니다. 저희는 그분이 지시하는 건 뭐든지 따르라는 분부를 받고 있습니다." 풀이 대답했다.

"난 하이드를 소개받은 일이 없는데?" 어터슨이 물어보았다.

"그렇습니다. 그분은 여기서 절대로 식사를 하지 않으시거든요." 집사가 대답했다. "저희도 이쪽에서는 그분을 거의 보지 못합니다. 주로 연구실로 드나드셔서요."

"알겠네. 잘 있게, 풀."

"안녕히 가십시오, 변호사님."

어터슨은 몹시 무거운 마음으로 집으로 향했다. '안됐군, 헨리 지킬이 무슨 큰 곤경에 처한 것 같아! 그도 젊었을 때는 방종했던 시절이 있었지. 이미 오래전 일이지만, 신의 법에는 시효라는 것이 없으니. 그래, 분명 그래서일 거야. 옛날에 저지른 죄의 망령이라고 할까, 숨기고 있던 불명예스러운 치부에서 배어나온 진물 같은 것. 기억은 벌써 희미해지고 자기애가 그 과오를 용서했는데도, 뒤늦게 그 형벌이 다리를 절뚝이며 다가온 거야.' 변호사는 그런 생각이 스스로도 두려워서 자신의 과거도 회상하면서, 혹시라도 지난날의 죄악이 도깨비 상자에서 갑자기 튀어나오지 않을까 하고 기억의 구석구석을 더듬어보았다. 그의 지난날은 그만하면 흠잡을 것이 없었다. 자신의 삶을 돌아보면서 그만큼 불안이 없는 사람도 드물 것이다. 그래도 어터슨은 자신이 저질렀던 잘못된 행동들을 생각하며 고개를 떨어뜨리다가, 하마터면 저지를 뻔했지만 결국은 피할 수 있었던 수많은 잘못을 생각하고는 다시금 고개를 들고 가슴을 쓸어내리면서 경건한 외경심과 감사를 느꼈다. 그리고 다시 원래의 생각으로 돌아오자 한 가닥 희망의 불빛이 보이는 것 같았다. '그 하이드란 자도 조사해보면 분명히 뭔가 비밀이 있을 것이다. 그자의 모습을 보면 어두운 비밀인 것이 틀림없어. 그에 비하면 가엾은 지킬이 저지른 죄악의 비밀은 차라리 햇빛 같은 것이겠지. 이대로 두고 볼 수는 없는 노릇이다. 그자가 지킬의 머리맡에 도둑처럼 다가가는 그림을 상상하면 등줄기가 서늘해져. 가엾은 지킬, 만약 그때 깨어난다면 얼마나 놀랄까! 그뿐만이 아니야, 너무 위험해. 만일 하이드가 그 유언장의 존재를 알아챘다면 상속할 때까지 기다리지 못할지도 몰라. 그래, 이렇게 된 이상 내가 발 벗고 나서야겠다—지킬이 허락한다면 말이지만.' 그리고 덧붙여 생각했다. '지킬만 허락해 주면 되는데.' 다시금 눈꺼풀 속에 유언장의 기묘한 조항이 선명하게 떠올랐다.

느긋한 지킬 박사

두 주가 지난 뒤 뜻밖의 기회가 찾아왔다. 지킬 박사가 예전처럼 편안한 저녁식사 자리를 마련하고 오랜 친구 대여섯 명을 초대했다. 모두 평판이 좋은 교양인들로 와인에 대해 조예가 깊은 이들이었다. 어터슨은 일부러 다른 사람들이 모두 떠난 뒤에도 혼자 남았다. 전에도 그런 경우가 많아서 새삼스러운 일은 아니었다. 어터슨에게 호감을 가진 사람들은 그를 무척 좋아했다. 그래서 집주인들은 쾌활하고 얘기를 잘하는 손님들이 이미 현관을 빠져 나간 뒤에도 이 무뚝뚝한 변호사는 붙들어 두고 싶어 했다. 초대한 주인들은 모두, 손님을 접대하는 책임과 피곤함 속에서, 잠시 동안 조용한 변호사와 함께 앉아 고독을 음미하며 손님의 깊은 침묵에 동화하여 자신의 머리를 식히곤 했다. 지킬 박사도 예외가 아니어서, 그는 난로를 사이에 두고 어터슨과 마주 앉았다. 건장하고 균형 잡힌 몸집, 쉰 살 남자의 인상 좋은 얼굴에는 어딘가 경계하는 듯한 기색도 없지 않았지만, 포용력과 친절함이 곳곳에서 풍기고 있었다. 그 표정에서, 어터슨 씨에 대해 거짓 없는 따뜻한 애정을 보내고 있음을 누구나 알 수 있었다.

"자네와 얘길 좀 하고 싶네, 지킬." 변호사가 입을 열었다. "자네가 작성한 유언장 말인데."

주의 깊은 사람이라면 불쾌한 화제라는 것을 헤아릴 수 있었겠지만 지킬 박사는 쾌활하게 응했다. "자네도 안됐군, 운 나쁘게 나 같은 고객에게 걸렸으니 말이야. 내 유언장에 자네만큼 불쾌감을 표시한 사람은 아무도 없었네. 하긴 그 현학적이고 편협한 래니언도 내 과학이론을 이단이라 부르며 자네만큼 걱정하더군. 아, 물론 그가 좋은 사람이라는 건 알고 있으니 그렇게 인상 쓰지는 말게. 래니언은 비범한 친구이고 자주 만나고 싶은 상대라네. 하지만 그가 편협한 현학자인 건 부정할 수 없어. 무지를 노골적으로 드러내는 현학자. 사람에게 이렇게 실망하긴 래니언이 처음이야."

"자네, 내가 처음부터 그것에 찬성하지 않았다는 건 알고 있지?" 어터슨은 지킬이 새로 꺼낸 화제를 냉정하게 무시하면서 말했다.

"내 유언장 말인가? 그래, 알지." 의사는 약간 정색해서 대답했다. "자네가 몇 번이나 그렇게 말했으니까."

"다시 한 번 말하고 싶네. 그 하이드라는 젊은이에 대해 뭔가 들은 게 있어서 그래."

지킬 박사의 크고 단정한 얼굴이 입술까지 창백해지더니 눈가에 어두운 그림자가 드리웠다. "더는 듣고 싶지 않아. 이 문제는 꺼내지 않기로 하지 않았나?"

"너무 끔찍한 얘기를 들어서 말이야."

"무슨 얘기를 해도 좋아. 자넨 내 입장을 이해하지 못해." 대꾸하는 의사의 태도가 어딘가 달라졌다. "난 지금 아주 곤란한 상황에 처했네, 어터슨. 묘한 입장이라고 할까—그래, 정말 묘한 입장일세. 얘기를 해서 어떻게 될 문제가 아니야."

"지킬, 자넨 내가 어떤 사람인지 알고 있잖아. 날 믿고 속을 다 털어 놓게. 틀림없이 힘이 되어 줄 수 있을 거야."

"자넨 정말 선량한 친구야." 지킬 박사가 말했다. "호의는 고맙네. 말할 수 없이 고마워. 뭐라고 감사해야 할지 모를 정도로. 난 전적으로 자네 말을 믿어. 자네라면 세상 누구보다도 신뢰할 수 있지. 심지어 나 자신보다 더—그런 비교를 할 수 있다면 말이지만. 하지만 이 문제는 자네가 상상하는 그런 일이 아니야. 그렇게 심각한 일은 아니니까 안심하게. 한 가지만 말해 두지. 난 마음만 먹으면 언제라도 하이드와 인연을 끊을 수 있어. 그것만은 맹세해도 좋아. 자네에겐 무슨 말로 감사해도 모자랄 정도야. 그리고 한마디 더 덧붙인다면 어터슨, 노여워하지 말고 들어주게. 이 일은 내 사적인 문제이니 더는 신경 쓰지 말아줘."

어터슨은 불길을 바라보며 잠시 생각했다.

"자네가 그렇다면 그런 거겠지." 마침내 그는 이렇게 말하고 의자에서 일어섰다.

"어쨌든 이 문제를 꺼냈으니 말인데, 아마 이번이 마지막이겠지만." 지킬 박사가 말을 이었다. "자네가 이해해 줬으면 하는 점이 있어. 사실 난 그 하이드라는 친구에게 매우 큰 관심을 가지고 있네. 그 친구와 자네가 만났다는 얘기 들었어, 본인한테서. 틀림없이 무례하게 굴었겠지. 하지만 난 진심으로 그 젊은이에게 커다란 관심을 가지고 있어. 그러니 어터슨, 나에게 무슨 일이 있으면, 불쾌하더라도 인내심을 가지고 반드시 그의 권리를 보호해주겠다고 약속해 주면 좋겠네. 자네가 모든 것을 알면 틀림없이 그렇게 해주리라고 믿어. 자네가 그것만 약속해 준다면 난 정말이지 마음의 짐을 내려놓을 수 있을 것 같아."

"언젠가 그 친구를 좋아하게 될 거라곤 빈말로라도 말 못하겠어." 변호사가 단호하게 말했다.

"그걸 바라는 게 아니네." 지킬 박사는 친구의 팔에 손을 올려놓더니 거듭 간청했다. "적법한 처리를 부탁하는 것뿐일세. 내가 세상에 없을 때 나를 대신해서 그를 도와주게. 부탁은 그것뿐이네."

어터슨은 절로 한숨이 나왔다. "알겠네, 약속하지."

커루 살인 사건

그로부터 1년 남짓 지난 18—년 10월, 런던은 유례없이 잔인한 범죄의 충격에 휩싸였다. 이 사건 희생자의 높은 사회적 지위 때문에 더욱 세상의 주목을 끌었다. 드러난 사실은 극히 일부였지만 경악할 만한 것이었다. 강에서 멀지 않은 곳에서 혼자 사는 어느 집 하녀가 밤 열한 시쯤 잠을 자러 이층으로 올라갔다. 밤이 한참 깊어진 뒤에는 안개가 도시 전체를 뒤덮었지만 그 전에는 구름 한 점 없었고, 그 집 창문에서 내려다보이는 골목길은 보름달이 훤하게 밝혀주고 있었다. 하녀는 낭만적인 면이 있었는지 창문 바로 아래 놓인 상자에 앉아 몽상에 빠져 있었다. 그토록(그녀는 그 목격담을 얘기하면서 눈물까지 흘렸다) 모든 인간이 평화롭게 느껴지고 이 세상이 충만해 보인 밤은 처음이었다. 그렇게 창가에 앉아 있던 그녀는 나이가 지긋한 품위 있는 신사가 하얀 지팡이를 짚고 골목길을 걸어오고 있는 것을 보았다. 그때 반대 방향에서 키가 아주 작은 신사가 다가오고 있었는데, 처음에는 그 작은 남자에게는 별로 주의를 기울이지 않았다. 그들이 말을 나눌 수 있는 거리까지 왔을 때(바로 하녀의 눈 아래였다) 노신사가 인사를 하고 아주 정중하게 말을 걸었다. 신사는 그다지 중요한 이야기를 하는 것 같지는 않았다. 손짓하는 것으로 보아 길을 묻고 있는 정도로 보였다. 달빛이 이야기를 하는 노신사의 얼굴을 비췄는데 젊은 여자의 눈에도 호감이 가는 얼굴이었다. 참으로 선량하고 나이에 걸맞은 온화함이 풍기면서도, 확고한 자신감에서인지 어딘가 높은 기품마저 느껴졌다. 이어서 그녀의 눈길이 또 한 남자에게로 옮겨 갔을 때, 뜻밖에도 그 얼굴은 언젠가 그녀의 주인을 찾아와서 그녀에게 혐오감을 안겨준 적이 있는 손님 하이드가 분명했다. 그는 손에 튼튼한 지팡이를 들고 그것을 만지작거리고 있었다. 그러나 한마디 대꾸도 없이 잔뜩 긴장하여 노신사의 말을 듣고 있는 것 같았다. 그러다가 그는 느닷없이 불같이 화를 내더니 한쪽 발로 땅을 구르면서 지팡이를 쳐들어 (하녀의 표현을 따르자면) 미친 사람처럼 휘둘러댔다. 매우 놀란 노신사는 좀 기분이 상한 듯한 발짝 뒤로 물러섰다. 그러자 하이드는 완전히 자제력을 잃고 노신사를 지팡이로 후려쳐 바닥에 쓰러뜨렸다. 그리고 곧이어 마치 광분한 원숭이처럼 불같이 화를 내며 쓰러진 상대를 발로 짓밟고 마구 내리쳤다. 뼈가 부러지는 소리가 들리더니 신사의 몸이 길바닥에 털썩 나가떨어졌다. 하녀는 그 무서운 광경과 소리에 놀라 정신을 잃고 말았다.

새벽 2시가 되어서야 다시 정신을 차린 하녀는 즉시 경찰에 알렸다. 살인자는 이미 자리를 뜨고 없었고, 피해자는 믿기 어려울 만큼 짓이겨진 채 길 한가운데 버려져 있었다. 범행에 사용된 지팡이는 매우 단단하고 무거운, 흔치 않은 재질이었음에도 그 비정한 폭력에 두 동강이가 나, 절반은 근처 하수구에 떨어져 있었다. 나머지 반은 범인이 가지고 간 것이 분명했다. 피해자에게서 지갑과 금시계가 발견되었지만 명함이나 신분증 같은 것은 없었고, 다만 봉인을 하고 우표를 붙인 봉투가 하나 발견되었다. 우체통에 넣을 예정이었던 듯, 봉투에는 어터슨의 이름과 주소가 적혀 있었다.

봉투는 이튿날 아침, 아직 침대 속에 있던 변호사에게 전달되었다. 그 봉투를 보고 상황을 듣는 순간 그는 입술을 뾰족하게 내밀며 표정이 어두워졌다. "시신을 보기 전에는 아무 얘기도 할 수 없소. 아주 중대한 일인 것 같은데 옷을 갈아입을 때까지 기다려주시오." 그리고 침통한 표정으로 서둘러 아침을 먹은 뒤 시신이 운반된 경찰서로 마차를 타고 달려갔다. 그는 시체 안치실에 들어서자마자 알겠다는 듯이 고개를 끄덕였다.

"틀림없군." 그가 말했다. "누군지 알겠소. 유감스럽게도 댄버스 커루 경이군요."

"맙소사!" 경찰이 놀라서 소리쳤다. "그게 정말입니까?" 다음 순간 경찰의 눈은 벌써 직업적인 공명심으로 반짝거리고 있었다. "아주 시끄러운 사건이 되겠군요. 변호사님이 범인을 잡는 데 도움을 좀 주셔야겠습니다." 경찰은 하녀가 목격한 것을 얘기하고 부러진 지팡이를 보여 주었다.

하이드라는 이름을 듣고 이미 불안을 느끼고 있던 어터슨은 눈앞에 놓인 지팡이를 보자 더 의심할 여지가 없었다. 둘로 부러져 망가졌지만, 몇 년 전에 자신이 헨리 지킬에게 직접 선물했던 지팡이임을 알아보았던 것이다.

"그 하이드란 자가 키가 작다고 하지 않던가요?" 어터슨이 물었다.

"키가 아주 작고 유난히 불쾌한 얼굴이었다고 하녀가 그러더군요."

어터슨은 생각에 잠겼다가 고개를 들고 말했다. "내 마차를 타고 함께 갑시다. 그자의 집으로 안내할 테니."

이미 그때는 아침 9시쯤이었고 계절의 첫 안개가 내리고 있었다. 갈색 장막이 하늘을 낮게 뒤덮고 있고, 끊임없이 휘몰아치는 바람이 그 수증기 덩어리를 공격하여 흩뜨리고 있었다. 거리에서 거리로 천천히 나아가는 마차 속에서 어터슨은 황혼녘 같은, 빛과 색채의 다양한 농담을 지긋이 바라보고 있었다. 안개 낀 아침은 초저녁처럼 어슴푸레해지더니, 그 속에 적갈색 빛이 희미하게 비쳐드니 마치 신비로운 커다란 화재의 불길을 연상시켰다. 그러다 또 잠시 안개가 걷히고 한 줄기 거친 아침 햇살이 소용돌이치는 구름 사이를 뚫고 쏘는 듯이 비치기도 했다. 그렇게 순간적으로 변화하는 빛 속에서 변호사의 눈에 음울한 소호 지구는, 진창길을 지나가는 지저분한 행인들과, 한 번도 꺼진 적이 없거나 아니면 이 음산한 어둠의 재침략에 맞서 새로 불을 밝힌 가로등 때문에 마치 무슨 악몽 속에 나오는 도시처럼 보였다. 게다가 그의 머릿속에 떠오르는 상념은 모두 어두운 생각뿐이었다. 그런데 함께 타고 있는 동행을 곁눈질로 흘깃 보자, 때로는 아무리 선량한 사람도 건드려 보고 싶어 하는, 법과 법집행관의 그 무서운 손끝을 의식하지 않을 수 없었다.

며칠 전 하이드가 알려준 주소에 가서 마차가 멈춰 섰을 때는 안개가 조금씩 걷히면서 지저분한 거리가 나타나고 있었다. 싸구려 술집, 싸구려 프랑스 식당, 싸구려 잡지와 싸구려 샐러드를 파는 가게 등, 건물 입구마다 누더기를 걸친 아이들이 웅크리고 모여 앉아 있고, 국적도 다양한 여인네들이 열쇠를 들고 아침부터 해장술을 하러 여기저기서 나왔다. 그것도 잠깐, 곧 호박 같은 갈색 안개가 다시 내려앉으며 변호사와 그 지저분한 배경 사이를 가로막았다. 그곳이 헨리 지킬이 아끼는 사내, 25만 파운드의 상속자가 사는 집이었다.

상아 같은 낯빛의 은발 노파가 문을 열어주었다. 사악한 얼굴이 위선의 가면을 쓰고 있었지만 태도는 깍듯했다. 그녀가 말했다. "네, 여기가 하이드 씨 댁입니다만, 지금 안 계십니다." 그는 어젯밤 아주 늦게 들어왔다가 한 시간도 안 되어 다시 나갔으며 그건 별로 드문 일이 아니라고 했다. 생활이 매우 불규칙해서 자주 집을 비운다는 것이었다. 실은 그 노파가 어제 그를 본 것도 거의 두 달만이었다고 한다.

"잘 알겠소. 그럼 집 안을 한번 둘러봤으면 좋겠는데." 어터슨이 말했다. 노파가 그건 안 된다고 거절하려고 하자 그가 덧붙였다. "이분이 누군지 말해 주는 게 좋겠군. 이분은 런던 경찰청의 뉴커먼 경위요."

그러자 노파의 얼굴에 반가워하는 표정이 떠올랐다. "그럼 그 사람이 뭔가 문제를 일으켰군요! 무슨 짓을 저질렀나요?"

어터슨과 경위가 눈짓을 주고받았다. "집 안에서도 별로 평판이 좋은 인물은 아닌가 보군. 이봐요, 나하고 이분에게 잠시 집을 둘러보게 해주기나 하시오." 경위가 말했다.

노파 외에는 아무도 없는 넓은 집 안에서 하이드는 방 두 개만 사용하고 있었다. 그 방들은 고급스럽고 훌륭한 취향으로 꾸며져 있었다. 찬장에는 와인병이 가득 차 있고 그릇은 은제품이고 테이블보도 고급이었다. 벽에 걸려 있는 좋은 그림들은 아마도 그림을 잘 아는 헨리 지킬이 선물한 것일 거라고 어터슨은 짐작했다. 카펫 또한 여러 종류의 실로 짜서 색조도 눈에 편안했다. 그러나 동시에 어느 방에나 아주 최근에 다급하게 내부를 뒤진 흔적이 곳곳에 남아 있었다. 주머니가 뒤집힌 옷들이 바닥에 널려 있고, 자물쇠가 달린 서랍들은 열려 있었으며 벽난로엔 서류를 많이 태웠는지 재가 쌓여 있었다. 경위는 타다 남은 잿더미 속을 파헤쳐 타다 만 초록색 수표책 조각을 꺼냈다. 지팡이의 나머지 절반도 문 뒤에서 발견되었다. 그것은 용의를 뒷받침하는 증거였기 때문에 경위는 기쁨을 감추지 못했다. 은행을 방문해 살인자 명의로 몇천 파운드의 예금이 남아 있음을 확인하자 그의 직업적인 기쁨은 완벽해졌다.

"믿으셔도 좋습니다, 변호사님." 경위가 어터슨에게 말했다. "이미 잡은 것이나 진배없습니다. 아무튼 어지간히 당황했던 모양입니다. 그렇지 않고서야 지팡이를 두고 갈 리가 없지요. 수표책을 다 불태울 리도 없고요. 지금은 무엇보다 돈이 그자에게는 생명줄이니까요. 우리는 그냥 은행에 진을 치고 수배 전단이나 돌리면 됩니다."

그런데 그 수배 전단을 작성하는 일이 쉽지가 않았다. 하이드에게는 친구나 지인이 거의 없었기 때문이다. 심지어 하녀의 주인도 그를 두 번밖에 보지 못했다 했고, 가족은 어디서도 찾을 수가 없었다. 그는 사진도 한 장 찍은 적이 없고, 그의 모습을 설명할 수 있는 몇 안 되는 사람들도, 일반적인 목격자가 대개 그렇듯이 제각각 하는 말이 달랐다. 단 하나, 그들 모두가 일치하는 점이 있었다. 그것은 도주한 범인이 보는 이들에게 강렬하게 심어주어 뇌리에서 달라붙어 떠나지 않는, 뭐라 표현할 수 없는 기형의 느낌이었다.

편지

한참 늦은 오후 어터슨은 지킬 박사의 집을 찾았다. 그를 맞아들인 집사 풀은 주방을 지나 한때 정원이었던 마당을 건너 실험실 또는 해부실이라 부르는 건물로 안내했다. 지킬 박사는 이 집을 유명한 외과의사의 상속자한테서 사들인 뒤, 그의 관심이 해부보다는 화학에 있었기에 정원 아래쪽에 있는 건물의 용도를 바꾼 것이다. 변호사가 그 건물로 안내된 것은 이번이 처음이었다. 그는 낯선 것에 대한 불안을 느끼며, 창문도 없는 우중충한 건물을 호기심 어린 눈길로 둘러보았다. 한때는 열성적인 학생들로 가득했던 해부실이 지금은 고요하고 쓸쓸하기만 했다. 탁자마다 실험기구들이 말없이 놓여 있고 바닥에는 나무상자와 충전용 짚이 널려 있을 뿐이었다. 뿌연 천창에서 희미한 빛이 비쳐들고 있었다. 안쪽의 작은 계단을 올라간 곳에 붉은색 나사천을 씌운 문이 하나 있었다. 그 문을 지나간 어터슨은 마침내 지킬 박사의 서재에 들어갔다. 커다란 그 방에는 유리문이 달린 서가와 사무용 책상, 그리고 골목길을 향해 쇠창살이 달린 창문이 세 개 있었다. 난로에는 불이 지펴져 있고, 짙은 안개가 집 안까지 스며들어서 벽난로 위에 등불이 켜져 있었다. 지금 그 벽난로 옆에서 지킬 박사가 중병에 걸린 듯한 낯빛으로 앉아 있었다. 그는 손님을 맞으러 자리에서 일어나지도 못하고 그저 차가운 손을 내밀며 어쩐지 평소와 다른 목소리로 인사를 했다.

"자네, 소식은 들었나?" 풀이 나가자마자 어터슨이 말했다.

의사는 부르르 몸서리를 쳤다. "그곳 광장에서 신문팔이가 크게 외치는 소리가 내 집 식당에서도 들리더군."

"한마디만 하겠네." 어터슨이 말했다. "커루 경은 내 고객이었지만, 그건 자네도 마찬가지니까 나는 진상을 알아야겠어. 자네, 그자를 숨겨 줄 만큼 정신이 나간 건 아니겠지?"

"어터슨, 신께 맹세하겠네." 의사가 목소리를 높였다. "신께 맹세컨대 다시는 그자를 만나지 않겠어. 자네에게 약속하지, 내가 살아 있는 한, 이제 그자와는 인연을 끊겠어. 모든 걸 끝냈어. 그리고 그자도 이제 내 도움이 필요하지 않아. 자넨 그에 대해 나만큼 알지 못하니까 말해 두네만, 그는 이제 더는 위해를 끼치지 않을 거야. 믿어도 좋아. 다시는 그자 이름이 사람들 입에 오르내릴 일은 없을 걸세."

변호사는 마음이 편치 못했다. 친구의 이상하게 열띤 어조가 꺼림칙했다. "꽤나 자신에 차 있군. 자네를 위해서라도 자네 말이 맞길 바라네. 재판을 하게 되면 자네 이름이 오르내릴지도 몰라."

"그에 대해서는 확신하고 있어." 지킬 박사가 답했다. "그렇게 확신하는 데는 누구에게도 얘기할 수 없는 이유가 있지. 그런데 한 가지, 자네 의견이 필요한 사안이 있다네. 실은—실은, 편지 한 통을 받았는데 그것을 경찰에 넘겨야 할지 어떨지 망설이고 있어. 어터슨, 그걸 자네한테 맡기고 싶네. 자네가 현명하게 판단해 줄 거라고 믿어. 난 자네를 어느 누구보다도 신뢰하고 있네."

"자네는 그 편지 때문에 그자가 붙잡힐까봐 걱정하는 건가?" 변호사가 말했다.

"그건 아니야." 의사는 부정했다. "하이드가 어떻게 되든 난 이제 상관없네. 정말 끝났다니까. 그보다도 난 이번 일로 인해 나 자신의 명예가 위험에 처할까봐 걱정되어서 그러는 걸세."

어터슨은 잠시 생각에 잠겼다. 친구의 이기심에 놀라기도 했지만, 그래서 오히려 안심이 되기도 했다. 마침내 그가 말했다. "어디 그 편지 좀 보여 주게."

편지에는 특이하게 곧게 선 필체로 쓴 '에드워드 하이드' 라는 서명이 있었다. 편지 내용은 간단하게, 자신의 은인인 지킬 박사한테서 지금까지 받은 수많은 은혜에 대해 자신이 제대로 보답하지 못했으며, 자신에게는 궁지를 벗어날 수 있는 확실한 수단이 있으니 자신의 안전에 대해서는 걱정할 필요가 전혀 없다는 것이었다. 변호사는 그 편지가 만족스러웠다. 두 사람의 관계가 그가 혹시나 하고 생각했던 만큼 친밀한 사이는 아니며, 자신이 친구에 대해 품었던 의심은 지나친 생각이었음을 안 것이다.

"겉봉투도 가지고 있나?" 어터슨이 물었다.

"태워버렸어." 지킬이 답했다. "아차 싶었을 때는 이미 때가 늦어 있었지. 하지만 소인은 없었네, 인편으로 왔으니까."

"내가 가지고 가서 생각 좀 해봐도 되겠나?" 어터슨이 물었다.

"전적으로 맡길 테니 나 대신 판단을 내려주게. 난 이제 나 자신을 믿을 수가 없어." 지킬이 답했다.

"알았네, 깊이 생각해 보기로 하지. 그리고 한 가지만 더. 자네 유언장에 적힌 실종시의 조항은 하이드가 정한 것인가?"

지킬은 문득 현기증을 느끼는 듯했지만 입을 굳게 다문 채 고개를 끄덕였다.

"그럴 줄 알았어. 그자는 자네를 살해할 생각이었군. 자넨 정말 하늘의 도움으로 목숨을 구한 거야."

"난 그보다 훨씬 중요한 걸 얻었어." 지킬이 무거운 목소리로 말했다. "교훈을 얻은 거지. 오, 맙소사, 어터슨, 정말이지 자네는 상상도 못할 큰 교훈을!" 그는 잠시 두 손에 얼굴을 파묻었다.

변호사는 나가는 길에 풀과 몇 마디 나누었다. "오늘 인편으로 편지가 왔다던데, 가지고 온 사람은 누구였나?" 그러나 풀은 우편으로 온 것 외에는 아무것도 없었다고 말했다. "그것도 광고지뿐이었습니다." 그가 덧붙였다.

그 말을 들은 어터슨은 다시금 불안한 마음을 품고 그 집에서 나왔다. 그 편지는 의사의 서재로 곧장 전달된 것이 틀림없다. 아니 어쩌면 서재 안에서 쓰였을 가능성도 있다. 만일 그렇다면 그것은 다른 관점에서 판단하고 더욱 조심스럽게 다뤄야 할 문제였다. 거리 곳곳에 신문팔이들이 서서 목이 쉬도록 외치고 있었다.

"호외요, 호외! 충격적인 국회의원 살인사건!" 그것은 친구이자 고객에 대한 부고처럼 들렸다. 혹시 다른 친구의 명성이 이 추문의 소용돌이에 휘말릴지도 모른다는 생각에 몸서리가 쳐졌다. 어려운 결단을 내려야만 하는 것은 분명했다. 평소에는 뭐든지 스스로 생각하고 판단을 내렸지만, 이번만큼은 다른 사람의 조언을 듣고 싶었다. 직접적으로 물을 수는 없지만 넌지시 의견을 떠볼 수는 있지 않을까?

그로부터 얼마 뒤 그는 자기 집 난로 한쪽에 앉아 있고, 다른 쪽에는 그의 조수인 게스트가 서 있었다. 두 사람 사이에 불에서 적당히 떨어진 곳에는 지하 창고에서 오랫동안 보관되고 있던 오래된 와인 한 병이 놓여 있었다.

안개는 여전히 도시를 흠뻑 적시며 그 위에서 누워 있고, 거리에는 등불이 붉은 보석처럼 깜박거리고 있었다. 가라앉은 스모그에 뒤덮이고 짓눌리면서도 도시의 생명의 혈류는 대동맥을 타고 거센 바람처럼 신음을 내면서 흘러갔다. 그러나 방 안에는 타오르는 불빛이 자아내는 아늑한 분위기가 있었다. 와인은 신맛이 오래 전에 사라져 잘 숙성되어 있었고, 황제의 빛깔이라는 와인 색깔도 스테인드글라스의 색깔이 점점 깊어지듯이 세월과 함께 부드러움을 더해 가고 있었다. 언덕의 포도밭에 쏟아지는 따가운 가을 오후의 햇살이 마침내 자유로이 풀려나 런던의 안개를 몰아내려는 참이었다.

어터슨의 마음도 서서히 안정되고 있었다. 게스트는 어터슨이 누구보다 신뢰하는 사람이어서 그에게는 감추는 것이 별로 없었다. 도대체 비밀로 해야 할 것조차 어느새 그에게 흘러들기 일쑤였다. 게스트는 일 때문에 지킬 박사의 집에 자주 갔고, 따라서 풀과도 안면이 있었다. 그러니 하이드가 그 집과 관련이 있다는 것은 그도 틀림없이 들었을 것이므로, 뭔가 그 나름대로 추론을 이끌어낼지도 모른다. 그렇다면 수수께끼를 풀기 위해서도 그에게 이 편지를 보여주는 것이 나을지 모른다. 하물며 게스트는 필적 연구와 감정에서는 전문가도 무색할 정도이니 그걸 보여주더라도 당연한 과정으로 여기지 않을까? 게다가 조수는 무슨 일에나 의견을 제시하는 걸 좋아하는 사람이니, 그런 수상한 글을 읽으면 한마디 지적하지 않을 리가 없었다. 그 지적을 통해 어터슨은 앞으로의 방침을 결정할 수 있을지도 모른다.

"댄버스 경 사건은 정말 유감이야." 어터슨이 말했다.

"네, 그렇습니다. 사람들이 매우 격분하고 있습니다. 틀림없이 미친 자의 짓입니다." 게스트가 대답했다.

"사실은 그 일로 자네 의견을 듣고 싶네." 어터슨이 말했다. "나에게 그자가 직접 쓴 편지가 있어. 자네한테만 털어놓네만 나 혼자서는 어떻게 처리해야 할지 좋은 생각이 떠오르지 않아서 말이야. 좋지 않은 일이라는 표현만으론 부족해. 바로 이거네, 살인자의 자필이야. 이건 자네 전문 분야 아닌가?"

게스트는 눈을 빛내며 얼른 자리에 앉더니 열심히 들여다보았다. "변호사님, 이 사람 미친 건 아니군요. 하지만 필체가 좀 이상합니다."

"그걸 쓴 사람도 아주 이상한 사람이야." 변호사가 말했다.

바로 그때 집사가 쪽지를 가지고 들어왔다.

"지킬 박사한테서 온 것 아닙니까?" 게스트가 물었다. "그분 필체를 본 적이 있어요. 무슨 사적인 내용인가요, 어터슨 변호사님?"

"그냥 저녁 초대야. 왜, 보고 싶은가?"

"잠깐이면 됩니다, 고맙습니다." 게스트는 두 장의 종이를 나란히 놓고 꼼꼼하게 내용을 비교했다. "잘 봤습니다." 그가 마침내 둘 다 돌려주며 말했다. "아주 흥미로운 필체군요."

잠시 침묵이 흐르는 동안 어터슨의 마음속에 불안감이 밀려들었다. "왜 그 둘을 비교했나, 게스트?" 그가 불쑥 물었다.

"그게 말입니다." 조수는 머뭇거렸다. "두 필체에 묘한 유사성이 있어요. 몇 가지 점에서는 완전히 동일합니다. 다만 글자가 기울어진 정도만 다를 뿐이죠."

"그거 기묘하다면 기묘하군."

"네, 말씀처럼 정말 기묘합니다." 게스트가 동의했다.

"이 편지에 대해선 함구해 주기 바라네."

"물론이죠, 잘 알고 있습니다."

그날 밤 어터슨은 혼자 있게 되자 편지를 금고에 넣고 그 뒤로 그것을 꺼내지 않았다. '세상에!' 그는 속으로 중얼거렸다. '헨리 지킬이 살인범의 편지를 위조하다니!' 차가운 피가 흘러 그는 몸서리를 쳤다.

래니언 박사의 이상한 사건

시간은 머물러 있지 않았다. 범인에게 수천 파운드의 현상금이 걸렸다. 시민들은 댄버스 경의 죽음을 공공의 위협으로 받아들였다. 그러나 하이드는 처음부터 존재하지 않았던 사람처럼 경찰의 시야에서 사라지고 없었다. 그 대신 그의 과거 행적들이 밝혀지고 있었다. 모두 평판이 좋지 않은 일뿐이었다. 냉혹함과 폭력성이 공존하는 그의 잔인함에 대한 다양한 에피소드가 하나둘 드러났다. 방탕한 생활, 같이 어울렸던 수상쩍은 사람들, 그의 행적 곳곳에서 사게 된 원한. 그러나 현재 그가 있는 곳에 대한 정보는 단 한마디도 없었다. 살인 사건이 일어나던 날 아침, 소호의 집을 떠난 뒤 그는 흔적도 없이 사라져버렸다. 점차 시간이 흐르면서 어터슨은, 경악에 이은 흥분도 식어 평온을 되찾아 가고 있었다. 그는 댄버스 경의 죽음은 하이드가 사라짐으로써 충분히 보상 받은 것으로 생각하기로 했다. 그 악마의 영향력이 사라지자 지킬 박사에게도 새로운 생활이 시작되었다. 갇혀 있던 껍데기에서 나와 친구들과 관계를 새롭게 시작한 그는, 다시 절친한 벗으로서 친구들을 방문하여 모두를 즐겁게 해주곤 했다. 원래 자선활동으로 유명했지만, 이제는 신앙심에 대한 평판도 그에 못지않았다. 그는 바빴고 자주 외출했으며 좋은 일을 많이 했다. 내면의 봉사정신 때문인지, 얼굴이 활짝 펴져서 밝게 빛나는 것처럼 보였다. 그렇게 두 달이 넘도록 지킬 박사는 평온한 나날을 보냈다.

1월 8일, 어터슨은 지킬 박사의 집에서 몇몇 지인들과 저녁 식사를 함께 했다. 래니언 박사도 와 있었다. 지킬 박사가 두 사람을 번갈아 바라보는 모습은, 세 사람이 떨어질 수 없는 친구였던 시절과 조금도 다르지 않았다. 그런데 12일, 이어서 14일, 변호사가 찾아갔을 때 그 집 문은 굳게 닫혀 있었다. "박사님은 늘 집 안에만 계시며 아무도 만나지 않으십니다." 풀이 말했다. 15일에 다시 찾아갔지만 역시 거절당했다. 지난 두 달 동안 거의 매일 지킬을 만났기에 친구가 또다시 은둔 상태로 돌아갔다는 사실에 어터슨은 마음이 무거웠다. 닷새째 되는 날 밤, 그는 게스트를 불러 함께 저녁을 먹었다. 엿새째에는 래니언 박사의 집으로 갔다.

그곳에서는 적어도 문전박대를 당하지는 않았지만, 들어간 순간 그는 너무나 달라진 래니언 박사의 모습에 충격을 받았다. 그의 얼굴은 죽음의 빛이 가득했다. 불그스름한 혈색은 창백하게 질리고 살이 쏙 빠져 있었다. 머리숱이 눈에 띄게 줄어들고 늙어 보였다. 그러나 특히 변호사의 시선을 끈 것은 그러한 급격한 육체의 노화보다도 래니언의 눈에 어린 표정과 태도였다. 그것은 마음속 깊은 곳에 자리 잡은 공포를 말해주는 것 같았다. 설마 죽음을 두려워할 사람은 아니지만, 어터슨은 어쩌면 그럴지도 모른다고 생각했다. '그래, 이 친구는 의사니까 자신의 상태를 모를 리가 없지. 이제 삶이 얼마 남지 않은 것을 알고 견딜 수 없이 괴로운 거야.' 그러나 어터슨이 병색에 대해 언급하자, 래니언은 무척이나 담담하게 자신의 죽음이 머지않았다고 확신하는 것이었다.

"심한 충격을 받은 일이 있어서 말이야." 그가 말했다. "회복할 수가 없어. 몇 주 못 살 거야. 글쎄, 별로 나쁘지 않은 인생이었어. 만족해. 그래, 정말 즐거웠지. 가끔 난 생각하네. 인간의 모든 것을 안다면 차라리 빨리 떠나는 편이 낫다고."

"지킬도 아프다네." 어터슨이 말했다. "최근에 만난 적이 있나?"

그러자 래니언은 낯빛이 변해 떨리는 한쪽 손을 쳐들었다. "난 이제 지킬 박사를 만나는 것도, 그에 대한 얘기를 듣는 것도 싫어." 그가 떨리는 목소리로 언성을 높였다. "난 이제 그 친구와는 끝났어. 그러니 자네도 내게 그 인간 얘기는 하지 말아주게. 난 그 친구가 죽었다고 생각하기로 했어."

어터슨은 작게 혀를 차고 한참 침묵한 뒤 물었다. "내가 할 수 있는 일은 없겠나? 우리 세 사람, 돌이켜 보면 아주 오랜 친구가 아닌가, 래니언. 이제 아무리 오래 산다 해도 새로운 친구를 사귀는 건 불가능할 거야."

"다 소용없는 짓이야. 그 친구에게 물어보게." 래니언이 대답했다.

"만나줘야 말이지." 변호사가 말했다.

"그럴 테지." 래니언이 대답했다. "어터슨, 언젠가 내가 죽은 뒤 뭐가 옳고 그른 일이었는지 알게 될 날이 올 걸세. 내 입으로는 차마 말 못 하겠네. 그러니 앉아서 다른 얘기를 나누든가, 아니면 그만 돌아가 주게. 그자 얘긴 참을 수가 없어."

어터슨은 집에 오자마자 책상 앞에 앉아 지킬에게 편지를 썼다. 자신을 만나주지 않는 데 대한 섭섭함을 얘기하고, 래니언과의 불행한 결별의 원인을 물었다. 다음 날 어터슨은 장문의 답장을 받았다. 지킬은 빈번하게 감상적인 표현을 하는가 하면 때로는 모호하고 알 수 없는 말들을 쏟아 놓기도 했다. 래니언 박사와의 불화는 돌이킬 수 없다고 했다. '옛 친구를 비난하고 싶진 않네. 하지만 우리는 두 번 다시 만나서는 안 된다는 그의 의견에는 찬성일세. 난 이제부터 완전한 은둔 생활에 들어갈 거네. 내 집 문이 자네에게조차 굳게 닫히는 일이 종종 있다 해도 놀랄 필요도 없고 내 우정을 의심하지도 말게. 어두운 길을 홀로 가는 나를 부디 용서해주게. 무슨 일인지 말할 수는 없지만, 나는 나 스스로 형벌과 위험을 자초했다네. 나는 죄인 중의 죄인이요, 그 죄로 인해 가장 고통 받는 사람도 바로 날세. 이토록 사람을 무력하게 만드는 고통과 공포가 이 세상에 존재하리라고는 미처 생각지 못했네. 어터슨, 이 운명의 무게를 견딜 수 있는 길은 오로지 침묵을 지키는 것 뿐이라네.' 어터슨은 경악했다. 하이드의 어두운 영향력이 사라진 뒤, 지킬이 예전처럼 일과 친구에게 돌아온 것은 분명했다. 바로 일주일 전만 해도 구름 한 점 없이 빛나는 만년을 맞이하기를 기대하면서 활짝 웃지 않았던가. 그런데 한순간에 우정도, 마음의 평화도, 인생의 모든 의미도 무너지고 말았다. 이토록 심각하고도 갑작스러운 변화에 지킬이 행여 미친 것은 아닐까 생각해 보았지만, 래니언의 태도와 말에 비추어 볼 때 뭔가 더 깊은 사정이 있음이 분명했다.

래니언 박사는 일주일 뒤 자리에 누웠고 두 주도 채 지나지 않아 세상을 떠나고 말았다. 장례식 날 밤 슬픔에 젖어 있던 어터슨은 사무실 문을 걸어 잠그고 서류봉투를 하나 꺼내 앞에 놓았다. 그의 절친한 친구가 직접 주소를 쓰고 봉인한 것이었다. '친전(親展). J.G. 어터슨에게 직접 전할 것. 또 그가 먼저 세상을 떠날 경우에는 개봉하지 말고 소각할 것' 이렇게 강조한 단서까지 붙어 있어서, 변호사는 내용을 보기가 두려웠다. '오늘 한 친구를 땅에 묻었다. 그런데 이 편지로 인해 또 다른 친구를 잃는다면?' 하고 생각했지만, 그런 염려는 친구에 대한 불신이라고 고쳐 생각하며 봉인을 뜯었다. 봉투 안에 또 다른 봉투가 있었는데 마찬가지로 봉인되어 있고, 겉봉에는 '헨리 지킬 박사의 죽음 또는 실종시까지 개봉하지 말 것'이라고 쓰여 있었다. 어터슨은 자신의 눈을 의심했다. 실종이라니? 또다시 이미 오래전에 주인에게 돌려준 그 미친 유언장처럼 실종이란 단어와 헨리 지킬이라는 이름이 나란히 나타난 것이다. 그러나 유언장에서 실종은, 하이드라는 존재가 주는 불길한 암시에서 비롯된 지극히 명백하고 무서운 목적과 연결되어 있었다. 그런데 래니언 박사가 쓴 실종은 도대체 무슨 의미일까? 래니언이 그토록 거듭 당부했음에도 어터슨은 너무나 궁금하여, 읽지 말라는 부탁을 무시하고 당장 그 수수께끼의 핵심에 뛰어들고 싶었다. 그러나 직업적인 양심과, 고인이 된 친구에 대한 신의는 엄중히 지켜야 할 의무였다. 그리하여 유언장이 들어 있는 봉투는 그의 비밀금고 깊숙한 곳에서 잠들게 되었다.

호기심을 참는 것과 호기심을 이겨내는 것은 별개이다. 그날부터 어터슨이 살아 있는 친구와의 교제를 그전처럼 오로지 진지하게 원했는지는 의심스럽다. 진심으로 친구를 생각했지만, 지금 그 생각에는 어딘가 불안과 두려움이 서려 있었다. 지킬을 만나러 가서도 문전박대를 당하면 차라리 안도하는 마음이 들었다. 틀림없이 내심으로는, 스스로 유폐를 자처한 집에 들어가 그 속을 알 수 없는 은둔자와 함께 앉아 이야기를 나누는 것보다는 문 앞에 서서 자유로운 도시 런던의 공기와 소리를 느끼면서 풀과 얘기하는 편이 더 좋았다. 사실 풀이 전해주는 소식도 그다지 좋지 않은 것들뿐이었다. 아무래도 지킬은 갈수록 실험실 위 서재에 처박혀 지내면서 때로는 잠까지 그곳에서 자는 모양이었다. 그는 완전히 무겁게 가라앉아 말을 거의 하지 않고 책도 읽지 않으며, 마음속에 뭔가 커다란 고민이 있는 것 같다고 했다. 어터슨은 갈 때마다 듣게 되는 똑같은 소식에 질려버려, 점점 방문하는 횟수가 줄어갔다.

창가에서

일요일, 그날도 어터슨과 엔필드는 함께 산책을 하다가 우연히 또다시 그 뒷골목에 들어섰다. 그 문 앞에 오자 두 사람은 멈춰 서서 가만히 시선을 주고받았다.

"음, 그 사건도 어쨌든 끝이 났군요. 다시는 하이드를 보지 못하겠지요." 엔필드가 말을 꺼냈다.

"그러길 바라네. 나도 그자를 한 번 만났고, 자네가 말했던 혐오의 감정을 그대로 느꼈다는 얘기를 내가 했던가?" 어터슨이 말했다.

"그자를 보고 그렇게 느끼지 않으면 이상한 거죠." 엔필드가 대답했다. "어쨌든 여기가 지킬 박사의 집 뒷문이란 걸 몰랐으니 저를 참 멍청하다고 생각하셨겠습니다. 그걸 이제야 알게 된 건 변호사님 탓도 있다는 생각이 듭니다."

"그래, 자네도 알게 되었군. 그렇다면 골목 안으로 들어가서 창문이나 한 번 바라보세. 사실 난 가엾은 지킬이 걱정이 되어 견딜 수가 없어. 비록 밖에서라도 친구가 있어주면 그에게 힘이 될 게 아니겠나."

골목 안은 매우 쌀쌀했고 공기마저 눅눅했다. 저 높이 하늘은 아직도 저녁놀로 밝았지만 마당엔 벌써 어스름이 가득했다. 세 개 나란히 있는 창문 중에 가운데 창문이 반쯤 열려 있었는데, 그 창가에 앉아 있는 지킬 박사의 모습이 어터슨의 눈에 들어왔다. 절망에 빠진 죄수처럼 말할 수 없이 슬픈 표정으로 바깥공기를 쐬고 있었다.

"이보게, 지킬!" 어터슨이 불렀다. "이제 몸이 좀 나았나 보군."

"잘 지냈나, 어터슨?" 우울한 대답이 돌아왔다. "아주 좋지 않아. 이제 얼마 남지 않은 것 같아, 그나마 다행이지."

"너무 집 안에만 있어서 그래. 밖에 나와서 엔필드와 나처럼 혈액순환을 시키는 게 어때. 아, 이쪽은 내 사촌인 엔필드일세. 좀 나오게. 모자를 쓰고 함께 걷지 않겠나."

"자넨 참 좋은 친구야." 창가의 지킬이 말했다. "정말 그러고 싶네만, 안 되겠어, 도저히 불가능해. 그만두는 게 좋겠어. 하지만 어터슨, 이렇게 자네 얼굴을 보게 되다니 정말 기쁘군. 진심으로 반가워. 자네와 엔필드 씨에게 들어오라고 하고 싶지만 그럴 형편이 아니라네."

"그렇다면 여기 서서 자네와 얘기하는 것이 좋겠군." 어터슨이 사람 좋게 말했다.

"그렇지 않아도 그러자고 할 생각이었어." 지킬이 웃어 보이면서 말했다. 하지만 그 말이 끝나기가 무섭게 그의 얼굴에서 미소가 사라지더니 곧 차마 똑바로 쳐다볼 수 없는 공포와 절망의 표정으로 돌변했다. 창 아래 있던 두 사람은 피가 얼어붙는 것만 같았다. 곧바로 창문이 황급히 닫혀 버리는 바람에 순간적으로밖에 보지 못했지만 그것만으로도 충분했다. 두 사람은 아무 말 없이 발길을 돌려 길모퉁이를 돌아갔다. 계속 침묵을 지키면서 골목길을 가로질렀다. 이웃해 있는 큰길로 나와서야 마침내 어터슨이 엔필드를 향해 돌아서서 그를 바라보았다. 큰길은 일요일인데도 한낮의 흥청거림이 남아 있었다. 두 사람 다 창백했고 그들의 눈에는 서로 동조하는 전율의 빛이 있었다.

"오, 하나님, 부디 신의 가호를!" 어터슨이 입속으로 중얼거렸다.

그러나 엔필드는 침통하게 고개만 끄덕거릴 뿐, 다시 말없이 걷기 시작했다.

마지막 밤

어느 날 저녁식사 뒤 벽난로 옆에 앉아 있던 어터슨은 갑작스러운 풀의 방문을 받고 깜짝 놀랐다.

"이보게, 풀, 도대체 무슨 일로 왔는가?" 그러다 풀을 다시 한 번 쳐다보고 물었다. "왜 그러나? 지킬 박사가 어디 아픈가?"

"어터슨 씨, 아무래도 이상합니다." 집사가 말했다.

"우선 자리에 앉게. 그리고 와인 한 잔 하게." 변호사가 권했다. "서두르지 말고 무슨 일인지 분명하게 말해 보게."

"박사님이 좀 이상하다는 건 아시지요, 변호사님. 두문불출하는 것도 알고 계실 거고요. 실은 다시 서재 안에만 틀어박혀 계시는데, 아무래도 불길합니다. 정말 불안해서 죽을 지경입니다, 어터슨 씨. 무서워서 미치겠습니다."

"이 사람아, 분명하게 말해보게. 뭐가 무섭단 말인가?"

"지난 한 주 내내 불안해서 제정신이 아니었습니다." 풀은 줄곧 질문에 대한 대답은 회피하면서 말했다. "더는 견딜 수가 없습니다."

풀의 모습이 그의 말을 충분히 대변하고 있었다. 평소 그의 태도와는 전혀 달랐으며, 처음에 근심을 얘기했을 때 말고는 어터슨의 얼굴을 한 번도 쳐다보지 않았다. 그는 와인 잔은 입에도 대지도 않고 그냥 무릎에 올려놓은 채 눈은 마루 한구석에 고정하고 되풀이해서 말했다.

"더는 못 견디겠어요."

"그래." 변호사가 재촉했다. "자네가 그러는 데는 그만한 이유가 있겠지, 풀. 뭔가 대단히 심각한 일인 모양인데 무슨 일인지 얘기를 해보게."

"아무래도 살인이 일어난 것 같습니다." 목소리가 갈라져 있었다.

"살인?" 변호사가 소리쳤다. 막연한 두려움이 더욱 초조감을 부추겼다. "살인이라니? 도대체 무슨 소리를 하는 건가?"

"제 입으로는 도저히 말 못하겠습니다." 풀은 그렇게 대답했다. "저와 함께 가셔서 직접 보시는 게 어떻겠습니까?"

어터슨은 대답 대신 자리에서 일어나 모자와 코트를 챙겼다. 그는 집사의 얼굴에 커다란 안도의 표정이 떠오르는 것을 보고 이상한 생각이 들었다. 집사가 와인 잔을 놓고 따라 일어섰을 때, 아직 와인이 그대로 남아 있는 것을 보고 또 한 번 이상한 느낌이 들었다.

3월답게 바람이 차고 매서운 밤이었다. 푸른 상현달이 마치 바람이 눕히기라도 한 것처럼 기울어져 있고, 얇은 무명천 같은 가벼운 구름이 달려가고 있었다. 바람이 불어 이야기를 나누기가 힘들었고 얼굴은 추위로 울긋불긋해졌다. 바람이 사람들까지 쓸어가 버렸는지, 유난히 사람이 없는 거리는 어딘가 이상했다. 어터슨은 런던의 이 지역에 이렇게 인적이 드문 것은 본 적이 없었다. 지금은 사람으로 북적거렸으면 좋겠다는 생각이 들었다. 살면서 지금 이 순간처럼 절실하게 사람이 보고 싶고 접촉하고 싶었던 적도 없었다. 그가 애써 부정해도 가슴속에는 파멸의 예감이 무겁게 짓누르고 있었다. 그들이 광장에 도착했을 땐 사방은 온통 바람과 먼지뿐이었고, 정원의 가냘픈 나무들은 휘청거리며 가까스로 울타리에 몸을 누이고 있었다. 줄곧 한두 걸음 앞서 가던 풀은 길 한가운데 멈춰 서더니 살을 찌르는 듯한 추위임에도 모자를 벗고 붉은 손수건으로 이마의 땀을 닦았다. 서둘러 걸어오긴 했지만 그가 닦아 낸 것은 힘이 들어 흘린 땀이 아니라 목을 죄어 오는 고뇌에서 오는 진땀이었다. 얼굴은 새파랗게 질려 있고 목소리는 거칠게 갈라져 있었다.

"변호사님, 다 왔습니다. 신께서 가호하사 제발 아무 일도 없기를!"

"나도 그러길 바라네, 풀."

집사는 매우 조심스럽게 문을 두드렸다. 체인이 걸린 채로 문이 조금 열리더니 안쪽에서 누군가가 물었다. "집사님이십니까?"

"괜찮으니 문을 열게." 풀이 대답했다.

두 사람이 들어가자 현관홀에 밝게 불이 켜져 있었다. 벽난로에는 불이 활활 타고 있고, 그 주위에 남녀 고용인들이 양 떼처럼 모두 모여 서 있었다. 어터슨을 보자 가정부가 큰 소리로 울음을 터뜨렸고, 요리사는 "아, 다행이다! 어터슨 씨가 오셨어!" 하고 소리치며 마치 두 팔로 안을 듯이 앞으로 달려 나왔다.

"뭔가? 왜들 여기 다 모여 있지?" 변호사가 역정을 내며 말했다. "이래도 되는 건가? 보기에 좋지 않군. 자네들 주인이 안다면 아마 언짢게 생각할 거네."

"모두 겁을 먹고 있습니다." 풀이 말했다.

아무도 입을 여는 사람이 없이 공허한 침묵만이 흘렀다. 다만 가정부만이 주위는 아랑곳없이 큰 소리로 울 뿐이었다.

"조용히 못 하겠나!" 풀이 꾸짖었지만, 그 엄격한 목소리는 자신의 곤두선 신경을 말해주고 있었다. 집사뿐만 아니라, 가정부가 갑자기 울음을 터뜨렸을 때 모두들 깜짝 놀라 무서운 예감을 품은 얼굴을 안쪽 문으로 향하고 있었다. 풀은 심부름하는 아이에게 말했다. "촛불 하나를 다오. 즉시 확인해야겠다." 그리고 어터슨에게 함께 가기를 청하더니, 앞장서서 마당으로 향했다.

"변호사님, 최대한 조용히 오십시오. 귀 기울여 들으시되 들키면 안 됩니다. 그리고 만에 하나 들어오시라고 해도 절대 들어가지 마십시오."

어터슨은 이 예상치 못했던 전개에 신경이 곤두서서 하마터면 몸의 중심을 잃을 뻔했다. 그러나 다시 정신을 가다듬고 풀을 따라 실험실 건물에 들어갔다. 나무상자와 병들이 가득 쌓인 해부실을 지나 작은 계단까지 갔다. 거기서 풀이 변호사에게 한쪽에 서서 들어 보라는 시늉을 하고는, 촛불을 내려놓고 마음을 단단히 먹은 뒤 계단을 올라가 붉은 천을 씌운 박사의 방문을 주저하는 손길로 두드렸다.

"어터슨 씨께서 뵙고자 하십니다." 그는 그렇게 말하면서 다시 한 번 어터슨에게 잘 들으라는 몸짓을 해 보였다.

안에서 대답하는 목소리가 들려왔다. "지금은 아무도 만나지 않겠다고 전해." 짜증이 실린 소리였다.

"알겠습니다." 풀의 목소리에는 어쩐지 의기양양함 같은 것이 묻어 있었다.

그는 다시 촛불을 들고 어터슨을 안내하여 마당을 가로질러 부엌으로 들어갔다. 부엌에는 이미 불이 꺼져 있고 바닥엔 바퀴벌레가 기어가고 있었다.

"변호사님, 어떻게 생각하십니까?" 풀이 어터슨의 눈을 똑바로 쳐다보면서 물었다.

"목소리가 상당히 변한 것 같더군." 변호사는 창백한 얼굴로 집사를 마주

보면서 대답했다.

"변했다고요…… 네, 저도 그렇게 생각합니다." 집사가 말했다. "제가 이 댁에서 20년이나 있었는데 박사님 목소리를 모르겠습니까? 그럴 리가 없지요. 주인님은 살해당하신 겁니다. 여드레 전에 주인님이 큰 소리로 신의 이름을 외치는 소리를 들었는데, 바로 그때였을 겁니다. 바로 그날 주인님은 돌아가신 겁니다. 그렇다면 지금 저 안에 있는 것은 주인님이 아니고 도대체 누구일까요? 저것은, 저 이상한 목소리를 내는 자는 왜 저기서 나가지 않는 것일까요?"

"정말 섬뜩한 이야기이군, 풀. 정말 말도 안 되는 얘기야." 어터슨은 그렇게 말하면서 손톱을 깨물었다. "설사 자네가 상상하는 대로라고 해도, 즉 지킬 박사가 살해됐다고 해도 말이네. 무엇 때문에 범인이 계속 현장에 머무르겠나? 말이 되지가 않아. 이치에 맞지 않는단 말일세."

"어터슨 씨를 믿게 하는 건 쉬운 일이 아니지만, 설명해 보겠습니다." 풀이 말했다. "지난 주 내내—알고 계시겠지만, 주인님이라고 할까, 저것이라고 할까, 어쨌든 저 방에 있는 것은, 밤낮으로 무슨 약을 구해 달라고 소리쳤지만 그게 뜻대로 잘 되지 않았습니다. 전부터 그 사람은—아니, 주인님은 종이에 저에 대한 지시 사항을 써서 계단에 던져 놓곤 했습니다. 우리가 이번 주에 본 것은 그런 종이들뿐이었어요. 문은 닫혀 있고 식사는 매번 문 앞에 놓아두면 아무도 보지 않을 때 몰래 가지고 들어갔습니다. 매일, 그리고 하루에도 두세 번씩 주문사항과 불만을 써놓으면, 저는 시내에 있는 화학 약품 도매상마다 돌아다녀야 했습니다. 제가 주문한 물건을 사가지고 돌아가면 이내 다시 다음 쪽지가 나와 있고, 순도가 떨어진다는 이유로 반품하라는 지시가 내리면 저는 또 다른 가게에 달려가곤 했지요. 무엇을 위해 필요한 건지 몰라도 상당히 절실했던 것 같습니다."

"그 종이들 아직 남은 게 있나?" 어터슨이 물었다.

풀은 호주머니를 더듬어 구겨진 쪽지 하나를 꺼냈다. 어터슨은 촛불 가까이 몸을 숙이고 그 종이를 세심하게 살펴보았다. 내용은 다음과 같았다 "모우 상점 귀중. 지난번에 보내주신 샘플에는 불순물이 섞여 있어 사용하고자 하는 용도에 맞지 않았습니다. 18—년에 나 지킬 박사는 귀 상점으로부터 꽤 많은 양을 구입한 바 있으니, 부디 꼼꼼하게 살펴 당시와 같은 질의 물건이 남아 있으면 즉시 보내주시기 바랍니다. 비용은 얼마든 상관없습니다. 지킬 박사에게는 더할 수 없이 중요한 일입니다." 편지의 이 부분까지는 아직 냉정을 유지하고 있었지만, 여기서 갑작스럽게 글씨가 요동을 치며 글쓴이의 감정이 흔들리고 있었다. "제발 그 이전 물건을 좀 찾아주시오." 마지막에는 그렇게 덧붙여져 있었다.

"이상한 편지로군." 어터슨이 말했다. 그러다가 갑자기 날카로운 목소리로 물었다. "그런데 이게 왜 자네 손에 있나?"

"모우 상점의 주인이 몹시 화를 내면서 쓰레기라도 되는 듯이 제게 다시 던져주더군요." 풀이 말했다.

"이건 틀림없는 박사의 필체야, 그건 자네도 알 텐데."

"제 눈에도 그렇게 보입니다." 풀은 다소 뚱하게 말했다. 그러다가 다시 목소리를 바꾸어 덧붙였다. "하지만 필체가 무슨 소용이겠습니까, 제가 그 자를 봤는데요."

"봤다고?" 어터슨이 반문했다. "그래서?"

"제가 봤다니까요!" 풀이 되풀이했다. "어떻게 된 건가 하면요, 제가 정원에서 불쑥 해부실로 들어갔더랬지요. 그때 주인님은 그 약인지 뭔지를 찾으러 몰래 나온 모양이었습니다. 서재 문이 열려 있고 그자가 해부실 끝에서 상자들을 뒤지고 있더군요. 제가 들어가자 그가 고개를 들고 묘한 소리를 지르더니 황급히 계단을 올라가 서재로 뛰어들더군요. 아주 잠깐 보았을 뿐이지만 제 머리끝이 쭈뼛 곤두섰습니다. 변호사님, 그자가 만약 주인님이었다면 왜 얼굴을 가면으로 가렸을까요? 주인님이었다면 왜 쥐가 우는 듯한 비명을 지르면서 달아났겠습니까? 그토록 오래 모시고 산 저를……" 풀은 거기서 말을 멈추고 얼굴 앞에서 손을 한 번 내저었다.

"모두 기이한 일들뿐이로군. 하지만 난 뭔가 조금 보이기 시작하는 것 같네, 풀. 아무래도 자네 주인은 단순히 병에 걸린 것 같네. 심한 고통을 받고 몸도 변형되는 그런 병 말이야. 아마도 그래서 목소리도 변한 걸 거야. 그러니 가면을 쓰고 친구들도 피하고, 약을 구하려고 저리도 애쓰는 거지. 그 불쌍한 친구는 이 약에서 한 줄기 희망을 보고 있는 걸세. 부디 그 희망이 배신당하지 않도록 기도하는 수밖에! 나는 이렇게 설명하겠네. 비통하고 생각하기조차 무서운 일이지만, 명백하고 자연스럽다고 할까, 앞뒤가 잘 맞아 떨어져서 이 엄청난 억측과 불안에서 우리를 구해주는 것 같아."

"하지만, 변호사님." 풀은 얼굴이 창백하게 질려 있었다. "그건 주인님이 아니었습니다. 정말입니다. 주인님은—" 그는 주위를 한 번 돌아보더니 소리를 낮췄다. "—키가 크고 체격이 좋은 분입니다. 그런데 그건 난쟁이였다고요." 어터슨이 반박하려 하자 풀이 소리를 질렀다. "잠깐만요, 20년이나 주인님을 모신 제가 모르겠습니까? 서재 문에 서면 머리가 어디에 닿는지, 20년 동안 아침마다 본 제가 그걸 모를 거라고 생각하십니까? 아니요, 가면을 쓴 그자는 절대로 지킬 박사님이 아니었습니다. 그게 뭔지는 신이나 아시겠지만, 지킬 박사님이 아닌 것만은 분명합니다. 그리고 제가 마음속으로 믿는 바를 말씀드린다면, 분명히 살인이 일어난 겁니다."

"풀, 자네가 그렇게까지 말한다면 이 일을 확인하는 것이 내 의무인 것 같군. 자네 주인의 감정을 존중하고 싶고, 이 쪽지는 그가 아직 살아 있다는 증거이니 혼란스럽지만, 이렇게 된 이상 저 문을 강제로라도 열고 들어가는 게 내가 할 일인 것 같네."

"어터슨 씨, 바로 그겁니다!" 집사가 큰 소리로 말했다.

"그럼 다음 문제는, 누가 문을 부술 건가 하는 걸세." 어터슨이 말을 이었다.

"당연히 변호사님과 저지요." 망설임이 없는 대답이었다.

"그럼 됐네. 그리고 결과가 어떻게 되든 내가 책임을 지고, 자네에게 피해가 가지 않도록 하겠네." 어터슨이 말했다.

"해부실에 도끼가 있습니다. 변호사님은 부지깽이를 사용하십시오."

변호사는 그 무겁고 튼튼한 도구를 손에 들고 시험해보았다. "풀, 이제부터 자네와 내가 위험에 처할지도 모른다는 건 알고 있겠지?" 어터슨이 풀을 올려다보면서 말했다.

"그럴지도 모르지요." 집사가 대답했다.

"그렇다면 우리 솔직하게 말하세. 우리 둘 다 뱃속에 있는 것을 전부 다 말하지는 않았어. 다 털어놓고 말하자고. 자네가 봤다는 가면 쓴 그 인물이 누군지 알겠나?"

"글쎄요, 너무 순식간의 일인데다 몸을 거의 둘로 접듯이 구부리고 있어서 장담할 수는 없지만, 그 인물이 하이드 씨였느냐는 말씀이라면, 네, 그렇습니다, 저는 그자라고 생각합니다! 체격도 거의 같고 가벼우며 재빠른 움직임도 똑같았습니다. 그리고 그자 말고 누가 실험실 문으로 들어갈 수 있겠습니까? 지난 번 살인이 일어났을 때도 그자가 열쇠를 갖고 있었다는 것 잊지 않으셨지요? 그뿐만이 아닙니다, 변호사님. 하이드를 만나신 적이 있는지요?"

"있네." 변호사가 대답했다. "한 번 얘기를 나눈 적이 있지."

"그럼 저희와 마찬가지로 그 사람에게 뭔가 기괴한 점이 있다는 걸 아시겠군요. 뭔가 사람을 소름끼치게 한다고 할까—뭐라고 딱 꼬집어서 말할 순 없지만, 뼛속 깊이 얼어붙게 하는 불쾌한 무언가를 느끼셨을 겁니다."

"솔직하게 말하지, 나도 그걸 느꼈네."

"역시 그러셨군요. 그 가면을 쓴 자가 원숭이처럼 약품 그릇 사이를 뛰어다니다가 황급히 서재로 사라졌을 때, 제 등줄기에 차가운 소름이 훑고 지나갔습니다. 물론 그게 증거가 될 순 없지요. 그 정도는 저도 배워서 압니다. 하지만 사람에겐 느낌이란 게 있습니다. 맹세해도 좋아요. 그건 분명히 하이드였습니다."

"그래. 사실은 내가 두려워하는 것도 바로 그거라네. 이건 재앙이야, 그 두 사람의 사이에 악마가 끼어든 거지. 그리고 언젠가 그게 튀어나올 걸세. 그래, 자네 말이 맞아. 나도 지킬이 가엾게도 살해당한 거라고 생각하고, 범인은 무슨 이유에선지는 모르지만, 아직도 피해자의 방에 숨어 있어. 자, 우리가 복수를 해주자고. 브래드쇼를 부르게."

하인이 부름을 받고 겁에 질린 얼굴로 오들오들 떨면서 다가왔다.

"정신 차려, 브래드쇼." 변호사가 주의를 주었다. "이 이상한 사건에 다들 긴장하고 있는 건 알고 있네. 하지만 우리는 이제 이 일을 매듭지어야 해. 풀과 내가 서재 문을 부수고 들어갈 거네. 저 안에 들어간 뒤의 일은 내가 모두 책임을 지지. 그러나 사실은 무슨 일이 일어날지 모르고, 범인이 뒷문으로 달아날 수도 있으니까, 자네는 심부름꾼 아이와 함께 몽둥이를 들고 뒤로 돌아가 실험실 문 앞을 지켜야 하네. 십 분 여유를 줄 테니 자네들 위치로 가게."

브래드쇼가 나가자 어터슨은 시계를 보았다. "풀, 우리도 가지." 어터슨은 부지깽이를 옆구리에 끼고 마당을 향해 앞장섰다. 어느새 짙은 구름이 달빛을 가려 완전히 어두워져 있었다. 바람이 건물 사이로 사방에서 불어 들어와 발밑을 비춰주는 촛불을 흔들었다. 해부실에 다가간 두 사람은 말없이 앉아서 기다렸다. 런던의 나지막한 소음이 사방을 무겁게 채우고 있었다. 그러나 바로 지척에서 정적을 깨는 것은 서재 바닥을 돌아다니는 발소리뿐이었다.

"저렇게 온종일 서성인답니다. 밤에도 오랫동안 저러고요. 새 약품 샘플이 도착하면 그때야 발소리가 좀 멈추지요. 아, 병든 양심이니 좀처럼 쉴 수가 없는 거겠지요! 한 걸음 한 걸음마다 더러운 피가 뚝뚝 떨어지고 있어요! 저 보세요, 좀 더 가까이 왔어요, 잘 들어보세요, 어터슨 씨, 저게 박사님의 발소리입니까?"

느릿한 걸음걸이인데도 발소리는 묘하게 가볍고, 일종의 탄성 같은 것이 느껴졌다. 바닥이 삐걱거리는 헨리 지킬의 무거운 걸음과는 분명히 달랐다. 어터슨은 한숨을 내쉬었다. "다른 소리는 들리지 않던가?"

풀이 고개를 끄덕였다. "그러고 보니 한 번 우는 소리가."

"우는 소리? 어떻게 말인가?" 변호사는 갑자기 오싹한 두려움에 사로잡히면서 물었다.

"여자가 우는 소리 같았다고 할까요, 지옥에 떨어진 영혼이 우는 듯한 소리였습니다. 멀리 떨어져서도 그 소리가 가슴속에 들려와서 저까지 울고 싶을 정도였지요."

이제 약속한 10분이 거의 다 되었다. 풀이 포장용 짚단더미 속에서 도끼를 꺼냈다. 가장 가까운 테이블 위에 촛불을 놓아 쳐들어가는 그들을 비춰주도록 했다. 두 사람은 숨을 죽이고, 밤의 정적 속에서 발소리가 지칠 줄 모르고 계속 오락가락하는 곳을 향해 가까이 다가갔다.

"지킬." 어터슨이 큰 소리로 말했다. "오늘은 자넬 꼭 봐야겠네." 잠시 기다렸으나 대답이 없었다. "경고해 두네만, 우리는 모두 의혹을 떨칠 수가 없어서 자네를 만나봐야겠어, 아니 꼭 보고야 말겠네." 거기서 잠시 말을 끊었다가 다시 이었다. "정당한 수단으로 안 된다면 부당한 수단에 호소하는 수밖에. 자네가 거부한다면 폭력이라도 쓰겠어!"

"어터슨." 아까 그 목소리가 말했다. "제발 그만두게. 적선하는 셈치고."

"아, 이건 지킬의 목소리가 아니라 하이드의 목소리야!" 어터슨이 소리쳤다. "하는 수 없어, 풀, 문을 부수게."

풀이 도끼를 크게 휘둘렀다. 그 강타에 건물이 진동했고 붉은색 나사천을 붙인 문이 잠금장치와 경첩에 매달려 흔들거렸다. 겁에 질린 동물이 내지르는 듯한 무시무시한 비명이 실내에서 들려왔다. 도끼로 거듭 내리치자 문의 널빤지가 갈라지면서 문틀이 떨렸다. 네 번이나 내리쳤지만 문은 너무나 튼튼하고 잠금장치도 보통 솜씨가 아니었다. 다섯 번째에 가서야 잠금장치가 떨어지면서 부서진 문이 실내의 카펫 위에 떨어졌다.

문을 공격하던 두 사람은 자신들의 만행과 그 뒤에 이어진 정적에 놀라서, 한 걸음 뒤로 물러서서 안을 들여다보았다. 눈앞에 보이는 방은, 고요한 불빛 속에 벽난로에는 불길이 발갛게 타오르고 있고, 난로 위 주전자에서는 물이 끓어 김이 빠지는 소리가 가느다랗게 나고 있었다. 서랍이 한두 개 열려 있고 책상 위에는 서류가 반듯하게 정돈되어 있었으며, 난로 가까이에는 차 도구들이 놓여 있었다. 그날 밤 런던에서 가장 조용한 그 방은, 약품이 가득한 유리 찬장만 없다면 가장 흔한 방이라고 해도 좋았다.

그 한가운데 한 남자가 쓰러져 있었다. 고통으로 일그러져서 아직도 꿈틀꿈틀 경련하고 있었다. 두 사람은 발끝을 들고 다가가서 천장을 향해 누워 있는 사내의 얼굴을 들여다보고 눈을 크게 떴다. 그들이 본 것은 바로 에드워드 하이드의 얼굴이었다. 그가 입고 있는 헐렁한 옷은 지킬 박사의 체격에 맞는 치수였다. 얼굴 근육은 아직 살아 있는 것처럼 움직였지만 생명은 이미 어디에도 없었다. 손에 쥐고 있는 깨진 약병과 주위에 감도는 강한 새콤달콤한 냄새로, 어터슨은 그가 자살했음을 알았다.

"한발 늦었군, 그를 구하기에도, 응징하기에도." 어터슨이 굳은 목소리로 말했다. "하이드는 이미 죽었어. 이제 우리가 할 일은 자네 주인의 시신을 찾는 일뿐일세."

그 건물은 대부분이 해부실로, 특히 일층의 거의 전부를 차지하고 있었다. 등불이 천장에서 비치고 있었다. 이층의 한쪽 끝에, 골목을 향해 서재가 있었다. 해부실과 골목길로 난 문을 연결하는 복도가 있고, 그 뒷문과 서재를 잇는 또 하나의 다른 계단이 있었다. 그 밖에는 어두컴컴한 벽장 몇 개와 넓은 지하실이 있었다. 두 사람은 그것을 구석구석 살펴보았다. 벽장들은 한 번 들여다보는 걸로 충분했다. 모두 텅 비어 있었고 문에서 먼지가 떨어지는 것으로 보아 오랫동안 열어보지 않은 것이 분명했다. 지하실은 온갖 잡동사니로 가득 차 있었는데 대부분 지킬 박사 이전에 살았던 외과 의사 시절의 물건들이었다. 문을 연 순간, 오랜 세월 입구를 막고 있던 두껍게 뒤엉킨 거미줄 덩어리가 떨어져 그 안은 굳이 찾아볼 필요도 없음을 알 수 있었다. 헨리 지킬은 죽었는지 살았는지 어디에도 그 흔적을 찾아볼 수 없었다.

풀이 복도 바닥을 뒷굽으로 쿵쿵 두드리더니 그 반향음에 귀를 기울이면서 말했다. "틀림없이 이곳에 묻힌 것 같습니다."

"아니면 달아났거나." 어터슨은 그렇게 말하면서 뒷골목으로 나가는 문을 살펴보았다. 자물쇠가 채워져 있고 문 옆 바닥에 녹슨 열쇠가 떨어져 있었다.

"쓰는 열쇠 같진 않은데." 변호사가 말했다.

"쓰기는요!" 풀이 답했다. "열쇠가 부러진 것이 보이지 않으십니까? 마치 누가 발로 밟아 부러뜨린 것처럼요."

"음, 부러진 면도 녹이 슬었군." 두 사람은 겁에 질린 눈빛으로 서로를 바라보았다. "풀, 어찌된 일인지 나로선 도무지 알 수가 없네. 다시 서재로 가보세."

말없이 계단을 올라간 두 사람은 이따금 겁에 질린 눈길을 시체 위로 던지며 서재 안의 물건들을 세세하게 점검했다. 한 테이블 위에는 화학 실험을 한 흔적이 남아 있었다. 여러 개의 샬레에, 계량한 하얀 소금 같은 것이 담겨 있었다. 그것이 그 불행한 사람이 끝내 실험을 끝내지 못했음을 말해주었다.

"제가 항상 사가지고 왔던 그 약품입니다." 풀은 그 말을 채 끝내기도 전에 주전자가 끓어 넘치는 소리에 화들짝 놀랐다.

그 소리에 두 사람은 난롯가로 옮겼다. 그곳에는 안락의자가 아늑한 자리에 놓여 있고, 앉아 있는 사람 팔꿈치 옆에 찻잔에 설탕까지 담긴 차 도구가 준비되어 있었다. 책꽂이에는 몇 권의 책이 있고, 그중 한 권은 찻잔 옆에 펼쳐져 있었다. 그것은 지킬이 여러 번에 걸쳐 찬사를 보냈던 신학서였는데, 거기에 지킬이 끔찍하게 모독적인 주석을 달아놓은 것을 발견하고 어터슨은 놀라움을 금치 못했다.

이어서 실내를 점검하던 수색자들의 시선을 잡은 것은 전신 거울이었다. 그 거울 속을 들여다본 순간, 그들은 자기도 모르게 공포를 느꼈다. 하지만 사실은 거울의 방향 때문에, 거기에 비치고 있는 것은 다만 천장에서 일렁이는 벽난로의 장밋빛 불 그림자와, 서가 유리창의 끝에서 끝까지 무수하게 반사되는 불꽃, 그리고 등을 구부리고 들여다보는 자신들의 창백하고 겁먹은 얼굴뿐이었다.

"이 거울은 온갖 기이한 것들을 다 보았겠군요." 풀이 속삭였다.

"가장 기이한 건 이 거울 자체네." 어터슨도 목소리를 낮춰 말했다. "지킬은 도대체 무슨 목적으로……." 그는 자신의 말에 소스라치게 놀라 입을 다물었다가 두려움을 억누르며 말을 이었다. "지킬은 이것으로 무얼 하려고 했을까?"

"그러게 말입니다." 풀도 동의했다.

두 사람은 책상으로 향했다. 책상 위에 가지런히 놓인 서류 맨 위에 커다란 봉투가 하나 있는데, 지킬 박사의 필체로 어터슨의 이름이 적혀 있었다. 그가 봉투를 열자 서류 몇 장이 바닥에 떨어졌다. 하나는 유언장이었다. 어터슨이 반 년 전에 돌려준 것과 같이 이상한 조항들이 포함된, 사망 시에는 유언장으로, 실종 시에는 양도증서로 작성된 문서였다. 그러나 변호사는 거기에 에드워드 하이드가 아니라 가브리엘 존 어터슨, 즉 자신의 이름이 적혀 있는 것을 보고 말도 못하게 놀라고 말았다. 그는 풀을 바라본 뒤 다시 유서를, 마지막에 카펫 위에 널브러져 있는 악당의 시체를 바라보았다.

"머리가 어지럽군." 어터슨이 말했다. "이자가 줄곧 이것을 가지고 있었다니. 틀림없이 나를 증오했을 텐데. 상속권을 빼앗긴 것을 알고는 아마 미친 듯이 날뛰었을 거야. 그런데도 이 증서를 없애지 않았다니."

어터슨은 다음 서류를 집어 들었다. 역시 지킬 박사가 쓴 짧은 쪽지로, 맨 위에 날짜가 적혀 있었다. "이보게, 풀!" 어터슨이 소리쳤다. "지킬은 오늘도 살아서 이곳에 있었어. 그렇게 짧은 시간 안에 사람을 죽이고 처리할 수는 없을 테니 아직 살아 있는 게 분명해. 아마 달아난 모양이야! 하지만 왜? 어떻게 달아났을까? 그렇다면 이 사건을 자살로 규정해도 되는 것일까? 음, 신중해야겠어. 자칫하면 우리가 자네 주인을 무서운 파국으로 몰아갈 수도 있으니까."

"읽어보시지요." 풀이 말했다.

"두려워서 그러네." 어터슨이 진지하게 대답했다. "제발 내가 괜한 걱정을 하는 것이기를!" 그는 종이를 눈앞에 가져가 읽었다.

친애하는 어터슨,

이 편지가 자네 손에 들어갔다면 난 이미 사라지고 난 뒤겠지. 그게 어떤 상황 때문일지는 예상할 수 없지만, 나의 본능과 뭐라 이름 붙일 수 없는 입장에 처한 나의 현재 상황으로 볼 때 파국은 확실하게, 또 빠른 시일 안에 닥칠 것이 분명하네. 그러니 래니언이 자네에게 주겠다고 내게 경고했던 그 글을 먼저 읽어보게. 그러고도 더욱 알고 싶은 것이 있다면 내 고백을 열어보기 바라네.

자네의 미천하고 불행한 친구

헨리 지킬

"서류가 또 있던가?" 어터슨이 물었다.

"여기 있습니다." 풀은 여러 군데를 봉한 꽤 두툼한 봉투 하나를 내밀었다.

어터슨은 그것을 주머니에 넣었다. "나는 이 서류에 대해서는 아무 말도 하지 않겠네. 자네 주인이 몸을 피했든 죽었든, 우리는 적어도 그의 명예를 지켜줘야 해. 이제 열 시군. 이 서류는 집에 돌아가서 조용히 읽어보겠네. 자정 전에는 돌아올 테니, 그때 경찰을 부르도록 하세."

두 사람은 해부실에서 나온 뒤 문을 잠갔다. 어터슨은 홀의 난롯가에 모여 있는 하인들을 뒤로하고, 드디어 수수께끼를 풀어주게 될 두 통의 수기를 읽기 위해 무거운 걸음으로 자신의 집무실로 돌아갔다.

래니언 박사의 수기

1월 9일, 그러니까 나흘 전, 나는 저녁 우편배달 때 등기우편을 한 통 받았네. 내 동료이자 학창 시절부터 오랜 친구인 헨리 지킬의 자필 사인이 들어 있더군. 좀 놀랐지. 우린 지금까지 편지를 주고받은 적이 전혀 없었거든. 게다가 그와는 바로 전날 밤에도 식사를 같이했으니까. 우리 사이에 이렇게 서류가 필요한 일이 있으리라고는 상상도 하지 못했지. 그리고 그 내용을 읽고 나니 더욱 고개가 갸우뚱해지더군. 내용은 다음과 같네.

래니언, 나의 가장 오랜 친구여. 때로는 과학적인 문제에 대해 의견을 달리한 적은 있을지 모르나, 적어도 내가 기억하는 한 우리의 우정에 금이 간 적은 한 번도 없었네. 만일 자네가 나에게 "지킬, 내 인생, 내 명예, 내 이성은 오로지 자네에게 달렸네." 라고 말했다면 나는 언제든지 내 전 재산과 내 팔 하나를 희생해서라도 자네에게 힘이 되어 주었을 걸세. 래니언, 지금 내 인생, 내 명예, 내 이성은 모두 자네한테 달려 있다네. 오늘 밤 자네가 나를 저버린다면 나는 파멸이네. 여기까지 읽고 자네는 내가 뭔가 파렴치한 일을 부탁하려 한다고 생각할지도 모르겠군. 파렴치한지 어떤지 그건 자네 판단에 맡기겠네.

오늘 저녁 다른 약속은 모두 연기해 주기 바라네. 그래, 국왕을 진찰하라는 부름을 받더라도 말일세. 자네 마차가 지금 현관 앞에 있지 않다면 삯마차를 불러서라도 타고 곧장 내 집으로 와주게. 일이 어그러지지 않도록 이 편지를 꼭 가지고 오게. 집사인 풀도 내 지시를 받고, 열쇠공과 함께 자네를 기다리고 있을 걸세. 그럼 내 서재 문을 연 뒤 자네 혼자 서재에 들어가게. 왼쪽에 있는 서가의 유리문(E 표시)을, 만일 잠겨 있다면 자물쇠를 부숴서라도 열고, 위에서 네 번째 서랍 또는 (같은 얘기지만) 밑에서 세 번째 서랍을 그 안에 있는 내용물 모두와 함께 통째로 빼내게.

지금은 머리가 더없이 혼란스러워서 어쩌면 위치를 잘못 알려주는 게 아닌지 몹시 불안하지만, 그래도 자네가 내용물을 확인하면 맞는 서랍인지 아닌지 알 수 있을 거야. 그 안에는 소량의 약품 가루, 작은 병 하나, 노트 한 권이 들어 있네. 내용물 그대로 서랍을 가지고 캐번디시 광장의 자네 집으로 돌아가 주게.

이것이 첫 번째 부탁이네. 이제 두 번째를 말하겠네. 자네가 이 편지를 받자마자 집을 나선다면 자정이 되기 훨씬 전에 집에 돌아갈 수 있을 걸세. 그만한 여유를 두고 싶은 건, 미리 예측할 수도, 막을 수도 없는 장애가 생길까 봐 걱정이 되기 때문이기도 하지만, 자네 하인들이 모두 잠든 뒤 적어도 한 시간의 여유가 필요해서라네. 아무쪼록 자정에는 자네 혼자 진료실에 있어줬으면 하네. 그럼 한 남자가 내 이름을 대고 찾아갈 테니, 그 사람을 안에 맞아들인 뒤, 내 서재에서 가져간 서랍을 그에게 내주게. 그것으로 자네가 할 일은 다한 것이니, 난 진심으로 자네에게 감사할 걸세. 그리고 자네가 정녕 무슨 영문인지 꼭 알아야겠다면, 5분 뒤면 이해할 걸세. 이 절차들의 중요성을, 그리고 터무니없어 보이지만 그 과정에서 하나라도 무시하면 나의 죽음 또는 내 이성의 파괴로 이어져서, 그로 인해 자네가 괴로움에 빠지게 될지도 모른다는 것을.

자네가 이 부탁을 소홀히 하지 않을 거라고 확신하네만, 만에 하나 그럴 수도 있다는 가능성을 생각만 해도 심장이 오그라들고 손발이 떨리는군. 지금 이 시간, 아무도 모르는 장소에서 아무도 상상할 수 없는 암울한 고뇌에 허우적거리고 있을 나를 생각해 주게. 그러나 자네가 내 지시를 충실하게 이행해주기만 하면 모든 것은 지난 이야기가 될 걸세. 친애하는 래니언, 부디 자네 친구인 나를 구해주게.

친구 H.J.

추신 : 이 편지를 봉인하고 나니 문득 새삼스러운 두려움이 엄습하는군. 우체국에서 일을 그르쳐 이 편지가 오늘 밤 안에 자네 손에 들어가지 않을 수도 있겠어. 그렇게 되면 내일 낮, 자네 편한 시간에 그 일들을 처리해주게. 그리고 내가 보낸 사람을 자정에 맞아주게. 하지만 그때는 모든 게 너무 늦어버릴지도 모르겠군. 만일 내일 밤에 아무도 찾아오지 않고 그냥 지

나간다면, 헨리 지킬은 이미 이 세상 사람이 아니라고 생각해 주게나.

이 편지를 읽고 나는 이 친구가 실성한 게 틀림없다고 생각했네. 하지만 그것이 의심할 여지없이 증명되기 전까지는 그가 부탁한 대로 해야 한다고 느꼈어. 이 이해할 수 없는 이야기의 실체를 뚜렷이 밝혀내기 전에 섣불리 그 중요성을 판단해서는 안 되고, 이토록 간절한 말로 호소하는 그의 부탁을 무책임하게 물리친다면 그 무거운 책임을 면할 수 없게 될 거라네. 그래서 나는 자리에서 일어나 마차를 타고 곧장 지킬의 집으로 갔네. 집사가 내가 도착하기를 기다리고 있더군. 그 역시 나처럼 등기우편물로 지시를 받고, 즉시 열쇠공과 목수를 부르러 사람을 보내둔 뒤였어. 우리가 얘기를 나누는 동안 그들이 도착했지. 모두 함께 예전에 덴먼 박사의 해부실이었던 그 건물로 갔네. 자네도 알겠지만, 그곳이 지킬의 개인 서재로 들어가기에 가장 편한 곳이지. 문이 어찌나 튼튼하고 잠금장치도 얼마나 훌륭한 것이었는지, 목수는 억지로 열려고 하다간 문이 망가질 것 같다고 했고, 열쇠공도 거의 두 손 들 지경이었어. 그래도 손재주가 뛰어난 사람들인지 두 시간쯤 애쓴 끝에 마침내 문이 열렸네. E라고 표시된 서가는 잠겨 있지 않아서 나는 서랍을 꺼내 짚으로 채운 뒤 천으로 싸서 캐번디시 광장으로 가지고 돌아왔네.

당장 내용물을 살펴보았지. 분말은 일정한 양으로 나눠 깔끔하게 포장되어 있었지만, 약제사의 정밀한 솜씨는 아닌 걸로 보아 지킬이 직접 만든 것이 분명했어. 포장을 하나하나 벗겨 보니 내 눈에는 그저 새하얀 소금 결정으로만 보이는 것이 들어 있었어. 다음에 약병을 관찰하니 피처럼 붉은 용액이 반쯤 들어 있는데 코를 찌르는 냄새가 나더군. 인(燐) 성분과 휘발성 에테르가 함유된 것으로 짐작되었네. 다른 성분은 추측할 수가 없었어. 노트는 평범한 연습장으로, 날짜가 죽 적혀 있는 것 말고는 거의 아무것도 적혀 있지 않았네. 날짜는 몇 년에 걸친 것이었는데, 그게 약 1년 전에 갑자기 중단되었더군. 여기저기 날짜 옆에 간단한 메모가 있었지만 그것도 거의 한 단어를 넘지 않았어. 총 몇백 개의 항목들 가운데 '두 배'라는 말이 여섯 번 정도 나왔고, 목록의 아주 초기에는 '완전한 실패!!!'라고 느낌표를 여러 개 찍은 것도 있었네. 이 모든 것이 내 호기심을 자극했지만 확실한 것은 아무것도 알 수 없었어.

요컨대 서랍의 내용물은 무슨 액체가 든 작은 유리병 한 개, 종이에 싼 소금 같은 분말, 그리고 바람직한 결과에 이르지 못한 것으로 보이는(지킬의 연구는 매번 그랬지) 일련의 실험기록뿐이었지. 내 집에 가져온 이런 물건들이 내 정신 나간 친구의 명예와 이성, 또는 생명과 무슨 연관이 있단 말인가? 그가 보내는 사람이 이곳에 올 수 있다면 왜 그의 집에는 갈 수 없는가? 뭔가 문제가 있겠지 인정한다 하더라도 왜 내가 비밀리에 그를 맞아야 한다는 건가? 생각하면 할수록 내가 미친 놀음에 끼어들었다는 생각만 더할 뿐이었네. 나는 하인들을 모두 잠자리에 들도록 물리긴 했지만 혹시 몰라 호신용으로 리볼버 권총에 장전을 해두었네.

런던 전역에 12시를 알리는 종이 울리는 것과 거의 동시에 매우 조심스럽게 문을 두드리는 소리가 났네. 내가 직접 나갔더니 키 작은 사내가 현관 기둥에 기대어 몸을 숙이고 있더군.

"지킬 박사가 보내서 온 사람이오?" 내가 물었네.

그는 부자연스러운 손짓으로 그렇다는 시늉을 하더군. 내가 들어오라고 하자, 그는 바로 따라 들어오지 않고 흘깃 뒤돌아보면서 어두운 광장을 살펴보았어. 멀지 않은 곳에서 경찰이 반구형 렌즈를 끼운 램프를 들고 다가오고 있었는데 그 모습을 보자 그는 흠칫 놀라서 움직임을 서두르는 것 같았어.

솔직히 상대의 그런 거동에 불쾌한 기분이 들어서, 난 총에 손을 갖다대고 사내를 뒤따라 진료실의 밝은 불빛 속으로 들어갔네. 거기에 가서야 상대를 똑똑히 볼 수 있었지. 한 번도 본 적이 없는 얼굴인 건 분명했네. 키가 작다는 건 방금 말한 그대로였어. 그보다도 평범치 않은 인상을 받았는데, 그의 얼굴에 나타난 꺼림칙한 표정뿐만 아니라, 잠시도 가만히 있지 않고 꿈틀꿈틀 움직이는 근육과, 보기엔 허약한 듯한 체질의 조합 때문이었네. 그리고 이 역시 사소한 것은 아니지만, 그 사내 곁에 있다는 묘한 불안감이었지. 그것은 악감정이 극도에 이르렀을 때와 비슷해서 맥박마저 날뛰기 시작했어. 그때는 그 격렬한 증상에 의아해하며 그저 그것을 다소 특이한 개인적 혐오감 때문이라고만 여겼지. 그러나 그 뒤 나는 그 원인이 훨씬 깊은 인간 본성에서 비롯되었다고 여기고, 생리적인 혐오론보다는 뭔가 더욱 고등한 원리에 주의를 돌려야 한다는 생각이 들었다네.

그 사내는(그래서 들어오는 순간부터 불쾌감이 섞인 호기심이라고밖에 설명할 수 없는 인상을 심어준 그는) 보통 사람이라면 웃음이 터질 만한 옷차림을 하고 있었어. 값비싸고 점잖은 옷감이었지만 어디를 보더라도 그에게는 터무니없이 큰 옷이었거든. 헐렁한 바지를 끌리지 않게 접어 올렸고 재킷은 엉덩이 아래까지 내려왔으며 깃은 어깨 양쪽으로 흘러내리고 있었네. 이상한 이야기이지만, 그 우스꽝스러운 옷차림에도 나는 전혀 웃음이 나오지 않더군. 오히려 지금 내 앞에 있는 인간의 본성 자체 속에 뭔가 비정상적으로 잘못된 것이 있고, 거기에는 뭔가 사람을 공격하고 놀라게 하며 반감을 불러일으키는 것이 있었어. 그가 입고 있는 새 옷과 균형을 이루지 못하는 인상이 사내의 본성에 너무나 합치하여, 그것을 더욱 강고하게 해 주는 것 같더군. 그래서 사내의 본성과 인격에 대한 내 호기심은 그의 출신과 삶, 운명, 사회적 지위에까지 뻗어갔다네.

그러한 관찰은 내가 이처럼 길게 써 내려갔지만 사실은 불과 몇 초 동안 일어난 일이었네. 사실 그 방문객은 어두운 흥분을 가까스로 억누르고 있었어.

"가져왔습니까?" 갑작스럽게 그가 큰 소리로 묻더군. "갖고 있지요?" 그는 너무 조급한 마음에 내 팔에 손을 얹으며 흔들려고까지 하더군.

나는 사내의 손길에서 얼음처럼 차가운 고통이 내 혈맥 속에 흘러드는 것을 느끼면서 나도 모르게 밀어냈다네. "이봐요, 난 아직 당신이 누군지도 몰라요. 우선 앉읍시다." 나부터 먼저 평소에 앉는 의자에 앉았네. 늦은 시간인데다 선입견, 그리고 방문자에 대한 두려움이 허락하는 범위 안에서, 평소에 환자를 대할 때와 거의 같은 태도를 꾸미면서 말이네.

"죄송합니다, 래니언 박사님." 그가 예의를 갖춰 대답했어. "당연한 말씀이십니다. 제가 급한 마음에 결례를 범했군요. 저는 박사님의 동료이신 헨리 지킬 박사의 부탁을 받고 왔습니다. 제가 알기로……" 그는 말을 멈추고 목에 손을 갖다 대더군. 그래서 난 그가 겉으로 침착해 보이는 것과 달리, 절박한 흥분과 싸우고 있음을 알았어. "제가 알기로는 서랍이 하나……."

그쯤에서 나는 그의 불안한 모습이 딱해 보이기도 하고 호기심을 더는 참을 수가 없었다네.

"여기 있소." 나는 서랍을 손으로 가리켰네. 서랍은 아직 천으로 싸인 채 테이블 저편의 바닥에 놓여 있었어.

그는 벌떡 일어나 그리로 달려가더니 잠시 동작을 멈추고 한 손을 가슴에 대더군. 나는 그의 턱에서 경련이 일어나면서 이가 갈리는 소리가 나는 것을 들었어. 그의 얼굴이 기분 나쁠 정도로 창백해져서 나는 그의 몸과 정신이 다 온전한지 불안을 느꼈지.

"침착하시오." 내가 말했네.

그는 나를 돌아보면서 섬뜩한 미소를 지어 보였어. 그리고 마치 될 대로 되라고 마음먹은 듯 천을 마구 벗겨 내더군. 내용물을 본 순간 그가 쥐어짜는 듯 안도하는 소리를 냈고, 나는 의자에 앉은 채로 몸이 굳어버리는 것만 같았네. 이어서 완전히 평정을 되찾은 목소리로 그가 물었어. "계량컵 있습니까?"

나는 간신히 자리에서 일어나 그가 원하는 것을 주었어.

그는 웃음 띤 얼굴로 고개 숙여 고맙다는 인사를 하곤 소량의 붉은 용액을 계량해서 분말 한 봉지와 섞더군. 처음에는 붉은색이던 그 혼합물은 결정분말이 녹으면서 점차 색이 밝아졌고 부글부글 끓어오르는 소리가 나더니 증기가 피어났어. 갑자기 부글거림이 멈추는 동시에 용액은 짙은 보라색으로 변했고 서서히 맑은 녹색으로 엷어지더군. 날카로운 눈빛으로 그 변화를 지켜보던 방문객은 미소를 짓고는 계량컵을 테이블에 내려놓은 뒤 돌아서서 탐색하는 눈길로 나를 바라보았어.

"자, 이제 남은 일을 끝내야겠군요. 어떻게 하시겠습니까? 끝까지 보시겠습니까? 아니면 이 컵을 손에 들고 더 아무 말 하지 않고 이 집에서 나갈까요? 혹시 지칠 줄 모르는 호기심에 사로잡혀 있지는 않은가요? 신중하게 생각하고 대답하시오, 당신이 결정하는 대로 할 테니. 당신의 뜻에 따라 당신은 전과 다름없는 삶을 살 수 있습니다. 더 부자가 되거나 더 많은 것을 배우지는 못하겠지만요. 물론 죽음의 고뇌에 빠진 사람을 도우셨으니 그 기억만은 이른바 영혼의 양식이 되어 남겠지요. 아니면 당신의 선택에 따라 새로운 지식의 영역과, 명예와 권력으로 가는 새로운 길이 당신 앞에 펼쳐질 수도 있소. 바로 여기, 이 방에서 즉시 말이오. 그리고 당신은 악마의 불신도 뒤흔드는 경이를 목격하게 될 것이오."

"이보시오." 나는 가까스로 태연한 척하면서 말했다네. "수수께끼 같은 말만 하시는데, 내가 별로 신뢰하지 않는다는 건 아실 거요. 하지만 난 이 이해할 수 없는 일에 너무 깊숙이 개입했기 때문에 이제 와서 멈출 수는 없어요. 끝을 봐야겠소."

"알겠소." 방문객이 대답했어. "래니언, 의사의 선서를 잊은 건 아니겠지. 이제부터 벌어지는 일은 우리의 직업상의 비밀이네. 자네는 오랫동안 매우 편협하고 유물적인 견해에만 사로잡혀 초월적 의학이 가진 진가를 부정하고 자신보다 뛰어난 사람을 비웃어왔네. 하지만 잘 보게!"

그는 컵을 입술로 가져가 단숨에 마셔버렸네. 그의 입에서 외마디 소리가 터져 나왔어. 몸이 휘청 기울고 다리가 비틀거리더군. 그는 테이블을 두 손으로 움켜잡고 버텼네. 충혈된 눈을 크게 뜨고 입을 벌린 채 숨을 헐떡이더군. 내가 보고 있는 동안 뭔가 변화가 일어났어. 몸이 부풀어 오르는 것 같더니, 갑자기 얼굴이 검어지고, 이목구비가 녹아들다가 변형되는 느낌이었지. 다음 순간, 나는 튕기듯이 일어나 뒤로 물러서다가 벽에 부딪치고 말았네. 한쪽 팔을 쳐들어 그 괴기로부터 나를 보호하려 했지만 마음은 공황 상태에 빠지고 말았어.

"오, 세상에!" 나는 비명을 지르고 또 질렀네. "아니, 이럴 수가!" 왜냐하면 내 눈앞에 창백한 몸을 떨며, 의식이 멀어지고 있는 건지 두 손을 앞으로 내밀고 허공을 더듬으면서, 마치 무덤에서 되살아난 것 같은 남자가 서 있는데, 그는 바로 헨리 지킬이었다네!

그로부터 한 시간 동안 그가 얘기한 것을 나는 도저히 종이에 옮겨 쓸 수가 없네. 나는 내 눈으로 본 것을 보고, 귀로 들은 것을 듣고, 마음은 그것에 구토를 느꼈네. 하지만 그 광경이 내 눈 안에서 희미해진 지금, 난 스스로에게 그것을 믿느냐고 물어보지만 대답할 수가 없다네. 내 삶은 뿌리째 뒤흔들리고 말았어. 잠을 이루지 못하고, 밤낮을 모르고 온종일 얼어붙는 듯한 공포에 사로잡혀 있다네. 살 날이 얼마 남지 않았고, 끝내 죽는 수밖에 없다는 것을 느끼네. 나는 믿지 못한 채 죽어가겠지. 그자가 나에게 밝힌 것은, 설사 참회의 눈물을 흘리는 고백이었다고 할지라도, 그것을 기억 속에 되살리기만 해도 온몸이 전율에 휩싸인다네. 어터슨, 내 한 마디만 하겠네. 자네가 내 말을 기꺼이 믿어준다면 난 그것으로 족하네. 그날 밤 내 집으로 사람들의 눈을 피해 기어들어 왔던 자는, 지킬 자신의 고백에 의하면, 하이드라는 이름으로 알려지고 커루를 살해한 범인으로 전국에 수배된 사내였다네.

헤이스티 래니언.

헨리 지킬이 얘기하는 사건의 모든 것

나는 18—년 부유한 가정에서 태어났다. 재능이 풍부하고 근면한 성격을 타고난 덕에, 교우관계에서도 학식 있고 훌륭한 동료들로부터 인정받고, 따라서 당연히 명예가 따르는 빛나는 미래가 보장되어 있었다 해도 이상할 것이 없었다. 그런 한편 나의 가장 큰 단점은 쾌락에 대한 탐닉이었다. 세상에는 그것을 인생의 행복으로 생각하는 사람도 많지만, 사람들 앞에서 머리를 고고하게 쳐들고 위엄 있는 모습을 보여주고 싶은 내 정신의 오만과는 양립할 수가 없었다. 그래서 나는 사람들 앞에서 내 욕망을 숨겨왔다. 그런데 분별심이 생겨 주위를 둘러보고 나 자신의 출세를 평가해 보니, 이미 나는 이중적인 인생에 빠져 빼도 박도 못하게 되어 있었다. 내가 은밀하게 빠져 있는 그런 변칙성을 오히려 과시하는 사람들도 많겠지만, 내가 스스로 정한 고귀한 가치관에서 판단했을 때는, 난 거의 병적이기까지 한 수치를 느끼고 그것을 한결같이 숨기지 않을 수가 없었다. 그러므로 지금까지 나 자신을 형성해 왔고, 내 안에서 인간의 이중성을 형성하는 그 선과 악의 영역을, 다른 대다수의 사람들과 달리 깊은 고랑을 파서 철저하게 분리한 것이다. 그렇기 때문에 나는 종교의 밑바탕을 이루고 고뇌의 수많은 원천의 하나인 엄격한 인륜을 깊이, 그리고 습관적으로 생각하게 되었다. 나는 누구보다 이중인격자였지만 결코 위선자는 아니었다. 나의 양면은 어느 쪽이나 진지하기 짝이 없는 것이었다. 자제심을 옆에 치워놓고 부끄러운 일에 뛰어드는 것도 나요, 밝은 태양 아래 지식의 증진, 또는 남의 슬픔과 고통을 덜어주기 위해 열심히 일하는 것도 나였다. 나의 의학 연구는 전체적으로 신비적이고 초자연적인 것으로 향해 있었지만, 우연히 그 방향으로 강렬한 빛이 비춰지자 영육의 끊임없는 갈등이라는 의식이 표면에 떠올랐다. 날마다 도덕과 지성이라는 정신의 양면에서, 나는 그 진실—한 사람의 인간은 실은 단체(單體)가 아니라, 서로 다른 양면으로 이루어져 있다는 진실에 서서히 다가갔다. 그런 선부른 발견에 의해 나는 이렇게 무시무시한 파멸의 길을 걷게 된 것이다.

일단 '양면'이라고 말해 두자. 왜냐하면 나의 현재의 지식으로는 거기서 더 앞으로 나아갈 수 없기 때문이다. 같은 길을 나아가서 내 뒤를 잇는 자도 있을 것이고, 나를 앞질러 나가는 자도 있을 것이다. 그리고 감히 예측한다면, 결국 한 인간이란 다양하고 서로 모순되는, 독립적인 생물이 사는 사회의 축도임이 인정되는 날이 올 것이다. 나 자신은 내 삶의 방식에서 한 번도 벗어나지 않고 한 방향으로, 오직 한 방향으로만 나아갔다. 내가 인간의 근원적이고 또한 완전한 양면성을 인식하기에 이른 것은 도덕면에서, 그것도 나 자신의 내면에 있어서였다. 그런 나는, 의식의 영역에서 서로 갈등하고 있는 두 개의 인격 가운데 어느 한쪽이라고 할 수 있다 해도, 그것은 내가 근원적으로 양쪽을 갖추고 있기 때문일 뿐이라는 것을 알았다. 나는 일찍부터—나의 학술적 발견이 나아가는 방향이, 그런 기적의 조그마한 가능성이 나타나기 전부터, 선악의 두 가지 요소의 분리라는 착상을 백일몽처럼 즐기면서 고찰하는 것을 배웠다. 만약 그 각각의 본성을 각각의 인격에 깃들게 할 수 있다면, 인생에서 견딜 수 없는 것은 남김없이 사라질 거라고 생각했다. 사악한 것은 올바른 쪽의, 또 한 사람의 향상심과 자책에서 해방되어 자신의 길을 가면 된다. 그러면 올바른 쪽은, 더 이상 자신을 따라다니는 악마의 손에 의해 수치나 회오 앞에 서게 되는 일 없이, 선행에서 기쁨을 발견하면서 안심하고 착실하게 향상의 길을 나아갈 수 있다. 그런 양립할 수 없는 존재가 하나로 묶여, 고뇌하는 의식의 자궁 속에서 완전히 정반대인 쌍둥이가 끊임없이 싸우고 있는 것은 인류가 받은 저주이다. 그럼 이들 둘을 어떻게 분리할 것인가?

그렇게 깊은 사색에 빠져 있을 때, 앞에서 얘기했듯이 실험실 테이블에서 다른 빛이 비쳐들어 그 주제를 비추기 시작했다. 나는 우리가 옷을 입고 걸어가는, 겉으로 튼튼해 보이는 이 육신이 사실은 실체가 없이 흔들거리는 것이고 안개처럼 덧없는 것임을 비로소 깊이 깨닫기에 이르렀다. 나는 어떤 약품에, 마치 바람이 텐트의 휘장을 날려 보내듯이 그런 육체의 외피를 흔들어 벗기는 효력이 있음을 알았다. 하지만 난 그 학술적 곁길을 깊이 파고들지는 않을 참인데, 거기에는 두 가지 이유가 있다. 하나는, 우리 인생의 숙명과 고난은 영원히 우리 어깨 위에 지워져 있고, 그것을 떨쳐버리고자 하면 그때까지보다 훨씬 더 무서운 중압감이 우리를 짓눌러 올 뿐이기 때문이다. 또 하나는, 슬프게도 나의 고백이 명백하게 증명하듯이 그 발견은 미완으로 끝났기 때문이다. 그래서 다만, 나는 내가 가지고 태어난 육체가 실은 정신을 구성하는 모든 힘의 일부인 단순한 영기(靈氣)이고 투과광임을 알았을 뿐만 아니라, 그 유력한 구성요소를 왕좌에서 끌어내리는 약제의 조합에 성공하여 지금과는 다른 육체와 외모를 만들었다는 사실만 말해두고자 한다. 그것은 나에게 조금도 부자연스러운 일이 아니다. 왜냐하면 그것은 내 정신의 내면에 들어 있는 하등한 요소의 발현으로, 그 각인이 찍혀 있기 때문이다.

나는 오랜 망설임 끝에 그 이론을 실제로 옮겨 보기로 했다. 죽음의 위험이 있다는 것은 잘 알고 있었다. 인격의 성채(城砦) 자체에 이토록 강력한 작용을 미쳐 그 성채를 송두리째 뒤흔드는 약품은 아주 적게라도 과잉복용하거나 복용 시기가 조금이라도 어긋나면, 내가 바꾸려고 하는, 실체를 가지지 않은 육체라는 용기를 파괴해 버릴 수도 있기 때문이다. 하지만 그렇도록 특이하고 중대한 발견에 대한 유혹이 결국 위험의 예감을 굴복시키고 말았다. 그래서 곧 약품 도매상에서 특수한 염류(鹽類)를 대량으로 구입했다. 실험에 의하면, 그것이 가장 마지막에 필요한 성분이었다. 그리고 운명의 날, 밤늦게 소정의 성분을 조합한 나는 그것이 유리컵 속에서 하얀 연기를 토해내며 끓는 것을 지켜보다가, 거품이 가라앉자 용기를 내어 약제를 입안에 털어넣었다.

끔찍한 고통이 찾아왔다. 뼈가 갈리는 듯한 통증, 심한 구토가 뒤따랐고 영혼이 흔들렸다. 탄생과 죽음의 고통도 초월하는 격통이었다. 그러나 그것도 어느새 진정되기 시작하여 다시 정신이 돌아왔을 때는, 마치 죽음의 병을 털고 일어난 것 같은 기분이었다. 오감 속에 뭔가 전혀 낯설고 뭐라 표현할 수 없이 새로운 것, 거짓말처럼 감미로운 것이 있었다. 육체가 젊어지고 가벼워지고 상쾌해진 것을 느꼈다. 무분별한 생각이 머릿속에 차오르고, 종잡을 수 없는 관능적인 환상이 꿈속의 급류처럼 달리더니, 의무관념의 속박에서 해방됨을 느꼈다. 그 새로운 인격의 고고성과 함께, 나는 내가 원초적으로 지니고 있던 사심(邪心)에 노예로 팔려가, 전보다 사악한, 아니 열 배나 사악한 인간이 되었음을 알았다. 그 순간 그 인식은 달콤한 술이 되어 나를 상쾌하게 해주고 환희를 느끼게 했다. 나는 두 팔을 활짝 벌려 그 신선한 감각을 만끽했다. 그러자 갑자기, 그러한 동작에 의해 내 키가 줄어든 것을 깨달았다.

그때만 해도 그 방엔 거울이 없었다. 지금 이 글을 쓰고 있는 내 옆에 놓여 있는 거울은, 변신 목적 전용으로 나중에 들여놓은 것이다. 밤은 이미 아침으로 크게 기울어, 아직 어두컴컴하지만 새로운 하루가 시작되고 있다. 하인들은 아직 깊은 잠에 빠져 있다. 희망과 승리감에 도취한 나는, 새로운 모습으로 침실까지 가 보기로 결심했다. 뜰을 지나갈 때 위에서 나를 내려다보고 있던 별은, 밤을 지키던 그 파수꾼은, 지금까지 한 번도 목격한 적이 없는 생물을 보고 틀림없이 놀라지 않았을까? 내 집 안에서 낯선 타인이 된 나는 복도를 가만히 빠져나갔다. 그리고 침실에 도착한 나는 처음으로 에드워드 하이드의 모습을 보았다.

나는 추측만으로 말하지 않을 수 없고, 따라서 여기서 말하는 것은 알고 있는 것이 아니라 틀림없이 그럴 거라고 생각하는 것이다. 방금 잔인한 힘이 이입된 내 성격의 사악한 반면(半面)은, 왕좌에서 방금 끌려 내려온 선량한 반면에 비해 발육이 덜 되고 힘도 세지 않았다. 누가 뭐래도 노력과 미덕과 자제력이 9할을 차지하고 있었던 그때까지의 인생에서, 그쪽은 사용될 일이 훨씬 적었기 때문에 소모도 훨씬 적었던 것이다. 에드워드 하이드가 헨리 지킬에 비해 그렇게 작고 연약하며 젊은 것은 그 때문이라고 생각한다. 한쪽 얼굴에서 선이 빛나고 있다면, 다른 한쪽에는 악이 온 얼굴에 선명하게 씌어 있었다. 게다가 사악한 쪽(그것이 인간의 양면 가운데 정신의 죽음을 가져오는 면이라는 생각은 지금도 변함없다)에는 육체에 기형과 퇴폐의 흔적이 남아 있었다. 그렇지만 그 추악한 우상을 거울에서 발견했을 때 내가 느낀 것은 혐오가 아니라 오히려 매우 반기는 환영의 기분이었다. 그것도 역시 나 자신이라고 생각했다. 너무나도 자연스럽고 인간답게 보였다. 내 눈에 그것은 정신의 더욱 생생한 모습으로 비쳤고, 지금까지 내 것이라고 불러왔던, 양면성을 지닌 불완전한 얼굴에 비하면 한 면만을 지닌 더욱 명료한 얼굴이었다. 그런 점에서 나는 분명히 틀리지 않았다. 그 뒤 내가 에드워드 하이드의 모습이 되었을 때 나를 본 사람들 가운데, 처음부터 본능적인 공포를 드러내지 않는 사람은 한 사람도 없었다. 생각건대 그것은, 우리가 일상적으로 만나는 사람들은 모두 선과 악의 복합체인 데 비해, 에드워드 하이드는 인류 전체에 단 한 사람밖에 없는 순수한 악이었기 때문이다.

마냥 거울 앞에 서 있을 수는 없었다. 한 가지 더 결정적인 실험을 해야 했기 때문이다. 혹시 나의 정체성이 회생 불가능할 정도로 파괴되지는 않았는지, 동이 트기 전에 더 이상 내 집이 아닌 집에서 달아나야만 하는지, 그것을 확인할 필요가 있었다. 서둘러 서재로 돌아간 나는 다시 약제를 만들어 마시고, 전과 같은 변신의 고통을 견딘 끝에 헨리 지킬의 성격과 키와 얼굴을 지닌 원래의 나로 돌아왔다.

그날 밤 나는 운명의 기로에 서 있었다. 그 발견에 접근하면서 내가 더욱 고매한 정신으로 임했다면, 그 실험을 더욱 장엄하고 경건한 열망 속에서 했더라면 모든 것이 달랐을 것이다. 그런 생사의 고뇌 속에서 나는 악마가 아니라 천사가 되어 출현했을 것이다. 그 약은 시간에 따라 약효가 달라지는 것은 아니다. 또 악마에게도 신에게도 똑같이 작용한다. 다만 그것은 나의 인격이라는 감옥문을 뒤흔들어 열었을 뿐이고, 그로 인해 안에 있었던 것이 빌립보의 포로처럼 뛰쳐나온 것이다〔사도행전 16장 25, 26절〕. 그때 나의 선은 잠자고 있었다. 악은 야심을 불태우며 잠들지 못하고 있었기 때문에 재빨리 기회를 꿰찬 것이다. 그리하여 튀어나온 것이 에드워드 하이드였다. 이제 나는 두 개의 겉모습뿐만 아니라 두 개의 인격을 가지게 되었다. 한쪽은 악의 화신, 다른 한쪽은 내가 이제는 그 교정도 교화도 포기하고 만, 복합체에 어울리지 않는 한쪽, 원래의 헨리 지킬이었다. 그렇게 해서 시작된 상황은 오로지 나쁜 쪽으로, 나쁜 쪽으로만 흘러갔다.

그때만 해도 나는 무미건조한 연구생활에서 느끼는 염증을 극복하지 못하고 있었다. 여전히 그 쾌락적인 성향이 이따금 고개를 쳐들곤 했다. 그 즐거움은 (아무리 좋게 말해도) 자랑할 만한 것은 아니었다. 나는 이름이 알려지고 평판도 높았지만, 나이가 나이인 만큼 그 삶의 모순은 날이 갈수록 바람직하지 않은 쪽으로 흘러갔다. 새로운 힘이 나를 유혹하여 마침내 노예로 만들어버린 것은 그 바람직하지 않은 쪽에서 일어난 사건이었다. 유리컵을 비우기만 하면 당장 저명한 학자의 육체를 벗어버리고, 두꺼운 망토를 걸치듯이 에드워드 하이드의 육체를 걸칠 수가 있다, 그렇게 생각만 해도 미소가 떠올랐다. 그것이 그때는 유쾌했다. 나는 준비하는 데 신중에 신중을 기했다. 하이드가 경찰에 추적당한 소호의 그 집에 세간을 들이고 가정부를 고용했다. 파렴치하나 함부로 입을 놀리지 않는 노파였다. 한편, 광장의 집에서는 고용인들에게 하이드라는 사람(인상착의를 설명해주고)이 집 안을 자유롭게 드나들 수 있도록 허용할 것을 지시하고, 만약을 위해 제2의 인격으로 내 집을 방문하여 얼굴을 익히게 해두었다. 다음에 어터슨이 그토록 반대했던 유언장을 썼다. 그것에 의해, 만약 지킬 박사인 나에게 무슨 일이 생기면, 경제적인 어려움을 겪는 일 없게 에드워드 하이드인 또 다른 나로 바뀌면 되는 것이다. 그렇게 해서 신변을 확실하게 정리한 나는, 어느 쪽으로 변신하든 자신이 지닌 특이한 면역성을 즐길 수 있게 되었다.

자신이 계획한 범죄를 고용한 악당에게 시킴으로써, 자신의 몸과 명예에 흠이 가지 않도록 한 사람은 지금까지 얼마든지 있다. 그러나 자신의 쾌락을 위해서 그렇게 한 것은 내가 인류 최초일 것이다. 사람들이 보는 앞에서는 뛰어난 인품과 체면을 내세우며 점잖게 걷다가, 조금 뒤, 그런 옷을 어린아이처럼 벗어던지고 자유와 방종의 바다에 온몸으로 뛰어들 수 있는 것도 내가 처음이다. 아무것도 투과하지 않는 망토를 두르고 있기 때문에 나의 안전은 완벽했다. 생각해 보라, 나는 존재조차 하지 않는 것이다! 실험실로 달아나, 항상 준비되어 있는 약 1회분을 섞어서 마시는 데 1, 2초면 충분하다. 그것으로 에드워드 하이드가 무슨 짓을 저질렀든, 거울에 서린 입김처럼 어느새 사라져버린다. 그 대신 밤늦게 서재에 혼자 조용히 앉아 램프 심지를 자르면서 세상의 의혹을 비웃어줄 수 있는 사람, 헨리 지킬이 있다.

내가 변신을 통해 추구하는 쾌락은 앞에서 말한 것처럼 자랑할 만한 것은 아니지만, 그렇다고 그보다 더 심한 이름으로 부를 만한 것도 아니다. 그러나 에드워드 하이드의 손에 한번 걸리면, 그 쾌락은 곧 추악한 것을 지향하기 시작했다. 그리고 외출에서 돌아오면, 변신하여 저지른 나의 악행에 대해 스스로 환멸을 느끼는 일이 종종 있었다. 내가 내 영혼에서 불러내어 홀로 자신의 쾌락을 찾으러 내보내는 그 한쪽은, 나면서부터 극악무도한 놈으로 모든 행동과 생각이 다 자기 본위였다. 잇따라 저지르는 크고 작은 어떤 가학행위를 봐도, 동물적 탐욕으로 온갖 쾌락을 다 누리고, 돌로 만든 인간처럼 무자비했다. 이따금 헨리 지킬은 에드워드 하이드의 행위 앞에 그저 아연실색할 뿐이었다. 그러나 상황은 세상의 일반적인 법칙과는 상관없이 흘러갔고, 나는 양심의 악력을 서서히 풀어갔다. 죄를 저지르는 것은 어차피 하이드, 하이드 혼자였다. 지킬은 전과 다를 바가 없었다. 깨어나면 아무것도 손상되지 않은 채 자신의 선한 모습으로 다시 돌아가 있었다. 가능할 때는 하이드가 저지른 악행을 서둘러 바로잡기도 했다. 그렇게 함으로써 양심을 다시 잠재운 것이다.

그렇게 해서 내가 묵인해 온 악행(아직도 그것을 자신이 한 짓이라고 인정하기는 어렵다)에 대해 자세히 기록할 생각은 없다. 다만 응징이 다가오는 징조가 있었고, 그것이 한 걸음 한 걸음 내 몸에 바싹 다가온 것만은 말해둔다. 한 가지 우연한 사고가 일어났지만 별 탈 없이 끝났기 때문에 그것만은 잠깐 언급해 두기로 한다. 한 소녀에 대한 가혹행위가 지나가던 목격자의 분노를 불러일으켰는데, 그 목격자는 전에 만난 적이 있는 어터슨의 친척이었다. 의사와 소녀의 부모도 와서 가세하자 나는 신변의 위협을 느꼈다. 결국은 그들의 너무도 당연한 분노를 달래주기 위해, 에드워드 하이드는 그들을 집까지 데려가서 헨리 지킬이 서명한 수표를 건네기에 이르렀다. 나는 다른 은행에 에드워드 하이드 명의의 계좌를 개설함으로써, 두 번 다시 그런 위험한 다리를 건널 일이 없게 만들었다. 또 필체의 각도를 바꿈으로써 내 분신에게 독자적인 필적의 사인을 만들어 주었기 때문에, 재앙의 불똥이 튀지 않는 안전한 곳으로 달아난 것으로 생각했다.

댄버스 경이 살해되기 두 달쯤 전에, 나는 또다시 모험을 즐기러 나갔다가 밤늦게 돌아왔다. 그리고 이튿날 아침 눈을 떴는데 뭔가 이상한 느낌이 들었다. 주위를 둘러보았지만 알 수가 없었다. 광장에 있는 집 침실의, 고급스러운 취향의 키 큰 가구가 눈에 들어오는 것은 이상할 것이 없는 일이었다. 침대 커튼의 무늬, 마호가니 침대의 디자인도 이상이 없었다. 그래도 뭔가가, 내 방이 달라졌다고 말하고, 내가 눈 뜬 곳은 내가 지금 있다고 생각하는 곳이 아니라 에드워드 하이드의 육체로 잠드는 것이 습관인, 소호의 그 작은 방이라는 것을 말하고 있었다. 그래서 나는 옅은 미소를 지으면서 자신의 심리에 따라 이 환각의 요소들을 느긋하게 고찰했고, 그러면서 이따금 아침의 기분 좋은 졸음에 빠져들었다. 그런 상태에 있다가 문득 정신이 들었을 때 손에 눈길이 갔다. 헨리 지킬의 손은(어터슨도 여러 번 말했듯이) 모양도 크기도 의사에 어울리는 하얀 손으로, 뼈대가 굵고 단단하며 모양이 좋았다. 그런데 지금 런던 시내의 황금빛 아침 햇살 속에 선명하게 드러난, 침대 시트 위에 느슨하게 쥐고 있는 손은, 가늘고 힘줄이 튀어나오고 마디가 굵으며 창백하고 검은 피부가 덥수룩한 털에 가득 덮여 있었다. 그것은 바로 에드워드 하이드의 손이었다.

깜짝 놀란 나는 망연자실하여 30초가량 그것을 응시하고 있었다. 그러다 갑자기 심벌즈가 쾅 하고 맞부딪쳐 울렸을 때처럼 가슴속에 공포가 깨어나는 걸 느꼈다. 나는 침대에서 튕기듯이 나가 거울로 달려갔다. 거울에 비친 모습에 나는 온몸의 피가 꽁꽁 얼어버리는 듯했다. 그렇다, 침대에 들어갈 때의 나는 헨리 지킬이었는데, 눈을 떴을 때의 나는 에드워드 하이드였던 것이다. 나는 스스로에게 물었다. 이것을 어떻게 설명할 것인가? 그러자 다시 공포가 엄습했다. 어떻게 하면 원래대로 돌아갈 수 있을까? 이미 새벽이 지난 지 한참 되었고, 하인들도 다 일어나 있을 터였다. 약품은 전부 서가에 들어 있다. 서재까지는 먼 거리였다. 계단을 두 개 내려가 뒤편 복도를 지난 뒤, 몸을 숨길 곳이 없는 뜰을 통해 해부실에 들어가서—거기까지 생각하자 공포에 숨이 멎을 것만 같았다. 얼굴을 가릴 수는 있겠지만 키의 변화는 감출 길이 없으니, 얼굴을 가린다고 무슨 소용이랴. 그러나 말할 수 없는 감미로운 안도의 물결 속에 떠오른 것은, 하인들은 이미 내 분신의 출입에 익숙해져 있다는 사실이었다. 나는 곧 지킬의 옷을 될 수 있는 한 교묘하게 몸에 걸쳤다. 그리고 곧 집 안을 지나갔다. 마부 브래드쇼가 그런 시간에 그런 기묘한 차림을 한 하이드를 보더니 눈을 크게 뜨고 한 걸음 뒤로 물러났다. 그러고 10분 뒤, 지킬 박사는 자신의 몸으로 돌아가 어두운 표정으로 식탁에 앉아 아침을 먹는 둥 마는 둥 했다.

식욕이 있을 리가 없었다. 이 불가해한 사건, 그때까지의 경험에 반하는 이 일은, 흡사 바빌론 벽에 글씨를 쓴 손가락처럼〔다니엘서 5장 5절〕 나를 심판하는 글씨를 쓰고 있는 손을 보는 것 같은 기분이었다. 나는 나의 이중의 존재가 낳을 모든 결과와 가능성을 더욱 진지하게 검토했다. 내가 출현시킬 수 있는 분신은, 최근 들어 부쩍 많이 사용되고 단련되어 있었다. 그래서 요즘은 에드워드 하이드의 몸이 성장하여, 그의 모습이 되었을 때 피가 더욱 왕성하게 흐르는 듯한 느낌이 들었다. 만약 그것이 앞으로도 계속된다면, 내 인격의 균형은 완전히 무너져서 자유의지에 따른 변신능력을 빼앗기고, 에드워드 하이드의 인격이 내 것이 되어 원래의 나로 돌아갈 수 없게 되는 것이 아닐까? 마음속에 그런 위험이 감지되었다. 원래 약효는 언제나 동등하게 나타나는 것은 아니었다. 아주 초기에는 약이 전혀 듣지 않는 일이 있었다. 그때 이후, 약의 양을 어쩔 수 없이 배로 늘린 일이 한두 번이 아니었고, 심지어 한번은 생명의 위험을 무릅쓰고 세 배로 한 적도 있었다. 지금까지는 그런 우연한 이상이 내 만족감에 드리운 유일한 그림자였다. 그러나 그날 아침 같은 사건이 있고 보니, 지킬의 육체를 벗어버리는 애초의 곤란은 이제 서서히, 그러나 확실하게 에드워드 하이드의 육체에서 벗어나는 곤란으로 바뀌고 있음을 인정하지 않을 수 없었다. 모든 사항은 하나의 사실을 가리키고 있는 것처럼 보였다. 즉, 나는 원래의 선한 자기에 대한 지배력을 조금씩 잃어가고, 제2의 사악한 자신에게 조금씩 물들어가고 있었던 것이다.

이제 나는 어느 한쪽을 선택해야 할 때라고 생각했다. 두 개의 인격이 공유하는 것은 기억뿐이고, 그 이외의 능력은 눈에 띄게 불공평하게 배분되어 있었다. 지킬(복합 인간)은 때로 과민할 정도로 신경질적인 불안을 느끼면서, 때로는 지칠 줄 모르는 탐욕으로 하이드를 출현시켜 그 쾌락과 모험을 함께 나누었다. 반면에 하이드는 지킬에게 무관심하거나 산적이 토벌대로부터 몸을 숨기는 동굴 정도로밖에 생각하지 않았다. 지킬의 관심이 아버지의 그것 이상이라면, 하이드의 무관심은 아들의 그것 이하였다. 지킬과 운명을 함께할 생각이라면, 나는 오랫동안 남몰래 즐겨왔고 최근에는 도를 지나치게 된 욕망을 잊어야만 한다. 하이드에게 운명을 맡길 생각이라면 수많은 관심사와 염원을 버리고, 한순간에, 그리고 평생토록 친구도 없이 사람들에게 멸시당하는 존재가 되어야 한다. 이쪽이 너무나도 손해인 것 같지만, 저울 위에는 또 하나의 고뇌가 올라가 있었다. 지킬이 금욕의 불길에 타오르며 괴로워하는 데 비해, 하이드는 무엇을 잃어도 전혀 의식조차 하지 않는다는 것이다. 곤혹스러운 상황이지만, 그러한 딜레마는 인류와 마찬가지로 오래되고 진부한 것이었다. 유혹에 굴복하고 불안에 떠는 죄인도, 거의 비슷한 타산과 경계심의 주사위를 던져 그 운명을 결정한 것이다. 이 사정은 대다수 인간에게 적용되는 것처럼 나에게도 적용되었으나, 나는 선을 선택하고도 그것을 고수할 힘이 모자랐다.

그렇다, 나는 진지한 열망을 가지고도 반대하는 친구들에게 에워싸여 마음을 애태워야 했다. 그리고 하이드로 변신하여 즐긴 자유와 젊음, 가벼운 발걸음, 힘찬 맥박, 은밀한 쾌락, 그 모든 것에 단호하게 작별을 고했다. 그러나 그 결단 속에 미련이 남아 있었던 모양이다. 소호의 집을 팔지도 않고 에드워드 하이드의 옷도 서재에 그대로 남겨 두었으니 말이다. 어쨌든 두 달 남짓은 그 결의를 지켰다. 그 두 달간은 어느 때보다 근엄한 나날을 보내며, 그 대가로 양심에 칭찬받는 기분이 얼마나 좋은지 맛보았다. 그러나 시간과 함께 처음의 경계심이 점점 무디어졌다. 양심의 칭찬은 곧 당연한 일이 되었다. 자유를 찾아 몸부림치던 하이드처럼 나는 고뇌와 절망에 허덕이기 시작했다. 그리고 마침내 의지력이 약해졌을 때, 다시 변신의 약을 조제하여 마시고 말았다.

주정뱅이가 스스로 자신의 악습에 대한 변명거리를 찾을 때 육체적, 동물적 감각이 마비되어 저지르는 위험을 고려하는 경우는 5백 번에 한 번도 되지 않을 것이다. 나 또한 자신의 지위를 생각한다면, 에드워드 하이드의 주된 자질인 완전한 도덕적 무감각과, 아무렇지도 않게 악으로 내달리는 가벼움을 충분히 고려했다고 할 수는 없다. 아니나 다를까, 바로 그 자질이 나에게 천벌을 내렸다. 오랫동안 우리에 갇혀 있던 나의 악마는 포효와 동시에 밖으로 뛰쳐나갔다. 약을 입으로 가져가는 순간부터, 전보다 더욱 방자하고 격렬해진 악의 의지를 느꼈다. 그 불운한 피해자가 정중하게 말을 건 것만으로도 화가 치밀어 올라 마음속에 분노의 폭풍이 불어친 것도 틀림없이 그 때문일 것이다. 정신이 온전한 인간이라면 아무도 그만한 일로 그만한 범죄를 저지르지는 않으며, 나의 가해행위는 장난감을 부수는 아이와 같은 비이성적인 상태에서 일어난 발작에 지나지 않는다. 적어도 그것만은 신 앞에서 단언할 수 있다. 그러나 나는 평형을 유지하는 본능을 이미 몸 안에서 도려내어 내팽개친 상태였다. 판단할 수 있는 본능이 있기 때문에 최악의 인간도 온갖 유혹 속에서 다소나마 균형을 유지하면서 걷는 법인데, 그것을 잃어버린 나에게는 아주 작은 악의 유혹도 파멸로 이어졌다.

갑자기 내 안에서 지옥의 악령이 깨어나 날뛰기 시작했다. 나는 쾌감에 휩싸여, 아무런 저항도 하지 않는 육체를 때려눕히며 한 대 한 대 칠 때마다 희열을 맛보았다. 그러다가 이윽고 지치기 시작하자, 환희의 절정에서 갑자기 오싹하는 차가운 전율이 심장을 꿰뚫었다. 안개가 싹 걷히고, 자신이 교수대에 목이 매달릴 만한 죄를 저질렀음을 알았다. 나는 그 잔인무도한 장소에서 달아나면서 기쁨과 공포를 동시에 느끼고 있었다. 사악함에 대한 욕망은 채워졌지만, 삶에 대한 집착은 그 한계를 잃었다. 나는 소호의 집으로 달려가 (만일을 위해) 중요한 서류를 불태운 다음 곧장 가로등이 켜진 거리로 나와 쏘다녔다. 내 정신은 둘로 나뉘어 한껏 들떠 있었다. 한편으로는 기꺼이 해낸 범죄에 희희낙락하면서 앞으로의 계획을 생각하며 흥분했고, 또 한편으로는 바삐 걸으며 뒤에서 복수하려 다가오는 발소리가 들려오는지 귀를 기울였다. 하이드는 콧노래를 부르며 약을 조제한 뒤 죽은 자에게 잔을 들어 건배했다. 변신의 고통이 채 사라지기도 전에, 헨리 지킬은 감사와 참회의 눈물을 흘리며 무릎을 꿇고 신 앞에 두 손을 모았다. 방탕과 방종의 베일은 머리 꼭대기에서 발끝까지 찢어졌고, 내가 살아온 삶이 한눈에 보였다. 아버지의 손을 잡고 걸었던 어린 시절부터, 의학에 푹 빠져들었던 세월, 그리고 수없이 똑같은 비현실적인 느낌으로 머릿속을 떠도는 것은 그날 밤의 저주받은 공포의 현장이었다. 큰 소리를 내지르고 싶었다. 눈물에 젖어 기도를 외면서, 기억이 나에게 자꾸만 들이대는 무시무시한 광경과 성난 목소리를 안간힘을 쓰며 막아보려 했다. 그래도 여전히, 사악하고 추한 얼굴이 간절한 기도 사이로 내 영혼을 빤히 들여다보는 것이었다. 이윽고 그 참회의 가책이 멀어지자 희열이 밀려왔다. 내 행동의 문제는 해결되었다. 그 뒤로 하이드라는 존재는 있을 수가 없다. 내 의지와 상관없이, 나는 내 존재의 선량한 반신(半身)에 봉인되었다. 아, 그렇게 생각했을 땐 얼마나 기뻤는지 모른다! 평범한 삶의 모든 제약들을 스스로 나아가 그토록 겸허하게 받아들였건만! 단호하게 끊어버릴 각오로 그토록 빈번하게 드나들던 문에 자물쇠를 채우고, 그 열쇠를 땅바닥에 내팽개친 뒤 발로 짓밟았건만!

이튿날, 간밤의 살인사건에 목격자가 있으며 그 흉악한 범죄를 저지른 사람이 하이드라는 것, 그리고 피해자가 세상의 존경을 받던 인물이었음이 보도되었다. 그것은 단순한 범죄가 아니라 어리석은 자가 저지른 비극적인 참사였다. 그것을 알고 나니 차라리 다행이다 싶었다. 덕분에 나의 충동도 교수대에 대한 공포로 철저히 억제되었으니 생각할수록 다행한 일이었다. 이제 지킬은 내가 은신해야 할 도피처였다. 하이드의 얼굴을 한 순간이라도 드러낸다면, 세상 사람들 모두가 그를 붙잡아 죽이려 들 것이다.

나는 미래의 행동으로 과거를 보상하기로 결심했다. 그 결의가 어느 정도 결실을 맺었다고 해도 거짓말은 아니리라. 작년 후반 몇 달 동안 내가 얼마나 진지하게 사람들의 고통을 구하려고 노력했는지 아는 사람은 다 알 것이다. 타인을 위해 열심히 일하면서 하루하루 조용하게, 그리고 거의 행복하게 지나간 것 또한 알려진 바와 같다. 타인을 위해 봉사하는 선량하고 정결한 생활에 염증이 나는 일은 없었다. 그렇기는커녕, 하루하루가 충만하고 즐거웠다. 그러면서도 여전히 나는 생존 목적의 이중성에서 완전하게 벗어나지는 못하고 있었다. 참회 당시의 긴장이 조금씩 풀려감에 따라, 오랫동안 하고 싶은 대로 날뛰었던, 바로 조금 전에 구속된 나의 저열한 면이 자유를 찾아 신음하기 시작했다. 단, 하이드를 부활시키려는 생각은 꿈에도 하지 않았다. 그것만은 생각만 해도 소스라치게 놀라 두려움에 떨었다. 실은 또 양심에 장난을 쳐보고 싶은 마음이 든 것은, 나의 본디의 인격인 지킬이었고, 끝내 유혹의 공격에 패배한 것은 어디서나 흔히 볼 수 있는 은밀한 범죄자였다.

어떤 일에도 끝이 있게 마련이다. 아무리 큰 그릇도 결국은 가득 차게 된다. 그렇게 해서 나의 사악한 마음을 잠시 눈감아 준 것이 한이 되었으니, 마침내 내 영혼의 균형은 무너지고 말았다. 나는 그것을 깨닫지 못했다. 그 타락에는 나의 변신술 발견 이전의 나날로 돌아가는 것처럼 부자연스러운 느낌이 없었다. 그것은 청명한 1월, 어느 상쾌한 날의 일이었다. 발아래는 서리가 녹아 질척거렸지만 머리 위에는 구름 한 점 없었다. 리젠트 공원은 새의 지저귐과 이른 봄의 향기로 가득 차 있었다. 나는 양지바른 벤치에 앉았다. 내 내면의 짐승은 감미로운 기억의 편린들을 어루만지고 있었고, 정신은 이윽고 찾아올 후회를 예감하면서도 아직 움직이지는 않고 꾸벅꾸벅 졸고 있었다. 아무 일도 아니다, 나는 이웃들과 다를 것이 없는 사람이다, 그런 생각이 들었다. 그리고 나 자신을 다른 사람들과 비교하고, 나의 적극적인 선행을 그들의 냉혹한 무관심과 게으름에 비교하며 미소를 머금었다. 그렇게 오만한 생각을 한 바로 그 순간, 불현듯 불안이 엄습하더니 격렬한 구역질과 맹렬한 오한에 사로잡혔다. 그것이 물러나자 나는 문득 정신이 아득해지는 것을 느꼈고, 그것도 진정되자 이번에는 사고에 변화가 일어났음을 알아차렸다. 대담해지고 위험을 아랑곳하지 않으며 의무 관념의 속박에서 해방된 것 같았다. 눈이 아래를 향했다. 팔다리가 줄어들어 옷이 헐렁헐렁했으며, 한쪽 무릎에 올려놓은 손은 힘줄이 튀어나오고 털이 수북했다. 나는 다시 에드워드 하이드로 돌아간 것이었다. 조금 전만 해도 세상 사람들의 존경을 확신하면서 부유하고 사랑받는 가운데 집의 식당에는 식사 준비가 되어 있던 나였다. 그런 내가 지금은 저주받아야 할 공공의 적으로 수배된 자, 집도 없고 세상이 다 아는 살인자, 교수형을 면할 수 없는 몸이 된 것이다.

내 이성은 흔들렸지만 모든 것을 다 잃은 것은 아니었다. 지금까지, 제2의 인격이 되었을 때 두뇌의 작용이 더욱 기민해지고, 정신의 긴장과 탄력도 증가하는 것을 여러 번 경험했다. 그래서 지킬이라면 굴복했을지도 모르는 상황에서도 하이드는 중대한 위기에 즉각적으로 대처했다. 약제는 서재의 서가에 넣어 두었다. 거기까지 어떻게 갈 것인가? 그것이 문제였다. 어떻게 하면 이 문제를 해결할 수 있을지, 나는 (두 손으로 관자놀이를 짚고) 생각에 잠겼다. 실험실 문은 내가 직접 잠갔다. 집 안에서 들어가려 하다가는 하인들에게 붙들려 교수대로 보내질 것이다. 다른 수단을 써야 한다는 걸 알았을 때 문득 래니언이 떠올랐다. 어떻게 연락을 취하고 어떻게 설득할 것인가? 길에서 체포되는 건 면할 수 있다 해도 어떻게 그의 집으로 갈 것인가? 설사 갈 수 있다 하더라도, 어떻게 정체를 모르는 불쾌한 방문자가 유명한 의사로 하여금 동료인 지킬의 서재 안을 뒤지도록 할 것인가? 그때 나의 본래 인격의 일부가 아직 나에게 남아 있다는 사실이 생각났다. 나는 나 자신의 필적으로 편지를 쓸 수 있다. 섬광처럼 그 생각이 번뜩이자, 그 다음에 가야 할 길이 이쪽 끝에서 저쪽 끝까지 훤히 보였다.

그래서 우선 옷차림을 최대한 가다듬은 뒤, 지나가던 이륜마차를 잡아타고 마침 이름을 기억하고 있던 포틀랜드 가의 호텔로 갔다. 내 차림새(그 옷 속에 아무리 비극적인 운명이 감춰져 있다 해도 역시 우스꽝스러웠다)를 보고 마부는 웃음을 감추지 못했다. 그래서 내가 이를 갈면서 악마적인 분노를 드러내자 상대의 얼굴에서 순식간에 웃음이 사라졌다. 그것은 마부에게 다행이었지만 나에게는 더욱 다행한 일이었다. 왜냐하면 하마터면 그를 마부석에서 끌어내릴 뻔했기 때문이다. 호텔에 들어가서 무시무시한 형상으로 주위를 둘러보자 호텔 종업원들이 두려움에 떨었다. 내 앞에서는 아무도 눈을 마주 쳐다보지 못한 채, 명령하는 대로 고분고분 나를 객실로 안내하고 필기도구도 갖다 주었다. 목숨이 왔다 갔다 하는 위험을 맞이한 하이드는,

내가 처음으로 상대하는 짐승이었다. 무시무시한 노기와 터질 듯한 살의를 잔뜩 품고 잔학성을 드러내고 있었다. 그러나 짐승도 호락호락하지 않았다. 무시무시한 의지의 힘으로 분노를 내리누르고 중요한 편지를 두 통 썼다. 한 통은 래니언에게, 또 한 통은 집사 풀에게 보내는 것이었다. 편지가 제대로 부쳐졌다는 것을 확인하기 위해 등기로 보내라고 지시했다.

그 뒤에는 온종일 방 안의 벽난로 앞에 구부리고 앉아 손톱을 물어뜯으면서 시간을 보냈다. 식사도 방에서 하며 혼자 불안을 안고 앉아 있었고, 종업원도 그 앞에서는 오들오들 몸을 떨었다. 그리고 완전히 밤이 되자, 그는 포장마차 구석에 앉아 있다가 시내를 이리저리 돌아다녔다. 나는 지금 '그'라고 부르고 있다. 도저히 '나'라고 할 수가 없다. 그 지옥의 자식에게는 인간적인 것은 아무것도 없었다. 그의 내면에 깃들어 있는 것은 오직 공포와 증오뿐이었다. 그리고 마침내 마부가 수상하게 여기기 시작한 것을 알고, 마차를 버리고 헐렁한 옷으로 사람들의 시선을 끌면서 밤의 인파 속으로 들어갔다. 그 두 가지 저열한 감정은 가슴속에서 열풍이 되어 맹렬하게 울부짖고 있었다. 공포에 사로잡혀 혼잣말을 지껄이기도 하고, 자정까지 몇 분이나 남았는지 헤아리면서 인적이 드문 거리를 빠른 걸음으로 걸었다. 한번은 어떤 여자가 말을 걸면서 성냥갑 같은 것을 내밀었다. 그가 얼굴을 때리자 여자는 달아났다.

래니언의 집에서 지킬로 돌아왔을 때, 나는 옛 친구에게 다소 두려움을 품었던 것일까? 잘 모르겠다. 두려움이라고 해도, 나중에 그 몇 시간을 뒤돌아보았을 때의 혐오감에 비하면 바다에 떨어진 물 한 방울 같은 것이었다. 나에게 변화가 일어나고 있었다. 나를 괴롭히는 것은 이제 교수대에 대한 공포가 아니라, 하이드에 대한 공포였다. 래니언의 가차 없는 비난도 꿈결처럼 아련하게 들렸다. 몽롱한 채로 집에 돌아가 침대에 누웠다. 극도의 피로 속에 보낸 하루가 끝나자 나는 이것저것 생각할 겨를도 없이 잠에 빠져들었다. 악몽이 나를 괴롭혔지만 잠을 깨우지는 못했다. 아침에 눈을 뜨니 몸에 힘이 없어 휘청거렸으나 기분은 개운했다. 내 안에서 잠자고 있는 짐승을 생각하면 여전히 혐오와 공포가 사라지지 않았고, 전날 밤의 등골이 오싹하도록 위험했던 순간들도 물론 잊지 않고 있었다. 그러나 지금은 집에 돌아와 내 방에 있고, 약도 가까이 있다. 위기를 벗었다는 기쁨이 가슴속을 환하게 비추어, 그 눈부신 빛이 희망의 광채인가 하는 생각이 들 정도였다.

아침 식사 뒤, 골목길을 휘청휘청 거닐면서 차갑고 맑은 대기를 마음껏 들이마셨는데, 그때 다시 변신에 앞서 찾아오는 그 표현할 길 없는 감각이 온몸을 감쌌다. 안전한 서재에 간신히 뛰어 들어가자, 폭위와 공포를 휘둘러대는 하이드의 광기가 찾아왔다. 이번에는 복용량을 배로 늘려서 가까스로 나 자신으로 돌아왔다. 그런데 놀랍게도 불과 여섯 시간 뒤, 의자에 앉아 암울하게 불길을 바라보고 있는데, 또다시 격통이 찾아와서 다시 한 번 약의 힘을 빌려야만 했다. 요컨대 그날부터 지킬의 모습을 유지하려면 체육훈련과도 같은 노력과, 약의 직접적인 자극에 의지하는 수밖에 없게 된 것이다. 밤이고 낮이고 시간에 상관없이 변신의 전조인 경련에 시달렸다. 특히 잠들고 나면, 아무리 의자에 앉아 잠깐 졸았을 뿐이라도, 눈을 떴을 때는 반드시 하이드가 되어 있었다. 언제나 가까운 곳에 다가와 있는 저주를 기다리는 긴장과, 보통사람은 견디지도 못할, 그러나 이제는 나의 숙명이라고 생각하는 불면에 의해, 모습은 본디의 나 자신이지만 열병으로 다 소진되어 텅 빈 생물이 되어 있었다. 몸도 마음도 쇠약하여 축 늘어지고, 머리를 차지하고 있는 것은 오직 하나, 나의 분신 하이드에 대한 공포였다. 그러나 잠들어버리거나 약효가 사라지면, 전이하는 과정이 거의 없이(변신의 고통은 날이 갈수록 익숙해졌으므로) 곧바로 공포의 온갖 이미지가 중첩되는 환상에 사로잡혔다. 마음은 까닭 모를 증오로 끓어오르고, 몸에는 분출하는 생명의 에너지를 내리누를 힘이 없는 듯했다. 지킬의 그런 쇠약과 함께 하이드의 폭위는 더욱 맹렬해져 갔다. 그리고 의심할 여지없이, 이제 둘 사이에 있는 증오의 정도는 서로 동등했다. 지킬의 경우, 그것은 생물의 본능적 증오였다. 이미 그는 이제 자신과 의식 현상의 일부를 공유하고 또 죽음까지 함께할 그 생물의 더없이 비정상적인 면을 보고야 말았다. 그의 불행의 가장 뼈아픈 부분이라고 할 수 있는 그 공존 관계를 제외하면, 그에게 하이드는, 아무리 생명력이 넘쳐나도 단순히 악마적이기만 한 것이 아니라, 육체를 가지지 않은 무기물일 뿐이었다. 악의 구렁텅이가 소리를 지르며 외쳤다. 연기 같은 티끌이 몸짓 손짓을 하면서 죄를 지었다. 죽어서 아무런 형태도 가지지 않은 것이 생명의 기능을 가로챘다. 그것은 충격적인 일이었다. 그 공포의 반역자가 아내보다 긴밀하고 눈보다도 가까운 곳에서 그와 함께 묶여 있었다. 그 육체의 우리

속에 드러누워 끊임없이 중얼거리며 태어나려고 꿈틀대는 것이 느껴졌다. 그가 피폐해져 있을 때는 쉴 새 없이, 잠들었을 때도 그를 때려눕혀 현세에서 내쫓으려고 했다. 그것 또한 충격이었다. 지킬에 대한 하이드의 증오는 그것과는 성질이 달랐다. 교수대의 공포가 그를 끊임없이 사로잡고 일시적인 자살로 몰아넣어, 한 인간이 아니라 지킬의 일부라는 종속적인 지위로 돌아가게 했다. 그는 그 불가피성을 증오하고, 지킬이 빠져 있는 허탈상태가 싫었으며, 그 지킬이 자신을 혐오하는 것이 마음에 들지 않았다. 그래서 그는 원숭이 같은 못된 장난을 쳐서, 내 책의 여백에 나의 필적으로 신성을 모독하는 말을 써넣거나 편지를 불태우고, 내 아버지의 초상을 망가뜨리기도 했다. 그뿐만이 아니라, 만약 죽음에 대한 공포가 없었더라면 나를 길동무로 삼기 위해 벌써 자살했을 것이다. 그러나 삶에 대한 그의 집착은 놀라운 것이었다. 좀 더 얘기한다면, 사실 그를 생각만 해도 구역질과 오한을 느끼는 나이지만, 그의 비굴한 집착과 열정을 상기하고, 자살함으로써 그를 분리할 수 있는 나의 힘을 그가 얼마나 두려워하고 있는지 생각하면, 마음속으로 그에게 연민을 느끼지 않을 수 없었다.

더 넋두리를 해봐야 부질없는 일이고, 시간도 그리 많지 않다. 다만 지금까지 이만한 고뇌를 겪은 자는 아무도 없을 거라는 사실만 말해 두자. 하지만 습관이란 무서운 것이다. 어느새 그 고뇌가 완화된 것은 아니지만, 정신의 무감각이라고 할까, 절망에 대한 순응 같은 것이 찾아왔다. 그리하여 나에게 쏟아져서 결국 나를 나 자신의 얼굴과 인격에서 분리한 그 마지막 재앙이 없었으면, 나에 대한 천벌은 몇 년쯤 더 계속되었을지도 모른다. 그 분말이 바닥을 드러내기 시작했다. 처음 실험한 날부터 지금까지 한 번도 보충하지 않았으니 당연한 일이었다. 나는 사람을 보내 추가로 구입했고 약을 조제했다. 용액이 끓기 시작하여 첫 번째 변색이 일어났으나 두 번째는 아니다. 마셔 봐도 아무 효과가 없었다. 그 뒤 그 약을 구하러 런던 구석구석을 얼마나 돌아다녔는지는 풀이 누구보다 잘 알고 있다. 모든 게 헛수고였다. 지금 생각하면, 처음에 사온 것에 불순물이 들어 있었고, 그 정체를 알 수 없는 불순물이 틀림없이 약효를 발휘했던 것이리라.

약 일주일이 지난 지금, 나는 이 기록을 오래된 분말의 마지막 한 봉지의 힘을 빌려 마무리하고 있다. 따라서 헨리 지킬이 자신의 머리로 생각하고 거울에 비친 자신의 얼굴(이토록 얼굴이 상할 수 있다니!)을 보는 것은 기적이 일어나지 않는 한, 이것이 마지막이 될 것이다. 이 글을 마치는 데 이 이상 시간을 끌어서는 안 된다. 왜냐하면 지금까지 이 수기가 온전히 남을 수 있었던 건 극도의 조심성과 크나큰 행운 양쪽이 있었기 때문이다. 만약 집필 중에 변신의 고통이 찾아온다면 하이드의 손이 그것을 갈기갈기 찢어버릴 것이다. 그러나 내가 이 수기를 어딘가에 감춰둔 뒤 어느 정도 시간이 지나면, 그의 경이롭기까지 한 자기본위와 그때뿐인 관심 덕분에 틀림없이 그 원숭이 같은 장난의 손길을 면할 수 있을 것이다. 실제로 우리 둘에게 다가오고 있는 마지막 운명은, 지금은 그의 용모를 바꾸고 제압했다. 이제부터 30분 뒤 다시, 그리고 영원히 그 저주받은 인격으로 돌아간 나는, 틀림없이 의자에 앉아 몸을 떨며 오열하고 있을 것이다. 아니면 긴장과 불안이 뒤섞인 쾌감에 잠겨, 이 방 안(지상에서의 나의 마지막 도피처)을 이리저리 어슬렁거리면서 위협적인 목소리가 들릴 때마다 깜짝 놀라 귀를 기울일지도 모른다. 하이드는 교수대에서 죽게 될 것인가? 아니면 마지막 순간에 자신을 해방할 용기를 얻을 것인가? 그것은 신만이 안다. 내가 알 바 아니다. 지금은 틀림없는 나의 죽음의 시간이고, 그 이후의 일은 하이드의 문제이다. 그럼 이쯤에서 펜을 내려놓고 고백문을 봉인한 뒤, 불행한 헨리 지킬의 삶에 종지부를 찍고자 한다.

Kidnapped

데이비드 모험

데이비드 모험

1. 쇼스 저택으로 떠나다

1751년 6월 초 이른 아침, 우리집을 떠날 때부터 이 모험 이야기를 시작하겠다. 길을 따라 내려가는데 어느새 해가 언덕배기를 비추기 시작했다. 이윽고 목사관에 닿을 즈음에는 정원에 핀 라일락 덤불에서 개똥지빠귀가 힘차게 짹짹거리고, 새벽부터 골짜기에 자욱했던 아침 안개도 서서히 걷히기 시작했다.

에센딘*[1]의 목사인 캠벨 씨가 정원 문에 서서 나를 기다리고 있었다. "아침은 먹었냐" 그가 물었다. "아무것도 먹고 싶지 않아요." 내가 대답하자 그가 두 손으로 내 손을 부드럽게 감싸 자기 겨드랑이에 꼈다.

"데이비, 개울 저쪽까지 바래다 주마."

우리는 말없이 걸었다.

한참이 지나자 목사님이 물었다. "에센딘을 떠나기가 슬프냐?"

"글쎄요." 내가 대답했다. "어디로 가야 할지, 앞으로 어떤 일이 벌어질지 안다면 대답드릴 수 있겠죠. 에센딘은 좋은 곳으로 전 여기서 아주 행복했어요. 하지만 다른 곳에는 한 번도 가본 적이 없고 아버지와 어머니도 돌아가셨으니 이젠 에센딘에 있건 헝가리 왕국에 있건 차이가 없겠어요. 솔직히 출셋길이 보장된다면 기쁘게 떠날 수 있을 것 같아요."

"그래, 그거 참 좋은 생각이구나. 그렇다면 네게 해줄 말이 있단다. 네 어머니가 돌아가시고 네 아버지가 앓아누워 계실 때 너에게 주라며 내게 편지 한 통을 맡기셨단다. 그러고는 이렇게 말씀하셨어. '우리집 가재도구를 다 처분하고 집 정리가 끝나면(데이비, 그건 다 끝났단다) 이 편지를 아들에게

---

*1 스코틀랜드 수도 에든버러에서 남쪽으로 50킬로미터쯤 떨어진 작은 마을.

주시고, 크레먼드*[2] 쇼스 저택으로 가라고 하십시오. 제가 태어난 집이니 아들도 그리로 돌아가야지요. 제 아들 녀석은 야무지고 머리도 나쁘지 않은 것 같으니 잘 처신할 겁니다. 그쪽에서도 제 아들을 마음에 들어 할 거고요.'"

"쇼스 저택이요?" 내가 놀라서 소리쳤다. "아버지와 쇼스 저택이 무슨 관계가 있나요?"

"글쎄다. 확실한 건 아무도 모른다. 하지만 데이비, 그 일족의 성은 네 성과 똑같은 '벨퍼'란다. 요즘은 몰락했다는 것 같지만, 아주 유서 깊은 집안이야. 네 아버지도 그런 가문에 걸맞게 학식 있는 분이셨지. 그만큼 훌륭한 교육을 받으신 분도 드물어. 태도로 보나 말투로 보나, 흔해빠진 선생들하고는 격이 달랐지. 너도 기억하겠지만, 나는 네 아버지를 목사관으로 초대해서 향사(鄕士)*[3]들을 소개해 주는 게 즐거웠다. 내 일족인 키레네트의 캠벨, 단스와이어의 캠벨, 민치의 캠벨을 비롯해 이름난 향사들이라면 모두 아버지와 어울리기를 좋아했지. 자, 이게 그 편지다. 아버지가 직접 서명한 거야. 중요한 문제는 모두 이 안에 쓰여 있을 거다."

목사님이 편지를 건네주셨다. 겉봉에는 "쇼스 가문의 에버니저 벨퍼에게 장남 데이비드 벨퍼가 가지고 감"이라고 쓰여 있었다. 에트릭 포레스트*[4]에 사는 가난한 교사의 아들인 17세 소년의 눈앞에 느닷없이 멋진 미래가 펼쳐지려 하고 있었다. 내 심장은 세차게 고동쳤다.

"캠벨 목사님." 나는 다그치듯 물었다. "목사님이 저라면 가시겠어요?"

"물론 가고말고. 그것도 당장. 너처럼 건강한 젊은이라면 크레먼드까지 걸어서 이틀이면 갈 거야. 에든버러에서 가까우니까. 만일 그 잘난 친척에게 문전박대당한다 해도, (아무리 생각해도 너와 같은 핏줄이 분명한 것 같지만) 이틀 동안 같은 길을 다시 걸어와서 목사관 문을 두드리면 될 일 아니니? 하지만 난 돌아가신 아버지의 바람대로 네가 환대받으리라 생각한다. 나중에는 반드시 훌륭한 사람도 될 거고. 그런데 데이비, 난 이 이별의 순간을 헛되이 보내고 싶지 않구나. 세상의 재앙에서 너를 지킬 수 있도록 설교를 해 줘야 마음이 편할 것 같은데."

---

*2 에든버러 남북쪽에 있는 마을 이름.

*3 귀족은 아니지만, 가문(家紋)을 달 수 있는 특권을 지닌 좋은 가문 출신의 사람.

*4 에든버러 남쪽에 있는 군(郡) 이름. 셀커크셔라고도 한다.

이렇게 말하면서 목사님은 앉을 만한 곳이 없는지 주위를 둘러보다가 길가 자작나무 아래에 있는 커다란 바위를 발견하고는 입을 꾹 다물고 엄숙한 표정으로 거기에 앉았다. 태양은 이미 두 산봉우리 사이에서 쨍쨍 내리쬐고 있었다. 목사님은 끝이 올라간 모자챙 위에 손수건을 펼쳐서 햇볕을 가렸다. 그러고서 집게손가락을 곧추세우고, 내가 이제껏 들어본 적 없는 수많은 사악한 종교의 이름을 들며 "그 유혹에 빠져서는 안 되며 끊임없이 기도하고 성경을 읽으라" 강조했다. 그다음에는 내가 찾아갈 저택의 모습과 그곳에 사는 사람들에게 어떻게 행동하면 좋을지를 자세히 설명했다.

"별것 아닌 일로 고집 피우지 마라, 데이비." 목사님이 말했다. "너는 좋은 집안 출신이긴 하다만, 시골에서 자랐다는 사실을 잊지 마라. 우리 얼굴에 먹칠을 하지 말렴, 데이비. 먹칠을 해선 안 돼! 또 그런 저택에는 위에서 아래까지 온갖 종류의 하인이 있을 거다. 누구에게도 뒤지지 않도록 친절하고 신중하고 눈치는 빠르게 굴되 필요 이상의 말은 삼가렴. 지주를 대할 때는, 그가 한 집안의 우두머리라는 사실을 잊어선 안 된다. 공경할 만한 사람에게는 예를 갖춰야 한다. 지주를 모시는 건 영광이지만, 특히 젊은이라면 더욱 그렇게 생각해야 한다."

"네. 목사님 말씀이 맞아요." 내가 말했다. "최선을 다할게요."

"그래, 기특하구나." 캠벨 목사님이 진심으로 기쁜 듯이 말했다. "그럼 이번에는 구체적인 이야기를 해 보자꾸나. 내가 여기 네 가지 물건이 든 작은 꾸러미를 가지고 왔는데," 이렇게 말하면서 수도복의 호주머니를 뒤적거리더니 마침내 꾸러미 하나를 꺼냈다. "네 가지 중 하나는 법률상 당연히 네 것이다. 얼마 안 되긴 하지만 네 아버지의 책과 가구를 판 대금이지. 그것들을 선생들에게 팔기 위해 내가 맡아 두었었거든. 물론 미리 네 아버지의 허락을 받았단다. 다른 세 가지는 아내와 내가 주는 선물인데, 받아 주면 고맙겠구나. 동그란 것은 처음으로 여행길에 오르는 네가 가장 좋아할 만한 물건이란다. 말은 거창해도 보잘것없는 것이어서 몇 걸음 가는 데 도움이 될 정도지, 곧 아침 이슬처럼 금세 사라져 버릴 거다. 두 번째, 납작하고 네모지고 글씨가 쓰여 있는 것은 튼튼한 지팡이가 될 거다. 병든 머리를 얹는 값비싼 베개처럼 평생 네게 도움이 될 거다. 마지막, 상자처럼 생긴 것은 너를 천국으로 이끌어줄 거다. 난 그렇게 되기를 진심으로 빈다."

말을 마치자 목사님은 일어나서 모자를 벗더니, 드디어 여행을 떠나는 젊은이를 위해 잠시 목청을 높여 진심이 담긴 기도를 해 주었다. 기도가 끝나자 두 팔로 나를 으스러질 정도로 와락 껴안은 다음, 그 팔을 똑바로 뻗어 내 어깨를 붙잡은 채 슬픈 얼굴로 나를 지그시 바라보았다. 그러고서 홱 돌아서더니, 잘 가라고 외치고는 왔던 길을 달음질치듯이 되돌아갔다. 모르는 사람이 그 모습을 봤다면 웃음을 터트렸을지도 모르지만, 나는 그렇지 않았다. 나는 그가 시야에서 사라질 때까지 가만히 지켜보았다. 목사님은 걸음을 늦추지도, 뒤를 돌아보지도 않았다. 마침내 나는 그것이 그가 작별을 슬퍼하는 하나의 방법임을 깨닫고 마음이 몹시 무거워졌다. 나는 드디어 지루한 시골을 떠나 크고 북적이는 저택에서 나와 똑같은 성을 가진 돈 많고 고귀한 혈육들을 만나러 간다는 생각으로 잔뜩 들떴다.

"데이비, 데이비." 나는 나 자신을 꾸짖었다. "이 배은망덕한 놈. 잘난 일족의 이름 좀 들었다고 은혜고 옛 친구고 다 잊을 셈이냐? 창피한 줄 알아라, 이 파렴치한 자식!"

그러고서 그 친절한 목사님이 앉아 계셨던 바위에 앉아 꾸러미를 끌러 선물을 살펴보았다. 목사님이 상자 모양이라고 했던 것이 무엇인지는 대충 짐작하고 있었다. 예상대로, 플레이드*5 상자에 들어갈 만한 크기의 작은 성경

---

*5 스코틀랜드인이 걸치는 격자무늬의 기다란 숄.

책이었다. 동그란 것이란 1실링짜리 은화였다. 건강할 때든 병들었을 때든 평생 도움이 될 거라던 선물은 누런 갱지 한 장이었다. 거기에는 빨간 잉크로 이렇게 쓰여 있었다.

"은방울꽃 즙 제조법—은방울꽃을 모아 자루에 넣고 짜냄. 필요에 따라 찻숟가락으로 한 번 또는 두 번 마실 것. 중풍에 걸려 말을 못하는 사람은 언어 기능을 회복. 통풍에도 잘 들음. 기분을 안정시키고, 기억력을 좋게 함. 또 이 꽃을 유리병에 담아 밀봉해서 한 달간 개밋둑에 보존한 뒤 꺼내면 꽃에서 나온 즙을 채취할 수 있음. 이것을 다른 병에 담아 보존할 것. 남녀를 불문하고 병의 예방과 치료에 효험 있음."

그 뒤에는 목사님의 친필로 이렇게 덧붙여져 있었다.

"염증이 있을 때는 이 즙을 바를 것. 울화가 치밀 때 한 큰술씩 먹을 것."

물론 이것을 읽고 나는 웃음을 터트렸다. 그러나 그 웃음은 울음에 가까웠다. 개운해진 나는 보따리를 지팡이 끝에 동여매고 개울을 건너 반대편 언덕으로 올라갔다. 이슥고 히스가 흐드러지게 핀 들판을 지나, 가축들이 지나다니는 넓은 길로 나왔다. 그곳에서 나는 에센딘 교회와 목사관을 둘러싼 나무들과 부모님께서 잠들어 계신 묘지에 우뚝 솟은 마가목 등을 작별인사하는 마음으로 잠시 바라보았다.

2. 여행이 끝나다

이튿날 정오가 되기 전에 어느 야트막한 산에 오르자, 저 멀리 바다까지 점차 낮아지는 이 지방 풍경이 한눈에 들어왔다. 그 완만한 비탈 중턱을 좌우로 가로지르는 기다란 대지에 에든버러가 아궁이처럼 연기를 토해내고 있었다. 성에는 깃발이 펄럭이고, 강에는 배들이 움직이기도 하고 정박해 있기도 했다. 성도 배도 멀리 있었지만, 똑똑히 보였다. 시골에서 자란 나는 어느

것 하나 신기하지 않은 것이 없었다.

얼마 뒤 양치기의 집이 나왔으므로 나는 크레먼드로 가는 길을 물었다. 그렇게 길을 물어물어 코링톤을 지나 도시의 서쪽으로 가니 마침내 글래스고 가도가 나왔다. 한 무리의 병사가 피리소리에 보조를 맞추어 행진하고 있었다. 나에게는 무척 재미있고 신기한 광경이었다. 맨 앞에는 점박이 말에 걸터앉은 불그죽죽한 얼굴의 늙은 장군이, 맨 뒤에는 유난히 높은 군모를 쓴 보병부대가 가고 있었다. 악대의 활기찬 행진곡을 들으며 영국군의 붉은 군복을 보고 있노라니 내 마음도 패기와 긍지로 벅차올랐다.

조금 더 가자 드디어 크레먼드였다. 거기서부터 나는 쇼스 저택으로 가는 길을 물었다. 그러나 내가 그 이름을 말하면 사람들은 흠칫 놀랐다. 처음에는 촌티 나고 꾀죄죄한 내가 으리으리한 저택에 대해 물어서라고 생각했다. 그런데 그 뒤 몇 사람에게 더 물어도 모두 같은 표정으로 같은 대답을 했다. 나는 쇼스 저택에 무슨 일이 생겼나 보다 생각했다.

이런 불안감은 되도록 빨리 없애는 게 상책이라고 생각한 나는 질문 방법을 바꾸었다. 정직해 보이는 사나이가 짐마차를 끌고 오솔길을 오고 있었다. 나는 그에게 물었다. "쇼스 저택에 대해 들은 이야기가 있습니까?"

그 사나이는 짐마차를 멈추더니, 지금까지 만난 사람들과 똑같이 나를 뚫어지게 바라보았다.

"음." 사나이가 말했다. "그건 왜 묻니?"

"으리으리한 집이죠?" 내가 물었다.

"당연하지. 아주 으리으리하지."

"그렇군요. 그곳 사람들은요?"

"사람들?" 그가 소리쳤다. "너 제정신이냐? 거기에 사람이라고 부를 만한 사람은 없어."

"뭐라고요? 에버니저라는 사람이 없나요?"

"음, 그런 이름이던가? 지주가 있기야 있지. 네가 찾아가려는 사람이 그 자라면 말이다. 그런데 그 집엔 무슨 볼일이냐?"

"그 집에서 일자리나 얻을까 하고요." 나는 온순한 표정을 지으려고 노력하면서 말했다.

"뭐라고?" 사나이가 말까지 깜짝 놀랄 정도로 버럭 소리를 질렀다. 그러고는 덧붙였다. "얘야, 내가 참견할 일은 아니다만, 말귀는 알아듣는 젊은이 같으니 충고하지. 쇼스 저택에는 얼씬도 하지 마라."

그다음에 만난 사람은 아름다운 하얀 가발을 쓴 말쑥한 차림의 왜소한 사나이였다. 손님들을 찾아다니는 이발사 같았다. 이발사란 모르는 소문이 없다는 사실을 익히 들어 아는 나는 쇼스 가문의 벨퍼라는 사람이 어떤 사람이냐고 다짜고짜 물었다.

"흠!" 이발사가 말했다. "그자는 사람도 아니야. 사람이라고 할 수가 없지." 그러더니 내가 무슨 일로 찾아왔는지 캐내려는 듯이 이런저런 질문을 하기 시작했다. 그러나 그 점에서만큼은 내가 한 수 위였다. 이발사는 끝내 아무것도 알아내지 못한 채 다음 손님의 집으로 가 버렸다.

이런 반응들에 내 달콤한 꿈이 얼마나 큰 상처를 입었는지 이루 표현할 수가 없을 정도이다. 어째서 쇼스 가문을 욕하는지 분명치 않은 만큼 더욱 꺼림칙했다. 그만큼 이런저런 상상을 하게 되었기 때문이다. 대체 어떤 저택이기에 길을 물을 때마다 마을 사람들이 깜짝 놀라며 나를 위아래로 훑어본단 말인가? 대체 어떤 사람이기에 이런 변두리에까지 악명을 떨치고 있는 것인가? 에센딘까지 걸어서 한 시간만 됐어도 나는 당장 그 자리에서 모험을 그만두고 캠벨 목사님에게 돌아갔을 것이다. 그러나 이왕 이렇게 멀리까지 온 이상, 정확한 사실도 모르면서 나쁜 소문만 듣고 되돌아갈 수는 없었다. 오기로라도 끝까지 가봐야겠다고 생각했다. 귀에 들어온 소문은 영 꺼림칙하고 발걸음은 무거워졌지만, 나는 계속해서 길을 물으며 걸음을 옮겼다.

땅거미가 질 무렵, 터덜터덜 언덕에서 내려오는 한 아낙네와 마주쳤다. 뚱뚱하고 살갗이 거무스름하며 깐깐해 보이는 여자였다. 내가 같은 질문을 하자, 그녀는 몸을 홱 돌리고는 지금 막 내려온 언덕배기까지 나를 데리고 갔다. 그러고는 바로 근처 골짜기 초원에 우뚝 서 있는 커다란 집을 가리켰다. 탁 트인 풍경이었다. 야트막한 언덕이 이어져 있고, 윤택하게 물이 흘렀으며, 숲은 푸르게 우거졌다. 작물도 풍요롭게 자라고 있었다. 그러나 저택만큼은 폐가처럼 보였다. 그곳으로 나 있는 길은 하나밖에 없고, 어느 굴뚝에서도 연기 한 줄기 피어오르고 있지 않았다. 정원이라 부를 만한 곳도 보이지 않았다. 내 마음은 무겁게 내려앉았다. "내가 찾던 게 저 집이라니!" 나는 울먹거리는 소리로 외쳤다.

여자의 얼굴이 격렬한 증오가 서린 분노로 불타올랐다. "저게 쇼스 저택이지!" 여자가 외쳤다. "피로 지어진 집 말이야. 피로 지어진 탓에 완성되지도 못한 채 방치되어 있지. 결국은 피로 망할 거야. 두고 보라지!" 여자가 계속 울부짖었다. "땅에 침을 뱉고 손가락을 튕겨 저주할 테다! 지옥으로 떨어져라! 그놈을 만나거든 들은 대로 전해 줘. 이로써 1219번째야. 제네트 클라우스톤이 그놈은 물론 그놈의 집, 외양간, 마구간, 하인들, 손님들, 아들딸 모두에게 저주를 퍼부은 게 말이야. 한 놈도 빠짐없이 지옥에 떨어져라!"

여자는 마녀의 주문처럼 점점 격앙된 목소리로 이렇게 말하더니, 말이 끝나자마자 몸을 홱 돌려 사라져 버렸다. 우두커니 남겨진 나는 소름이 돋을 정도로 무서웠다. 당시만 해도 사람들이 마녀의 존재를 믿고 저주를 두려워하던 시절이었다. 하필이면 목적지에 다 와서 그런 저주를 들으니 다리가 후들거렸다.

나는 잠시 앉아 쇼스 저택을 가만히 바라보았다. 주변 풍경은 보면 볼수록 눈을 즐겁게 했다. 사방에 우거져 만개한 산사나무, 들판을 점점이 수놓은 양들, 떼까마귀 무리가 유유히 날아다니는 하늘……. 풍요로운 대지를 연상케 하는 것들뿐이었다. 그러나 그 한가운데에 서 있는 황폐한 건물에만은 아무래도 호감이 가지 않았다.

좁다란 길가에 앉아 있으려니, 들일을 마치고 돌아가는 농부들이 그 아래를 지나갔다. 그러나 그들에게 인사를 건넬 기운조차 없었다. 드디어 날이 저물었다. 이윽고 한 줄기 연기가 노랗게 물든 하늘을 향해 똑바로 솟아오르는 것이 보였다. 촛불에서 피어오르는 연기와 다를 바 없을 정도로 가느다랬지만, 틀림없는 연기였다. 아궁이에서 불길이 타오르고, 방 안은 따뜻하고, 저녁 식사 준비가 되고 있으며, 누군가가 있다는 증거였다. 그렇게 생각하자 내 마음도 푸근해졌다.

나는 풀숲 사이로 난 좁다란 길을 따라 걷기 시작했다. 사람이 사는 곳으로 통하는 외길치고는 초라했지만, 그 외에 다른 길은 보이지 않았다. 이윽고 위에 문장이 달린 돌기둥이 서 있는 곳에 도달했다. 그 바로 옆에는 지붕이 없는 초소가 있었다. 그곳을 대문으로 만들 계획인 것 같았으나 미완성이었다. 철문 대신 횡목 두 개가 새끼줄로 동여매어 있었다. 담도 없고, 현관으로 향하는 길도 없었다. 지금 걸어온 오솔길이 대문 기둥의 오른쪽을 지나 저택 쪽으로 구불구불 이어져 있을 뿐이었다.

다가갈수록 집은 더욱 황폐해 보였다. 부속 건물을 짓다가 미완성인 채로 끝난 것 같았다. 방이 있어야 할 곳에는 2층 마룻바닥이 그대로 드러나 있고, 짓다 만 돌계단이 하늘을 배경으로 고스란히 보였다. 거의 모든 창이 유리도 끼워져 있지 않아, 비둘기들이 제집을 드나들듯 박쥐들이 들락날락했다.

본채 바로 앞까지 갔을 때 주위는 어둑해져 가고 있었다. 창살이 촘촘히 박힌 길쭉한 세 개의 창에서 희미한 등불이 새어나오기 시작했다.

내가 그토록 멀리서 찾아온 궁전이 이 집인가? 새로운 가족을 만나서 멋진 운명을 개척할 곳이 이 집이란 말인가? 맙소사. 에슨 강변에 있는 우리 집조차 1마일 밖에서도 난롯불과 밝은 등불이 보였고, 거지가 문을 두드리면 문을 활짝 열어 주지 않았던가!

나는 조용히 다가갔다. 걸으면서 귀를 기울이니 접시 달그락거리는 소리와 누군가가 숨차게 마른기침하는 소리가 들렸다. 그러나 말소리는 물론 개 짖는 소리 하나 들리지 않았다.

어스름 속에 비친 현관문은 온통 못이 박힌 커다란 나무문이었다. 나는 두근거리는 가슴을 진정시키며 한 손을 들어 문을 두드리고 잠시 기다렸다. 집 안이 쥐 죽은 듯이 고요해졌다. 꼬박 1분이 지났으나, 머리 위의 박쥐 외에는 무엇 하나 움직이는 기척이 없었다. 다시 문을 두드리고 귀를 기울였다. 그쯤이 되자 내 귀도 정적에 완전히 익숙해져서, 집 안에서 천천히 째깍거리는 시계 소리까지 똑똑히 들렸다. 그러나 누군지는 몰라도 안에 있는 사람은 찍소리 하나 내지 않았다. 숨을 죽이고 있는 게 분명했다.

나는 도망쳐 버릴까 망설였지만, 이내 화가 나기 시작했다. 그래서 도망치는 대신, 문을 쾅쾅 두드리고 발로 차며 고래고래 소리를 질렀다. "벨퍼 씨!" 정신없이 그러고 있는데 머리 위에서 기침 소리가 들렸다. 몇 걸음 물러나 위를 올려다보니, 기다란 나이트캡을 쓴 사나이의 머리와 나팔꽃같이 생긴 나팔총*6의 총구가 2층 창문으로 보였다.

"총알이 들어 있다." 목소리가 들렸다.

"편지를 가지고 왔습니다." 내가 말했다. "쇼스 가문의 에버니저 벨퍼 씨에게요. 계십니까?"

"누가 보냈지?" 나팔총을 든 사나이가 물었다.

"누가 보냈건 그게 무슨 상관이죠?" 나는 부아가 치밀어 올라서 대꾸했다.

"좋아. 편지를 문간에 두고 냉큼 돌아가."

"그럴 수는 없지요." 나는 오기를 부렸다. "벨퍼 씨에게 직접 전해야겠습니다. 그러기로 되어 있으니까요. 이건 소개장입니다."

"뭐야?" 사나이의 목소리가 높아졌다.

나는 조금 전 말을 반복했다.

"넌 누구냐?" 한동안 잠자코 있다가 사나이가 다시 물었다.

"제게도 어엿한 이름이 있습니다. 전 데이비드 벨퍼입니다."

순간 사나이가 당황했다는 것을 알 수 있었다. 나팔총이 창틀에 부딪혀 철컥 소리를 내는 것이 들렸기 때문이다. 다음 질문이 나오기까지 한참이 걸렸

*6 17~18세기경 사용된 굵고 짧은 원통형 총.

다. 이번에는 어조가 묘하게 바뀌어 있었다.

"아버지는 죽었냐?"

나는 이 질문에 몹시 놀라 대답도 하지 못한 채 우두커니 위만 노려보고 서 있었다.

"그렇구나." 사나이가 말을 이었다. "죽은 모양이구나. 그러니 나를 찾아왔겠지." 그러고는 다시 입을 다물었다가 경멸하는 투로 "좋다. 안으로 들어오게 해 주지" 하고는 창문에서 사라졌다.

3. 큰아버지와 만남

이내 쇠사슬과 빗장이 철커덕거리는 소리가 나더니 문이 조심스럽게 열렸다. 내가 들어가자 문은 곧 닫혔다.

"부엌으로 가. 아무것도 만지지 마라." 사나이가 말했다. 사나이가 원래대로 문을 잠그는 동안 나는 더듬더듬 부엌으로 갔다.

난롯불이 제법 밝게 타오르고 있어서 환하기는 했지만, 그렇게 휑한 방은 처음이었다. 선반에는 접시 대여섯 장이 있고, 저녁 식탁에는 죽이 담긴 대접 하나, 뿔로 만든 숟가락 한 개, 그리고 연한 맥주가 담긴 컵 하나가 있을 뿐이었다. 그밖에 벽을 따라 진열된 종이 걸린 궤짝 몇 개와 방구석에 있는 자물쇠 달린 찬장을 빼고는, 이 넓고 휑하고 둥근 돌 천장이 달린 방에는 아무것도 없었다.

마지막 쇠사슬을 걸고 나서 사나이는 곧장 내게로 왔다. 등이 구부정하고, 어깨가 좁고, 얼굴이 흙빛인 볼품없는 사나이였다. 쉰인지 일흔인지도 가늠할 수 없는 얼굴이었다. 나이트캡은 플란넬로 만든 것이었다. 해진 셔츠 위에 입은 겉옷과 조끼 대신 걸친 나이트가운도 플란넬이었다. 덥수룩한 수염도 수염이지만, 내가 가장 거슬린, 아니 음산하게조차 느껴진 것은 이 사나이가 내게서 잠시도 눈을 떼지 않는 주제에 똑바로 바라보지도 않는다는 점이었다. 대체 누구인지, 어떤 일을 하는지, 태생이 어떤지 전혀 알 수 없었지만, 대충 짐작하기에는 이 저택을 관리해 주고 밥이나 얻어먹는 변변찮은 늙은 하인 같았다.

"배고프냐?" 사나이가 내 무릎 언저리로 흘끔 시선을 던지며 물었다. "그 죽 좀 먹지 그러느냐?"

"그건 당신 저녁 아닌가요?"

"아니. 난 안 먹어도 된다. 하지만 맥주는 마셔야겠다. 기침이 가라앉으니까." 사나이는 컵을 반쯤 비우는 동안에도 내게서 눈을 떼지 않았다. 그러더니 손을 불쑥 내밀며 말했다. "편지를 내놔봐."

나는 그것은 당신이 아니라 벨펴 씨에게 전할 편지라고 말했다.

"그럼 넌 날 누구라고 생각하는 거냐?" 사나이가 말했다. "알렉산더의 편지를 어서 다오!"

"어떻게 제 아버지의 이름을 알죠?"

"모르는 게 이상하지. 그는 내 형제니까. 넌 나도 내 집도 이 맛있는 죽도 탐탁지 않아 하는 것 같다만, 난 네 큰아버지고 넌 내 조카란다, 데이비. 그러니 편지를 이리 다오. 그리고 앉아서 배를 좀 채우렴."

내가 두세 살만 더 어렸더라면 부끄러움과 피로와 실망감이 뒤섞여 와락 울음을 터트렸을 것이다. 다행히 그러지는 않았지만, 대답하려 해도 말이 나오지 않았다. 나는 잠자코 편지를 내밀고는 앉아서 죽을 먹기 시작했다. 한창 클 나이였지만, 전혀 식욕이 돋지 않았다.

큰아버지는 불 쪽으로 몸을 숙이고서 두 손으로 편지를 만지작거리기만 했다.

"무슨 내용이 쓰여 있는지 아느냐?" 큰아버지가 불쑥 물었다.

"직접 보면 아시잖아요. 편지는 봉해진 그대로예요."

"음. 그럼 넌 여기에 왜 왔지?"

"편지를 전해 드리려고요."

"아니겠지." 큰아버지가 떠보듯이 말했다. "필시 바라는 게 있을 거야, 그렇지?"

"솔직히 말하죠. 제게 돈 많은 친척이 있다는 소식을 들었을 때는 뭔가 도움을 받을 수 있지 않을까 하는 생각을 진지하게 했었습니다. 하지만 전 거지가 아니에요. 당신 같은 사람에게 손을 벌릴 생각은 없어요. 기분 좋게 베풀어 주시지 않는다면 아무것도 필요 없습니다. 전 가난하지만, 이래 봬도 흔쾌히 힘이 되어 줄 친구가 있으니까요."

“그렇게 발끈하지 마라. 아직 타협할 여지가 있으니까. 그건 그렇고, 데이비, 그 죽 더 안 먹을 거면 나 좀 먹자.” 큰아버지는 앉아서 내 숟가락을 빼앗더니 말을 이었다. “죽은 맛도 있고 몸에도 좋은 음식이지. 아주 훌륭한 식사야.” 큰아버지는 짧은 식전 기도를 중얼거리더니 먹기 시작했다.

“똑똑히 기억하는데, 네 아버지는 식성이 좋았다. 먹보까진 아니었지만, 상당히 먹었지. 반면에 나는 조금 깨작거리면 배가 부르거든.” 큰아버지는 맥주를 한 모금 들이켰는데, 그제야 조금은 손님을 대접해야 한다는 생각이 들었는지 얼른 이렇게 덧붙였다. “목이 마르면 물을 좀 마시렴. 문 저쪽에 있다.”

나는 거기에는 아무 대꾸도 하지 않고 두 발로 버티고 서서 분노에 떨며 큰아버지를 노려보았다. 큰아버지는 시간에 쫓기는 사람처럼 죽을 허겁지겁 먹으면서 내 구두며 손뜨개 양말로 흘끔흘끔 날카로운 시선을 던졌다. 딱 한 번 큰아버지가 용기 있게 시선을 조금 들었을 때 내 눈과 마주쳤다. 남의 호주머니에 손을 넣었다가 현장에서 붙잡힌 소매치기라도 그만큼 당황한 기색을 역력히 드러내지는 않을 것이다. 나는 큰아버지가 그렇게 겁을 먹은 이유가 오랫동안 사람과 교류하지 않았기 때문이란 것을 깨달았다. 조금만 친해지면 두려움은 사라지고 완전히 다른 사람이 될 것도 같았다. 큰아버지의 날카로운 목소리에 나는 퍼뜩 상념에서 깨어났다.

“아버지가 죽은 지 오래되었느냐?”

“3주 됐어요.”

“알렉산더는 입이 무거운 녀석이었지. 입이 무겁고, 말수가 적었어. 젊었을 때는 신소리 한마디 하지 않았다. 내 이야기는 한마디도 없었지?”

“아버지에게 형제가 있다는 건 여기 오기 전까진 전혀 몰랐습니다.”

“맙소사! 그럼 쇼스 가문에 대해서도 이야기하지 않았겠구나?”

“그런 이름조차 전혀 들은 적이 없습니다.”

“나 원 참! 정말 성격 한번 이상하다니까!” 말은 그렇게 했지만, 큰아버지는 이상하게도 안심한 눈치였다. 그러나 그것이 자기 자신 때문인지 나 때문인지 아버지의 그런 행동 때문인지 나는 알 수 없었다. 그래도 처음에 나를 대할 때 품었던 적의 또는 악의는 점차 사라진 것처럼 보였다. 곧 벌떡 일어나 내 뒤로 돌아오더니 어깨를 덥석 잡으며 큰 소리로 이렇게 말했기 때

문이다. “그렇다면 사이좋게 지낼 수 있겠구나! 널 집 안으로 들이길 잘한 것 같다. 자, 슬슬 자야지.”

놀랍게도 큰아버지는 램프도 촛불도 켜지 않고 어두운 복도로 나가더니 숨을 씩씩거리면서 더듬더듬 계단을 올라가 어느 문 앞에 서서 방문을 열었다. 나는 그 뒤를 허우적거리며 되도록 딱 붙어서 따라갔다. 큰아버지는 그것이 내 방이라며 들어가라고 말했다. 나는 시키는 대로 두세 발짝 앞으로 나아가다가 멈춰 서서, 침대로 가지고 갈 등불을 달라고 부탁했다.

“달빛이 밝잖니.” 큰아버지가 말했다.

“달도 별도 뜨지 않았는걸요. 여긴 너무 캄캄해요.” 내가 말했다. “침대도 안 보이잖아요.”

“난 집 안에 불을 두는 것에 반대다. 불이 날 염려가 있으니까. 그럼 잘 자라, 데이비.” 이렇게 말하고는, 내가 뭐라 항의할 틈도 주지 않고 문을 닫아 버렸다. 밖에서 문을 잠가서 나를 가두는 소리가 들렸다.

웃어야 좋을지 울어야 좋을지 알 수 없었다. 방은 우물 안처럼 추웠고, 겨우 더듬어서 찾은 침대는 진창처럼 축축했다. 그러나 다행히 보따리와 플레이드가 있어 그 플레이드로 몸을 둘둘 감고 넓은 침대 옆 마룻바닥에 누워 금세 잠들었다.

날이 밝음과 동시에 눈이 떠졌다. 나는 넓은 방에 있었다. 벽에는 무늬가 들어간 가죽이 덧대어져 있고, 아름다운 무늬가 들어간 가구가 늘어서 있었다. 세 개의 커다란 창에서 햇빛이 비쳐 들어왔다. 10년 전 또는 20년 전이었다면 이 방은 거실로든 침실로든 더없이 쾌적했을 것이 틀림없었다. 그러나 그 뒤 습기와 먼지 탓에, 그리고 방을 오래 쓰지 않은 탓에, 게다가 쥐와 거미 때문에 완전히 황폐해져 있었다. 유리창도 대부분 깨져 있었다. 그러고 보니 깨진 유리창은 이 저택 어디에서나 볼 수 있는 광경이었다. 분명 큰아버지는 분노에 가득 찬 이웃 주민들—그 선두에는 제네트 클라우스톤이 있었을 것이다—의 포위공격을 버텨낸 적이 있었을 것이다.

밖에는 어느새 태양이 빛나고 있었지만, 황량하기 그지없는 이 방에 있으려니 추워서 견딜 수가 없었다. 나는 문을 두드리며 고함을 질렀다. 한참 만에 간수가 와서 나를 뒤뜰로 데리고 갔다. 그곳에는 두레우물이 있었다. 그는 내게 세수를 하고 싶으면 여기서 하라고 말했다. 나는 세수를 마치고 얼른 부엌으로 돌아왔다. 큰아버지는 벌써 불을 피우고 죽을 만드는 중이었다. 식탁에는 대접 두 개와 뿔로 만든 숟가락이 두 개 놓여 있었지만, 맥주 컵은 여전히 하나밖에 없었다. 내가 당혹스러운 표정으로 그 컵을 줄곧 바라보자 큰아버지는 내 마음을 읽기라도 한 듯 물었다. “에일*7—큰아버지가 이렇게 말했다—이 마시고 싶으냐?”

나는 맥주는 마시는 것이 습관이라고 대답했다.

“그래, 그래.” 큰아버지가 말했다. “난 무리가 아니라면 거절하는 법이 없지.”

큰아버지는 선반에서 컵을 한 개 더 꺼내왔다. 그러고는 그 컵에 맥주를 새로 따르는 대신, 놀랍게도 자기 컵에서 정확하게 절반을 나눠 내 컵에 따랐다. 그 행동이 하도 당당해서 나는 그저 마른침을 삼키며 서 있었다. 큰아버지가 수전노가 분명하다 해도 그 근성이 뼛속까지 박힌 것을 보니 오히려 감탄하고 싶을 정도였다.

식사를 마치자 큰아버지는 열쇠로 서랍을 열고 사기로 된 담뱃대와 잘게 썬 담배 덩어리를 꺼내 한 번 피울 만큼만 뜯어내고는 다시 서랍에 넣고 잠갔다. 그러고서 햇볕이 드는 창가에 앉아 잠자코 담배를 피웠다. 이따금 무심히 내게 시선을 돌리고는 질문했다. 그중 하나는 “네 엄마는 어찌 되었냐?” 하는 물음이었다. 어머니도 돌아가셨다고 대답하자, “음, 예쁜 여자였는데!” 하고는 다시 입을 다물고 있다가 “네 친구란 사람은 어떤 사람이냐?” 하고 물었다.

나는 캠벨이라는 성을 쓰는 신분 높은 사람들이라고 대답했다. 사실은 딱 한 사람, 그것도 아주 잠깐 동안만 돌봐 준 그 목사님밖에 없었다. 그러나 큰아버지가 내 신분을 몹시 깔보는 것 같았고 그 자리에는 나와 큰아버지 단 둘뿐이었으므로, 나는 큰아버지에게 오갈 데 없는 신세라는 인상을 심어 주고 싶지 않았다.

나에 대해 이런저런 상상을 하는 듯하던 큰아버지가 이윽고 입을 열었다. “데이비, 마침 좋은 때 날 찾아왔구나. 난 가족이라면 끔찍이 생각한다. 너한테도 할 수 있는 한 모든 것을 해줄 생각이야. 하지만 내가 널 어떻게 키

---

*7 맥주의 일종.

울지—변호사가 좋을지 목사가 좋을지, 아니면 아이들이 가장 되고 싶어 하는 군인이 좋을지—조금이라도 고민하는 이상, 벨퍼 가문의 일원이기도 한 네가 고지대 출신의 캠벨*8 일족 따위에게 굽실거리는 꼴은 못 본다. 그러니 그들에게 아무것도 말하지 마라. 편지도 안 돼. 전갈도 안 돼. 아무하고도 말하지 마라. 그러지 않으면 쫓아내겠다."

"큰아버지, 큰아버지가 저를 미워하신다고는 추호도 생각하지 않지만, 제게도 자존심이 있다는 사실을 알아주셨으면 합니다. 전 여기 오고 싶어서 온 게 아닙니다. 그러니 나가라고 하시면 당장 나가겠어요."

큰아버지는 몹시 당황한 듯했다. "흠, 으흠! 진정해라, 진정해! 하루 이틀 기다려다오. 난 마법사가 아니야. 찻잔 바닥을 보고 네 운명을 점칠 수는 없다. 누구에게도 말하지 않고 하루 이틀 기다려 준다면 반드시 널 도와주겠다."

"알겠습니다. 그러지요. 큰아버지가 절 도와주신다니 정말 기뻐요. 다른 사람은 몰라도 저만큼은 정말 감사하게 생각합니다."

내가 주도권을 잡은 기분이 들었다. (이렇게 생각하기에는 너무 성급했을지 모른다.) 그래서 이번에는 잠자리와 침구를 햇볕에 말리고 싶다, 그렇게 눅눅한 곳에서는 잘 수 없다고 말했다.

"대체 여기가 내 집이냐 네 집이냐?" 큰아버지가 버럭 소리를 질렀다가 황급히 말투를 바꾸었다. "아니다, 아니야. 그냥 농담한 거다. 내 것이 네 것이고, 네 것이 내 것이지. 안 그러냐, 데이비? 피는 물보다 진한 데다 같은 성을 쓰는 사람은 너와 나 말고 아무도 없으니까." 그러고는 가문에 대한 이야기를 늘어놓기 시작했다. 번창했던 옛 시절, 저택 확장 공사를 맡았던 아버지, 그것을 천벌 받을 낭비라고 생각하고 말렸던 자신의 이야기를 끊임없이 쏟아냈다. 이야기를 듣는 사이에 나는 제네트 클라우스톤이 한 말이 무엇을 뜻하는지 알고 싶어졌다.

"못된 년 같으니!" 큰아버지가 내 말을 듣기가 무섭게 소리쳤다. "1215번이라고? 내가 그 여자의 재산을 경매에 부친 날부터 오늘까지가 1215일째잖아! 제길, 내가 살아 있는 동안에 그 여자를 시뻘건 불구덩이에서 태워 죽

*8 스코틀랜드 북부 고지대 출신의 씨족 중 하나. 제12장에 자세히 나온다.

일 테다! 마녀 같으니라고…… 그 여자는 마녀야! 가만, 재판소 서기 좀 만나러 가야겠다."

그렇게 말하더니 벽에 진열된 상자를 열고, 낡기는 했지만 정성껏 손질된 감색 저고리와 조끼, 그리고 질 좋은 비버 가죽 모자를 집어 들었다. 모두 가장자리 장식은 달리지 않았다. 준비를 마치고는 선반에서 지팡이를 꺼내고 다시 단단히 선반 문을 잠근 다음 나가려다가 말고 불현듯 무슨 생각이 떠올랐는지 발을 멈추었다.

"널 혼자 이 집에 둘 순 없지." 큰아버지가 말했다. "안으로 들어오지 못하게 내보내야겠어."

나는 얼굴이 확 달아올랐다. "저를 내쫓는다면 우리 사이도 끝입니다."

큰아버지가 창백한 얼굴로 입을 삐죽거렸다. "그런 건방진 말을 하다니." 괘씸하다는 듯이 마루 구석을 노려보면서 말했다. "그런 말을 한다면 널 돌보지 않겠다, 데이비."

"당신의 연세와 우리가 혈육지간이라는 점에서는 그에 마땅한 경의를 표하지만, 당신의 친절은 눈곱만큼도 감사하지 않군요. 전 자존심을 지키라고 교육받아 왔습니다. 그러니 당신이 제 유일한 큰아버지, 유일한 혈육, 아니 그 열 배나 대단한 사람이라 해도 이런 모욕을 당하면서까지 신세를 지고 싶지는 않군요."

큰아버지는 창가로 가서 잠시 밖을 내다보았다. 중풍 환자처럼 몸을 부들부들 떨며 경련을 일으키는 것이 똑똑히 보였다. 그러나 다시 몸을 돌렸을 때는 엷은 미소를 띠고 있었다.

"그래, 그래. 참는 게 상책이지. 외출은 그만두겠다. 이제 이 이야기는 그만하자."

"큰아버지. 왜 절 도둑취급 하시는지 정말 모르겠네요. 제가 이 집에 있는 게 싫으신 모양이군요. 호시탐탐 입만 열면 그 사실을 제게 상기시키려고 하세요. 하긴 큰아버지가 절 탐탁하게 생각하실 리 없죠. 저도 누구한테 이런 건방진 말을 하는 건 처음이에요. 그런데도 왜 저를 붙들어 두시려는 거죠? 전 제 친구가 있는 곳으로 돌아가겠어요. 절 소중하게 여겨 주는 친구가 있는 곳으로!"

"안 되지, 안 돼." 큰아버지가 재빨리 말했다. "난 네가 무척 마음에 든다. 우린 잘해나갈 수 있을 거야. 게다가 일족의 명예를 걸고라도 널 쫓아낼 수야 없지. 착한 아이니까 얌전히 이 집에서 지내라. 아주 잠시만 여기서 얌전히 지내면, 우리가 사이좋게 해나갈 수 있으리란 걸 알게 될 거다."

"그럼 큰아버지," 나는 잠시 생각한 끝에 말했다. "당분간 있겠어요. 생판 모르는 사람의 신세를 지느니 혈육의 신세를 지는 편이 나으니까요. 사이좋게 지내지 못할지도 모르지만, 어쨌든 관계를 망치지 않도록 노력하겠어요."

4. 공포의 쇼스 만남

출발이 좋지 않았던 것치고 그날은 꽤 순조롭게 흘러갔다. 우리는 점심에는 차가운 죽을, 저녁에는 따뜻한 죽을 먹었다. 죽과 밍밍한 맥주가 큰아버지의 평소 식사였다. 큰아버지는 거의 말을 하지 않고 전처럼 한참 입을 다물고 있다가 불쑥 질문을 던졌다. 그러나 내가 앞으로의 일에 대해서 말하려고 하면 얼렁뚱땅 넘겨버렸다. 나는 부엌 옆방까지 출입을 허락받았다. 그곳에는 라틴어와 영어로 된 책이 잔뜩 있었으므로 오후에는 내내 독서를 즐겼다. 덕분에 시간은 눈 깜짝할 사이에 지나갔다. 쇼스 저택에서 사는 것도 나쁘지 않다는 생각이 들 정도였다. 하지만 나와 눈을 마주치지 않으려는 큰아버지의 시선을 볼 때마다, 방심하지 말아야겠다는 생각이 되살아났다.

나는 조금 이상한 것을 발견했다. 행상인이 팔고 다니는 싸구려 책(패트릭 워커 판이었다) 표지 안쪽에 있는 글귀였다. 아버지의 글씨체임은 단번에 알아보았지만, 거기에는 "다섯 번째 생일을 축하하며, 에버니저에게"라고 쓰여 있었다. 나를 혼란스럽게 한 것은 바로 이것이었다. 즉, 아버지가 동생인 게 분명하다면, 아버지가 실수를 했든가 다섯 살도 채 되기 전에 남자답고 반듯한 글씨를 쓸 줄 알았든가 둘 중 하나였다.

그런 일에 신경 쓰지 않으려 했지만, 아무리 고금의 흥미로운 책이나 역사, 시, 이야기책 등을 펼쳐도 아버지의 필체가 머리에서 떠나지 않았다. 따라서 다시 부엌으로 돌아가 죽과 싱거운 맥주 앞에 앉았을 때 내가 먼저 큰아버지에게 질문을 던졌다. "아버지가 어렸을 때부터 글자를 쓸 줄 알았나요?"

"알렉산더가? 당치도 않지! 내가 훨씬 빨랐는걸. 난 어렸을 때는 똘똘했다. 음, 그 애가 글자를 읽을 줄 알았을 때는 나도 읽을 줄 알았지."

그 말을 듣자 더욱 혼란스러워졌다. 문득 어떤 생각이 머리를 스쳤다. 나는 큰아버지와 아버지는 쌍둥이였느냐고 물어보았다.

큰아버지가 의자에서 벌떡 일어났다. 그 바람에, 손에 들었던 숟가락이 바닥으로 떨어졌다. "왜 그런 걸 묻느냐?" 그러더니 내 멱살을 붙잡고 내 눈을 정면으로 응시했다. 그 작고 빛나는 눈을 작은 새처럼 조급하게 깜빡거렸다.

"왜 이러십니까?" 나는 차분하게 물었다. 큰아버지보다 훨씬 체격이 좋았으므로 그런 위협에 쉽게 넘어가지 않았다. “이 손 놓으십시오. 선부른 짓 하지 마시고요.”

큰아버지는 이성을 잃지 않으려고 안간힘을 쓰는 것처럼 보였다. “데이비드, 내 앞에서 네 아버지에 대해 말하지 마라. 괜한 말을 하니까 이렇게 됐잖니.” 큰아버지는 한동안 잠자코 식기만 내려다보며 몸을 부들부들 떨었다. “녀석은 세상에 유일무이한 내 형제야” 그렇게 덧붙였지만, 그 목소리에는 기운이 없었다. 그러더니 숟가락을 주워들고서 다시 먹기 시작했지만, 몸은 여전히 떨고 있었다.

그때 잇달아 일어난 일, 즉 내 몸에 그렇게 험하게 손을 댔다가 갑자기 죽은 아버지에 대한 애정 어린 말을 하는 것이 도대체 무슨 의미인지 전혀 알 수가 없었다. 나는 불안감과 기대감이 뒤섞인 심정이었다. 한편으로는 큰아버지가 무슨 일을 저지를지 모르는 정신이상자일지도 모른다는 생각이 들었지만, 다른 한편으로는 이전에 들은 담시(譚詩)가 저절로 머릿속에 떠올랐다. 정당한 상속인인 가난한 젊은이가 받을 유산을 가로채려는 사악한 친척에 대한 노래였다. 큰아버지가 나를 두려워할 이유가 없다면, 거지꼴로 찾아온 혈육에게 이런 부자연스러운 행동을 할 리 없다는 생각이 들었기 때문이다.

무슨 확실한 증거가 있는 것은 아니었지만, 이 의심은 내 머릿속에 깊이 뿌리박혀 버렸다. 그러자 이번에는 내가 뭔가 꿍꿍이를 숨기고 있는 듯한 큰아버지의 표정을 흉내 내기 시작했다. 이렇게 우리 둘은 고양이와 쥐처럼 서로 몰래 상대방의 동태를 살피며 식탁을 앞에 두고 앉았다. 아까부터 큰아버지는 내게 한 마디도 건네지 않고 줄곧 속으로 뭔가를 생각했다. 오래도록 앉아서 큰아버지를 관찰할수록 그 ‘뭔가’가 나에 대한 악의라는 확신이 들었다.

큰아버지는 접시를 다 치우고 아침처럼 담배를 조금 뜯은 다음 의자 주위를 빙 돌아 난롯가로 가더니 내게 등을 돌리고 담배를 피우면서 잠시 앉아 있었다.

“데이비,” 이윽고 큰아버지가 입을 열었다. “아까부터 생각한 건데,” 여기까지 말하고 잠시 뜸을 들였다가 다시 입을 뗐다. “네가 태어나기 전에, 장래에 네게 줄 생각으로 농담 삼아 약속했던 돈이 아주 조금 있다. 네 아버지에게 약속한 거지. 그렇지만 정식으로 했던 약속은 아니란다, 알겠니? 술김에 남자들끼리 장난 좀 친 거야. 하지만 난 그 돈을 따로 떼어 두었다. 엄청난 손해지만, 약속은 약속이니까. 그 돈이 불고 불어서 지금은 정확히…
… 정확히" 큰아버지는 여기서 말을 멈추고 더듬거렸다. "정확히 40파운드란다!" 큰아버지는 어깨너머로 나를 힐끗 보면서 이 마지막 말을 했지만, 재빨리 외치듯이 덧붙였다. "스콧 화로!"

스콧 화로 1파운드면 영국화의 1실링*9이나 마찬가지니, 그렇다면 같은 파운드라 해도 차이가 상당하다. 게다가 내가 보기에는 이야기가 전체적으로 거짓말처럼 들렸다. 내가 짐작할 수 없는 어떤 목적 때문에 꾸며낸 이야기 같았다. 나는 비아냥을 숨기지 않고 이렇게 대답했다.

"잘 생각해 보세요! 스콧이 아니라 영국 파운드겠죠."

"그렇게 말하지 않았니?" 큰아버지가 말을 바꾸었다. "영국 파운드라고! 잠깐 밖에 나가서 밤하늘이나 좀 구경하고 있으면, 내가 그 사이에 돈을 꺼내 와서 널 부르마."

나는 시키는 대로 했지만, '이렇게 쉽게 날 속일 수 있다고 생각하다니 정말 어리석군' 하고 내심 비웃었다. 밖은 어두웠다. 낮은 하늘에 별이 두세 개 빛나고 있을 뿐이었다. 현관 앞에 서니 멀리 산골짜기 사이로 바람이 휘휘 부는 소리가 들렸다. 나는 천둥이라도 칠 듯한 우중충한 하늘이라고 중얼거렸다. 그러나 이 날씨가 내게 어떤 중대한 암시를 하고 있다고는 상상도 하지 못했다.

나를 부르는 소리에 안으로 들어가니, 큰아버지가 내 손에 기니 금화*10 서른일곱 닢을 세어 건네주었다. 큰아버지의 손에는 금화와 은화 몇 닢이 남았다. 그는 남은 잔돈을 세더니 갑자기 풀이 잔뜩 죽어서는 호주머니에 집어넣었다.

"봐라." 큰아버지가 말했다. "이제 알겠지? 난 처음 보는 사람한테는 쉽게 마음을 열지 않는 괴팍한 사람이지만, 약속만큼은 틀림없이 지킨다. 이게 그 증거 아니겠니?"

큰아버지를 지독한 구두쇠라고 생각하던 나는 갑자기 이렇게 관대한 모습에 깜짝 놀랐다. 감사 인사조차 곧바로 나오지 않았다.

"아무 말 하지 않아도 된다!" 큰아버지가 말했다. "인사는 관두렴! 인사

*9 영국 화폐의 1파운드는 20실링.
*10 1기니는 21실링에 해당한다.

는 필요 없어. 난 의무를 다한 것뿐이니까. 아무나 할 수 있는 일은 아니지. 물론 나는 신중한 사람이지만, 내 조카에게 마땅히 할 일을 한 것이 참 기쁘구나. 게다가 그 덕분에 우리가 혈육답게 잘 지낼 수 있을 것 같아서 기분이 좋아."

나는 최대한 정중하게 감사 인사를 했다. 그러나 이다음에는 무슨 일이 일어날지, 큰아버지는 어째서 소중한 기니 금화를 내게 준 것인지 의심스러웠다. 큰아버지가 말한 이유는 갓난아기라도 믿지 않을 허술한 것이었기 때문이다.

이윽고 큰아버지가 나를 힐끗거리며 본론을 꺼냈다. "그런데 가는 게 있으면 오는 것도 있어야지."

나는 내가 할 수 있는 일이라면 뭐든지 기쁘게 하겠다고 대답했다. 그리고 드디어 터무니없는 부탁이 튀어나오리라 예상하고 다음 말을 기다렸다. 그러나 큰아버지가 용기 내어 꺼낸 말은 자신이 나이가 들고 쇠약해졌으니 저택과 정원 일을 도와달라는 것뿐이었다. (나에게는 지극히 당연한 부탁처럼 들렸다.)

나는 기꺼이 돕겠노라고 대답했다.

"그럼 시작하자." 큰아버지는 이렇게 말하고 호주머니에서 녹슨 열쇠를 하나 꺼냈다. "이게 저택 가장 끝에 있는 탑의 열쇠다. 그곳은 짓다 말아서 바깥에서만 들어갈 수 있지. 그곳 층계를 올라가면 꼭대기에 상자가 있는데 그걸 가져다 다오. 서류가 들어 있거든."

"등불을 가져가도 되죠?"

"아니." 큰아버지가 심술궂게 대답했다. "내 집에 등불은 필요 없다."

"알겠어요. 계단은 튼튼한가요?"

"아주 튼튼하지." 하지만 큰아버지는 내가 나가려고 하자 이렇게 덧붙였다. "벽에서 떨어지지 마라. 난간이 없으니까. 하지만 계단은 아주 튼튼하다."

나는 밖으로 나왔다. 칠흑 같은 밤이었다. 멀리서는 바람이 아직도 윙윙거리고 있었지만, 쇼스 저택 주위에는 미풍 한 줄기 불지 않았다. 어둠이 아까보다도 짙어져 있었다. 손으로 외벽을 더듬어 간신히 미완성 부분의 끝에 있는 탑 입구에 도착했다. 나는 마음이 놓여 한숨을 쉬었다. 열쇠를 열쇠 구멍

에 꽂고 돌렸다. 그 순간 바람 소리도 천둥소리도 들리지 않았는데 갑자기 하늘이 번쩍하더니 곧 다시 캄캄해졌다. 나는 다시 어둠에 익숙해지려고 한 손으로 눈을 가려야 했다. 탑 안에 발을 들여놓았을 때는 반소경 같은 상태였다.

안은 몹시 어두웠다. 산 사람은 도저히 있을 곳이 아니었다. 나는 더듬더듬 앞으로 나아갔다. 곧 손은 벽에, 발은 계단에 닿았다. 감촉으로 보아 벽은 잘라서 잘 다듬은 돌벽 같았다. 돌계단도 경사가 급하기는 했으나 매끈하게 다듬어져 있었고 튼튼했다. 난간이 없다는 큰아버지의 조언을 떠올린 나는 벽에 몸을 찰싹 붙이고 심장을 두근거리며 어둠 속을 더듬더듬 올라갔다.

쇼스 저택은 다락방을 빼고도 5층 높이는 충분히 되었다. 어쨌든 계단을 올라감에 따라 바람도 솔솔 들어오고 조금씩 밝아지는 것 같았다. 왜 그런지 궁금해하고 있는데 갑자기 번개가 번쩍했다가 사라졌다. 내가 비명을 지르지 않은 것은 공포에 목구멍이 막혔기 때문이고, 굴러떨어지지 않은 것은 내게 기운이 있어서가 아니라 하느님의 은총 덕분이었다. 번갯불이 갈라진 벽 틈으로 들어와 주위를 환하게 비추자 나는 사방이 뻥 뚫린 교수대를 오르는 듯한 착각을 느꼈다. 그리고 계단 폭이 제각각 다르다는 사실과 내 한쪽 발은 난간도 없는 계단 가장자리에서 2인치도 떨어지지 않았다는 사실을 알았다.

이게 튼튼한 계단이란 말인가! 그 순간 덜컥 자포자기의 심정이 들었다. 큰아버지가 나를 이곳에 보낸 것은 아마도 나를 위험에 노출시켜 죽게 하기 위해서였다. 나는 목뼈가 부러져 죽어도 좋으니 이 '아마도'가 사실인지 아닌지 검증해 보기로 마음먹었다. 손과 무릎으로 땅을 짚고 달팽이처럼 느릿느릿 1인치씩 기어갔다. 돌이 흔들리는 곳은 없는지 손으로 하나하나 확인하면서 계단을 계속 올라갔다. 번개가 번쩍이고 난 뒤 어둠이 두 배는 짙어진 듯한 기분이었다. 그러나 그뿐만이 아니었다. 박쥐가 탑 꼭대기에서 푸드덕거리는 소리가 거슬리기도 하고 음산하기도 했다. 게다가 이 역겨운 짐승들은 이따금 날아 내려와 내 얼굴이며 몸을 스치고 지나갔다.

탑은 사각형이었다. 모서리마다 디딤판에는 다양한 모양의 커다란 돌이 박혀 있어 위아래 층계를 이어 주고 있었다. 나는 그런 모서리 바로 옆까지 다다랐는데, 지금까지처럼 손을 뻗어 아무리 더듬어 보아도 손은 돌 모서리에 닿을 뿐 그 앞은 빈 공간이었다. 계단이 거기서 끝나 있었다. 아무것도

모르는 사람에게 어둠 속에서 이런 계단을 오르게 한 것은 곧 그 사람을 곧장 죽음으로 내몰겠다는 뜻과 같았다. 나는 (번개와 조심성 덕분에 가까스로 목숨을 건지긴 했지만) 그 높은 곳에서 자칫 거꾸로 곤두박질쳤을지도 모른다고 생각하자 온몸에 식은땀이 나고 무릎이 덜덜 떨렸다.

그러나 나는 앞으로 무엇을 해야 할지 분명히 알았다. 나는 방향을 바꾸어 다시 더듬더듬 계단을 내려가기 시작했다. 마음속에는 격렬한 분노가 끓고 있었다. 중간쯤 내려갔을 때 느닷없이 돌풍이 불어 탑을 흔들고는 이내 멎었다. 이어 빗방울이 떨어지기 시작하더니, 땅에 내려왔을 때는 폭우로 변해 있었다. 나는 폭풍우 속으로 머리를 내밀고 빗줄기 사이로 부엌을 바라보았다. 아까 닫고 나왔던 문이 열려 있고, 희미한 불빛이 아른아른 보였다. 빗속에서 꼼짝 않고 서서 귀를 기울이는 사람이 보이는 듯했다. 그 순간 또다시 번개가 번쩍 내리쳤다. 조금 전에 사람 형체가 보였던 곳에 큰아버지가 서 있는 것이 또렷이 보였다. 번갯불이 채 사그라지기도 전에 고막을 찢는 천둥소리가 울렸다.

큰아버지가 이 무시무시한 소리를 듣고 내가 굴러떨어진 소리로 착각한 건지 그 소리에서 살인을 꾸짖는 하느님의 소리를 들은 건지는 독자의 상상에 맡기겠다. 적어도 큰아버지가 뭐라 형용할 수 없는 극심한 공포를 느끼고 문을 활짝 열어젖힌 채 집 안으로 허겁지겁 도망친 것만큼은 사실이다. 나는 되도록 살그머니 그 뒤를 따라 소리 없이 부엌으로 들어가서 큰아버지를 지켜보았다.

내가 들어가기 전에 방구석에 있는 찬장에서 커다란 위스키병을 꺼냈던 큰아버지는 이제 내게 등을 돌리고 식탁 앞에 앉아 있었다. 이따금 발작처럼 격렬하게 몸서리치며 커다랗게 신음했는데, 그때마다 병을 입으로 가져가 위스키를 벌컥벌컥 마셨다.

나는 큰아버지 등 뒤로 살금살금 다가가 두 손으로 그 어깨를 탁 치면서 "워이!" 하고 소리쳤다.

큰아버지는 양의 울음소리 같은 자지러지는 비명을 지르더니 두 팔을 치켜들며 송장처럼 마룻바닥으로 쿵 떨어졌다. 나는 조금 놀랐지만, 내 몸을 지키는 것이 급선무였으므로, 그러거나 말거나 큰아버지를 쓰러진 채로 내버려 두었다. 찬장에는 열쇠가 매달려 있었다. 나는 큰아버지가 정신을 차리고 다시 나쁜 짓을 꾸미기 전에 무기를 확보해야겠다고 생각했다. 찬장에는 병이 몇 개 있었는데, 그 가운데에는 약병 같은 것도 있었다. 많은 증서와 각종 서류도 있었다. 시간이 허락했다면 샅샅이 훑어봤을 것이다. 일용품도 몇 가지 있었는데, 나에게는 쓸모없었다. 그다음에는 커다란 궤짝을 뒤졌다. 첫 번째 궤짝에는 식료품이 잔뜩 들어 있었다. 두 번째 궤짝에는 돈 자루와 지폐 다발이 들어 있었다. 세 번째 궤짝에는 여러 물건(그 대부분은 의류였다)에 섞여 투박하게 생긴 녹슨 단도가 칼집이 빠진 채 들어 있었다. 나는 그것을 조끼 밑에 감추고 큰아버지를 돌아보았다.

큰아버지는 쓰러졌던 자세 그대로였다. 몸을 둥글게 말고 한쪽 무릎을 꺾고 한쪽 팔을 축 늘어뜨린 채 쓰러져 있었다. 낯빛이 몹시 파리하고 숨을 쉬지 않는 것 같았다. 죽어 버린 게 아닐까 불안해졌다. 물을 떠 와 얼굴에 뿌렸다. 그러자 조금 숨이 되돌아왔는지 입이 씰룩거리고 눈꺼풀이 파르르 떨렸다. 이윽고 큰아버지는 눈을 떴는데, 내 모습이 비친 그 눈동자에는 이 세상 것이라고는 생각할 수 없는 공포가 서렸다.

"정신 차리고 일어나세요." 내가 말했다.

"너…… 살아…… 있었냐?" 큰아버지가 더듬더듬 말했다. "너…… 정말 살아…… 있는 거냐?"

"네. 덕분에요."

큰아버지는 숨을 들이마시려고 헐떡거리기 시작했다. "파란 약병 좀…… 찬장에……." 숨소리가 점점 약해졌다.

찬장으로 달려가서 보니, 복용량이 적힌 종이가 붙은 파란 약병이 하나 보였다. 나는 그것을 황급히 큰아버지에게 먹였다.

"젠장." 조금 기운을 차리자 큰아버지가 말했다. "지병이다, 데이비. 심장병이지."

나는 큰아버지를 의자에 앉히고 조용히 노려보았다. 정말로 아파 보이는 이 사나이에게 얼마간 연민을 느낀 것은 사실이지만, 분노는 그 이상으로 불타고 있었다. 나는 큰아버지에게 설명 들어야 할 사항을 눈앞에서 하나하나 꼽았다. 왜 거짓말을 했는지. 왜 내가 도망칠까 봐 두려워했는지. 왜 큰아버지와 내 아버지가 쌍둥이가 아니냐는 말을 듣고 화를 냈는지—"사실이니까 그랬죠?" 나는 물었다. 왜 내게 받을 권리가 없다고 생각하면서도 돈을 주었는지. 마지막으로 왜 나를 죽이려고 했는지. 큰아버지는 잠자코 처음부터 끝까지 듣고 있었다. 그리고 내 질문이 끝나자 자신을 침대로 데려다 달라고 힘겹게 부탁했다.

"내일 아침에 이야기하마. 약속해."

몹시 기운이 없어 보였으므로 그의 말을 들어주지 않을 수가 없었다. 그러나 그를 침실로 데려다 준 뒤 문을 잠그고 열쇠는 내 호주머니에 넣었다. 부엌으로 돌아와, 이 집에서 최근 몇십 년 동안 그런 일이 없었을 거라고 생각될 정도로 난롯불을 활활 지핀 뒤 플레이드로 몸을 감싸고 궤짝 위에 드러누워 잠이 들었다.

5. 퀸스페리로 가다

밤새 폭우가 쏟아졌다. 이튿날 아침이 되자 북서쪽에서 무척 쌀쌀한 바람이 불어와 조각구름을 휩쓸고 지나갔다. 아직 해도 뜨지 않고 새벽 별도 사라지지 않았으나 나는 아랑곳하지 않고 개울가로 가서 물살이 휘도는 웅덩이에 뛰어들었다. 멱을 감고 맑은 정신으로 난롯가로 돌아와 불을 지핀 다음, 내가 처한 상황을 진지하게 생각하기 시작했다.

큰아버지가 내게 적의를 품고 있다는 데에는 의심할 여지가 없었다. 내가 생사의 갈림길에 서 있는 데도, 큰아버지가 나를 죽이려고 갖은 수를 쓴 것은 의심의 여지가 없었다. 그러나 나는 젊고 건강했으며, 대다수 시골 출신 젊은이가 그렇듯이 꾀가 있다고 자부하고 있었다. 큰아버지의 집에 도착했을 때는 거지나 다름없는 어린애였는데 큰아버지는 그런 나를 배신과 폭력으로 대했다. 그러니 이번에는 내 쪽에서 큰아버지를 양처럼 몰아세우면 멋진 마무리가 될 것이다.

나는 무릎을 끌어안고 앉아 미소를 띠며 난롯불을 바라보았다. 그리고 큰아버지의 비밀을 하나하나 벗겨 낸 끝에 마침내는 큰아버지의 왕이 되고 지배자가 되는 내 모습을 상상했다. 전설에 따르면 에센딘의 마법사는 미래가 보이는 거울 같은 것을 만들었다고 하는데, 그것이 시뻘겋게 타오르는 난롯불이 아니었던 것만은 분명하다. 내가 꼼짝 않고 바라보는 난롯불에는 온갖 형태의 그림자가 비쳤지만, 배라든가 털모자를 쓴 선원이라든가 내 어리석은 머리를 후려갈기는 곤봉 따위는 전혀 나타나지 않았으며, 곧 나를 덮치게 될 갖가지 재난의 징표도 보이지 않았던 것이다.

얼마 뒤 나는 자만심에 취해 2층으로 올라가, 갇혀 있던 큰아버지를 풀어주었다. 큰아버지는 예의를 갖춰 아침인사를 했다. 나도 득의만면한 미소를 띤 채 거만하게 인사했다. 우리는 곧 어제와 똑같은 아침을 먹었다.

"그런데 큰아버지," 내가 다소 빈정거리는 투로 물었다. "제게 하실 말씀 없으신가요?" 큰아버지가 분명한 대답을 하지 않았으므로 나는 말을 이었다. "천천히 서로 알아가게 되겠지만요, 큰아버지는 처음에 저를 아무짝에도 쓸모없는 시골뜨기라고 생각하신 것 같고, 저는 큰아버지를 훌륭한 사람까지는 아니더라도 나쁜 사람이라고는 생각하지 않았어요. 그런데 우리 둘

다 잘못 생각했던 것 같군요. 저를 두려워하고, 속이고, 제 목숨까지 빼앗으려는 이유가 도대체 뭔가요?"

큰아버지는 그냥 장난해본 거라는 둥 자기는 장난을 좋아한다는 둥 하고 기어들어가는 목소리로 중얼거렸다. 그러다가 내가 히죽거리는 것을 보더니 말투를 바꾸어 "아침 식사가 끝나면 모든 걸 털어놓겠다" 약속했다. 그 표정은, 어떻게든 대충 둘러대려고 머리를 쥐어짜고는 있지만 아직 좋은 생각이 떠오르지 않는 것 같았다. 그 점을 꼬집으려는 순간이었다. 문 두드리는 소리가 나서 대화가 끊겼다.

나는 큰아버지에게 그대로 앉아 있으라고 명령하고, 문으로 갔다. 문간에는 선원 옷을 입은 앳된 소년 한 명이 서 있었다. 소년은 나를 보자마자 손가락을 튕겨 딱딱 소리내고 발을 구르면서 '씨 혼파이프'*11 춤을 추기 시작했다. 지금껏 들은 적도, 본 적도 없는 춤이었다. 그러나 소년의 얼굴은 추위로 새파랬으며, 울음인지 웃음인지 모를 이상한 표정은 쾌활한 몸짓에 어울리지 않게 몹시 서글퍼 보였다.

"안녕, 형." 소년이 갈라진 목소리로 말했다.

나는 진지한 표정으로 용건을 물었다.

"아, 용건!" 소년은 노래를 부르기 시작했다.

달 밝은 오늘 이 시간은
볼일을 보는 것도 즐겁네.

"이봐." 내가 말했다. "미안하지만, 용건이 없으면 당장 돌아가."

"자, 잠깐 기다려, 형!" 소년이 외쳤다. "형은 농담도 몰라? 아니면 날 회초리로 때릴 거야? 난 히지 호시 아저씨*12가 벨플라워*13 씨한테 보내는 편지를 갖고 왔어."

그렇게 말하면서 내게 편지를 보여주며 이렇게 덧붙였다. "그런데 형, 나 배가 고파 죽을 지경인데."

---

*11 뱃사람이 즐겨 추는 춤으로, 반주는 나무 피리로 한다.
*12 발신인 호지슨을 장난스럽게 부른 것. '히지'에는 '삐걱삐걱 소리나다'라는 뜻도 있다.
*13 벨퍼를 잘못 말한 것. '벨플라워'는 풍경초라는 뜻.

"좋아. 안으로 들어와. 내가 굶더라도 네게 양보하지."

나는 소년을 안으로 들이고 내 자리에 앉혔다. 소년은 남은 아침 식사를 허겁지겁 먹기 시작했지만, 먹으면서도 이따금 내게 눈짓을 보내며 우스꽝스러운 표정을 지어 보였다. 가엾게도 그 아이는 그런 짓이 어른스러운 행동이라고 생각하는 것 같았다. 그동안 큰아버지는 편지를 다 읽고 곰곰이 생각에 잠겼다. 그러다가 느닷없이 벌떡 일어나더니 나를 방 한구석으로 끌고 갔다.

"읽어 봐라." 큰아버지는 이렇게 말하고 편지를 내밀었다.

편지에는 이렇게 적혀 있었다.

퀸스페리 '닻 여관'에서

각설하고, 이곳에 정박한 참에 선실 담당 급사를 보내 소식을 알립니다. 현재 풍향이 좋아 당장에라도 출항할 예정입니다. 외국에 대한 지시사항이 있으시면 오늘 중에라도 알려 주십시오. 솔직히 말씀드리면 전 귀하의 대리인 랜케일러 씨와 분쟁 중이며, 신속하게 해결하지 못한다면 귀하에게도 다소 손해가 갈 것입니다. 또한, 이익분배금으로 귀하에게 어음을 발행해 두었습니다.

귀하의 충실한 종
일라이어스 호지슨

내가 다 읽기를 기다렸다가 큰아버지가 말을 이었다. "데이비, 난 디서트*[14]가 만든 커버넌트 호의 선장 호지슨이라는 자와 사업을 하고 있다. 도박과도 같은 무역이지. 여기 있는 이 꼬마랑 '닻'이라는 여관으로 가서 선장을 만나 보자. 아, 서명해야 할 서류가 있다면 커버넌트 호에서 만나야 할지도 모르겠군. 그렇다면 거기서 랜케일러 변호사의 집까지는 걸어서 금방이다. 나랑 많은 일이 있었으니 내가 아무리 정직하게 말해도 믿어 주지 않겠지만, 랜케일러의 이야기라면 신용하겠지. 이곳 항사의 절반은 그 사람을 대리인으로 삼고 있단다. 모두가 존경하는 노인으로, 네 아버지와도 아는 사이

*14 에든버러 북쪽 포스 만 연안에 있는 항구.

였지."

나는 잠시 생각에 잠겼다. 함께 어느 선착장으로 가자는 건데, 그곳은 분명 사람들로 북적일 테니 아무리 큰아버지라도 설마 그런 곳에서 내게 위험한 짓을 하지는 못할 터였다. 게다가 선실 담당 급사가 함께라면 더욱 안전했다. 설령 지금 아무렇게나 둘러대는 거라고 쳐도 일단 그곳에 도착하면 뭐라 입을 떼기 전에 변호사에게 끌고 가면 된다. 나는 이런 생각들을 했지만, 사실 마음속 깊은 곳에는 바다와 배를 조금이라도 가까이서 보고 싶다는 소망이 숨어 있었는지도 모른다. 독자 여러분도 기억하시겠지만, 나는 태어나서 지금까지 산속에서만 지내다가 불과 이틀 전에 처음으로 푸른 마룻바닥처럼 펼쳐진 바다와 그 위를 장난감처럼 지나가던 범선을 보았던 것이다. 이리저리 생각한 끝에 나는 가기로 결심했다.

"좋아요. 선착장에 가요."

큰아버지는 모자를 쓰고 웃옷을 입고, 낡고 녹슨 단검을 허리에 찼다. 우리는 불을 밟아 끄고 문을 잠근 뒤 출발했다.

걷고 있으려니 차가운 북서풍이 거의 정면에서 불어왔다. 때는 6월이어서 들판에는 데이지가 하얗게 만개하고, 나무들도 꽃을 활짝 피웠다. 그런데도 손톱은 보라색으로 변하고 손목은 시리기까지 한 것을 보면, 때는 겨울이고 새하얀 들판은 12월의 서리라고 해도 이상하지 않을 정도였다.

큰아버지는 들일을 마치고 돌아가는 늙은 농부처럼 몸을 좌우로 흔들며 둑길을 터덜터덜 걸어갔다. 목적지에 닿을 때까지 한 번도 입을 열지 않았으므로 나는 자연히 선실 담당 급사와 이야기를 나누었다. 소년은 랜섬이라는 이름으로, 아홉 살 때부터 바다에 나갔지만 그 뒤로는 나이를 세지 않아 지금은 몇 살인지 모른다고 했다. 소년은 정면에서 불어오는 바람에도 아랑곳하지 않고 가슴팍을 풀어헤쳐 문신을 보여 주었다. 이렇게 추운 바람에 살갗을 내놨다간 죽을지도 모른다는 생각에 몇 번이고 말렸지만 들은 척도 안 했다. 가끔 생각나는 대로 상스러운 말을 툭툭 내뱉었지만, 어엿한 성인이라는 느낌보다는 어리숙한 초등학생 정도로밖에 보이지 않았다. 그는 지금까지 저질러 온 수많은 폭력과 악행을 자랑스럽게 늘어놓았다. 좀도둑질, 괜한 시비, 살인 경험담 등등……. 그러나 깊이 들어가면 현실감이 떨어지고 말투에서도 허풍이 느껴졌으므로 나는 진지하게 듣기는커녕 한심한 마음마저 들었다.

나는 소년이 범주선 중에서 가장 멋지다고 말한 쌍돛대 범선*15이나 그 범선을 칭찬할 때만큼이나 열띠게 칭찬한 호지슨 선장에 대해 여러 질문을 던졌다. 소년의 말에 따르면, 히지 호지(그는 선장을 계속 이렇게 불렀다)는 지구 상에 무서워하는 것이 없으며 "돛을 잔뜩 올리고 마지막 심판의 날을 향해 질주한다"는 속담처럼 난폭하고 용맹하고 거칠고 잔인한 사나이라고 했다. 한심하게도 우리 선실 담당 급사는 그런 성격을 아주 뱃사람답고 남자답다는 증거로 착각하고 저도 모르는 사이에 존경하게 된 것이었다. 그러나 자기가 신처럼 떠받드는 선장에게도 단 한 가지 결점이 있다는 사실은 인정했다. "선장은 조종을 잘 못 해. 조종은 슈안이 하지. 그 방면에서는 특출한 항해사야. 술버릇은 고약하지만. 진짜야! 이것 봐." 랜섬은 양말을 돌돌 감아 내리고, 아직 아물지 않은 커다란 붉은 상처를 보여 주었다. 나는 소름이 끼쳤다. "그 사람이 한 거야. 슈안이 말이야." 소년은 오히려 으스대며 말했다.

"맙소사!" 나는 버럭 소리 질렀다. "그가 이렇게 심한 짓을 했단 말이야? 노예도 아닌데 그런 야만스러운 짓을 하다니!"

"그야 그렇지." 가엾은 멍청이가 갑자기 어조를 바꾸어 말했다. "조만간 본때를 보여 주겠어. 두고 보라지." 그러고는 내게 "날치기한 것"이라며 커

*15 앞뒤 두 개의 돛대에 가로돛을 단 범선.

다란 칼집에 든 칼을 보여 주었다. "좋아! 할 테면 해봐. 가만두지 않을 테니. 죽여 버리겠어! 그래, 어디 그 자식뿐인 줄 알아?" 그러더니 한심하고 우스꽝스럽고 상스러운 저주를 퍼부었다.

나는 이 아둔한 소년에게 품은 연민을 이 넓은 세상 누구에게도 품어본 적이 없었다. 그와 동시에 커버넌트 호*16라는 배가 이름만 하느님과 인연이 깊지 실은 해상의 지옥이나 다름없다는 사실을 깨달았다.

"혈육은 있니?" 내가 물었다.

소년은 영국의 어느 항구—이름을 말했지만, 기억나지 않는다—에 아버지가 살았다고 대답했다. "아빠 좋은 사람이었어. 하지만 죽어 버렸지."

"맙소사." 나는 격앙했다. "육지에서 평범하게 살아갈 수는 없다는 거니?"

"절대로 안 되지!" 랜섬이 의미심장하게 눈짓하더니 자못 되바라진 표정으로 대답했다. "어딘가로 팔려갈 게 분명하잖아. 그런 수에 넘어갈 내가 아니지!"

나는 소년에게 물었다. "배 위에서는 바람과 파도뿐만 아니라 상급 선원들에게도 시달림을 받고 끊임없이 생명이 위험에 노출되니까 그것처럼 위험

*16 '커버넌트'는 '신과 사람간의 계약'이라는 뜻.

한 일도 없지 않아?" 소년은 그렇다고 대답은 하면서도 바다 생활을 칭송했다. 호주머니에 돈을 넣고 상륙하여 어른처럼 돈을 쓰고, 사과를 사고, 거들먹거리며 걷고, "고리타분한 애송이 놈들"을 겁주는 것이 얼마나 즐거운지 소년은 이야기했다.

"나는 아무것도 아니야." 랜섬이 말했다. "나보다 심한 사람들도 봤는걸. 20파운드 파에 있는 사람들 말이야. 제기랄! 놈들이 울고불고하는 모습을 봐야 하는데. 형만큼 나이 먹은 사람도 봤어. 진짜야. (소년에게는 내가 늙어 보였나 보다.) 그래, 그놈은 수염을 길렀었지. 배가 이미 강에서 바다로 나왔는데 약이 떨어져서 그놈이 아주 발광을 했었어. 아주 볼만했지! 어찌나 난리를 피우던지! 내가 얼마나 골려 주었다고! 꼬맹이도 있어. 나보다 쪼끄만 애가! 내가 그 애들을 감독하지. 꼬맹이들을 태우고 항해할 때는 그 녀석들을 후려갈길 밧줄은 내 거야."

랜섬은 이런 식으로 계속 떠들었다. 이야기를 듣는 사이에 '20파운드 파에 있는 애들'이 누굴 말하는지 알게 되었다. 바다 너머 북아메리카에 노예로 팔려가는 불행한 죄수나, 돈이나 복수 때문에 유괴되거나 (흔히 말하듯) '잘못 걸린' 더 불행하고 무고한 아이들이었다.

이런 이야기를 하는 사이에 우리는 퀸스페리와 호프 평원이 내려다보이는 언덕 위에 다다랐다. 포스 만은 (잘 알려졌다시피) 이 주변에서는 폭이 아주 넓은 강만 한 크기였다. 때문에 북쪽으로 만을 횡단하기에 편리한 선착장으로 쓰였으며, 육지로 둘러싸인 후미는 배들의 피난소로 쓰였다. 이 좁은 후미 한가운데에 폐허가 두세 군데 있는 작은 섬이 떠 있고, 후미 남쪽 해안에는 나룻배가 드나드는 부두가 있었다. 그 부두 기슭 도로 맞은편에 호랑가시나무며 산사나무가 심어져 있는 아름다운 정원을 배경으로 '닻'이라는 이름의 여인숙이 보였다.

퀸스페리는 그곳에서 서쪽으로 한참 가야 있었으므로, 나룻배가 승객을 싣고 북쪽으로 막 떠난 이 시각에 여관 주위는 매우 조용했다. 그러나 부두에는 작은 배 한 척이 정박해 있고, 뱃사람 몇몇이 그 위에서 앉은 채 잠을 자고 있었다. 랜섬의 말로 그 배는 범선에서 내린 보트로, 선장을 기다리고 있다 했다. 그러고서 소년은 반 마일쯤 떨어진 앞바다에 유일하게 정박해 있는 배가 커버넌트 호라고 가르쳐 주었다. 배 위는 돛을 올릴 준비로 분주해 보였다. 활대가 빙글빙글 돌면서 차례차례 정해진 위치로 올라가는 것이 보였다. 배 쪽에서 바람이 불어왔으므로, 뱃사공들이 밧줄을 끌어당기면서 노래하는 소리도 들렸다. 오면서 들은 불쾌한 이야기가 많아서 나는 무척 혐오스러운 기분으로 그 배를 바라보았다. 저런 배를 타고 항해해야 하는 불쌍한 사람들을 생각하자 진심으로 그들이 가여웠다.

우리 세 사람은 언덕 꼭대기에 멈춰 서 있었는데, 그제야 나는 길을 가로질러 큰아버지에게 말했다.

"이것만큼은 분명히 말해 두는 게 좋겠어요. 저 커버넌트 호에 날 태울 생각은 추호도 하지 마세요."

큰아버지가 자다가 깬 사람 같은 표정으로 말했다. "응? 그게 무슨 소리냐?"

나는 같은 말을 반복했다.

"그래, 그래. 너 좋을 대로 하렴. 그런데 여기 계속 이러고 서 있을 생각이냐? 지독하게 춥지 않니. 그리고 내가 잘못 본 게 아니라면 커버넌트 호는 출범 준비로 바쁜 것 같은데 말이다."

6. 퀸스페리에서 일어난 일

여인숙에 도착하자마자 랜섬은 우리를 2층 방으로 안내했다. 방에는 침대가 한 대 놓여 있으며, 석탄이 활활 타고 있어서 아궁이 안처럼 더웠다. 난로 바로 옆 탁자에 반듯해 보이는 키 크고 거무스름한 사나이가 앉아 글을 쓰고 있었다. 이렇게 더운데도 그는 옷깃까지 단추를 채운 두꺼운 셔츠를 입고, 귀가 덮일 정도로 기다란 털모자를 쓰고 있었다. 그러나 나는 이 선장만큼 냉정하고 신중하며 차분한 사나이를, 아니 그런 재판관조차 본 적이 없었다.

선장은 곧 일어나 우리에게 다가오더니 큼직한 손을 에버니저에게 내밀었다. "뵙게 되어 영광입니다, 벨퍼 씨." 선장이 굵직한 목소리로 말했다. "늦기 전에 도착해서 다행입니다. 풍향도 좋고 조류도 바뀔 때라 밤이 되기 전에 메이 섬*[17]의 그 허름한 등대*[18]를 바라볼 셈이거든요."

"호지슨 선장," 큰아버지가 말했다. "방을 너무 덥게 해 놓은 것 아니오?"
"이게 제 습관입니다, 벨퍼 씨." 선장이 말했다. "천성이 차가운 냉혈한이라서요. 털가죽이든 플란넬이든—아니, 뜨거운 럼주조차 체온을 올려 주지 못하죠. 아무리 열대 바다에서, 뱃사람 식으로 말하자면 '지글지글 구워져도' 마찬가지더군요."
"그렇군요. 그렇게 타고났다면야 어쩔 수 없죠."
선장의 이 특이한 습관이 재앙의 불씨가 되고 말았다. 큰아버지에게서 눈을 떼지 않기로 마음먹었음에도, 더 가까이서 바다를 보고 싶어 몸이 근질근질한 데다 방이 너무 더워서 숨이 막혔으므로, 큰아버지가 아래층에 내려가 잠시 놀다 오라고 말했을 때 어이없게도 그 말을 따르고 만 것이다.
나는 술병과 서류 더미를 앞에 두고 앉은 두 사람을 남겨 두고 밖으로 나와 여관 앞 도로를 가로질러 바닷가로 내려갔다. 바람은 불었지만, 파도는 전에 호수에서 본 것과 별반 다를 바 없는 잔물결이었다. 그러나 해초는 신기한 것 투성이여서 녹색도 있고 노랗고 길쭉한 것도 있었으며, 손가락으로 짓이기면 톡 터지는 작은 주머니가 달린 것도 있었다. 강어귀에서 꽤 거슬러 올라온 곳인데도 바다 냄새가 코를 찔러 나는 마음이 설렜다. 그때 커버넌트 호가 활대에 칭칭 감겼던 돛을 펄럭펄럭 펼치기 시작했다. 보이는 것 모두가 내 마음에 머나먼 항로와 이국땅에 대한 동경심을 불러일으켰다.
나는 보트에 탄 선원들을 주의 깊게 살폈다. 모두 햇볕에 그을린 건장한 사내였다. 셔츠 한 장만 입은 사내도 있거니와 재킷을 입은 사내도 있고, 알록달록한 손수건을 목에 감은 사내도 있었다. 그 가운데 한 사람의 호주머니에는 권총 두 자루가 들어 있었고, 두세 사람은 울퉁불퉁한 곤봉을 들고 있었다. 그리고 모든 사람이 칼집에 든 단도를 갖고 있었다. 나는 그중 가장 온순해 보이는 사람에게 인사를 건네고, 범선의 출항 시각을 물었다. 사내는 썰물 때가 되면 곧바로 출항할 거라고 대답하고, 술집도 오락거리도 없는 항구를 떠나게 돼서 기쁘다고 말했다. 그러나 말끝마다 상스러운 욕지거리를 내뱉었으므로 나는 그 사내에게서 서둘러 도망쳤다.
결국, 그나마 가장 착해 보이는 랜섬을 다시 상대하기로 했다. 랜섬은 곧

---

*17 포스 만에서 조금 떨어진 섬.
*18 메이 섬의 등대는 1636년에 건설되었다.

여관에서 나오더니 펀치*19를 한 잔 사 달라고 외치면서 내 쪽으로 달려왔다. 랜섬도 나도 아직 술을 마시고 취할 나이는 아니었기에, 그런 건 사줄 수 없다고 대답했다. "하지만 에일 한 잔쯤은 기꺼이 사 주지." 나는 말했다. 랜섬은 뿌루퉁해서 내게 욕지거리를 했지만, 에일을 마시게 된 것이 싫지만은 않은 눈치였다. 얼마 뒤 우리는 여관 첫째 방에 놓인 식탁에 앉아 신나게 먹고 마시기 시작했다.

그때 문득 이 지방 토박이인 여관 주인과 친해 두는 게 좋겠다는 생각이 들었다. 나는 주인에게 함께 한잔하지 않겠느냐고 물어보았다. 당시는 그렇게 하는 것이 유행이었기 때문이다. 그러나 주인은 랜섬이나 나 같은 별 볼 일 없는 손님은 상대하지 않겠다는 듯 거들먹대며 방을 나가려고 했다. 나는 얼른 그를 불러 세우고 물었다. "랜케일러라는 사람을 아십니까?"

"잘 알다마다." 그가 대답했다. "아주 착실한 사람이지. 그건 그렇고, 에버니저랑 같이 온 게 너희냐?" 그렇다고 대답하자 주인이 물었다. "설마 동료는 아니겠지?" 이것은 스코틀랜드식 표현으로, 친척이 아니냐는 뜻이었다.

나는 당치 않다고 대답했다.

"그럴 줄 알았다." 주인이 말했다. "하지만 어쩐지 알렉산더와 닮았는데."

나는 이 지방에서 에버니저의 평판이 나쁜 것 같다고 말했다.

"당연하지." 주인이 대답했다. "저놈은 사악한 늙은이야. 놈이 밧줄에 목이 매달려 꺽꺽거리는 꼴을 보고 싶어 하는 사람이 지천으로 깔렸다고. 놈이 집에서 내쫓은 사람은 제네트 클라우스톤 말고도 엄청나게 많으니까. 그래도 예전엔 괜찮은 사람이었지. 알렉산더에 대한 소문이 퍼지기 전에 말이야. 그런 일이 있고 나서 알렉산더는 죽은 거나 마찬가지가 되었지."

"그게 무슨 뜻이죠?" 내가 물었다.

"놈이 알렉산더를 죽인 거나 마찬가지거든. 그 얘긴 못 들었느냐?"

"왜 죽이려고 했는데요?"

"왜는. 그 저택을 빼앗으려고지."

"저택이요? 쇼스 저택 말인가요?"

"그것 말고 저택이 또 있다더냐?"

---

*19 보드카 따위에 우유, 물 등을 섞고 설탕, 레몬, 향료로 맛을 낸 음료.

"아저씨, 그게 사실이에요? 그 말 틀림없죠? 그럼 내…… 아니, 알렉산더 씨는 장남이었나요?"

"두말 하면 잔소리지. 그게 아니면 왜 죽이려고 했겠니?"

그 말을 마치고 주인은 나가 버렸다. 아까부터 빨리 나가고 싶어 했었다. 물론 아주 오래전부터 나도 대충 이런 일이 있었으리라고 생각은 했었다. 그러나 추측한다는 것과 확실히 안다는 것은 완전히 달랐다. 나는 넝쿨째 굴러들어온 뜻밖의 행운에 전율을 느꼈다. 에트릭 포레스트에서 먼지를 뒤집어쓰고 터벅터벅 걸어온 가난한 젊은이가 채 이틀도 지나지 않아 저택과 넓은 땅을 상속받고 큰 부자가 되어 당장에라도 말 위에서 거드름을 피울 수 있다니 도저히 믿기지 않았다. 나는 설레는 기대감과 수백 가지 즐거운 공상에 사로잡혔다. 창밖을 바라보고는 있었지만, 아무것도 눈에 들어오지 않았다. 다만, 호지슨 선장이 부두에서 선원들을 모아놓고 아주 근엄하게 뭔가 이야기하는 장면을 본 것만은 기억한다. 곧 선장은 여인숙 쪽으로 성큼성큼 걸어왔는데, 그 태도에는 뱃사람에게서 흔히 보이는 건들거리는 구석이 조금도 없었다. 크고 다부진 몸을 날렵하게 움직였으며, 표정은 여전히 침착하고 냉정했다. 나는 아까 랜섬이 한 얘기가 과연 사실일지 반은 믿을 수가 없었다. 소년의 이야기에서는 지금 눈앞에 있는 선장의 모습을 전혀 연상할 수 없었기 때문이다. 사실 선장은 내가 상상한 것 같은 선인도 아니며, 그렇다고 랜섬이 생각한 만큼의 악당도 아니었다. 배에 오르는 순간 착한 자아는 꽁꽁 감춰 버리는 이중인격자였던 것이다.

그다음에 기억나는 것은 작은아버지*20가 나를 부른 장면이다. 작은아버지는 선장과 나란히 길 한가운데에 서 있었는데, 내게 말을 건 쪽은, 그것도 (손아랫사람을 기쁘게 하는) 아주 정중한 태도로 말을 건 쪽은 선장이었다.

"데이비드 군." 선장이 말했다. "벨퍼 씨가 자넬 무척 칭찬하더군. 나도 자네 얼굴이 마음에 들어. 이곳에 좀 더 오래 머물면서 자네랑 친해지면 좋을 텐데. 같이 있을 수 있는 동안만이라도 알차게 보내세. 썰물 때까지 30분쯤 우리 배에서 놀지 않겠나? 한잔하면서 말이야."

정말은 배 안을 구경하고 싶어 견딜 수 없었지만, 위험에 빠지고 싶지는

---

*20 아버지의 동생임이 밝혀졌으므로 이하는 작은아버지라 번역한다.

않았다. 나는 작은아버지와 함께 변호사를 만나러 가야 한다고 거절했다.

"그래," 선장이 말했다. "그 이야기는 들었네. 그렇지만 나중에 내가 보트로 마을 부두까지 데려다 주면 되지 않나? 거기서 랜케일러의 집까지는 금방이니까." 그러더니 갑자기 몸을 굽혀 내 귓전에 이렇게 속삭였다. "저 늙은 여우를 조심하게. 흉계를 꾸미고 있으니까. 잠깐 할 이야기가 있으니 배로 가세." 그러고는 내 팔을 잡아끌고 보트 쪽으로 걸어가면서 다시 커다란 목소리로 이렇게 말했다. "캐롤라이나에서 선물로 뭘 가져다줄까? 벨퍼 씨의 혈육이니 뭐든 원하는 걸 사다 주지. 궐련이 좋겠나? 인디언의 깃털 장식? 짐승 가죽은? 돌로 만든 담뱃대는? 아니면 고양이 울음소리를 똑같이 흉내 내는 새는 어떤가? 피처럼 새빨간 홍관조가 좋을까? 원하는 게 있으면 사양하지 말고 뭐든지 말해 보게."

그러는 사이에 보트 바로 옆까지 왔다. 선장이 손을 내밀어 내가 배에 탈 수 있게 부축해 주었다. 나는 이미 되돌아갈 생각이 없었다. (정말 어이없는 착각이지만!) 힘이 되어 줄 친구가 생겼다고 착각했던 것이다. 게다가 배를 구경할 수 있다는 생각에 완전히 들떠 있었다. 모두가 배에 오르자 보트는 부두를 떠나 수면으로 미끄러졌다. 난생처음 이런 배에 타는 것이 재밌기도 하고, 수면에 닿을락 말락 앉아 있는 것이 무섭기도 했다. 멀어져가는 바닷가 풍경과 범선에 가까워짐에 따라 범선이 점점 커지는 모습을 넋을 놓고 구경했다. 선장이 뭐라 떠들었지만 전혀 귀에 들어오지 않았다. 대답도 건성으로 했을 것이다.

보트가 범선 옆구리에 닿자, (나는 입을 떡 벌린 채 웅장한 배를 올려다보고, 파도가 뱃전에 철썩철썩 부딪치는 소리며 부산하게 움직이는 선원들의 우렁찬 구령을 들으면서 앉아 있었다) 호지슨 선장은 자신과 내가 먼저 타야 한다며 선원들에게 메인야드에서 도르래를 내리라고 지시했다. 나는 그것을 타고 공중으로 올라가 갑판에 내렸다. 먼저 도착한 선장이 기다리고 있다가 얼른 내 팔짱을 끼었다. 나는 잠시 제자리에 서 있었다. 사방이 흔들거려서 조금 어지럽고 무서웠던 것도 같지만, 그래도 나는 낯선 광경에 짜릿함마저 느꼈다. 선장은 그 가운데서도 특히 신기한 것들을 가리키며 이름과 사용법을 설명해 주었다.

"그런데 작은아버지는 어디 계세요?" 나는 불현듯 생각이 나서 물었다.

"음." 호지슨 선장이 지금까지와는 전혀 다르게 소름끼치는 얼굴로 말했다. "바로 그게 문제야."

아차 싶었다. 있는 힘을 다해 선장의 팔을 뿌리치고 뱃전을 향해 내달렸다. 예상대로 뭍을 향해 노를 저어가는 보트가 보이고 선미에는 작은아버지가 앉아 있었다. 나는 목청을 쥐어짜며 외쳤다.

"사람 살려! 사람 살려! 살인이야!"

목소리가 항구에서 메아리쳤다. 작은아버지가 잔인하고 끔찍한 얼굴을 이쪽으로 돌렸다.

그 장면을 마지막으로 더는 기억나지 않는다. 우락부락한 선원들이 뱃전에서 나를 거칠게 잡아끌었다. 이어 눈앞에서 번개가 번쩍한 것처럼 불꽃이 사방으로 튀었다. 나는 정신을 잃고 쓰러졌다.

7. 커버넌트 호에 실려 바다로

나는 어둠 속에서 정신이 들었다. 온몸이 몹시 쑤시고 팔다리가 저렸다. 익숙하지 않은 온갖 소음에 귀가 먹먹했다. 물레방아용 저수지의 거대한 둑에 떨어지는 물소리 같은 엄청난 굉음, 파도와 바람을 가르며 나아가는 배에 물살이 부딪치는 소리, 돛이 바람에 펄럭이는 소리, 선원들의 고함 따위가 들렸다. 온 세상이 아찔하게 솟아오르는가 싶다가 순식간에 엄청난 속도로 떨어졌다. 속이 몹시 울렁거리고 온몸이 욱신거렸으며 머릿속은 뒤죽박죽 혼란스러웠다. 찌르는 듯한 고통에 정신이 아득해지면서도 이리저리 기억을 되짚어보니 겨우 사태가 파악되었다. 나는 이 불길한 배 한가운데에 꽁꽁 묶인 채 누워 있는 게 틀림없었다. 바람도 거세져 폭풍으로 변한 것 같았다. 내가 어떤 꼴에 처해 있는지 똑똑히 알게 되자 끝없는 절망감과 내 어리석음에 대한 격렬한 후회와 작은아버지에 대한 맹렬한 분노에 휩싸여 다시 정신을 잃고 말았다.

다시 정신이 들었을 때도 여전한 굉음과 격렬한 요동에 귀는 먹먹하고 온몸에는 기운이 하나도 없었다. 이런 고통에 더불어, 배에 익숙하지 않은 풋내기 선원이 자주 걸리는 뱃멀미가 시작되었다. 혈기왕성한 젊은 시절에는 힘든 일도 많았지만, 이 범선에서 보낸 처음 몇 시간만큼 한 줄기 희망도 찾을 수 없을 정도로 심신 모두가 절망에 빠졌던 적은 그 뒤 한 번도 없다.

발포 소리가 들렸다. 폭풍우가 심해서 조난 신호를 보내는 것 같았다. 그러나 아무리 깊은 바닷속에서 죽게 되더라도 자유의 몸이 된다고 생각하면 차라리 기뻤다. 하지만 사실은 조난된 것이 아니었다. (나중에 들은 이야기지만) 선장은 그 지점에서 발포하는 것이 습관이었다. 이 사실을 굳이 밝히는 이유는, 어떤 악인이라도 조금은 낭만이 있다는 사실을 알리고 싶어서이다. 그때 배는 디서트 앞바다 몇 마일 지점을 지나고 있었던 것 같다. 디서트는 이 범선이 건조된 곳이자, 선장의 어머니인 호지슨 부인이 4, 5년 전부터 사는 곳이기도 했다. 그래서 커버넌트 호는 항해에 나설 때와 귀항할 때 낮에 그곳을 지나게 되면 반드시 대포를 쏘고 깃발을 올렸던 것이다.

나는 시간을 짐작할 수가 없었다. 내가 쓰러져 있는, 악취가 진동하고 캄캄한 벙커에서는 낮이나 밤이나 똑같았기 때문이다. 더구나 이런 비참한 상

황에서는 시간이 곱절은 길게 느껴졌다. 따라서 배가 암초에 부딪혀 산산조각이 나는 소리가 들리지나 않을까, 뱃머리를 바다 밑바닥에 처박는 것이 느껴지지나 않을까 노심초사하면서 얼마나 오래 누워 있었는지 알 도리도 없었다. 그러나 이윽고 졸음이 찾아와, 내 불행한 신세를 한탄하는 마음도 어딘가로 사라져 버렸다.

얼마나 지났을까! 얼굴을 비추는 석유등 불빛에 눈이 떠졌다. 녹색 눈동자에 푸석푸석한 금발머리를 가진 서른쯤 되어 보이는 왜소한 사나이가 서서 나를 내려다보고 있었다.

"이봐," 사나이가 말했다. "괜찮아?"

나는 대답도 못하고 훌쩍훌쩍 울기 시작했다. 사나이가 내 맥박을 짚고 관자놀이에 손을 대본 뒤, 머리의 상처를 닦아 주고 붕대를 감기 시작했다.

"맙소사!" 사나이가 말했다. "머리가 심하게 깨졌는걸. 좀 어때? 기운 차려! 세상이 끝난 것도 아니잖아. 시작은 별로였지만 곧 좋아질 거야. 뭣 좀 먹겠어?"

나는 음식은 보고 싶지도 않다고 대답했다. 그러자 사나이는 홍차용 놋쇠 컵에 물에 탄 브랜디를 따라 조금 먹여 준 뒤 나를 다시 혼자 내버려 두고 가 버렸다.

그 사나이가 다시 내 상태를 살피러 왔을 때, 나는 어둠 속에서 눈을 부릅뜬 채 비몽사몽하고 있었다. 메스꺼움은 완전히 가라앉았지만, 이번에는 지독한 현기증에 머리가 어질어질했다. 팔다리 전체가 화끈거렸다. 몸을 단단히 결박한 끈이 불처럼 뜨겁게 느껴졌다. 벙커의 역한 냄새가 내 몸에 들러붙은 느낌이었다. 사나이가 사라졌다가 다시 찾아오기까지의 꽤 긴 시간 동안, 나는 내 주위를 끊임없이 돌아다니다가 때로는 얼굴에까지 부딪치는 쥐들과 열에 들떴을 때 흔히 보이는 으스스한 환영 때문에 줄곧 공포에 떨었다.

나무판자가 열렸다. 틈새로 들어온 희미한 석유등 불빛이 하늘에서 쏟아지는 햇살처럼 느껴졌다. 그 빛은 내 감옥이 된 배의 시커멓고 튼튼한 들보를 비추었을 뿐이지만, 나는 비명을 지르고 싶을 정도로 반가웠다. 먼저 녹색 눈의 사나이가 사다리를 내려왔는데, 어쩐지 다리를 후들후들 떠는 것 같았다. 이어서 선장이 내려왔다. 둘 다 아무 말도 하지 않았다. 녹색 눈의 사나이가 내 상태를 살피더니 아까처럼 상처에 붕대를 감아 주었다. 그동안 호지슨은 성난 듯한 묘한 눈빛으로 내 얼굴을 노려보았다.

"선장님, 보시는 바와 같습니다." 사나이가 말했다. "열도 높고, 식욕도 없고, 불빛도 없고, 먹을 것도 없지요. 그게 뭘 뜻하는지 직접 살펴보시지요."

"난 머리가 나빠, 리아치." 선장이 말했다.

"실례합니다만, 선장님. 선장님은 머리도 좋고, 뭘 부탁할 때는 스코틀랜드어도 훌륭하게 구사하지요. 아무리 발뺌하려 해도 저한테는 안 통합니다. 전 이 아이를 선원실로 옮겼으면 하는데요."

"자네가 어떻게 하고 싶은지는 내가 알 바 아니야." 선장이 받아쳤다. "하지만 내가 시키는 건 그대로 해야 하지. 이 녀석은 계속 여기에 둘 거야."

"선장님이 한몫 챙겼다는 건 압니다만, 죄송하게도 전 받은 게 없어서요. 물론 저도 이 낡아빠진 배의 이등항해사로서 푼돈이나마 보수는 받고 있지요. 선장님도 제가 그 푼돈을 받자고 죽어라 일한다는 건 아실 겁니다. 하지만 그것 외에는 한 푼도 받지 않았죠."

"리아치, 자네가 술에 취해 횡설수설하지만 않는다면 난 자네한테 아무런 불만이 없을 텐데. 단도직입적으로 말하겠네. 쓸데없는 참견은 하지 말도록." 선장은 이렇게 말하고 더욱 큰 목소리로 "우리는 갑판에서 할 일이 있지 않은가!" 그렇게 덧붙이고 한쪽 발을 사다리에 걸쳤다.

그러나 리아치는 선장의 소매를 붙잡았다. "아무리 살인에 대한 대가를 받았……."

호지슨이 발끈하며 몸을 돌렸다.

"뭐야?" 선장이 소리를 질렀다. "도대체 무슨 말을 하는 거야?"

"잘 아실 텐데요." 리아치가 선장을 똑바로 노려보며 말했다.

"리아치, 난 자네와 세 번이나 항해했어. 그동안 내가 어떤 남잔지 잘 알았을 거 아니야. 난 완고해서 한 번 꺼낸 말은 거두지 않아. 하지만 자네가 지금 말하려던 것 같은 건…… 쳇, 젠장! ……그런 건 사악하고 뒤가 구린 녀석들이나 하는 짓이야. 자네는 이 애송이가 죽을 거라는 말인가?"

"네, 이대로 뒀다간 죽지요!" 리아치가 말했다.

"그랬다간 양심의 가책을 느낄 것 같아서? 그럼 아무 데나 원하는 대로 옮겨 놓던가!"

선장은 이렇게 내뱉고는 사다리를 타고 나가 버렸다. 나는 이 알쏭달쏭한 대화가 오가는 동안 잠자코 누워 있었다. 리아치가 선장의 뒤에 대고 조롱하듯이 과장해서 무릎까지 머리를 숙이는 것이 보였다. 혼미한 와중에도 두 가지는 알 수 있었다. 하나는 이 항해사가 (선장도 비꼬았듯이) 술에 취했다는 것과, 또 하나는 취했건 안 취했건 위기의 순간에 내 편이 되어 줄 사람이라는 것이었다.

그로부터 5분쯤 지나자, 팔다리를 결박했던 끈이 잘려나갔다. 나는 한 사나이에게 업혀 선원실로 옮겨져 침대 담요 위에 뉘어졌다. 그곳에서 내가 가장 먼저 한 일은—기절한 것이었다.

다시 눈을 떴을 때는 햇빛이 보였다. 내가 많은 사람에게 둘러싸여 있음을 깨닫자 와락 반가운 마음이 들었다. 퍽 넓은 선원실에는 벽을 따라 침대가 나란히 놓여 있었다. 비번인 선원들이 거기에 앉아서 담배를 피우기도 하고 잠을 자기도 했다. 그날은 날씨도 화창하고 풍향도 좋았다. 천창이 열려 있어서 밝은 햇빛뿐만이 아니라 가끔 (배가 기우뚱하면) 먼지까지 환히 비추는 빛줄기마저 비쳐들어 눈이 부셨지만, 그런 것조차 반가웠다. 내가 부스럭거리자 선원 한 사람이 리아차가 타 놓은 물약이라며 얼른 가지고 와서는 "금방 나을 테니 푹 자라"고 말해 주었다. 그 선원은 내게 뼈는 한 군데도 부러지지 않았다고 알려주고 이렇게 덧붙였다. "뇌진탕 정도는 아무것도 아니야. 사실, 한 대 갈긴 사람이 바로 나거든!"

나는 그 방에서 죄수처럼 엄격한 감시를 받으며 며칠 동안 누워 있었다. 이윽고 나는 건강도 회복했을뿐더러 선원들에 대해서도 잘 알게 되었다. 뱃사람이 으레 그렇듯이 그들도 하나같이 거칠었다. 온갖 지역에서 쫓겨나 거친 파도에 시달리고, 그에 못지않게 잔혹한 선장에게 혹사당하는 운명이었다. 그들 가운데에는 입에 담기에도 부끄러운 짓을 하던 해적선 선원도 있었다. 영국 군함에서 도망친 사람도 있었는데, 붙잡히면 교수형인데도 그 사실을 숨기려고 하지 않았다. 한결같이, 가장 친한 친구에게조차, 속담에서 말하는 대로 "입보다 손이 먼저 나가는" 자들이었다. 그러나 선원실에 갇혀 며칠을 지내자, 퀸스페리 부두에서 느꼈던 불결한 짐승 같았던 선원들에 대한 내 생각이 편견이었음을 깨닫고 나는 몹시 부끄러워졌다. 어떤 종류의 사람이라도 뼛속까지 악인은 아니다. 모두 결점도 있고 실수도 하는 것이다.

내가 알게 된 선원들도 예외는 아니었다. 성격이 거친 것은 사실이고 악당이기도 했겠지만, 좋은 점도 많았다. 기분이 내키면 친절하게 대해 주었고, 나 같은 시골 출신 젊은이보다 훨씬 순박한 구석도 있었다. 어떨 때는 성실함마저 엿보였다.

마흔쯤 되는 선원이 한 명 있었는데, 그는 자주 내 머리맡에 몇 시간이고 앉아 처자식 이야기를 들려주었다. 본디는 어부였지만, 자기 배를 잃은 뒤 망망대해로 나오게 되었다고 했다. 그 사나이에 대해서는 그로부터 몇 년이 지난 지금도 잊지 않고 있다. 그 선원의 아내는 (그는 입버릇처럼 "우리 마누라는 아주 어리지"라고 말했다) 남편이 돌아오기를 학수고대하고 있었을 테지만, 그 소망도 물거품이 되고 말았다. 그는 아침에 일어나 불을 피워 주거나, 아내가 병들었을 때 아이를 보살펴 줄 수도 없다. 사실 이 불쌍한 선원의 대부분은 (나중에 설명하겠지만) 죽음의 여행길에 올라 깊은 바다와 식인상어의 먹이가 되고 만 것이다. 따라서 죽은 사람들을 험담하는 것은 별로 기분이 좋지 않다.

선원들이 내게 보여 준 수많은 친절 가운데 하나는 자기들끼리 나눠 가졌던 내 돈을 돌려준 것이다. 3분의 1쯤 모자랐지만, 앞으로 도착할 땅에서 매우 유용하게 쓰일 돈이었으므로 고맙게 받았다. 배는 캐롤라이나 주를 향하고 있었지만, 내가 그저 여행객으로서 그곳으로 가고 있다고 생각해서는 곤란하다. 당시 이미 노예무역이 시들했으며 그 뒤 식민지 반란 및 미합중국 건설과 동시에 완전히 사라진 것은 사실이다. 그러나 내가 젊었을 그 무렵에는 아직 백인이 식민지에 노예로 팔려가고 있었으며, 사악한 작은아버지가 내게 선고한 운명도 바로 그것이었기 때문이다.

이 잔혹한 무역에 대해 내게 처음으로 알려 준 사람이 바로 고물갑판실에서 생활하는 선실 급사 소년 랜섬이다. 그는 이따금 나를 찾아와 극심한 고통에 신음조차 내지 못한 채, 얻어맞은 팔다리의 상처를 치료하기도 하고 슈안의 잔혹함에 울분을 토하기도 했다. 그런 모습에 나는 가슴이 아팠다. 그러나 선원들은 일등항해사 슈안을 무척 존경했다. 선원들은 슈안을 이렇게 표현했다. "겁쟁이만 가득한 이 배에서 유일한 진짜 뱃사람이지. 맨정신일 때는 결코 그렇게 나쁜 사람이 아니야." 정말이지 두 항해사는 성격이 독특했다. 맨정신일 때 리아치는 무뚝뚝하고 불친절하고 거칠었지만, 슈안은 개

미새끼 한 마리 죽이지 못했다. 선원들에게 선장은 어떠냐고 물으면, "그 냉혈한은 마시건 안 마시건 똑같다"는 대답이 돌아왔다.

나는 짬을 내어 가엾은 랜섬을 멋진 사나이로, 아니 훌륭한 소년으로 만들려고 갖은 시도를 했다. 그러나 랜섬의 마음에는 인간다운 면이 쥐꼬리만큼도 없었다. 선원이 되기 전 기억은 거의 없었다. 아버지가 시계 만드는 사람이었다는 것과 응접실에 찌르레기를 키웠는데 그 새가 《북국의 노래》를 부를 줄 알았다는 것 외에는 최근 몇 년 사이의 고생과 학대로 거의 잊어버렸다. 랜섬은 선원들의 이야기를 주워듣고서, 육지에 대해 왜곡된 생각을 하고 있었다. 즉 젊은이는 육지에서 '고용살이'라는 이름으로 노예처럼 일해야 하고, 고용살이로 들어간 사람은 만날 채찍이나 맨손으로 얻어맞으며 더러운 감옥에 갇혀 지낸다는 생각이었다. 도시에서는 두 명 중 한 명은 유괴범이며, 세 집 건너 한 집은 뱃사람을 독살한다는 생각도 갖고 있었다. 물론 나는 랜섬이 그토록 무서워하는 육지에서 내가 부모님을 비롯한 친척들에게 얼마나 사랑받고 자랐는지, 얼마나 친절하게 여러 가지를 배웠는지 자세히 설명해 주었다. 랜섬은 배에서 학대를 당한 직후에 이런 이야기를 들으면 꺼이꺼이 울면서 당장 도망가겠다고 다짐했지만, 평소처럼 건들거릴 때나 (특히) 고물갑판실에서 한잔 마시고 온 날이면 내 이야기를 비웃을 뿐이었다.

랜섬에게 술을 먹이는 사람은 리아치였다. (하느님, 리아치를 용서하소서!) 분명히 좋은 뜻에서 그랬을 테지만, 그 탓에 랜섬은 건강을 완전히 망치고 말았다. 그뿐만이 아니었다. 이 의지할 데 없는 불행한 소년이 갈지자로 휘청거리거나 밑도 끝도 없는 헛소리를 늘어놓는 것은 더없이 한심한 광경이었다. 선원 중에는 비웃는 사람도 있었지만, 모두 그런 것은 아니었다. 어떤 이는 아마도 자신의 어린 시절이나 자식들 생각이 나서 그랬을 것이다. 하지만 험상궂은 표정으로 "그런 덜떨어진 짓은 그만둬라. 지금 네 꼴이 어떤지 잘 생각해 봐" 그렇게 랜섬을 꾸짖는 자도 있었다. 나도 그런 랜섬을 보기가 고역이었다. 이 가련한 소년은 아직도 내 꿈에 자주 나타난다.

한편, 커버넌트 호는 며칠째 맞바람에 일렁이는 파도와 부딪혀 심하게 요동쳤으므로 창문은 거의 늘 닫힌 채였다. 선원실을 밝히는 것은 들보 위에서 흔들리는 석유등 한 개뿐이었다. 모든 선원은 저마다 할 일이 있었다. 쉴 새 없이 돛의 수를 늘렸다 줄였다 해야 했기 때문이다. 극심한 긴장감에 선원들은 신경이 곤두섰다. 침상에서는 종일 말다툼이 끊이지 않았다. 나는 갑판에 나가는 것이 절대 금지되어 있었다. 그러니 내가 이 생활에 얼마나 신물이 났을지, 뭔가 사건이 일어나기를 얼마나 간절히 바랐을지 독자 여러분께서도 충분히 상상이 갈 것이다.

나중에 이야기하겠지만, 정말로 어떤 사건이 내게 일어났다. 그러나 그 이야기로 옮기기 전에, 리아치와 나눈 대화 내용을 밝혀 두어야겠다. 그 덕분에 얼마간 힘을 내어 이 괴로운 상황을 견딜 수 있었기 때문이다. 나는 얼큰하게 취한 리아치를 붙잡고(사실 리아치는 맨정신으로 찾아온 적이 한 번도 없었다), 비밀은 절대로 지키겠노라는 맹세를 시킨 뒤 내 지난 이야기를 빠짐없이 들려주었다.

리아치는 서사곡 같은 이야기라며 최선을 다해 나를 돕겠다고 말했다. 종이와 펜과 잉크를 줄 테니 캠벨 목사님과 랜케일러 씨에게 편지를 쓰라고 했다. 내 말이 사실이라면 반드시 (그 두 사람과 힘을 합쳐서) 내가 위험에서 벗어나 훌륭하게 자립할 수 있도록 도와주겠노라고 말했다.

"당분간" 리아치가 말했다. "정신 바짝 차려. 자네뿐만이 아니야. 고향에서라면 말에 올라타 거드름을 피웠을 테지만 바다 저쪽에서는 담배밭에서 잡초나 뽑는 신세로 전락한 사람이 득시글하다고! 정말이지 앞일은 모를 일이야. 날 봐. 나도 지주의 아들에 어엿한 의사였지만, 이렇게 호지슨의 수하로 전락했잖아!"

이번에는 내가 리아치에게 지난 이야기를 해 달라고 부탁하는 것이 예의라고 생각했다.

리아치는 휙 휘파람을 불더니 이렇게 말했다.

"할 말도 없어. 난 인생을 즐길 뿐이야."

그러더니 선원실에서 내빼듯이 나가 버렸다.

8. 고물갑판실

어느 밤 11시 무렵이었다. 갑판에서 근무 중이던 리아치의 부하가 재킷을 가지러 내려왔다. 이내 "드디어 슈안이 녀석을 끝장냈다"는 속삭임이 선원실 내에 퍼지기 시작했다. 이름은 들을 필요도 없었다. 누가 끝장났는지 모두 즉시 눈치챘기 때문이다. 그러나 어째서 그렇게 되었는지는 이해할 수가 없었다. 뭐라 채 입을 열기도 전에 천창이 다시 활짝 열리더니 호지슨 선장이 사다리를 내려왔다. 선장은 흔들리는 석유등 불빛으로 침상을 휙 둘러보고는 곧장 내게 다가오더니 뜻밖에 부드러운 목소리로 말했다.

"자네, 이제부터 고물갑판실에서 일하게. 자네와 랜섬이 위치를 바꾸는 거야. 어서 선미로 달려가."

그 말이 떨어지기가 무섭게 선원 두 사람이 랜섬을 안고 천창에 나타났다. 그 순간 배가 크게 기우뚱했다. 석유등이 흔들려 불빛이 랜섬의 얼굴을 똑바로 비췄다. 밀랍처럼 새하얀 그 얼굴은 소름 돋는 미소를 짓고 있었다. 나는 등골이 서늘해져, 얻어맞은 사람처럼 숨을 들이마셨다.

"선미로 달려가, 선미로!" 호지슨이 내게 고함을 질렀다.

나는 얼른 선원과 랜섬(소년은 아무 말도 없었으며, 미동조차 하지 않았다)의 곁을 지나쳐 사다리를 타고 갑판으로 올라갔다.

배는 소용돌이치며 높이 솟아오르는 파도를 가르면서 현기증이 날 만큼 엄청난 속도로 방향을 트는 중이었다. 배는 우현으로 바람을 맞으며 가고 있었는데, 왼쪽으로는 잔뜩 부푼 돛 아래로 아직 붉게 빛나고 있는 저녁 해가 보였다. 이런 늦은 밤에 이런 광경을 보자 나는 몹시 놀랐다. 아무것도 들은 바가 없었으므로 왜 이런 현상이 일어나는지 전혀 알 수 없었다—실은 우리 배는 스코틀랜드 북쪽을 돌아 펜틀랜드 만의 위험한 조류를 피해 오크니 군도와 셰틀랜드 군도 사이에 있는 난바다를 달리고 있었던 것이다. 오랫동안 어둠에 갇혀 있느라 맞바람이 부는지도 몰랐던 나는 배가 벌써 대서양을 절반이나 그 이상 건넜을 거라고 생각했었다. 사실 나는 늦은 밤까지 석양이 빛나는 것을 조금 이상하다고는 생각하면서도, 그것을 더 깊이 신경 쓸 겨를이 없었다. 파도가 들이닥치지 않을 때를 노려 내달리고 밧줄을 붙잡고 하면서 갑판을 곧장 가로질렀다. 배 밖으로 튕겨 나갈 뻔도 했지만, 평소 내게 친절하던 선원이 마침 갑판에 있다가 위기에서 구해 주었다.

그 뒤 내가 잠도 자고 일도 하게 된 고물갑판실은 갑판에서 약 6피트*21

*21 약 12미터.

높이에 있었으며, 이 범선의 크기에 비해 퍽 넓었다. 방 안에는 탁자와 긴 의자가 고정되어 있고, 침대가 두 개 놓여 있었다. 하나는 선장용이고, 또 하나는 두 항해사가 쓰는 회전식 침대였다. 벽에는 위에서 아래까지 캐비닛이 고정되어 있었는데, 고급선원의 소지품과 배의 저장품 중 일부를 보관했다. 바닥 아래는 저장실로 쓰였는데, 갑판 중앙에 있는 널빤지 달린 출입구에서 드나들 수 있게 되어 있었다. 듣던 대로 최고급 식료품과 탄약이 그곳에 모두 보관되어 있었다. 총기류는 놋쇠 대포 두 문을 제외하고는 모두 고물갑판실 가장 안쪽에 있는 총 받침에 세워져 있었다. 단도는 대부분 다른 곳에 보관했다.

낮에는 방 양쪽에 있는 덧문 달린 작은 창과 천창에서 빛이 들어왔다. 어두워진 다음에는 늘 등불이 한 개 켜졌다. 내가 방에 들어갔을 때도 그 램프가 켜져 있었다. 그다지 밝지는 않았으나 그래도 브랜디 병과 주석 컵을 앞에 두고 탁자에 앉은 슈안의 모습은 똑똑히 보였다. 슈안은 키가 크고 체격이 다부지며 몹시 거무튀튀한 사나이였다. 그는 넋이 나간 듯이 눈앞의 탁자를 멍하니 바라보고 있었다.

내가 들어온 것을 전혀 눈치채지 못했을 뿐만 아니라, 뒤따라 들어온 선장이 내 옆 침대에 기대 험상궂은 표정으로 자신을 바라봤을 때도 꼼짝하는 기색이 없었다. 나는 호지슨이 몹시 두려웠고 또 그럴 만한 이유도 있었으나, 그때만큼은 그를 무서워해야 할 이유가 없다고 생각했다. 그래서 선장에게 "무슨 일이죠?" 라고 귓속말로 물었다. 선장은 아무것도 모르고 알고 싶지도 않다는 식으로 고개를 저었으나 얼굴은 딱딱하게 굳어 있었다.

곧 리아치가 들어와서 선장에게 짧게 눈짓했다. 랜섬이 죽었다는 사실을 귀로 들은 것만큼이나 분명히 알 수 있었다. 리아치도 우리 옆으로 왔다. 우리 셋은 나란히 입을 꾹 다물고 서서 슈안을 내려다보았다. 슈안도 한마디도 하지 않고 앉은 채 탁자만 노려보았다.

이윽고 슈안이 술병을 잡으려고 불쑥 팔을 뻗었다. 그 순간 리아치가 날쌔게 몸을 날려 병을 홱 낚아챘다. "제기랄, 이제 이런 일은 지긋지긋해. 배에 천벌이 내릴 거다!" 그는 욕설을 퍼부으면서 병을 바다에 던져 버렸다(풍향을 살피기 위해 미닫이문을 열어 놓았던 것이다).

순간 슈안이 벌떡 일어났다. 아직 반은 정신이 나가 있는 것 같았으나 살의가 뚜렷이 보였다. 선장이 슈안과 리아치 사이에 끼어들지 않았더라면, 슈안은 그날 밤 두 번째 살인을 저질렀을 것이다.

"앉아!" 선장이 소리쳤다. "이 개만도 못한 주정뱅이 자식! 네놈이 무슨 짓을 했는지 알아? 그 꼬마 녀석을 죽여 버렸다고!"

슈안은 그제야 사태를 파악한 모양이었다. 다시 앉더니 이마에 손을 갖다 댔다.

슈안이 말했다. "그 자식이 나한테 더러운 컵을 갖다 줬단 말이야!"

그 말에 선장과 나와 리아치는 순간 어이가 없어서 서로 얼굴을 마주 보았다. 이어 호지슨이 일등항해사에게 다가가 어깻죽지를 붙잡고 침대로 끌고 가서 어린아이를 어르는 듯한 투로 누우라고 말했다. 살인을 저지른 하수인은 잠시 몸부림치다가 신발을 벗더니, 시킨 대로 얌전히 누웠다.

"아아!" 리아치가 무시무시한 목소리로 외쳤다. "진작 좀 나섰어야 했는데! 이제 늦었어."

"리아치," 선장이 말했다. "오늘 밤 일이 디서트에 절대로 알려져선 안 된다. 그 꼬마는 바다에 빠져죽은 거야, 무슨 말인지 알겠지? 그런 걸로 치는 거야. 내 말대로 한다면 5파운드를 주지!" 선장은 탁자를 흘끗 보고 덧붙였다. "그런데 아까운 술은 왜 버린 거야? 괜한 짓은 하고 그래. 데이비드, 가서 한 병 더 가져와. 맨 아랫단에 있으니까." 그러더니 내게 열쇠를 던졌다. "자네도 잔이 필요하지?" 선장이 다시 리아치에게 말했다. "저놈의 컵은 꼴도 보기 싫군."

두 사람은 마주앉아 술잔을 주거니 받거니 했다. 두 사람이 마시기 시작하자, 지금까지 침대에 누워 억울함을 토로하던 살인자가 한쪽 무릎을 세우고 일어나 앉아 두 사람을 번갈아 바라보았다.

이것이 새 임무를 맡은 첫 번째 날 밤에 일어난 일이었다. 둘째 날이 끝나갈 무렵에는 꽤 일에 익숙해졌다. 식사 때는 식사 시중을 들어야 했다. 선장은 늘 정해진 시간에 비번인 항해사와 함께 식사했다. 나는 아침부터 밤까지 세 주인 중 어느 한 사람에게 술을 가져다주러 뛰어다녔다. 밤에는 고물갑판실 가장 구석, 좌우 문틈으로 바람이 곧장 들어오는 판자 사이에서 담요 한 장을 깔고 잤다. 바닥이 딱딱하고 차가운 데다 어김없이 중간에 잠이 깼으므로 푹 잘 수가 없었다. 쉴 새 없이 누군가가 술을 마시러 갑판에서 찾아오고, 당직이 교대할 때는 근무하러 나가는 선원이 두서넛 모여 대접으로 술을 돌려 마셨다. 그들이 어떻게 몸을 상하지 않을 수 있었는지 지금 생각해도 알 수 없지만, 그건 나도 마찬가지로, 어떻게 버텼는지 신기할 정도이다.

그러나 내 일은 생각하기에 따라서는 편하기도 했다. 식탁보를 깔 필요도 없었고, 음식도 일주일에 두 번 더프*22를 만들고 나머지는 오트밀 죽이나 소금에 절인 고기면 되었다. 나는 일이 서툴고, (흔들리는 배에 익숙지 않아 발을 헛디디기도 했으므로) 때로는 음식을 나르다가 도중에 엎질러 버리기도 했으나 이상하게도 리아치와 선장은 화를 내지 않았다. 나는 둘 다 양심의 가책을 느끼고 있던지 랜섬이 그렇게 되지 않았더라면 내게 이만큼 친절하게 대해 주지 않았을 것이라는 생각이 들었다.

슈안은 술 때문인지, 자신이 저지른 죄 때문인지, 그 두 가지가 어우러져서인지는 몰라도 몹시 괴로워했다. 맑은 정신으로 있는 것을 본 적이 없다. 아무리 시간이 지나도 그는 내가 그 방에 있는 것을 낯설어했다. 그래서 줄곧, 때로는 소름 끼친다는 듯이 나를 가만히 노려보았다. 내가 식사를 내밀면 흠칫 놀라며 뒤로 물러난 적도 한두 번이 아니었다. 처음부터 슈안이 자신이 무슨 일을 저질렀는지 분명히 인식하지 못하고 있다고 느꼈었던 나는 그 방으로 옮긴 지 이틀째 되는 날 그 증거를 잡았다. 슈안과 단둘이 있을 때였다. 오랫동안 나를 노려보던 슈안이 갑자기 새파랗게 질리면서 벌떡 일어나더니 내게 다가왔다. 나는 슈안을 무서워할 이유가 없었으나 더럭 겁이 났다.

"너, 전에는 이곳에 없었지?" 슈안이 물었다.

"네." 내가 대답했다.

"너 말고 다른 애가 있었을 텐데?" 물었다. 그리고 내 대답을 듣더니 "아! 역시 그랬군." 그렇게만 말한 그는 자신의 자리로 돌아갔다. 그러고는 브랜디를 달라는 말 외에는 한마디도 없이 앉아 있었다.

독자 여러분은 이상하게 생각하실지 모르지만, 나는 슈안이 무섭기도 했지만 한편으로는 가엾게 느껴졌다. 슈안은 리스*23에 아내가 있었다. 다른 가족이 더 있는지는 기억나지 않지만, 내 생각에는 없는 편이 좋을 것 같았다.

---

*22 밀가루 반죽을 주머니에 넣어 삶은 일종의 만두.

*23 포스 만에 있는 항구. 현재는 에든버러의 일부.

전체적으로 이런 생활이 계속되는 동안은 그리 힘들지 않았다. 물론 (나중에 밝혀지듯이) 이 생활은 오래가지 않았지만. 선장이나 항해사들과 마찬가지로 맛있는 음식도 배불리 먹었다. 특별 진미라는 피클까지 얻어먹었다. 그럴 마음만 있었으면 슈안처럼 아침부터 저녁까지 술독에 빠져 지낼 수도 있었다. 게다가 나에게는 친구가, 그것도 '좋은' 친구가 있었다. 대학을 졸업한 리아치는 기분이 좋을 때면 내게 신기한 이야기를 들려주기도 하고 유용한 지식들을 가르쳐 주기도 했다. 평소에는 나를 멀리 대하는 선장조차 마음을 터놓고, 가끔씩 자신이 지금껏 가 봤던 멋진 나라들에 대한 이야기를 들려주고는 했다.

물론 불쌍한 랜섬의 그림자는 우리 네 사람의 마음을 떠나지 않았다. 그 그림자는 특히 나와 슈안의 마음을 가장 무겁게 짓눌렀다. 게다가 내게는 나만의 고민이 하나 더 있었다. 나는 이런 식으로 이 별 볼 일 없는 세 사나이를 위해 허드렛일을 했다. 그중 적어도 한 명은 진작 교수대에 달려야 했을 사람이었다. 당분간은 이런 생활이 유지되겠지만, 내 미래는 담배밭에서 검둥이들과 함께 혹사당할 게 뻔했다. 그것을 의식해서인지, 리아치는 그 뒤로는 내 과거에 대해 한마디도 묻지 않았다. 선장도 내가 다가가면 나를 개처럼 내쫓고 내 말에는 귀도 기울이지 않았다. 날이 갈수록 내 마음은 점점 가라앉았으며, 마침내는 생각에 잠길 시간을 만들지 않으려고 일을 찾아서 하게 되었다.

9. 돈자루에 금화를 넣은 사나이

일주일쯤 지나자, 출항 이래 커버넌트 호를 따라다니던 불행한 기운이 더욱 뚜렷이 모습을 드러냈다. 거의 나아가지 못하는 날도 있었고, 왔던 길을 되돌아가는 날도 있었다. 마침내 배는 남쪽으로 저만큼 밀려났다. 아흐레째에는 라스 곶*[24]과 그 양쪽의 황량한 바위투성이 해안을 눈앞에 두고 종일 파도에 농락당했다. 고급선원들은 회의를 열고 결론을 내렸다. 나는 어떤 내

*24 스코틀랜드 북단, 오크니 섬 서쪽에 있는 곶.

용인지 잘 알 수 없었지만, 결국 배는 바람에 대항하지 않고 남쪽으로 달리기 시작했다.

열흘째 오후가 되자 엄청난 파도가 몰려왔다. 엎친 데 덮친 격으로 습도는 높고, 뱃머리에서도 배의 뒷부분이 보이지 않을 정도로 안개가 자욱하게 꼈다. 갑판에서는 평선원, 고급선원 할 것 없이 오후 내내 뱃전으로 상체를 내밀고 주의 깊게 귀를 기울였다. "쇄파*25를 조심해!"—그들은 외쳤다. 나는 그 뜻을 잘 알 수 없었지만, 불길한 마음이 들어 가슴을 졸였다.

밤 10시쯤 되었을 것이다. 리아치와 선장의 저녁 시중을 들고 있는데, 배가 엄청난 소리를 내며 무언가에 부딪혔다. 비명이 들렸다. 두 사람이 튕기듯 일어났다.

"좌초했다!" 리아치가 말했다.

"그게 아니야." 선장이 말했다. "보트에 부딪힌 것 같아."

둘은 미친 듯이 달려나갔다.

선장이 옳았다. 우리 배가 안갯속에서 보트에 부딪힌 것이다. 보트는 두 동강이 나 있었다. 보트에 탔던 사람은 한 명만 빼고 모두 보트째로 바다 밑으로 가라앉았다. 살아남은 사나이는 (나중에 들은 바로는) 그 배의 승객으로 배의 뒷부분에 앉아 있었다(노는 승무원들이 저었다). 배가 부딪치는 순간 고물이 솟구쳐 올랐고, 그 사나이는 (무릎 아래까지 내려오는 외투가 거치적거렸지만, 두 손은 비어 있었으므로) 허공으로 튕겨 올라간 순간에 범선의 제1사장*26을 붙잡은 것이다. 이런 위급한 순간에 목숨을 건진 것은 이 사나이가 억세게 좋은 운을 타고난 데다 대단히 민첩하고 남달리 힘이 좋았기 때문이었을 것이다. 더구나 선장이 그를 고물갑판실로 데려왔을 때 나는 처음으로 그를 보았는데, 그는 나만큼이나 침착했다.

그 사나이는 몸집은 작았으나 건장하고 산양처럼 날렵했다. 호탕한 성격이 그대로 드러난 시커멓게 그은 얼굴에는 온통 천연두 자국이 남아 있었다. 눈빛은 매우 맑고, 무언가에 씐 사람처럼 유난히 초롱초롱했다. 그것이 매력적이면서도 으스스했다. 사나이는 외투를 벗고서 훌륭한 은제 권총 두 자루를 탁자에 올려놓았다. 허리에는 장검을 차고 있었다. 말투는 우아했으며,

---

*25 breaker. 암초 등에 걸려 하얗게 부서지는 파도.

*26 bowsprit. 이물에서 앞으로 튀어 나온 기움 돛대.

선장에게 정중하게 건넨 인사도 아주 훌륭했다. 한마디로 말해, 이 사나이를 본 순간 나는 적이 아니라 아군이 되었으면 좋겠다고 생각했다.

선장도 그를 유심히 관찰했다. 인품을 본다기보다는 차림새에 주목하는 것 같았다. 무리도 아니었다. 외투를 벗은 순간, 평범한 상선 고물갑판실에는 어울리지 않는 아주 멋진 모습이 드러났던 것이다. 깃털 달린 모자, 붉은 조끼, 검은 벨벳 바지, 은 단추와 예쁜 은색 레이스가 달린 감색 재킷……. 안개에 젖고 아무렇게나 뒹굴어 잔 탓에 얼마쯤 상하기는 했어도 화려한 의상이었다.

"보트는 안타깝게 되었소." 선장이 말했다.

"용감한 사람들이 바다에 빠졌군요." 사나이가 대답했다. "보트는 열 척쯤 빠져도 좋으니, 그 사람들은 다시 한 번 육지에서 만나고 싶을 정도랍니다."

"친구였나요?"

"그렇게 좋은 친구들은 당신 나라에는 없을 겁니다. 저를 위해서라면 개죽음당해도 좋다는 사람들이었죠."

"하지만," 선장이 상대방을 물끄러미 바라보며 말했다. "이 세상에는 사람을 태우는 보트보다 사람이 훨씬 수가 많지요."

"맞는 말씀입니다." 사나이가 큰 목소리로 말했다. "당신은 꽤 통찰력이 있군요."

"나는 프랑스도 다녀왔답니다." 선장이 말했다. 분명히 뭔가 더 깊은 뜻이 담겨 있는 말투였다.

"그렇군요. 그러고 보니 용감한 사람치고 그곳에 다녀오지 않은 사람은 없지요."

"물론입니다. 멋지게 차려입은 사람들도요."

"아하! 얘기가 그렇게 샌다?" 사나이가 갑자기 권총을 빼들었다.

"진정하시오. 사소한 일로 일을 크게 만들면 곤란하지. 과연 당신은 프랑스 군복을 입고 스코틀랜드 말을 잘하는군. 하지만 요즘엔 '정상인'들도 꽤 그렇게 하고, 나도 그게 나쁘다고는 생각하지 않소."

"그렇다면," 멋지게 차려입은 사나이가 말했다. "당신도 '정상인'이오?" (이것은 "자코뱅파*27의 일원이냐"는 뜻이었다. 내란이 일어났을 때는 서로 자기 쪽을 '정상'이라고 주장했던 것이다.)

"아니, 난 다행히도 신실한 신교도*28요." (선장이 종교 이야기를 하는 것은 그때 처음 봤지만, 나중에 알고 보니 선장은 뭍에 있을 때면 열심히 교회에 다녔다고 한다.)

"그렇긴 하지만," 선장이 말을 이었다. "궁지에 몰린 사람을 보니 아주 측은한 마음이 드는군요."

"정말입니까?" 자코뱅파가 말했다. "그럼 솔직히 말하죠. 나는 45~6년 내란*29에 가담했던 사람입니다. (더 깊이 파고들어 가자면) 나는 영국군에 붙잡히면 분명 모진 고문을 당할 겁니다. 선장, 난 프랑스로 가던 참이었소. 이 근처를 지나는 프랑스 배가 나를 태워가기로 돼 있었지. 그런데 안개가 짙어 날 못 보고 지나가고 말았소. 당신 배도 그냥 지나갔다면 좋았을 텐데! 아무튼, 그러니 날 아무 해안에나 내려 준다면 정말 고맙겠소. 배려해 준다면 보상은 톡톡히 하겠소."

"프랑스 해안에? 그럴 수는 없지. 그런데 출신은 어디요?"

이때 운 나쁘게도 선장이 한쪽 구석에 서 있던 나를 발견하고는 "이분에게 저녁 식사를 가져다 드려라"고 명령하며 취사실로 쫓아냈다. 물론 나는 1초도 낭비하지 않고 서둘러 고물갑판실로 돌아왔다. 신사는 돈이 든 전대를 허리에서 끌러 내려놓았다. 기니 금화 한두 닢이 탁자 위로 흘러나와 있었다. 선장이 기니 금화와 전대와 신사의 얼굴을 차례로 보았다.

'구미가 당기는 모양이군.' 나는 생각했다.

"이 돈의 절반을 주시오." 선장이 큰 목소리로 말했다. "그러면 생각해 보겠소."

상대방은 기니 금화를 재빨리 전대에 쓸어 담더니 다시 조끼 밑에 찼다. "아까도 말했지만 이 금화 중에 내 것은 한 푼도 없소. 다 내 영주*30의 것

---

*27 1688년 영국 명예혁명 때 왕위에서 쫓겨나 프랑스로 도망친 스튜어트 가문의 제임스3세 편에 서서 왕위를 회복하고 영국 왕 조지1세를 쓰러뜨리려고 했던 일파. 대다수 스코틀랜드인이 이 파에 속했다.

*28 자코뱅파는 구교도였지만, 국왕파(조지1세 측)는 신교도였다. 선장은 자신을 국왕파라고 말한 셈이다.

*29 1745년, 제임스2세의 손자 찰스 에드워드가 스튜어트 가문의 왕위 회복을 주장하며 반란을 일으켜 스코틀랜드에 상륙했지만 결국 실패하고 프랑스로 도망친 사건.

*30 스코틀랜드의 씨족은 영국의 핍박을 받으며 점차 북쪽 고지대로 이동했으며, 일가친척이 영주를 중심으로 부락을 이루고 살았다.

이지." 그러고는 정중하게 모자에 손을 댔다. "돈 몇 푼 아까워했다가 나머지 돈을 모두 잃는다면 어리석은 사자(使者)라는 말을 들어도 싸지만, 반대로 보잘것없는 내 목숨을 건지자고 너무 많은 돈을 쓴다면 겁쟁이를 자처하는 꼴이지요. 바닷가까지 데려다 준다면 30기니를, 린네 후미*31에 내려 준다면 60기니를 드리죠. 이 조건이 마음에 든다면 수락하시오. 싫다면 어쩔 수 없고."

"음……. 당신을 영국 군대에 넘긴다면?"

"그건 손해 보는 거래지. 내 영주는 영지를 빼앗겼거든. 스코틀랜드에서 알아주는 인사라면 누구나 그렇게 됐지. 그 영지는 조지 왕*32인가 하는 놈이 가져갔소. 그의 관료들이 연공을 걷어가거나 걷어가려고 발악을 하고 있지. 불쌍한 소작인들은 무자비하게 추방된 영주들을 걱정한다오. 스코틀랜드의 명예라고나 할까. 이 돈은 조지 왕 그놈이 거둬가려는 연공의 일부요. 당신은 세상 물정에 밝은 것 같으니 묻겠소만, 이 돈을 영국 정부에 건넨다면 당신에게 얼마나 돌아올 것 같소?"

"얼마 돌아오지 않겠지." 호지슨이 대답했다가 얼른 천연덕스럽게 덧붙였다. "돈의 출처를 들킨다면 말이야. 하지만 난 마음만 먹으면 시치미를 잡아뗄 수도 있소."

"나는 가만히 있을 것 같소?" 신사가 목청을 높였다. "그쪽이 이 돈을 꿀꺽한다면 나도 다 수가 있소. 내가 붙잡히면 이게 어떤 돈인지 밝히면 그만이니까."

"어쩔 수 없군. 60기니로 합의 봅시다. 약속하리다."

"좋소."

선장은 곧 고물갑판실을 나갔다(내 눈에는 상당히 서두르는 것처럼 보였다). 나와 낯선 사나이 둘만 남았다.

그때는(즉, 45년 내란 이후) 여러 나라로 쫓겨난 향사들이 일가친척을 만나러, 또는 조금이나마 돈을 모으러 목숨을 걸고 귀국했다. 토지를 몰수당한 영주들에게 소작인들이 허리띠를 졸라매어 돈을 보냈다는 둥, 그 돈을 받으려던 일족이 영국군과 싸웠다는 둥, 돈을 외국으로 빼내려다 강력한 영국 해

*31 스코틀랜드 중부 서쪽 해안에서 육지 쪽으로 깊숙이 들어간 후미.

*32 당시 영국 왕 조지2세. 자코뱅파의 적.

군의 맹공격을 받았다는 둥, 갖가지 소문이 흔히 나돌았다. 물론 나도 그런 이야기는 모조리 들어 알고 있었다. 그러나 지금 내 앞에 있는 사나이는 그런 이유와 또 다른 이유로 목숨이 빼앗길 위험에 처해 있었다. 즉, 이 사나이는 모반자로서, 연공을 몰래 국외로 빼돌리려 하고 있을 뿐 아니라 프랑스 왕 루이*33를 섬기는 몸이었기 때문이다. 게다가 그 정도 위험으로는 부족하다는 듯이, 기니 금화가 가득 든 전대를 허리에 차고 있기까지 했다. 이 문제에 대한 내 생각은 차치하고, 나는 이 사나이에게 강한 호기심을 느꼈다.

"아저씨는 자코뱅파군요?" 나는 사나이에게 음식을 내밀며 물었다.

"그래." 사나이가 먹으면서 대답했다. "못마땅한 표정을 하는 걸 보니 자넨 휘그당원*34인가 보군."

"전 어느 쪽도 아니에요." 나는 상대방이 불쾌하지 않도록 신중하게 대답했다. 사실 나는 캠벨*35 목사님에게 주입 교육받은 어엿한 휘그당원이었다.

"아무려면 어떻겠니. 그런데 이건 빈 병 아니냐? 60기니나 냈는데 술에 인색하다니 이건 무슨 경우야?"

"열쇠를 받아 올게요." 나는 말하고 갑판으로 나갔다.

안개는 여전히 자욱했으나, 파도는 거의 잠잠해져 있었다. 배의 위치를 알 수 없었다. 미풍은 올바른 항로를 잡는 데 도움이 되지 않았으므로 배는 머리를 바람이 불어오는 쪽에 두고 멈춰 있었다. 몇몇 선원이 부서지는 파도 소리가 들리는지 보려고 여전히 귀를 쫑긋 세우고 있었다. 선장과 두 항해사는 갑판 가운데에서 이마를 맞대고 모여 있었다. 나는 (왠지 모르게) 세 사람이 무슨 흉계를 꾸미는 것 같다고 직감했다. 조용히 다가갔을 때 가장 먼저 들린 말로 내 예상이 맞았음이 분명해졌다.

불현듯 묘안이 떠올랐는지 커다란 목소리로 불쑥 입을 연 사람은 리아치였다.

"고물갑판실 밖으로 유인할 수는 없을까요?"

---

*33 당시 프랑스는 급격히 불어난 영국군의 위세를 경계하여 영국과 적대 관계에 있었다. 따라서 당시 프랑스 왕 루이15세는 영국 국왕에게 등을 돌린 찰스 에드워드와 자코뱅파를 원조했다.

*34 휘그당은 토리당과 대립하는 영국의 정당. 여기서는 조지 왕을 지지하는 일파라는 의미로 쓰였다.

*35 이 일족은 1715년 자코뱅파의 반란 때 국왕 조지1세 편에서 싸웠다.

"저대로 저 방에 있는 편이 좋아." 호지슨이 대답했다. "좁아서 칼을 휘두를 수 없을 테니까."

"일리가 있군요. 하지만 여기도 해치우기 곤란한데."

"가서 말을 붙인 다음에, 놈이 떠드는 틈에 붙잡으면 돼. 양쪽에서 팔을 하나씩 붙잡는 거야. 아니면 양쪽 문에서 덮치든가. 놈이 칼을 뽑기 전에 팔을 비틀어 누르는 거야."

같이 항해하는 사이라고는 하나, 나는 이 음흉하고 탐욕스럽고 잔혹한 사나이들에게 공포와 분노를 느꼈다. 처음에는 도망가고 싶었지만, 마음을 바꾸어 대담하게 굴기로 했다.

"선장님," 내가 말했다. "그분이 한잔하고 싶다는데 병이 비었어요. 열쇠 좀 주시겠어요?"

세 사람이 깜짝 놀라 뒤를 돌아보았다.

"좋아! 무기를 가지고 나올 좋은 기회가 왔어!" 리아치가 외쳤다. 그러고는 내게 말했다. "데이비드, 넌 권총을 어디다 뒀는지 알지?"

"맞아, 그렇지." 호지슨이 끼어들었다. "데이비드는 알지. 이 애는 영리하니까. 데이비드, 그 난폭한 고지대 사나이*36가 이 배에 얼마나 위험한 인물인지 알지? 더구나 그자는 조지 왕의 원수야!"

이렇게 다정다감하게 이름을 불린 적은 배에 타고 처음이었다. 나는 모두 지당한 말씀이라는 듯이 크게 "네" 대답했다.

"문제는" 선장이 말을 이었다. "큰 총이든 작은 총이든 우리 총은 모조리 그놈이 있는 고물갑판실에 있다는 거야. 화약도. 그런데 나나 항해사들이 그곳에 들어가 총을 가지고 나온다면 놈은 수상하게 생각할 거다. 그렇지만 데이비드, 너 같은 애송이가 화약통과 권총 한두 자루쯤 빼내온다면 놈은 신경쓰지 않을 거다. 이 일을 잘만 해낸다면 잘 기억해 뒀다가, 캐롤라이나에 도착해서 네게 아군이 필요할 때 힘이 되어 주마."

리아치가 선장에게 뭐라고 귀엣말했다.

"괜찮아." 선장이 대답하고는 나를 보고 말했다. "데이비, 놈의 전대에는 금화가 잔뜩 들었어. 너한테도 반드시 나눠 주마."

---

*36 스코틀랜드 북부 고지대에는 자코뱅파가 많이 있었다.

나는 숨이 가빠 말도 제대로 나오지 않았다. 그러나 있는 힘을 쥐어짜 "그렇게 하겠다"고 대답했다. 선장이 주는 찬장 열쇠를 받아 든 나는 고물갑판실로 무거운 발걸음을 옮겼다. 어떻게 하지? 저 자식들은 개만도 못한 강도 떼다. 내게서 고향을 빼앗고, 불쌍한 랜섬을 죽였다. 그런데 이번에는 살인까지 도우라는 것인가? 하지만 시키는 대로 하지 않으면 내 목숨이 위태롭다는 것은 자명했다. 아이 하나 어른 하나라면 아무리 사자처럼 용맹하게 싸운다 한들 승무원 전원과 대적할 수 없을 것이다!

나는 이리저리 머리를 굴리면서 이렇다 할 뚜렷한 결론도 내리지 못한 채 고물갑판실로 돌아갔다. 자코뱅파 당원은 등불 아래서 허겁지겁 저녁을 먹고 있었다. 그 모습을 본 순간 나는 각오를 다졌다. 그러나 이것은 결코 내게 명예로운 이야기는 아니다. 내가 성큼성큼 식탁으로 걸어가 사나이의 어깨에 손을 얹은 것은 의지라기보다는 충동에 가까운 행동이었기 때문이다.

"혹시 죽고 싶으세요?" 내가 말했다.

상대방은 펄쩍 뛰듯이 일어나더니, 입으로 묻는 것만큼이나 분명하게 눈짓으로 영문을 물었다.

"아아!" 내가 외쳤다. "여기 있는 자들은 모두 살인자들이에요. 이 배에는 살인자들만 돌아다닌다고요! 놈들은 벌써 어린아이를 한 명 죽였어요. 이번에는 아저씨 차례예요."

"그렇군……. 하지만 난 아직 붙잡히지 않았다." 그러더니 나를 의아한 듯이 바라보며 물었다. "그런데 넌 내 편이냐?"

"그럼요! 나는 강도도 아니고 살인자도 아닌걸요. 아저씨 편이 되겠어요."

"이름은 뭐지?"

"데이비드 벨푸요." 나는 그렇게 대답하고, 곧 이렇게 좋은 옷을 입은 사람은 분명 좋은 가문 출신을 좋아할 거라는 생각이 들어 난생처음으로 가문을 들먹거렸다. "쇼스 가문의……"

상대방은 내 말을 조금도 의심하지 않았다. 고지대 사람들은 가문은 좋아도 찢어지게 가난할 수 있다는 사실에 익숙하기 때문이었다. 그런데 여기까지는 좋았으나, 내 말은 자기 땅을 갖고 있지 않은 그의 어린애 같은 허영심에 상처를 주고 말았다.

"내 성은 스튜어트다." 사나이가 일부러 더 당당하게 말했다. "앨런 브렉이라고 부르지. 이름은 이게 다다. 잘난 척하는 소유지 이름 같은 건 붙어 있지 않지만, 난 국왕과 같은 성*37이라는 사실만으로 만족한다."

세상에 둘도 없이 중대한 사실이라는 듯이 단호하게 말하더니 앨런 브렉은 대책을 세우기 시작했다.

고물갑판실은 높은 파도에도 견딜 수 있도록 매우 튼튼하게 만들어져 있었다. 출입구 다섯 개 중 사람이 통과할 수 있는 크기는 천창과 두 개의 출입문뿐이었다. 출입문은 빈틈없이 닫혔다. 둘 다 견고한 오크로 만든 미닫이문으로, 걸쇠가 달려 있어 필요에 따라 열어 둘 수도 잠가둘 수도 있었다. 나는 이미 닫혀 있는 문 하나에 걸쇠를 걸어 절대로 열리지 않도록 했다. 나머지 문도 마저 잠그려는데 앨런이 저지했다.

"데이비드, 네가 어디 출신이라고 했는지 기억이 나지 않으니 미안하지만 그냥 데이비드라고 부르마. 아무튼, 그 문은 열어두는 편이 좋겠다."

"전 닫는 게 좋을 것 같은데요."

"그렇지 않아. 뒤통수에는 얼굴이 없잖니. 저 열린 문으로 내 얼굴이 보이면, 적들은 대부분 내 정면으로만 달려들 거야. 그거야말로 내가 노리는 바지."

이어서 앨런은 선반에서 (거기에는 총 외에 단검이 몇 자루 놓여 있었다) 단검 한 자루를 몹시 신중하게 고른 뒤 고개를 설레설레 저으며 "이런 무딘 칼은 난생처음 본다" 내뱉고는 내게 건넸다. 그러고는 뿔로 만든 화약통과 총알 자루를 하나씩, 그리고 권총을 모두 내게 떠안기고 식탁 옆에 앉게 한 뒤, 권총에 총알을 넣으라고 지시했다.

"너 같이 어엿한 가문 출신의 신사에게는 차라리 그런 일이 낫지." 앨런이 말했다. "설거지를 하거나 타르에 찌든 선원들의 술시중을 드느니 말이야."

그러고는 방 한복판에서 문쪽을 향해 떡 버티고 서더니 장검을 뽑아들고서 자유롭게 휘두를 수 있도록 방의 구조를 살폈다.

"난 여기서 움직이지 않겠다." 앨런이 고개를 절레절레 저으며 말했다. "참 한심하군. 이렇게 수비만 하는 것은 내 성격에 맞지 않는데. 장전하면서

---

*37 스튜어트는 스코틀랜드 출신의 제임스2세나 찰스 에드워드를 배출한 집안.

내 말을 좀 들어 보렴."

나는 주의 깊게 듣겠다고 대답했다. 가슴은 옥죄어오고, 입안은 바싹바싹 타들어갔다. 불빛조차 어둡게 보였다. 당장에라도 우르르 몰려와 우리를 덮칠 수많은 적을 생각하니 심장이 미친 듯이 방망이질 쳤다. 범선에 부딪히는 파도 소리를 듣고 있노라니, 날이 새기 전에 내가 시체가 되어 던져질지 모르는 바다의 모습이 음침하게 마음에 떠올랐다.

"적은 몇 명이나 되지?" 앨런이 말했다.

나는 헤아려 보았다. 그러나 마음이 조급해서 두 번이나 다시 세어야 했다. "열다섯 명이요." 내가 대답했다.

앨런이 길게 휘파람을 불고는 말했다. "좋아. 그것만큼은 어쩔 수 없지. 잘 들어라. 이 문을 지키는 건 내 몫이야. 승패는 내가 알아서 할 테니 너는 나서지 않아도 좋다. 내가 싸우는 동안에는 이쪽을 향해 권총을 쏘지 않도록 조심해라. 너 같은 아군이 쏜 총알을 뒤통수에 맞느니 정면에서 적 열 명을 상대하는 편이 나으니까."

나는 사실 사격이 서툴다고 말했다.

"넌 참 용기 있구나!" 앨런이 내 솔직함에 몹시 감동해서 외쳤다. "잘난 인간 중에도 그렇게 똑 부러지게 말할 용기가 없는 사람이 얼마나 많은지 몰라."

"그런데 아저씨 뒤에도 문이 있어요. 어쩌면 저 문으로 들어올지도 모르잖아요."

"그렇구나. 저긴 네가 맡아라. 장전이 끝나면 저 창가 침대 위로 올라가. 놈들이 문고리를 잡는 순간 날려 버려! 그게 다가 아니다. 데이비드, 널 조금이나마 군인답게 만들어 주마. 네가 지켜야 할 곳이 또 어디 있겠니?"

"천창이요. 하지만 솔직히 말해 양쪽을 다 지킨다는 건 뒤통수에도 눈이 달리지 않은 이상 곤란해요. 얼굴이 이쪽을 향하면 저쪽은 등져야 하니까요."

"네 말이 맞다. 하지만 귀는 뒀다가 어디에 쓰려고?"

"그렇군요!" 나는 나도 모르게 외쳤다. "유리창이 깨지면 틀림없이 소리가 들릴 거예요!"

"너도 조금은 머리를 쓸 줄 아는구나." 앨런이 웃음기 없는 얼굴로 말했다.

10. 고물갑판실 포위전

이미 휴전은 끝났다. 갑판에서 내가 돌아오기를 기다리던 사람들이 더는 기다리지 못하고 들이닥친 것이다. 앨런의 말이 끝나기가 무섭게 열린 문으로 선장의 얼굴이 보였다.

"꼼짝 마!" 앨런이 소리 지르며 칼을 겨누었다.

선장은 시키는 대로 멈춰 섰지만, 주춤거리거나 뒤로 물러나지는 않았다.

"칼을 빼 들으셨다?" 선장이 말했다. "환대에 대한 보답치고는 이상하군요?"

"날 똑똑히 봐라!" 앨런이 말했다. "나는 왕족 출신이다. 왕과 같은 성을 쓰지. 문장은 떡갈나무 잎이다. 이 칼이 보이느냐? 네 더러운 손가락 발가락 수와 맞먹는 휘그당원의 모가지를 벤 칼이다! 그 버러지 같은 부하들을 모아서 덤벼 봐! 빨리 시작하면 그만큼 빨리 네놈들 배때기에 이 강철의 맛을 보여 줄 테니!"

선장은 앨런은 거들떠보지도 않은 채 무시무시한 표정으로 나를 노려보았다. "데이비드, 죽을 때까지 잊지 않겠다." 그 목소리는 내 온몸을 관통했다. 나는 나도 모르게 부들부들 떨렸다.

선장은 순식간에 사라졌다.

앨런이 말했다. "침착해. 드디어 시작이니까."

적이 칼을 피해 덤벼들 때를 대비해 앨런은 왼손으로 단도를 빼 들었다. 나는 권총을 한 다발 들고 가쁜 숨을 몰아쉬며 침대로 기어 올라가, 내가 감시하기로 되어 있는 천창을 열었다. 갑판의 아주 일부분밖에 보이지 않았지만, 우리의 목적에는 그거면 충분했다. 파도도 잦아들고 바람도 없어 돛은 조용히 늘어져 있었다. 그 때문에 배 안은 쥐 죽은 듯 고요했는데, 얼마쯤 지나자 귓속말 같은 소리가 들리더니 또 얼마쯤 지나자 갑판 위에서 철컹하고 쇠 부딪치는 소리가 났다. 누군가가 단검을 나눠 주다가 떨어뜨린 것 같았다. 배 안은 다시 정적에 잠겼다.

이것이 흔히 말하는 '오금 저린' 기분인지는 모르겠지만, 어쨌든 내 심장은 새의 것처럼 쪼그라들면서 무섭게 요동치기 시작했다. 눈앞이 흐려졌다. 눈꺼풀을 아무리 많이 문질러도 그 순간뿐이었다. 실낱같은 희망조차 없었다. 있는 것이라고는 캄캄한 절망과 세상 모든 것에 대한 분노에 가까운 심정뿐이었다. 그러나 오히려 그 덕분에 "어차피 죽을 바엔 발악이라도 하고 죽자" 오기가 생겼다. 하느님께 기도하려고 했던 것까지는 기억나지만, 줄행랑치는 사람처럼 마음만 조급해서 기도문을 떠올릴 여유가 없었다. 빨리 시작돼서 빨리 결판이 났으면 좋겠다는 마음뿐이었다.

싸움은 느닷없이 시작되었다. 쿵쿵 뛰어오는 소리와 고함이 들렸다. 이내 앨런의 외침과 칼 부딪히는 소리가 들리더니 이어서 누군가가 다쳤는지 비명이 들렸다. 어깨너머로 보니 문간에서 슈안이 앨런과 칼싸움을 하고 있었다.

"선실 소년을 죽인 게 바로 그 사람이에요!" 내가 외쳤다.

"창문을 감시해!" 앨런이 말했다. 그곳으로 시선을 돌리려는 순간, 앨런이 항해사의 몸을 푹 찌르는 것이 보였다.

나는 창으로 시선을 돌렸다. 위험한 순간이었다. 창 쪽으로 얼굴을 돌리기가 무섭게 선원 다섯 사람이 공성 망치*38 대신 여분의 활대를 들고 문을 부수려고 휙 지나가는 것이 보였기 때문이다. 나는 태어나서 한 번도 총을 쏜 적이 없었다. 사람은 고사하고 짐승조차 쏴본 일이 없었다. 그러나 지금은 그런 것을 따질 때가 아니었다. 활대를 내지르는 선원들의 등에 대고 "이거나 먹어라!" 외치며 총을 쏘았다.

한 사람에게 명중한 것은 분명했다. 그 사람이 으악 비명을 지르며 한 걸음 물러섰고, 다른 사람들도 당황한 표정으로 우두커니 멈춰 섰기 때문이다. 그들이 정신을 차리기 전에 머리 위로 다시 한 발을 쏘았다. 세 번째로 발사하자(이것도 두 번째와 마찬가지로 빗나갔지만) 모두 활대를 내던진 채 꽁무니를 뺐다.

나는 다시 고물갑판실 안을 둘러보았다. 내가 쏜 권총에서 나온 연기가 자욱했다. 총소리에 귀도 먹먹했다. 그러나 앨런은 여전히 같은 자리에 서 있었다. 다만 이번에는 칼에서 피가 뚝뚝 떨어지고, 본인은 승리에 도취하여 의기양양한 표정으로 위풍당당하게 서 있었다. 무적의 용사 같은 모습이었다. 앨런의 앞에는 슈안이 손과 무릎으로 마룻바닥을 짚고 엎드려 있었다. 입에서는 피가 질질 흐르고, 무섭게 일그러진 얼굴은 새파랬다. 그의 몸이

*38 옛날 성벽 따위를 부수는 데 쓴 공격 도구.

천천히 무너져 내렸다. 그 모습을 본 누군가가 문밖에서 슈안의 발목을 붙잡고 질질 끌어냈다. 아마도 슈안은 끌려나가는 사이에 죽었을 것이다.

"휘그를 한 놈 해치웠다!" 앨런이 외쳤다. 그러고는 나를 돌아보고 물었다. "너도 본때를 보여 줬겠지?"

"한 사람을 죽였는데, 아무래도 선장 같아요!" 내가 대답했다.

"두 놈을 해치웠군. 그래도 아직 피를 덜 봤어. 놈들은 다시 올 거다. 데이비드, 잘 감시해. 지금까진 식전주를 마신 것에 불과하니까."

나는 내 자리로 돌아갔다. 아까 쐈던 권총 세 자루에 다시 총알을 채워 넣고 귀와 눈에 온 신경을 집중시켜 감시를 계속했다.

적은 그리 멀지 않은 갑판 위에서 격렬하게 언쟁하고 있었다. 그 소리가 너무 커서 일부는 뱃전에 부딪히는 파도 소리에도 지워지지 않고 또렷이 들렸다.

"슈안이 일을 망쳤어." 누군가가 말했다.

그러자 다른 누군가가 버럭 소리를 질렀다. "그만 소리는 집어치워! 놈은 이미 죽었다고."

그다음부터는 다시 속삭임으로 바뀌었는데, 이번에는 한 사람이 주로 떠들었다. 작전을 짜는 것 같았다. 이어서 먼저 한 사람이, 그다음에는 다른 한 사람이 지시를 받았는지 짧게 대답했다. 나는 그들이 다시 공격해 오리라는 것을 확신하고 앨런에게 보고했다.

"바라던 바로군." 앨런이 말했다. "혼쭐을 내서 얼른 결판을 짓지 않으면 나나 너나 자긴 글렀구나. 하지만 명심해라, 이번엔 놈들도 죽을 각오로 덤벼들 거다."

권총은 진작 준비해 놓았으므로 귀를 쫑긋 세우고 기다리는 일만 남았다. 싸우는 동안에는 무서움을 느낄 겨를조차 없었지만, 이렇게 사방이 고요해지니 무섭다는 생각 말고는 아무 생각도 나지 않았다. 날카로운 칼날과 차가운 금속의 형태가 생생히 떠올랐다. 얼마쯤 지나자 살금살금 걸어오는 발소리와 고물갑판실 외벽에 옷자락 스치는 소리가 들렸다. 적이 어둠 속에서 정해진 자리를 찾아가고 있다는 것을 깨닫자 나는 비명을 지르고 싶은 충동을 느꼈다.

모든 소리가 앨런 쪽에서 들렸으므로 나는 이제 내가 싸울 일은 없나 보다

하고 안심했다. 그 순간 머리 바로 위로 누군가가 살그머니 내려서는 소리가 들렸다.

이어 호루라기 소리가 날카롭게 울렸다. 그것이 신호였다. 적들이 저마다 단도를 휘두르며 문간으로 우르르 달려들었다. 동시에 천창 유리가 산산조각으로 깨지며 한 사나이가 바닥으로 풀쩍 뛰어내렸다. 나는 사나이가 두 다리로 일어서기 전에 그의 등에 총구를 들이밀었다. 마음만 먹으면 언제든지 쏠 수 있는 셈이었다. 그러나 총구가 그 사나이에게(그것도 맨살에) 닿는 순간 온몸에 힘이 빠져 방아쇠를 당길 수도, 달려들 수도 없었다.

뛰어내릴 때 단도를 놓친 사나이는 몸에 총구가 닿는 것을 느끼자마자 몸을 홱 비틀고 "제기랄!" 하면서 나를 확 잡았다. 그 순간, 다시 용기가 샘솟아서 그랬는지 너무 무서워서 정신이 나가서 그랬는지는 모르지만, 나는 고함을 지르며 그의 배에 한 발을 쏘았다. 적은 무시무시한 비명을 지르며 바닥에 풀썩 쓰러졌다. 그와 동시에 천창으로 내려오려던 두 번째 사나이의 발끝이 내 머리에 부딪혔다. 나는 다른 권총을 냉큼 집어 들고 놈의 허벅지에 한 방을 먹였다. 그가 스르르 떨어지면서 죽은 동료 위에 포개어 쓰러졌다. 정확히 조준할 여유도, 총알이 빗나가지나 않을까 머뭇거릴 여유도 없었다. 나는 총구를 눈앞의 사나이에게 딱 갖다 대고 방아쇠를 당겼다.

도움을 요청하는 듯한 앨런의 외침이 들려 나는 퍼뜩 제정신으로 돌아왔다. 그게 아니었더라면 나는 언제까지고 그 자리에 우두커니 선 채 두 시체를 내려다보고 있었을 것이다.

앨런은 끈질기게 문을 사수했다. 그러나 앨런이 한 선원과 칼싸움하는 틈을 타 다른 선원이 앨런을 뒤에서 껴안았다. 앨런은 왼손에 든 단도를 내질렀으나, 그자는 거머리처럼 달라붙은 채 떨어지지 않았다. 또 다른 선원이 방에 난입해 단도를 휘둘렀다. 문간에는 적의 얼굴이 몇 개나 우글거렸다. 나는 이판사판이라는 생각에 단도를 움켜쥐고 적의 옆구리를 향해 달려들었다.

그러나 그럴 필요도 없었다. 앨런을 껴안았던 사나이가 마침내 풀썩 주저앉았고, 앨런이 그 틈을 타 무섭게 포효하며 황소처럼 적들에게 달려들었다. 적들은 물방울이 튀는 것처럼 뿔뿔이 흩어져 우왕좌왕하면서 필사적으로 도망가려 했다. 앨런이 두 손에 든 칼이 도망치는 적의 무리를 향해 수은처럼 번쩍였다. 칼이 번쩍일 때마다 상처 입은 남자의 비명이 높이 울렸다. 그래

도 나는 우리 쪽이 졌다고 생각했다. 그런데 문득 정신을 차리고 보니, 놀랍게도 적이 한 명도 남김 없이 사라진 것 아닌가! 앨런은 갑판으로 나가, 양을 모는 양치기 개처럼 적들을 쫓아다녔다.

앨런은 나간 지 얼마 안 되어 되돌아왔다. 용감하기도 했지만, 신중하기도 했기 때문이다. 선원들은 아직도 앨런에게 쫓기고 있다고 착각하는지 계속 악을 써대며 도망 다녔다. 이윽고 그들은 엎치락뒤치락하며 선원실로 우르르 몰려갔다. 천장 널빤지가 쾅하고 닫히는 소리가 들렸다.

고물갑판실은 도살장을 방불케 했다. 방 안에 세 명이 죽어 있고, 다른 한 명은 문간에서 단말마의 신음을 내고 있었다. 앨런과 나는 상처 하나 없이 의기양양했다.

앨런이 두 팔을 활짝 벌리고 내게 다가왔다. "이리 오렴!" 외치더니 나를 끌어안고 두 뺨에 격렬히 입을 맞추었다. "데이비드, 난 네가 친동생처럼 사랑스럽구나. 암, 그렇고말고." 앨런이 신이 나서 큰 목소리로 말했다. "어떠냐? 난 정말 용감한 검사 아니냐?"

그러고는 죽은 적들을 향해 돌아서서 차례차례 확인사살 한 다음 방 밖으로 시체를 굴렸다. 그러면서 무슨 곡조라도 떠올리려는 듯이 줄곧 흥얼거리기도 하고, 가사를 붙여 노래하기도 하고, 휘파람을 불기도 했다. 사실 앨런은 노래를 만들려고 머리를 짜내고 있었던 것이다. 얼굴에는 생기가 넘치고, 눈동자는 새 장난감이 생긴 다섯 살 꼬마처럼 초롱초롱 빛났다. 이윽고 앨런은 칼을 한 손에 쥔 채 식탁 앞에 앉았다. 아까부터 만들던 노래가 조금씩 완성되어 갔다. 잠시 뒤에는 더욱 확실해졌다. 이윽고 앨런은 느닷없이 목청을 뽑아 게르어*[39]로 노래를 부르기 시작했다.

그 노래를 운율을 잘 살려 번역할 수는 없기에(본디 나는 시를 짓는 데에 소질이 없기 때문이다), 일단 표준 영어로 번역해 보았다. 앨런은 그 뒤 많은 사람에게 유명해진 이 노래를 자주 불렀으므로 나는 몇 번이고 들었으며, 그 의미도 몇 번이나 설명 들을 기회가 있었다.

이것이 앨런의 검의 노래.

---

*39 스코틀랜드 고지대에서 쓰는 말.

대장장이의 망치와
불로 단련된 이 검,
앨런 브렉의 손에서 번쩍이네.

적의 눈 숱하게 빛나고
감시도 빈틈없으며
손에 든 칼도 수없이 많은데,
대적하는 검은 오로지 하나.

사슴이 무리지어 언덕을 달리네.
그 수는 많은데, 언덕은 하나.
갈색 사슴은 사라졌지만,
언덕은 그 모습 그대로 남았네.

히스 언덕에서 날아오고
앞바다에 뜬 섬에서 찾아와
멀리서 지켜보는 독수리들아,
너희의 먹이가 여기 있도다.

승리를 기념하여 앨런이 만든(작사도 작곡도) 이 노래는 앨런과 함께 고군분투한 내게는 다소 불공평한 내용이었다. 슈안을 비롯한 다섯 명은 즉사하거나 치명상을 입었지만, 그 가운데 두 명은, 즉 천창에서 침입한 두 명은 내 손으로 처치했던 것이다. 그리고 네 명이 더 부상했는데, 그 가운데 한 명은(그것도 꽤 중요한 인물) 내가 상처를 입혔다. 전체적으로 사상에도 부상에도 크게 이바지한 셈이니 나도 앨런이 만든 노래에 등장해도 좋을 법했다. 그러나 시인이란 운율을 최우선으로 생각해야 하니 어쩔 수 없는 일이리라. 그 대신 산문으로 말할 때면 앨런은 나의 공적을 충분히 언급해 주었다.

어쨌거나 그때는 노래 가사가 불공평하다는 따위의 생각을 할 겨를이 없었다. 게르어를 모르기도 했지만, 그것만은 아니다. 오랜 시간 적을 기다려야 하는 불안감, 두 번에 걸친 싸움에서 현기증이 날 만큼 격렬했던 움직임,

특히 나도 살인에 가담했다는 공포가 겹쳤던 것이다. 한숨 돌리자마자 비틀거리며 앉았을 때는 머릿속이 극도로 복잡했다. 가슴이 답답해서 숨쉬기가 어려울 정도였다. 내가 죽인 두 사나이에 대한 생각이 악몽처럼 마음을 짓눌렀다. 나는 나 자신조차 왜 그런지 모른 채 어린아이처럼 와락 울음을 터트렸다.

"너는 용감한 아이니 좀 자고 일어나면 괜찮아질 거다" 앨런이 내 어깨를 토닥이며 위로해 주었다.

"먼저 내가 망을 보지." 앨런이 말했다. "잘했다, 데이비드. 처음부터 끝까지 잘했어. 아핀*40, 아니 브래들번*41을 준대도 절대로 널 버리지 않겠다."

나는 마룻바닥에 잠자리를 만들었다. 앨런은 권총을 들고 무릎에 칼을 뉘인 다음, 벽에 걸린 선장의 시계로 세 시간 동안 망을 보다가 나를 깨웠다. 이번에는 내가 세 시간 동안 보초를 섰다. 그 세 시간이 지나기 전에 날은 완전히 밝았다. 매우 고요한 아침이었다. 파도는 잔잔하게 일렁였다. 거기에 맞춰 배가 흔들릴 때마다 고물갑판실 마루에 고인 피가 이리저리 흘렀다. 빗방울이 세차게 지붕을 두드렸다. 내가 망을 보는 내내 개미 새끼 한 마리 움직이지 않았다. 타륜이 덜컹거렸다. 키를 조종하는 사람조차 없다는 사실을 알 수 있었다. 그럴 법도 했다. (나중에 들은 이야기지만) 대다수 선원이 다치거나 죽은 데다 성한 사람도 극도로 사기가 저하된 탓에 리아치와 선장이 앨런과 내가 그런 것처럼 교대로 움직여야 했기 때문이다. 그러지 않았더라면, 범선이 뭍으로 올라서도 아무도 눈치채지 못했을 것이다. 그날 밤 비가 내리자마자 바람이 잦아들어 바다가 잔잔해진 것이 그나마 다행이라면 다행이었다. 배 옆에서 물고기를 잡는 갈매기 떼의 구슬픈 울음소리가 들리는 것으로 보아, 배는 육지나 헤브리디스 열도*42 사이를 표류하는 것 같았다. 고물갑판실 문에서 내다보니 오른편에서는 스카이 섬*43의 커다란 바위산이,

---

*40 앞 장에 나온 린네 후미 남쪽에 있는 곳으로, 스튜어트 왕가의 출신지. 이 이야기의 중요한 무대가 된다.

*41 스코틀랜드 중부 산악지대로 퍼스셔의 한 지방. 캠벨 가문의 출신지.

*42 스코틀랜드 북서쪽에 있는 군도.

*43 헤브리디스 열도 중 두 번째로 큰 섬.

거기서 조금 선미 쪽에서는 괴이하게 생긴 럼 섬이 모습을 드러냈다.

11. 선장, 항복하다

앨런과 나는 6시경 아침을 먹었다. 마룻바닥에는 유리 파편이 한가득 흩어지고 선혈이 낭자했으므로 나는 식욕이 전혀 없었다. 그러나 그 점을 제외한 모든 점에서 우리는 기분이 좋다 못해 유쾌하기까지 했다. 고급선원들을 선실에서 몰아냄으로써, 배에 있는 온갖 술—포도주며 독한 술—을 비롯해 피클이며 값비싼 빵과 같은 식량을 독차지했기 때문이었다. 이것만으로도 기분을 내는 데는 충분했지만, 뭐니 뭐니 해도 가장 통쾌했던 것은 스코틀랜드에서 내로라하는 주정뱅이 둘이(슈안은 죽어 버렸지만) 앞갑판에 갇혀, 가장 싫어하는 차가운 물만 마셔야 하는 신세가 되었다는 사실이었다.

"분명" 앨런이 말했다. "곧 협상을 제안해 올 거다. 싸움에서 손을 떼게 할 수는 있어도 술병에서 손을 떼게는 못하는 법이거든."

우리는 완전히 친해졌다. 앨런은 진심으로 내게 잘해 주었다. 이윽고 식탁에서 칼을 집어 들고 웃옷의 은 단추를 하나 떼어서 내게 건넸다.

"내게 이 단추를 준 사람은" 앨런이 말했다. "내 할아버지 던컨 스튜어트다. 어젯밤 활약을 기념해서 네게 하나 주마. 어디에서건 이 단추를 보이면 앨런 브렉의 아군이 네 주위로 모여들 것이다."

앨런은 군대를 지휘하는 샤를마뉴*44라도 된 양 이렇게 말했다. 사실 나는 앨런의 용기에는 감탄했으나, 그 허세에는 매번 웃음이 터져 나오려는 위기에 직면했다. '위기'라는 의미는 만일 내가 진지한 표정을 짓지 않으면 터무니없는 다툼이 일어날 수도 있었기 때문이다.

식사를 마치자마자 앨런은 선장의 찬장을 뒤져 옷솔을 찾아냈다. 그리고 웃옷을 벗더니, 여자라도 그렇게까지는 못하리라고 생각될 만큼 꼼꼼히 구석구석 살피며 먼지를 떨어냈다. 그가 가진 유일한 옷이기도 했지만, 앨런의 말로는 그 옷이 이전에는 어느 국왕의 것이었으므로 아주 정성 들여 손질해

---

*44 742~814. 프랑스 왕국의 왕. 영토를 중부 러시아에서 프랑스와 이탈리아까지 넓혔으며, 로마 교황에게 서로마 황제라는 칭호를 얻었다.

야 한다는 것이었다.

아까 단추를 떼어낸 자리에 남은 실밥을 정성스럽게 뽑아내는 모습을 보고 있으려니 나는 이 하사품이 점점 숭고하게 느껴졌다.

앨런이 계속 손질에 열중하고 있는데, 갑판에서 리아치가 담판을 짓자고 고래고래 고함을 지르기 시작했다. 나는 권총을 쥐고, 내심 유리 파편에 조심하면서도 짐짓 용감한 표정으로 천창을 기어 올라가 틀에 앉았다. 그러고는 리아치에게 하고 싶은 말이 있으면 똑바로 말하라고 명령했다. 리아치는 고물갑판실 바로 옆까지 와서, 돌돌 말린 밧줄을 밟고 올라섰다. 턱이 지붕 위로 간신히 올라왔다. 한동안은 아무 말 없이 서로 노려보았다. 리아치는 전투 중에 그다지 앞으로 나서지 않았는지 뺨에 한 줄기 상처가 있을 뿐이었다. 그러나 밤새 보초도 서고 부상자도 치료하느라 기운이 없고 몹시 지쳐 보였다.

"이게 무슨 난리야." 이윽고 리아치가 고개를 옆으로 돌리며 입을 열었다.

"우리도 좋아서 한 일이 아니에요." 내가 말했다.

"선장이 네 친구와 이야기하고 싶대. 창문에서 이야기하면 좋을 것 같은데."

"무슨 꿍꿍이야!" 내가 외쳤다.

"꿍꿍이가 아니야, 데이비드. 설사 꿍꿍이가 있다 해도, 솔직히 선원들은 이제 우리 말을 듣지 않아."

"정말이에요?"

"그럼 더 알려 주지. 선원들뿐만이 아니야. 나도 그래. 데이비, 나는 두렵다." 그러더니 리아치는 내게 호소하는 듯한 미소를 던졌다. "그래, 우리는 그자와 인연을 끊고 싶어."

나는 앨런과 의논한 끝에 담판에 응하기로 하고 휴전을 맹세했다. 그러나 리아치가 준비한 것은 그게 다가 아니었다. 그는 자기가 지금까지 나한테 얼마나 잘해 주었는가를 상기시키며, 딱 한 잔만 마시게 해 달라고 끈덕지게 졸랐다. 마침내 나는 주석 컵에 브랜디를 1질*45 정도 따라 건네주었다. 리아치는 한 모금만 마시고 나머지는 갑판으로 가져갔다. 아마도 선장에게 나

---

*45 약 0.14리터.

눠 주기로 사전에 약속한 것 같았다.

얼마쯤 지나자 선장이 비에 젖는 것도 개의치 않고 약속대로 창가로 와서 섰다. 한 팔은 붕대에 걸어 목에 매달고 있었으며, 창백하고 무서운 얼굴은 몹시 늙어 보였다. 나는 선장을 쏜 것이 생각나 괜히 미안해졌다.

앨런이 즉시 권총을 선장의 코끝에 들이댔다.

"그런 건 저리 치우시오!" 선장이 말했다. "아까 맹세를 교환했잖소! 아니면 날 모욕할 셈이오?"

앨런이 말했다. "당신의 약속이라는 건 휴지조각처럼 쉽게 찢어지니까. 어젯밤에도 갖은 감언이설을 늘어놓으며 약속하고 맹세까지 했잖아. 그 결말이 어떤지 스스로 알 텐데. 네놈하고 약속 따위는 하나마나다!"

"진정하시오, 진정해. 인제 와서 욕한들 무슨 이득이 있소?" (확실히 거친 말투는 앨런의 결점이었지만, 선장에게는 그 결점이 전혀 없었다.) "그런 것 말고 할 이야기가 있질 않소." 선장이 분하다는 듯이 말을 이었다. "당신은 내 배를 결딴내 버렸소. 이젠 항해를 하려 해도 방법이 없소. 내 둘도 없는 친구였던 일등항해사는 당신 칼에 급소가 찔려 비명 한번 지르지 못하고 저세상으로 가 버렸지. 난 글래스고로 돌아가 선원을 모으는 수밖에 없게 됐소. 거기라면 당신한테 좋은 조언을 해줄 사람도 찾을 수 있겠지."

"과연 그럴까? 내가 그 사람들한테 조언해 주는 편이 나을 것 같은데! 그 마을에 영어를 할 줄 아는 사람이 한 사람도 없다면 사정이 달라지겠지만, 그게 아니라면 아주 재미있는 이야기를 들려줄 수 있을 테니까. 타르에 찌든 선원 열다섯 명이 어른 한 명과 아이 한 명을 상대로 어떻게 싸웠는지를 말이야! 아, 정말 비참한 이야기지!"

호지슨은 얼굴이 확 붉어졌다.

앨런이 말을 이었다. "하지만 역시 안 되겠어. 그냥 처음에 약속했던 장소에 나를 내려 주시오."

"알겠소." 호지슨이 말했다. "하지만 일등항해사는 죽었소. 왜 죽었는지는 당신이 잘 알겠지. 그리고 나머지 선원 중에 이 근처 해안에 대해 잘 아는 사람은 없소. 배가 가기엔 길도 험하고."

"그런 건 알아서 하시오. 아핀, 애드고어, 모번, 아리사이그, 모러, 어디든 좋으니 내 고향에서 30마일 이내에 있는 곳에 내려 주시오. 단, 캠벨 일족의 영지만 빼고. 어쨌든 목표 지점은 어마어마하게 넓지 않소? 그런데도 나를 잘못 내려 준다면 당신은 싸움뿐만 아니라 항해도 못하는 무능한 인간이라는 뜻이지. 배 이야기가 나와서 하는 말인데, 가난한 우리 고향 사람들은 어떤 날씨든, 아니 한밤중에라도 아주 작은 어선을 타고 섬에서 섬으로 종횡무진한다고."

"어선은 배라고 할 수 없소. 흘수*46가 없으니까."

"그럼 글래스고로 가든지! 가서 웃음거리가 되고 싶다면."

"조롱받는 건 상관없지만, 그러려면 돈이 필요하오."

"이봐, 선장. 난 갈대처럼 흔들리지 않아. 해안에 내려 주면 30기니, 린네 후미에 내려 주면 60기니라고 분명히 말했을 텐데."

"여기서 아드나머천*47까지 두세 시간이면 갈 수 있소. 거기다 내려 줄 테니 60기니를 주시오."

"나더러 영국군한테 붙잡힐 위험을 감수하라고? 흥, 누구 좋으라고?" 앨런이 외쳤다. "웃기는 소리 하지 마시오. 60기니를 받고 싶거든 약속대로 내 고향에 내려 주시오."

---

*46 배가 물에 떠 있을 때, 수면에서 선체 밑바닥까지의 최대 수직 거리.

*47 린네 후미 북쪽에 있는 반도.

"배가 가기엔 위험한 곳이라니까요. 당신 목숨도 함께."
"해 보지 않고선 모를 일이지."
"당신이 길잡이를 해줄 수 있소?" 인상을 찌푸리고 생각에 잠겼던 선장이 다시 입을 뗐다.
"글쎄, 모르겠는데. 나는 뱃사람이 아니라 보시다시피 무사라서. 하지만 이전에 그 해안을 배로 자주 들락거린 경험이 있으니 조금은 지형을 가르쳐 줄 수 있을 거요."
선장은 여전히 인상을 찌푸린 채 고개를 가로저었다.
"이 재수 없는 항해로 이렇게 손해를 보지 않았더라면, 내 배를 위험에 빠뜨리기보다 당신이 밧줄 끝에 매달리는 꼴을 구경하고 싶군. 어쨌든, 원하는 대로 해 드리지. 순풍이 불기 시작하는 대로 곧 항해하겠소. 내 짐작이 맞는다면 슬슬 불기 시작할 거요. 아, 한 가지 더 말해 두지. 영국 군함이 우리를 발견하고 배를 바싹 붙일지도 모르는데, 그래도 나는 책임 없소. 이 근처 해안에는 순양선이 잔뜩 돌아다니고 있으니까. 그들이 누굴 찾는지는 당신도 알겠지. 그런 일이 발생해도 돈은 두고 가길 바라오."
"선장, 군함기가 보이면 도망가는 건 당신이 할 일이오. 아, 그리고 이물 갑판은 브랜디가 부족하다지? 물 두 양동이하고 브랜디 한 병을 교환하는 건 어떻소?"
이것이 협상의 마지막 조항이었고, 쌍방은 이 조건을 틀림없이 실행했다. 덕분에 앨런과 나는 겨우 고물갑판실을 깨끗이 씻어서, 죽은 선원들을 떠올리게 하는 흔적을 없앨 수 있었다. 한편, 선장과 리아치도 자기들 성격에 맞는 방식으로, 즉 술 한 잔에 기운을 되찾았다.

12. '붉은 여우'

고물갑판실 청소가 다 끝나기 전에 북동쪽에서 미풍이 불어왔다. 그 바람이 비구름을 흩날리면서 해가 나기 시작했다.
여기서 설명하고 넘어갈 점이 있으므로 다음 지도를 보시기 바란다. 안개가 잔뜩 끼어 앨런의 보트가 우리 배에 부딪혔던 그날, 우리 배는 리틀민치 해협을 달리고 있었다. 전투가 끝난 날 새벽에는 파도가 잔잔해서 칸나 섬 동쪽,*48 즉 칸나 섬과 헤브리디즈 열도의 엘리스케 섬 사이에서 머물렀다. 거기서 린네 후미까지 가려면 좁은 마르 해협을 직선으로 빠져나가면 되었다. 그러나 해도가 없는 선장은 섬 사이를 누비며 그렇게 깊이 들어가는 것을 걱정했다. 따라서 마침 풍향도 좋았으므로 타이리 섬 서쪽을 빙 돌아 멀 섬 남쪽으로 나가는 항로를 택했다.

미풍은 종일 똑같은 방향에서 불어왔으며, 멎기는커녕 점점 더 강하게 불었다. 정오쯤이 되자 아우터헤브리디즈 쪽에서 물결이 밀려왔다. 배는 내해의 섬들을 우회하기 위해 선수를 남서쪽으로 향하고 있었으므로 처음에는 뱃전에 파도를 맞고 심하게 흔들렸다. 그러나 해가 저물고 타이리 섬을 돌아 동쪽으로 방향을 바꾸자 이번에는 파도가 정면으로 선미에 부딪히게 되었다.

물결이 거세지 않았던 아침에는 무척 쾌적했다. 눈부신 햇빛을 받으며 산들이 우뚝 솟은 수많은 섬을 좌우로 감상하면서 항해했기 때문이다. 앨런과 나는 (미풍은 선미 쪽에서 불어왔으므로) 양쪽 문을 열어둔 채 고물갑판실에 앉아 선장의 고급 담배를 담뱃대에 채워 맛보고 있었다. 우리가 인생 이야기를 나눈 것은 바로 이때였는데, 그 이야기는 앨런보다 내게 훨씬 중요했다. 곧 상륙하게 될 황량한 하일랜드에 대해 어느 정도 지식을 얻었기 때문이다. 당시는 그 대규모 반란*49이 끝난 직후였으므로, 히스가 우거진 황야를 지날 때는 어떻게 해야 좋은지 알아 둘 필요가 있었다.

먼저 내가 지금까지 내게 닥친 불행한 사건들을 남김 없이 이야기했다. 앨런은 매우 진지하게 들어주었다. 그러나 딱 한 번 불같이 화를 낸 때가 있었는데, 바로 내가 친절한 친구 캠벨 목사*50의 이름을 말했을 때였다. 그는 그런 성을 가진 자는 모두 증오스럽다고 소리쳤다.

"하지만," 내가 말했다. "그분은 자랑스러운 친구예요."

"캠벨이란 성을 가진 자에게는 아무것도 대접하고 싶지 않다. 총알이라면 또 모를까." 앨런이 말했다. "그런 성을 가진 자는 한 놈도 남기지 말고 잡아 죽여야 해. 다 죽어가는 병상에 누워 있다 하더라도 그런 자를 발견한다

---

*48 작가의 착각. 실제로는 서쪽.

*49 1745~6년에 일어난 내란을 말함.

*50 영국 국왕 편인 캠벨 가문은 스튜어트 가문과 적대관계이므로 앨런에게도 적이다.

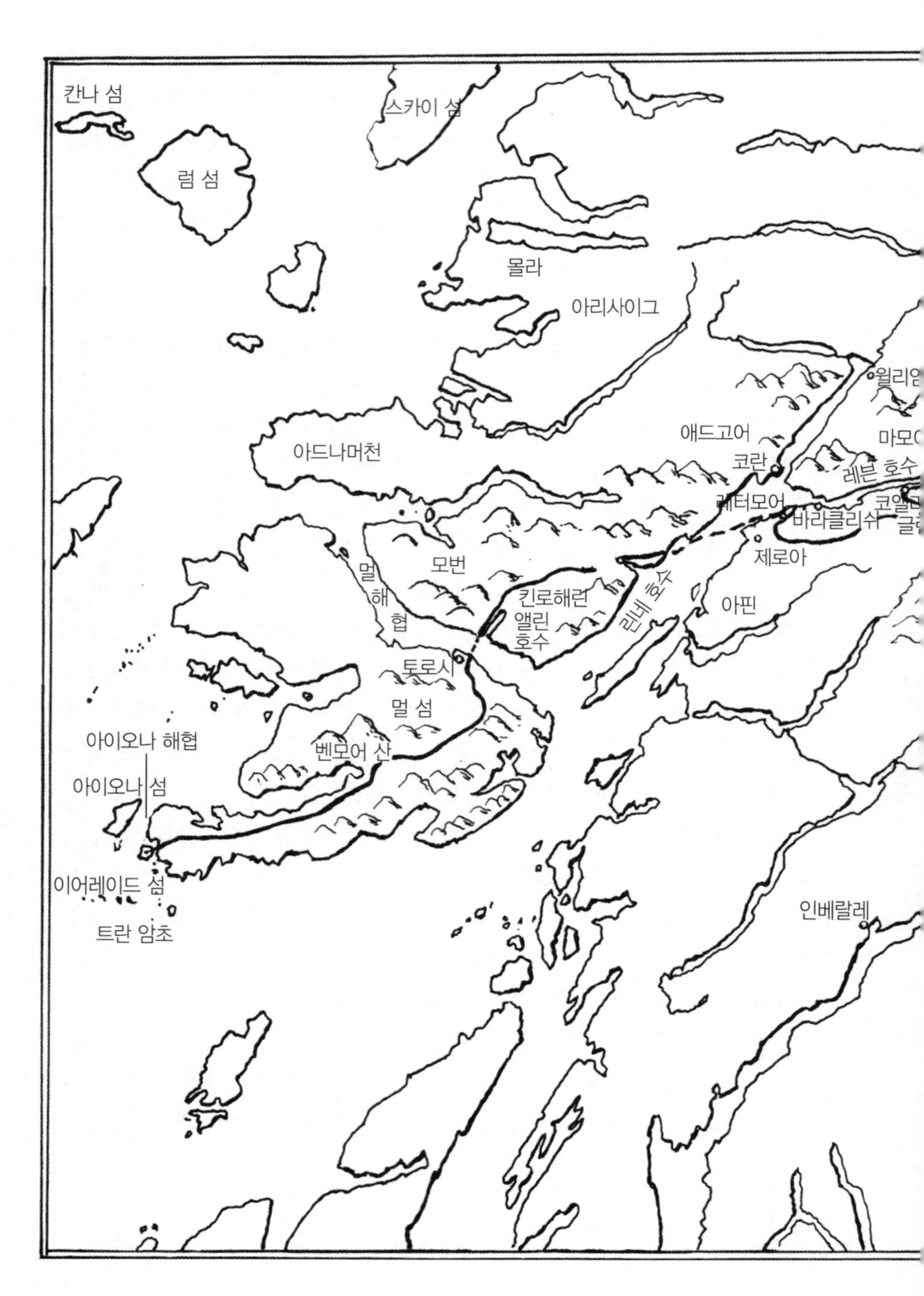
칸나 섬
스카이 섬
럼 섬
몰라
아리사이그
아드나머천
애드고어
코란
레븐 호수
레터모어
바라클리쉬
제로아
모번
멀 해협
킨로해련
앨린 호수
린네 호수
아핀
토로시
멀 섬
아이오나 해협
아이오나 섬
벤모어 산
이어레이드 섬
트란 암초
인베랄레

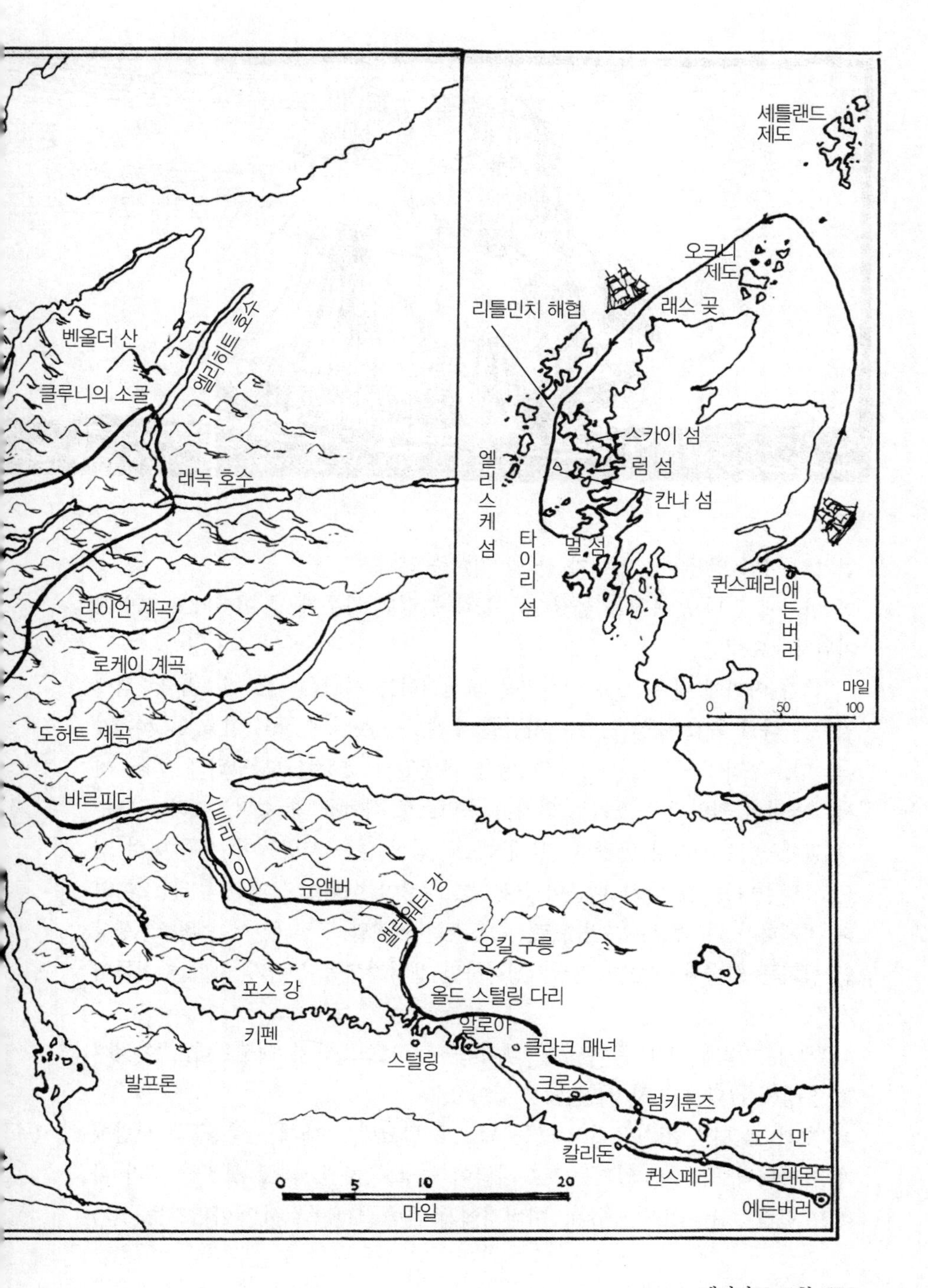

셰틀랜드
제도
오크니
제도
래스 곶
리틀민치 해협
스카이 섬
럼 섬
칸나 섬
엘리스케 섬
타이리 섬
멀 섬
퀸스페리
애든버러
마일
0
50
100
벤올더 산
클루니의 소굴
엘리히트 호수
래녹 호수
라이언 계곡
로케이 계곡
도허트 계곡
바르피더
유앰버
오킬 구릉
포스 강
올드 스털링 다리
알로아
키펜
스털링
클라크 매넌
발프론
크로스
럼키룬즈
포스 만
칼리돈
퀸스페리
크래몬드
에든버러
0
5
10
20
마일

면 창가까지 엉금엉금 기어가 한 발 먹여줄 테다."

"아저씨!" 나도 목청을 높였다. "도대체 캠벨 가문이 뭘 어쨌다고 그렇게 미워하세요?"

"내가 아핀에 남은 스튜어트 가문 출신이라는 사실은 너도 알 거다. 캠벨 일족은 나와 똑같은 성을 쓰는 사람을 오래도록 못살게 굴고 힘을 빼앗아 왔어. 암, 우리 눈을 속여 우리의 땅을 빼앗았지. 그것도 당당하게 힘을 써서." 앨런이 격앙된 목소리로 외치며 주먹으로 식탁을 쾅 쳤다. 그러나 나는 그 말에 별로 개의치 않았다. 상대적으로 힘이 없는 사람들이 자주 이런 식으로 말한다는 걸 알기 때문이었다. "그것뿐이 아니야." 앨런이 말을 이었다. "게다가 다 똑같은 수법으로. 즉흥적인 거짓말, 허술한 서류 위조, 행상인 뺨치는 화술과 교묘한 연극, 생각하면 생각할수록 부아가 치미는 짓들이지."

"제게 그렇게 쉽게 은 단추를 떼어 준 걸 보면" 내가 대꾸했다. "아저씨는 흥정에 그다지 능하지 않은 것 같아요."

"그건 그래!" 앨런이 다시 웃는 낯으로 말했다. "내게 단추를 준 사람에게서 낭비벽도 물려받았거든. 그 사람이 누구냐 하면, 바로 불쌍한 우리 아버지 던컨 스튜어트지. 주여, 아버지에게 은총을 베푸소서! 아버지는 일가

친척 중 가장 훌륭한 분이셨다. 하일랜드에서 가장 솜씨 좋은 검술가이기도 했단다, 데이비드. 그 말은 즉 세계에서 가장 솜씨가 뛰어났다는 말이지. 난 잘 안다. 나한테 그 사실을 가르쳐 준 사람이 바로 아버지니까. 아버지는 흑위대*[51]가 처음 편성되었을 때 입대하셨는데, 다른 향사 출신 군인들처럼 화승총을 멘 하인들을 따라 행진하시곤 했지. 그런데 그 무렵 국왕이 하일랜드인의 검술을 보고 싶어 했나 봐. 그래서 아버지도 다른 세 명과 함께 뽑혀 런던으로 보내졌지. 궁전에 들어가서는 조지 왕,*[52] 카린 왕비,*[53] '도살자' 컴벌랜드*[54]를 비롯한 수많은 사람 앞에서 두 시간 동안 온갖 검술을 펼쳐 보였어. 그것이 끝나자 국왕은, 비록 왕위를 가로챈 사악한 자지만, 검사들을 칭찬하며 3기니씩을 하사했어. 궁전을 나올 때는 반드시 초소를 지나야 했는데, 아버지는 문득 이런 생각이 들었지. '하일랜드의 향사 중 이 문을 지난 사람은 내가 처음일 테니, 가난한 문지기에게 우리의 훌륭한 신분을 똑똑히 각인시켜야겠다.' 그래서 평소 습관대로, 국왕한테 하사받은 3기니를 문

---

*51 스코틀랜드 하일랜드의 연대. 1725년 설립. 검은 제복을 입었다.

*52 조지2세. 1727~1760 재위.

*53 본디는 캐롤라인이지만, 일부러 '마녀'를 뜻하는 스코틀랜드어 '카린'을 썼다.

*54 조지2세의 막내아들 캠벌랜드 공. 뒷날 찰스 에드워드의 반란을 진압하면서 반란군을 무자비하게 학살하여 '도살자'라는 별명을 얻었다.

지기 손에 쥐여 주었어. 나머지 세 사람도 그렇게 했지. 결국 마을로 나왔을 때는 지친 몸뚱이만 갖고 있었다 이거야. 국왕의 문지기에게 처음으로 적선을 한 사람이 누구냐를 두고 의견이 분분하지만, 사실은 던컨 스튜어트다. 나는 기꺼이 그것을 증명할 수 있다. 칼에 걸어도 좋고, 권총에 걸어도 좋아. 우리 아버지는 그런 남자였다. 주여, 아버지에게 평안을 주소서!"

"재산은 남겨 주지 않았던 모양이군요."

"그래. 아버지가 남겨 준 것은 고작해야 바지 정도지. 내가 영국군에 들어간 건 그 때문이다. 덕분에 인생의 황금기에 마음에 때가 묻고 말았지. 그러니 지금 영국군에 붙잡힌다면 난 끝장이야."

"뭐라고요?" 나도 모르게 소리쳤다. "영국군에도 있었나요?"

"그래. 하지만 프레스톤팬즈*55에서 탈영해서 정의의 편*56으로 돌아왔지. 그래서 조금은 마음도 편해졌고."

그 생각에는 동의할 수 없었다. 전투 중 탈영이란 명예에 먹칠을 하는 용서받기 어려운 짓이라는 생각이 들었기 때문이다. 그러나 나는 아직 어리긴 했지만 생각한 것을 곧이곧대로 입 밖에 낼 정도로 어리석지는 않았다. "맙소사! 잡히면 사형이잖아요."

"그래. 붙잡히는 날엔 이 앨런도 하루아침에 교수형이지! 하지만 프랑스 왕의 장교 임명장을 갖고 있으니 조금은 도움이 될 거야."

"큰 도움이 되진 않을 거예요."

"나도 반신반의다." 앨런이 씁쓸하게 말했다.

"정말 놀랍군요!" 내가 외쳤다. "수배받는 모반자에 탈영병에 프랑스 왕의 가신인 아저씨가 대체 뭐에 홀려서 고향으로 돌아가겠다는 거죠? 하느님도 그걸 바라지는 않으실 거예요."

"흥! 46년에 전쟁이 일어난 이래로 해마다 돌아가는걸!"

"무슨 일로요?" 내 목소리가 다시 높아졌다.

"그야 친구와 고향이 그리워서지. 프랑스는 아주 좋은 곳이야. 하지만 나는 히스 들판과 사슴이 더 좋아. 게다가 볼일도 좀 있고. 프랑스 왕을 섬길 젊은이, 다시 말해 신병을 모집하기도 하지. 보상이 꽤 짭짤하거든. 하지만

---

*55 에든버러 동북쪽에 있는 마을. 1745년 내란 때 찰스 에드워드 군이 영국군을 물리친 곳.
*56 앨런이 볼 때는 찰스 에드워드가 이끄는 반란군.

가장 중요한 건 나의 영주인 애드실 님에 대한 일이지."

"아저씨의 영주는 아핀이라는 이름인 줄 알았는데요."

"맞다. 하지만 애드실 님은 우리의 수장이야." 나는 무슨 말인지 통 알아들을 수가 없었다. "데이비드, 그분은 아주 훌륭한 분이란다. 왕가의 핏줄을 이어받아 왕가의 이름을 쓰는 분이 바로 이분이지. 지금은 몰락해서 프랑스 어느 마을에서 가난한 평민처럼 살고 있지만, 한때는 휘파람 한 번에 400 군사를 모았던 분이야. 그런데 지금은 시장에서 버터를 사서 양배추 잎에 돌돌 싸서 돌아갈 정도로 궁핍하게 사시지. 내 눈으로 똑똑히 봤어. 우리 일족에게는 괴로운 정도가 아니라 부끄럽기까지 한 일이지. 그 먼 나라에는 아핀의 희망인 아핀의 후손이 많이 있으니까 글과 검술도 가르쳐야 해. 아핀의 소작인들은 조지 왕에게 연공을 바쳐야 하지만, 본심은 조금도 변함없이 본디 영주에게 정절을 지키고 있지. 그렇게 다들 본디 영주를 마음속에 그리고 있으니, 아무리 가난한 사람이라도 내가 조금만 압력을 가하거나 때로는 조금만 위협하면 애드실 님을 위해 허리띠를 졸라매서라도 연공을 별도로 바친다네. 데이비드, 난 그 돈을 운반하는 운반책인 셈이야." 이렇게 말하며, 허리에 찬 전대를 탁 치자 기니 금화가 쩔렁 소리를 냈다.

"별도로 바친다고요?" 내가 놀라서 물었다.

"그래, 별도로."

"연공을 두 번이나요?" 나는 같은 질문을 반복했다.

"그래, 데이비드. 그 선장 놈에게는 일부러 다른 말을 한 거다. 이게 사실이야. 사실 별로 재촉하지 않아도 알아서 세금을 내니 나도 그게 신기해. 아버지 쪽 친척인 글렌스 가문의 제임스, 즉 애드실 님의 이복형제 제임스 스튜어트가 나 대신 세금을 걷는단다. 돈을 모아서 맡아 두었다가 내게 전해주지."

그 제임스 스튜어트, 즉 뒷날 교수형에 처해져 대단히 유명해진 사람의 이름은 이때 처음 들었다. 그러나 내 머리는 가엾은 하일랜드인들의 숭고한 마음씨로 가득했으므로 그때는 별로 귀담아듣지 않았다.

"정말 숭고하군요!" 내가 외쳤다. "전 휘그지만, 정말 감동했어요."

"음, 넌 틀림없는 휘그지만, 향사이기도 하다. 그러니까 그럴 수 있지. 네가 그 몹쓸 캠벨 일족이었다면, 연공 이야기를 듣고 분해서 이를 갈았겠지.

네가 그 '붉은 여우'였다면……." 그 이름을 말한 순간 앨런은 어금니를 꽉 깨물며 말을 잇지 못했다. 나는 지금까지 여러 무서운 얼굴을 봤지만, '붉은 여우'라는 이름을 말했을 때 앨런의 얼굴은 그중에서도 가장 무서웠다.

"'붉은 여우'가 누군데요?" 나는 조금 겁을 집어먹었지만, 호기심을 억누르지 못하고 물었다.

"누구냐고?!" 앨런이 외쳤다. "좋다, 이야기해 주지. 내 일족들이 컬로든*[57]에서 패하고, 대의*[58]도 사그라지고, 혈통을 자랑하는 하일랜드의 말이 적의 발굽에 짓밟혔을 때, 애드실 님은 불쌍하게도 쫓기는 사슴처럼 산에서 산으로 도망 다녀야 했어. 부인과 아이들도 함께 말이야. 배에 오르기 전까지 우리는 얼마나 많이 고생했는지 몰라. 애드실 님이 히스 황야에 숨어 계시는 동안 잉글랜드의 악당들은 애드실 님의 세력을 송두리째 제거하려고 했어. 지배권을 빼앗고, 토지를 빼앗고, 300년이라는 긴 세월 동안 무기를 차고 다녔던 일족에게서 무기를 빼앗았지. 심지어는 옷가지마저 모조리 빼앗았지. 이제는 격자무늬 플레이드를 걸치기만 해도 죄가 되고, 킬트*[59]를 입기만 해도 감옥에 처박히는 신세야. 하지만 놈들도 없애지 못한 게 하나 있지. 일족이 애드실 님을 그리는 마음이야. 이 기니 금화가 그 증거지. 이쯤에서 캠벨 가문의 한 사람, 글레뉴어의 붉은 머리 콜린이 등장하는데—"

"그자가 '붉은 여우'인가요?"

"왜, 그놈 꼬리라도 잘라다 주려고?" 앨런이 잡아먹을 듯한 기세로 외쳤다. "그래, '붉은 여우'가 바로 그놈이야. 놈은 꾀를 써서 조지 왕의 눈에 든 다음 아핀 전 영토의 대관(代官)이 되었어. 처음에는 시머스—즉, 내 영주의 대리인을 지내는 글렌스 가문의 제임스에게조차 굽실거렸지. 그러다가 아까 내가 이야기한 일을 들은 거야. 그러니까, 아핀의 농부, 소작인, 가축관리인*[60] 등 가난한 주민들이 바다 건너에 있는 애드실 님과 가엾은 그 자식들을 위해 자기들이 헐벗어가면서까지 연공을 이중으로 낸다는 사실을.

---

*57 스코틀랜드 북부. 인버네스 부근. 스튜어트 왕가의 찰스 에드워드가 1746년 이곳에서 전투에 패해 왕위 회복에 실패했다.

*58 스튜어트 왕가의 재부흥이라는 대목적.

*59 스코틀랜드 하일랜드인이 입는 주름 잡힌 짧은 치마.

*60 영주에게서 가축의 사육을 위탁받고 이익을 분배받는 사람.

그런데 내가 아까 그 말을 했을 때 네가 뭐라고 그랬지?"

"숭고하다고 그랬어요."

"휘그와 별로 다를 것 없는 너조차 그렇게 말하는 거 봐라!" 앨런이 목청을 높였다. "그러나 그 이야기가 콜린 로이의 귀에 들어가자 놈의 몸속에 있는 캠벨 일족의 시커먼 피가 들끓기 시작했지. 놈은 술을 퍼마시면서 이를 빠득빠득 갈았어. 스튜어트 놈들이 편히 빵을 씹고 있는데 자기는 손 놓고 있어야 된다 이거지! 제기랄! 붉은 여우, 이 자식! 네놈에게 총을 들이댈 날이 오면 절대로 살려 두지 않겠다!" 앨런은 치밀어 오르는 분노를 가라앉히려고 말을 끊었다. "데이비드, 그 뒤에 놈이 어떻게 했을 것 같으냐? 농지를 모두 빌려 주겠다는 방을 붙였다. 시커먼 마음으로 이렇게 생각한 거지. '그렇게 하면 스튜어트, 맥컬, 맥롭(이들은 모두 내 일족의 이름이란다, 데이비드) 따위는 도저히 낼 수 없는 비싼 소작료에 땅을 빌리겠다는 사람들이 몰려들 테지. 그러면 애드실은 프랑스 어느 길거리에서 모자를 들고 구걸을 해야 할 거다.'"

"그래서 어떻게 됐는데요?"

앨런은 진작 불이 꺼졌지만 계속 들고 있던 담뱃대를 내려놓고 두 손을 무릎 위에 얹고서 자세를 고쳐 앉았다.

"넌 상상도 못할 거다! 지금 말한 스튜어트, 맥컬, 맥롭 사람들이 이 넓은 스코틀랜드 전역에 있는 캠벨인지 뭔지 하는 녀석들보다 훨씬 비싼 소작료를 내겠으니 땅을 빌려 달라고 붉은 여우에게 몰려간 거야. 그들은 지금까지 두 번이나 연공을 바쳐야 했던 사람들이지. 한 번은 억지로 조지 왕에게, 또 한 번은 인지상정으로 애드실 님에게. 그러자 붉은 여우는 저 먼 클라이드 강[*61] 기슭과 에든버러에까지 아랫사람을 보내 땅을 빌릴 사람을 찾게 했어. 기를 쓰고 온갖 감언이설로 꼬드기고 굽실거리면서. 전국에서 스튜어트 일족은 굶어 죽게 생기고 그것을 기뻐하는 사람은 붉은 머리를 한 캠벨, 그 개자식뿐인 땅에 와 주십사 하고 말이야!"

"정말 이상한 이야기군요. 하지만 멋지기도 해요. 아저씨 말대로 전 휘그지만, 붉은 여우가 패배했다니 기쁘네요."

---

*61 스코틀랜드 남부 산중에서 시작해 글래스고에서 바다로 합쳐지는 강.

“놈이 패배해?” 앨런이 똑같이 되풀이했다. “너는 캠벨에 대해서도 잘 모르고, 하물며 붉은 여우에 대해서는 더욱 모르니까 그렇게 말하는 거다. 당치 않아. 놈은 피로 산 중턱이 물들 때까지 절대로 항복하지 않을 거다! 하지만 데이비드, 언젠가 내게 사냥할 여유가 생긴다면, 놈이 내 복수의 손길을 피해 숨을 수 있는 황야는 없을 거다! 이 스코틀랜드가 아무리 넓다 해도 말이야!”

“저, 아저씨, 그렇게 무턱대고 화를 내고 소리치는 건 그다지 영리한 방법도 아니고 그리스도교도답지도 않아요. 그런다고 붉은 여우가 어떻게 되는 건 아니잖아요? 아저씨한테도 좋을 것 없고요. 더 자세히 이야기해 보세요. 놈이 그다음에 뭘 했죠?”

“정곡을 찌르는구나, 데이비드. 과연 내가 여기서 아무리 흥분해봤자 놈에게 무슨 해를 입힐 수는 없지. 그래서 더 부아가 치밀지만! 그리스도교라는 점을 제외하면 내 의견도 너와 같다. 나는 그 점에 대해 너와 전혀 다르게 생각하고, 그렇지 않다면 그리스도교도 따위는 되고 싶지 않구나.”

“생각의 차이가 있다는 건 이해하지만, 그리스도교가 복수를 금했다는 건 누구나 아는 사실이에요.”

“아하, 너한테 그런 말을 한 건 틀림없이 캠벨이겠지? 그자는 그 동류치고 이 세상이 살기 편할 테니까! 히스 덤불에서 총을 든 젊은이가 숨어 있지만 않는다면. 어이쿠, 다시 이야기가 옆길로 샜네. 어쨌든, 붉은 여우는 그런 자다.”

“그래서 어떻게 됐어요?”

“정상적인 방법으로는 영주님을 향한 농부들의 마음을 쫓아낼 수가 없자 놈은 술수를 쓰기로 했지. 놈의 목표는 오로지 애드실 님을 굶어 죽게 하는 것이었어. 추방당한 영주님을 부양하는 사람들을 돈으로 매수할 수 없다는 걸 알게 되자 놈은 그들을 쫓아내기 위해 수를 가리지 않았지. 놈은 변호사며 서류며 병사들을 긁어모아 방패로 세웠어. 덕분에 그 땅에서 태어난 토박이들은 무리지어 떠돌아다니는 신세가 되었지. 수 세기 동안 삶의 터전이던 땅에서 내쫓긴 거야. 그러자 그 집을 차지한 건 맨발의 거지들이었지! 연공이 없어진 조지 왕은 얼마 안 되는 수입으로 어떻게든 버텨야 했어. 버터도 쥐꼬리만큼만 발라먹는 식으로. 붉은 머리 콜린은 그런 건 개의치 않았어.

애드실 님에게 피해를 준 것으로 만족했으니까. 놈은 영주님의 식탁에서 음식을 빼앗고, 자식들의 손에서 장난감을 낚아채면 그날로 희희낙락 그레뉴어로 돌아갈 거야!"

"잠깐만요. 연공이 적게 걷히는 건 정부 탓 아닌가요? 캠벨의 잘못이 아니라, 받은 명령이 잘못됐던 거예요. 아저씨가 내일 당장 그 콜린이라는 자를 죽인다 해도 아저씨한테 그게 얼마나 이득이 되죠? 곧 다른 대관이 부임할 텐데요."

"넌 싸울 때는 대견한 젊은이지만, 휘그의 피가 흐르는 건 어쩔 수 없구나!"

앨런은 애써 온화하게 말하려고 했지만, 그 경멸이 담긴 말 뒤에는 격렬한 분노가 담겨 있었다. 나는 다른 이야기를 하는 편이 좋겠다고 생각했다. 그래서 하일랜드 곳곳에 병사들이 우글거리며 도시를 포위하듯 삼엄하게 감시하는 데도 아저씨 같은 사람이 잡히지 않고 들락거리는 게 정말 신기하다고 화제를 바꾸었다.

"생각보다 훨씬 간단한 일이란다. 너도 알겠지만, 나무가 없는 민둥산은 전체가 길이나 다름없어. 어딘가에 감시가 서 있으면 다른 곳으로 가면 그만이지. 게다가 히스 덤불이 아주 쓸모가 있지. 또 어디에 가도 아군의 집이 있고, 그 집 외양간에는 마른 풀이 잔뜩 있어. 게다가 온 나라에 병사가 우글거린다는 이야기는 낭설에 불과하다. 병사 하나가 경계할 수 있는 땅의 면적은 쪼끄만 구두로 밟을 수 있는 지면의 면적과 같아. 빤한 일이지. 어떤 병사가 강 건너편 기슭 경계를 서는 곳에서 커다란 송어를 낚아 올린 적도 있단다. 경계병하고 6피트도 떨어지지 않은 곳에서 히스 덤불에 숨어 그 병사가 부는 휘파람을 들으며 아주 좋은 노래를 외운 적도 있어. 이게 그 노래지." 앨런은 그 노래를 휘파람으로 불어 주었다.

"그뿐만이 아니야." 앨런이 말을 이었다. "최근에는 46년처럼 나쁘지도 않아. 그들 말을 빌리자면 하일랜드는 '평정'되었으니까. 그렇게 생각하는 것도 무리는 아니지. 킨타이어*[62]에서 라스 곶까지 총 한 자루, 칼 한 자루 발견되지 않으니까. 조심성 많은 사람들이 초가지붕 아래에 숨겨놓은 것은

---

*62 스코틀랜드 남서쪽 클라이드 만 서쪽에 있는 반도.

빼고 말이야! 하지만 데이비드, 내가 알고 싶은 건 이 상태가 얼마나 유지될까 하는 것이다. 네 생각에도 그리 길지는 않을 것 같지? 애드실 같은 분들이 외국으로 추방되고, 붉은 여우 같은 놈들이 술판을 벌이며 나라에 남은 가난한 자들을 못살게 구니까. 어려운 것은 모두에게 무엇을 참고 무엇을 참지 말아야 할지 분명히 인식시키는 일이란다. 그것을 분명히 구분한다면, 그 붉은 머리 콜린이 가난한 아핀을 구석구석 말을 타고 돌아다니는데도 그자에게 한 방 먹이겠다는 혈기왕성한 젊은이가 어째서 나오지 않는지 나는 도저히 모르겠다."

그러더니 앨런은 잠자코 생각에 잠긴 채 오래도록 슬픈 표정으로 앉아 있었다.

앨런에 대해 짚고 넘어갈 점을 몇 가지 덧붙이겠다. 앨런은 여러 악기를 잘 다루었는데, 특히 백파이프의 명수였다. 스코틀랜드어로 시를 짓기도 잘했고, 프랑스어와 영어로 된 책도 몇 권쯤 갖고 있었다. 사격도 잘하고, 낚시도 잘했으며, 장검이든 단검이든 검술에도 달인이었다. 단점이라면 금방 감정이 겉으로 드러난다는 것이었다. 가장 곤란한 것은 어린아이처럼 금방 발끈해서 시비를 거는 버릇이었다. 그러나 내게는 고물갑판실에서의 공적을 인정해 거의 시비를 걸지 않았다. 그러나 그 공적이란 것이 훌륭하게 싸운 것에 대한 것인지, 내가 앨런의 칼솜씨를 나보다 훨씬 뛰어나다고 인정한 때문인지는 분명치 않다. 아무리 남의 용기를 크게 칭찬하는 사람이라고는 해도, 앨런은 역시 앨런 브렉의 용기를 가장 크게 칭찬하는 사람이었으니까.

13. 범선의 침몰

호지슨이 고물갑판실 문간에 불쑥 얼굴을 들이민 것은 꽤 깊은 밤이었다. 그러나 계절이 계절이니만큼 밖은 조금 어둑한 정도였다(아직 밝았다는 뜻이다).*63

"잠깐" 호지슨이 말했다. "밖으로 나와서 길잡이를 해 주지 않겠소?"

*63 스코틀랜드는 위도가 높아서 여름에는 밤에도 밝다.

“그건 무슨 속임수지?” 앨런이 말했다.

“이게 속임수를 쓰는 얼굴로 보이오?” 선장이 버럭 소리쳤다. “지금 내 배가 위험하단 말이오!”

그 걱정스러운 표정과 심각한 말투에 선장이 정말로 진지하다는 것을 알 수 있었다. 앨런과 나는 계략에 넘어갈지도 모른다는 걱정을 할 겨를도 없이 갑판으로 나갔다.

하늘은 맑았다. 바람이 강하고 무척 쌀쌀했다. 아직 어렴풋이 환했지만, 보름달에 가까운 달도 밝게 빛나고 있었다. 배는 멀 섬의 서남단을 돌기 위해 순풍을 받으며 달리고 있었다. 멀 섬의 산들(특히 정상에 한 줄기 구름이 걸친 벤 모어)이 좌현 대각선 앞에 비스듬히 솟아 있었다. 커버넌트 호가 항해하기에 결코 좋은 곳은 아니었지만, 서쪽에서 몰아치는 파도에 떠밀려 기우뚱거리며 엄청난 속도로 물살을 가르며 달렸다.

침로를 살피기에 그리 나쁜 밤이라고는 생각되지 않았다. 나는 선장이 어째서 저렇게 안절부절못하는지 알 수 없었다. 배가 갑자기 높은 파도를 타고 높이 치솟은 순간, 선장이 갑자기 소리 지르며 손가락으로 한 곳을 가리켰다. 저 멀리서 분수 같은 것이 달빛에 빛나는 해면에서 솟구쳐 올랐다. 이어서 ‘촤’, 낮은 괴성이 들렸다.

“저게 뭔지 아시겠소?” 선장이 씩씩거리며 물었다.

“암초에 파도가 부서지는 것이군요.” 앨런이 말했다. “이제 암초가 어디 있는지 확실히 알았으니 안심이잖소?”

“그렇지. 암초가 저거 하나라면.”

선장이 말을 끝내기가 무섭게 저 아래 남쪽에서 다시 파도가 솟아올랐다.

“저길 보시오!” 호지슨이 말했다. “똑똑히 보란 말이오. 저렇게 암초가 많은 줄 알았다면, 아니 해도를 갖고 있었다면, 아니 슈안이 살아 있었다면 60기니는 고사하고 600기니를 준대도 내 배를 이런 돌밭 같은 곳으로 끌고 오지 않았을 텐데! 길잡이를 해 주겠다고 했으니 뭐라고 말을 해 보시오!”

“지금 생각 중이오.” 앨런이 말했다. “이 부근이 트란이라는 암초지대 같은데.”

“암초가 많소?”

“난 정식 길잡이는 아니지만, 이런 바위가 10마일쯤 이어진다는 건 알지.”

리아치와 선장이 얼굴을 마주 보았다.

"빠져나갈 길은 없겠소?" 선장이 물었다.

"물론 있지." 앨런이 대답했다. "그런데 그게 어디였더라? 육지 쪽에는 바위가 적었던 것 같기도 하고."

"그렇소? 리아치, 키를 돌려라. 멀 섬에 되도록 가까이 붙여. 후미에 직접 바람이 닿지 않도록 육지에서 떨어져선 안 돼. 이렇게 된 이상 해 보는 수밖에."

그러더니 키잡이에게 명령을 내리고 리아치를 망루로 올려보냈다. 갑판에는 고급선원까지 포함해도 다섯 명밖에 없었다. 그나마 일할 줄 아는(적어도 일할 의욕이 있는) 사람은 그게 다였다. 그래서 리아치가 망루에 오르게 된 것이다. 리아치는 돛대 위에 앉아 주위를 살핀 뒤 눈에 보이는 것은 모조리 갑판에 대고 소리쳐 보고했다.

"남쪽 바다에는 바위가 많습니다! 확실히 육지 쪽이 적어요!"

호지슨이 앨런에게 말했다. "일단 당신 말대로 하긴 하겠는데, 이거야 원, 소경에게 길 안내를 부탁하는 거나 다름없구먼. 당신 말이 옳기를 바랄 뿐이오."

"정말 그랬으면 좋겠군!" 앨런이 내게 말했다. "그런데 내가 이 얘길 어디서 들었더라? 에라 모르겠다. 될 대로 되라지."

섬에 가까이 다가갈수록 이번에는 배의 정면에서 암초가 점점이 드러나기 시작했다. 리아치는 큰 목소리로 줄기차게 방향을 지시했다. 문자 그대로 위기일발의 순간도 있었다. 암초에 너무 가까이 접근하는 바람에 부서진 파도가 갑판을 덮쳤던 것이다.

환한 밤이었기에 이런 갖가지 위험이 대낮처럼 똑똑히 보였다. 그래서 더욱 두려웠으리라. 선장의 얼굴도 잘 보였다. 선장은 키잡이 옆에서 양쪽 다리로 번갈아 중심을 잡기도 하고 손에 입김을 불기도 하면서 서 있었다. 그러나 줄곧 귀와 눈에 신경을 집중하고 있는 그 모습은 강철처럼 믿음직했다. 선장도 리아치도 싸울 때는 겁먹은 쥐새끼 같더니 본업으로 돌아가자 무척 용감했다. 나는 앨런이 창백하게 질린 것밖에 보지 못했으므로 그들이 더욱 감탄스러웠다.

"데이비드," 앨런이 말했다. "난 이런 꼴로 죽기는 싫어!"

"뭐라고요?" 나는 외쳤다. "설마 무서우세요?"

"아니." 앨런이 혀로 입술을 핥으며 말했다. "하지만 너도 그렇지 않니? 여기서 죽으면 얼마나 춥겠니."

배는 암초를 피하려고 수시로 방향을 바꾸며 바람을 피해 육지 쪽으로 계속 나아갔다. 아이오나 섬을 돌자 이번에는 멀 섬을 따라 항해하기 시작했다. 꼬리처럼 삐죽 튀어나온 육지 근처를 흐르는 물살이 너무 거세서 배가 좌우로 크게 기우뚱거렸다. 두 선원이 키를 잡고 있었지만, 호지슨도 이따금 힘을 보탰다. 건장한 세 사나이가 젖 먹던 힘을 다해 키에 힘을 싣는데 그 키가 (생물처럼) 몸부림치며 사나이들을 튕겨내는 것은 진기한 광경이었다. 한동안 암초가 없었기에 망정이지, 있었더라면 아주 위험했을 것이다. 더욱 다행스럽게도 리아치가 돛대 위에서 "전방에 암초가 없다"고 알렸다.

"당신 말이 맞았군." 호지슨이 앨런에게 말했다. "당신 덕분에 배가 살았소. 나중에 돈을 정산할 때 이 사실을 잊지 않도록 하지." 나는 선장이 말뿐이 아니라 실제로 그렇게 했었으리라고 생각한다. 그만큼 선장은 커버넌트 호를 아꼈던 것이다.

그러나 예기치 않은 사건이 벌어졌으므로, 이는 "그렇게 했었으리라"는 짐작에 지나지 않는다.

"배를 1포인트*64 돌려라!" 리아치가 별안간 외쳤다. "바람 방향에 암초다!"

그 순간 배가 거센 파도를 타는 바람에 돛이 바람을 잘못 받아 축 늘어지고 말았다. 배는 팽이처럼 빙글빙글 돌더니 다음 순간에는 콰직하고 암초에 부딪혔다. 우리는 한 명도 빠짐없이 갑판에 내동댕이쳐졌으며, 리아치는 돛대 위에서 떨어질 뻔했다.

우리는 재빨리 일어났다. 부딪힌 암초는 멀 섬 서남단 바로 가까이에 있었다. 좌현으로 보이는 까맣고 낮은 이레이드라는 작은 섬 앞쪽이었다. 집채만 한 파도가 우리 머리 위를 집어삼킬 듯 덮치며 불쌍한 배를 암초 위로 끌어올렸다. 그때마다 배가 우지끈 부서지는 소리가 들렸다. 뭘 보고 있었는지 전혀 기억나지 않는 걸 보면, 돛이 요란하게 펄럭이는 소리, 휭휭 바람 부는

---

*64 나침반 눈금으로 11도 15분에 해당한다.

소리, 달빛에 빛나며 흩어지는 물보라, 덮쳐오는 위험한 예감 등으로 정신이 반쯤 나가 있었던 것 같다.

그 와중에 리아치와 선원들이 보트 옆에서 부산하게 움직이는 것을 깨달았다. 아직 정신이 없었지만 나는 그들을 도우려고 달려갔다. 손을 움직이자 머리도 곧 맑아졌다. 꽤 번거로운 작업이었다. 보트는 배 중앙에 있었는데, 온갖 잡동사니가 들어 있는 데다 거대한 파도가 자꾸만 덮치는 바람에 몇 번이나 손을 멈추고 뭔가를 붙들어야 했기 때문이다. 그러나 움직일 수 있는 동안에는 말처럼 부지런히 움직였다.

선장은 도우려고도 하지 않았다. 얼이 빠진 것 같았다. 배는 선장에게 처자식과도 같았기 때문이다. 날마다 그 불쌍한 랜섬이 괴롭힘당하는 것을 태연하게 지켜보았던 이 선장이 지금은 배와 함께 고통당하는 듯이 보였다.

보트에 매달린 동안 내가 기억하는 장면이라고는 하나밖에 없다. 해안 쪽을 바라보면서 앨런에게 저게 어디냐고 물었고, 앨런이 대답했다. "아주 불행하게도 캠벨 일족이 사는 땅이다."

우리는 부상당한 선원에게 파도의 움직임을 살피게 하고, 큰 파도가 밀려오면 큰 목소리로 알리라고 지시했다. 드디어 보트를 내리려는 찰나, 그 사나이가 "맙소사! 꼭 붙잡아!" 하고 고래고래 고함을 질렀다. 목소리가 심상치 않았다. 아니나 다를까 곧 어마어마하게 커다란 파도가 덮쳐와 배를 높이 들어 올려 거꾸러뜨리고 말았다. 그의 말이 한 박자 늦어서인지 아니면 내가 힘주어 붙잡은 것이 없어서인지는 모르겠지만, 배가 한쪽으로 휙 기우는 순간 나는 바다로 튕겨져나가고 말았다.

나는 가라앉았다가 물을 잔뜩 마신 뒤에 떠올라 한순간 달을 보고는 다시 가라앉았다. 흔히 세 번 가라앉으면 끝이라고들 하지만, 그 말이 사실이라면 나는 다른 사람들하고는 구조가 다른가 보다. 설명하기도 끔찍하지만, 떴다가 가라앉기를 몇 번 반복했는지 모를 정도이기 때문이다. 쉴 새 없이 파도에 내동댕이쳐지고 얻어맞고 숨 막히고 집어삼켜 졌다. 슬픔이고 무서움이고 느낄 겨를조차 없었다.

잠시 뒤 어렴풋이 정신을 차리고 보니 나는 돛대에 매달려 있었다. 덕분에 조금은 편해졌다. 이윽고 갑자기 파도가 잠잠한 곳으로 떠내려가 제정신이 들기 시작했다.

내가 붙잡고 있는 것은 여분의 돛대였으며, 나는 놀랍게도 배에서 아주 멀리 떨어진 곳까지 떠내려와 있었다. 목청이 터져라 외쳐 보긴 했으나, 목소리가 배까지 닿지 않는 것은 분명했다. 배는 아직 산산조각나지 않았고, 보트는 너무 멀리 있어 잘 보이지 않았다.

배를 향해 있는 힘을 다해 소리 지르다가 나는 내가 있는 곳과 배 사이에서 큰 파도는 밀려오지 않지만 달빛을 받아 하얗게 소용돌이치는 부분을 발견했다. 어떨 때는 수면 전체가 살아 있는 뱀의 꼬리처럼 한쪽으로 몰려가고, 어떨 때는 거품이 순식간에 사그라졌다가 이내 솟아올랐다. 그것이 무엇인지 전혀 짐작이 가지 않아 한동안은 무척 무서웠다. 지금 생각하면 그것은 급물살이었던 게 틀림없다. 그 물살이 나를 엄청난 속도로 떠밀고 난폭하게 패대기치다가 마침내는 가지고 노는 데 질렸다는 듯이 돛대와 함께 해안 쪽으로 내팽개친 것이다.

나는 팔다리를 움직이지 않고 그냥 떠 있었다. 그러면서 익사만 있는 게 아니라 추위 때문에도 죽을 수 있다는 사실을 깨닫기 시작했다. 이레이드 섬 기슭 가까이까지 떠내려간 나는 군데군데 피어 있는 히스 덤불이며 바위 사이에 낀 돌비늘 따위에 달빛이 반사되어 반짝이는 게 보였다.

'저만큼도 못 간다는 건 말이 안 되지!' 나는 생각했다.

나는 수영을 할 줄 몰랐다. 에센 강은 집 근처에선 시냇물에 불과했던 것이다. 그러나 두 손으로 돛대를 붙잡은 채 두 다리를 차니 앞으로 나아가는 느낌이 들었다. 힘들기도 하고 답답할 정도로 더디기도 했지만, 이래저래 한 시간쯤 발장구를 치다 보니 야트막한 산으로 둘러싸이고 모래사장이 펼쳐진 깊숙한 후미에 들어섰다.

바다는 매우 잠잠했다. 밀려오는 파도 소리도 들리지 않고, 달만 환하게 빛났다. 나는 이렇게 황량하고 쓸쓸한 땅은 처음이라고 생각했다. 그래도 뭍인 것만은 분명했다. 이윽고 물이 얕아져 돛대를 붙잡지 않아도 기슭까지 걸어갈 수 있게 되었는데, 피로와 고마운 마음에서 어느 쪽이 더 강하게 내 마음을 지배했는지는 지금도 분명히 기억나지 않는다. 아마 둘 다였을 것이다. 그날 밤만큼 지쳤던 적은 한 번도 없었으며, 하느님께 감사한 것은 종종 있었지만 그날 밤만큼 커다란 이유로 감사한 적도 처음이었다.

14. 무인도

뭍으로 올라옴과 동시에 내 수많은 모험 중에서도 가장 비참한 모험이 시작되었다. 밤 12시 반이었다. 바람은 뭍에서는 기세가 꺾였지만 추위는 혹독했다. 도저히 앉을 엄두가 나지 않았으므로(그랬다가는 얼어 죽을 것 같았다), 지친 몸을 이끌고 어디로랄 것 없이 신발을 벗고 맨발로 모래사장을 이리저리 돌아다녔다. 사람 목소리도 소의 울음소리도 들리지 않았다. 첫닭이 울어도 좋을 시간이었지만, 수탉 한 마리 울지 않았다. 먼 바다에서 바위에 부딪히는 파도 소리가 아득하게 들릴 뿐이었다. 그 소리를 듣고 있노라니 조금 전 위험이 떠오르면서 앨런의 안부가 걱정되었다. 깊은 밤, 그것도 사막처럼 적막한 이런 곳에서 바닷가를 걷노라니 말할 수 없는 공포심이 밀려왔다.

주위가 밝아지기 시작하자 나는 맨발로 언덕으로 올라갔다. 그렇게 울퉁불퉁한 언덕을 오른 것은 처음이었다. 오르는 내내 커다란 화강암 사이로 굴러떨어지고 바위에서 바위로 건너뛰면서 겨우 정상에 올랐을 때는 날이 이미 밝아 있었다. 배는 흔적조차 없었다. 파도에 떠밀려 암초를 떠나 침몰한 것이 분명했다. 보트도 보이지 않았다. 드넓은 바다에는 돛 한 장 보이지 않았으며, 육지를 둘러보아도 집 한 채 사람 그림자 하나 보이지 않았다.

같이 배에 탔던 사람들이 어떻게 되었을까 생각하니 더럭 겁이 났다. 이렇게 휑뎅그렁한 풍경을 계속 바라보기도 무서워졌다. 안 그래도 옷은 흠뻑 젖고, 몸은 지칠 대로 지치고, 배가 너무 고파서 위가 쿡쿡 쑤셨다. 내 걱정만으로도 고민거리는 충분했다. 나는 남쪽 해안을 따라 동쪽을 향해 걸었다. 집이 보이면 몸도 좀 녹일 수 있을 것이고, 행방불명된 사람들에 대해서도 뭔가 알 수 있을지도 모른다고 생각했기 때문이다. 집이 보이지 않더라도 걷는 사이에 해가 떠서 옷을 말려 주리라는 생각도 했다.

한참을 걸으니 내륙 깊숙이 들어와 있는 듯한 좁은 후미에 앞길이 막혀 버렸다. 건너려 해도 방법이 없었으므로 방향을 바꾸어 후미의 가장 깊숙한 곳을 돌아갈 수밖에 없었다. 여전히 길은 심하게 울퉁불퉁했다. 이레이드 섬뿐만 아니라 그 근처 멀 섬의 일부인 로스 지방이라 불리는 곳도 포함해서 사실 그 일대는 화강암이 곳곳에 굴러다니고 그 사이사이에 히스 덤불이 있을 뿐인 땅이었다. 후미는 처음에는 내가 생각했던 대로 폭이 점점 좁아졌다. 그런데 얼마 가지 않아 놀랍게도 다시 폭이 넓어지기 시작했다. 몹시 당황스러웠다. 어째서 그렇게 되는지 전혀 알 수가 없었다. 마침내 다시 언덕이 나왔다. 그 순간, 내가 표류한 이곳은 사방이 바다에 가로막힌 삭막한 무인도라는 사실을 깨달았다.

해가 떠서 옷을 말려 주리라는 생각과는 다르게 비가 내리면서 짙은 안개가 끼기 시작했다. 나는 더욱 막막해졌다.

비를 맞아 추위에 몸이 바들바들 떨렸다. 앞으로 어떻게 할지 생각했다.

문득, 걸어서 후미를 건널 수 있을지도 모른다는 생각이 들었다. 가장 폭이 좁은 곳까지 돌아가 물에 발을 담가 보았다. 그러나 기슭에서 3야드도 못 가서 귀 위까지 푹 잠기고 말았다. 그러니 독자 여러분께서 지금 이렇게 내 이야기를 듣고 계신 것은 내가 신중해서였다기보다는 하느님의 은총 덕분이라고 해야 할 것이다. 나는 이미 흠뻑 젖어 있었으므로 전보다 더 젖지는 않았지만, 이 때문에 더욱 지독한 추위를 느꼈다. 한 가닥 희망이 사라지자 더욱 비참한 기분이 들었다.

문득 내가 붙잡고 온 돛대가 생각났다. 그 거센 조류 속에서 나를 실어다 준 돛대이니 이렇게 작고 파도도 없는 후미쯤은 분명 무사히 건너게 해주겠지, 그렇게 생각한 순간 기운이 솟았다. 나는 돛대를 가지러 다시 언덕을 넘었다. 몸서리가 쳐질 정도로 험한 길이었다. 나를 지탱해 주는 희망이 없었더라면 그만 포기해 버렸을 게 틀림없다. 바닷물을 마셔서인지 열이 나서인지 목이 말라 견딜 수가 없어서 도중에 발걸음을 멈추고 늪지의 흙탕물을 마셨다.

헉헉대며 간신히 바닷가로 돌아왔다. 돛대가 아까보다 훨씬 멀리 떠내려간 것을 한눈에 알 수 있었지만, 우물쭈물하지 않고 바다로 들어갔다(이것으로 세 번째였다). 모래가 단단하고 조금씩 낮아져서 턱 아래까지 물이 차오르고 잔물결이 얼굴을 때리는 지점까지는 걸어서 갈 수 있었다. 그러나 거기까지 가자 몸이 붕 떠오르기 시작해 앞으로 더는 갈 수가 없었다. 돛대는 약 20피트 앞에서 유유히 둥둥 떠 있었다.

마지막 희망의 끈을 잡기 위해 발버둥치다가 불가능하다는 것을 깨달은 나는 바닷가로 돌아와 모래 위에 쓰러져 엉엉 울었다.

이 무인도에서 내가 어떻게 지냈는지를 생각하면 지금도 진저리가 쳐지므로 여기서는 아주 간략하게만 소개하겠다. 이제껏 무인도에 표류한 사람들의 이야기를 책에서 읽은 바에 따르면, 누구나 호주머니에 도구를 잔뜩 갖고 있거나 물품이 든 상자가 마치 처음부터 계획된 듯이 그 사람들과 함께 뭍으로 떠밀려온다. 그러나 나는 전혀 그렇지 않았다. 호주머니 안에는 돈 몇 푼과 앨런이 준 은 단추 외에는 아무것도 없었다. 게다가 산골에서 자란 나는 호주머니 안에 도구가 없는 것처럼 머릿속에도 아무런 지식이 없었다.

그래도 조개는 먹을 수 있다는 것 정도는 알았다. 이 무인도의 바위틈에는 전복이 잔뜩 붙어 있었다. 처음에는 재빨리 따야 한다는 것을 몰라서 바위에서 떼어내는 데 애를 먹었다. 전복 말고도 우리 스코틀랜드인이 '버키'라고 부르는 작은 조개가 조금 있었다. 영어로는 아마 '페리윙클(고동)'이라 불리는 조개였다. 나는 이 두 종류의 조개만을 닥치는 대로 잡아서 생으로 식사 대신 먹었다. 너무나 배가 고파서 처음에는 맛있게 느껴졌다.

그런데 제철이 아니어서였는지 아니면 섬 주위 바다에 뭔가 이상이 있었던 것인지, 첫 식사를 끝내자마자 현기증과 구역질이 밀려왔다. 처음에는 죽은 듯이 축 늘어져 있었다. 그러나 두 번째 같은 식사를 했을 때는(다른 먹을 것이 없었으므로) 내내 멀쩡했고, 덕분에 기운도 회복했다. 이 섬에 있는 동안은 무엇을 먹은 뒤에 어떻게 될지 전혀 짐작할 수 없었다. 아무렇지도 않을 때가 있는가 하면 지독한 욕지기를 느낄 때도 있었다. 하지만 어떤 조개가 문제를 일으키는지는 알 수 없었다.

종일 비가 내려서 섬은 온통 흠뻑 젖었다. 마른 곳은 손바닥만큼도 찾을 수가 없었다. 그날 밤, 지붕처럼 붙어 있는 두 개의 바위 아래 누웠을 때도 두 발은 진창 속에 잠긴 채였다.

둘째 날에는 섬을 구석구석 돌아다녀 보았다. 어디나 비슷하게 바위밖에 없는 불모의 땅이었다. 생물체라고는 섬 주위 바위에 둥지를 튼 엄청난 수의 갈매기와 수렵조*[65]뿐이었는데, 총이 없어서 새들은 잡을 수가 없었다. 이 섬과 로스 지방을 분리하는 후미는 북쪽으로 갈수록 넓어져서 만이 되고, 그 만은 계속 넓어져서 아이오나 해협이 되었다. 내가 거처로 선택한 곳은 이 만 옆이었다. 그러나 그런 곳에서 번듯한 집을 떠올렸다면 나는 와락 울음을 터트렸을 것이다.

그곳을 선택한 데에는 나름의 이유가 있었다. 그 주변에는 돼지우리처럼 자그마한 오두막이 있었다. 어부들이 고기를 잡으러 나왔을 때 머무르는 곳이었다. 그러나 오두막은 풀로 엮은 지붕이 무너지기 직전 상태였으므로 비바람을 피하기에는 바위 아래가 훨씬 나을 정도였다. 가장 큰 이유는 내 주식이 된 조개가 그 주변에 널려 있다는 점이었다. 물이 빠져나가면 한꺼번에 많은 양을 딸 수가 있었다. 이 방법은 과연 편리했다. 그러나 다른 한 가지

---

*65 법률로 사냥이 허가된 새.

이유가 훨씬 중요했다. 끔찍하도록 쓸쓸한 이 섬에 도저히 적응할 수가 없었던 나는 누군가 사람이 다가오는 것이 보이지나 않을까 희망과 공포가 뒤섞인 심정으로(쫓기는 사람처럼) 끊임없이 주위를 살폈다. 그런데 만이 내려다보이는 이 언덕 중턱을 조금 올라가면 아이오나 섬의 낡고 커다란 교회와 민가 지붕이 잘 보였다. 반대편을 보면 마치 골짜기의 농가에서 피어오르는 연기처럼 로스 지방의 저지대에서 아침저녁으로 연기가 피어오르는 것이 보였다.

비에 젖어 추울 때나 외로움에 몸부림칠 때 그 연기를 가만히 바라보면서 즐겁고 단란한 난롯가를 상상하노라면 마음이 따뜻해졌다. 아이오나 섬의 인가 지붕을 봐도 마찬가지였다. 즉, 사람이 사는 집과 즐거운 생활을 생각나게 하는 광경은 나를 더욱 괴롭게 한 것도 사실이지만, 반면 내게 계속해서 희망을 안겨 주어 이젠 보기만 해도 물리는 생조개지만 살아서 돌아가기 위해 먹어야 한다는 사실을 일깨워 주었다. 그 풍경은 음산한 바위와 새와 비와 차가운 바다 앞에서 지독한 고립감을 느낄 때 품게 되는 공포심을 지워 주기도 했다.

나는 방금 "그 광경은 내게 계속해서 희망을 안겨 주었다"고 썼는데, 실제로 나는 내 조국 바닷가에서, 그것도 교회 탑과 인가의 연기가 보이는 곳에서 죽을 때까지 고립된 채 사는 일은 절대로 없으리라고 생각했다. 그렇지만 이틀째도 아무 일 없이 지나가 버렸다. 날이 밝은 동안에는 해협에 보트가 나타나지나 않을까, 사람이 로스 지방을 지나가지나 않을까 잠시도 한눈팔지 않고 지켜보았지만 구조의 손길은 끝내 나타나지 않았다. 비는 추적추적 내리고, 나는 여전히 물에 빠진 생쥐 꼴로 잠이 들었다. 목구멍이 몹시 아팠지만, 이웃들, 즉 아이오나 섬 주민들에게 잘 자라고 인사를 해서 그런지 얼마쯤 위안을 얻었다.

찰스2세는 "잉글랜드와 같은 기후에서는 다른 나라에서보다 1년 중 밖에서 보낼 수 있는 날이 많다" 했다. 정원 바로 뒤에 궁전이 있고 마른 옷을 수백 벌 가진 국왕이니까 할 수 있는 생각이다. 이 왕은 위스터*[66]에서 도주했을 때조차 내가 이 비참한 무인도에 있었을 때보다 훨씬 쾌적하게 지냈을

---

*66 잉글랜드 중서부의 도시. 1651년, 왕은 이곳에서 크롬웰군에 패했다.

것이 틀림없다. 내 경우는 한여름인데도 스물네 시간 내내 비가 내리다가 사흘째 정오가 지나서야 그쳤으니까.

사흘째에는 여러 사건이 일어났다. 아침에는 붉은 사슴을 한 마리 발견했다. 멋지게 뻗은 뿔을 가진 수사슴으로, 비에 젖은 채 섬에서 가장 높은 곳에 서 있었다. 그러나 그 사슴은 내가 바위 아래서 일어나는 것을 보자마자 반대편으로 내빼고 말았다. 해협을 헤엄쳐서 건너온 사슴인 것 같았다. 무엇 때문에 일부러 이레이드 섬까지 왔는지는 짐작도 가지 않았다.

얼마 뒤, 전복을 따려고 돌아다니다가 기니 금화 한 닢이 눈앞에서 바위 위로 떨어져 튕겨져 나가 바닷물에 빠지는 것을 보고 나는 깜짝 놀랐다. 오래전 선원들이 돈을 돌려주었을 때, 돈은 3분의 2로 줄어 있었고 아버지의 유품인 가죽 자루는 돌려받지 못했다. 그래서 그날 이후 나는 단추가 한 개 달린 호주머니에 돈을 넣어 두었던 기억이 문득 났다. 그제야 호주머니에 구멍이 났을 거라는 생각이 들어 얼른 주머니 위를 더듬어 보았다. 그러나 소 잃고 외양간 고치기였다. 퀸스페리를 뒤로 했을 때는 50파운드 가까이 있었던 것이 지금은 겨우 기니 금화 두 닢과 1실링 은화 한 닢뿐이었다.

다행히 곧바로 기니 금화 세 닢이 흙 위에서 반짝반짝 빛나는 것을 발견했다. 이로써 한 젊은이, 즉 법률이 인정한 토지상속인이자 현재 황량한 스코틀랜드 하일랜드 끄트머리에 있는 무인도에서 굶어 죽게 생긴 젊은이에게 영국 돈으로 3파운드 4실링의 재산이 생긴 셈이었다.

그 일로 나는 더욱 의기소침해졌다. 사흘째 아침에 내 몰골은 눈뜨고 봐주기가 어려울 지경이었다. 옷은 누더기나 다름없고 양말은 다 해져서 정강이가 훤히 드러났다. 손은 물기가 마를 틈이 없어서 퉁퉁 불었다. 목구멍은 따끔거리고 체력은 눈에 띄게 쇠약해졌다. 싫어도 억지로 먹어야만 하는 조개는 이젠 보기만 해도 속이 메슥거렸다. 하지만 이때까지만 해도 최악의 상황은 아니었다.

이레이드 섬 서북부에 높다란 바위가 있었다. 꼭대기가 평평해서 해협을 내려다볼 수 있었으므로 나는 자주 그곳에 올랐다. 우울하고 마음이 편치 않았으므로 잠잘 때를 빼고는 한곳에 오래 머무르지 못했다. 실제로 나는 빗속을 쉬지 않고 헤매고 다니며 나 자신을 지치게 만들었다.

해가 비추기 시작하자 나는 그 바위 꼭대기로 올라가 몸을 말렸다. 햇볕을

쥔다는 것이 그렇게 좋을 수 없었다. 그러고 있으니 다 포기했던 구조에 대한 희망도 되살아나고 의욕도 솟구쳐 바다와 로스 지방을 뚫어지게 지켜보았다. 그 바위 남쪽에는 섬의 일부가 튀어나와 넓은 바다를 가리고 있었으므로 그쪽에서 배가 다가온다면 나는 알아챌 수가 없었다.

따라서 어부 두 명이 탄 작은 배가 갈색 돛을 올리고 그곳을 돌아 아이오나 섬으로 나는 듯이 질주하는 것을 본 나로서는 그야말로 구름 같은 행운을 잡은 거나 마찬가지였다. 나는 고래고래 소리를 지르면서 바위 위에서 무릎을 꿇고 두 팔을 뻗어 구조를 요청했다. 배는 내 목소리가 들릴 만큼 가까이 와 있었다. 어부들의 머리카락 색깔까지 또렷이 보였다. 그들도 나를 보았다는 데에는 의심의 여지가 없다. 그들이 게르어로 뭐라고 외치며 웃는 소리가 들렸기 때문이었다. 그런데 이상하게도 배는 내가 있는 쪽으로 방향을 틀지 않고 내 눈앞에서 아이오나 섬을 향해 곧장 달려가 버렸다.

이런 황당한 일을 당하게 될 줄은 꿈에도 생각하지 못했다. 나는 어부들을 향해 애절한 비명을 지르면서 해안을 따라 바위에서 바위로 미친 듯이 뛰었다. 목소리가 들리지 않을 만큼 배가 멀리 가 버린 뒤에도 나는 계속 고함을 지르고 손을 흔들었다. 배가 완전히 모습을 감추자 나는 정말로 심장이 터져 버리는 기분이었다. 이 섬에서 힘든 일은 많았지만, 운 적은 딱 두 번이다. 첫 번째는 그 돛대를 건져 올리지 못했을 때고, 두 번째는 어부들이 내 절규에 귀를 막아 버린 바로 이때였다. 이때만큼은 풀을 잡아 뜯고 얼굴을 땅에 박은 채 어린애처럼 엉엉 울었다. 저주로 사람을 죽일 수 있다면 그 두 사람은 두 번 다시 아침 해를 볼 수 없었을 것이고, 더 나아가서는 나도 그 섬에서 죽어 버렸을 것이다.

분노가 조금 가라앉자, 살기 위해 다시 먹어야 했다. 그러나 이런 상황에서 뭔가를 먹는다는 것이 견딜 수 없이 혐오스러웠다. 차라리 굶는 편이 나았을지도 모른다. 억지로 먹는 바람에 다시 배탈이 난 것이었다. 처음 배탈이 났을 때와 같은 고통이 찾아왔다. 목구멍이 따끔거려 아무것도 넘기지 못하고, 이가 딱딱 소리를 낼 정도로 몸이 덜덜 떨렸다. 스코틀랜드어로도 영국어로도 설명할 길이 없는 끔찍한 오한이 덮쳐왔다. 이젠 틀렸다는 생각에 내가 아는 모든 사람, 심지어 작은아버지와 두 명의 어부까지도 용서하고 신과 화해했다. 그렇게 마지막 각오를 다지기가 무섭게 의식이 또렷해지기 시작했다. 밤이었지만 하늘이 맑게 개어 있다는 것을 알 수 있었다. 옷도 거의 말라 있었다. 아닌 게 아니라, 이 섬에 도착한 이래 이렇게 기분 좋은 밤을 맞이한 적은 처음이었다. 나는 하느님께 감사하면서 마침내 잠이 들었다.

다음 날(이 끔찍한 생활을 한 지 네 번째 되는 날), 체력이 몹시 떨어진 것을 느낄 수 있었다. 그러나 햇빛은 밝고 공기는 상쾌했으며 억지로 먹은 조개도 별 탈을 일으키지 않았으므로 점차 기운을 차렸다.

그 바위로 돌아가자(식사를 마칠 때마다 반드시 그곳으로 먼저 가 보았다) 곧 배 한 척이 해협을 내려오는 것이 보였다. 게다가 뱃머리는 내 쪽으로 향하고 있었다.

나는 즉시 강렬한 기대감과 불안감이 뒤섞인 복잡한 심경이 되었다. 어쩌면 어제 그 어부들이 자신들의 잔인함을 후회하여 나를 구하러 와준 것이 아닐까 생각했다. 하지만 어제랑 똑같이 끔찍한 실망을 하기가 너무도 두려워

서 바다에서 등을 돌리고 숫자를 몇백 셀 때까지 뒤를 돌아보지 않았다. 그러나 배는 분명히 섬 쪽으로 다가오고 있었다. 이번에는 일부러 천천히 천까지 세었지만 심장은 터질 정도로 세차게 요동쳤다. 이젠 추호도 의심할 여지가 없었다. 배는 이레이드 섬을 향해 곧장 달려오고 있었다!

더는 참을 수가 없어진 나는 해안으로 달려 내려가 바위를 껑충껑충 뛰어갈 수 있는 데까지 갔다. 바다에 빠지지 않은 것이 기적이었다. 최대한 끝까지 가서 멈춰 섰을 때는 다리가 후들거리고 입이 바싹바싹 말라서 바닷물로 입을 축이지 않고는 소리도 지를 수 없을 정도였다.

그 사이에도 배는 점점 다가왔다. 어제와 똑같은 배, 똑같은 어부들이었다. 머리카락 색으로 알 수 있었다. 한 명은 밝은 노란 머리고, 또 한 명은 검은 머리였다. 단, 이번에는 어부들보다 신분이 높아 보이는 한 사람이 함께 타고 있었다.

편하게 말을 주고받을 수 있는 곳까지 오자 그들은 돛을 내려서 배를 세웠다. 그러나 내가 아무리 필사적으로 간청해도 그 이상은 가까이 오려 하지 않았다. 무엇보다 놀라웠던 것은 오늘 처음 본 사나이가 나를 보고 뭐라고 말하면서 실실 웃었다는 점이었다.

그 사나이는 배 위에 서서 몸짓을 섞어가며 내게 뭐라고 빠르게 떠들었다. 나는 게르어를 모른다고 대답했다. 그러자 그 사나이는 버럭 화를 냈다. 나는 이 사나이가 나름대로 영어로 말하고 있는 건가 하는 의문이 들었다. 주의 깊게 들어 보니 몇 번이나 "왜"라는 단어가 들렸지만, 나머지는 모두 게르어여서 나는 통 알아들을 수가 없었다.

나는 딱 한 마디만 알아들었다는 표시로 "왜"라고 말했다.

"응, 응." 사나이는 이렇게 말하더니 "내가 영어를 할 줄 안다고 그랬지?" 라고 말하듯이 나머지 두 사람을 의기양양하게 바라보았지만, 그 뒤는 다시 게르어로 한참을 떠들어댔다.

이번에는 "조류"라는 단어가 들렸다. 희망의 불빛이 탁하고 켜지는 느낌이었다. 그러고 보니 사나이는 아까부터 로스 지방을 향해 분주하게 손을 움직이고 있었다.

"조류가 빠지면…… 이라는 뜻인가요?" 나는 목청을 높였지만 말을 채 마치기 전에 사나이가 끼어들었다.

"응, 응, 조류."

그 말을 듣기가 무섭게 나는 몸을 홱 돌려(내 모습을 보고, 지혜를 빌려준 상대방은 껄껄 웃었다) 바위를 겅중겅중 뛰어 아까 왔던 길을 되돌아간 뒤, 난생 그렇게 빨리 달린 적은 없을 정도로 전속력으로 섬을 횡단하기 시작했다. 30분쯤 지나자 후미에 도달했다. 과연 후미는 물이 빠져서 가느다란 물줄기만 졸졸 흐를 뿐이었다. 나는 첨벙 뛰어들었다. 물은 무릎까지밖에 오지 않았다. 나는 환성을 지르며 멀 섬으로 올라갔다.

바닷가에서 자란 아이였다면 이레이드 섬에 갇히는 건 하루면 충분했으리라. 이 섬은 이른바 '조류섬'으로 조금*67 때를 빼고는 하루에 두 번, 신발을 적시지 않고, 또는 고작해야 발만 적시고 멀 섬까지 걸어서 왕복할 수 있었다. 하긴 나도 후미에서 조수의 움직임을 유심히 지켜보면서 조개를 잡기 쉬운 썰물이 되기를 기다리곤 했었다. 운명을 한탄하느라 판단력을 잃지만 않았다면 분명 조수의 흐름을 파악하고 이 무인도에서 탈출할 수 있었을 것이

---

*67 조수간만의 차가 가장 적을 때.

다. 그 어부들이 내 처지를 제대로 이해하지 못한 것도 무리는 아니었다. 오히려 내 무식함을 눈치채고 일부러 돌아와 준 것이 신기할 정도였다. 이미 백여 시간을 이 섬에서 굶주림과 추위에 시달렸으니, 그 어부들이 와 주지 않았더라면 무식함 때문에 이 섬에 뼈를 묻게 되었을지도 모른다. 그건 그렇지만 그전까지 겪은 고생은 물론 지금 글로 쓴 사건을 생각하면 나도 참 값비싼 교훈을 얻은 셈이다. 옷은 누더기나 다름없고 걸음도 겨우 떼었으며 목구멍은 통통 붓고 몹시 따끔거리는 꼴로 섬에서 탈출했으니 말이다.

세상에는 악당과 바보가 지천으로 널려 있다. 둘 다 마지막에는 반드시 대가를 치르게 되지만, 먼저 대가를 치르는 쪽은 바보일 것이다.

15. 은 단추를 지닌 젊은이—멀 섬 횡단

내가 갖은 고생 끝에 건너간 멀 섬은 지금까지 있던 무인도처럼 바위만 잔뜩 있는 삭막한 곳이었다. 어디를 가나 늪지와 가시덤불과 커다란 바위뿐이었다. 이곳 지리에 밝은 사람이라면 길도 제대로 나 있다고 반박할지 모르나 나로서는 느낌에 의존하는 수밖에 없었다. 그러나 이정표로 삼을 것이라고는 벤 무어 사막밖에 없었다.

나는 무인도에서 종종 바라보았던 인가의 연기를 향해 걸었다. 녹초가 되도록 지치고 길은 걷기에 험했지만 저녁 5시인가 6시 무렵에는 야트막한 지대에 세워진 한 집에 이르렀다. 그 집은 길쭉한 단층집으로, 지붕은 풀로 잇고 벽은 돌로 만들어져 있었는데 회반죽은 바르지 않았다. 집 앞 흙무더기에는 늙은 향사가 저녁 햇살 아래서 홀로 담뱃대를 피워 물고 있었다.

향사는 범선에 탔던 사람들이 무사히 기슭에 도착해 그다음 날 이 집에서 식사를 하고 떠났다는 사실을 영어로 더듬더듬 가르쳐 주었다.

"그중에 훌륭한 차림을 한 사람은 없었나요?"

노인의 대답은 모두가 거친 털외투를 입고 있었는데 가장 먼저 혼자 찾아왔던 사나이만은 반바지에 장화를 신었다는 것이었다. 뒤에 온 사람들은 뱃사람이 입는 바지를 입고 있었다고 했다.

"그 사람. 깃털 장식 달린 모자를 쓰고 있었죠?" 내가 물었다.

노인은 그가 나처럼 아무것도 쓰고 있지 않았더라고 대답했다.
처음에 나는 앨런이 모자를 잃어버린 건 아닐까 생각했지만, 곧 비가 왔다는 사실을 떠올렸다. 깔끔한 앨런이니 모자가 더러워지지 않도록 외투 밑에 숨긴 게 분명했다. 그렇게 생각하자 저절로 미소가 떠올랐다. 친구가 무사하다는 사실을 알게 되어서이기도 하고, 앨런의 그런 성격이 생각나서이기도 했다.
갑자기 향사가 손으로 이마를 탁 치더니 흥분해서 "자네, 은 단추를 갖고 있지?" 라고 물었다.
"앗, 맞아요!" 내가 조금 놀라서 말했다.
"그렇다면 자네한테 전할 말이 있네. 자네 친구가 자네더러 토로시*68를 지나 자기 고향까지 오라더군."
그러고는 내가 어떻게 여기까지 왔는지 묻기에 있는 그대로 이야기해 주었다. 남부*69 사람이 그 이야기를 들었다면 분명히 비웃었을 테지만, 이 늙은 향사는(내가 이 노인을 향사라고 부르는 것은 등 아래까지 길게 늘어진 저고리를 입고 있었기 때문이다) 처음부터 끝까지 동정하면서 진지하게 들어주었다. 이야기를 다 듣자 노인은 내 손을 잡고 오두막(달리 표현할 말이 없다)으로 데려가 부인에게 나를 소개했다. 그 태도가 어찌나 정중하던지, 부인은 여왕이고 나는 공작이라도 된 것 같았다.
친절한 부인은 귀리로 만든 빵과 차가운 꿩고기를 가져와, (영어는 전혀 말하지 못했으므로)내 어깨를 두드려 먹으라는 표시를 하고는 내내 방글방글 웃었다. 늙은 향사도(질 수 없다는 듯이) 그 고장 술로 독한 펀치를 만들어 주었다. 나는 먹는 동안에도, 먹은 후 펀치를 마시는 동안에도 이 행운이 꿈이 아닌가 싶어 순순히 믿기지가 않았다. 이 집은 이탄 연기가 자욱하고 곳곳에 바람구멍이 숭숭 나 있었지만 내게는 궁전같이 느껴졌다.
나는 펀치에 거나하게 취해 땀을 흠뻑 흘리며 스르르 잠들었다. 노부부는 나를 조심조심 침대로 데려가 눕혀 주었다. 다음 날 그 집을 떠날 때는 정오가까이 되어 있었다. 목 상태는 훨씬 좋아져 있었고, 맛있는 음식과 좋은 소

---

*68 멀 섬 북부 해안 중심부, 멀 해협에 면한 작은 마을.
*69 스코틀랜드 남부를 말함.

식 덕분에 기운도 펄펄 났다. 약소하나마 사례금을 드리겠다고 했지만, 노인은 극구 사양하며 오히려 낡은 모자를 선물했다. 솔직하게 말하자면, 집이 시야에서 사라지자마자 나는 길가 샘으로 가서 이 선물을 깨끗이 빨았다.

'저런 사람들이 야만스러운 하일랜드인이라면 고향 사람들은 더 야만스러워져도 좋다.' 나는 생각했다.

출발도 늦었지만, 절반쯤은 길을 헤맸던 게 틀림없다. 도중에 엄청나게 많은 사람을 만났다. 고양이 한 마리도 먹여 살릴 수 없을 것 같은 좁고 척박한 밭을 가는 사람도 있고, 당나귀 정도 크기밖에 안 되는 소를 모는 사람도 있었다. 반란이 일어난 이래 하일랜드 전통 옷을 입는 것은 법률로 금지되었으므로 하일랜드 사람들은 증오스러운 로랜드의 전통 옷을 억지로 입어야 했다. 그들의 특이한 차림은 참으로 볼만했다. 개중에는 망토나 외투만 걸치고 바지를 막 다뤄도 되는 짐짝처럼 짊어진 사람도 있었고, 노파가 덮는 이불처럼 알록달록한 줄무늬 천 조각을 기워서 격자무늬를 만든 사람도 있었다. 아직 킬트를 입은 사람도 더러 보였지만, 가랑이 부분을 몇 바늘 꿰매 네덜란드 전통의상처럼 만들었다. 본디는 이런 눈속임도 금지되었으며, 걸리면 처벌을 받았다. 스코틀랜드 하일랜드인의 씨족 혼을 말살하기 위해 엄격한 법률을 적용하는 것이었다. 그러나 바다로 둘러싸인 이 외딴 섬에서는 꼬투리를 잡을 사람이 거의 없었고, 밀고할 사람은 더더욱 없었다.

찢어지게 가난한 마을 같았다. 약탈이 일어나고 영주들의 보호를 받지 못하게 됐으니 어쩔 수 없는 일이기는 했다. 길거리에는(내가 지나온 인적 드문 시골 길에조차) 거지가 득실거렸다. 거지조차 고향의 거지와는 딴판이었다. 로랜드의 거지는—허가증을 받은 수도사조차—굽실거리고 아첨을 늘어놓았으며, 적선하는 사람이 플랙 동화*70를 주면서 거슬러 달라고 해도 공손하게 보들 동화*71를 내밀었다. 그러나 하일랜드 거지들은 (그들의 말을 빌리자면) 코담배를 좀 사고 싶으니 적선 좀 하라는 식으로 아주 당당하게 부탁했으며, 거스름돈 같은 건 줄 생각도 안 했다.

이런 광경은 무료한 여정을 달래주긴 했지만, 내게 그리 중요한 문제는 아니었다. 가장 곤란한 문제는 영어를 할 줄 아는 사람을 거의 찾을 수 없으며, 그나마 있는 사람도 (거지가 아닌 한) 나를 위해 기꺼이 영어로 말하려고 하지 않는다는 점이었다. 나는 목적지가 토로시라는 것은 알았으므로 몇 번이나 그 지명을 말하며 어느 쪽인지 이 방향 저 방향 가리키며 물어보았다. 손가락으로 방향만 가르쳐주면 되는데도 상대방은 나를 멸시하듯 속사포처럼 게르어를 쏟아내어 나를 당황하게 했다. 그러니 내가 계속 길을 헤맨 것도 무리는 아니다.

밤 8시쯤에는 완전히 녹초가 되었다. 어느 집을 발견하여 하룻밤 재워 달라고 부탁했지만 거절당했다. 그렇지만 이렇게 가난한 동네에서는 돈이면 만사가 해결된다고 믿고 엄지와 검지 사이에 기니 금화를 끼워 보여 주었다. 그러자 그때까지는 영어를 못 알아듣는 척하며 손을 휘휘 저어 나를 문밖으로 내몰려고 하던 그 집 주인이 즉시 의사소통에 문제가 없는 분명한 영어로 "5실링에 하룻밤 재워주고 내일 토로시까지 데려다 주겠다" 약속했다.

그날 밤은 돈을 도둑맞을까 봐 걱정이 되어 제대로 자지도 못했지만, 그런 걱정은 기우였다. 주인은 도둑이 아니라 그저 찢어지게 가난하고 몹시 교활한 사나이일 뿐이었다. 그러나 가난한 것은 이 사나이만이 아니었다. 다음 날 아침 나와 주인은 기니 금화를 잔돈으로 바꾸러 5마일이나 떨어진 어느

---

*70 옛 스코틀랜드화로 4펜스짜리 동화. 영국으로 치면 1/3펜스에 해당함.

*71 스코틀랜드화로 2펜스짜리 동화. 영국 돈으로 1/6펜스.

집까지 걸어갔다. 주인 말로는 그 집 남자가 부자라고 했다. 멀 섬에서는 부자로 통하는 것 같았지만, 로랜드 사람들은 절대로 그렇게 생각하지 않았을 것이다. 은화로 20실링을 모으는 데 집안을 이 잡듯이 뒤지는 것도 모자라 옆집에서 얼마쯤 꾸어 왔기 때문이다. 내가 감사의 표시로 건넨 1실링도 "이런 큰돈은 아무 데나 '재워 두면' 위험하다" 말하듯 호주머니 깊숙이 감추었다. 그러나 그는 예의 바르고 영어를 할 줄 알았으며, 우리 둘을 가족처럼 식탁에 앉히고 예쁜 도자기 대접에 펀치를 만들어 주었다. 그러나 펀치를 마시고 완전히 흥이 오른 교활한 안내인은 길을 나서기 싫다고 고집을 피웠다.

화가 난 나는 눈앞에서 우리의 거래를 듣고 5실링이 오가는 것을 지켜본 이 부자(헥터 맥레인이라는 이름이었다)에게 도움을 요청했다. 그러나 같이 앉아 펀치를 마시던 맥레인은 신사라면 도중에 식탁을 떠나서는 안 된다고 단언했다. 나는 잠자코 앉아 자코뱅파 당원에게 바치는 축배의 말이며 게르어 노래를 들을 수밖에 없었다. 마침내는 모두 술에 취해 비틀거리며 침대와 헛간으로 흩어져 잠이 들었다.

다음 날 아침(여행을 떠난 지 나흘째), 우리는 오전 10시에 일어났지만 안내인이 눈을 뜨자마자 다시 술을 퍼마시는 바람에 나는 3시가 되어서야 겨우 그를 집 밖으로 끌어낼 수 있었다. 그다음에는 더욱 기막힌 일만 일어났다.

맥레인의 집 앞에 있는 히스가 우거진 골짜기를 내려가는 동안은 순조로웠다. 그런데 안내인이 계속 뒤를 돌아다보기에 무슨 일이냐고 물으니 그는 히죽거리기만 했다. 그러더니 작은 고개를 넘어 그 집 창문이 완전히 시야에서 사라지자마자 그는 "토로시는 여기서 곧장 가면 나오고, 저 산봉우리(손가락으로 가리키면서)가 가장 좋은 이정표요" 했다.

"그런 건 안 가르쳐 주셔도 돼요. 어차피 함께 가 주실 거잖아요." 내가 말했다.

그러자 이 뻔뻔스러운 사기꾼은 게르어로 "나는 영어는 모른다"며 뻗댔다.

"이봐요," 내가 말했다. "당신의 영어가 맘대로 나왔다 들어갔다 한다는 건 잘 알아요. 그러니 어떻게 하면 다시 나올지 알려 줘요. 돈이 더 필요한가요?"

"5실링 더." 사나이가 말했다. "그러면 저기까지 데려다 주지."

나는 잠시 생각했다가 "2실링을 주겠다" 말했다. 탐욕스러운 상대방은 곧 수락하더니 당장 돈을 달라고 끈질기게 말하기 시작했다. "다 재수가 좋으라고 이러는 거야." 사나이는 이렇게 말했지만, 지금 돌이켜보면 그것이 오히려 화를 부른 것 같다.

2실링을 주었지만, 사나이는 얼마 가지도 않아 길가에 주저앉더니 한숨 쉬기로 작정했다는 듯이 브로그*72를 벗었다.

이번만큼은 나도 분노가 치밀었다.

"이봐요! 벌써 영어를 까먹은 겁니까?"

사나이가 건성으로 "그렇다" 했다.

그 대답을 듣자 나는 화가 머리끝까지 나서 한 대 치려고 손을 치켜들었다. 그러자 사나이는 누더기 품에서 칼을 꺼내 들더니 잽싸게 뒤로 물러나며 살쾡이처럼 이를 드러내고 히죽 웃었다. 그 모습을 보자 나는 이성을 잃고 그에게 달려들었다. 왼손으로 칼을 뿌리치고 오른손으로 아구창을 날렸다. 나는 화가 난 건장한 청년이고 상대방은 왜소한 중년이었다. 그는 힘없이 고꾸라졌다. 다행히 칼은 사나이가 쓰러질 때 손에서 미끄러져 떨어졌다.

나는 그의 칼과 구두를 주워들고 작별인사를 한 뒤 그를 맨발에 비무장 상태로 내버려둔 채 걷기 시작했다. 나는 그 사나이가 몇 가지 이유로 나를 따라오지 않으리라는 것을 알았으므로 걸으면서 혼자 킥킥 웃었다. 첫째, 그는 더는 내게서 돈을 뜯어가지 못하리란 사실을 알았을 것이다. 둘째, 브로그는 그 고장에서 2~3펜스면 살 수 있었기 때문이다. 셋째, 내가 주운 칼은 사실 단도였는데, 그런 것을 들고 다니는 것은 불법이었기 때문이다.

30분쯤 걸었을 때, 앞쪽에서 누더기 옷을 입은 덩치 큰 사나이를 발견했다. 그 사나이는 지팡이로 더듬어가며 걷고 있었지만 걸음이 꽤 빨랐다. 완전히 눈이 안 보이는 데다 자신을 전도사라고 소개했으므로 웬만해선 경계를 풀었을 테지만, 나는 그의 생김새가 아무래도 마음에 걸렸다. 어딘지 그늘지고 방심할 수 없는 음험한 생김새였기 때문이다. 곧 그와 나란히 걷기 시작했는데 그의 윗도리 주머니에서 강철로 된 권총 손잡이가 보였다. 그런 것을 소지하고 다니면 초범이라도 영국 돈으로 벌금 15파운드를 내야 했으

---

*72 스코틀랜드의 하일랜드인이 신는 소박한 모양의 거친 가죽 구두.

며 재범이라면 식민지로 유형을 가야 했다. 게다가 어째서 전도사가 무기를 들고 다녀야 하는지, 맹인이 권총으로 무엇을 할 수 있을지 짐작조차 할 수 없었다.

나는 그에게 그 사기꾼 안내인 이야기를 했다. 내가 한 일에 도취한 바람에 자만심이 조심성을 잃었던 것이다. 먼저 5실링을 주었다고 말한 순간 그가 필요 이상으로 흥분하는 바람에 나중에 2실링을 더 주었다는 이야기는 꺼내지도 못했다. 맹인인 그가 내 붉어진 얼굴을 보지 못하는 것이 다행이었다.

"너무 많이 줬나요?" 내가 쭈뼛거리며 물었다.

"많고말고요!" 사나이가 버럭 고함을 질렀다. "나한테는 브랜디 한 잔만 사 주면 토로시까지 안내하지요. 이래 봬도 난 조금은 배운 사람이에요. 나를 길동무로 삼으면 여러 모로 쓸모가 있을 겁니다."

나는 앞이 안 보이는 사람이 어떻게 길 안내를 해 주겠다는 건지 모르겠다고 말했다. 그러자 사나이는 껄껄 웃더니 자기 지팡이는 매의 눈처럼 도움이 된다고 대답했다.

"적어도 멀 섬 안에서는요." 사나이가 말했다. "이 지팡이로 더듬어 보면 어떤 바위든 히스 덤불이든 금방 알 수 있죠. 잘 보세요." 그는 자기 말을 증명하듯이 땅을 이리저리 두드리면서 말했다. "이 앞에 개울이 흐르는군요. 그 위쪽에는 언덕이 있고 그 꼭대기에는 바위가 보이죠? 토로시로 가려면 저 언덕 바로 밑을 지나야 해요. 그 길은 소들이 지나다녀서 평평하게 닦여 있지만, 저 히스가 우거진 들판에 있는 길은 풀에 가려 보이질 않죠."

그 말이 모두 사실이었으므로 나는 그를 대단하다고 칭찬했다.

"흥! 이쯤은 누워서 떡 먹기죠. 그 법*73이 제정되기 전 이 땅에 무기가 있던 시절에는 나도 사격을 꽤 했답니다. 이 말도 이젠 믿음이 가지요? 아, 참 아쉽네요!" 큰 목소리로 그렇게 말하더니 눈도 보이지 않으면서 나를 향해 정확히 돌아보고 말했다. "당신이 권총이라도 갖고 있다면 솜씨를 보여 줄 텐데."

나는 그런 건 갖고 있지 않다고 말하며 사나이에게서 멀찍이 떨어졌다. 그때 권총은 그의 호주머니에서 완전히 비어져 나와 강철 손잡이가 햇빛을 받

---

*73 1746년 반란 후 하일랜드인에게 무기 소지를 금지하는 법이 생겼다.

아 번쩍번쩍 빛나고 있었다. 그러나 천만다행으로 본인은 아무것도 모르고 있었으며, 자기가 총을 지녔다는 사실을 내가 눈치채지 못했다고 생각하는지 태연하게 계속해서 거짓말을 늘어놓았다.

이제 그는 내 고향은 어디인지, 부자인지 아닌지, 5실링을 잔돈으로 바꿔줄 수 있는지(스포런*74 안에 5실링이 들어 있다고 하면서) 등등을 순진한 표정으로 묻기 시작했다. 그러면서 점점 내 쪽으로 바짝 붙었고 나는 그때마다 몸을 비켰다. 그때쯤 우리는 수풀이 우거진, 소들이 지나다닌다는 길에 접어들어 있었다. 언덕을 넘어 토로시로 이어지는 길이었다. 우리는 릴*75을 출 때처럼 수시로 위치를 바꾸며 걸었다. 내 쪽이 우세라는 것이 분명했으므로 나는 이 맹인을 상대로 한 술래잡기를 한껏 즐겼다. 그러나 전도사는 슬슬 화를 내더니 마침내 게르어로 욕설을 퍼부으며 내 다리를 향해 지팡이를 휘두르기 시작했다.

나는, 사실 나도 당신처럼 권총을 갖고 있으니 만일 곧장 남쪽을 향해 산을 넘어가지 않는다면 정수리에 구멍이 뚫릴 줄 알라고 으름장을 놓았다.

맹인은 순식간에 다소곳해져서 나를 달래려고 한동안 애쓰더니 전혀 소용없다는 걸 알자 다시 게르어로 욕설을 한바탕 퍼붓고는 떠나 버렸다. 나는 그가 지팡이로 땅을 두드리면서 늪지며 가시덤불 사이를 성큼성큼 걸어가는 것을 유심히 지켜보았다. 그는 곧 언덕을 빙 돌아 그 너머 분지로 사라져 버렸다. 그제야 나는 토로시를 향해 다시 걸음을 옮겼다. 아무리 그곳 지리에 밝다고는 하나 그런 자와 함께 길을 가느니 혼자 걷는 편이 훨씬 마음 편했다. 정말 운수 사나운 날이었다. 그것으로 연달아 액땜한 셈이지만, 그 두 사람은 내가 하일랜드에서 만난 사람 중 가장 사악했다.

멀 해협을 끼고 건너편에 모번 지방이 보이는 토로시에는 여관이 한군데 있었다. 그곳 주인은 대단히 훌륭한 가문인 맥클린 일족이라고 했다. 잉글랜드와 달리 하일랜드에서는 여관 경영을 매우 고상한 일로 생각한다. 손님도 대접할 수 있지만, 아마도 느긋하게 술을 마시면서 돈도 벌 수 있기 때문이리라. 주인은 정확한 영어를 구사했다. 그는 내게 어느 정도 학식이 있다는 걸 알자 내 프랑스어를 시험했는데, 나는 완벽하게 패배했다. 그다음에는 라

---

*74 하일랜드인이 킬트 앞에 차는 가죽 주머니.

*75 스코틀랜드 전통 춤. 둘이 손을 잡지 않고 쌍이 되어 춘다.

틴어를 시험했는데, 이번에는 누가 더 잘하는지 알 수 없었다. 이렇게 즐겁게 솜씨를 겨루는 사이에 우리는 아주 친해졌다. 나는 밤늦게까지 주인과 펀치를 마셨다(더 정확히 말하자면, 나는 밤늦게까지 주인이 펀치를 마시는 것을 지켜보았다). 주인은 거나하게 취해서 내 어깨에 기대어 훌쩍거리기까지 했다.

나는 앨런이 준 단추를 슬쩍 보여주며 상대방의 반응을 살폈다. 그는 단추를 본 적도 그에 대한 이야기를 들은 적도 없다고 했다. 그뿐만 아니라 주인은 애드실 일족의 가신에게 어떤 이유로 원한을 품고 있었다. 취하기 전에는 아주 유창한 라틴어로 지독한 악의가 담긴 풍자시를 지어 내게 읽어주기도 했다. 애드실 가문의 어떤 인물을 겨냥해 지은 시였다.

나는 전도사 이야기를 했다. 주인은 고개를 설레설레 저으며, 그에게서 벗어나 다행이라고 말했다. "그는 아주 위험한 자예요. 이름은 던컨 맥키. 몇 야드나 떨어진 곳에 있는 목표물도 소리만 듣고 쏘는 자죠. 노상강도 짓을 해서 벌써 여러 번 고소를 당했어요. 한번은 살인죄로 고소당하기도 했죠."

"가장 이상한 건 그 사람이 자신을 전도사라고 소개했다는 점이에요."

"당연히 그랬겠죠. 그게 사실이니까. 맹인이니까 전도사라고 말하고 다녀도 된다고 허가해 준 사람은 듀어트*76의 맥클린입니다. 덕분에 아주 골치 아프게 됐죠. 그 바람에 사방팔방에서 젊은 사람들의 신앙고백을 듣고 다니니까. 그러고 다니는 게 그 한심한 놈한테는 강도 짓을 부추기는 커다란 유혹의 씨앗이니까 문제라는 겁니다."

마침내 주인은 술자리를 끝내고 나를 잠자리로 안내해 주었다. 나는 아주 상쾌한 기분으로 침대에 누웠다. 이레이드 섬에서 토로시까지 넓고 구불구불한 멀 섬의 대부분을, 바꿔 말하자면 일직선으로 걸어도 50마일되는 거리를 길을 헤매느라 100마일 가까이나 구석구석 나흘 만에, 그것도 그다지 피곤해하지 않고 걸었기 때문이다. 출발할 때보다 이 긴 도보여행을 마쳤을 때가 오히려 기분도 몸도 훨씬 가벼웠다.

---

*76 멀 섬 동쪽 기슭, 린네 후미 어귀에 있다.

16. 은 단추를 지닌 젊은이—모번 횡단

토로시에서 본토 킨로첼린*77까지는 정기선이 운행하고 있었다. 해협을 사이에 둔 양쪽 해안은 세력 있는 맥클린 일족의 땅이었다. 그래서 그런지 나와 함께 배에 탄 사람들은 대부분 그 일족이었다. 그러나 선장은 닐 로이 맥롭이라는 이름이었다. 맥롭은 앨런 일족의 이름이었고, 따지고 보면 나를 이 선착장으로 오게 한 사람은 앨런이었다. 나는 어떻게든 이 닐 로이와 은밀히 대화를 나누고자 기회를 노렸다.

물론 많은 사람으로 북적이는 배에서는 그럴 기회가 없었다. 배는 매우 느릿느릿 나아갔다. 바람이 전혀 불지 않는 데다 배가 무척 허술했기 때문이다. 노는 한쪽에는 두 개, 반대쪽에는 한 개밖에 저을 수가 없었다. 그러나 노잡이들은 온 힘을 다해 노를 저었다. 승객들도 교대로 노를 저었다. 그들은 게르어로 뱃노래를 합창했다. 뱃노래, 바닷바람, 배에 탄 사람들의 쾌활한 모습, 화창한 날씨, 이 모든 것이 어우러져 배 여행은 무척 유쾌했다.

딱 한 가지 마음을 무겁게 한 것이 있었다. 에일린*78 후미 어귀에 커다란 원양항해선 한 척이 정박해 있는 것이 보였다. 처음에는 그것이 프랑스와의 연락을 막기 위해 여름이고 겨울이고 연안에 배치된 영국 해군의 순시선인 줄 알았다. 그러나 가까이 다가가 보니 상선이었다. 그런데 영문을 알 수 없는 점이 있었다. 배의 갑판뿐만 아니라 바닷가에도 사람이 구름처럼 새까맣게 몰려 있고, 보트가 배와 바닷가를 부지런히 오가고 있는 것이었다. 더 가까이 다가가니 구슬픈 탄식이 들렸다. 갑판에 있는 사람들과 바닷가에 있는 사람들이 모두 가슴이 찢어지도록 서럽게 울부짖고 있었다.

그제야 나는 그 배가 미국으로 향하는 식민선이라는 것을 깨달았다.

우리는 우리 배를 그 배에 바짝 붙였다. 그러자 미국으로 추방되는 사람들이 뱃전으로 몸을 내밀고 절규하면서 우리 쪽으로 팔을 뻗었다. 승객 가운데 그들의 가족이 몇 명 있었다. 그 채로 시간이 얼마나 지났는지 기억나지 않는다. 아무도 시간 따위는 신경 쓰는 것 같지 않았다. 그 울부짖는 소리와 혼란 속에서 아까부터 마음이 뒤숭숭해지는 게 무리는 아니었다. 마침내 뱃

---

*77 모번 지방의 바닷가 마을.

*78 킨로첼린에서 북쪽으로 깊숙이 들어간 좁은 후미.

전에 나타난 식민선의 선장이 우리더러 제발 가 달라고 부탁했다.

널은 그 배에서 멀어졌다. 뱃노래를 선창하던 사람이 구슬픈 노래를 부르기 시작했다. 곧 이주민들도 바닷가에 있는 사람들도 합창하기 시작했다. 노랫소리는 죽은 사람을 애도하는 비가처럼 사방에서 울려 퍼졌다. 배에 탄 사람들의 뺨에도 노를 젓는 사람들의 뺨에도 눈물이 주르르 흘렀다. 그 광경을 보며 사람들이 부르는 노래, 〈안녕 로하버〉를 듣고 있노라니 나까지 가슴이 미어지는 기분이었다.

킨로첼린에 도착하자 나는 해변에 서 있는 닐 로이에게 다가가, 혹시 아핀 출신이 아니냐고 물었다.

"그건 왜?" 로이가 물었다.

"누굴 좀 찾고 있어서요. 혹시 그 사람을 알고 계시진 않을까 싶어서. 앨런 브렉 스튜어트라는 사람인데." 이렇게 말하고 나는 단추를 보여 주는 대신 멍청하게도 1실링을 쥐여 주려고 했다.

순간 로이가 뒤로 몸을 빼며 말했다. "지금 날 모욕하는 건가? 신사는 절대로 그런 돈을 받지 않네. 자네가 찾는 사람은 프랑스에 있어. 하지만 설령 그 사람이 내 스포런 안에 있고 자네 뱃속에 실링 은화가 잔뜩 들어 있다고 해도, 난 그분의 머리카락 한 올 다치게 할 수 없네."

나는 작전이 실패했음을 깨달았다. 그래서 구차한 변명으로 시간을 허비하는 대신, 손에 쥐고 있던 단추를 보여 주었다.

"아, 이제야 알겠군. 처음부터 이걸 보여 줬어야지! 아무튼 네가 은 단추를 가진 젊은이란 걸 알았으니 그걸로 됐다. 난 네가 안전하게 여행할 수 있도록 보살펴 주라는 지시를 받았어. 그런데 한 가지 명심해야 할 게 있다. 절대로 입 밖에 내선 안 되는 이름이 있다는 거야. 바로 앨런 브렉이라는 이름이지. 절대로 해서는 안 되는 행동도 있다. 하일랜드의 신사에게 더러운 돈을 주는 짓이지."

나는 변명하느라 진땀을 뺐다. 그렇게 말하기 전까지는 자신을 신사라고 생각할 줄 꿈에도 몰랐다는 말을 면전에 대고 할 수는 없었기 때문이다(이게 내 속마음이었지만). 닐도 그 문제로 계속 시간을 끄는 것은 바라지 않았다. 그는 지시받은 대로 준비를 마치고 빨리 임무를 완수하고 싶어 했다. 당장 그는 내가 가야 할 길을 알려 주었다. 킨로첼린의 여관에서 하룻밤 묵고,

다음날은 모번을 가로질러 애드고어에 사는 존 클레이모어라는 사람의 집에서 자고(그는 내가 찾아갈 거라는 사실을 알고 있다고 했다), 셋째 날에는 코런과 버러크리슈에서 후미를 하나씩 건너 아핀의 듀러에 있는 오차른에 가서 제임스 글렌의 집을 물어보라고 했다. 이처럼 물을 건너야 하는 곳이 많았다. 바다가 산지 깊숙이 들어와 산기슭을 따라 굽이굽이 휘감는 지방이었기 때문이다. 덕분에 천연요새와도 같아 여행하기에는 험난하지만, 외부에서는 보이지 않는 거칠고 웅장한 경치가 펼쳐졌다.

닐은 다른 주의사항도 말해 주었다. 도중에 누구하고도 말하지 말 것. 휘그당원과 캠벨 일족과 '붉은 군복을 입은 병사'*79를 피할 것. 군대와 맞닥뜨리면 근처 수풀로 피신할 것. "놈들하고 만나서 좋을 것 없다." 그게 이유였다. 요컨대 도둑이나 자코뱅당원처럼 행동하라는 것이었다(닐은 나를 그렇게 생각한 모양이었다).

---

*79 영국군을 말함.

킨로첼린의 여관은 돼지우리처럼 더러웠다. 너구리굴처럼 연기가 자욱하고, 이와 벼룩, 그리고 무뚝뚝한 하일랜드인이 득실거렸다. 나는 그 여관에 묵는 것이 내키지 않았을뿐더러 닐에게 실수한 것이 마음에 걸려서 자책감까지 있었다. 이렇게 비참한 기분은 머리털 나고 처음이라는 생각이 들었다. 그러나 이것은 섣부른 결론이었다(나는 그것을 곧 알게 되었다). 여관에 도착한 지 30분도 지나지 않아—그 사이에도 이탄 연기가 매워서 문간에 서 있었다—벼락과 함께 비가 퍼붓기 시작했다. 야산에 있는 수원지에서 물이 넘쳐 여관 한구석이 물바다가 되었다. 당시 스코틀랜드에 있는 여관은 어디나 허름했지만, 난롯가에서 침실까지 가는 데 발목까지 물에 잠겨 철벅 철벅 걸어야 하는 것은 정말이지 기가 찰 노릇이었다.

다음날 여관을 나서자마자 앞쪽에 땅딸막하고 다부진 체격을 한 성실해 보이는 사나이가 가는 것이 보였다. 그는 책을 들여다보기도 하고 읽은 곳에 손톱으로 표시하기도 하면서 팔자걸음으로 느릿느릿 걸었다. 목사가 입는 고풍스럽고 소박한 옷을 입고 있었다.

나는 이 사람도 전도사라는 것을 알아보았는데, 멀 섬에서 만난 맹인과는 다른 종파의 사람이었다. 즉, 아직 개척되지 않은 곳에 복음을 전파하러 하일랜드로 파견된 에든버러 그리스도교 전도회 소속 사람이었다. 이름은 헨더랜드로, 향수를 불러일으키는 진한 남부 사투리를 썼다. 같은 고향 출신이라는 것 말고도 더 특별한 인연이 있음을 곧 알게 되었다. 헨더랜드는 내 그리운 친구, 에센딘의 캠벨 목사가 짬짬이 게르어로 번역한 수많은 찬송가와 기도서 등을 전도에 활용했던 것이다. 그는 그것들을 입에 침이 마르도록 칭찬했다. 나와 만났을 때 읽고 있던 것도 그중 한 권이었다.

킨게로포까지는 같은 길이었으므로 우리는 금세 좋은 길동무가 되었다. 헨더랜드는 길에서 마주치는 모든 여행자와 농부에게 멈춰 서서 말을 건넸다. 물론 나는 그들이 무슨 말을 나누는지 알아들을 수 없었지만, 이 고장 사람이라면 누구나 그를 좋아한다는 사실만은 분명했다. 대부분의 사람이 담뱃가루가 든 통을 꺼내어 헨더랜드에게 권하고는 사이좋게 피웠기 때문이다.

나는 내 지난 이야기를 들려주었다. 물론 밝혀도 지장이 없는 범위에서였다. 즉, 앨런 이야기는 쏙 빼고, 나는 지금 친구를 만나러 가는 중이며 목적지는 발라클리쉬라는 곳이라고 말했다. 오차른이나 듀러라는 특이한 지명을 댔다가는 정체가 발각될지도 모른다고 생각했기 때문이다.

헨더랜드는 자신의 일에 대한 이야기, 같이 일하는 사람에 대한 이야기, 어딘가에 은신해 있는 가톨릭 신부와 자코뱅당원에 대한 이야기, 무장해제령, 복장에 대한 법률 따위를 비롯해 그 고장에서 일어나는 심상치 않은 이야기들을 잔뜩 들려주었다. 나는 그의 생각에 동의했다. 다시 말해, 몇 가지 점에서 잉글랜드 의회의 과도한 규제를 비난하고, 특히 법률이 무기소지자보다는 하일랜드 전통 복장을 입은 사람에게 지나치게 엄격하다고 비난했다.

이 전도사의 생각이 타당하다는 것을 알자 나는 '붉은 여우'와 아핀의 소작인들에 대해 묻고 싶어 졌다. 이 고장을 여행하는 사람이 그런 질문을 하는 것은 딱히 이상한 일이 아니라는 생각이 들었던 것이다.

전도사는 상황이 여의치 않다고 대답했다. "그들이 어디서 돈을 마련하는지 알 수가 없단 말이에요. 정말 이상하죠. 굶어 죽는 판국에. 그건 그렇고, 벨퍼 씨, 코담배 없습니까? 아, 없어요? 아, 없어도 괜찮습니다. 아무튼, 방금 말했듯이 그들은 죽음을 강요당하는 거나 마찬가지예요. 듀러의 제임스 스튜어트라는 사람(글렌 가의 제임스란 사람이 바로 이 사람이죠)은 일족의 수령인 애드실과 이복형제 사이인데, 너무 막강한 권력을 일임받아 안하무인이에요. 앨런 브렉이라는 사람도 있는데—"

"앗!" 나는 외마디 비명을 질렀다. "그는 어떤 사람이죠?"

"동에 번쩍 서에 번쩍 한달까요. 여기 있는가 싶으면 저기에 있고, 오늘 나타났나 싶으면 내일 자취를 감추죠. 살쾡이가 따로 없어요. 지금 저 금작화 덤불에서 우리를 노리고 있을지도 모릅니다! 그런데 코담배는 없나요?"

나는 없다고 대답하고, 똑같은 질문을 두 번째 했다고 지적했다.

"그런 것 같군요." 그가 한숨을 섞어 말했다. "그런데 왜 그런 걸 안 갖고 다니는지 알 수가 없군요. 뭐 그건 그렇고, 하던 얘기를 마저 하죠. 이 앨런 브렉이라는 사람은 대담하고 용감무쌍한 사람입니다. 제임스의 오른팔이라는 평가를 받죠. 붙잡히면 꼼짝없이 사형인데도 전혀 두려워하지 않아요. 세금을 안 내는 농부가 있다면 칼로 배에다 푹 꽂아 넣을지도 모릅니다."

"전도사님, 이야기가 이상하게 흐른 것 같은데요. 그렇게 계속 불길한 소리만 하시면 더는 이야기를 듣지 않겠어요."

"알았어요. 하지만 사랑 넘치는 이야기도 있고, 당신이나 나 같은 사람조차 부끄러워지는 헌신적인 이야기도 있답니다. 그 고장 사람들은 정말 훌륭하지요. 그리스도교도로서 훌륭하다고는 할 수 없지만, 인간으로서는 훌륭해요. 앨런 브렉만 해도 여러 이야기를 종합해 보건대 정말 존경스러운 인물입니다. 우리 고장 교회에도 거짓말쟁이 좀도둑들이 잔뜩 다니죠. 세상에서는 훌륭한 인물로 통하지만, 벨퍼 씨, 그런 놈들이야말로 남의 피 보기 좋아하는 못된 놈들보다 훨씬 악당이라고 할 수 있어요. 암, 그렇지요. 우리도 하일랜드인들한테 배울 점은 있답니다. 이런 말을 하면, 하일랜드에 너무 오래 있은 탓이라고 하겠죠?" 전도사는 싱글벙글 웃으며 덧붙였다.

나는 전혀 그렇게 생각하지 않는다고 대답했다. 나도 하일랜드인과 함께 지내며 여러모로 감탄했으며, 얘기가 나와서 말인데 캠벨 목사도 하일랜드 사람이라고 말했다.

"그렇군요." 헨더랜드가 말했다. "그 말이 맞습니다. 그분은 훌륭한 가문 출신이지요."

"그런데 국왕의 대관은 어떻게 됐나요?"

"콜린 캠벨 말인가요? 지금 한창 벌집을 들쑤시고 있지요."

"소작인들을 강제로 내몰려고 한다는 뜻이죠?"

"그래요. 하지만 뜻대로 되지 않는 모양이에요. 먼저 그렌 가문의 제임스가 말을 타고 에든버러로 가 어떤 변호사를 사서 재판을 질질 끌었죠. 물론 그 변호사는 스튜어트 일족입니다. 놈들은 탑에 집을 짓고 사는 박쥐처럼 똘똘 뭉치길 잘하니까요. 그러자 거기에 대항해 콜린 캠벨이 다시 등장해 재판에서 이겼지요. 소문을 듣자 하니, 드디어 내일 일부 소작인이 먼저 쫓겨난다는군요. 그것도 듀러의 제임스 저택 바로 근처부터래요. 내가 생각해도 그리 좋은 방법이라고는 생각되지 않지만."

"큰 소란이 벌어질까요?"

"글쎄요, 어떻게 될지……. 그들은 무기를 빼앗겼어요. 아니, 어딘가에 숨겨놓았다고 하니 '무기를 빼앗긴 것으로 되어 있다'는 표현이 옳을지도 모르겠군요. 어쨌든 콜린 캠벨은 군대를 모으고 있어요. 그래도 내가 캠벨의 아내라면, 남편이 무사히 집으로 돌아올 때까지는 한시도 마음을 놓지 못하겠죠. 아무튼, 아핀의 스튜어트 일족은 희한한 녀석들이에요."

나는 아핀 사람들은 그 주변 지방 사람들보다 다루기 어려우냐고 물었다.

"그렇지도 않아요. 그런데 그게 가장 골치 아픈 점이죠. 즉, 콜린이 아핀을 잘 제압한다고 쳐도 그 옆 지방, 그러니까 카메론 가문의 영지 가운데 하나인 아모아라는 곳에서 모든 걸 처음부터 다시 시작해야 하니까. 콜린은 양쪽 지방에서 국왕의 대관으로 있으니 그 두 지방 모두에서 소작농들을 쫓아내야 하는 셈이에요. 벨퍼 씨, 까놓고 말해, 놈은 한쪽에서 운 좋게 살아남았다 해도 다른 곳에서 목숨을 잃을 수도 있다, 나는 이렇게 생각합니다."

우리는 이런 식으로 종일 이야기를 나누며 걸었다. 끝으로 그는 나와 길동무가 되어서 즐거웠으며 캠벨 목사의 친구를 만나서 반가웠다고 말했다(그는 "이런 말이 실례가 아니라면, 나는 그분을 '우리 거룩한 하느님 나라의 오묘한 시인'이라고 부르고 싶다"고 말했다). 그리고 시간이 허락한다면, 킨게로포에서 조금 들어간 곳에 있는 자신의 집에서 하룻밤 자고 가지 않겠느냐고 권해 주었다. 사실 나는 무척 기뻤다. 클레이모어의 존이라는 사람의 집에 그렇게 빨리 가고 싶은 마음도 없었던 데다가, 그 길 안내인과 신사인 체하는 선장에게 배신을 당한 경험이 있어서 생판 모르는 하일랜드인을 무작정 만나기가 조금 불안했기 때문이었다. 결국, 나는 헨더랜드의 제안을 받아들이겠다는 표시로 악수를 하고, 저녁에는 린네 후미에 있는 작은 집에 도착했다. 이쪽 편의 후미를 바라보는 황량한 애드모어 산줄기는 이미 해가 비치지 않았지만, 건너편 아핀 산줄기는 아직 환했다. 후미는 호수처럼 잔잔했다. 갈매기들이 해안 가까이에서 끼룩거리며 날아다닐 뿐이었다. 주변 경치는 평화롭고 한적했다.

헨더랜드의 집 대문을 들어서자마자 몹시 놀랍게도(그즈음 나는 하일랜드 사람들의 정중한 태도에 익숙해져 있었던 것이다) 그가 거칠게 내 옆을 지나 방으로 달려가더니 그곳에 놓여 있던 단지와 뿔로 만든 작은 숟가락을 재빠르게 집어 들고서 콧구멍에 코담배를 쑤셔 넣기 시작했다. 그런 뒤 시원하게 재채기를 한 번 하더니 내 쪽으로 홱 돌아서서 헤벌쭉 웃었다.

"다짐을 했거든요." 전도사가 말했다. "이걸 절대로 들고 다니지는 않기로. 물론 보통 쉬운 일은 아니에요. 그렇지만 스코틀랜드 서약*80은 물론 그리스도교의 율법을 목숨 걸고 지키는 사람들을 생각하면 코담배 따위나 생

---

*80 1557년, 로마 교회의 침입을 막기 위해 종교개혁가 존 녹스를 중심으로 스코틀랜드 귀족들이 맺은 협정.

각하는 건 부끄러운 일이지요."

식사(죽과 유장*81이 이 친절한 사람이 대접한 음식이었다)를 마치자 전도사는 캠벨 목사를 대신해 자기가 해야 할 일이 있는데, 그것은 바로 하느님에 대한 내 믿음을 확고히 하는 일이라고 진지한 얼굴로 말했다. 아까 코담배 사건을 목격한 후로 나는 그를 보면 슬며시 웃음이 비어져 나왔다. 그러나 그가 이야기를 시작하고 얼마 지나지 않아 이번에는 울컥 눈물이 났다. 우리 인간에게는 결코 무시해서는 안 되는 것이 두 가지 있다. 따뜻한 마음씨와 겸손함이다. 이 거친 세상에 사는 차갑고 오만한 사람들에게서는 이 두 가지를 그다지 찾아볼 수 없지만, 헨더랜드는 그 진리를 열심히 설교했다. 나는 지금까지 겪은 모험으로, 더구나 그것을 흔히 말하듯 '장하게 이겨낸' 탓에 콧대가 꽤 높아져 있었다. 그러나 이 소박하고 가난한 노인이 시키는 대로 그 옆에 무릎 꿇고 앉으니, 그렇게 조용히 앉아 있는 것이 너무나도 뿌듯하고 기쁘게 느껴졌다.

자기 전에 노인은 벽토 안에 숨겨 둔 얼마 안 되는 돈에서 6펜스를 꺼내 여비에 보태라며 내게 내밀었다. 이 뜻밖의 친절에 나는 어찌할 바를 몰랐다. 그러나 노인이 너무도 간곡히 권했으므로 그 말에 따르는 것이 예의라고 생각했다. 그로써 헨더랜드는 나보다 가난해져 버렸다.

17. '붉은 여우'의 최후

이튿날 헨더랜드는 내게 한 사나이를 소개해 주었다. 그는 자기 보트를 갖고 있었으며, 그날 오후 물고기를 잡으면서 린네 후미를 건너 아핀으로 갈 계획이었다. 헨더랜드는 신자인 그에게 꼭 나를 데리고 가라고 간곡히 부탁했다. 덕분에 나는 꼬박 하루가 걸리는 여행길을 단축했고, 두 번이나 내야 했을 나룻배 삯을 절약할 수 있었다.

이러저러하다 보니 정오가 다 되어서야 출발했다. 잔뜩 찌푸린 날이었다. 햇살은 구름 사이로 드문드문 비칠 뿐이었다. 그 부근의 후미는 수심이 매우

---

*81 치즈를 만들 때 분리되는 액체.

깊고 무척 잔잔했다. 혀를 대 보기 전까지는 정말 바닷물이 맞다고 믿을 수 없을 정도였다. 후미 양쪽으로 우뚝 솟은 산들은 울퉁불퉁한 민둥산이었다. 구름이 그림자를 드리운 곳은 어둡고 음산해 보였다. 그러나 햇살이 닿는 곳은 가느다란 물줄기가 은색 레이스 장식처럼 반짝반짝 빛났다. 아핀의 그쪽 부분은 삭막했다. 앨런이 자랑스럽게 말한 것처럼 누구나 좋아하는 땅은 아닌 것 같았다.

여기서 한 가지 사건을 소개해야겠다. 우리가 출발한 지 얼마 안 되어 태양이 물길을 따라 북쪽으로 움직이는 새빨갛고 작은 무리를 비추었다. 병사들이 입는 웃옷과 똑같은 빨간 색이었다. 햇볕이 강철에 반사될 때처럼 번쩍거리는 가느다란 빛줄기도 이따금 보였다.

나는 노를 젓고 있는 배 주인에게 저것이 뭐냐고 물어보았다. 불쌍한 이 고장 농부들을 내몰러 윌리엄 요새*[82]에서 아핀으로 향하는 영국군 부대인 것 같다는 대답이었다. 가슴 아픈 광경이었다. 앨런 때문인지 직감 때문인지는 모르겠지만, 조지 왕의 군대를 본 것은 그때가 두 번째인데도 나는 그들이 영 마음에 들지 않았다.

이윽고 리븐 후미*[83] 어귀에 있는 곳에 다다랐다. 나는 내리겠다고 말했다. 배 주인은 나를 발라클리쉬까지 태워다 주겠다며 막무가내였다(정직한 그는 전도사와 한 약속을 끝까지 지키고 싶었던 것이다). 그러나 그랬다가는 내 은밀한 목적지에서 훨씬 멀어지는 셈이었다. 나는 통사정한 끝에 앨런의 고향인 아핀의 레터모어(레터보어라고도 하는 것 같았다) 숲 근처에 겨우 내렸다.

후미를 폭 감싸듯이 산이 앞으로 튀어나온 곳이었다. 울퉁불퉁한 바위가 다 드러난 험준한 산맥에는 자작나무가 우거져 있었다. 숲으로 들어가니 군데군데 나무가 자라지 않은 곳이 있고, 움푹 팬 곳에는 양치식물이 자라고 있었다. 마차가 지나가기에는 좁은 오솔길이 숲 한가운데를 남북으로 관통하고 있었다. 길가에 샘이 하나 있었다. 나는 그 샘가에 앉았다. 헨더랜드가 만들어 준 보리 빵을 먹으면서 내 처지를 곰곰이 생각해 보았다.

---

*82 린네 후미 북쪽 끝에 있는 요새. 1655년에 건축되었다가 윌리엄 3세 때 재건되었다.
*83 린네 후미 중간부터 동쪽으로 갈라지는 후미.

쉬지 않고 달려드는 파리 떼도 괴로웠지만, 그보다 더 괴로운 것은 꼬리를 물고 떠오르는 의문이었다. 앞으로 어떻게 해야 하나, 살인을 아무렇지도 않게 생각하는 앨런 같은 무법자를 어째서 만나려 하는가? 더 분별력 있는 사람답게 나 자신만을 믿고 내 돈만으로 곧장 남쪽으로 걸어서 돌아가야 하는 것 아닐까? 캠벨 목사님은, 아니 헨더랜드조차 내 이 어리석고 철없는 행동을 안다면 뭐라고 할까? 이런 의문이 계속해서 끈질기게 솟아올랐다.

그렇게 앉아서 생각에 잠겨 있노라니 숲 속에서 사람 말소리와 말발굽 소리가 들리기 시작했다. 곧 길모퉁이에 나그네 네 사람이 나타났다. 그쪽 길은 좁고 울퉁불퉁해서 그들은 한 사람씩 일렬로 서서 말고삐를 잡고 걸어오고 있었다. 맨 앞은 오만해 보이는 붉은 얼굴에 역시 붉은 머리를 한 덩치 큰 신사였다. 더워서 견딜 수 없다는 듯이 가쁜 숨을 몰아쉬며 모자로 연신 부채질을 했다. 두 번째 사나이는 고상한 검은 옷을 입고 하얀 가발을 쓴 것으로 보아 변호사가 틀림없는 것 같았다. 세 번째는 하인으로, 옷의 한 부분에 격자무늬 천을 달고 있었다. 그것으로 보아 이 하인의 주인은 하일랜드 씨족이며 법률을 무시하는 사람이던가 영국 정부가 뒤를 봐 주는 사람이라는 것을 알 수 있었다. 격자무늬 천을 다는 것은 법률에 어긋나는 일이었기 때문이다. 당시 내가 이런 지식에 더 밝았더라면 그 격자무늬가 아가일*84 (즉 캠벨) 가문의 것이라는 것을 알아보았을 것이다. 그 하인의 말 등에는 커다란 여행 가방이 붙들어 매여 있고, 앞장 앞에는 레몬이 든 그물 자루가 달려 있었다(펀치를 만들기 위한 것이었다). 이 고장 부자들은 대개 이런 행색으로 여행했다. 마지막 네 번째 사나이는 정부 관리였다. 이전에 그와 똑같은 차림을 한 사람을 본 일이 있으므로 나는 금방 알 수 있었다.

그 네 사람이 다가오는 것을 본 순간 나는 왠지 나 자신도 모르게 갈 데까지 가 보기로 각오를 다졌다. 그래서 맨 앞의 사나이가 내 옆을 막 지나려 할 때, 고사리 덤불에서 벌떡 일어나 그에게 오차른으로 가는 길을 물었다.

사나이는 걸음을 멈추고 호기심에 찬 표정으로(내게는 그렇게 보였다) 나를 유심히 바라보았다. 그러고는 변호사를 돌아보고 "망고, 이거 까마귀 울음소리보다 불길한 징조 같은데. 알다시피 난 볼일이 있어서 듀러로 가는 길

---

*84 1715년 자코뱅파가 반란을 일으켰을 때 아가일 캠벨 가문의 수장 존 캠벨은 영국 국왕 편에서 싸웠다. 그 뒤에도 캠벨 가문은 국왕 편이었다.

인데, 덤불에서 갑자기 웬 애송이가 튀어나와 내가 오차른으로 가는지 아닌지 염탐을 하니 말이야."

"그레뉴어 님, 농담하실 때가 아닙니다." 변호사가 말했다.

둘은 내게 바싹 다가와 나를 위아래로 훑어보았다. 나머지 두 사람은 바로 뒤에 서 있었다.

"오차른에서 뭘 찾지?" 그레뉴어의 콜린 로이 캠벨이 물었다. 바로 이자가 흔히 '붉은 여우'라는 별명으로 불리는 사나이였던 것이다. 다시 말해, 내가 멈춰 세운 사람은 붉은 여우였다.

"거기 사는 사람이요." 내가 대답했다.

"그렌 가문의 제임스 말인가?" 그레뉴어가 신중하게 머리를 굴리며 말했다. 그러고는 변호사에게 물었다. "놈이 수하를 불러 모으는 모양인데?"

"아무래도" 변호사가 대답했다. "이곳에서 움직이지 말고 즉시 병사를 집합시켜야겠습니다."

"저 때문이라면 그러실 것 없어요." 내가 말했다. "전 제임스의 수하도, 당신의 수하도 아닙니다. 조지 왕의 충직한 신민이죠. 다른 누구에게도 충성을 맹세한 적 없고, 누구도 무섭지 않습니다."

"아주 훌륭한 대답이야." 국왕의 대관이 말했다. "그럼 묻지. 그 충직한 신민이라는 자가 고향을 떠나 이렇게 먼 곳에서 뭘 하는 거지? 애드실의 형제는 뭣 하러 찾아? 이 고장을 다스리는 사람은 나다. 난 이 부근 영지에서 국왕의 대리로 일하지. 내 뒤에는 소부대가 열두 개나 있어."

"이곳 소문은 들었습니다." 나는 조금 초조함을 느끼며 말했다. "이곳을 아주 잘 다스리신다고요."

그는 여전히 의심스럽다는 눈초리로 나를 관찰했다.

"음." 이윽고 그레뉴어가 입을 열었다. "꽤 대담한 말을 하는군. 하지만 난 그렇게 솔직한 게 좋아. 만일 네가 오늘이 아니라 다른 날에 제임스 스튜어트의 집을 물었다면 나는 친절하게 가르쳐 주고, 무사히 도착하도록 기도도 해 줬을 거야. 하지만 오늘은…… 그렇지, 망고?" 그러면서 변호사를 보려고 고개를 돌렸다.

그 순간 언덕 위에서 총성이 울리더니 그 소리와 동시에 그레뉴어가 땅바닥에 풀썩 쓰러졌다.

"당했다!" 붉은 여우가 같은 말을 되풀이하며 악을 썼다.

변호사가 얼른 달려가 붉은 여우를 부축해 안았다. 하인은 그 앞에 우두커니 서서 두 손을 맞잡은 채 발을 동동 구르며 주인을 내려다볼 뿐이었다. 총에 맞은 사나이는 겁먹은 눈으로 두 사람을 번갈아 쳐다보았다. 급격하게 작아진 목소리에 가슴이 찡해졌다.

"조심……해……." 그레뉴어가 말했다. "난…… 이미…… 틀렸어……."

그레뉴어는 상처 부위를 살펴보려는지 옷섶을 풀어헤치려 했지만, 손가락은 단추 위에서 공허하게 꿈틀거릴 뿐이었다. 그는 깊은숨을 한 번 내쉬더니 고개를 어깨 위로 힘없이 떨어뜨리고 숨이 끊어져 버렸다.

변호사는 한마디도 하지 않았지만, 딱딱하게 굳은 그 얼굴은 죽은 붉은여우처럼 새파랬다. 하인은 어린아이처럼 와락 울음을 터트렸다. 나는 공포감에 휩싸인 채 그들을 우두커니 바라보고 서 있었다. 관리는 첫 번째 총성이 들리자마자 군대를 모으러 왔던 길을 허겁지겁 되돌아갔다.

이윽고 변호사는 피투성이가 된 시체를 길가에 뉘이고 부들부들 떨며 일어섰다.

내가 퍼뜩 정신이 든 것은 그 때문이었을 것이다. 변호사가 일어서자마자 나는 "살인이다! 살인이다!" 하고 외치며 언덕을 뛰어오르기 시작했다.

꼭대기까지 오르는 데는 별로 시간이 걸리지 않았다. 가파른 비탈을 다 올라가 민둥산 자락의 일부가 눈에 들어왔을 때, 하수인은 아직 그리 멀지 않은 지점을 걷고 있었다. 금 단추가 달린 검은 웃옷을 입은 덩치 큰 사나이로, 기다란 엽총을 메고 있었다.

"여기 있다!" 나는 고함을 질렀다. "살인자를 찾았다!"

그 목소리에 하수인은 뒤를 힐끔 돌아보더니 쏜살같이 달리기 시작했다. 그는 순식간에 자작나무 숲 속으로 사라졌다. 이윽고 다시 중턱에 나타나, 점점 가파르게 변하는 비탈을 원숭이처럼 기어오르는 것이 보였다. 그러더니 등성이를 넘어 영영 사라져 버렸다.

나도 계속 달렸다. 꽤 높이 올라갔을 때, 뒤에서 "멈춰!" 하는 고함이 들렸다.

언덕 꼭대기 숲까지 와 있던 나는 멈춰 서서 뒤를 돌아보았다. 벌거벗은 언덕의 중턱이 훤히 내려다보였다.

변호사와 관리가 아까 그 오솔길 끄트머리에 서서 나더러 돌아오라고 손짓하며 고함을 지르고 있었다. 왼편에서는 소총을 든 영국군이 아래쪽 숲 속에서 한 명씩 수풀을 헤치고 나오고 있었다.

"왜 돌아오라는 거예요?" 내가 외쳤다. "이쪽으로 올라오세요!"

"저 애송이를 붙잡으면 10파운드를 주겠다!" 변호사가 소리쳤다. "저놈이 공범이다. 우리를 멈춰 세우려고 저기에 숨어 있었다!"

변호사는 나를 향해서가 아니라 병사들에게 고함을 지르고 있었는데, 내게도 똑똑히 들렸다. 그 말을 들은 순간 나는 난생처음 느끼는 낯선 공포에 휩싸였다. 심장이 오그라드는 것만 같았다. 사실 목숨이 위험에 처하는 것과 목숨과 인격이 모두 위험에 처하는 것과는 천지차이다. 더구나 마른하늘에 날벼락처럼 너무도 급작스러운 일이었으므로 나는 어찌할 바를 모른 채 그저 멍하니 있었다.

병사들이 흩어지기 시작했다. 뛰는 자도 있고, 내게 총을 겨누는 자도 있었다. 그러나 나는 그 자리에 못 박힌 듯 서 있기만 했다.

"이 나무 사이로 숨어!" 갑자기 바로 옆에서 목소리가 들렸다. 나는 무슨 판단을 내릴 겨를도 없이 일단 시키는 대로 했다. 그 순간 총성이 울리고 총알이 자작나무를 스치는 소리가 들렸다.

앨런 브렉이 낚싯대를 들고 눈앞에 서 있었다. 앨런은 아무 인사도 건네지 않았다. 사실 인사 따위를 주고받을 때가 아니었다. 그는 짧게 "따라와!" 하더니 발라클리쉬를 향해 산 중턱을 내달리기 시작했다. 나도 얌전하게 그 뒤를 따라 달렸다.

자작나무 사이를 헤치고 달리고, 불룩 나온 둔덕 뒤에 몸을 숨기고, 히스 덤불 사이를 네 발로 기어 나아갔다. 심장이 파열되는 것은 아닌가 걱정될 정도로 쉬지도 않고 달렸다. 뭘 생각할 여유도 없었고, 숨이 차서 말을 할 수도 없었다.

유일하게 기억나는 것은 앨런이 때때로 몸을 꼿꼿이 세우고 서서 뒤를 돌아보는 것을 내가 놀란 가슴으로 바라보았다는 것이다. 앨런이 그럴 때마다 저 멀리서 병사들이 와하고 함성을 지르는 것이 들렸다.

15분쯤 지나자 앨런이 히스 덤불에 몸을 감추고는 내게 말했다.

"이제 진짜 승부야. 죽겠다는 각오로, 내가 하는 대로 따라해."

그러더니 아까처럼 빠른 속도로, 그러나 훨씬 조심성 있게 오르던 산 중턱을 되돌아 내려가기 시작했다(조금 더 위쪽 길이었을지도 모른다). 이윽고 앨런은 아까 내가 앨런을 발견했던 레터모어 위쪽 숲으로 뛰어들더니 개처럼 헐떡거리며 고사리 덤불에 얼굴을 처박고 뻗어 버렸다.

나도 옆구리에 심한 통증을 느꼈다. 머리는 어질어질하고, 혀는 더위와 갈증으로 입 밖으로 힘없이 늘어졌다. 나는 앨런 옆에 죽은 사람처럼 길게 누웠다.

18. 레터모어 숲에서 앨런과 대화를 나누다

앨런이 먼저 기운을 차렸다. 그는 일어나 숲 가로 가서 바깥 동태를 잠시 살핀 뒤 돌아와 앉았다.

"휴!" 앨런이 말했다. "정말 죽도록 달렸네. 그렇지, 데이비드?"

나는 아무 말도 하지 않았다. 얼굴조차 들지 않았다. 지금 막 살인 현장을 목격한 충격 때문이었다. 그 당당했던 붉은 얼굴의 호탕한 향사의 목숨이 순식간에 날아갔다. 끔찍한 그 광경에 나는 아직도 심장이 벌렁거렸다. 그러나 그것은 나를 괴롭히는 것 중 일부에 지나지 않았다. 문제는 앨런이 증오하던 사내가 지금은 죽어 있으며, 그 앨런은 이렇게 숲 속에 숨어 병사들을 피해 도주한다는 사실이었다. 앨런이 직접 총을 쏘았는지 명령만 내렸는지는 중요한 문제가 아니었다. 내 기준에 비추어 보면, 이 황량한 고장에 있는 내 유일한 친구가 가장 흉악한 살인자였다. 나는 몸서리가 쳐질 정도로 앨런이 무서워졌다. 얼굴을 똑바로 바라볼 수조차 없었다. 이 따뜻한 숲 속에서 살인자와 나란히 있느니 저 추운 무인도에서 비를 맞으며 혼자 누워 있는 편이 훨씬 낫겠다고 생각했다.

"아직도 힘드냐?" 앨런이 다시 물었다.

"아니요." 나는 여전히 고사리 덤불에 얼굴을 파묻은 채 대답했다. "이젠 몸도 괜찮고, 말도 할 수 있어요. 그런 것 때문이 아니에요. 전 그만 당신과 헤어져야겠어요. 전 당신이 좋았어요. 하지만 당신은 나와 사는 방식이 달라요. 하느님의 뜻과도 맞지 않고요. 그러니 결국 우리는 헤어져야 해요."

"그럴 수는 없다, 데이비드. 정당한 이유가 있으면 모를까." 앨런이 무척 진지한 얼굴로 말했다. "혹시 나에 대해 안 좋은 소문을 들은 게 있다면 그게 뭔지 친구로서 알려 주지 않겠니? 그냥 나랑 어울리기가 싫어져서 그러는 거라면 넌 나한테 모욕을 주는 셈이야."

"정말 몰라서 그래요? 캠벨 가문의 한 사람이 저 길 한복판에 피투성이가 되어 쓰러져 있는 걸 정말 몰라요?"

앨런이 잠시 입을 다물고 있다가 말했다. "'한 사나이와 마음씨 착한 사람들'이라는 이야기를 들어 본 적 있느냐?" —그것은 옛날이야기였다.

"아니요." 내가 대답했다. "그리고 듣고 싶지도 않아요."

"미안하지만, 벨퍼 군, 난 이야기해야겠다. 그 사내는 바다 위에 떠 있는 무인도에 표류했지. 그 섬은 요정들이 아일랜드로 가는 도중에 자주 들러 쉬는 곳이었어. 스켈리보라는 섬으로, 우리가 난파한 곳에서 그리 멀지 않은 위치에 있지. 그 사내는 죽기 전에 한 번이라도 자식을 만나고 싶다고 울며 간청했어. 마침내 요정의 왕은 그 사내를 가엾이 여겨 가신에게 얼른 아이를 자루에 담아 데리고 오라고 명령했지. 그리고 그 자루를 잠든 사내 곁에 두게 했어. 사내가 눈을 뜨자 옆에 자루가 놓여 있었지. 안에서는 뭔가가 꿈틀거리고 있었어. 그런데 그 사내는 하필 뭐든 나쁘게만 생각하는 사람이었던 거야. 조금의 위험도 감수하고 싶지 않았던 그는 자루를 열어보지도 않고 단도로 푹 찔러 버렸어. 물론 아이는 죽었지. 벨퍼 군, 아까부터 드는 생각인데, 자넨 꼭 이 사내 같군."

"그럼 정말로 아까 무슨 일이 일어났는지 모른다는 거예요?" 나는 벌떡 일어나 큰 소리로 물었다.

"쇼스 가문의 벨퍼 군, 친구로서 이것만큼은 분명히 말해 두지. 난 설령 향사 한 명을 죽여야 할 일이 생겼다 해도 내 고장에서는 죽이지 않아. 내 일족이 의심을 받게 되니까. 게다가 난 검도 총도 갖고 있지 않다. 기다란 낚싯대만 가지고 누굴 죽이겠다는 생각은 안 해."

"그렇군요. 그 말이 맞아요!"

앨런은 더크*85을 뽑아들고 예법에 따라 한 손을 그 위에 얹고서 말을 이

*85 하일랜드인이 전통 의상에 차는 단검.

었다. "이 신성한 칼을 걸고 맹세하지. 난 절대로 이번 일과는 아무 관련이 없다. 그런 행동을 한 적도 없거니와 생각조차 해 보지 않았다."

"정말 다행이에요!" 나는 큰 소리로 말하며 앨런에게 손을 내밀었다.

앨런은 내 손을 보지 못한 것 같았다.

"게다가 이 고장에는 캠벨이라는 성을 가진 놈을 해치겠다고 생각하는 사람이 수도 없이 많다!" 앨런이 말했다. "누가 그런 생각을 한 대도 전혀 이상하지 않다니까!"

"오해한 건 죄송하지만, 절 비난하진 마세요. 범선에서 제게 어떤 이야기를 했었는지 똑똑히 기억할 테니까요. 하지만 죽이고 싶다고 생각하는 것과 실제로 죽이는 것하고는 다르니까 그 점에서는 다시 한 번 다행이라고 생각해요. 누구나 그런 생각을 하는 것도 무리는 아니겠지만, 아무렇지도 않게 사람 목숨을 앗아가다니……." 나는 잠시 말을 잇지 못했다. "앨런, 그런데 누구 짓인지 아세요? 검은 웃옷을 입었던데. 그가 누군지 알아요?"

"확실히 기억나지는 않지만, 난 푸른색으로 봤는데." 앨런은 일부러 엉뚱한 대답을 했다.

"푸른색이든 검은색이든 그 사람을 아느냐고요!" 나는 집요하게 물었다.

"안다고는 할 수 없어. 내 바로 옆으로 지나가긴 했지만, 하필 난 그때 구두끈을 묶고 있었거든."

"그럼 그 사람을 모른다고 맹세할 수 있어요?" 나는 앨런의 시치미가 화가 나기도 하고 우습기도 했다.

"맹세까지는 못하겠는데. 난 건망증이 심하단다, 데이비드."

"한 가지만은 분명해요. 당신이 주의를 끌기 위해 당신과 나를 일부러 적에게 노출했다는 거죠."

"맞다. 신사라면 누구나 그랬을 거야. 너나 나나 이번 일에는 결백하니까."

"우리는 결백하니까 붙잡힌다 해도 그 남자보다는 알리바이를 입증하기가 훨씬 쉬울 거라는 거군요?" 나는 흥분해서 목소리가 높아졌다. "결백한 사람이 범인보다 유리한 건 사실이니까."

"당연하지. 결백하면 재판에서 무죄를 받지. 하지만 총을 쏜 젊은이에게 가장 안전한 장소는 히스가 우거진 황야야. 어떤 작은 일에도 관여하지 않은 사람은 관여한 사람을 배려해야 한다. 그것이 바로 훌륭한 그리스도교 정신이지. 반대로 아까 그 청년과(물론 나는 그를 잘 보지 못했지만) 우리가 뒤바뀐 처지에 있는데 그가 우리 대신 군대에 붙잡혀 갔다면 우리가 얼마나 고마워했겠니?"

이야기가 이런 식으로 흘러가자 나는 추궁하기를 포기했다. 처음부터 끝까지 악의없는 얼굴로 "자신의 말은 절대로 옳으며 의무를 위해서는 기꺼이 자신을 희생하겠다" 의지를 강력히 드러내는 앨런에게 나는 뭐라고 반박할 수가 없었다. "악당 같은 하일랜드 사람들한테도 배울 점이 있다" 했던 헨더랜드의 말이 마음속에 되살아났다. 그렇다, 나도 지금 한 가지를 배운 것이다. 앨런이 주장하는 도덕은 궤변이나 다름없지만, 앨런은 앨런 나름대로 그 도덕을 위해 기꺼이 목숨을 버릴 각오다.

"앨런," 내가 말했다. "내가 생각하는 그리스도교 정신하고 같다고는 할 수 없지만, 당신은 정말 훌륭해요. 그런 의미에서 다시 친구가 되도록 해요."

앨런은 두 손을 내밀고, 자신은 완전히 내게 빠져들었으니 내가 하는 일이라면 뭐든 용서하겠노라고 말했다. 그러더니 이내 굳은 얼굴로 돌변해서는, 꾸물대지 말고 어서 이 고장에서 도망치자고 말했다. 앨런은 탈영병인데 조만간 아핀 전역을 이 잡듯이 뒤지는 수사망이 펼쳐지면 누구든 자기 신분을 확실히 증명하지 않고는 돌아다닐 수 없게 될 것이라 했고, 나는 살인사건에 꼼짝없이 연루된 몸이었다.

"흥!" 이번에는 내가 설교하고 싶은 생각이 들어 말했다. "난 내 나라에서 하는 재판은 조금도 무섭지 않아요."

"여기가 네 나라라고 생각하나 보지? 그게 아니라면 이 스튜어트의 영지에서 재판받으리라고 확신하던가!"

"어쨌거나 같은 스코틀랜드잖아요."

"데이비드, 난 가끔 네가 어이없을 때가 있다. 살해당한 사람은 캠벨 가문 사람이야. 그러니 재판은 캠벨 가문의 본거지인 인버라레이*86에서 열릴 거야. 배심원석에는 열다섯 명의 캠벨 일족이 앉을 거고, 그 우두머리 격인 캠

---

*86 아가일 주의 주청소재지. 글래스고의 남북쪽.

벨 공작이 재판장석에 앉게 될 거야. 판사는 누가 될 것 같나? 아무리 생각해도, 아까 길가에서 그레뉴어 옆에 있던 자하고 똑같은 자가 되겠지."

나는 겁이 더럭 났다. 앨런의 예언이 한 치의 오차도 없이 정확했다는 것을 당시 알았더라면 나는 더욱더 두려워했을 것이다. 실제로 앨런의 말에 과장된 부분은 한 군데밖에 없었다. 배심원석에 앉은 것은 캠벨 일족 열한 명이었던 것이다. 그러나 나머지 넷도 캠벨 공작이 뒤를 봐 주는 사람들이었으니 별반 다를 것은 없다. 어쨌든 나는 앨런에게 당신은 아가일 공작*87을 오해하고 있으며, 공작은 휘그당원이긴 하지만 지혜롭고 성실한 귀족이라고 열심히 설명했다.

"흥!" 앨런이 말했다. "당연히 휘그당원이겠지. 그렇다고 그자가 일족에게 훌륭한 우두머리라는 점을 부정할 생각은 없어. 오히려 캠벨 가문의 한 사람이 총에 맞아 죽었는데 교수형 당한 사람은 아무도 없고 거기다 재판장은 캠벨 일족의 수령이라면 그 가문 사람들이 어떻게 생각할까? 그렇지만 지금까지 종종 목격한 바로는 너희 로랜드 양반들은 뭐가 당연하고 뭐가 당연하지 않은지 구별하지 못하는 것 같아."

이 말에는 나도 박장대소하고 말았다. 놀랍게도 앨런 역시 나를 따라 깔깔대고 웃었다.

"어쨌거나" 앨런이 말했다. "지금 우리가 있는 곳은 하일랜드다, 데이비드. 그러니 내가 달리라면 무조건 달려야 해. 물론 히스 들판을 쥐새끼처럼 숨어서 도망 다니고 배를 곯는 건 쉬운 일이 아니야. 하지만 족쇄를 차고 영국군의 감옥에 갇혀 있는 편이 훨씬 괴롭지."

나는 어느 방향으로 갈 거냐고 물어보았다. 로랜드로 간다는 대답이 돌아왔으므로, 아까보다는 한결 의욕이 생겼다. 사실 나는 빨리 고향으로 돌아가 작은아버지를 내 손으로 응징하고 싶어서 몸이 근질근질했던 것이다. 더구나 앨런이 이 사건으로 재판이 틀림없이 열릴 거라고 호언장담하는 것을 보고, 정말로 그렇게 될까 봐 걱정도 되었다. 죽는 데에도 여러 방법이 있지만, 교수형으로 죽는 것만큼은 누가 뭐래도 싫었다. 그 기분 나쁜 도구(예전에 행상인이 파는 노래책에서 그림을 본 적이 있다)의 모습이 놀랍도록 생

*87 캠벨 가문의 수장.

생하게 눈앞에 떠올랐다. 나는 재판을 믿고 싶은 마음이 싹 달아났다.
"모 아니면 도죠. 해 보는 수밖에요." 내가 말했다. "함께 가겠어요."
"하지만 절대 쉬운 일이 아니란다. 옷 한 벌로 버텨야 하고, 끼니도 제대로 때울 수 없을 거야. 잠자리는 새 둥지나 다름없을 거고, 쫓기는 사슴 같은 삶이 되겠지. 잘 때도 무기를 쥔 채 자고, 젖은 솜처럼 무거운 다리를 쉬지 않고 놀려야 해. 안 그러면 날 쫓아오지 못할 테니까! 일단 이 정도만 말해 두지. 난 이런 생활에는 익숙해. 혹시 다른 방법은 없느냐고 묻는다면, 없다고 대답하겠네. 나와 함께 히스 들판에 숨던지 교수형을 당하던지 어느 한쪽이야."
"그럼 선택하죠." 나는 이렇게 말하고 앨런과 악수했다.
"그럼 다시 영국군의 동태를 살펴볼까?" 앨런은 숲의 동북쪽 끝으로 나를 데리고 갔다.
나무 사이로 내다보니 넓은 산허리가 급격한 경사를 이루며 후미로 떨어지는 것이 보였다. 어디를 봐도 당장에라도 비탈을 굴러 내려갈 듯한 커다란 바위와 히스 덤불과 난쟁이 자작나무 숲밖에 없는 황량한 지방이었다. 저 멀리 발라클리쉬 쪽에서 붉은 군복 차림의 군인들이 언덕과 계곡을 날쌔게 오르락내리락하는 것이 보였지만, 그 모습도 눈에 띄게 점처럼 작아져 갔다. 함성은 들리지 않았다. 소리 지르는 데 체력을 소모하지 않도록 조심하는 것 같았다. 병사들은 우리가 바로 앞에 있다고 확신하는지 추적의 고삐를 늦추지 않았다.
앨런은 회심의 미소를 지으며 병사들을 지켜보았다.
그가 말했다. "저들은 임무를 완수하기 전에 지쳐 떨어질 거야! 데이비드, 덕분에 편히 앉아 배를 좀 채우고 소화도 시키면서 술도 한잔 나눌 수 있게 됐다. 조금 쉰 다음에는 오차른으로 출발이다. 내 친척인 글렘 가문 제임스의 저택으로. 그 저택에서 옷가지와 무기와 여비를 조달해야 해. 그런 다음에는 드디어 히스 들판에서 모험을 시작하는 거다!"
우리는 다시 앉아서 배를 채웠다. 우리가 앉은 자리에서는 광활하고 한없이 황량한 산 너머로 해가 지는 것이 보였다. 이제부터는 이 산을 단둘이 넘어야 한다. 우리는 그렇게 앉아 있는 동안, 물론 그 뒤 오차른으로 향할 때에도 각자 자신이 겪은 모험 이야기를 들려주었다. 여기서 앨런의 모험 가운데 흥미

진진한 것을, 또는 이 이야기에 필요하다고 생각되는 것을 소개하겠다.

큰 파도가 배를 덮친 직후 앨런은 곧장 뱃전으로 달려갔다. 내가 조류에 휘감겨 허우적대는 모습이 보였다. 그리고 돛대에 매달린 내 모습을 잠깐 본 것이 마지막이었다. 앨런은 내가 어떻게든 육지에 당도하리라는 희망을 품고, 나를 위해 여러 단서와 지시를 남겨 두었다. 덕분에 나는 (무슨 인연인지) 아핀이라는 불행한 땅에 오게 되었다.

범선에 남아 있던 사람 가운데 한두 명이 보트에 옮겨 탔을 때 집채만 한 파도가 연달아 두 번 덮쳤다. 범선은 높이 치솟더니 저 멀리 쓸려 내려가 버렸다. 암초에 부딪쳐 걸리지 않았더라면 분명 바다 속으로 가라앉고 말았을 것이다. 처음 배가 암초에 부딪혔을 때는 선수가 쑥 들려올라가는 바람에 선미가 가장 아래가 되었다. 그러나 이번에는 선미가 공중으로 쳐들리면서 선수가 물속에 처박혔다. 그와 동시에 바닷물이 봇물이 터진 것처럼 앞 갑판 창문으로 쏟아져 들어왔다.

그 다음 일어난 일을 이야기하는 것만으로도 앨런은 얼굴이 창백하게 질렸다. 침상에는 두 선원이 꼼짝 않고 누워 있었다. 그 둘은 물이 밀려오는 것을 보고는 배가 침몰했다고 착각하고 고래고래 소리를 지르기 시작했다. 가슴을 찢는 듯한 처절한 비명이었다. 갑판에 있던 사람들은 앞 다투어 보트에 올라타 정신없이 노를 저었다. 200야드도 가지 못했을 때 세 번째 커다란 파도가 밀려와 범선을 암초에서 완전히 밀어내 버렸다. 순간 돛이 바람에 팽팽하게 펴지며 보트를 쫓아오는 듯이 보였다. 그러나 실은 그 사이에도 범선은 시시각각 가라앉고 있었다. 이윽고 배는 무언가에 잡아끌리듯이 빠르게 가라앉았고, 마침내 바다는 디서트의 커버넌트 호를 완전히 집어삼키고 말았다.

그 끔찍한 비명을 들은 사람들은 육지로 향하는 내내 입을 꾹 다물고 있었다. 그러나 해변을 밟기가 무섭게 호지슨이 깊은 생각에서 퍼뜩 깬 사람처럼 문득 정신을 차리더니 부하들에게 앨런을 붙잡으라고 명령했다. 그러고 싶지 않았던 선원들은 머뭇거렸다. 그러나 이미 악마로 돌변한 호지슨은 "상대방은 앨런 한 사람이다, 이놈은 큰돈을 갖고 있다, 범선이 가라앉은 것도 동료가 물귀신이 된 것도 다 이놈 때문이다, 지금이야말로 단숨에 놈에게 복수하고 돈을 빼앗을 때다" 선장이 악을 썼다. 7대 1의 승부였다. 바닷가에는 앨런이 방패로 삼을 만한 바위가 한 개도 없었다. 선원들이 사방으로 흩어져 앨런의 뒤에서 포위망을 좁혀 왔다.

"그때" 앨런이 말을 이었다. "그 붉은 머리를 한 작은 사나이가…… 그 이름이 뭐더라?"

"리아치요."

"그래, 리아치! 내 앞을 막아선 사람은 바로 리아치였어. 그자가 내 편을 들며 놈들에게 신의 심판이 무섭지 않으냐고 으름장을 놨어. '제기랄! 난 이 하일랜드 사람하고 같이 싸우겠다!' 외쳤지, 아마. 그 붉은 머리를 한 작은 사내는 근본이 썩은 놈은 아니었던 거야. 조금은 인간다운 구석이 있었지.

"그렇군요. 그는 나름대로 내게 친절하게 대해 줬어요."

"나한테도 그랬다. 맹세컨대 그는 정말 훌륭한 사람이었어! 어쨌든 데이비드, 배의 침몰과 동료들의 끔찍한 비명에 그는 완전히 다른 사람이 된 거야."

"그런 것 같군요. 그도 처음에는 다른 사람들 못지않게 무자비했으니까요. 그런데 호지슨은 그걸 보고 뭐라던가요?"

"내가 보기엔 아주 괘씸해하는 것 같았어. 그 붉은 머리의 작은 사내는 내게 계속 도망가라고 소리쳤고, 나는 그의 말대로 죽을힘을 다해 내달렸지. 한참 뒤에 뒤를 돌아보니 놈들은 해변에 무리지어 있더군. 심상치 않은 분위기였어."

"그래서 어떻게 됐죠?"

"주먹질이 오갔지. 얼마 뒤 누가 풀썩 쓰러지는 것이 보였어. 하지만 난 꾸물거릴 여유가 없었지. 멀 섬 끝에는 캠벨 가문의 땅이 있으니까. 나한테는 썩 반갑지 않은 상대잖아. 그것만 아니었다면 난 그곳에서 머물며 너를 찾았을 거다. 물론 그 작은 사내도 도우러 갔을 거고." 나는 앨런이 리아치를 계속 '작은 사내'라고 부르는 것이 우스웠다. 사실 리아치는 앨런과 비교해서 그리 작은 키가 아니었던 것이다. 앨런이 말을 이었다. "난 최대한 빨리 그곳을 떠났어. 누구와 마주칠 때마다 배가 난파했다고 큰 소리로 알렸지. 그러면 멈춰 서서 자세한 얘기를 들을 여유 따위는 없는 거야! 놈들이 바닷가를 향해 냅다 달려가는 꼴을 너도 봤어야 하는데! 그런데 막상 바닷가에 도착해 보면 그냥 헛물을 켜는 거지. 캠벨이라는 성을 가진 놈들한테는 좋은 약이었어. 그 범선이 통째로 가라앉는 바람에 잔해 하나 밀려오지 않은 것은 캠벨 일족에 대한 천벌이라고 난 생각한다. 그게 너한테는 엄청난 불운이 됐지만. 난파선의 잔해 하나라도 해안으로 밀려왔더라면 놈들은 섬을 샅샅이 뒤지다 너를 발견했을 테니까."

19. 공포에 휩싸인 집

걷다 보니 밤이 되었다. 오후에는 흩어져 있던 구름이 하나로 모여 두터운 층을 이루고 있었다. 그 때문에 그 계절치고는 몹시 어두웠다. 우리는 울퉁불퉁한 산길을 걷고 있었다. 앨런은 자신만만하게 걸어갔지만, 나는 앨런이 무슨 수로 방향을 잡는지 전혀 알 수가 없었다.

10시 반쯤이 되어서야 겨우 언덕 꼭대기에 올랐다. 아래쪽에 불빛이 보였다. 집 한 채가 있었다. 활짝 열린 문으로 난롯불과 촛불의 불빛이 새어나오고 있었다. 본채와 헛간 주위에는 대여섯 사람이 저마다 횃불을 들고 분주하게 움직이고 있었다.

"제임스도 판단력이 흐려지기 시작했나 보군." 앨런이 말했다. "이쪽이 우리가 아니라 군사라면 어쩌려고. 하지만 도로에는 파수꾼을 세워 두었을 거고, 우리가 군대에 뒤를 밟힐 리 없다고 확신하고 있을 거야."

그러더니 독특한 곡조를 휘파람으로 세 번 불었다. 놀랍게도 첫 휘파람 소리에 그때까지 움직이던 사람들이 기다렸다는 듯이 동작을 뚝 멈추더니, 세 번째 휘파람 소리에 다시 분주하게 움직이기 시작했다.

이렇게 모두를 안심시킨 뒤에 우리는 언덕을 내려갔다. 뜰로 이어지는 정문(그 집은 커다란 농가 같았다)에서 오십 줄의 키 크고 풍채 당당한 사나이가 우리를 맞이했다. 그는 게르어로 앨런에게 말을 걸었다.

"제임스 스튜어트," 앨런이 말했다. "스코틀랜드어로 말하세요. 젊은 향사를 한 명 데리고 왔는데 게르어를 모르거든요. 여기 있는 청년이 그 향사입니다." 앨런이 내 팔을 잡으며 덧붙였다. "로랜드의 젊은 향사로, 고향에서는 지주이기도 하죠. 이 청년의 안전을 위해 이름은 밝히지 않겠습니다."

글렌 가문의 제임스는 나를 흘끗 보고 대단히 정중하게 인사했지만, 이내 앨런에게 고개를 돌렸다.

"끔찍한 사건이 일어났네." 제임스가 격앙된 어조로 말했다. "큰 소동이 벌어질 거야." 그러면서 초조하게 두 손을 비볐다.

"흠!" 앨런이 말했다. "괜한 걱정하실 필요 없어요. 고맙게도 콜린 로이는 죽었거든요!"

"차라리 살아 있는 게 백번 낫지! 무슨 일이 벌어지기도 전에 호들갑 떠는 건 꼴불견이지만, 사건은 이미 벌어졌어, 앨런. 게다가 그 책임이 모두 어디로 돌아올까? 사건은 아핀에서 일어났다고. 이게 무슨 말인지 알겠나, 앨런? 대가를 치러야 하는 것은 바로 이 아핀이란 말이야. 더군다나 나는 처자식까지 있는 몸인데."

이런 이야기가 오가는 동안 나는 근처에 있던 하인들을 살펴보았다. 사다

리를 타고 본채와 헛간 지붕에 올라가 짚더미 안에 손을 찔러 넣고 총이며 검 등 무기들을 꺼내는 자도 있었고, 그것을 나르는 자도 있었다. 언덕 저 아래쪽에서 곡괭이 내리치는 소리가 들렸다. 무기를 파묻고 있다는 것을 알 수 있었다. 하인들은 매우 바쁘게 움직였지만, 수고에 비해서 능률은 떨어지는 것 같았다. 총 한 자루를 서로 자기가 나르겠다고 다투기도 하고, 활활 타오르는 횃불을 피하려다가 서로 부딪히기도 했다. 제임스는 앨런과 대화를 나누면서도 좌우를 틈틈이 살피며 뭐라고 큰 소리로 지시했지만, 전혀 전달되지 않는 것 같았다. 횃불에 비친 사람들의 얼굴은 초조함과 공포심에 휩싸인 표정이었고, 누구 하나 큰 소리로 떠드는 사람은 없었지만 말소리에는 불안감과 분노가 서려 있었다.

한 소녀가 집 안에서 보따리를 들고 나온 것은 바로 그때였다. 그 보따리를 본 순간 앨런의 본성이 즉시 눈떴다. 나는 아직도 그때를 생각하면 나도 모르게 슬그머니 미소가 지어진다.

"저 아이가 들고 있는 게 뭡니까?" 앨런이 물었다.

"지금 집 안을 정리하는 중이네, 앨런." 순간 당황한 제임스가 앨런의 눈치를 살피며 대답했다. "놈들이 횃불을 들고 아핀의 모든 집을 구석구석 뒤

질 테니 위험한 물건은 미리 정리해 둬야지. 보다시피 총과 검은 지붕에서 꺼내서 이탄 안에 묻고 있다. 저 보따리는 너의 프랑스 옷일 거야. 저것도 묻으려고."

"제 프랑스 옷을 묻는다고요!" 앨런이 소리를 질렀다. "그건 안 되죠!" 그러더니 보따리를 휙 낚아채어 제임스를 잠시 내게 맡긴 채 옷을 갈아입으러 헛간으로 들어갔다.

제임스는 나를 부엌으로 데리고 가서 함께 식탁에 앉더니 처음에는 아주 정중하고 온화하게 말을 건넸다. 그러나 곧 얼굴이 몹시 어두워졌다. 그는 미간을 찌푸리고 손톱을 물어뜯으며 조용히 앉아 있었다. 이따금 내 존재를 떠올리고 한두 마디 짧게 말을 건네면서 예의상 미소를 지었지만, 이내 다시 극심한 불안감에 안절부절못했다. 제임스의 아내는 난롯가에 앉아 두 손으로 얼굴을 가리고 울고 있었다. 장남은 마룻바닥에 웅크리고 앉아 산더미처럼 쌓인 서류를 하나하나 훑어보다가 몇 가지를 추려 완전히 재가 될 때까지 태웠다. 그 사이, 빨간 얼굴을 한 어린 하녀는 공포에 질려 반은 넋이 나간 채 온 방 안을 초조하게 왔다 갔다 하며 훌쩍거렸다. 이따금 하인 한 사람이 안뜰에서 얼굴을 내밀고 큰 목소리로 지시를 구했다.

마침내 제임스는 더는 앉아 있기가 힘들었는지, 내게 대단한 실례인 줄은 알지만 잠시 좀 거닐겠다며 양해를 구했다. "정말 미안한 말이지만, 만만치 않은 상대라서요. 이 끔찍한 사건과 그것 때문에 아무 관련도 없는 사람들에게 덮쳐 올 재앙을 생각하니 머리가 복잡합니다."

얼마 뒤 제임스는 아들이 보관해 두어야 할 서류를 태우고 있는 것을 발견했다. 그 순간 그는 옆에서 보기 민망할 정도로 길길이 날뛰며 아들을 사정없이 후려갈겼다.

"네놈이 미친 게냐?" 제임스가 호통쳤다. "아비가 교수형을 당했으면 좋겠어?" 그는 내가 보고 있다는 사실도 잊은 채 게르어로 한참 동안 욕설을 퍼부었다. 아들은 한 마디도 대꾸하지 않았다. 아내는 교수형이라는 단어를 듣고 앞치마에 얼굴을 파묻고는 아까보다 더 격렬하게 울었다.

나 같은 이방인이 보기에도 비참한 광경이었다. 따라서 앨런이 돌아왔을 때는 안도의 한숨이 절로 나왔다. 멋진 프랑스 제복을 차려입은 앨런은 아주 말쑥해 보였다(물론 몹시 낡고 해져서 아무리 좋게 보려 해도 훌륭하다고는 표현할 수 없지만). 다음은 내 차례인지, 다른 아들이 나를 어떤 방으로 데리고 갔다. 그는 내게 오래전부터 절실했던 갈아입을 옷과 사슴 가죽으로 만든 브로그를 주었다. 처음에는 발 모양과 맞지 않았으나, 조금 걷다 보니 편안하게 맞았다.

내가 옷을 갈아입는 동안 앨런은 그간의 이야기를 남김없이 들려준 것 같았다. 나와 앨런이 함께 도주할 계획이라는 것을 알았는지, 부산하게 움직이며 우리의 여장을 꾸려 주었다. 나는 칼싸움을 할 줄 모른다고 솔직하게 말했지만, 제임스는 기어이 칼과 총을 한 자루씩 주었다. 총알, 오트밀 한 봉지, 철제 냄비 하나, 진짜 프랑스산 브랜디 한 병도 받았다. 그로써 황야로 나갈 준비가 끝났다. 사실을 말하자면 돈이 필요했다. 내게 남은 돈은 2기니 정도밖에 없었고, 앨런도 갖고 있던 전대를 다른 심부름꾼을 시켜 진작 보낸 상태였다. 이 충실한 운반책의 전 재산은 10펜스가 될까 말까 한 정도였다. 제임스도 에든버러로 볼일을 보러 가거나 소작인들에게 소송비용을 대 주느라 별로 가진 것이 없었다. 온 집안을 뒤졌지만 3실링 5펜스 반밖에 나오지 않았다. 그것도 대부분은 동화였다.

"이걸론 어림도 없겠는데요." 앨런이 말했다.

"먼저 이 근처에 안전한 은신처를 마련해." 제임스가 앨런에게 말했다. "그런 다음 나한테 전갈을 보내. 조심해서 해야 해. 그깟 몇 푼 때문에 꾸물거릴 여유는 없어. 놈들은 분명 너를 찾아다닐 거야. 오늘 일어난 사건을 너에게 뒤집어씌우겠지. 네가 벌을 받게 되면, 네 친척이자 너를 숨겨 준 나도 무사하지 못할 거야. 만일 내가 그렇게 되면……." 제임스는 말을 끊고 하얗게 질린 얼굴로 손톱을 깨물었다. "내가 교수형에 처하면 일족은 큰 고통을 당하게 된다."

"아핀에도 재앙의 날이 되겠죠." 앨런이 말했다.

"그날을 상상하면 가슴이 찢어지는 것 같다." 제임스가 말했다. "이런, 뭘 꾸물대는 거냐, 앨런! 이렇게 넋 놓고 수다나 떨고 있을 때가 아니잖아!" 이렇게 외치더니 제임스는 온 집 안에 메아리가 울리도록 벽을 쾅쾅 쳤다.

"그 말이 맞아요." 앨런이 말했다. "이 로랜드 친구도(내게 고개를 끄덕여 보이면서) 전에 제게 말이 많다고 충고했었죠. 별로 귀담아 듣지는 않았지만."

"어쨌거나" 제임스가 다시 점잖게 말했다. "그들이 날 붙잡으면 그때야말로 넌 돈에 쪼들리게 될 것이다. 이런저런 얘기를 했다만, 결론은 너나 나나 앞날이 캄캄하다는 거야. 알아듣지? 일단 내 말을 끝까지 잘 들어라. 그러면 어째서 내가 너에게 불리한 벽보를 붙여야 하는지 이해할 거야. 난 네 목에 현상금을 걸 거다. 그래, 내가 말이야! 이렇게 가까운 친척 사이에 그렇게까지 해야 한다고 생각하면 나도 괴롭다. 하지만 이 끔찍한 사건에 휘말리지 않으려면 나도 내 몸을 지켜야 해. 이해하지?"

제임스는 앨런의 가슴팍을 붙잡고 간절한 표정으로 말했다.

"네." 앨런이 말했다. "이해해요."

"그리고 넌 한시바삐 이 고장을 떠나라. 아니, 앨런, 아예 스코틀랜드를 떠나. 저 로랜드 친구와 함께. 내가 저 로랜드 친구의 목에도 현상금을 걸 거니까. 알아듣겠니, 앨런? 알아듣겠다고 말해!"

앨런의 얼굴이 조금 붉어진 것 같았다. "이 친구를 여기로 데려온 저는 뭐가 됩니까!" 앨런이 고개를 빳빳이 들고 말했다. "그건 저를 배신자로 만드는 짓이에요!"

"정신 차려, 앨런!" 제임스의 목소리가 높아졌다. "현실을 직시해야지! 내가 하지 않더라도 이 청년은 수배될 거야. 망고 캠벨이 수배령을 내릴 거야. 어차피 그렇다면 피장파장이잖아. 게다가 앨런, 난 처자식이 있는 몸이야." 둘은 잠시 말이 없었다. 이윽고 제임스가 말했다. "앨런, 배심원석은 캠벨 일족이 차지하게 될 거야."

"한 가지 말씀드리자면," 앨런이 말했다. "이 청년의 이름을 아는 사람은 아무도 없습니다."

"놈들을 얕잡아 보지 마, 앨런! 그 점은 내가 보장해." 제임스가 고함을 질렀다. 자신은 내 이름을 정확히 알고 있으며, 그것을 자신에게 유리하게 이용하겠다는 말투였다. "이 청년의 옷차림이나 생김새나 나이만 알아도 충분해. 그것만으로도 얼마든지 잡을 수 있어."

"똑같은 아버지의 자식이면서 정말 알 수 없는 말을 하시네요." 앨런이 흥분해서 따지고 들었다. "옷을 입혀 놓고는 인제 이 젊은이를 팔아넘기겠다니요? 옷을 갈아 입혀 놓고 배신하겠다는 겁니까?"

"그런 뜻이 아니야, 앨런. 그런 게 절대로 아니야. 내가 말한 옷차림이란

이 청년이 원래 입고 있던 옷이야. 망고가 본 옷 말이야." 그러나 제임스는 일이 뜻대로 풀리지 않아 몹시 낙담한 눈치였다. 사실 제임스는 지푸라기라도 잡고 싶은 심정이었던 것이다. 아마도 교수대를 배경으로 재판관석과 배심원석에 앉은 오랜 집안의 원수들의 모습이 눈앞을 스쳐 갔던 것이리라.

"그런데" 앨런이 나를 돌아보고 말했다. "넌 어떻게 생각하지? 난 내 명예를 걸고 널 보호하고 있으니 뭐든지 네 뜻에 따르는 게 내 역할이야."

"제가 하고 싶은 말은 한 가지밖에 없어요." 내가 대답했다. "두 분이 언쟁하시는 것과 저와는 아무런 관계도 없으니까요. 어떤 일에 마땅히 책임이 있는 사람이 그 책임을 지는 것이 상식이지요. 그렇다면 이번 일로 벌을 받아야 할 사람은 총을 쏜 사람이에요. 그자를 수배하는 벽보를 붙이세요. 정직하고 무고한 사람들이 안심하고 다닐 수 있게 해 주세요."

이 말에 앨런과 제임스는 그런 말도 안 되는 생각은 집어치우라며 기겁했다. 카메론 가문 사람들이 지금 그 말을 들으면 어떻게 생각하겠느냐며(이 말에 나는 그 일을 저지른 사람이 마모어의 카메론 가문 사람이라고 확신했다), 내게 그 젊은이가 붙잡히기를 바라느냐고 물었다. "설마 진심으로 한 말은 아니겠지?" 두 사람이 잡아먹을 듯이 따지고 들었으므로 나는 어쩔 수 없이 논쟁을 접기로 했다.

"알았어요." 내가 말했다. "제 벽보를 붙이든 앨런의 벽보를 붙이든 맘대로 하세요. 그 김에 조지 왕의 벽보도 좀 붙여 주시고요! 세 명 다 아무 죄도 짓지 않았지만, 오히려 그걸 원하시는 것 같으니까." 흥분이 조금씩 가셨으므로 나는 이렇게 덧붙였다. "어쨌든 저는 앨런의 친굽니다. 그러니 그의 친척분께 도움이 되는 일이라면 기꺼이 위험을 감수하겠어요."

나는 일단 그 자리를 좋게 마무리하는 것이 상책이라고 생각했다. 앨런의 입장이 매우 난처해 보였기 때문이다. 또 내가 허락하든 안 하든, 이곳을 떠나는 순간 벽보가 붙을 것이 뻔했기 때문이다. 그러나 곧 나는 이 생각이 잘못되었음을 깨달았다. 내가 입을 다물기가 무섭게 스튜어트 부인이 의자에서 벌떡 일어나 우리에게 달려오더니 먼저 내 목을, 그다음에는 앨런의 목을 끌어안고, 자기 가문을 그토록 생각해 주어 고맙다며 펑펑 울면서 이렇게 말했기 때문이다.

"앨런한테는 그것이 친척으로서의 본분이나 다름없어요. 하지만 이 젊은

분은 그렇지 않아요. 이분은 오늘 처음으로 이곳에 오셔서, 우리가 이렇게 불행한 처지에 있다는 것과 남편이 청원자처럼 필사적으로 부탁하는 것을 보셨지요. 원래는 왕처럼 당당하게 명령해도 괜찮을 텐데 이분은…….” 부인이 내게 말했다. “유감스럽게도 이름은 여쭤볼 수 없지만, 얼굴은 잘 기억할게요. 심장이 뛰는 한 절대로 잊지 않고 늘 떠올리며 신의 가호를 빌겠어요.” 부인은 내게 입 맞추고서 격하게 흐느껴 울었다. 나는 부끄러워서 얼굴이 새빨개졌다.

“흠, 흠.” 앨런이 몹시 낙담한 표정으로 말했다. “7월은 날이 일찍 밝아. 날이 밝으면 아핀 전역에서 수색 작업이 펼쳐질 거야. 말을 탄 용기병도 돌아다닐 테고, ‘크러한!’*88 하고 함성도 지를 테고, 영국군이 사방에 깔리겠지. 그러니 지금 당장 출발해야 해.”

우리는 모두와 작별인사를 나누었다. 그리고 조용한 어둠을 틈타, 여전히 울퉁불퉁한 길을 따라 동쪽으로 걷기 시작했다.

20. 황야의 도주—바위

우리는 걷기도 하고 뛰기도 했는데, 새벽이 가까워져 오면서 걷기보다 달리는 일이 많아졌다. 얼핏 보기에 이 지방은 사람이 살지 않는 황야 같았다. 그러나 한적한 골짜기에는 집들이 꽤 있었다. 아마도 스무 채 이상은 지났을 것이다. 집이 나올 때마다 앨런은 나를 길가에 세워 두고 자신은 그 집의 창문을 두드려 자는 주인을 깨워서는 잠시 무슨 이야기를 나누었다. 정보를 알리기 위해서였다. 그 지방에서는 그러는 것이 중요한 의무였으므로, 앨런은 목숨 걸고 도주하는 와중에도 걸음을 멈추고 그 의무를 다해야 했던 것이다. 다른 사람들도 이 의무를 훌륭하게 완수했으므로, 우리가 들른 집의 절반 이상은 이미 살인 사건에 대해 알고 있었다. 내가 아는 한 나머지 집들은 그 소식을 듣고 놀라기보다는 당혹스러워했던 것 같다. 하지만 앨런으로부터 멀찍이 떨어져 있었고, 내가 알아들을 수 없는 말이었으므로 정확히는 알 수

*88 캠벨 일족이 지르는 함성.

없었다.

바쁘게 서둘렀지만, 마땅히 숨을 만한 곳을 찾기 전에 동이 터 버렸다. 우리가 있는 곳은 바위가 곳곳에 박혀 있고 강물이 하얗게 물보라를 일으키며 흐르는 드넓은 골짜기였다. 주위에는 풀 한 포기 자라지 않은 벌거숭이산이 솟아 있었다. 그 뒤로 가끔 생각해 보는데, 우리가 있던 곳은 윌리엄 왕*[89] 치세 때 학살이 벌어진 글렌코*[90]라는 계곡이었을지도 모른다. 우리가 어떤 길을 지나갔는지는 나중에 자세히 조사해 볼 생각이다. 지름길이라고 생각했는데 사실은 빙 돌아가는 길이었고, 주로 밤에만 빠른 걸음으로 길을 지난 데다가, 낯선 게르어로 지명을 들어서 그만큼 빨리 잊어버린 탓에 거의 기억나는 것이 없다.

새벽 어스름이 이 끔찍한 땅을 비추기 시작했을 때, 나는 앨런이 미간을 찌푸리는 것을 분명히 보았다.

"우리에게 불리한 장소야." 앨런이 말했다. "놈들은 분명 이 근처를 감시할 거야."

그렇게 말하더니 물가로 쏜살같이 뛰어갔다. 물줄기가 바위 세 개에 가로막혀 두 갈래로 갈라지는 곳이었다. 강은 고막을 뒤흔드는 굉음을 내며 바위 사이를 흘러내려 갔다. 바위 가장자리에는 엷은 물보라가 안개처럼 피어올랐다. 앨런이 갑자기 가운데 바위로 풀쩍 몸을 던지더니 납작 엎드렸다. 바위가 작아서 그렇게 하지 않으면 반대편으로 굴러떨어질 수도 있었기 때문이다. 나도 거리를 재고 위험하다는 생각을 할 겨를도 없이 앨런을 따라 몸을 날렸다. 앨런이 나를 끌어올려 주었다.

우리는 물보라로 미끄러운 작은 바위 위에 나란히 섰다. 거기서 반대편 물가까지 강폭은 지금 건너뛴 거리보다 훨씬 넓었다. 우리는 굉음을 내는 강물에 갇혀 있었다. 우리가 어떤 곳에 서 있는지 분명히 깨닫자 극심한 두려움에 구토증이 밀려왔다. 나는 손으로 눈을 가렸다. 앨런이 나를 잡아 흔들었다. 뭐라고 말하는 것 같았지만, 요란한 물소리와 아득해진 정신 때문에 도통 들리지가 않았다. 앨런이 새빨간 얼굴로 화를 내며 발을 쾅쾅 구르는 것

---

*89 영국 왕 윌리엄3세. 1689~1702년 재위.

*90 1692년 2월 13일, 글렌코의 맥도널드가 국왕의 명령을 어겼다는 이유로, 이 계곡 주민 40명 이상이 군대에 살해당했다.

이 보였다. 그와 함께 거센 물줄기와 허공에 떠 있는 물보라도 눈에 들어왔다. 나는 곧 다시 눈을 가리고 벌벌 떨었다.

갑자기 앨런이 브랜디 병을 내 입에 대고는 억지로 한 모금 마시게 했다. 덕분에 얼굴에 다시 피가 돌아왔다. 앨런이 손으로 나팔을 만들어 내 귀에다가 대고 소리쳤다. "교수형을 당해 죽든지 물에 빠져 죽든지 어느 하나야!" 그러고는 홱 돌아서서 반대편으로 훌쩍 뛰어 무사히 물가에 착지했다.

나는 바위에 혼자 남겨졌으나, 그만큼 행동반경이 넓어졌다. 브랜디 때문에 귀가 왕왕 울렸지만, 앨런이 보여 준 훌륭한 본보기도 눈에 아직 선하고, 곧바로 뛰지 않으면 영원히 뛰지 못하리라는 것을 깨달을 만큼의 판단력은 남아 있었다. 나는 무릎을 최대한 굽혔다가 있는 힘껏 몸을 날렸다. 이따금 용기 대신 나를 전율하게 하는 절망적인 분노가 이때도 나를 움직이게 했다. 그러나 예상대로 착지한 것은 두 손뿐이었다. 그 손조차 미끄러졌다가는 다시 바위를 붙잡고, 그랬다가 다시 미끄러졌다. 강물로 힘없이 미끄러져 내리려는 순간, 앨런이 내 머리카락과 옷깃을 움켜쥐고 힘껏 끌어올려 주었다.

앨런은 한마디도 없이 다시 내달리기 시작했다. 나도 비틀거리며 일어서서 뒤를 쫓아갔다. 아까부터 지치긴 했지만, 이번에는 설상가상 메스껍기도 하고 바위에 부딪힌 곳이 욱신거리기도 하고 얼마쯤 취기도 올랐다. 달리면서도 몇 번이나 무릎이 꺾였고, 옆구리는 바늘로 찌르는 것처럼 쿡쿡 쑤셨다. 따라서 마침내 앨런이 수많은 바위 가운데 어느 한 개에 몸을 숨겼을 때야말로 데이비드 벨푸가 기다리고 기다리던 순간이었다.

'바위 하나'라고 말했지만, 정확히 말하자면 상층부가 하나로 붙은 두 개의 바위였다. 둘 다 높이가 20피트쯤 되어, 얼핏 보기에는 도저히 올라갈 수 있을 것 같지가 않았다. 손이 네 개 달렸다 해도 과언이 아닌 앨런조차 올라가는 데 두 번이나 실패했다. 세 번째, 그것도 내 어깨를 밟고 서서, 틀림없이 빗장뼈가 부러졌으리라고 생각될 만큼 엄청난 반동으로 뛰어올라서야 겨우 올라갔다. 앨런은 꼭대기로 올라가자 허리띠를 풀어 늘어뜨려 주었다. 나는 그것을 붙잡고 바위의 움푹 팬 곳을 발판 삼아 무사히 기어올랐다.

왜 그런 곳으로 올라갔는지, 올라가고 나서야 깨달았다. 그 두 바위는 둘 다 윗면이 움푹 꺼져 있었다. 한쪽이 점점 경사지어 내려가면서 다른 한쪽과 이어졌는데, 그 모양이 꼭 밥그릇이나 국그릇 같아서 어른 서너 명이 거뜬히

몸을 숨길 수 있었다.

앨런은 숨 가쁘게 달리고 이렇게 바위에 기어오르는 내내 한 마디도 없었다. 나는 그가 뭔가 큰 실수를 저질렀으며, 그 일을 몹시 마음 쓰고 있다는 것을 알 수 있었다. 바위 위에서조차 입을 꾹 다문 채 굳은 표정을 풀려 하지 않았다. 납작 엎드린 채 이 은신처에서 한쪽 눈만 살짝 내밀어 사방을 살필 뿐이었다. 날은 완전히 밝아 있었다. 계곡 양쪽의 자갈밭도, 바위투성이 골짜기도, 굽이치며 곳곳에서 폭포가 되어 흐르는 계곡물도 똑똑히 보였다. 그러나 인가에서 나는 연기는 어디에도 보이지 않았다. 절벽에서 섬뜩하게 우는 독수리 몇 마리 외에 살아 있는 것이라고는 눈을 씻고도 찾아볼 수가 없었다.

앨런이 한참 만에야 싱긋 웃으며 이렇게 말했다. "이제야 한숨 돌리겠군." 그러고는 자못 우습다는 듯이 나를 바라보며 말했다. "점프에는 소질이 없는 것 같군."

모욕감에 내 얼굴이 붉어졌었던 것 같다. 앨런이 당황하며 이렇게 덧붙였기 때문이다. "비난하는 게 아니야! 두렵더라도 끝까지 해내면 훌륭한 사람이 될 수 있지. 게다가 거긴 물도 흐르고 있었잖아. 물은 나도 무서워. 비난받아야 할 사람은 오히려 나야."

나는 그 까닭을 물었다.

"내가 바보라는 사실을 어젯밤에 확실히 깨달았거든. 첫째, 나는 길을 잘못 들었어. 그것도 내 고향 아핀에서. 날이 밝고 보니, 접근해서는 안 될 곳에 와 있었지. 우리가 지금 이렇게 위험하고 불편한 곳에 엎드려 있는 건 그 때문이야. 둘째, 이게 나처럼 황야 생활을 밥 먹듯 하는 사람한테는 훨씬 심각한 실수인데, 즉 물통을 빼먹고 길을 나섰다는 점이야. 덕분에 기나긴 여름 낮에 술 한 병만 달랑 가진 채 이곳에 누워 있어야 하지. 아무것도 아닌 일로 생각될지 모르지만, 해가 지기 전에 분명히 물이 왜 중요한지 알게 될 거다."

명예를 만회하고 싶어 안달이 났던 나는 브랜디를 버려도 좋다면 강으로 한달음에 달려가서 병에 물을 채워 오겠다고 말했다.

"이 귀한 술을 버리고 싶지는 않구나." 앨런이 말했다. "너도 이 브랜디 덕에 살았잖냐? 이게 없었더라면 넌 아직도 저 바위 위에 서 있을지도 몰라. 그뿐만이 아니다. 너도 눈썰미가 좋아서 이미 눈치챘겠지만, 이 앨런 브렉 스튜어트 님이 평소보다 빠르게 걸을 수 있었던 것도 다 술기운 덕분이었지."

"어쩐지!" 내가 외쳤다. "미친 듯이 뛰더라니!"

"그 정도였어? 1초도 낭비해선 안 되니까 그랬지. 뭐, 잡담은 이쯤에서 그만두도록 하자. 내가 망을 볼 테니 먼저 한숨 자렴."

나는 눈을 붙이려고 누웠다. 바람에 날아온 이탄질 흙이 퇴적된 바위틈에서 고사리가 조금 자라 있었으므로 그것을 이불 삼아 누웠다. 잠들기 직전까지 들린 소리는 여전히 독수리의 울음소리뿐이었다.

아침 9시경이었을 것이다. 내 몸을 세차게 흔드는 손길에 잠에서 깼다. 앨런이 내 입을 손으로 막았다.

"쉿!" 앨런이 목소리를 한껏 낮추고 말했다. "코를 골았어."

나는 앨런의 불안스러운 어두운 표정에 깜짝 놀라면서 말했다. "코를 골면 안 되나요?"

앨런이 바위 가장자리로 눈만 내밀고 슬쩍 살펴보더니, 나에게도 그렇게 해 보라고 신호했다.

해는 이미 중천에 떠 있었다. 구름 한 점 없이 무더운 날씨였다. 계곡이 그림처럼 선명하게 보였다. 강을 반 마일쯤 거슬러 올라간 지점에 영국군의 야영지가 있었다. 한가운데서는 병사들이 모닥불을 피워놓고 취사를 하고 있었다. 근처에는 우리가 있는 바위와 거의 비슷한 높이의 바위가 있었는데, 그 위에 보초 한 명이 올라가서 망을 보고 있었다. 햇빛이 총에 반사되어 번쩍번쩍 빛났다. 강의 하류까지 들쭉날쭉한 간격으로 보초들이 배치되어 있었다. 바위 위에 서 있는 보초처럼 높은 곳에 서 있는 자도 있고, 평평한 곳에서 규칙적으로 걷다가 맞은편에서 역시 규칙적으로 다가오는 보초와 가운데서 만나면 뒤를 돌아 제자리로 되돌아오는 동작을 반복하는 자도 있었다. 탁 트인 계곡 상류 지점에서 기병이 말을 타고 보초선을 돌아다니는 것이 똑똑하게 보였다. 계곡 하류에도 보병이 보초를 서고 있었다. 그러나 물살이 다른 커다란 물줄기와 합류하여 폭이 갑자기 넓어지는 곳이었다. 따라서 그곳에 있는 보병들은 멀리 떨어져서 여울이나 징검다리 주위만 지켰다.

나는 그들을 휙 둘러보기만 하고 얼른 내 자리로 돌아왔다. 새벽녘까지는 그토록 적막에 잠겼던 계곡에 총검이 늘어서고 빨간 제복과 바지가 점점이 흩어져 있는 광경은 낯설기 짝이 없었다.

"이제 알겠지." 앨런이 말했다. "내가 두려워하던 사태가 벌어졌어. 저들이 강기슭을 감시하는 것 말이야. 두 시간 전부터 슬슬 나타나더라고. 그런데 넌 이 절체절명의 순간에 잘도 자더구나! 놈들이 절벽 중턱까지 오른다면 쌍안경으로 우리를 즉시 발견할 거야. 하지만 저대로 계곡 쪽에만 머무른다면 우리에게도 기회는 있지. 하류 쪽에 보초의 숫자가 적으니까, 밤이 되면 그 옆으로 빠져나가 보자."

"밤까지는 뭘 하죠?"

"화형 당하면서 여기 누워 있어야지."

'화형 당한다'는 스코틀랜드식 표현은 우리가 보낸 그날 하루를 설명하기에 안성맞춤인 말이었다. 독자 여러분도 상상하시기 바란다. 우리는 휑한 바위 꼭대기에서 오븐 팬에 올려진 빵 반죽처럼 누워 있었다. 뙤약볕은 인정사정없이 우리 둘 위로 내리쬈다. 바위는 손도 대기 어려울 정도로 달아올랐다. 한 줌의 흙과 고사리가 있는 곳은 다소 시원했지만, 한 사람 눕기에도 버거운 면적이었다. 우리는 교대로 맨바닥에 누웠다. 냄비 위에서 화형 당했다*91는 옛 성인이 된 기분이었다. 똑같은 하일랜드에서 불과 닷새 전에는 무인도에서 추위로 고생하더니 이번에는 더위에 고생하는 내 처지를 생각하자 기가 막혔다.

그동안 물을 한 방울도 마실 수 없었다. 마실 거라고는 브랜디뿐이었지만, 브랜디는 차라리 마시지 않는 편이 나았다. 그래도 병을 흙에 파묻어 되도록 식혔다가 가슴팍과 관자놀이에 조금씩 바르면 기분이 한결 나아졌다.

병사들은 종일 교대로 보초를 서고, 대열을 짜서 바위 사이사이를 살피면서 골짜기를 돌아다녔다. 이루 헤아릴 수 없을 만큼 바위가 많았으므로, 그 사이에서 사람을 찾아낸다는 것은 모래밭에서 바늘 찾기나 다름없었다. 그만큼 가능성 없는 일이었기에 그들도 설렁설렁 찾았다. 그래도 병사들이 히스 덤불에 총검을 푹 찔러 넣을 때마다 나는 오싹했다. 병사들이 가끔 우리가 있는 바위 근처를 어슬렁거렸다. 그럴 때면 우리는 둘 다 숨도 제대로 쉬지 못했다.

처음으로 정통 영어를 들은 것은 그때였다. 한 병사가 우리가 누워 있는 바위의 양달을 아무 생각 없이 손으로 철썩 때렸다가 놀라서 떼면서 외쳤다. "앗, 뜨거워!" 나는 그 발음이 몹시 딱딱하고 억양이 없는 데에 놀랐다. 특히 'h'를 발음하지 않는 이상한 버릇*92에 깜짝 놀랐다. 이전에 랜섬이 그렇게 발음하는 것을 듣기는 했지만, 그 소년은 여러 사람을 흉내 내 말투를 수시로 바꿨다. 따라서 나는 랜섬의 발음이 괴상한 것은 랜섬이 어린 탓이라고 생각했었다. 그러므로 다 큰 어른이 랜섬과 똑같이 발음한다는 사실에 더욱 놀랐다. 솔직히 말하자면 나는 지금도 그런 말투에 익숙하지 않고 문법도 낯설다.

시간이 갈수록 고통은 심해졌다. 바위는 점점 더 달궈지고, 햇볕은 점점 강하게 내리쬈다. 현기증, 구역질, 류머티즘과 같은 날카로운 고통을 꾹 참고 있어야 했다. 그러고 있으려니(그리고 그 뒤에도 가끔) 다음과 같은 스

---

*91 죄인을 직접 불에 태우기도 했지만, 냄비에 넣어 화형 시키기도 했다.

*92 런던에서는 'hot'을 'ot'처럼 발음한다.

코틀랜드의 찬송가 한 구절이 생각났다.

> 밤의 달이 너를 상하게 하지 아니하며
> 낮의 해도 너를 상하게 하지 아니하니.*93

우리가 둘 다 일사병에 걸리지 않은 것은 신의 은총이라는 것 외에 달리 설명할 길이 없다.

마침내 두 시쯤이 되자 인간의 한계로는 버틸 수 없는 지경이 되었다. 고통을 견디는 동시에 유혹과도 싸워야 했다. 유혹이란, 서서히 해가 서쪽으로 기울면서 병사들에게는 보이지 않는 바위 동쪽에 손바닥만한 그늘이 생긴 것이었다.

마침내 앨런이 말했다. "이렇게 죽으나 저렇게 죽으나 매한가지다." 그러더니 바위를 넘어 응달로 뛰어내렸다.

나도 곧 따라 뛰어내렸으나 대자로 널브러지고 말았다. 오랜 시간 뙤약볕을 쬔 탓에 체력도 떨어지고 눈앞이 핑핑 돌았기 때문이다. 우리는 그렇게 한두 시간쯤 누워 있었다. 삭신이 쑤시고 기운이 하나도 없었다. 더구나 병사가 이쪽으로 불쑥 찾아온다면 금방 발각될 정도로 대놓고 드러누워 있었다. 그러나 모두 바위 저쪽에만 있을 뿐, 이쪽으로는 오지 않았다. 덕분에 이 바위는 여전히 우리를 보호하는 방패막이가 되어 주었다.

조금씩 기운이 돌아왔다. 그 무렵 병사들은 물가에 옹기종기 모여 있었다. 앨런이 이때를 틈타 빠져나가자고 제안했다. 이제 나는 세상에 무서운 것이 하나밖에 없었다. 바위 위로 다시 올라가는 것이었다. 그 이외의 것이라면 뭐든지 괜찮았다. 우리는 재빨리 행군 준비를 마치고 바위에서 바위로 숨어 다니며 숨바꼭질하듯 이동하기 시작했다. 바위 뒤에 있을 때는 납작 엎드려 기고, 다른 바위로 이동할 때는 죽을힘을 다해 뛰었다.

병사들은 골짜기 수색을 마치고 오후의 무더위에 나른함을 느꼈던지, 경계의 고삐를 늦추고 제 위치에 서서 꾸벅꾸벅 졸거나 강가를 멍하니 바라보고 있었다. 덕분에 우리가 계곡을 재빠르게 내려가 산악지대로 향하는 사이

---

*93 구약성서 시편 121장 6절에도 같은 구절이 있다.

에 병사들이 조금씩 시야에서 멀어져 갔다. 다만 이번 행군은 이제껏 경험한 적 없을 만큼 고생스러웠다. 이 기복 심한 땅에서, 더구나 여기저기 배치된 수많은 보초의 목소리가 들리는 곳에서 발각되지 않으려면 온몸의 신경을 곤두세워야 했었다. 장애물이 없는 곳을 통과할 때는 속도가 문제가 아니었다. 주위 지형뿐만 아니라 발을 디뎌야 하는 돌 하나하나가 땅에 단단히 박혀 있는지까지 한눈에 판단해야 했다. 오후부터 바람이 완전히 잦아든 탓에, 조약돌 하나만 굴러가도 총소리처럼 요란한 소리를 내며 언덕과 절벽에 부딪혀 메아리칠 위험이 있었기 때문이었다.

행군 속도는 더뎠지만, 해가 지기 전에 꽤 멀리까지 이동할 수 있었다. 그러나 바위 위에 서 있는 보초의 모습은 여전히 또렷이 보였다. 그때 수많은 불안감을 싹 날려 줄 고마운 것이 등장했다. 세차게 흐르며 그 주변에서 계곡물로 합류하는 깊은 급류였다. 그 물줄기를 본 순간 우리는 옷을 벗어 던지고 미친 듯이 첨벙 뛰어들었다. 차가운 물이 온몸에 닿았을 때의 그 전율과 정신없이 물을 들이켰을 때의 그 맛 가운데 어느 것이 더 짜릿했는지 나는 우열을 가릴 수가 없다.

우리는 질리도록 물을 마시고, 손끝이 얼얼해지도록 가슴까지 물에 잠근 채 한참을 그곳에서 머물렀다(다행히 둑이 우리를 가려 주었다). 이윽고 놀랄 만큼 기운을 회복했으므로, 식량이 담긴 자루를 꺼내 철 냄비에 죽을 만들었다. 보릿가루에 물만 섞은 음식이지만, 배가 고플 때는 아주 맛있게 먹을 수 있었다. 게다가 불을 피울 수단이 없거나 우리처럼 불을 피워서는 안 될 때는 이 음식이 황야에 뛰어든 사람들에게 소중한 생명의 양식이었다.

어둠이 깔리자마자 우리는 다시 출발했다. 처음에는 지금까지처럼 경계심을 늦추지 않았지만, 점점 대담해져서 상체를 곧추세우고 성큼성큼 걸어갔다. 길은 험준한 산허리를 누비고 절벽 아래를 굽이치며 미로처럼 복잡하게 얽혀 있었다. 해가 지면서 구름이 끼기 시작해 어둡고 서늘한 밤이 되었다. 덕분에 걷는 데는 한결 수월해졌지만, 그 대신 절벽에서 떨어질까 봐 잔뜩 긴장해야 했다. 방향도 전혀 짐작할 수 없었다.

드디어 달이 떴지만, 우리는 계속 걸었다. 하현달인 데다 한참 구름에 가려져 있었으나 겨우 얼굴을 내밀자 우뚝 솟은 시커먼 산봉우리를 비추며 저 아래 길고 가느다란 후미에 그림자를 드리웠다.

우리는 발걸음을 멈추고 그 광경을 감상했다. 이렇게 높은 곳에서 구름 위를 걷고 있다는 사실이(나는 그렇게 느껴졌다) 믿기지 않았다. 앨런은 수시로 방각을 확인했다.

앨런은 한시름 놓은 듯이 보였다. 적이 아무리 고함을 질러도 목소리가 도달하지 않는 곳까지 왔다고 판단한 것 같았다. 그는 이어진 야간 행군 내내 군가, 밝은 노래, 슬픈 노래 등등을 휘파람을 불어대며 지루함을 달랬다. 듣는 나도 덩달아 발걸음이 가벼워지는 무도곡도 있었다. 노래들은 어둡고 적막하고 거대한 산맥을 넘어가는 여행길에 좋은 위로가 되어 주었다.

21. 황야의 도주—코리네이키 동굴

7월 초에는 보통 동이 일찍 트지만, 우리가 도착한 거대한 산 정상 초입의 골짜기는 아직 캄캄했다. 한가운데에 개울이 흐르고, 한쪽 암벽에는 얕은 동굴이 있는 곳이었다. 주위에는 자작나무가 듬성듬성 자란 아름다운 숲이 있고, 그곳에서 더 가면 소나무 숲으로 바뀌었다. 개울에는 송어 떼가 살았다. 숲에는 산비둘기가 무리지어 있었다. 나무가 별로 자라지 않은 건너편 산 중턱에는 마도요가 끊임없이 재잘대고, 뻐꾸기가 무리지어 있었다. 골짜기 입구에서는 마모어*94의 일부와 아펀과 마모어를 갈라놓은 리븐 후미가 내려다 보였다. 매우 높은 지대였으므로 나는 질릴 줄 모르고 그곳에 앉아서 경치를 감상했다.

그 골짜기는 '코리네이키 절벽'이라고 불렸다. 높은 산 위에 있고 게다가 바다가 가까워서 자주 구름에 에워싸이는 곳이었지만 대개는 날씨가 맑았다. 우리는 이곳에서 즐거운 닷새를 보냈다.

우리는 동굴에서 잤다. 히스를 베어 잠자리를 만들고, 앨런의 외투를 그 위에 깔았다. 계곡물 한쪽 모퉁이에 주변보다 지대가 조금 낮은 은밀한 장소가 있기에 대담하게도 그곳에서 모닥불을 피웠다. 덕분에 구름이 깔렸을 때는 몸을 녹이기도 하고, 뜨거운 죽을 만들기도 했다. 강바닥 돌멩이 밑을 뒤

---

*94 린네 후미와 리븐 후미 사이에 있는 삼림지대.

지거나 손으로 건져 올려 잡은 작은 송어를 구워 먹기도 했다. 물고기 잡기는 우리의 커다란 즐거움이자 중대한 일이었다. 만일을 대비해 식량을 되도록 아껴야 하기도 했지만, 그 이유가 다는 아니었다. 우리는 질세라 유쾌한 경쟁심을 불태웠다. 낮에는 대부분 강가에서 지냈다. 허리까지 물에 잠겨 물고기를 맨손으로 잡았다. 우리가 잡은 물고기는 커 봐야 1/4파운드*95밖에 되지 않았지만 맛은 기가 막혔다. 구워 먹을 때는 조금이라도 소금이 있었다면 얼마나 더 맛있었을까 하고 아쉬워했다.

앨런은 틈만 나면 내게 검술을 가르쳐 주었다. 내가 검술을 전혀 모르는 것을 매우 걱정했기 때문이다. 그러나 그뿐만은 아니었다. 물고기를 잡을 때 종종 내가 그보다 많이 잡았는데, 앨런은 내게 검술을 가르쳐 줌으로써 명예를 회복하고자 했던 것 같다. 앨런은 필요 이상으로 거칠게 가르쳤다. 시작부터 끝날 때까지 속사포처럼 잔소리를 쏟아내며 아슬아슬하게 칼을 휘둘렀다. 진짜로 나를 찌르려는 것은 아닌지 조마조마할 정도였다. 항복하고 도망가고 싶은 순간이 한두 번이 아니었지만 꾹 참고 연습한 결과 조금이나마 유용한 진리를 배웠다. 즉, 자신 있게 방어 태세를 유지하면 그것만으로 대등한 결투가 가능해지기도 한다는 사실이다. 나는 사범님이 흡족해할 만큼 실력이 향상되지는 않았지만, 나름대로는 만족했다.

우리가 도주라는 가장 중요한 일을 잊은 건 아닌지 걱정하실 필요는 없다.

"아직 멀었어." 이곳에 도착한 날 아침에 앨런이 말했다. "영국군이 코리네이키를 수색할 생각이 들 때까지 말이야. 그러니 지금이 제임스에게 전갈을 보낼 절호의 기회야. 제임스는 분명 자금을 마련해 줄 거야."

"전갈을 어떻게 보내죠? 여긴 이렇게 외딴곳이고, 우리가 직접 갈 수 있는 것도 아닌데요. 하늘을 나는 새를 이용하는 게 아닌 이상 어떻게 그게 가능하죠?"

"맙소사! 데이비드, 머리가 그렇게 안 돌아가느냐?" 그러고는 타다 남은 장작을 바라보면서 생각에 잠겼다. 이윽고 장작을 하나 집어 들어 십자가 모양으로 만들더니 네 끄트머리를 불에 지져 시커멓게 태웠다. 그러고서 조금 겸연쩍은 얼굴로 나를 보았다.

---

*95 약 100그램.

"내가 줬던 단추 좀 줄래?" 앨런이 말했다. "한번 준 걸 도로 달라고 하기는 이상하지만, 단추를 하나 더 떼어내기가 싫어서 그래."

나는 단추를 돌려주었다. 앨런은 아까 십자가를 만들 때 썼던 기다란 외투 조각에 그 단추를 끈으로 동여매고, 그 천 조각을 자작나무 가지와 소나무 가지에 묶고는 그것을 만족스럽게 바라보았다.

"여기 코리네이키에서 그리 멀지 않은 곳에 코알리스나콘이라는 작은 마을이 있다. 그곳에는 내가 안심하고 목숨을 맡길 수 있는 친구도 많이 살지만, 그리 믿지 못할 사람도 있어. 지금쯤 우리 목에는 현상금이 걸려 있을 테니까. 제임스는 물론이지만, 캠벨 일족도 스튜어트라는 성을 가진 자들을 잡아 죽이기 위해서라면 돈을 아끼지 않을 거야. 그것만 아니라면 난 얼마든지 코알리스나콘으로 내려가, 장갑이라도 맡기듯이 가벼운 마음으로 내 목숨을 맡기겠다."

"그래서요?"

"하지만 이렇게 된 이상은 모습을 드러내지 않는 게 상책이지. 세상엔 비열한 놈들이 많거든. 더 최악은 의지박약 한 놈도 많다는 것이고. 그래서 난 어두워질 때를 기다렸다가 그 마을로 몰래 내려갈 생각이다. 가서, 지금 만든 이것을 내 친구이자 아핀의 가축관리인 존 브렉 맥콜의 집 창문에 꽂아 두고 오겠어."

"그걸 보면 그 맥콜이라는 사람이 어떻게 생각하는데요?"

"글쎄다. 그가 눈치가 빠른 사람이라면 좋겠다만. 솔직히 무슨 의미인지 몰라볼지도 몰라! 이건 사실 이런 의도다. 이 십자가는 우리 일족의 집합 신호로 쓰이는 화급(火急)십자가 또는 혈화십자가*96와 비슷해. 그렇지만 그도 이게 일족이 보낸 신호가 아니라는 것 정도는 알아볼 거다. 창문에 세워져 있고 아무것도 쓰여 있지 않으니까. 그는 이렇게 혼잣말하겠지. '일족이 보낸 신호가 아닌 건 분명하지만, 뭔가 있어.' 그러다가 단추를 발견하고, 그게 던컨 스튜어트의 단추라는 걸 알아볼 거야. 그럼 또 이렇게 혼잣말할 거야. '던컨의 아들이 히스 황야에 있구나. 내 도움을 구하고 있어.'"

"그럴듯하군요. 하지만 그걸 알아챘다 해도, 이곳과 포스 만 사이에는 히

---

*96 불에 태운 뒤 피에 담가서 만들므로 이런 이름이 붙었다.

스 황야가 몇 군데나 있잖아요."

"그렇지. 하지만 존 브렉은 자작나무 가지와 소나무 가지를 보고 이렇게 말할 거야. '앨런은 소나무와 자작나무가 있는 숲에 있구나. 그런 숲은 몇 군데 없어.' 물론 그가 눈치가 빠르다는 전제 조건에서 하는 얘기니 어떨지 모르겠다만. 그러면 그는 이 코리네이키로 우리를 찾아오겠지. 만약 오지 않는다면, 데이비드, 그런 놈은 악마에게 붙들려가도 좋다. 죽에 넣는 소금만도 못한 놈이니까."

"앨런," 나는 조금 짓궂게 말했다. "정말 기가 막히게 훌륭한 생각이에요! 하지만 분명하게 편지를 쓰는 편이 훨씬 간단하지 않을까요?"

"그것도 훌륭한 생각이야, 존스 가문의 벨퍼 군." 앨런도 짓궂게 받아쳤다. "물론 글로 쓰는 편이 훨씬 간단하지. 하지만 존 브렉한테 글을 읽는다는 건 보통 일이 아니야. 앞으로 2~3년은 학교에 다녀야 할 테니까. 그걸 기다리다가는 우리가 송장이 될지도 모른다."

그날 밤 앨런은 직접 만든 혈화십자가를 가지고 산에서 내려가 존 브렉의 집 창문에 두고 왔다. 돌아왔을 때 앨런의 얼굴은 수심에 가득 차 있었다. 개가 짖어대는 바람에 마을 사람들이 집 밖으로 뛰쳐나왔다는 것이다. 총검이 철컥거리더니 영국군 한 명이 어느 집 대문으로 다가가는 것을 얼핏 본 것 같다고도 했다. 여러모로 생각한 끝에, 다음날 우리는 숲의 경계 부근에 누워 엄중히 주위 동태를 살폈다. 존 브렉이 온다면 금방 안내할 수 있고 영국군이 온다면 즉시 도망갈 수 있는 위치였다.

정오쯤 한 사나이가 햇볕이 내리쬐는 탁 트인 산 중턱을 천천히 올라오는 것이 보였다. 그는 손으로 차양을 만들어 주위를 계속해서 살피며 걸어 올라왔다. 앨런이 그를 발견하자마자 휘파람을 불었다. 사나이가 방향을 바꾸어 우리 쪽으로 조금 다가왔다. 앨런이 휘 하고 다시 휘파람을 불자 사나이가 좀 더 가까이 왔다. 그렇게 휘파람에 의지해, 우리가 누워 있는 곳까지 다가왔다.

다 떨어진 옷을 입고 수염이 덥수룩한 사나이였다. 나이는 마흔쯤 되고, 얼굴은 온통 얽어 있었다. 앨런은 그에게 절대로 게르어로 말하지 않았다(앨런은 내가 옆에 있으면 나를 배려해서 늘 그렇게 했다). 사나이는 익숙지 않은 언어로 말해야 하는 탓에 실제보다 둔해 보였다. 더구나 이 사나이는 우리를 도와줄 의사가 별로 없는 것 같았다. 뭔가가 두려워서 어쩔 수 없이 왔다는 느낌이었다.

앨런은 제임스에게 전달할 내용을 말로 설명하려고 했지만, 사나이는 들으려고도 하지 않았다. "나, 잊어버린다." 사나이는 쉿소리로 말하면서, 편지를 써 주지 않으면 절대로 도와주지 않겠노라고 버텼다.

나는 앨런이 당황하리라고 생각했다. 이런 황야에서 글을 쓸 만한 도구를 찾을 수 있을 리 만무했기 때문이다. 그러나 앨런은 내 예상보다 훨씬 순발력 있는 사나이였다. 숲을 샅샅이 뒤진 끝에 마침내 산비둘기의 깃털을 발견해서는 그것을 깎아서 펜으로 삼았다. 그러고는 뿔로 만든 화약통에서 꺼낸 검은 화약을 계곡물에 풀어 잉크로 썼다. 그런 뒤 프랑스 육군 장교임명장(앨런은 이것을 교수형에서 자신을 보호해 주는 부적인 양 언제나 호주머니에 넣고 다녔다)의 귀퉁이를 찢어 다음과 같이 썼다.

제임스 어르신

이 사람을 통해 돈을 좀 보내 주십시오. 저희가 어디 있는지는 이 사람이 압니다.

A.S

앨런이 편지를 건네자 사나이는 되도록 서둘러 다녀오겠다고 약속하고 산에서 내려갔다.

사나이는 꼬박 이틀 동안 나타나지 않다가 사흘째 오후 5시경에 돌아왔다. 숲 속에서 휘파람 소리가 들렸으므로 앨런이 그에 응답했다. 곧 그 사나이가 우리를 찾아 좌우를 살피며 개울을 거슬러 올라왔다. 표정은 그전처럼 떨떠름해 보이지 않았다. 위험한 임무를 무사히 마쳐 안심한 눈치였다.

사나이는 아핀의 소식을 알려 주었다. 영국군이 사방에 깔렸다는 것, 무기가 발견되어 불쌍한 마을 사람들이 날마다 조사를 받는다는 것, 제임스와 몇몇 하인은 그 살인에 공모했다는 강한 혐의를 받고 이미 윌리엄 요새 감옥에 갇혔다는 것을 알게 되었다. 총을 쏜 사람이 앨런 브렉이라는 소문이 퍼졌는지, 앨런과 나를 잡으려고 현상금 100파운드가 걸린 벽보가 붙었다는 사실도 알았다.

하나같이 최악의 소식이었다. 사나이가 스튜어트 부인에게서 받아서 전해 준 짧은 편지도 비참하고 슬픈 내용이었다. 부인은 편지에서 아무쪼록 붙잡히지 말아 달라고 앨런에게 부탁했다. 군대에 붙잡힌다면 앨런도 남편 제임스와 함께 사형에 처할 거라고 말했다. 보내온 돈은 부인이 이웃들에게 모금을 하거나 빌려서 겨우 마련한 돈의 전액이었다. 부인은 우리가 그 돈으로 어떻게든 도주에 성공할 수 있도록 하느님께 기도한다고도 썼다. 마지막으로 우리의 얼굴이 그려진 벽보를 한 장 동봉한다고 덧붙여져 있었다.

우리는 그 벽보를 커다란 호기심과 적지 않은 공포심으로 바라봤다. 거울을 들여다볼 때의 기분과 적의 총구가 우리를 정말로 겨누고 있는지 확인하는 기분이 반반이었다. 앨런의 벽보에는 "35세 전후. 왜소하고 곰보 자국이 있는 활동적인 남자. 깃털 장식이 있는 모자, 은 단추와 꾀죄죄한 레이스가 달린 프랑스풍 감색 웃옷과 붉은 조끼, 검은 모직 바지 착용"이라고 쓰여 있었다. 내 벽보에는 "18세 전후. 키가 크고 신체 건강한 젊은이. 낡은 보닛,*97 다 떨어진 감색 웃옷, 긴 손뜨개 조끼, 감색 바지 착용. 양말은 신지 않았으며, 로랜드식 신발을 신음. 로랜드 사투리를 사용하며 수염은 없음"이라고 쓰여 있었다.

앨런은 자신의 옷차림이 멋지고 완벽하게 설명된 데에 몹시 흡족해했다. 그러나 '꾀죄죄한'이라는 단어를 봤을 때는 분한 듯이 레이스를 가만히 바라보았다. 내 옷차림은 꽤 비참하게 묘사된 것 같았지만, 나는 안심했다. 그 뒤 누더기는 벗고 다른 옷으로 갈아입은 덕에 그 벽보는 이제 위험하지 않을 뿐더러 오히려 안전을 보장해 주었기 때문이다.

"앨런," 내가 말했다. "옷을 갈아입어야 해요."

"무슨 수로!" 앨런이 말했다. "다른 옷을 가졌어야 말이지. 보닛 같은 걸 쓰고 프랑스로 돌아간다면 엄청난 구경거리가 될 거다!"

그 말을 듣자 나는 문득 다른 생각이 떠올랐다. 광고라도 하는 듯이 벽보에 설명된 대로 입고 있는 앨런과 헤어지기만 하면 나는 붙잡힐 염려 없이 마음껏 행동해도 되리라는 생각이었다. 그뿐만이 아니었다. 혼자라면 붙잡혔다 해도 크게 불리한 증거가 없었다. 그러나 거의 범인으로 찍힌 앨런과 같이 붙잡힌다면 빠져나갈 구멍이 없을 것이다. 앨런을 생각하면 도저히 입 밖에 낼 말은 아니었지만, 계속 그런 생각이 드는 것은 어쩔 수가 없었다.

맥콜이 금화로 4기니와 잔돈이 든 녹색 지갑을 꺼냈다. 앨런이 5기니도 안 되는 돈으로 저 멀리 프랑스까지 가야 했다. 그러나 나는 2기니가 안 되는 돈으로 퀸스페리까지만 가면 되었다. 결국 앨런과 함께 가는 것은 내 목숨에 위협이 될 뿐만 아니라 내 지갑에도 부담이 되었다.

그러나 앨런의 단순한 머리는 이런 복잡한 계산을 전혀 하지 않았다. 앨런은 자신이 나를 보살피고 힘이 되어 주고 보호한다고 굳게 믿었다. 그렇다면 나도 속내야 어떻든 입 밖으로는 아무 말도 꺼내지 말고 내 운명에 도박을 걸어 보는 수밖에 없지 않은가?

"이걸로는 턱도 없는데." 앨런이 이렇게 말하면서 지갑을 호주머니에 넣었다. "하지만 어떻게든 되겠지. 아참, 존 브렉, 내 단추를 돌려주면 우리는 곧 떠나겠네."

존은 하일랜드인이 앞에 차는(나머지는 모두 로랜드 복장이고 나팔바지를

---

*97 하일랜드인이 쓰는 챙 없는 남성용 모자.

입고 있었다) 손뜨개 지갑을 한참 뒤진 끝에 눈을 휘둥그레 뜨고 "내가 없어졌어"라고 말했다. 즉, 잃어버렸다는 뜻이었다.

"뭐라고!" 앨런이 소리쳤다. "내 단추를, 아버지가 남겨주신 그 단추를 잃어버렸다는 건가? 존 브렉, 지금 내 심정이 어떤지 잘 새겨듣게. 자네는 평생 가장 끔찍한 실수를 저질렀어!"

앨런은 두 손을 무릎에 짚고 입가에 잔인한 미소를 띠고서 상대방을 가만히 노려보았다. 눈에는 광기가 번득였다. 당장에라도 적에게 덤벼들겠다는 살기의 표시였다.

아마 존은 천성이 정직한 사람이었을 것이다. 또는 한순간 속일 생각이었지만, 인적 없는 곳에서 혼자 두 사나이를 상대해야 한다는 사실을 깨닫고, 정직하게 말하는 편이 안전하리라고 마음을 고쳐먹은 건지도 모른다. 아무튼, 존은 갑자기 생각났다는 듯이 호주머니를 뒤지더니 앨런에게 은 단추를 건넸다.

"맥콜 가문의 명예에도 상처를 주지 않고 끝나 다행이야." 앨런이 이렇게 말하고, 이번에는 내게 말했다. "겨우 단추가 돌아왔네. 빌려 줘서 고마워. 덕분에 우리의 우정을 확인했어." 그러고는 진심으로 감사하며 존에게 작별 인사했다. "나를 위해 목숨 걸고 위험을 무릅써 주어서 정말 고맙네. 정말 장해!"

이윽고 존은 어느 한 길로 사라졌다. 앨런과 나는 짐을 정리한 뒤 다른 길로 도주를 계속했다.

22. 황야의 도주—늪지

일곱 시간 동안 강행군을 계속해서 이튿날 새벽에는 산맥의 끝자락에 도착했다. 앞에는 험하고 황량한 저지대가 가로놓여 있었다. 우리는 그곳을 지나야 했다. 막 뜨기 시작한 해가 눈을 정면으로 찔렀다. 늪지 표면에서는 엷은 안개가 연기처럼 피어오르고 있었다. 따라서 그곳에 용기병이 스무 부대쯤 있다고 해도 우리는 전혀 눈치채지 못했을 것이라고 앨런이 말했다.

우리는 안개가 걷히기를 기다리며 산 중턱 동굴에 앉아 죽을 끓여 먹고 작전 계획을 짰다.

"데이비드, 위기다. 밤이 될 때까지 여기 있을까, 위험을 각오하고 무작정 전진할까?"

"글쎄요. 몹시 지치긴 했지만, 걸을 수 있는 만큼만 걸어도 좋다면 지금까지 온 거리만큼은 걸을 수 있을 것 같아요."

"음. 걷기만 해서 될 일은 아니야. 게다가 아직 절반도 오지 못했어. 지금 우리는 이런 상황에 놓여 있지. 아핀으로 돌아간다는 건 죽겠다는 뜻이야. 남쪽에는 캠벨 일족이 모여 사니 남쪽도 안 되지. 북쪽은…… 북쪽으로 가면 서로 좋을 것 하나 없어. 퀸스페리로 가고 싶어 하는 너에게도, 프랑스로 가고 싶어 하는 나에게도. 그렇다면 남은 것은 동쪽이지."

"그럼 동쪽으로 가요!" 나는 씩씩하게 대답했지만, 속으로는 이렇게 생각했다. '아, 앨런. 서로 좋은 길은 당신은 당신 가고 싶은 방향으로 가고, 나는 내가 가고 싶은 방향으로 가는 거예요.'

"그럼 동쪽으로 결정이다. 그런데 문제가 있어. 황야를 가로질러야 한다는 거지." 앨런이 말했다. "황야에 접어들고 나서는 모든 걸 운에 맡겨야 해, 데이비드. 그 벌거벗은 평지로 나가면 몸을 숨길 데가 없으니까. 영국군이 언덕 위에 서면 몇 마일 밖까지도 훤히 보일 거야. 더 큰 문제는 놈들이 말을 타고 있다는 거지. 우리는 금세 따라잡혀서 말굽에 짓밟히고 말 거야. 정말 끔찍한 땅이지, 데이비드. 분명히 말해 밤보다 낮이 위험한 곳이야."

"앨런, 제 생각도 들어 보세요. 아핀은 확실히 우리에게 죽음의 땅이에요. 우리에겐 돈도 없고 음식도 없어요. 놈들이 우리를 찾는 시간이 길어질수록 우리가 있을 곳은 점점 줄어들어요. 모든 일에는 위험이 따르기 마련이죠. 어차피 그렇다면, 전 쓰러질 때까지 전진하는 데 찬성이에요."

앨런이 껄껄 웃음을 터트렸다. "넌 가끔 지나치게 신중하고 융통성 없는 휘그당원같이 군단 말이야. 바로 그럴 때 네가 친동생처럼 귀엽게 느껴진단다."

안개가 서서히 걷히더니 이윽고 사라졌다. 바다처럼 황량한 이곳의 전경이 눈앞에 나타났다. 붉은 뇌조와 딱새가 처량하게 울고, 저 멀리 동쪽으로 한 무리의 사슴 떼가 움직이는 점처럼 작게 보일 따름이었다. 들판은 온통 붉은 히스로 뒤덮이고, 그렇지 않은 곳에는 늪과 누런 황무지가 드문드문 흩

어져 있었다. 들불에 새까맣게 탄 부분도 있고, 말라비틀어진 전나무가 해골처럼 서 있는 숲도 있었다. 이토록 삭막한 들판은 본 적이 없었다. 병사들의 모습이 보이지 않는다는 점이 그나마 다행이었다. 우리에게는 그것이 가장 중요한 사실이었다.

병사들이 없음을 확인한 우리는 황야로 내려가 동쪽 끝을 향해 고된 행군을 시작했다. 이 황야는 (독자 여러분도 떠올려 주시기 바란다) 사방이 산으로 둘러싸여 있어서 적들이 산꼭대기에 있다면 우리가 발각되는 건 시간문제였다. 따라서 우리는 되도록 황야 한가운데에 있는 조금 낮은 지대를 골라서 걸었다. 그곳이 우리의 진행 방향에서 조금 벗어날 때는 아무것도 자라지 않은 황무지를 신중에 신중을 기해 지나갔다. 때로는 사슴을 쫓는 사냥꾼처럼 히스 덤불에서 덤불까지 포복 자세로 30분씩 기어가기도 했다. 그날도 하늘은 맑고 뙤약볕이 내리쬐었다. 브랜디 병에 담은 물은 이내 다 떨어졌다. 30분이나 엉금엉금 기어간 뒤에 이번에는 새우처럼 허리를 구부리고 걷는다는 것이 어떤 건지 처음부터 예상했더라면 나는 절대로 이런 위험천만한 모험에 나서지 않았을 것이다.

힘겨운 전진 끝에 잠깐 쉬고 다시 전진하는 사이에 오전이 후딱 지나갔다.

정오쯤 되자 우리는 한숨 자러 빽빽한 히스 덤불에 들어가 누웠다. 앨런이 먼저 망을 보았다. 얼마 뒤 그가 나를 흔들어 깨웠는데, 나는 눈을 감자마자 일어난 느낌이었다. 시간을 재려 해도 시계가 없었으므로, 앨런이 시계 대신 히스 가지를 땅에 꽂았다. 덤불의 그림자가 동쪽으로 길게 늘어져 그 가지까지 닿은 것을 보면 앨런을 언제 깨워야 할지 알 수 있을 터였다. 그러나 나는 열두 시간은 거뜬히 잘 수 있을 정도로 몹시 지쳐 있었다. 견딜 수 없이 졸음이 쏟아졌다. 마음은 깨어 있어도 몸은 구석구석 잠들어 있었다. 코를 찌르는 히스 냄새와 벌이 붕붕 날아다니는 소리가 졸음을 부추기는 달콤한 술 같았다. 나는 이따금 벌떡 일어났다가 어느새 다시 꾸벅꾸벅 졸았다.

마지막으로 눈을 떴을 때 나는 어느 먼 나라에 갔다가 돌아온 기분이었다. 그 사이 해가 하늘을 크게 선회했다는 느낌이 들었다. 히스 가지를 본 순간 나는 비명을 지를 뻔했다. 내가 앨런의 신뢰를 저버렸다는 것을 깨달았기 때문이다. 두려움과 부끄러움에 현기증이 났다. 게다가 황야를 한 바퀴 둘러본 순간 눈에 들어온 광경에 나는 심장이 멎을 뻔했다. 우리가 잠든 사이에 기병대가 동남쪽에서 이쪽으로 서서히 다가오고 있었던 것이다. 부대는 부채꼴로 펴져서 히스 덤불을 샅샅이 수색하며 다가오고 있었다.

앨런을 깨웠다. 앨런은 군대를 힐끔 바라본 다음 나뭇가지의 그림자와 해의 위치를 확인했다. 그러고는 걱정스럽고도 사나운 표정으로 이맛살을 찌푸렸다. 그러나 나에 대한 비난의 표시는 그것이 다였다.

"어쩌면 좋죠?" 내가 물었다.

"숨바꼭질해야지." 앨런이 말했다. 그리고 동북쪽 하늘에 높이 솟은 산을 가리키며 말했다. "저 산이 보이지?"

"네."

"좋다. 저 산을 향해 전진한다. 벤 올더라는 산이지. 험하고 황량해서 개미 새끼 한 마리 살지 않지만, 동트기 전에 도착하면 어떻게든 될 거야."

"하지만 앨런," 나도 모르게 목청이 커졌다. "그러려면 군대 한가운데를 뚫고 지나가야 해요."

"나도 알아. 하지만 아핀으로 후퇴했다간 둘 다 끝장이다. 데이비드, 용기를 내!"

앨런은 태어났을 때부터 그랬다는 듯이 네 발로 엎드려 엄청난 속도로 기어가기 시작했다. 그러면서도 몸을 숨기기에 적합한 낮은 곳을 골라 그 밖으로 나가지 않도록 지그재그로 이동했다. 그런 곳은 모닥불을 피운 자국으로 시커멨다. 새카맣게 탄 것은 아니지만 그을음이 많이 남아 있던 자리에서 연기처럼 미세한 먼지가 땅에 얼굴을 밀착하고 기어가는 우리 얼굴로 날아올랐다. 눈이 맵고 숨이 턱턱 막혔다. 물은 동난 지 오래였다. 게다가 이렇게 포복 자세로 달리다 보니 체력이 빠르게 떨어졌다. 팔다리 근육이 몹시 아프고, 손목은 체중을 지탱하느라 끊어져 나갈 것 같았다.

당연한 일이지만, 우리는 히스 덤불이 우거진 곳에서는 잠시 누워 한숨 돌렸다. 그리고 히스 이파리 사이로 기병들의 동태를 살폈다. 그들은 여전히 똑같은 방법으로 우리를 찾기 위해 수색하고 있었다. 1개 중대의 절반쯤 되는 수가 2마일 넓이로 벌어져 눈에 불을 켜고 있었다. 정말 위험천만한 순간에 잠에서 깬 셈이었다. 조금만 더 늦었더라면 이처럼 군대 진행 방향에서 도망치기는커녕 정면 돌파가 불가피해졌을 것이다. 하지만 언제 어떤 일이 일어나 발각될지 몰랐다. 따라서 이따금 뇌조가 날개를 푸득거리며 날아오르면 우리는 죽은 듯이 납작 엎드려 숨을 죽였다.

나는 인내심에 한계를 느꼈다. 온몸이 쑤시고, 심장은 터질 것 같고, 살갗이 벗겨진 손바닥에는 먼지와 재가 들어가 욱신거리고, 눈과 목구멍은 따끔거렸다. 모든 걸 포기해 버리고 싶었다. 그러나 앨런의 질책이 무서워서 이를 악물고 견디고 있을 뿐이었다. 앨런은 처음에는 얼굴이 시뻘게졌다가(앨런이 기다란 외투를 입고 있다는 사실을 상기해 주시기 바란다) 시간이 갈수록 그 벌건 얼굴에 하얀 반점이 생기기 시작했다. 숨은 몹시 헐떡거렸으며, 숨을 내쉴 때마다 쉭쉭 바람 새는 소리가 났다. 멈춰 설 때마다 생각난 것을 내게 귓속말로 얘기해 주었는데, 도저히 인간의 목소리로는 들리지 않았다. 그래도 지친 기색은 전혀 보이지 않았으며, 민첩한 움직임도 여전했다. 나는 앨런의 끈기에 감탄하지 않을 수 없었다.

이윽고 땅거미가 깔리기 시작하자 나팔 소리가 들렸다. 히스 이파리 너머로 뒤를 돌아보니 부대가 집합하고 있었다. 곧 병사들은 황야 한가운데서 불을 피우고 야영하기 시작했다.

그 모습을 본 나는 우리도 누워서 쉬자고 졸라댔다.

"오늘 밤은 자면 안 돼!" 앨런이 말했다. "내일부터는 저 기병들이 이 황야를 점령할 거야. 그러면 날개 달린 새 외에는 아핀에서 빠져나갈 수 없게 돼. 죽다가 살아났으면서, 모처럼 손에 넣은 행운을 걷어차겠다는 거야? 어림없지. 새벽이 되기 전까지 벤 올더에서 안전한 장소를 찾아야 해."

"앨런, 나도 의지가 없는 건 아니에요. 하지만 체력이 없는 걸요. 나도 가능하면 그러고 싶어요. 그렇지만 한 발짝도 못 가겠어요."

"좋아. 그럼 내가 업지."

농담인가 싶어 얼굴을 바라보았지만 그렇지 않았다. 이 왜소한 사나이는 아주 진지했다. 그 결연함을 보니 나는 부끄러워졌다.

"저도 같이 가요! 따라갈게요."

앨런은 장하다는 듯이 나를 힐끔 보고는 다시 전속력으로 달리기 시작했다.

해가 지면서 조금씩 선선해졌다. 동시에 어둠도 찾아왔다. 그러나 하늘은 구름 한 점 없이 맑고 아직 7월 초인 데다가 꽤 북쪽이라서 그다지 어둡지는 않았다. 물론 아주 깜깜할 때는 여간 시력이 좋지 않은 이상 글자는 읽지 못했을 것이다. 그러나 나는 어느 지역이든 겨울에는 대낮에도 밤보다 깜깜해지기도 한다는 사실을 잘 안다. 밤이슬이 촉촉하게 내려서 비처럼 황야를 적셨다. 덕분에 나는 잠시 되살아난 기분이 들었다. 숨을 고르려고 걸음을 멈추고 주위를 둘러보았다. 맑게 갠 아름다운 밤하늘과 편안히 잠든 듯한 산맥, 그리고 황야 한가운데를 밝히는 광원처럼 저 멀리 뒤에서 작게 빛나는 모닥불을 바라보노라니 점점 분노가 끓어올랐다. 언제까지고 고통을 견디며 벌레처럼 진흙투성이가 되어 지친 몸을 끌고 가야 하는 나 자신에 대한 분노였다.

나는 이제껏 수많은 책을 읽었지만, 나처럼 심신이 녹초가 된 경험을 한 작가는 거의 없는 것 같다. 만약 그런 경험이 있다면 그 경험은 작품을 더욱 생생하게 묘사하는 데 도움이 될 것이 분명하다. 당시 나는 과거든 미래든 내 삶에 대해 아무런 생각이 없었다. 애당초 데이비드 벨푸라는 젊은이가 이 세상에 존재한다는 사실조차 떠올릴 여유가 없었다. 지난 삶을 돌이켜보기는커녕, 한 걸음 내디딜 때마다 그것이 마지막 걸음이라는 절망적인 기분에 휩싸였다. 그와 동시에 내게 그런 고통을 가져온 앨런을 극도로 증오했다. 앨런은 군인으로 태어난 사나이였다. 병사들을 계속 명령으로 움직이는 것은 장교의 역할이기 때문이다. 그리고 병사들은 한번 명령을 받으면 영문을 몰라도 군말 않고 상사의 명령에 복종해야만 한다. 나는 내게 훌륭한 병사의 자질이 있다고 생각한다. 그런 긴박한 순간에도 나는 오로지 그가 시키는 대로 행동하려는 생각밖에 다른 사심은 품지 않았기 때문이다.

동이 트기 시작했다. 우리는 짐승처럼 네 발로 기지 않고 인간처럼 똑바로 서서 두 발로 걸을 수 있게 되었다. 그러나 꼴은 말이 아니었다! 송장처럼 파랗게 질린 얼굴로 나이 많은 노인이나 갓난아기처럼 넘어질듯 휘청휘청 걸음을 뗐다. 서로 아무 말도 없었다. 무거운 것을 들기 직전의 차력사처럼 입을 야무지게 다물고 앞만 노려본 채 발을 기계적으로 움직일 뿐이었다. 뇌조가 히스 덤불 속에서 날카롭게 울어댔다. 이윽고 동녘이 환해지기 시작했다.

앨런도 나와 똑같은 꼴이라고 여겼지만, 그 모습을 정확히 본 것은 아니다. 그만큼 나는 내 다리를 움직이기에도 벅찼다. 그러나 앨런도 나만큼이나 지쳐서, 어디로 가고 있는지 제대로 보지 않은 채 넋을 놓고 걸었던 것만큼은 분명하다. 그렇지 않았다면, 숨어서 우리를 기다리는 자들 사이로 장님처럼 줄레줄레 걸어 들어가는 일은 없었을 것이다.

우리가 붙잡힌 순서는 이랬다. 우리는 히스가 우거진 언덕을 내려갔다. 장님 바이올리니스트와 그 마누라 같은 꼴로 앨런이 앞장서고 나는 몇 발짝 뒤에서 따라갔다. 그때 별안간 히스 덤불이 부스럭거리더니 복면을 쓴 사나이 서너 명이 툭 튀어나와 우리를 순식간에 자빠뜨리고 목에 단도를 들이댔다.

나는 덤덤했다. 거칠게 제압당했지만, 그 고통은 지금까지 쌓이고 쌓인 고통에 비하면 아무것도 아니었다. 더는 걷지 않아도 되어 기뻐서 단도 따위는 무섭지도 않았다. 나는 드러누운 채, 내 몸을 누르고 있는 사나이의 얼굴을 물끄러미 올려다보았다. 살갗은 햇볕에 새카맣게 타고 눈은 무척 맑은 그가 전혀 무섭지 않았다. 앨런과 다른 사나이가 게르어로 뭐라고 속삭이는 것이 들렸다. 그러나 무슨 내용인지는 아무래도 좋았다.

이윽고 그들은 단도를 칼집에 넣고 우리의 무기를 빼앗았다. 그러고 나서야 앨런과 나는 히스 덤불에 마주 앉았다.

"클루니의 부하들이야." 앨런이 말했다. "어차피 붙잡힐 거라면 이 녀석들한테 붙잡히는 게 낫지. 이들은 클루니의 파수꾼으로, 우리가 왔다는 사실을 대장에게 보고할 때까지 우리는 여기서 기다리게 될 거야."

보리치 일족의 우두머리인 클루니 맥퍼슨은 6년 전 대반란의 주모자 가운데 하나로, 그 목에는 현상금이 걸려 있었다. 나는 클루니가 아주 오래전에 그 무모한 다른 모반자 우두머리들과 함께 프랑스로 건너갔을 거라고 생각하고 있었다. 피곤해서 기진맥진한 와중에도 그 이야기를 들으니 정신이 화들짝 났다.

"네?" 내가 소리쳤다. "클루니가 아직 여기 있나요?"

"있다니까!" 앨런이 대답했다. "여전히 자기 나라에서 일족의 보호를 받고 있지. 조지 왕도 손을 쓰지 못하는 모양이야."

더 많은 것을 묻고 싶었지만, 앨런은 은근슬쩍 말을 피했다. "피곤해서 죽을 지경이야. 좀 자야겠어." 그 말을 끝으로, 빽빽한 히스 덤불에 얼굴을 파묻고는 즉시 곯아떨어졌다.

나는 도저히 그럴 수가 없었다. 독자 여러분도 여름에 메뚜기가 풀숲에서 뛰노는 소리를 들은 적이 있을 것이다. 나는 눈을 감는 순간 온몸이, 특히 머리와 배와 손목이 메뚜기 떼로 뒤덮이는 기분이었다. 곧바로 눈을 뜬 나는 누워서 뒤척이거나 일어나 앉기를 반복하고는 했다. 나는 그 상황에서도 눈부신 하늘을 쳐다보았고, 우락부락하고 지저분한 클루니의 부하가 덤불 사이에 숨어서, 게르어로 지껄이며 산 정상의 동태를 살피는 모습을 바라보았다.

휴식이라 봐야 고작 그 정도였다. 이윽고 소식을 전하러 갔던 부하가 돌아왔다. 클루니가 우리를 기꺼이 받아들이겠다고 한 모양이었다. 우리는 다시 일어나 걸어야 했다. 한잠 자고 일어난 앨런은 완전히 기력을 회복했다. 그리고 몹시 허기졌던 앨런은 은신처에 술과 고기를 차려놓았다는 그들의 말을 듣고 기뻐했다. 나는 먹는다는 이야기만 들어도 속이 메슥거렸다. 아까는 몸이 납덩이처럼 무겁더니 이번에는 놀랍도록 가벼워서 잘 걸을 수가 없었다. 나는 아른거리는 아지랑이처럼 휘청휘청 걸었다. 땅은 구름 같고, 주변의 산들은 가벼운 솜처럼 느껴졌다. 공기가 강물처럼 흘러와 나를 그 흐름에 싣고 여기저기로 데려가는 것 같았다. 마음속에는 극도의 절망감이 단단히 뿌리내렸다. 울고 싶을 정도로 나 자신이 너무도 무기력하게 느껴졌다.

앨런이 인상을 쓰고 나를 노려보았다. 앨런이 내게 화를 내고 있다고 생각했다. 그러자 어린아이가 아무것도 아닌 일에 갑자기 두려움을 느끼듯이 나는 그가 무서워졌다. 그런데 왠지 나는 빙그레 웃어 보였다. 웃을 때가 아니라고 생각하면서도 웃음이 멈추지 않았던 것을 지금도 기억한다. 내 상태가

이상했는데도 앨런은 클루니가 베풀어 준 친절함 외에는 아무것도 생각하지 않았다. 다음 순간, 나는 클루니의 부하 두 명에게 양쪽 팔이 붙잡혀 엄청나게 빠른 속도로(나는 그렇게 느꼈지만, 실제로는 아주 느린 속도였을 것이다) 끌려갔다. 우리는 미로처럼 복잡하고 인적 없는 골짜기를 지나 음침한 벤 올더 산 속 깊이 들어갔다.

23. 클루니의 은신처

마침내 우리는 어느 가파른 바위산에 우거진 숲 기슭에 도착했다. 위쪽으로는 맨살을 드러낸 암벽이 우뚝 솟아 있었다.

"여깁니다." 한 부하가 말했다. 우리는 산을 오르기 시작했다. 나무들은 슈라우드*98에 매달린 선원처럼 비탈면에 다닥다닥 붙어 있었다. 나무줄기가 사다리의 발판처럼 되어 있어서 우리는 그것을 밟고 올라갔다.

숲 꼭대기에, 우거진 나뭇잎에 가려진 암벽이 있는 곳에 '클루니의 은신처'로 불리는 괴이한 집이 보였다. 나무줄기 몇 개가 얼기설기 얽혀 집을 가렸는데, 줄기 사이마다 말뚝을 박아 견고한 울타리로 만들어져 있었다. 이 울타리 뒤는 흙을 쌓아 다진 평평한 땅이었다. 산 중턱에서 튀어나온 나무 한 그루가 그대로 지붕의 중앙 대들보 역할을 했다. 벽은 잔가지를 엮어서 만들었으며, 그 위를 이끼로 덮었다. 집 전체가 달걀 모양을 하고 있었다. 푸른 산사나무 숲 속에 있는 말벌의 집처럼, 험준한 숲 속에 절반은 매달린 모양으로 지어져 있었다.

집 안은 장정 대여섯 명이 여유롭게 들어갈 수 있을 정도로 넓었다. 절벽의 돌출부를 난로로 썼으므로 연기가 바위 표면을 타고 올라갔다. 덕분에 바위색과 구분이 되지 않았으므로 산 아래서는 도저히 연기를 알아볼 수 없었다.

이곳은 클루니의 여러 은신처 가운데 한 곳에 불과했다. 그 고장 여기저기에 동굴이나 지하실이 있었으므로, 병사들이 접근했다거나 멀어졌다는 보고를 듣고 상황에 맞춰 옮겨 다닐 수 있었다. 이런 도주 방식과 일족의 보호

---

*98 돛대 꼭대기에서 양쪽 현(舷)에 매어 돛대를 꼿꼿이 서게 하는 강철 밧줄.

덕분에 클루니는 다른 우두머리들이 도망 다니다가 붙잡혀서 죽어도 그만은 무사히 살아남을 수 있었다. 하지만 그는 그 뒤 4, 5년 정도 그 땅에 머물다가 주군의 급한 명령을 받고 프랑스로 건너갔으나 곧 죽고 말았다. 나는 그가 이 벤 올더의 은신처를 그리워했을지도 모르겠다고 생각하면 묘한 감상에 젖는다.

우리는 문간에 도착했다. 클루니는 바위 난로 앞에 앉아서, 하인이 요리하는 모습을 지켜보고 있었다. 옷차림은 매우 소박했다. 손으로 짠 나이트캡을 귀 바로 위까지 깊게 눌러쓰고, 손때 묻은 짧은 담뱃대를 물고 있었다. 그래도 일족의 수장다운 풍모가 느껴졌다. 자리에서 일어나 우리를 맞이하는 그 모습은 실로 위풍당당했다.

"스튜어트 씨, 어서 오시오!" 클루니가 말했다. "성함은 아직 모르지만 친구분도 반갑습니다."

"무탈하시죠?" 앨런이 말했다. "건강하시다고 들었습니다. 뵙게 되어 영광입니다. 제 친구, 쇼스의 향사 데이비드 벨퍼를 소개하지요."

앨런은 나와 단둘이 있을 때 내 신분에 대한 이야기가 나오면 어김없이 조소를 섞었다. 그러나 남 앞에서는 중요한 소식을 가지고 온 사자처럼 목청 높여 나를 소개했다.

"두 분 다 안으로 들어오시죠." 클루니가 말했다. "잘 오셨소. 이상하고 누추한 곳이지만, 왕가의 귀부인을 모신 적도 있는 집이라오. 스튜어트 씨, 당신은 내가 누굴 말하는 건지 짐작하시리라 믿소. 그럼, 서로 행운을 빌며 한잔하실까요? 그리고 별로 맛은 없지만, 내 부하가 스튜를 완성하면 얼른 식사한 뒤에 향사의 예법에 따라 카드놀이를 합시다. 이곳 생활은 조금 지루해요." 클루니가 브랜디를 잔에 따르면서 말을 계속했다. "말상대도 없으니. 그저 가만히 앉아 엄지를 꼼지락거리다가, 명예로웠던 지난날을 회상하거나 언젠가 찾아오기를 바라는 영광스러운 나날을 고대할 뿐이지요. 자, 건배합시다. 왕정복고*99를 위하여!"

우리는 잔을 기세 좋게 건배했다. 물론 나는 조지 왕에게 특별한 원한이 없었다. 만일 조지 왕이 그 자리에 있었더라도, 국왕 역시 나처럼 행동했을

*99 1660년, 스튜어트 왕가의 찰스 2세가 복위하고 1688년 제임스 2세가 왕위에서 쫓겨나기까지 스튜어트 왕가의 치세가 이어졌다.

것이다. 한 잔을 비우자 이내 긴장이 풀려서 주위를 오래도록 둘러보거나 이야기에 집중할 수 있게 되었다. 아마 조금은 어리둥절한 상태였겠지만, 아까까지 느꼈던 원인 모를 공포심과 비참한 기분은 사라졌다.

확실히 괴상한 집이었고, 괴상한 주인이었다. 오랜 은신 생활 탓에 클루니는 늙은 독신 여성처럼 온갖 일에 깐깐하게 구는 습관이 붙은 것 같았다. 앉는 장소도 정해져 있어서, 그 말고는 아무도 그 자리에 앉지 못했다. 은신처에는 일정한 규칙이 있었으며, 아무도 그것을 어겨서는 안 됐다. 요리는 클루니의 주된 도락 가운데 하나였다. 그는 우리와 대화를 하다가도 고기가 얼마나 구워졌는지를 내내 살폈다.

클루니는 이따금 어둠을 틈타 아내나 친척들을 만나러 간다고 했다. 그러나 대개는 혼자 지내며, 보초를 서는 부하나 허드렛일을 해 주는 하인들과 몇 마디 나눌 뿐이었다. 아침이 되면 먼저 부하 가운데 한 사람인 이발사가 찾아와 수염을 깎아 주고, 새로운 소식을 전해 준다. 소식에 굶주린 클루니는 어린아이처럼 한도 끝도 없이 계속해서 질문을 쏟아냈다. 대답에 따라서는 미친 사람처럼 깔깔 웃다가, 이발사가 돌아가고 난 뒤 몇 시간이나 지나서 다시 떠올리고는 느닷없이 웃음을 터트리곤 했다.

물론 클루니가 던지는 수많은 질문에는 한 가지 목적이 있었다. 다른 영주들처럼 최근 법령에 따라 법률상 권력을 빼앗긴 채 이렇게 은신처에 숨어 지내기는 하지만, 클루니는 여전히 일족의 수장으로서 임무를 다하고 있었다. 분쟁이 일어나면, 은신처에 있는 클루니에게 가지고 와 재판을 부탁했다. 그고장 사람들은 국가의 고등 민사재판소는 무시할지언정, 권력을 빼앗기고 추방당한 이 수배자의 말 한마디에는 복수를 단념하거나 순순히 벌금을 내놓았다. 클루니는 자주 화를 냈는데, 그럴 때면 어느 국왕 못지않은 불호령을 내리고, 자신의 명령을 거역하면 엄중히 처벌하겠다고 위협했다. 그러면 부하들은 불같은 아버지 앞에 나선 자식처럼 오들오들 떨며 슬금슬금 물러나는 것이었다. 클루니는 집 안으로 들어설 때마다 부하들과 일일이 예법에 따라 악수하고 군대식으로 모자에 손을 붙이고 경례했다. 요컨대 나는 하일랜드 씨족의 은밀한 생활상을 관찰할 절호의 기회를 만난 셈이었다. 그것도 권력을 빼앗기고 추방당하고 수배자가 된 영주를 보호하는 씨족의 삶이었다. 토지는 점령당하고, 영국군은 영주를 찾아 사방팔방으로 말을 몰았다.

은신처에서 1마일도 떨어지지 않은 곳까지 오는 적도 있었다. 클루니가 호되게 꾸짖고 위협한 가난한 영민 중 가장 하찮은 자조차 영주를 배신하면 크게 한몫 잡을 수 있었다. 내가 있었던 것은 바로 그런 시기였다.

첫날 이야기로 돌아가자. 고기 요리가 완성되자마자 클루니는 직접 레몬을 짜서(은신처에는 여러 사치품도 갖춰져 있었다) 고기에 뿌린 뒤 우리에게 식사를 권했다.

"이건" 클루니가 고기 요리에 대해 말했다. "내가 이 집에서 전하께 바친 것과 같은 요리라오. 그때는 레몬을 짜지 않았지만. 그때는 고기만 있으면 충분했지. 양념 따위는 신경 쓰지도 않았소. 46년 당시에 이 땅에는 레몬보다 기병의 수가 훨씬 많았으니까."

고기 요리가 정말로 맛있었는지는 기억나지 않는다. 음식물을 보자마자 다시 속이 메슥거려서 거의 먹지 못했기 때문이다. 식사를 하면서 클루니는 찰리 전하*100가 이 은신처에 머물었을 때의 이야기를 들려주었는데, 그때 이야기를 나누었던 사람들의 말투를 흉내 내기도 하고, 그 사람들이 어느 자리에 있었는지 몸소 보여 주려고 일부러 자리에서 일어나기도 했다. 그 이야기를 듣고서 나는 왕자는 신분 높은 왕족답게 기품 있고 혈기왕성한 청년이었지만, 솔로몬만큼 지혜롭지는 않았다는 생각이 들었다. 그리고 전하가 이곳에 있는 동안 술에 취하는 일이 자주 있었다는 것도 상상할 수 있었다. 그렇다면 그 뒤 전하를 그런 죽음*101으로 이끈 결점은 이미 이때부터 그 조짐이 보였던 셈이다. 식사를 마치자마자 클루니는 싸구려 여관에서 흔히 볼 수 있는 낡고 손때 묻은 트럼프를 꺼내 왔다. 그러고는 눈을 빛내면서 어서 시작하자고 재촉했다.

나는 어려서부터 카드놀이는 천한 놀이이니 삼가는 게 좋다는 교육을 받았다. 내 아버지는 알록달록한 카드패 따위에 자신의 소중한 생활비를 걸거나 남의 돈을 끌어들이는 행위는 그리스도교도로서도 훌륭한 신사로서도 할

---

*100 제임스 2세의 손자 찰스 에드워드를 가리킴. 스튜어트 가문의 재부흥을 위해 반란을 일으켰다.

*101 찰스 에드워드는 하일랜드의 군대를 이끌고 런던 부근까지 진격했지만, 컴벌랜드 공이 이끄는 영국군에 쫓겨 다시 스코틀랜드로 도주했으며, 그 뒤 방랑을 거듭하다가 1788년 궁핍함 속에서 죽었다.

짓이 아니라고 가르쳤다. 피곤하다고 완강하게 버티는 것만으로도 거절하기에는 충분한 핑계가 되었을 것이다. 그러나 나는 내 의견을 분명히 말하지 않고는 직성이 풀리지 않는 성격이었다. 얼굴은 분명 새빨개졌을 것이다. 그러나 나는 침착하게 "남 일에 감 놔라 배 놔라 할 수는 없지만, 나는 카드놀이를 고상한 놀이라고 생각하지 않는다" 했다.

클루니가 카드패를 넘기던 손을 멈추었다. "아니 이게 무슨 경우야? 이 클루니 맥퍼슨의 집에서 휘그 나부랭이가 잘난 척을 하는 건가?"

"벨퍼 군을 대신해 제가 한 말씀 드리죠." 앨런이 말했다. "이 청년은 정직하고 용감한 신사입니다. 이렇게 대변하는 제가 누군지 떠올려 주십시오. 전 국왕과 같은 성을 쓰는 사람입니다." 그러고는 으스대며 모자의 챙을 젖혔다. "그런 제가 친구라고 부르는 사람은 누구든 저와 끊으려야 끊을 수 없는 끈끈한 우정을 맺고 있지요. 어쨌든, 이 신사는 몹시 지쳐 있으니 한숨 재우는 편이 좋겠습니다. 설사 이 젊은이가 카드놀이를 하기 싫대도 우리하고는 아무 상관이 없죠. 제가 당신이 제안하는 어떤 내기에도 기꺼이 응할 테니까요."

"좋소." 클루니가 대답했다. "비록 보잘것없으나 이 집에서는 누구든 마음대로 행동할 수 있소. 친구분이 물구나무를 서고 싶다면 그래도 상관없소. 그리고 이분 또는 당신이, 아니, 그 누구든 내가 마음에 안 든다고 분명히 말한다면 난 기꺼이 그 사람과 밖으로 나가 겨루겠소."

난 이 두 친구 사이에 나 때문에 싸움이 일어나는 것을 원치 않았다.

"실례합니다만," 내가 말했다. "앨런도 말했듯이 전 몹시 지쳐 있습니다. 게다가 도박을 하지 않겠다는 건 제 아버지와 약속한 일이라서요. 당신도 자식이 있으니 이해하시리라 믿습니다."

"이제 아무 말도 하지 말게, 아무 말도." 클루니가 이렇게 말하고, 한쪽 구석에 있는 히스로 만든 침대를 가리켰다. 말은 그렇게 했지만, 클루니는 몹시 불쾌한 눈치였다. 자꾸만 나를 째려보면서 뭐라고 중얼거렸다. 아닌 게 아니라, 그 말을 했을 때 어딘지 고지식한 설교사를 연상케 하는 딱딱한 내 태도와 말투는 거친 하일랜드의 자코뱅파 당원에게는 영 못마땅했던 것이다.

브랜디를 마시고 사슴 고기로 배를 채운 탓에 나는 지독한 나른함을 느꼈다. 그리고 침대에 눕기가 무섭게 반 혼수상태에 빠져들었다. 은신처에 머무는 동안 나는 거의 이런 상태에 있었다. 어떤 때는 완전히 잠에서 깨어나 주위 상황을 확실히 파악하기도 했지만, 어떤 때는 사람 말소리며 코 고는 소리가 아득한 시냇물 소리로 들리기만 했다. 벽에 걸린 몇 장의 플레이드*102가 천장에 비친 난롯불의 그림자처럼 너울너울 춤추는 듯이 보였다. 나는 자면서 뭐라고 중얼거리기도 하고 소리 지르기도 했던 것 같다. 가끔 대답이 돌아와 퍼뜩 정신이 들었던 것이 기억나기 때문이다. 그렇다고 무슨 악몽을 꾼 것은 아니다. 다만 정체를 알 수 없는 어둡고 끈질긴 공포—지금 있는 집, 누워 있는 침대, 벽에 걸린 플레이드, 사람 말소리, 난롯불, 그리고 나 자신이 왠지 모르게 무서웠다.

진찰도 하는 이발 담당 부하가 내 상태를 살피기 위해 호출되어 왔다. 그러나 그가 게일어로 말하는 통에 나는 한 마디도 알아들을 수가 없었으며, 영어로 통역을 요청할 기운조차 없었다. 어쨌든 그는 내가 아프다는 사실을 확인했으며, 그것만으로 충분했다.

그렇게 비참한 꼴로 누워 있는 동안에는 거의 신경도 쓰지 않았지만, 앨런과 클루니는 카드를 거의 손에서 놓지 않았다. 처음에는 앨런이 이기는 것 같았다. 내가 몸을 일으켰을 때, 무아지경에 빠진 둘의 모습과 탁자 위에 60기니 또는 100기니쯤 되는 번쩍번쩍한 금화가 산더미처럼 쌓여 있는 장면이 기억나기 때문이다. 나무들이 얼기설기 얽혀 있는, 벼랑 끝의 새 둥지 같은 곳에 이토록 큰돈이 있다는 것이 비현실적으로 느껴졌다. 그런 와중에도 나는 재산이라고는 녹색 지갑과 그 안에 든 5파운드가 다인 앨런이 이 내기에서 이긴다면 기적 같은 일이 될 거라고 생각했다.

이튿날은 운이 따르지 않은 모양이었다. 정오쯤 식사를 하라고 깨웠지만 여전히 입맛이 없다고 하자, 이발사가 약초를 달여 만든 쓴 물약을 브랜디에 타서 한 모금 마시게 해 주었다. 활짝 열린 대문에서 햇빛이 쏟아져 들어왔지만, 나는 눈이 부셔서 오히려 인상이 찌푸려졌다. 클루니는 탁자 앞에 앉아 카드를 넘기고 있었다. 앨런이 침대로 와서 내 위로 몸을 숙이더니 내 눈 바로 옆에 얼굴을 갖다 댔다. 열 때문에 눈앞이 흐리긴 했지만, 앨런의 얼굴이 깜짝 놀랄 만큼 크게 보였다.

*102 원래는 어깨에 걸치지만, 여기서는 커튼 대신 쓰였다.

앨런이 내게 돈을 빌려 달라고 부탁했다.
"왜요?" 내가 말했다.
"쓸 데가 좀 있어서 그래."
"그러니까 왜요?" 내가 다시 물었다.
"쳇, 데이비드! 빌려 주기 싫다는 거야?"
정신이 또렷했다면 나는 절대로 빌려 주지 않았을 것이다! 그러나 그날은 앨런의 얼굴을 치우고 싶은 일념에 돈을 건네주고 말았다.
은신처에 온 지 48시간이 지난 사흘째 아침, 나는 매우 상쾌한 기분으로 눈을 떴다. 아직도 힘이 없고 나른하기는 했지만, 모든 것이 정상적으로 보였으며 식욕까지 돌았다. 나는 스스로 일어나 앉았다. 아침을 먹고 곧 밖으로 나가 숲 경계에 앉았다. 잔뜩 흐린 날씨로, 바람은 시원하고 잔잔했다. 오전 내내 꾸벅꾸벅 졸면서 그곳에 앉아 있었다. 클루니의 척후병이나 부하가 소식과 식량을 가지고 옆을 지나갈 때만 깜짝 놀라 깨어났다. 영국군이 근방에서 사라지자 클루니가 대대적인 회의를 열었던 것이었다.
집으로 돌아가 보니 클루니와 앨런이 카드를 치우고 한 부하에게 뭐라고 질문하고 있었다. 클루니가 고개를 돌려 내게 게일어로 말을 걸었다.
"게일어는 전혀 몰라요." 내가 말했다.
트럼프 사건 이후로 내가 무슨 말을 하고 무슨 행동을 하든지 클루니는 나를 못마땅하게 여겼다. "자네 이름이 주인보다 똑똑한가 보군." 클루니가 퉁명스럽게 말했다. "자네 이름은 엄연한 게일어니까. 어쨌든, 문제는 이거야. 척후병이 보고하기에는 남쪽은 적들이 다 철수했다고 한다. 그래서 묻겠는데, 자네, 걸어갈 수 있겠나?"
탁자 위를 보니 트럼프는 있었지만, 금화는 한 닢도 없었다. 뭐라고 적힌 작은 쪽지가 산더미처럼 쌓여 있을 뿐이었는데, 그것도 다 클루니 쪽에 몰려 있었다. 앨런은 영 탐탁지 않은 표정을 하고 있었다. 나는 불길한 예감이 들었다.
"체력이 회복됐는지 아닌지는 잘 모르겠습니다." 나는 앨런을 보면서 말했다. "하지만 돈을 좀 갖고 있으니 꽤 멀리까지 갈 수 있을 거예요."
앨런이 아랫입술을 꽉 깨물고 바닥으로 눈을 떨어뜨렸다.
이윽고 앨런이 입을 열었다. "데이비드, 솔직히 말하지. 우린 빈털터리야."

"내 돈도요?"

"네 돈도." 앨런이 신음하듯 말했다. "그러게 왜 빌려 준 거야? 난 카드놀이를 시작하면 이성을 잃는단 말이야."

"으흠! 으흠!" 클루니가 말했다. "정말 기가 차는군. 어이가 없어. 지금에 와서 그런 소리를 한다면 돈은 돌려주겠소. 그것도 두 배로. 내가 그 돈을 다 갖는다는 것도 이상하니까. 당신 같은 처지에 놓인 신사의 앞길을 방해했다는 말은 듣기 싫소. 그거야말로 이상하지 않소?" 클루니는 버럭 소리지르더니 시뻘건 얼굴로 호주머니에서 금화를 꺼내기 시작했다.

앨런은 한 마디도 없이 바닥만 응시했다.

"잠깐 밖으로 나가실까요?" 내가 말했다.

클루니는 순순히 나를 따라나왔으나 어리둥절한 표정이었다.

"먼저" 내가 입을 열었다. "관대한 처상에 감사드립니다."

"관대는 무슨!" 클루니가 펄쩍 뛰며 말했다. "겨우 그런 걸 가지고! 운이 나빴던 것뿐이오. 그럼 당신은 내가 어쩌기를 바랐소? 당신도 이런 벌집 같은 은신처에 갇혀 있어 보시오. 어쩌다 친구가 찾아오면 카드놀이라도 하고 싶지 않겠소? 친구가 내기에서 졌을 땐 물론……." 그는 여기까지 말하고 입을 다물었다.

"알아요. 친구가 지면 돈을 돌려주시고, 이기면 그 친구가 당신한테 딴 돈을 지갑에 넣고 돌아가는 거죠! 전 방금 당신의 관대함에 감사하다고 말했지만, 아무리 그래도 전 그런 너그러운 처사가 불편해요."

우린 둘 다 말이 없었다. 클루니가 뭔가 말하려다가 다시 입을 다물어 버렸다. 클루니의 얼굴이 점점 달아올랐다.

"전 아직 어립니다." 내가 입을 열었다. "그러니 당신의 충고를 듣고 싶어요. 아들에게 하듯이 제게 충고해 주세요. 처음에 그 친구가 당신의 돈을 계속 딴 건 정정당당하게 규칙에 따른 것이었고, 그 뒤 돈을 다 잃은 것도 규칙에 따른 것이었지요. 그런데 저더러 그 돈을 받아가라는 건가요? 전 그런 뻔뻔스러운 짓은 할 수 없어요. 당신도 잘 아시겠지만, 긍지를 지닌 사람에게는 힘든 일이에요."

"그렇게까지 말한다면 나도 할 말이 없소. 게다가 그 얘기를 듣고 있으니,

내가 가난한 사람을 궁지에 몰아넣은 못된 사람이 된 기분이군. 내가 친구를 이 집으로 초대한 것은 모욕을 당하기 위해서가 아니오." 그러더니 갑자기 발끈해서 외쳤다. "그렇다고 내가 모욕하기 위해서도 아니오!"

"무슨 말씀인지 알아요. 이번엔 제가 말하죠. 도박은 훌륭한 신사가 하기에는 정말이지 한심한 짓이라고 생각합니다. 하지만 어쨌거나 당신 의견에 따르기로 하겠어요."

클루니가 생전에 누군가를 증오했다면, 그건 데이비드 벨퍼였을 것이다. 그는 나를 잡아먹을 듯한 눈길로 쏘아보았다. 당장에라도 결투를 신청할 기세였다. 그러나 내 젊음에 기가 죽은 건지 양심이 찔려서인지 곧 적의를 사그라뜨렸다. 카드놀이를 좋아하는 사람으로서 그런 말을 들었을 때는 확실히 분했을 것이다. 하물며 카드놀이를 제안한 장본인이었으니 클루니가 분노를 느끼는 것도 당연했다. 그런 만큼 그 화를 꾹 눌러 참은 것은 참으로 훌륭한 태도였다.

"벨퍼 씨." 클루니가 말했다. "당신은 지나치게 고지식하고 융통성이 없는 것 같군요. 그래도 신사로서의 마음가짐은 훌륭하오. 진심으로 말하는데, 돈을 도로 가져가시오. 난 아들에게도 같은 충고를 했을 거요. 그럼 화해의 뜻으로 악수할까요?"

24. 황야의 도주—분열

앨런과 나는 어둠을 틈타 엘리히트 호수를 건넌 뒤 래녹 호수 근처에 있는 다른 은신처를 향해 동쪽 기슭을 따라 내려갔다. 클루니의 부하 한 명이 안내해 주었다. 이 사나이는 우리의 짐은 물론 심지어 앨런의 외투까지 들어 주었다. 산골에서 자란 튼튼한 망아지가 깃털 하나를 지고 가는 것처럼 그는 무거운 짐을 가볍게 짊어지고 사뿐사뿐 걸었다. 나였다면 그 절반만 들어도 엉덩방아를 찧었을 것이다. 반면 그 사나이는 맨손으로 붙으면 나 같은 건 몇 초 만에 거꾸러뜨릴 수 있을 것 같았다.

새삼 말할 필요도 없지만, 귀찮은 짐을 들지 않고 걸어가자 말할 수 없이 홀가분했다. 이렇게 짐에서 해방되지 못했다면, 그리고 그 덕분에 이렇게 가벼운 기분이 들지 않았다면 나는 한 걸음도 떼지 못했을 것이다. 병상에서 이제 막 일어난 데다가 우리에게 기운을 북돋워 줄 환경이라고는 눈을 씻고 찾아 봐도 없기 때문이었다. 우리는 찌뿌둥한 하늘 아래에서 스코틀랜드에서 가장 삭막한 황야를 서로 다른 생각을 하면서 걸었다.

우리는 오래도록 입을 열지 않았다. 때로는 나란히, 때로는 앞서거니 뒤서거니 걸으면서 둘 다 얼굴은 굳어 있었다. 나는 화가 나기도 하고 거만한 마음이 들기도 했다. 이 격렬하고 죄 많은 두 감정을 부추김으로써 나는 기운을 얻었다. 앨런은 부끄러워했지만, 동시에 화도 냈다. 내 돈을 몽땅 잃은 데에 부끄러워하고, 내가 그 일로 화를 내는 데에 화를 냈다.

앨런과 그만 헤어져야겠다는 생각이 점차 강해졌다. 그러는 편이 좋겠다고 생각할수록 그것이 부끄러운 행동이라는 생각도 강해졌다. 사실은 앨런이 내게 "가거라. 나는 아주 위험한 다리를 건너고 있다. 나와 함께 있다가는 너도 위험해질 뿐이다" 그렇게 말해 준다면 정말 고마울 것 같았다. 그러나 나를 이토록 아껴 주는 친구에게 내가 먼저 "당신은 엄청난 위험에 노출되어 있지만 나는 안전합니다. 당신의 우정은 제게 큰 부담입니다. 그만 떠나겠습니다. 당신 혼자 위험을 무릅쓰고 고생하세요—" 말한다면……. 도저히 그럴 수는 없었다. 속으로 남몰래 이런 생각을 하는 것만으로도 나는 얼굴이 빨개졌다.

클루니의 은신처에서 앨런이 한 행동은 어린애, 그것도 철없는 어린애의 행동이나 다름없었다. 반쯤 의식불명이 되어 잠에 빠진 나를 적당한 말로 구슬려 돈을 가져간 것은 도둑질이나 마찬가지였다. 그런데도 앨런은 지금 자기 돈이라고 할 만한 것은 한 푼도 갖고 있지 않으면서 아무렇지도 않게 나와 나란히 걷고 있다. 게다가 내가 자기를 위해 어쩔 수 없이 부탁해서 돈을 돌려받은 거라고 착각하고 그 점에 대해서는 아주 태연했다. 물론 나는 그 돈을 앨런과 나눠 쓸 생각이었다. 그러나 내가 기꺼이 그러리라고 확신하는 그의 태도를 보니 나는 부아가 치밀어 올랐다.

이 두 가지 생각으로 나는 머리가 복잡했다. 어느 쪽 생각을 입에 담든 쫀쫀하게 심술궂은 말이 튀어나올 게 뻔했으므로, (이것도 옳지 않은 행동이기는 하지만) 나는 차라리 입을 꾹 다물고 곁눈질만 할 뿐 그를 똑바로 바라보지는 않았다.

엘리히트 호수를 빙 돌아 골풀이 무성한 평탄한 길에 접어들었다. 걷기가 편해지자 앨런이 참다못해 내 옆으로 다가왔다.

"데이비드, 그깟 일로 친구 사이가 틀어져서야 하겠니? 정말 미안했다. 이렇게 사과하마. 하고 싶은 말이 있으면 뭐라고 말 좀 해 보렴."

"아니요. 별로 없는데요."

앨런은 당황한 것 같았다. 나는 그 모습에 비열한 만족감을 느꼈다.

"그러냐?" 앨런이 조금 떨리는 목소리로 말했다. "내가 이렇게 미안하다고 하지 않니."

"잘못했으니까 당연하죠." 내가 쌀쌀맞게 말했다. "그래도 난 비난한 적 없어요."

"그야 그렇지. 하지만 그보다 더 나쁜 생각을 하고 있다는 건 너도 잘 알걸. 나와 헤어지고 싶어 한다는 거 다 알아. 전에도 그런 말을 했었잖아. 그 말을 다시 꺼낼 생각이냐? 난 갈 길이 멀다, 데이비드. 게다가 솔직히 말하자면 별 볼 일 없는 곳에서 시간을 허비하고 싶진 않구나."

이 말은 비수처럼 내 심장을 찔렀다. 마음 깊숙이 자리했던 이기적인 생각이 까발려진 기분이었다.

"앨런 브렉!" 나는 나도 모르게 소리 질렀다. "당신이 가장 곤경에 처했을 때 내가 당신을 배신했던가요? 어떻게 제 얼굴에 대고 그런 소리를 할 수 있죠? 지금까지 내가 어떻게 행동했는지 생각한다면, 앞으로도 당신을 배신하지 않을 거란 것 정도는 알 텐데요. 물론 황야에서는 좀 지나치게 잤어요. 하지만 그건 지쳤기 때문이었어요. 그 일을 들먹이면서 나를 비난하는 건 잘못된 생각이에요."

"난 그런 말은 하지 않았다."

"그럼 그건 그렇다 치죠. 그렇지만 배신이니 뭐니 하는 쓸데없는 상상으로 나를 개만도 못한 사람 취급하다니요? 도대체 내가 뭘 했다고 이러죠? 나는 태어나서 지금까지 친구를 배신한 적이 없어요. 딴 건 몰라도 당신을 배신한 적은 절대로 없잖아요. 우리 사이에는 내가 절대로 잊을 수 없는 사건이 많이 있었으니까요. 당신은 잊었을지 모르지만."

"이 말만은 해 두지, 데이비드." 앨런이 자못 엄숙하게 말했다. "나는 오래전에 네게 목숨을 빚졌고, 이번에는 돈도 빚졌다. 그러니 이젠 네게서 그

짐을 덜어 줘야 해."

가히 충격적인 말이었으며, 실제로 나는 마음이 크게 동요했다. 그러나 나는 그런 심정을 잘못된 방법으로 표현하고 말았다. 즉, 내 태도가 옳지 않았음을 깨닫자 이번에는 앨런뿐만이 아니라 나 자신에게도 화가 나기 시작했으며, 그 바람에 분위기를 더욱더 험악하게 몰고 간 것이다.

"아까 할 말이 있으면 해 보라고 그랬죠?" 내가 말했다. "그럼 말하죠. 당신은 잘못을 분명히 인정했어요. 난 지금껏 면전에서 모욕을 당해도 꾹 참았고, 당신을 비난한 적도 없어요. 당신이 지금 말하기 전까지 입도 벙긋 한 적 없다고요." 나는 목청을 높였다. "그런데 이번에는 모욕당한 것을 기뻐하면서 노래하거나 웃지 않았다고 날 비난하는군요. 이다음에 모욕당하면 무릎을 꿇고 당신에게 감사라도 해야겠어요! 남의 기분 좀 헤아릴 줄 아세요, 앨런 브렉. 남의 기분을 좀 더 생각한다면 그런 이기적인 말은 쏙 들어갈 테니까요. 그리고 당신에게 매우 호의적인 친구가 당신한테 모욕을 당해도 잠자코 넘어간다면, 당신도 가만히 있는 사람을 괜히 건드리지 않고 그냥 내버려 두게 될 테니까요. 다 자업자득이죠. 다 당신이 벌인 일이잖아요. 그러니 당신이 시비를 거는 건 잘못된 행동이에요."

"알았어, 그만해."

우리는 다시 아까처럼 침묵에 빠졌다. 그날 여행이 끝나고 저녁을 먹고 나서도 한마디도 나누지 않고 잠이 들었다.

이튿날 저녁, 안내인은 우리를 래녹 호수 맞은편 기슭까지 데려다 주고, 앞으로 어떤 길을 통해 가면 가장 좋은지 알려 주었다. 그가 가르쳐 준 대로 가면, 곧바로 산등성이를 넘어 라이언 계곡, 로케이 계곡, 도하트 계곡을 굽이굽이 지나 키펜과 포스 강 상류 부근에서 저지대로 내려가게 되었다. 앨런은 탐탁해하지 않았다. 스튜어트 가문의 오랜 원수인 글레노치의 캠벨 가문의 영지를 지나는 길이었기 때문이다. 앨런은 동쪽으로 가면 곧장 아살의 스튜어트 가문의 영지가 나오며, 그렇게 하면 훨씬 편한 지름길로 목적지에 갈 수 있다고 주장했다. 아살의 스튜어트란 영주는 다르지만 앨런과 성도 혈통도 같은 일족이었다. 그러나 클루니의 척후병 대장인 안내인은 자기가 그 길을 주장하는 이유를 조목조목 들었다. 각지의 병력을 하나하나 따지고는 마지막으로 캠벨 가문의 토지를 지나는 편이 가장 위험이 적다고 단호하게 말했다.

앨런은 마침내 수긍했지만, 여전히 내키지 않는 눈치였다. "그 부근은 스코틀랜드에서 가장 음침한 곳이야." 앨런이 말했다. "히스와 까마귀와 캠벨 놈들 외에는 아무것도 없잖아. 하지만 자네는 상황을 읽을 줄 아는 것 같으니 자네 말을 따르지!"

우리는 그가 가르쳐 준 길을 따라 출발했다. 사흘 밤낮을 음침한 산과 황량한 강줄기만 따라 걸었다. 대부분 안갯속을 걸었으며, 거의 끊임없이 비바람에 시달렸다. 해가 밝은 얼굴을 잠깐이나마 내보이는 적은 한 번도 없었다. 낮에는 비에 흠뻑 젖은 히스 덤불에 누워서 잠자고, 밤이 되면 잠시도 쉬지 않고 위험한 산길과 울퉁불퉁한 바위산을 기어올랐다. 때때로 길을 잃고 헤맸다. 한 치 앞이 안 보일 정도로 짙은 안개가 걷힐 때까지 꼼짝 못하고 기다려야 하는 일은 예사였다. 불을 피우겠다는 생각은 아예 하지도 않았다. 먹을 거라고는 멀건 죽과 은신처에서 가져온 차가운 고기뿐이었다. 다행히 물은 충분했다.

하루하루가 끔찍했다. 음침한 날씨와 험한 지형 때문에 더욱더 끔찍하게 느껴졌다. 몸이 따뜻해질 겨를이 없어서 이가 딱딱 맞부딪쳤으며, 무인도에 있었을 때처럼 목구멍이 따끔거렸다. 옆구리의 극심한 통증도 가실 줄을 몰랐다. 위로는 비가 내리고 아래로는 진흙이 옷 속을 파고드는 질척한 땅에 누워 잠을 자노라면, 지금까지 겪은 모험 가운데 가장 끔찍했던 경험이 꿈속에서 되살아났다—번갯불에 비친 쇼스 저택의 탑, 선원 등에 둘러매어져 갑판에서 내려왔던 랜섬, 고물갑판실 바닥에서 죽어가던 슈안, 코트 가슴께를 부여잡던 콜린 캠벨 등등. 저녁이 되면 이런 단편적인 잠에서 깨어나 진흙 구덩이에 그대로 앉은 채 차가운 죽을 먹었다. 빗줄기가 세차게 얼굴을 때리고, 얼음결정이 등줄기를 타고 흘렀다. 사방에 짙은 안개가 깔리면, 음침한 방 안에 갇힌 느낌이 들었다. 때때로 바람이 불면 안개가 확 걷히면서, 몇 줄기의 계류가 기세 좋게 흘러내리는, 깊은 구멍처럼 시커먼 계곡이 모습을 드러냈다.

수를 알 수 없는 물줄기 소리가 사방팔방에서 들려왔다. 끊임없이 내리는 비로 산의 수원이 넘쳐서 계곡마다 수조를 뒤엎은 듯이 물을 콸콸 쏟아냈다. 강기슭마다 물이 불어 넘쳤다. 밤길을 걷노라면 계곡 하류에서 어떤 때는 천둥처럼 먹먹하게, 어떤 때는 성난 사람의 목소리처럼 무시무시하게 물 흐르는 소리가 들려서 몸이 움츠러들었다. 물의 정령 켈피 이야기가 떠올랐다. 전설에 따르면, 이 요정은 그곳에서 죽을 운명인 나그네가 찾아오면 여울에서 계속해서 흐느껴 운다고 한다. 내가 보기에는 앨런도 이 이야기를 믿고 있었다(적어도 절반은 믿는 것 같았다). 따라서 나는 물소리가 한층 먹먹하게 고막을 때렸을 때 앨런이 가톨릭교도처럼 성호를 긋는 것을 보고도 그다지 놀라지 않았다.

이렇게 끔찍한 방랑 여행을 하면서도 우리는 서로 마음을 열지 않았으며, 거의 말도 섞지 않았다. 사실 나는 죽을 만큼 힘들었다. 이것이 지금 내가 할 수 있는 최대한의 변명이다. 게다가 나는 천성이 꽁해서 웬만해서는 화를 내지 않지만 한번 화가 나면 오래갔는데, 그때는 앨런에게는 물론 나 자신에게도 몹시 화가 나 있었다. 이틀 동안 앨런은 평소와 다름없이 내게 잘해 주었다. 말을 건네지는 않았지만, 먼저 손을 내밀어 부축해 주기도 하고 내 기분이 어떻게 하면 풀어질까 마음 써 주었다(나는 그 마음을 잘 알 수 있었다). 그 이틀 동안 나는 내 껍질 속에 틀어박혀 있었다. 분노의 불길을 부추기면서, 앨런이 도움의 손길을 내밀면 차갑게 뿌리쳤다. 풀이나 돌멩이를 보듯이 앨런을 본체만체했다.

이틀째 밤, 아니 사흘째 새벽, 우리는 풀 한 포기 나무 한 그루 자라지 않은 산에 도착했다. 그래서 평소대로 곧바로 먹거나 누워서 잘 수가 없었다. 몸을 숨길 곳을 찾고 나니 어둑했던 하늘이 완전히 밝아져 있었다. 여전히 비는 내렸지만, 구름이 점차 높아졌기 때문이다. 앨런이 내 얼굴을 유심히 바라보더니 근심스러운 표정을 지었다.

"짐은 나한테 맡기는 게 좋을 것 같은데." 앨런이 말했다. 이와 같은 말을 한 것은 안내인과 래녹 호수에서 헤어지고 나서 약 아홉 번째였다.

"고맙지만 사양하겠어요." 나는 얼음처럼 차갑게 대꾸했다.

앨런의 얼굴이 확 붉어졌다. "두 번 다시는 같은 말 안 하마. 난 그렇게 참을성 있는 사람이 아니야, 데이비드."

"누가 그렇대요?" 열 살짜리 어린애처럼 무례하고 바보 같은 대답이었다.

앨런은 아무 말도 하지 않았다. 그러나 그 뒤 태도가 그의 마음을 대변해 주었다. 그 뒤로 앨런은 클루니의 은신처에서 있었던 일에 대해 자신을 완전히 용서한 것 같았다. 원래대로 모자를 비뚜름하게 쓰고, 거들먹거리며 걷고, 휘파람을 불고, 남을 깔보는 듯한 미소를 띤 채 나를 곁눈질로 흘끗거렸다.

사흘째 밤, 우리는 발퀴더 서쪽 끝을 통과할 예정이었다. 날씨는 맑고 쌀쌀했다. 공기는 얼음처럼 살갗을 찌르고, 북풍이 구름을 몰아내어 밝은 별이 모습을 드러냈다. 불어난 물줄기는 여전히 굉음을 내며 흘렀다. 그러나 앨런은 물의 정령 켈피 따위는 까맣게 잊은 것 같았다. 그는 기운이 넘쳤다. 나에 대해 말하자면, 날씨가 개는 것이 너무 늦었다. 즉, 진흙탕에서 너무 오래 뒹구는 바람에 (성서 말씀을 빌리자면) "내 옷도 나를 싫어하는 것 같았다."*103 극심한 체력 저하로 심한 구토증과 오한이 났다. 냉기가 뼛속 깊숙이 파고들고, 바람에 귀가 먹먹해졌다. 나는 이런 비참한 꼴로 앨런의 심술을 묵묵히 견뎌야 했다. 앨런은 끊임없이 떠들었지만, 말 한 마디 한 마디에는 조롱이 담겨 있었다. "어이, 휘그!" 이것이 나를 부를 때 가장 즐겨 쓰는 호칭이었다. 앨런은 대개 이런 식으로 말했다. "어이, 물웅덩이를 뛰어넘어야지, 휘그당원! 넌 뛰어넘기 선수잖아!" 모든 게 이런 식이었으며, 말투와 얼굴에는 나를 경멸하는 마음이 역력히 배어 있었다.

나는 이런 모욕을 당하는 것이 다 자업자득이지 누굴 탓할 일이 아니라는 것을 잘 알았다. 그러나 너무 기운이 없어서 사과할 마음도 생기지 않았다. 이제 지친 몸을 이끌고 전진할 날도 얼마 남지 않았다는 생각이 들었다. 얼마 못 가 쓰러져서, 이 비에 젖은 산속에서 산짐승처럼 아무렇게나 죽을 것이 분명했다. 나는 죽은 모습 그대로 백골이 될 것이다. 정신이 혼미해서인지 그런 공상이 점점 마음에 들었다. 이렇게 황량한 땅에서 야생 독수리 떼에 둘러싸여 홀로 죽어간다고 생각하자 자랑스러운 기분마저 들었다. 앨런은 내게 얼마나 신세를 졌었는지 떠올릴 것이고, 그 생각은 앨런을 몹시 괴롭힐 것이다. 차라리 무릎 꿇고 하느님께 자비를 구하는 편이 훨씬 나았으련만, 나는 이렇게 병들고 어리석고 비뚤어진 아이처럼 앨런에 대한 분노를 불태우면서 걸었다. 앨런이 나를 조롱할 때마다 나는 몰래 회심의 미소를 지었다. '흥! 나한테는 한 방이 있지. 내가 쓰러져 죽으면 그게 당신 얼굴에 정확히 명중할걸. 아, 얼마나 통쾌할까! 당신은 분명 자신의 뻔뻔함과 내게

---

*103 욥기 9장 31절. "주께서 나를 개천에 빠지게 하시리니 내 옷이라도 나를 싫어하리이다."

했던 잔혹한 복수를 후회하게 될 거야!'

그러는 사이에도 내 상태는 점점 악화했다. 한번은 갑자기 다리가 풀리면서 풀썩 쓰러졌다. 그때는 앨런도 소스라치게 놀랐다. 그러나 내가 벌떡 일어나 아무렇지도 않은 척하며 다시 걷기 시작했으므로 앨런도 곧 잊어버렸다. 온몸에 열이 확 오르는가 싶더니 곧바로 극심한 오한이 찾아왔다. 옆구리의 찌르는 듯한 통증도 참을 수 없을 만큼 심해졌다. 갑자기, 앨런에게 하고 싶은 말을 다 쏟아내어 분노를 몽땅 불태운 다음 한순간에 내 인생을 끝내 버리고 싶은 충동이 밀려왔다. 앨런에게 다시 "어이, 휘그!"라는 말을 들은 직후였다. 나는 걸음을 멈췄다.

"스튜어트 씨." 나는 바이올린 현처럼 떨리는 목소리로 말했다. "당신은 나보다 나이가 많으니까, 지금 당신의 행동이 얼마나 유치한지 잘 알 거예요. 정치적인 문제로 남을 면전에 대고 모욕하는 것이 현명하고 재치 있는 행동이라고 생각하나요? 전 사람이 저마다 생각이 다른 이상, 신사라면 자기와 의견이 달라도 예의 바르게 행동해야 한다고 생각했어요. 그렇게 생각하지 않아도 된다면, 미안하지만 저도 당신에게 훨씬 심한 모욕을 주고 싶군요."

앨런이 나와 마주 섰다. 모자를 비뚜름하게 쓰고 두 손을 호주머니에 찔러넣은 채 고개를 삐딱하게 기울였다. 심술궂은 미소를 띠고 가만히 듣고 있는 모습이 별빛에 똑똑히 보였다. 그는 내가 말을 마치자 자코뱅 당의 노래를 휘파람으로 불기 시작했다. 프레스톤팬즈에서 코프 장군이 패배한 것을 조롱하여 만든 노래였다.

어이, 조니 코프, 아직 건강한가?
아군의 북은 아직 울리고 있나?

그것을 듣자, 그 전투가 벌어졌을 때 앨런이 영국 왕실 편에 있었다는 사실이 떠올랐다.

"왜 그런 노래를 불렀죠?" 내가 말했다. "당신이 어느 편에 서든 패배했다는 것을 제게 상기시키려는 건가요?"

앨런이 휘파람을 멈추고 말했다. "데이비드!"

"어쨌든 그런 무례한 태도는 그만두었으면 좋겠어요. 앞으로는 국왕과 내 훌륭한 가족인 캠벨 일족을 이야기할 때 좀 더 정중해지라는 뜻이에요."

"난 스튜어트 가문의 사람이야……."

"그래요! 당신이 왕족의 성을 쓴다는 건 잘 알아요. 하지만 이점만큼은 기억해 주었으면 좋겠군요. 하일랜드에 온 뒤로 나는 왕의 성을 쓰는 사람을 수없이 봤어요. 그런데 그들에 대해 말할 수 있는 건 이거예요. 그런 성을 쓰나 안 쓰나, 한결같이 그렇고 그런 사람들이었다는 거예요."

"지금 날 모욕하고 있다는 걸 아냐?" 앨런이 음침하게 목소리를 깔고서 말했다.

"그런 생각이 들었다면 미안해요. 하지만 물러날 생각은 없어요. 아까 했던 충고가 마음에 안 들었다면, 이번에도 마음에 안 들겠지만. 당신은 이미 내 일족에게 들판에서 쫓겨서 여기까지 왔어요. 그러니 인제 와서 어린애 한 명을 상대로 잘난 척해봐야 소용없다는 걸 명심해요. 캠벨 일족과 휘그당원은 당신에게 승리했고, 당신은 산토끼처럼 도망쳤어요. 그러니까 그들을 이야기할 때는 좀 더 정중해지세요."

앨런은 외투자락을 펄럭이며 가만히 서 있었다.

"정말 어이가 없군." 이윽고 앨런이 입을 열었다. "그런데 그냥 넘길 수 없는 말이 있어."

"누가 그냥 넘겨달라고 부탁했나요? 나도 각오가 되어 있어요. 당신만큼이나 철저히."

"각오?"

"네, 각오요." 내가 반복했다. "난 누구처럼 허풍이나 허세를 떨지 않아요. 자, 덤벼요!" 그러고는 검을 빼들고 앨런이 가르쳐 준 대로 방어 태세를 취했다.

"데이비드! 너 미쳤어? 널 상대로 칼을 휘두르라고? 데이비드, 그랬다간 진짜 살인이 난다."

"그건 내가 알 바 아니에요. 당신은 날 모욕했어요."

"물론 그랬지!" 앨런이 소리 질렀다. 그러고는 당황했는지 손으로 입을 막은 채 한동안 제자리에 서 있었다. "그래, 그 말이 맞아." 앨런이 다시 말하며 칼을 빼들었다. 그러나 내 칼이 그 칼에 닿기 전에 앨런은 칼을 내던지

고 땅에 풀썩 무릎을 꿇었다. “아니, 아니! 난 할 수 없어. 난 못 해!”

그 모습을 보자 내 분노는 마지막 한 방울까지 몸에서 빠져나가고 말았다. 나는 그저 속이 울렁거리고 슬프고 멍했다. 정신을 차릴 수가 없었다. 방금 내뱉은 말을 주워담을 수만 있다면 무슨 대가를 치러도 좋다고 생각했다. 그러나 일단 뱉은 말을 그 누가 주워담을 수 있단 말인가! 지금까지 앨런이 내게 보여 줬던 배려와 용기가 한꺼번에 떠올랐다. 내가 불행에 빠졌을 때 앨런이 내게 어떻게 힘이 되고 용기를 주고 투정을 받아 주었는지가 생각났다. 그다음, 내가 내뱉은 모욕의 말이 떠올랐다. 이 용감한 친구를 영원히 잃었다는 생각이 들었다. 그러자 속은 두 배로 울렁거리고, 옆구리 통증은 칼로 찔린 것처럼 심해졌다. 이대로 기절해 버리는 게 아닌가 싶었다. 그때 문득 어떤 생각이 떠올랐다. 아무리 변명해 봤자 이미 해 버린 말은 돌이킬 수 없다. 한두 마디 변명으로 끝날 일은 아니다. 상대방에게 주었던 모욕은 그런 변명으로 보상할 수 없다. 그러나 변명이 아니라 도와 달라는 한 마디 외침이면 앨런을 다시 돌아오게 할 수 있을지도 모른다. 나는 자존심이고 체면이고 다 집어던졌다. "앨런! 당신이 도와주지 않으면 난 여기서 죽을지도 몰라요."

앨런이 허둥지둥 일어나 나를 바라보았다.

"정말이에요. 더는 못 견디겠어요. 어디 안전한 곳으로 데려가 줘요. 그런 곳에서라면 더 편하게 죽을 수 있을 테니까요." 나는 연극을 할 필요가 없었다. 의도하든 안 하든 울먹이는 목소리밖에 나오지 않았고, 그 목소리를 들으면 돌덩이 같은 마음을 가진 사람이라도 마음이 여려질 수밖에 없었을 테니까.

"걸을 수 있겠니?" 앨런이 물었다.

"아니요. 부축 좀 해 주세요. 아까부터 다리가 후들거려요. 옆구리는 새빨갛게 달군 쇠꼬챙이로 지지는 것처럼 아프고요. 숨도 제대로 못 쉬겠어요. 내가 죽으면 날 용서해 줄 거죠, 앨런? 사실은 당신을 정말 좋아했어요. 불같이 화를 낼 때도요."

"알았다, 알았어!" 앨런이 외쳤다. "그런 말은 이제 됐다! 데이비드……." 앨런은 흐느껴 우느라 말을 멈추었다. "내가 부축해 줄게. 그래, 그렇지! 내게 편하게 기대. 잠시 쉴 만한 집이 어디 있을까? 아, 모르겠어! 하지만 조금만 더 가면 발퀴더니까 집이 없을 리는 없다. 우리 편 집도 있을 거야. 조금은 걷기가 편하냐, 데이비드?"

"네. 이렇게 걸으면 마을까지 갈 수 있을 것 같아요." 그러고서 나는 앨런의 팔을 손으로 꼭 붙잡았다.

앨런이 다시 울먹였다. "데이비, 난 정말 몹쓸 인간이지? 철도 안 들었고, 따뜻한 구석도 없어. 네가 아직 어리다는 사실도 잊고 있었고, 이렇게 걷지도 못할 만큼 지친 것도 알아차리지 못했어. 데이비, 어렵겠지만 부디 날 용서해다오."

"그 얘기는 그만두기로 해요! 피차 상대방의 단점을 고칠 수는 없어요. 그게 현실이죠! 서로 상대방을 이해하고 참아야 해요, 앨런. 아, 몸이 너무 아파요! 집은 아직 안 보이나요?"

"금방 나올 거다, 데이비드." 앨런이 힘주어 말했다. "강을 따라 내려가자. 분명 인가가 있을 거야. 딱하기도 하지. 내게 업히련?"

"맙소사! 12인치나 더 큰 나를 업겠다고요?"

"그렇게까지 크진 않지." 앨런이 펄쩍 뛰며 목청을 높였다. "1~2인치라면 모를까. 물론 네 기준에는 내가 작아 보이겠지." 앨런은 말을 이었지만, 목소리는 우스꽝스러우리만큼 자신감이 사라져 있었다. "뭐, 자세히 따져보면 네 말이 옳을 거다. 그래, 1피트나 한 뼘, 아니 더 차이가 날지도 모르겠구나."

앨런은 다시 언쟁이 벌어지지 않도록 계속해서 자신의 말을 수정하느라 진땀을 뺐다. 기분이 좋기도 하고 우습기도 했다. 옆구리 통증이 심하지만 않았더라면 배를 잡고 웃었을지도 모른다. 그러나 정말로 웃었더라면 그 웃음은 울음으로 바뀌었을 것이다.

"앨런, 나한테 왜 그렇게 친절하죠? 은혜도 모르는 제가 어디가 좋으세요?"

"글쎄다. 나도 모르겠다. 네가 절대로 싸움을 하지 않아서일까? 그런데 지금은 전보다 네가 더 좋구나!"

25. 발쿼더에서

마침내 인가가 나왔다. 앨런이 그 집 대문을 두드렸다. 하일랜드 가운데에서도 발쿼더 산악지대와 같은 곳에서는 그리 안전한 방법이 아니었다. 그 일대는 하나의 큰 씨족이 평정한 땅이 아니었다. 몇 개의 작은 씨족과 뿔뿔이 흩어진 잔당, 또는 캠벨 일족의 진출로 포스 강과 티스 강 수원지 일대의 황폐한 땅으로 쫓겨난 이른바 '주인 없는 백성'들이 곳곳에서 끊임없이 분쟁했다. 그중에는 스튜어트 가문과 맥클린 가문의 일족도 있었다. 맥클린 일족은 전쟁 때 앨런의 영주를 섬기고 아핀과 동족이 되었다가 스튜어트 가문과 같은 운명을 걷게 되었다. 이 땅에는 역사는 오래됐지만 추방되어 정식으로 인정받지 못하는 맥그리거라는 용맹한 일족도 살았다. 이 일족은 예로부터 평판이 좋지 않았지만, 그 무렵에는 더욱더 미움을 받았다. 스코틀랜드에서 이 일족을 비난하지 않는 당파는 없을 정도였다. 맥그리거의 맥그리거라는 이름을 가진 일족의 영주는 이 땅에서 쫓겨났다. 발쿼더 부근에 사는 일족에게 실권을 휘둘렀던 사람은 롭 로이*104의 장남 제임스 모어였지만, 모어도 그즈음에는 에든버러 성에서 재판을 기다리는 몸이었다. 이 일족은 하일랜드, 로랜드, 그레이엄 가문, 맥그린 가문, 스튜어트 가문 할 것 없이 모두에게 적의를 품고 있었다. 그래서 평소에는 아무리 먼 친척이라도 싸움이 나면 거들고 나서는 앨런도 이 일족과는 마주치기를 꺼렸다.

우리는 운이 매우 좋았다. 우리가 발견한 집은 맥그린 일족의 집이었기 때문이다. 앨런은 스튜어트라는 성 덕분에 환영받았다. 게다가 그 집 주인은 앨런의 평판을 잘 알고 있었다. 주인은 나를 즉시 침대로 안내하고 의사를 불렀다. 의사는 내 상태가 심각하다고 진찰했다. 그러나 그 의사가 대단히 뛰어난 명의였기 때문인지 내가 매우 건강한 청년이었기 때문인지는 모르나, 내가 자리에 누워 있던 기간은 일주일도 안 되었다. 한 달도 채 지나지 않아 나는 다시 여행을 떠날 수 있을 만큼 기력을 많이 회복했다.

그 집에서 머무는 동안 앨런은 내가 아무리 괜찮다고 해도 한사코 내 곁을 떠나려 하지 않았다. 실제로 24시간 내내 내 옆에 꼭 붙어 있는 앨런의 무모함에는 비밀을 공유한 친구 두세 명도 입을 모아 반대했다. 앨런은 낮에는 산 중턱 작은 숲에 있는 굴에 숨어 있다가 밤이 되어 인적이 사라지면 이 집으로 나를 찾아왔다. 물론 나는 무척 반가웠다. 안주인인 맥클린 부인은 이렇게 훌륭한 손님은 아무리 극진히 대접해도 부족할 정도라고 생각했다. 던컨 듀(집주인의 이름이었다)는 백파이프를 갖고 있었는데, 음악을 아주 좋아해서, 내가 병이 다 나았을 때는 잔치라도 벌이는 것처럼 밤낮없이 흥겨운 곡을 연주했다.

군대는 우리에게 별로 관심이 없었다. 한번은 병상에 누워서 창밖을 보는데, 보병 두 개 중대와 용기병 몇 명이 골짜기를 지나가는 것이 보였다. 가장 의아했던 것은 관리가 한 명도 찾아오지 않는다는 점과 누구도 내가 어디서 오고 어디로 가는지 묻지 않는다는 점이었다. 따라서 온 세상이 시끄러운 그 시국에 나는 황야에 누워 있는 것처럼 어떤 조사도 받지 않았다. 그래도 그곳을 떠날 때까지, 내가 그 집에 머물고 있다는 사실은 발퀴더와 그 인근 주민 모두에게 알려졌다. 수많은 사람이 그 집을 방문했으며, 그 사람들이 (그 지방의 습관대로) 이웃들에게 내가 거기 와 있다는 소문을 퍼트렸기 때

---

*104 본명은 로버트 맥그리거(1671~1734). 내란 당시 무법자로서 각지에 출몰했다. 월터 스코트의 소설 《롭 로이》의 주인공.

문이다. 그 무렵에는 수배 벽보도 인쇄되었다. 내가 누워 있는 침대 발치에도 핀으로 한 장이 붙어 있었다. 나는 그다지 만족스럽지 않은 내 초상화와 그것보다 더 크게 쓰여 있는 현상금의 금액을 직접 확인할 수 있었다. 따라서 내가 앨런과 함께 와 있다는 사실을 아는 던컨 듀와 그밖에 사람들은 내 정체를 틀림없이 알았을 것이고, 다른 사람들도 대부분 짐작했을 것이다. 더구나 당시 그 지방에서 열여덟 살짜리 로랜드 젊은이를 보기란 그리 흔한 일이 아니었다. 그러므로 정황을 조합해 보면 누구나 나와 벽보의 관계를 눈치챌 수 있었다. 적어도 불가능한 일은 아니었다. 흔히 비밀이란 아주 친한 몇몇 친구가 아무리 보호해 주어도 어떻게든 새 나가게 마련이다. 그러나 이 일족 사이에서는 설령 그 지방 전체에 소문이 파다하게 퍼졌다 할지라도 자신들만의 비밀로서 몇백 년은 거뜬히 지켜질 것 같았다.

중요한 사건이 딱 하나 있었다. 그 악명 높은 롭 로이의 아들 가운데 하나인 로빈 위거가 나를 찾아온 일이다. 위거는 밸프런*105에서 젊은 여성을 데리고 왔는데, 그것이 강제 결혼이라는 이유로(고소장에는 그렇게 되어 있었다) 온 나라에 수배령이 내려져 있었다. 그러나 이 사나이는 특유의 교활한 머리로 발퀴더를 태연하게 설치고 돌아다녔다. 말싸움이 끝나지 않자 쟁기 손잡이로 제임스 맥클린을 후려친 것도 이 사나이였다. 그런 사건이 있었는데도 이 사나이는 여관에 들어온 행상인처럼 숙적의 집을 뻔뻔스럽게 찾아왔다.

던컨은 내게 누가 찾아왔는지 미리 알려 주었다. 우리는 걱정스럽게 얼굴을 마주 보았다. 곧 있으면 앨런이 찾아올 시간인 데다가, 아무리 보아도 그 둘은 성격이 맞지 않을 것 같았다. 그렇다고 섣불리 전갈이나 신호를 보냈다가는 이 수배자가 즉시 의심을 품을 것이 분명했다.

로빈은 굽실굽실하면서 들어왔지만, 곧 거만한 태도로 돌변했다. 맥클린 부인에게는 모자를 벗고 정중히 인사했으나, 던컨에게 말을 걸 때는 슬쩍 다시 머리에 얹었다. 그런 식으로 자기가 대단한 사람임을 확실히 각인시킨 뒤(본인은 그렇게 착각하는 것 같았다) 내가 누운 침대로 고개를 숙였다.

"벨퍼 씨라고 들었습니다만."

---

*105 글래스고에서 북쪽으로 약 20킬로미터 떨어진 스털링 주에 있는 마을. 부근에 호수가 많기로 유명.

"데이비드 벨퍼라고 합니다. 어서 오세요."

"제 이름을 말할 차례입니다만, 어찌 된 셈인지 요즘은 제 이름도 별 볼 일 없는 것이 되어 버렸어요. 그러니 제임스 모어 드러먼드, 또는 맥그리거라는 사람의 친동생이라는 소개로 충분할 것 같습니다. 당신도 형에 대해서는 들으신 바가 있을 테니까요."

"아니요." 나는 조금 놀라서 대답했다. "아버님이신 맥그리거 캠벨 씨에 대해서도 들은 바가 없는 걸요." 나는 그렇게 말하고, 상체를 일으켜 앉아 머리를 숙였다. 상대방이 무법자 아버지를 둔 사실을 자랑스럽게 여길지도 몰랐으므로 일단 경의를 표해 두는 것이 좋겠다고 판단했기 때문이다.

로빈도 내 대답을 듣고 고개를 숙인 뒤 말을 이었다. "제가 온 건 이런 이유에섭니다. 45년 전투 때 제 형님은 '그레거' 가문의 일부를 모아 여섯 개 중대로 꾸린 뒤 그들을 이끌고 정의를 위해 싸웠습니다. 형님은 프레스톤팬스에서 적과 싸우다가 다리가 부러졌는데, 그때 형의 다리를 치료해 준 군의관이 당신과 같은 성을 쓰던 분입니다. 그분은 베스*106의 벨퍼 님과 형제였죠. 그래서 당신이 그분과 가까운 친척 사이라면 저를 비롯한 저희 일족이 뭔가 도움이 되어 드리고 싶어서 이렇게 찾아온 겁니다."

내가 내 가계에 대해서는 아무것도 아는 바가 없다는 사실을 독자 여러분도 상기해 주시기 바란다. 그가 말한 내용은 금시초문이었다. 따라서 체면을 구기는 일이기는 했지만, 나는 솔직히 모른다고 고백할 수밖에 없었다.

그러자 로빈은 그럼 실례했다고 퉁명스럽게 말하더니 휙 등을 돌렸다. 대문으로 걸어가면서 던컨에게 "자기 친척이 누군지도 모르는 무명의 애송이에 불과하군." 그의 목소리가 내 귀에 똑똑히 들렸다. 나는 그 말에 화도 나고 내 무지함이 부끄럽기도 했지만, 한편으로는 지명수배자인 주제에(로빈은 3년 뒤쯤 교수형을 당했다) 남의 가문에 왜 그렇게 신경을 쓰는지 우습기도 했다.

그때 앨런이 대문으로 들어오는 소리가 들렸다. 둘은 처음 마주친 개처럼 재빨리 뒤로 물러나 서로 무섭게 노려보았다. 작달막한 두 사나이는 서로 조금이라도 커 보이려고 한껏 몸을 젖히고 서 있었다. 둘 다 허리를 비틀어 칼

---

*106 글래스고에서 서북쪽으로 약 30킬로미터 지점에 있는 마을.

자루를 앞쪽으로 오게 했다. 그렇게 하면 재빨리 칼을 빼들 수 있기 때문이었다.

"이거 스튜어트 아니신가?" 로빈이 말했다.

"맞다, 맥그리거. 자랑스러운 이름이지." 앨런이 대답했다.

"내 영지를 찾아 주실 줄은 몰랐군."

"여긴 내 친척인 맥클린 가문의 영지인 줄 알았는데."

"그게 영 골치 아픈 부분이지. 둘 다 맞는 말이거든. 어쨌든, 당신은 검술의 달인이라고 들었소만."

"귀머거리가 아닌 이상 그 외에도 들은 바가 많을 텐데, 맥그리거. 아핀에서 검 좀 다루는 자는 나뿐만이 아니거든. 내 친척이자 영주인 애드실 님이 바로 몇 년 전 당신과 같은 성을 쓰는 향사와 담판을 벌였을 때 맥그리거가 이겼다는 말은 못 들었소만."

"내 아버지 말인가?"

"뭐, 그렇겠지. 내가 기억하는 그분은 촌스럽게도 이름에 캠벨이라는 성을 붙였었으니까."

"아버지는 노인이었으니 애초에 승산이 없었어. 당신과 나라면 좀 더 좋은 맞상대가 되겠지."

"나도 같은 생각이다."

나는 침대에서 반쯤 몸을 일으켰다. 던컨도 위험한 순간에는 끼어들 수 있도록 아까부터 이 싸움닭들 근처를 배회했는데, 그가 지금 이 말을 놓쳤더라면 돌이킬 수 없는 일이 벌어졌을 것이다. 던컨은 창백하게 질린 얼굴로 얼른 둘 사이에 끼어들었다.

"나리들, 전 아까부터 전혀 다른 생각을 했답니다. 이 집에는 백파이프가 있는데, 마침 백파이프의 명수라고 일컬어지는 두 분이 오셨군요. 어느 쪽이 솜씨가 뛰어난지에 대해 말들이 많은데, 바로 지금이 그것을 결정할 절호의 기회가 아닐까요?"

"그러고 보니" 앨런이 여전히 로빈을 노려보며 말했다. 아까부터 두 사람은 상대방에게서 1초도 눈을 돌리지 않았다. "나도 그런 소문을 들은 것 같군. 소문대로 음악에 자질이 있는지 궁금한걸? 백파이프도 불 줄 아시나?"

"맥크리먼 정도는 불지!" 로빈이 흥분해서 외쳤다.

"허풍이 심하군." 앨런이 말했다.

"전엔 더 심한 허풍을 사실로 만든 적이 있지." 로빈이 받아쳤다. "상대도 아주 만만치 않았지만."

"붙어 보면 알겠지."

던컨 듀가 소중히 보관해 둔 백파이프를 얼른 꺼내 왔다. 그러고는 양고기로 만든 햄과 아살 브로스라는 술 한 병을 식탁에 차렸다. 이 술은 오래 묵은 위스키, 여과한 벌꿀, 신선한 크림을 정해진 순서와 비율로 천천히 섞어서 만든 음료다. 두 적은 팽팽한 긴장감 속에서도 이탄을 땐 난로 앞에 예의 바르게 마주 앉았다. 맥클린이 두 사람에게 아내가 아살 출신이라서 브로스를 맛있게 만든다는 소문이 자자하다고 자랑하며 '아내가 만든 브로스'와 수제 양고기 햄을 권했다. 그러나 로빈은 호흡이 가빠진다며 술에 손을 대지 않았다.

"말해 두지만," 앨런이 말했다. "난 거의 열 시간 동안 빵 한 조각 먹지 못했소. 그편이 스코틀랜드의 어떤 브로스보다도 호흡을 거칠게 하겠지."

"난 상대방의 약점을 기회로 삼는 사람이 아니오, 스튜어트." 로빈이 대꾸했다. "그럼 같이 먹읍시다."

두 사람은 햄을 조금씩 먹고, 맥클린 부인의 건강을 기원하며 브로스를 한 잔씩 마셨다. 그러고는 아주 깍듯하게 예의를 차려서 서로 몇 번씩 양보한 끝에 로빈이 먼저 백파이프를 집어 들었다. 그는 짧고 빠른 무도곡을 연주했다.

"오호, 꽤 하시는구먼." 앨런이 말했다. 로빈에게서 악기를 받아 든 그는 로빈과 똑같은 곡을 똑같은 방식으로 불었다. 그러고는 점차 연주법을 바꾸어, 백파이프 연주자가 즐겨 부는 '지저귐'이라는 경쾌한 장식음을 조금씩 섞었다.

나는 로빈의 연주도 마음에 들었지만, 앨런의 연주는 넋을 놓고 들었다.

"그리 나쁘지 않군, 스튜어트." 로빈이 말했다. "하지만 '지저귐'은 더 연습해야겠어."

"뭐야?" 소리치는 앨런의 얼굴이 새빨개졌다. "솔직히 말해라!"

"백파이프를 검으로 바꾸려는 걸 보니, 백파이프 대결은 졌다고 인정하시는 건가?"

"흥, 말주변이 좋으시군, 맥그리거. 아무튼, (말에 힘을 주어서) 지금 말

은 취소하지. 던컨의 의견을 들어볼까?"

"남한테 물어볼 것 뭐 있나? 자기 자신이 발쿼더의 어느 맥클린보다 훨씬 훌륭한 심판관인데. 솔직히 당신은 스튜어트 출신치고는 아주 훌륭한 연주자요. 백파이프 좀 이리 주시오."

앨런이 백파이프를 넘겨주었다. 로빈은 아까 앨런이 장식음을 넣었던 부분을 그대로 흉내 내기도 하고 고쳐서 불기도 했다. 앨런이 어떻게 바꾸었었는지 완벽하게 기억하는 듯했다.

"과연 음악에는 소질이 있으시군." 앨런이 마지못해 인정했다.

"그럼 이번에도 직접 판단해 주시오, 스튜어트." 로빈은 처음부터 변주곡을 불기 시작했다. 장식음에도 아주 정교한 기교를 넣고 아주 멋진 곡조를 첨가하면서 완전히 다른 분위기로 감정을 담아 곡을 마음대로 가지고 놀았다. 나는 넋을 놓고 빠져들었다.

앨런은 표정이 점점 어두워지고 얼굴은 벌겋게 달아올랐다. 아주 심한 모멸감을 견디는 사람처럼 손톱을 깨물면서 앉아 있었다. "인제 그만!" 하고 외치더니 "꽤 훌륭해. 내가 졌소" 하고는 벌떡 일어나려고 했다.

그러나 로빈은 가만히 있으라고 손짓한 다음 피브록이라는 느릿한 하일랜드 곡을 불기 시작했다. 곡 자체도 아름답고 연주도 훌륭했지만, 아핀 스튜어트 가문과 특히 인연이 깊어서 앨런이 아주 좋아하는 곡이었다. 첫 소절이 들리기가 무섭게 앨런의 표정이 바뀌었다. 곡이 계속 연주되자 앨런은 엉덩이를 들썩거렸다. 그리고 곡이 채 끝나기도 전에, 굳었던 표정은 흔적도 없이 사라지고 머릿속에는 곡 생각만이 가득한 것 같았다.

곡이 끝나자 앨런이 외쳤다. "로빈 위거! 당신은 대단한 연주자요. 적어도 백파이프로는 적수가 안 되겠는걸. 야아! 당신의 스포런 안에는 당신 머릿속에 있는 것보다 훨씬 많은 음악이 담겨 있구려! 쇠붙이로 다시 겨룬다면 본때를 보여 줄 수 있겠지만, 그건 불공평하지! 나도 당신 같은 백파이프의 명수를 갈기갈기 찢어 버리기는 싫으니까!"

결투는 이렇게 끝났다. 세 사나이는 밤새 브로스를 마시며 백파이프를 교대로 불었다. 이윽고 로빈이 작별인사하려고 했을 때는 동이 완전히 트고 난 뒤였지만, 세 사람은 아직도 아쉬워하는 것 같았다.

26. 도주가 끝나다—포스 강을 건너다

내가 길을 떠나도 괜찮다는 진단을 받았을 때는 아직 8월이었다. 그러나 달이 넘어가려 하고 있어서 화창하고 따뜻한 날씨가 이어졌다. 곳곳에서 풍요로운 수확을 약속하는 증표가 일찌감치 보였다. 우리는 돈이 완전히 떨어지기 전에 길을 서두를 방법을 찾아야 했다. 랜케일러 변호사의 집에 빨리 도착하지 않으면, 또는 도착했다 하더라도 원조받지 못하면 꼼짝없이 굶어 죽어야 하기 때문이었다. 앨런은 지금쯤 추적의 고삐도 꽤 느슨해졌을 것이며, 포스 강 기슭이나 그 강을 가로지르는 주요 통로인 스털링 다리*107에도 감시가 그리 엄중하지 않으리라고 판단했다.

"싸움에서 가장 중요한 건" 앨런이 말했다. "적의 허를 찌르는 일이야. 포스 강은 건너기 쉬운 강은 아니지만, '포스는 난폭한 하일랜드인을 저지한다'는 말이 있잖아? 그 강 상류를 빙 돌아서 캠벨이나 밸프런 부근으로 내려가는 길목에는 적이 만반의 준비를 하고 감시하고 있을 거야. 하지만 똑바로 올드 스털링 다리*108를 건너면 적들은 우리를 전혀 의심하지 않겠지."

첫날밤은 던컨의 친척인 스트라샤*109의 맥클린이라는 사람의 집까지 쉬지 않고 걸어갔다. 그 집에서 21일 오후 내내 자다가 저녁에 다시 출발했다. 이번에는 여유 있게 걸었다. 22일은 우암바*110 산 중턱의 히스 덤불에 사슴 한 무리를 바라보며 잠이 들었다. 뽀송뽀송하게 마른 흙 위에서 눈부시게 내리쬐는 햇볕을 받으며 10시간이나 잤다. 그렇게 개운하게 잔 적은 처음이었다. 그날 밤에는 앨런 워터 강*111을 따라 하류로 내려갔다. 산악지대 끄트머리까지 오자 발밑에 핫케이크처럼 평평한 스털링 평야가 펼쳐졌다. 평지 한가운데에 있는 야트막한 언덕 위에 성과 마을이 있었다. 달빛이 구불구불한 포스 강을 비추었다.

앨런이 말했다. "마음에 들지는 모르겠다만, 드디어 네 고향으로 돌아왔

---

*107 스털링 시는 에든버러 서쪽, 포스 강이 내려다보이는 도시.
*108 포스 강 하류, 스털링 시 북부에 있는 다리.
*109 발퀴더에서 남쪽으로 약 5킬로미터 떨어진 산촌.
*110 스트라샤 남동쪽, 브레 산지의 최고지점. 해발 약 650미터.
*111 스털링 북부에서 포스 강으로 흐르는 지류.

다. 우리는 밤사이에 하일랜드와 로랜드의 경계선을 넘은 거야. 이제 이 구불구불한 강만 무사히 건너면 모자를 벗어 던지고 만세를 외쳐도 안심이다."

앨런 워터 강이 포스 강과 합류하는 지점 바로 앞에 작은 모래섬이 있었다. 섬에는 우엉과 머위 같은 키 작은 식물이 무성하게 자라 있었다. 납작 엎드리면 들키지 않을 것 같았다. 우리는 그곳에서 야영했다. 그곳에서는 스털링 성이 훤히 보였다. 성 안에서 수비병이 행진하면서 둥둥 북을 치는 소리도 들렸다. 강 이쪽에서는 농부들이 낫을 들고 종일 수확을 했다. 낫이 돌멩이에 부딪히는 소리며 사람 말소리가 또렷이 들렸다. 땅바닥에 몸을 딱 붙인 채 꼼짝하지 않고 기다렸다. 그러나 모래는 햇볕에 달궈져 따뜻하고, 머리는 풀에 가려서 그늘졌으며, 식량은 풍부했다. 무엇보다 반가운 것은 안전한 땅이 바로 눈앞에 있다는 사실이었다.

땅거미가 지자 농부들이 하나둘 돌아가기 시작했다. 우리는 강가로 걸어 나와 밭고랑을 따라 몸을 숨기면서 스털링 다리를 향해 갔다.

다리는 성이 있는 언덕 바로 아래에 있었다. 난간에 작은 첨탑이 여러 개 달린 높다랗고 좁은 낡은 다리였다. 내가 이 다리를 얼마나 애틋한 눈으로 바라봤을지 독자 여러분도 상상이 가시리라. 단순히 역사적으로 유명한 장소로서가 아니라 앨런과 나를 구원해 줄 입구라는 심정으로 바라본 것이다. 다리 입구에 도착했을 때는 아직 달이 뜨지 않았다. 요새 정면에 불빛이 몇 개 보이고, 아래쪽 마을에는 빛이 새어 나오는 창문이 띄엄띄엄 보였다. 그러나 사방은 쥐 죽은 듯이 고요했으며, 다리 위에는 보초도 없는 것 같았다.

나는 바로 다리를 건너려고 했지만, 앨런은 좀 더 신중했다.

"너무 조용한 게 이상한데." 앨런이 말했다. "만일을 대비해 이 둑에 숨어 상황을 좀 살펴보자."

우리는 15분쯤 누워서 속닥속닥 대화도 나누고 잠자코 귀도 기울여 보았다. 그러나 들려오는 소리라고는 교각을 씻는 물소리뿐이었다. 얼마쯤 지나자, 지팡이를 짚은 노파가 절름거리며 이쪽으로 다가왔다. 노파는 우리가 숨어 있는 바로 근처에 멈춰 서서 신세 한탄도 하고 길이 멀다며 투덜대기도 하다가 이윽고 다리로 이어지는 급한 비탈을 올라갔다. 노인의 몸집이 매우 작은데다 어둠도 짙어서 그 모습은 곧 시야에서 사라졌다. 발소리와 지팡이 짚는 소리, 경련하듯이 한 번씩 기침하는 소리가 조금씩 멀어져 갈 뿐이었다.

"다 건넌 모양인데요." 내가 속삭였다.

"아직이야. 아직 다리 위를 걸어가는 소리가 나."

그 순간 "누구냐!" 하는 외침이 들리더니 소총의 개머리판이 돌에 철컥하고 부딪히는 소리가 났다. 졸고 있던 보초가 깨어난 것이 분명했다. 그러니 우리가 그냥 다리를 건넜더라면 끝까지 들키지 않았을는지도 몰랐다. 그러나 이미 보초가 눈을 떴으니 기회는 물 건너간 셈이었다.

"여긴 틀렸군." 앨런이 말했다. "상황이 위험해졌어, 데이비드."

그 말만 하고는, 발각될 염려가 없는 곳까지 밭을 가로질러 엉금엉금 기어가서 벌떡 일어나더니 동쪽으로 향하는 도로를 걷기 시작했다. 나는 앨런이 뭘 하려는 셈인지 짐작도 가지 않았다. 또한, 실망감이 너무 커서 그가 뭘 하든지 못마땅했을 것이다. 지금껏 나는 랜케일러 변호사의 집 대문을 두드리고, 서사곡에 나오는 주인공처럼 유산 상속을 요구하는 내 모습을 수없이 상상했었다. 그런데 또다시 황량한 포스 강 변을 감시의 눈을 피해 배회하는 처지로 되돌아간 것이다.

"어쩌려고요?" 내가 물었다.

"글쎄. 네 생각은 어떠냐? 놈들은 내가 생각했던 만큼 허술하지 않구나. 어떻게든 포스 강을 건너야 하는데……."

"그런데 왜 동쪽으로 가죠?"

"일종의 도박이지! 여기서 강을 건널 수 없다면, 강어귀에서 어떻게든 방법을 찾아야 하지 않겠니?"

"강에는 여울이라도 있지만, 강어귀에는 그런 것도 없어요."

"물론 중간에는 여울도 있고 바로 옆에 다리도 있지." 앨런이 큰소리쳤다. "하지만 보초가 있는데 그게 다 무슨 소용이냐?"

"그건 그렇지만……. 헤엄쳐서 건널 수도 있잖아요."

"헤엄을 잘 친다면 그럴 수 있겠지. 하지만 너나 나나 별로 그렇진 않은 것 같은데. 난 떠 있기만 해도 다행인 수준이다."

"제가 당신을 어떻게 말로 이기겠어요. 하지만 당신 생각대로 한다면 일이 더 어려워질 거예요. 강을 건너기가 어렵다면, 바다는 더 건너기 어려운 게 당연하니까요."

"하지만 보트가 있지 않니? 없으면 만들면 되고."

"아하! 돈이라는 수단도 있고요! 하지만 우리는 둘 다 갖고 있지 않아요. 그 말은 둘 다 이 세상에 없다는 거나 마찬가지죠."

"정말 그렇게 생각하느냐?"

"네."

"데이비드, 넌 정말 머리도 나쁘고 신념도 부족한 아이구나. 날 믿어 보렴. 보트를 빌리지도 훔치지도 못하게 되더라도 한 척 정도는 직접 만들어 보일 테니까!"

"알겠어요! 하지만 그게 다가 아닐 거예요. 다리를 건넌다면 문제없죠. 다리에는 증거가 남지 않으니까요. 하지만 강어귀를 건넌다면 반대편 기슭에 보트가 남아요. 누군가가 보트를 타고 건너왔다는 뜻이죠. 그러면 그곳 사람들이 벌떼처럼 몰려와—"

"데이비드!" 앨런이 소리쳤다. "내가 우릴 실어다 줄 사람도 찾지 않고 보트를 만들 것 같니? 잔말 말고 걷기나 해라. 네가 할 일은 그것뿐이야. 생각은 이 앨런에게 맡겨 두라고."

그리하여 우리는 밤새도록 스털링 평야 북쪽에 있는 오힐 구릉의 밑자락을 걸었다. 아로아, 클래크매넌, 크로스 근처를 지났지만, 어디에도 들르지 않고 그냥 지나쳤다. 이튿날 아침 10시경, 주린 배를 움켜쥐고 녹초가 된 채 우리는 라임킬른이라는 작은 마을에 도착했다. 강가에 인접한 이 마을에서는 강 너머 호프*112에서 퀸스페리까지 한눈에 보였다. 마을과 농장마다 연기가 피어오르고 있었다. 밭에서는 수확이 한창이었다. 호프 만에는 배가 두 척 정박해 있고, 보트가 해안을 오가고 있었다. 보기만 해도 기분 좋아지는 풍경이었다. 푸른 밭이 시원하기 펼쳐진 언덕과 밭이나 바다에서 부지런히 일하는 사람들의 모습은 아무리 봐도 질리지 않았다.

남쪽 해안에는 랜케일러 변호사의 집이 있었으며, 그 집에는 어마어마한 돈이 나를 기다리고 있었다. 그런데도 나는 초라한 몰골에, 가진 거라고는 달랑 1실링짜리 은화 세 닢이 전부고, 목에는 현상금이 걸리고, 범죄 용의자를 유일한 길동무로 거느린 채 이 북쪽 해안에 있었다.

"앨런! 생각해 보세요! 저기엔 내가 원하는 모든 것이 나를 기다리고 있어요. 하물며 새와 보트도 마음만 먹으면 바다를 건너갈 수 있는데 나만 갈 수 없다니! 아, 가슴이 찢어지는 것 같아요!"

우리는 라임킬른에 있는 조그만 술집에 들어갔다. 입구에 어린 나뭇가지가 걸려 있지 않았더라면 술집인 줄 몰라봤을 만큼 초라한 곳이었다. 그 집에서 착하게 생긴 젊은 점원 아가씨에게서 치즈를 끼운 빵을 조금 샀다. 우리는 1/3마일 정도 떨어진 바닷가의 덤불에서 그것을 먹을 생각으로 꾸러미에 싸서 나왔다. 나는 걸으면서도 건너편 해안에서 눈을 떼지 않고 한숨만 쉬느라 눈치채지 못했지만, 앨런은 줄곧 뭔가를 곰곰이 생각했다. 이윽고 앨런이 걸음을 멈추었다.

"너 아까 그 점원 아가씨를 자세히 봤니?" 앨런이 꾸러미를 탁탁 치면서 물었다.

"네. 착하게 생겼던데요."

"너도 그렇게 생각하지?" 앨런의 목소리가 높아졌다. "데이비드, 아주 잘 됐다."

"뭐가 잘 돼요?"

앨런이 특유의 장난스러운 표정으로 말했다. "어쩌면 보트를 손에 넣을 수 있을지도 몰라."

"점원이 남자고 우리가 여자라면 일이 더 잘 풀릴 텐데."

"고작 그런 생각밖에 못 하겠냐? 너더러 그 아가씨를 꾀라는 게 아니야.

---

*112 에든버러에서 서쪽으로 약 15킬로미터 떨어진 마을.

그 아가씨가 너를 불쌍하게만 여기면 돼. 그러니 네가 잘생겨 보일 필요는 없지. 어디 보자. (그는 내 얼굴을 유심히 관찰했다) 안색이 더 창백했으면 좋겠는데. 뭐, 이 정도로 꾀죄죄하고 초라하고 누더기 같은 차림을 했으면 됐다. 꼭 허수아비 옷을 빌려 입은 모양새지 뭐냐. 자, 보트를 얻으러 술집으로 돌아가자."

나는 깔깔 웃으면서 그의 뒤를 따라갔다.

"데이비드 벨퍼, 넌 의외로 재미있는 아이고, 지금부터 할 일도 아주 재미있는 일이야. 하지만 너와 내 목을 소중하게 생각한다면 제발 이 역할을 완벽하게 수행해다오. 우리는 지금부터 연극을 해야 해. 왜 그래야 하냐고? 교수대에 올라가느냐 마느냐 하는 절체절명의 문제가 바로 여기에 달려 있기 때문이지. 부디 내 말을 명심하고 실수하지 마라."

"잘 알았어요. 기대를 저버리지 않겠어요."

마을이 가까워져 오자 앨런은 내 몸에 팔을 두르고, 지쳐서 완전히 녹초가 된 사람처럼 나를 자기에게 매달리게 했다. 술집 문을 열었을 때 나는 거의 앨런에게 안기다시피 하고 있었다. 우리가 되돌아오자 아가씨는 깜짝 놀랐다(이것이 당연한 반응이지만). 앨런은 한 마디도 이유를 설명하지 않고 나를 부축해 의자에 앉히고는 브랜디를 한 잔 가져와 내 입에 조금씩 흘려주었다. 그러고는 치즈를 끼운 빵을 조금 뜯어서, 갓난아기를 돌보는 유모처럼 내게 먹여 주었다. 앨런의 표정은 내내 진지하고 수심에 가득했으며 애정이 듬뿍 담겨 있었다. 그 표정에는 재판관조차 속아 넘어갔을 것이다. 따라서 그 아가씨가 병에 걸려 비틀거리는 불쌍한 젊은이와 그를 극진하게 돌보는 친구에게 동정을 느낀 것도 당연했다. 아가씨는 우리에게 가까이 다가와 옆 탁자에 기대섰다.

"어디 아프세요?" 이윽고 아가씨가 물었다.

놀랍게도 앨런이 조금 화난 표정으로 아가씨를 돌아보았다.

"어디 아프냐고?" 앨런이 버럭 고함을 질렀다. "이 사람은 벌써 몇백 마일을 걸어서 왔소. 잘 마른 이불에서 자지 못하고 허구한 날 흠뻑 젖은 히스 덤불에 누웠지. 어디가 아프냐고? 암, 아프고말고! 아프지 않고 배기나!" 앨런은 내게 빵을 먹이면서 속상해 죽겠다는 듯이 계속 투덜거렸다.

"아직 젊으신 분이 딱하게도." 아가씨가 말했다.

"젊다마다." 앨런이 아가씨에게 등을 돌린 채 말했다.

"말을 타고 가면 좋을 텐데." 아가씨가 말했다.

"도대체 말을 어디서 구하란 말이오?" 앨런이 아까처럼 부아가 치민다는 듯이 아가씨를 돌아보고 버럭 소리를 질렀다. "나더러 도둑질이라도 하란 말이오?"

나는 그렇게 거칠게 말하다가는 아가씨도 화가 나서 우리를 모른 척해 버릴 것만 같았다. 실제로 아가씨는 한동안 입을 다물고 말았다. 그러나 앨런은 자신의 역할을 잘 알았다. 다른 일에는 둔하게 굴면서 이런 일에만큼은 머리가 잘 돌아갔다.

"말씀하지 않아도 알겠네요." 잠시 뒤 아가씨가 다시 입을 열었다. "신분이 높으신 분들이군요."

"으흠." 이 꾸밈없는 말을 듣고서 앨런은 얼마간 기분이 좋아져서 말했다(아마 저도 모르게 그랬을 것이다). "그렇다면? 그런 사람들은 남의 호주머니에 돈이라도 찔러 넣어 준다고 들었나 보지?"

이 말을 듣자 아가씨는 유산을 빼앗긴 귀부인이라도 되는 양 한숨을 쉬었다. "아니요. 하지만 고귀한 분들이라고 생각한 건 사실이에요."

이런 대화가 오가는 동안, 나는 내 역할을 잘 해내려고 조바심치면서도 부끄럽기도 하고 우습기도 하여 아무 말도 못 하고 앉아 있었다. 그러나 더는 참을 수가 없어서 앨런에게 이제 좀 나아졌으니 쉬게 해 달라고 말했다. 그러나 이 가짜 연극에 끼어들기가 싫어서 그랬는지 갑자기 목이 메어서 당황하고 말았다. 그것이 오히려 효과를 발휘했다. 아가씨가 내 쉰 목소리를 병과 피로 때문이라고 확신하게 된 것이다.

"이분은 혈육이 없으세요?" 아가씨가 연민이 가득 담긴 목소리로 말했다.

"있기야 있지!" 앨런이 쩌렁쩌렁한 목소리로 말했다. "그곳에 갈 수만 있다면! 혈육이, 그것도 돈 많은 혈육도 있고, 편히 누울 침대도, 음식도, 진찰해 줄 의사도 있지. 그런데도 이 고장에서는 거지처럼 물웅덩이를 헤매고 다니고 히스 덤불에서 자야 해."

"왜요?"

"아가씨, 입으로 말하기엔 위험하니 다른 방법으로 알려 드리지. 휘파람을 좀 불겠소." 그러더니 앨런은 탁자 위로 상체를 쭉 내밀고서 《내 사랑 찰리》*113라는 곡을 감정을 담아 아주 멋지게 한두 소절 불었다.

"쉿!" 아가씨가 말하더니 어깨너머로 문쪽을 돌아보았다.

"이런 사정이오."

"이렇게 젊은 분이!"

"어엿한 성인인걸, 뭐……." 앨런은 내가 교수형을 당해도 괜찮을 나이라는 뜻으로 자기 목 뒤를 집게손가락으로 두드려 보였다.

"맙소사!" 아가씨가 흥분해서 소리쳤다.

"하지만 그렇게 될 거요. 어떻게든 수를 써야 하는데."

그 말을 듣자 아가씨는 우리 둘을 남기고 방 밖으로 뛰쳐나갔다. 앨런은 계획대로 진행되는 걸 보고 좋아했지만, 나는 졸지에 자코뱅 당원이 된데다가 어린아이 취급까지 당해 몹시 화가 났다.

"앨런," 내가 외쳤다. "이런 연극은 이번이 마지막이에요. 정말 못 해먹겠네요."

"가만히 있어, 데이비. 지금 일이 엎어져도 너는 어떻게든 목숨을 구하겠지만, 앨런 브렉은 그렇지 못할 테니까."

일리가 있는 말이었으므로 나는 끙하는 신음 외에는 대꾸할 말이 없었다. 그러나 이 신음조차 앨런의 계획에 도움을 주었다. 마침 아가씨가 우유가 든 푸딩이 담긴 접시와 진한 맥주를 한 병 가지고 헐레벌떡 문으로 들어오다가 그 신음을 들은 것이다.

"가엾어라!" 아가씨가 우리 앞에 음식을 내려놓더니, 용기를 북돋워 주려는 듯이 내 어깨에 상냥하게 손을 얹었다. 그러고는 돈은 내지 않아도 좋으니 어서 먹으라고 말했다. 이 술집은 아버지 것인데, 아버지는 오늘 피턴크리프에 가 있으니 상관없다고 했다. 우리는 한 번 더 권할 때까지 기다리지 않았다. 치즈 끼운 빵은 전혀 반갑지 않았지만, 푸딩은 표현할 수 없을 만큼 좋은 냄새를 풍겼기 때문이다. 우리가 먹는 동안 아가씨는 탁자 옆의 아까 그 자리로 돌아가 우리를 유심히 지켜보면서 뭔가 생각에 잠기기도 하고 미간을 찌푸리면서 앞치마 끈을 잡아당기기도 했다.

"너무 많은 정보를 흘리신 것 아닌가요?" 아가씨가 마침내 앨런에게 말했다.

---

*113 1745년 내란의 주역인 찰스 에드워드를 기린 노래.

"음." 앨런이 대답했다. "하지만 난 믿을 만한 상대에게만 말하지."
"전 당신을 절대로 배신하지 않을 거예요. 그 점은 염려하지 마세요."
"압니다. 배신할 사람이 아니라는 걸. 당신이 뭘 도와줬으면 좋겠는지 지금부터 말하겠소."
"전 못해요." 아가씨가 도리질 치며 말했다. "할 수 없어요."
"흠. 할 수 있는 거라면?"
아가씨는 대꾸가 없었다.
"아가씨, 이 파이프의 고장*114에는 보트가 얼마든지 있소. 아까도 이 마을 초입에서 두 척이나 봤는걸. 우리가 어둠을 틈타 로디언*115까지 보트로 건너가고, 입이 무거운 누군가가 그 배를 도로 가지고 돌아온 뒤 그 일을 비밀로 해 준다면, 우리 둘의 목숨은 안전하오. 나는 물론이고 이 젊은이도 틀림없이 목숨을 건질 수 있지. 우린 이 넓은 세상에서 고작 3실링밖에 없소. 이거 가지고는 어디를 어떻게 가든 몸을 맡길 데가 없지. 결국은 쇠사슬에 묶인 채 교수대에 매달리는 꼴을 면치 못할 거요. 거짓말이 아니오! 그런데도 이대로 돌아가라고? 바람이 굴뚝 안에서 윙윙 울고 빗줄기가 지붕을 세차게 두드릴 때 따뜻한 침대에 누워 우리를 떠올리고 싶소? 새빨갛게 타오르는 난롯가에서 밥을 먹으면서, 삭막한 황야에서 추위와 굶주림을 견디려 손톱을 물어뜯는 이 병들고 불쌍한 젊은이를 생각하고 싶소? 이 젊은이는 아프든 건강하든 계속 돌아다녀야 하오. 죽음의 신에게 목덜미가 붙잡혀 비를 맞으면서 먼 길을 터벅터벅 걸어야 한단 말이오. 차가운 돌을 베고 누워 마지막 숨을 거둘 때 옆에 혈육이라곤 한 명도 없을 것이오. 나와 신만이 있겠지."
이 간절한 호소에 아가씨는 머리가 복잡해진 것 같았다. 우리를 돕고 싶으면서도 범죄자를 돕는 꼴이 되지나 않을까 불안한 모양이었다. 나는 아가씨의 의심을 풀어 주려면 사실을 조금 내비쳐야겠다고 생각했다.
"퀸스페리의 랜케일러 씨를 아시나요?" 내가 말했다.
"변호사 랜케일러 씨요?" 아가씨가 말했다. "그분을 말하는 거죠?"
"우린 그를 만나러가고 있습니다. 우리가 나쁜 사람인지 아닌지 이제 알

*114 포스 강을 끼고 에든버러와 마주보는 일대.
*115 포스 만 남쪽의 람메무어 구릉지대. 에든버러 주도 그 일부.

겠죠? 사실 저는 커다란 실수를 저질러서 목숨이 위태롭지만, 스코틀랜드를 다 뒤져도 저만큼 조지 왕에게 충성하는 사람은 없죠."

앨런은 이 말에 표정이 어두워졌으나 아가씨의 얼굴은 환해졌다.

"그만하면 됐어요." 아가씨가 말했다. "랜케일러 씨는 유명한 사람이니까요." 그러고는 우리에게 식사를 다 했으면 되도록 빨리 마을을 떠나 바닷가의 작은 숲에 숨어 있으라고 말했다. "나머지는 제게 맡기세요. 어떻게든 건너편까지 모셔다 드릴 테니."

이 말을 듣고 우리는 마음이 조급해졌다. 약속의 표시로 아가씨와 악수한 뒤 푸딩을 허겁지겁 먹어치우고 라임킬른에서 나와 숲으로 향했다. 덧나무와 산사나무가 스무 그루쯤 있고 어린 물푸레나무가 조금 자란 자그마한 숲으로, 큰길이나 바닷가를 지나가는 사람들에게서 몸을 숨길 만큼 나무가 무성하지는 않았다. 그러나 우리는 그곳에 누워 있어야 했다. 날씨가 맑고 따뜻해서 다행이었다. 나는 이제 살았다는 기대감을 품으면서, 앞으로 해야 할 일을 좀 더 자세히 생각해 보았다.

그날 위험한 순간이 한 번 있었다. 먼 길을 떠났다가 돌아오던 백파이프 연주자가 우리가 있는 숲으로 오더니 우리 옆에 털썩 주저앉은 것이다. 벌건 얼굴에 짓무른 눈을 한 주정뱅이로, 호주머니에는 커다란 위스키병이 들어 있었다. 그는 그간 사람들에게 얼마나 억울한 일을 당했는지 장황하게 설명했다. 그 사람들이란 공정하게 재판하지 않았던 고등 민사재판소 판사에서 자신에게 잔인한 짓을 했던 인버키싱*116의 시의원에 이르기까지 다양했다. 그는 종일 이렇다 할 일도 하지 않은 채 수풀에만 숨어 있는 두 사나이가 수상했는지 미주알고주알 캐물어서 우리를 곤란하게 했다. 이윽고 남자가 떠나자 우리는 빨리 그곳을 뜨고 싶어서 점점 초조해졌다. 그가 입이 무거운 사람처럼 보이지는 않았기 때문이다.

여전히 맑게 갠 하늘에 해가 지고 조용한 밤이 찾아왔다. 여기저기 흩어진 인가와 저 멀리 마을에 불이 켜졌다가 이윽고 하나둘씩 꺼지기 시작했다. 그러나 끼익 하고 노 젓는 소리가 들려온 것은 11시가 넘어서였다. 우리는 아까부터 정체 모를 불안감에 휩싸여 있었다. 소리를 듣고 집중해서 바라보자,

---

*116 포스 만을 사이에 두고 퀸스페리와 마주보는 항구 도시.

아가씨가 직접 보트를 저어 우리 쪽으로 오는 것이 보였다. 아가씨는 비밀을 지킨 것이다. 연인이 있었다 한들 털어놓지 않았으리라. 그녀는 아버지가 잠들자마자 창문으로 빠져나와 이웃의 보트를 훔쳐 혼자 우리를 도우러 온 것이었다.

나는 어떻게 감사의 마음을 표현해야 할지 몰라 말문이 막혔다. 아가씨도 고맙다는 인사를 들을 생각만으로 부끄러워했다. 그러나 최대한 조용히 서두르는 것이 좋다며(그 말이 사실이었다) 잠자코 얼른 타라고 말했다. 그러고는 열심히 노를 저어서 우리를 로디언의 칼리돈에서 그다지 멀지 않은 해안에 내려 주고 악수한 뒤, 수고했다거나 고맙다고 인사할 틈도 없이 라임킬른으로 돌아갔다.

아가씨가 돌아간 뒤에도 우리는 아무 말도 하지 않았다. 그런 한없는 친절에 말로는 고맙다고 표현할 길이 없었기 때문이다. 앨런은 오랫동안 바닷가에 서서 머리를 가로저을 뿐이었다.

"정말 착한 아가씨야." 이윽고 앨런이 입을 열었다. "데이비드, 정말 착한 아가씨였어." 한 시간 뒤, 바닷가 동굴에 숨어서 내가 꾸벅꾸벅 졸고 있었을 때도 앨런은 불쑥 같은 말을 하며 그 아가씨의 성품을 칭찬했다. 나도 뭐라고 말하고 싶었지만 할 말이 생각나지 않았다. 그녀가 너무나 순수해서 양심의 가책과 두려움마저 느꼈다. 양심의 가책은 남을 의심할 줄 모르는 그녀의 성품을 이용했기 때문이고, 두려움은 자칫 잘못했다간 그녀를 우리와 같은 위험에 끌어들였을지도 몰랐기 때문이었다.

27. 랜케일러 변호사와의 만남

이튿날 우리는 의논 끝에 따로 행동하기로 했다. 앨런은 저녁까지 혼자서 보내다가 어두워지면 뉴홀스*117 인근 길가 밭에 숨어서, 내 휘파람 소리가 들릴 때까지 함부로 움직이지 않기로 했다. 나는 신호로 내가 좋아하는《에어리의 그리운 집》을 불 생각이었지만, 앨런은 그렇게 흔한 노래는 지나가던

*117 퀸스페리의 포스 브리지 부근 지명.

농부도 불 가능성이 있다며 반대했다. 대신 그는 하일랜드 노래의 한 소절을 가르쳐 주었다. 그 곡은 그날부터 오늘까지 내 머리에서 지워지지 않는다. 아마도 임종 때에조차 떠오를 것이다. 그 소절이 기억날 때마다 내 기억은 그 불안감으로 가득했던 마지막 날로 되돌아간다. 그날 앨런은 동굴 깊이 앉아 손가락으로 박자를 맞추면서 휘파람을 불었다. 새벽 어스름이 그 얼굴을 점점 또렷하게 비췄다.

나는 해가 뜨기 전에 퀸스 페리의 길고 좁다란 큰길로 나갔다. 마을은 매우 잘 정돈되어 있었다. 질 좋은 돌로 만든 집이 늘어서 있었는데, 그 대부분은 슬레이트 지붕이었다. 공회당은 피블스*118 공회당보다는 덜 아름답고 거리도 그다지 깨끗하지는 않았지만, 전체적으로는 내 누더기 옷이 부끄러워질 정도였다.

날이 밝자 아궁이에 불이 지펴지고 창문이 열리고 사람들이 거리로 하나 둘 나왔다. 나의 불안감과 비관적인 생각도 그만큼 강해졌다. 내게는 확고한 지위도, 내 권리와 신분을 확실히 증명해 줄 증거도 없었다. 모든 것이 수포로 돌아간다면 나는 갖은 고생 끝에 비참한 꼴을 면치 못할 것이었다. 내가 기대하는 대로 흘러간다 해도, 내 말이 증명되기까지는 어쩔 수 없이 많은 시간이 필요할 터였다. 게다가 주머니에는 3실링도 없고 국외로 내보내야 하는 수배자까지 떠안고 있는 처지이니 내게 무슨 여유가 있겠는가? 나의 희망이 좌절된다면, 우리 둘이 도달할 곳은 교수대밖에 없었다. 나는 이런 생각을 하면서 오래도록 길에서 서성거렸다. 길모퉁이와 창문에서 나를 훔쳐보며 저희끼리 기분 나쁜 미소를 띠고 수군거리는 사람들을 보자 새로운 불안감이 엄습했다. 변호사가 과연 내 말을 믿어 줄까, 변호사가 나를 만나 주기나 할까 하는 걱정이 들었기 때문이다.

나는 번듯하게 차려입은 사람에게 말을 걸 용기가 도저히 나지 않았다. 이렇게 꾀죄죄한 모습으로 말을 건다는 자체가 부끄럽게 느껴졌다. 그런 내가 랜케일러 변호사의 집이 어디냐고 묻는다면 상대방은 대놓고 깔깔댈 것이 분명했다. 나는 주인 잃은 개처럼 큰길을 어슬렁거리고 항구까지 내려갔다 오기도 했다. 뭐라 형용할 수 없는 초조함과 불안감이 밀려왔고, 때로는 절

*118 에든버러 남쪽에 있는 피블스 주청소재지.

망감에 휩싸였다. 어느새 9시가 되었다. 해는 어느덧 중천에 떠 있었다. 정처 없이 돌아다닌 탓에 피곤함이 몰려왔다. 나는 어느 훌륭한 집 앞에 나도 모르게 멈춰 섰다. 창문에는 깨끗한 유리와 예쁜 꽃 모양 창틀이 끼워져 있었다. 외벽은 새로 거칠게 칠해져 있었으며, 현관 계단에는 사냥개 한 마리가 앉아서 늘어지게 하품을 하고 있었다. 나는 이 말 못하는 짐승마저 부러워졌다. 그때 문이 벌컥 열리더니, 혈색이 좋고 친절함과 위엄을 동시에 갖춘 똑똑해 보이는 신사가 나왔다. 분을 잔뜩 뿌린 가발을 쓰고 코에는 안경을 걸치고 있었다. 비참한 행색을 한 내게 눈길을 제대로 준 사람은 아무도 없었지만, 이 신사는 두 번이나 나를 유심히 바라보았다. 그리고 내 심상치 않은 행색에 깜짝 놀라 곧장 다가오더니 뭘 하는 사람이냐고 물었다.

나는 퀸스페리에 볼일이 있어서 왔다고 대답하고, 랜케일러 변호사의 집을 가르쳐 달라고 용기 내어 부탁했다.

"여기가 그곳이네만." 신사가 말했다. "내가 나온 이 집이 바로 자네가 찾는 곳이네. 그리고 묘한 우연이지만, 내가 그 랜케일러지."

"제 이야기를 좀 들어주세요."

"난 자네 이름도 모르고, 얼굴도 본 적이 없는데."

"데이비드 벨퍼라고 합니다."

"데이비드 벨퍼?" 신사가 깜짝 놀라 거의 비명을 지르듯이 말했다. "그래, 어디에서 오는 길인가, 데이비드 벨퍼 군?" 신사가 내 얼굴을 뚫어지게 바라보며 물었다.

"보도듣도 못한 곳을 여러 군데 거쳐서 왔어요. 저기…… 조용한 곳에서 제가 어떻게 여기까지 찾아왔는지 설명해 드리는 편이 좋을 것 같은데요."

신사는 입술에 손을 대고 나와 도로를 번갈아 바라보면서 잠시 생각에 잠겼다.

"자네 말이 맞아. 그편이 좋겠어." 그는 나를 데리고 집 안으로 들어가서, 오전 내내 집에서 일할 거라고 누군가에게 큰 소리로 말했다(나에게는 그 사람이 보이지 않았다). 그리고 책과 서류가 가득한 먼지 날리는 작은 방으로 나를 안내했다. 신사는 먼저 앉더니 내게도 앉으라고 권했다. 깨끗한 의자에 내 누더기 옷이 닿는 것을 조금 유감스러운 눈길로 바라보기는 했지만.

랜케일러가 입을 열었다. "미안하네만, 할 말이 있으면 요점만 간단히 말해 주겠나? '트로이 전쟁의 시작도 달걀 안에 있으니.'*[119] 무슨 뜻인지 알겠지?" 변호사가 날카로운 눈초리로 말했다.

"그럼 저도 호라티우스*[120]의 말을 빌려 바로 '문제 그 자체로' 들어가죠." 나는 미소를 지으며 대답했다. 랜케일러는 만족스럽다는 듯이 고개를 끄덕였다. 실은 내 정체를 시험하려고 일부러 라틴어를 집어넣은 것이었다. 그로써 나는 얼마란 용기를 얻었지만, 막상 말을 꺼내려 하니 심장이 뛰고 얼굴이 달아올랐다.

"전 정당한 이유로 쇼스 가문의 토지를 상속받을 권리가 있습니다."

변호사가 서랍에서 서류철을 꺼내어 펴면서 말했다. "그래서?"

그러나 나는 가장 말하고 싶었던 부분을 하고 나니 그다음은 어떻게 말을 이어야 하는지 알 수 없어 막막해졌다.

"벨퍼 군, 그다음 말을 해야지. 그래, 어디서 태어났지?"

"에센딘이요. 1733년 3월 12일에 태어났습니다."

변호사는 서류를 훑어보았다. 내 말과 대조하려는 것 같았다. 나는 그것이 무엇을 의미하는지 잘 알 수 없었다.

"부모님은?" 변호사가 물었다.

"아버지는 알렉산더 벨퍼고, 에센딘에서 교사이셨습니다. 어머니는 그레이스 피터로우고, 앵거스*[121] 출신이셨을 겁니다."

"신원을 증명할 서류 같은 건 갖고 있나?"

"아니요. 하지만 캠벨이라는 목사님이 갖고 계시니까 금방 보여 드릴 수 있습니다. 캠벨 목사님이 증언도 해 주실 거예요. 제 작은아버지도 그런 일은 거절하지 않으실 거고요."

"에버니저 벨퍼 씨 말이군?"

"네."

"작은아버지를 만난 적이 있나?"

"네, 작은아버지 집으로 제가 찾아갔습니다."

---

*119 프리아모스의 아들 패리스 때문에 그리스 왕 메네라우스의 부인 헬레네가 납치되자 그 복수를 위해 일어난 10년에 걸친 대전쟁. 작은따옴표 부분은 라틴어로 표기되어 있다.

*120 로마의 시인. 기원전 65~8년.

*121 스코틀랜드 동쪽 해안, 에든버러 북쪽에 있는 주의 이름.

"호지슨이라는 사나이를 만난 적이 있나?"
"네. 무슨 악연인지는 모르겠지만요. 사실 작은아버지와 호지슨의 계략에 걸려드는 바람에 오늘 이렇게 한심한 몰골로 당신 앞에 서 있는 겁니다. 이 마을을 코앞에 두고 납치되어 바다로 끌려나갔다가 배가 난파되어 죽을 고생을 했거든요."
"난파했다고? 어디서?"
"멀 섬 남단 앞바다에서요. 제가 표류한 섬은 이레이드 섬이고요."
"그렇군!" 랜케일러가 미소를 지으면서 말했다. "지리는 자네가 나보다 한 수 위구먼. 지금까지는 내가 입수한 정보와 거의 정확하게 일치해. 그런데 자네는 납치되었다고 했는데, 그게 무슨 뜻이지?"
"문자 그대롭니다. 전 당신을 만나러 가던 도중에 갑자기 범선을 타 보라는 유혹을 받게 됐지요. 그런데 배에 타자마자 머리를 강타당하고 말았어요. 그리고 배가 바다 한가운데로 나갈 때까지 배 밑바닥에서 기절한 채로 갇혀 있었지요. 미국으로 끌려갈 판이었지만, 하느님의 가호로 그런 비참한 운명에서 벗어난 겁니다."
"그 범선은 6월 27일에 침몰했네." 변호사가 서류를 보면서 말했다. "그리고 오늘은 8월 24일이야. 날짜가 꽤 많이 지났지. 벨퍼 군, 두 달 가까운 시간이 비어. 덕분에 자네를 찾느라고 자네의 친구와 혈육들에게 큰 민폐를 끼쳤네. 그러니 그 부분에 대한 자세한 설명이 있어야겠지?"
"물론이죠. 그 빈틈은 간단하게 메울 수 있습니다. 하지만 그 이야기를 하기 전에, 제 앞에 있는 당신이 제 편이라는 것을 증명해 주셨으면 좋겠는데요."
"그건 순서가 아니지. 난 자네 이야기를 다 듣기 전까지는 자네를 믿을 수 없네. 말의 앞뒤가 맞지 않는다면 자네 편이 되어 줄 수 없어. 자네같이 젊은 나이에는 사람을 좀 더 믿는 편이 좋네. 악당은 쓸데없는 걱정을 한다는 속담을 자네도 알잖나, 벨퍼 군?"
"이것만은 기억해 주셨으면 좋겠군요. 전 이제껏 사람을 너무 믿어서 크나큰 고통을 당했다는 것을요. 제가 잘못 생각한 게 아니라면, 바로 전 당신을 고용한 사람 덕분에 배에 태워져 노예가 될 뻔했으니까요."
대화를 거듭할수록 나는 랜케일러보다 유리한 입장이 되어갔으며, 그럴수록 자신감도 커졌다. 그러나 내가 이렇게 냉소를 띠며 비아냥거리자 랜케일러는 큰 소리로 웃었다.

"아니, 아니. 걱정하지 말게. '과거는 과거, 현재는 현재'라고 하지 않나. 확실히 난 전에는 자네 작은아버지의 변호사로 일했네. 하지만 자네가 서쪽에서 방황하는 동안 많은 사건이 연속으로 터졌지. 자네는 귀가 간지럽지 않았을지 모르지만, 그렇다고 해서 자네가 세상에서 완전히 잊힌 건 아니었다네. 자네가 바다에서 재난을 당했던 날, 캠벨 씨가 내 사무실을 찾아왔지. 자네가 그 뒤 어떻게 되었는지 되도록 빨리 조사해 달라고 부탁하고 떠났어. 나는 자네라는 사람이 있다는 사실을 그때 처음 들었네. 물론 자네 아버지는 알았지만. 나는 모든 방법을 동원해서 조사했네. 어떤 방법을 썼는지는 나중에 이야기하지. 어쨌든, 최악의 사태가 벌어진 건 아닌지 걱정이 되더군. 에버니저 씨는 자네를 만났다고 인정하면서, 자네에게 꽤 많은 돈을 줬다고 했지. 물론 나는 믿지 않았지만. 그리고 그는 자네가 공부를 하러 유럽 대륙으로 떠났다고 말했어. 이 말에는 신뢰가 갔네. 훌륭하다는 생각조차 했어. 나는 에버니저 씨에게 자네가 왜 캠벨 씨에게 그 사실을 알리지 않았는지 이상하게 생각하지 않았느냐고 물었지. 그러자 그는 자네가 과거와 인연을 완전히 끊고 싶어 했다는 거야. 지금 어디에 있느냐고 물었더니, 정확히는 모르지만 아마 레이덴*122에 있을 거라는 대답이었어. 에버니저 씨의 대답은 대개 이런 식이었지. 그러니 어떤 사람이 그의 말을 곧이곧대로 믿겠나?" 랜케일러가 웃으면서 말을 이었다. "더구나 내 질문이 신경에 몹시 거슬렸는지 결국은 나더러 빨리 돌아가라고 눈치를 주더군. 나는 초조해졌지. 그가 몹시 수상쩍었지만, 더는 캐물을 수도 없었으니까. 그런데 바로 그때 호지슨 선장이 들어온 거야. 자네가 바다에 빠져 죽었다는 소식을 들고서. 그로써 모든 게 원점으로 돌아갔지. 결국 캠벨 씨에게는 슬픔이, 내게는 막대한 손실만이 남았고, 자네 작은아버지의 평판에는 지울 수 없는 또 다른 오점이 찍히게 되었어. 벨퍼 군, 이제 경위를 다 알았을 테니, 내가 믿을 수 있는 사람인지 아닌지는 알아서 판단하게나."

랜케일러 씨는 내가 여기서 설명한 것 이상으로 학자다운 구석이 있었다.

---

*122 네덜란드 서부의 도시. 대학이 유명해서 많은 영국인이 유학했다.

실제로는 라틴어를 더 많이 섞어서 말하기는 했지만, 눈빛이며 태도에서는 따뜻한 성품이 묻어났다. 나는 그에 대한 의심이 깨끗이 사라졌다. 게다가 그는 내가 데이비드 벨퍼라는 사실을 확실히 인정했으며, 특히 가장 중요한 내 신원은 완전히 믿는 것 같았다.

"변호사님, 그동안 무슨 일이 있었는지 숨김없이 이야기하려면, 한 친구의 목숨을 당신 손에 내맡겨야 합니다. 제발 절대로 비밀에 부치겠다고 약속해 주세요. 저하고만 관련된 이야기라면 당신의 얼굴 외에는 아무 보증도 필요 없지만요."

랜케일러가 매우 진지하게 약속한 뒤 말했다. "그런데 퍽 불길한 서론이군. 이야기 가운데에 조금이라도 법률에 저촉되는 부분이 있거든, 내가 변호사라는 사실을 염두에 두고 그 부분은 생략해 주게."

나는 처음부터 이야기했는데, 그가 안경을 이마에 걸친 채 눈을 감고 들었으므로 나는 그가 잠든 것이 아닌지 가끔 걱정스러웠다. 그러나 절대로 그렇지 않았다! 나중에 안 사실이지만, 랜케일러는 한 마디 한 마디를 새겨들었다. 그는 훗날 종종 나를 깜짝 놀라게 했을 만큼 날카로운 청각과 정확한 기억력을 발휘해서 내 이야기를 들었다. 그때 딱 한 번 들었던 괴상한 게일어 이름까지 정확하게 기억해서, 몇 년이나 지난 다음에도 내게 상기시키고는 했다. 내가 앨런 브렉의 이름을 그대로 말했을 때만큼은 묘한 장면이 연출되었다. 물론 앨런이라는 자가 아핀에서 살인을 저질러서 현상금이 걸렸다는 소문은 스코틀랜드 전역에 쫙 퍼져 있었다. 따라서 내 입에서 그 이름이 나왔을 때 변호사는 움찔하며 눈을 떴다.

"내가 자네라면 불필요한 이름은 말하지 않겠네, 벨퍼 군. 특히 하일랜드인의 이름은. 그들 가운데에는 법률을 어긴 자가 많으니까."

"네, 말하지 말걸 그랬네요. 하지만 이왕 이렇게 된 거 그냥 계속 말할게요."

"아니, 그건 안 되지. 눈치챘겠지만, 나는 귀가 좀 어둡네. 그 이름을 정확하게 들었는지조차 장담 못하겠어. 그러니 괜찮다면 이제부터 그 친구를 톰슨이라고 부르게. 불필요한 오해가 생겨나지 않도록 말이야. 앞으로도 하일랜드인의 이름을 언급할 일이 생기면 그런 식으로 해 주게. 산 사람이든, 죽은 사람이든."

그 말에 나는 그가 앨런의 이름을 똑똑히 들었으며, 내가 살인 사건도 언급하리라는 사실까지 꿰뚫어봤음을 간파했다. 그렇지만 그가 귀가 어두운 척을 하고 싶다면 맞장구쳐 주고 싶었다. 나는 방긋 웃으며 "톰슨이라는 이름은 하일랜드식으로 들리지 않는다" 말하면서도 그의 생각에 찬성했다. 그 뒤로 앨런은 톰슨이라는 이름으로 대체되었는데, 이는 앨런 자신도 마음에 들어 할 방법이었으므로 나는 더욱 재미있었다. 마찬가지로 제임스 스튜어트는 톰슨의 친척으로, 콜린 캠벨은 글렌으로 불렀다. 클루니가 등장하는 대목까지 이야기가 진전됐을 때는 클루니에게 "하일랜드의 영주 제임슨"이라는 이름까지 지어 붙였다. 어린아이 장난처럼 느껴져서, 도대체 변호사는 진심으로 계속 이러기를 바라는 건지 의심스러워졌다. 그러나 나라가 두 당파로 갈린 이 시대에 아주 적절한 재미있는 방법임은 분명했다. 자기만의 뚜렷한 의견이 없는 온건한 사람들은 두 당파를 어느 쪽도 자극하지 않으려고 여러 노력을 했었다.

"맙소사!" 내가 이야기를 마치자 변호사가 입을 열었다. "한 편의 서사시로군. 자네의 위대한 오디세이야. 학업을 더 쌓고 나면 이 이야기를 반드시 훌륭한 라틴어로 기록하게. 영어로 해도 되지만, 나는 더 힘찬 라틴어가 좋거든. 사방팔방을 헤매고 다녔구먼. 그야말로 '이 세상의 모든 땅'을. 스코틀랜드의 교구 가운데 안 가본 데가 있나? 게다가 자네는 실수를 저지르려는 이상한 버릇이 있지만, 결국은 어떻게든 슬기롭게 위기를 극복하는 능력도 지녔어. 그 톰슨이라는 사람은 다소 다혈질이긴 하지만, 꽤 괜찮은 양반 같구먼. 그래도 나로서는 그 사람이 북해에서 소금절이가 되었다면 좋았겠지만. 그는 정말 성가신 인물이거든. 하지만 자네가 이 사람을 소중하게 여기는 것은 당연하고, 그쪽도 분명히 자네를 소중하게 생각하고 있어. 이렇게 말해도 상관없겠지. 그는 자네의 진정한 분신이라고. 바꿔 말하자면 '줄곧 같은 길을 걸어온' 친구인 셈이야. 둘 다 무시무시한 교수대 생각이 머리에서 떠나지 않았을 테니까. 다행히 그런 나날도 이제 다 지나갔네. 하느님 생각은 어떨지 모르겠지만, 적어도 내 생각엔 자네의 고생길도 이제 끝이 보이는 것 같구먼."

랜케일러는 이렇게 내 모험담에서 교훈을 이끌어내면서, 아주 기쁘고 따뜻한 배려가 넘치는 얼굴로 나를 물끄러미 바라보았다. 나도 기쁨을 감추지 않았다. 지금껏 무법자들 사이를 떠돌아다니며 뻥 뚫린 하늘과 산속에서 잠들던 처지에서 벗어나, 지붕이 있는 깨끗한 집에 앉아, 질 좋은 검은색 나사옷을 입은 신사와 허심탄회하게 대화를 나누고 있으려니 내 신분까지 껑충 상승한 기분이 들었다. 그러나 누더기를 입은 내 초라한 모습에 문득 눈길이 머물자 다시금 마음이 착잡해졌다. 랜케일러는 그런 내 기분을 헤아려 주었다. 그는 층계참으로 나가 하인에게 벨퍼 씨도 식사하실 예정이니 1인분을 더 차리라고 명령한 뒤, 나를 2층 침실로 안내해 주었다. 그러고는 물, 비누, 빗, 아들이 입던 옷, 그밖에 필요한 물품을 고루 가져다주고서 몸단장을 하라고 말한 뒤 방에서 나갔다.

28. 유산을 찾아서

나는 머리끝부터 발끝까지 변신했다. 거울을 보니, 거지는 온데간데없고 다시 데이비드 벨퍼가 돌아와 있어 나는 뛸 듯이 기뻤다. 그러나 갑자기 변한 내 모습에 겸연쩍기도 했다. 특히, 빌려 입은 옷이 더욱 그랬다. 랜케일러는 내가 몸단장을 마친 것을 보고 찬사의 말을 던진 뒤 아까 그 방으로 나를 데리고 갔다.

"앉게, 데이비드 군." 변호사가 말했다. "이제야 본디 모습을 되찾은 것 같으니 이번에는 자네에게 내가 아는 사실을 말해 줄까 하네. 아버지와 작은아버지가 어떤 관계인지 궁금하겠지? 정말 이상한 이야기야. 설명하기도 부끄러운 이야기지." 그는 정말로 민망한 표정으로 말했다. "거기에는 연애 문제가 얽혀 있다네."

"솔직히 작은아버지하고 연애 문제하고는 잘 연결이 안 되네요."

"데이비드 군, 자네 작은아버지도 옛날부터 늙은이였던 건 아니네. 게다가 자네한테는 뜻밖이겠지만, 옛날부터 추남이었던 것도 아니야. 꽤 잘생기고 말쑥했었지. 힘차게 말을 타고 지나갈 때면 모두 대문에 나와 그 모습을 황홀하게 바라봤었지. 나도 직접 본 적이 있는데, 솔직히 말해 부럽지 않았다고 하면 거짓말이겠지. 난 평범한 젊은이였던 데다 가문도 좋지 않았으니까. 그 시절 나는 '사베레여, 그대 아름답다면 나 그대를 증오하노라'라는 말 그 자체였다네."

"믿기지 않는군요."

"그렇겠지. 청춘이란 그런 거네. 그뿐만이 아닐세. 그에게는 독특한 기백이 있었어. 모두가 그를 장차 큰 인물이 될 거라고 점쳤지. 1715년에는 반란군*123에 가담하겠다며 집을 나갔는데, 그때 그 뒤를 따라가서 참호 안에서 '크게 울부짖는' 그를 데리고 돌아온 사람이 바로 자네 아버지였네. 그때는 이 마을이 온통 난리법석이었지. 아무튼, 이제 본론으로 들어가서—두 젊은이는 한 여자를 사랑했어. 어려서부터 주위 사람들의 사랑을 독차지하며 응석받이로 자란 에버니저는 자기가 사랑을 쟁취할 수 있으리라고 자신했지. 따라서 현실이 그렇지 않다는 걸 깨닫자 난동을 피웠지. 소문은 빠르게 퍼져서, 온 마을 사람이 그 일을 알게 됐네. 에버니저는 앓아눕고, 가족들은 눈물을 흘리며 누워 있는 그를 지켜볼 뿐이었지. 그런가 하면 이 술집 저 술집으로 말을 타고 돌아다니며 아무나 붙잡고 슬픔을 호소하기도 했네. 데이비드 군, 자네 아버지는 매우 다감했지만 여린 분이셨네. 그것도 지나칠 정도로. 이 소동에 가슴 아파하던 그는 어느 날 마침내 그 여자를 포기하기로 결심해 버렸지! 그러나 여자는 그렇게 어리석지 않았네. 자네의 남다른 분별력은 그 부인한테 물려받은 걸 거야. 아무튼, 그 부인은 이 남자에서 저 남자로 테니스공처럼 튀지 않았어. 두 사나이는 무릎 꿇고 애원했지만, 결국은 부인이 어떤 거래를 제시했지. 8월이던가. 그렇지! 내가 대학을 나온 해였어. 어찌나 우스운 광경이던지!"

나도 어이가 없었지만, 아버지가 그 일에 관여되어 있다는 사실은 잊지 않았다. "그래도 조금은 비극적인 면이 있었죠?"

"눈곱만큼도 없었네. 비극이란 것에는 진지하게 논의해야 할 문제, 즉 '신의 심판을 기다려야 할 싸움' 같은 요소가 들어 있어야 하지 않나? 그런데 그 사건에는 어리석은 젊은이의 철없는 객기밖에 없었네. 응석꾸러기로 자라 조금이라도 뜻대로 안 되면 금방 씩씩거리는 젊은이의 객기 말일세. 하지만 자네 아버지는 그렇게 생각하지 않았던 모양이야. 결국, 자네 아버지는 양보에 양보를 거듭하고 작은아버지는 울고불고 떼를 써서 마침내 일종의

---

*123 프랑스로 망명해 있던 제임스 왕자가 영국 왕위를 되찾으려고 스코틀랜드에 상륙했을 때를 말함.

거래가 성립했지. 그 바보 같은 결과 때문에 자네가 이런 꼴을 당하게 된 거야. 즉, 아버지는 그 부인을 차지하고, 작은아버지는 재산을 차지했던 거지. 그런데 데이비드 군, 흔히들 자비라든가 관용이라는 말을 하지만, 싸움이 끊이지 않는 이 세상에서는 변호사와 상담하여 법률이 인정하는 것을 취해야만 가장 행복한 결과를 얻을 수 있다고 나는 생각한다네. 그렇지만 돈키호테 빰치는 자네 아버지의 분별력 없는 행동은 행복과 연결된 주어진 권리를 부정함으로써 수많은 불행을 낳았어. 자네 부모님은 평생 가난의 굴레에서 벗어나지 못했고, 자네도 가난 속에서 자랐네. 한편, 쇼스 저택에 남은 사람들도 힘든 나날을 보내야 했다네! 그뿐만이 아니야. 나는 이 점을 가장 딱하게 생각하네만, 에버니저에게도 몹시 괴로운 세월이었지!"

"정말 신기한 일도 다 있군요. 사람이 그렇게까지 바뀔 수 있다니."

"그래. 하지만 난 그것도 당연하다고 생각하네. 에버니저도 자기 행동이 옳았다고는 결코 생각하지 않았어. 사정을 아는 사람은 자네 작은아버지를 차갑게 대했고, 잘 모르는 사람도 형제가 한 명은 자취를 감추고 한 명은 토지를 상속받은 것을 보고 살인이 있었던 모양이라는 소문을 퍼트리기 시작했지. 그 결과 누구도 그를 상대하지 않게 되었어. 결국, 작은아버지가 자네 아버지와의 거래에서 손에 넣은 것은 돈뿐이었지. 그래서 더더욱 돈에 집착하게 된 거고. 젊어서부터 자기밖에 모르는 사람이었지만, 다 늙은 지금도 여전히 이기적이야. 그 우스꽝스러운 해결 방법과 고결한 마음씨가 어떤 결과를 불러왔는지는 자네가 본 대로네."

"그렇다면 전 어떻게 되나요?"

"토지는 물론 자네 거네. 아버지가 어떤 서류에 서명했는지는 문제가 되지 않아. 자네는 엄연한 상속인일세. 하지만 자네 작은아버지는 억지 부리는 데 도가 튼 사람이야. 아마도 자네가 자기 조카가 맞는지를 문제 삼을 걸세. 소송에는 당연히 돈이 들 테고, 더구나 혈육 간의 소송이니 수치를 각오해야 할 거야. 여기에 자네와 자네 친구인 톰슨 씨의 관계가 밝혀지는 날에는 자넨 스스로 자기 무덤을 판 꼴이 되는 거지. 자네가 납치되었다는 뚜렷한 증거만 있다면, 우리로서는 유리한 패를 쥐는 셈이네. 하지만 그것을 증명하기란 쉽지 않은 문제야. 그래서 말인데, 상황을 종합해 볼 때 내가 권하고 싶은 방법은 이거네. 작은아버지와 실행 가능한 거래를 하는 거야. 어쩌면 작은아버지는 반평생이나 살아온 쇼스에 그대로 살게 하고, 자네는 당분간 향후 계획을 구상하는 데에 만족하는 편이 나을지도 몰라."

나는 그의 의견을 기꺼이 받아들이겠으며, 나로서도 우리 가족사를 만천하에 공개하기는 죽어도 싫다고 대답했다. 그와 동시에 내 머릿속에는 앞으로의 계획이 점점 윤곽을 드러내기 시작했다.

"납치라는 사실을 작은아버지에게 분명히 인정하게 하는 것이 중요하네요?"

"맞네. 법정 밖에서면 더욱 좋고. 데이비드 군, 자네가 납치되었다고 증언해 줄 커버넌트 호의 선장은 반드시 찾아내겠지만, 일단 법정 증인석에 선 증인의 증언은 도중에 중단시킬 수가 없네. 그가 자네 친구인 톰슨 씨에 관해서 언급하지 않으리란 보장이 없어. 자네 말을 듣자 하니, 그건 바람직한 상황이 아닐 것 같은데."

"이러면 어떨까요?" 나는 내가 생각한 계획을 털어놓았다.

"그렇다면 나도 그 톰슨 씨라는 사람을 만나야겠군?" 내가 말을 마치자 변호사가 말했다.

"그래야겠죠."

"흐음!" 변호사가 큰 소리로 신음하며 이마를 문질렀다. "흐음! 데이비드 군, 자네 계획에는 찬성할 수 없네. 자네 친구 톰슨 씨가 어떻다는 게 아니야. 난 그분에 관해서는 아무것도 모르니까. 만일 안다면……, 데이비드 군, 난 직무상 그분을 체포해야 할 걸세. 그러니 다시 묻지. 내가 그분을 만나는 게 좋겠나? 그분은 수많은 죄를 저질렀을지도 모르고, 자네에게 아직 털어놓지 않은 죄목이 있을지도 몰라. 이름도 톰슨이 아닐지도 모르네!" 변호사가 눈짓을 보내며 외쳤다. "그런 사람들은 산사나무 열매라도 따듯이 길가에서 적당한 이름을 줍기도 하거든."

"변호사님이 알아서 판단하세요."

그러나 변호사도 내 계획을 마음에 들어 하는 것은 확실했다. 우리가 식사가 준비되었다는 소리를 듣고 랜케일러 부인과 함께 자리에 앉기까지 변호사는 줄곧 깊은 생각에 잠겨 있었기 때문이다. 부인이 우리 둘과 포도주병을 남기고 자리를 뜨자마자 변호사는 내 계획에 관해 자세히 묻기 시작했다. 언제 어디서 톰슨 씨와 만나기로 되어 있느냐? 톰슨 씨는 틀림없이 분별력 있는 사람이냐? 우리가 그 늙은 여우를 해치웠을 때, 내가 이런저런 사항에 동의하겠느냐? —이런 질문들을 오랜 시간에 걸쳐 끊임없이 쏟아냈다. 그러는 동안에도 그는 포도주를 혀 위에서 음미하듯이 굴리면서 생각에 잠겨 있었다. 내가 질문에 모두 답하자 그는 만족한 표정으로 포도주조차 잊은 채 다시 깊은 생각에 빠졌다. 이윽고 종이와 연필을 꺼내더니 단어 하나하나를 신중하게 고르면서 뭐라고 쓰기 시작했다. 이윽고 쓰기를 마친 그는 종을 울려서 서기를 불렀다.

"트랜스 군, 오늘 밤에 필요하니 이걸 당장 정서해 주게. 다 되면, 수고스럽겠지만, 이분과 내가 나갈 때 같이 나갈 수 있도록 모자를 쓰고 대기하게. 자네가 증인이 좀 되어 줘야 할 것 같네."

나는 서기가 나가자마자 큰 소리로 물었다. "해 주시는 거군요?"

"그래." 변호사가 잔에 포도주를 따르면서 말했다. "일 얘기는 이제 그만 하지. 트랜스를 보면 몇 년 전에 있었던 우스운 사건이 떠올라. 나는 에든버러의 어느 교차로에서 트랜스와 만나기로 되어 있었네. 약속 시각까지는 각자 볼일을 봤는데, 막상 4시가 되어 그 자리에 가 보니 트랜스는 거나하게 취해서 주인을 알아보지 못했고, 나는 나대로 안경을 잃어버려서 눈뜬장님이나 마찬가지여서 내 서기가 누군지 알아보지 못했지." 변호사는 말을 마치더니 껄껄 웃었다.

"그것 참 묘한 만남이었군요." 나는 그렇게 말하고, 분위기를 맞추려고 조금 웃었다. 그러나 놀랍게도 랜케일러는 저녁 내내 툭하면 이 이야기를 도로 꺼내어 살을 조금씩 덧붙여서 반복하고는 박장대소했다. 마침내 나는 그가 노망이 났나 싶어 민망하기까지 했다.

앨런과 약속한 시각이 다가오자 우리는 집을 나섰다. 랜케일러와 나는 팔짱을 끼고 걸었고, 트랜스는 서류를 호주머니에 넣고 뚜껑 달린 바구니를 들고서 우리를 따라왔다. 읍내를 통과하는 내내 변호사는 좌우로 고개 숙여 인사하고, 신사들에게 붙들려 공적인, 또는 사적인 대소사에 관해 상담해 주었다. 나는 그가 이 고장에서 매우 존경받는 인물임을 알게 되었다. 이윽고 마을을 빠져나와, 내 불행의 첫 무대가 된 '닻 여관'과 선착장이 있는 쪽으로 항구를 따라 걸어갔다. 그 장소를 보자 나는 마음이 울컥해졌다. 그날 나와 함께 있던 사람 가운데 지금은 얼마나 많은 사람이 이 세상에 없는 것인가!

랜섬은 그 뒤에 일어난 재앙을 면하게 되었고(나는 그렇게 생각되었다), 슈안은 내가 도저히 따라갈 수 없는 곳으로 가 버렸다. 불쌍한 선원들도 범선과 운명을 함께하며 가라앉고 말았다. 나는 그들과 범선보다 오래 살아남아 그 고통과 무서운 위기에서 무사히 빠져나왔다. 따라서 내 마음은 감사함만으로 가득 차야 옳았다. 하지만 그곳을 답사하는 순간, 죽은 사람들을 애도하는 마음과 몸서리쳐지는 기억이 하나둘 절로 되살아났다.

그렇게 상념에 잠겨 있는데 갑자기 랜케일러가 외마디 비명을 지르면서 호주머니를 손으로 더듬더니 껄껄 웃기 시작했다.

"맙소사!" 변호사가 큰 소리로 말했다. "내가 정신이 나갔나 보군! 아까 그렇게 지난 얘기를 해 놓고도 안경을 두고 왔어!"

물론 나는 이 말을 듣고 아까 그가 왜 그런 이야기를 했는지 알아차렸다. 랜케일러는 일부러 집에 안경을 두고 온 것이다. 그러면 앨런의 얼굴을 정확히 모른 채로 그를 도와줄 수 있기 때문이다. 확실히 기가 막힌 발상이었다. 그렇게 하면 만에 하나 최악의 사태가 발생하더라도 랜케일러는 내 친구에 대해 증언할 수 없으며, 내게 불리한 증언도 할 수 없게 되지 않겠는가? 그렇지만 아까부터 안경을 쓰지 않은 채 길을 걸으면서도 만나는 사람마다 인사하고 상대방이 누구인지 알아보았으니 사실은 시력이 꽤 좋은 편이었을 것이다.

여관 앞을 지나자(여관 주인이 담뱃대를 물고 문간에 서 있었는데, 나는 그가 그 이후로 조금도 나이를 먹지 않은 데에 깜짝 놀랐다) 랜케일러가 갑자기 나를 척후병처럼 앞서 가게 하고, 자신은 트랜스와 나란히 뒤에서 걸었다. 나는 앨런이 가르쳐 준 게일어로 된 노래를 휘파람으로 흥얼거리면서 언덕을 올라갔다. 이윽고 반가운 신호가 들리더니 덤불에서 앨런이 쓱 일어서는 것이 보였다. 던다스 인근 선술집에서 한 끼만 대충 때우고 기나긴 하루를 홀로 숨어서 보내느라 다소 기운이 없던 앨런은 나를 보자마자 얼굴이 환하게 빛났다. 내가 일이 원만하게 진행되고 있다는 사실과 앞으로 어떻게 해야 하는지를 설명하자 앨런은 딴사람처럼 활기를 되찾았다.

"정말 좋은 생각이야." 앨런이 말했다. "감히 말하지만, 그 역할을 수행하는 데 앨런 브렉만큼 잘해낼 수 있는 사람은 없을 거야. 아무나 할 수 있는 일이 아니거든. 머리가 잘 돌아가는 사람이어야 해. 그건 그렇고, 네 변호사가 날 기다리다가 목이 빠지겠다."

나는 랜케일러를 소리쳐 부르며 손짓했다. 변호사가 혼자서 다가왔다. 나는 앨런을 톰슨 씨라고 소개했다.

"톰슨 씨, 처음 뵙겠습니다." 변호사가 말했다. "그런데 안경을 두고 와서요. (내 어깨를 두드리며) 데이비드 군이 설명하겠지만, 전 안경이 없으면 눈뜬장님이랍니다. 내일 당신을 모른 체하고 지나가더라도 놀라지 마십시오."

랜케일러로서는 앨런을 안심시키려고 한 말이었지만, 이 자존심 센 하일랜드인은 이 사소한 발언에 발끈했다.

"물론" 앨런이 정색하고 말했다. "그런 거야 문제 될 일이 아니죠. 우리는 특별한 목적 때문에, 즉 벨퍼 군에게 정당한 권리를 되찾아 주려고 만났을 뿐 다른 공통점은 없으니까요. 어쨌든 당신의 변명에도 일리가 있으니 받아들이겠습니다."

"고맙습니다, 톰슨 씨." 랜케일러가 진심으로 말했다. "아무튼, 우리는 입을 잘 맞춰야 합니다. 당신과 내가 이 일의 주역이니까요. 그래서 말인데, 팔을 좀 빌려 주시겠습니까? 날도 저물고 안경도 없어서 앞이 잘 보이지 않는군요. 데이비드 군, 트랜스가 좋은 말동무가 되어 줄 걸세. 단, 명심할 것이 있네. 트랜스한테는 자네와 저…… 에헴…… 톰슨 씨의 모험을 이야기하지 말라는 것일세."

두 사람은 앞서 걸으며 끊임없이 이야기를 나누었고, 나와 트랜스는 뒤따라 걸었다.

쇼스 저택이 보이기 시작했을 때는 컴컴한 밤이었다. 어느새 10시가 넘은 어둡고 조용한 밤이었다. 서남풍이 기분 좋게 나뭇잎을 쓰다듬으며 우리의 발소리를 지웠다. 가까이 다가가서 보니 저택 어디에서도 불빛이 새어 나오지 않았다. 작은아버지는 이미 잠자리에 든 것 같았는데, 우리에게는 오히려 잘된 일이었다. 우리는 50야드쯤 떨어진 곳에서 조용히 마지막 회의를 했다. 그리고 변호사와 트랜스와 나는 집으로 살금살금 다가가 건물 모퉁이 뒤로 돌아갔다. 우리가 안전하게 몸을 숨기자 앨런이 당당하게 현관문으로 걸어가 문을 두드렸다.

29. 승리를 거두다

앨런이 한참 동안 문을 두드렸지만, 저택 주위에 그 소리가 메아리칠 뿐이었다. 마침내 창문이 가볍게 밀려 올라가는 소리가 났다. 나는 작은아버지가 동태를 살피러 창가로 왔음을 알 수 있었다. 작은아버지한테는 어둠 속에서 현관 앞에 서 있는 앨런의 검은 그림자가 보일 것이다. 우리 세 사람은 꼭꼭 숨어 있었다. 뒤가 깨끗한 사람이라면, 방문객이 찾아왔는데 집 안에서 몸을 사릴 이유가 없을 터였다. 그러나 작은아버지는 한참 동안 방문객을 조용히 살피기만 했다. 그러다가 마침내 입을 열었는데, 그 목소리는 불안감에 떨리고 있었다.

"뭐 하는 놈이야? 어떤 정신 나간 놈이 이런 오밤중에 남의 집에 찾아오는 거야? 도둑이라면 썩 꺼져. 나한테는 총이 있다."

"벨퍼 씨입니까?" 앨런이 한 걸음 뒤로 물러나 어둠을 응시하면서 대꾸했다. "총은 조심해서 다루십시오. 자칫 총알이 나가면 큰일이니까요."

"무슨 일로 왔느냔 말이야! 넌 누구야?" 작은아버지가 성난 목소리로 말했다.

"전 아무한테나 이름을 말하지 않습니다. 게다가 전 여기 제 일이 아니라 당신 일로 왔거든요. 듣고 싶으시다면 곡조를 붙여 노래해 드릴까요?"

"뭔데?"

"데이비드의 이야기죠."

"뭐야!" 작은아버지가 고함을 질렀다. 그러나 목소리는 아까와는 딴판이었다.

"이름을 다 말해 볼까요?"

작은아버지는 한동안 말이 없다가 이윽고 돌려 말했다. "안으로 들어와도 좋을 것 같긴 하구먼."

"그렇지? 다만 문제는 내게 안으로 들어갈 마음이 있느냐 하는 거야. 내가 지금 무슨 생각을 하고 있는지 말해 볼까? 제가 지금 생각하는 건, 우리는 이 문제를 이 현관에서 이야기해야 한다는 거야. 다른 곳에서는 절대로 안 되지. 난 당신처럼 고집이 셀뿐더러 우리 가문은 당신보다 훨씬 우월하다는 점을 명심해."

앨런의 말투가 갑자기 바뀌자 에버니저는 몹시 당황했다. 그는 앨런의 말을 한참 동안 곱씹어 보다가 이윽고 "좋아, 좋아. 어쩔 수 없지" 하더니 창문을 닫았다. 그러나 1층으로 내려오기까지는 한참이 걸렸다. 그리고 그보다 더 한참이 걸린 끝에 겨우 빗장이 풀렸다. 보통 일이 아니다 싶어 한 걸음 내디딜 때마다, 빗장과 덧장을 한 개씩 벗길 때마다 새로운 공포가 엄습했던 것이리라. 마침내 돌쩌귀가 삐걱거리는 소리가 나더니 작은아버지가 밖으로 조심스럽게 나왔다. 그는 앨런이 한두 걸음 뒤로 물러나는 것을 보고 총을 든 채로 현관 맨 윗 계단에 앉았다.

"내게 총이 있다는 사실을 잊지 마. 한 발짝이라도 다가오면 날려 버릴 테다."

"아주 정중한 인사로군."

"천만에. 어차피 반가운 소식은 아닐 테니 만일을 위해 준비한 것뿐이지.

"그렇게 눈치가 빠르니 벽보의 인물이 하일랜드의 향사라는 사실도 눈치챘겠군. 내 이름은 이 이야기와 관계없어. 다만 내 일족의 영지는 멀 섬에서 그리 멀지 않은 곳이지. 멀 섬은 들어 봤을 거야. 그런데 그 근방에서 배 한 척이 난파되었어. 그 다음 날 우리 집안 사람 하나가 장작으로 쓰려고 난파선의 잔해를 찾아 해변을 돌아다니다가 익사 직전의 청년을 한 명 발견했지. 그는 그 젊은이를 깨운 뒤 다른 향사의 도움을 받아 어느 낡은 성으로 데리고 가서 가두었어. 그 뒤 그 청년은 지금까지 내 친척의 신세를 지고 있지. 내 친척은 조금 거칠기는 해도, 내가 아는 누구처럼 사사건건 법률을 들먹이는 골치 아픈 성격은 아니야. 그런데 그 젊은이에게는 훌륭한 신분을 가진 친척이 있다더군. 벨퍼 씨, 당신의 혈육, 즉 조카라는 사실이 밝혀진 거야. 난 그들에게서 당신을 찾아가 이 문제를 의논하고 오라는 부탁을 받았지. 미리 말해 두는데, 우리가 몇 가지 조건에 합의를 보지 못하면 당신은 그 청년을 두 번 다시 만나지 못할 거야. 내 친척들은……" 앨런이 태연스레 덧붙였다. "생활이 그다지 넉넉하지 않거든."

작은아버지가 헛기침한 뒤 말했다. "난 모르는 일이오. 그 아이는 원래 질이 좋지 못한 아이였소. 게다가 나하고는 상관없는 일이오."

"흠, 당신 속셈은 알아. 상관없는 척해서 몸값을 깎으려는 거잖아."

"아니오. 정말이오. 난 그 애와 아무 상관이 없고, 몸값 따위를 낼 생각도 없소. 구워 먹든 삶아 먹든 마음대로 하시오. 내 알 바 아니니까."

"설마! 피는 물보다 진한 법인데! 피를 나눈 형제의 아들을 모른 척할 수야 있나. 그 일이 세상에 알려지면 당신은 명예가 땅으로 추락하고 말걸. 안 그래?"

"애초에 명예 따위는 없소. 그리고 어떻게 세상에 알려진다는 건지 알 수가 없군. 난 당연히 말하지 않을 거고, 당신이나 당신 친척들도 그럴 수 없을 테니까. 그러니 헛수작은 그만두시오, 사기꾼 양반."

"그럼 데이비드가 퍼트리고 다니겠지."

"어떻게 그런단 말이오!" 작은아버지가 발끈 성을 내며 말했다.

"바로 이런 거지. 내 친척은 돈을 뜯어낼 가능성이 있는 한은 당신 조카를 놔 주지 않을 거야. 하지만 일이 글렀다는 걸 알면 그가 어디로 가든 맘대로 풀어 주겠지. 맹세해도 좋아."

"과연 그럴까? 하지만 그런대도 상관없소. 그런 일을 수습하기는 딱 질색이니까."

"예상대로군."

"뭐가 말이오?"

"벨퍼 씨, 난 여러 이야기를 종합해 볼 때 당신이 택할 수 있는 방법은 두 가지라고 생각했어. 즉, 당신이 사랑하는 데이비드의 몸값을 내고 그를 데리고 가든가, 이제는 데이비드에게 볼일이 없으니 우리에게 돈을 내고 데이비드의 양육을 맡기든가 둘 가운데 하나 말이야. 그런데 아무래도 전자는 아닌 것 같으니 후자만 남았군. 똑똑히 알게 되어 기뻐. 덕분에 나와 내 친척의 호주머니가 두둑해지게 생겼으니."

"도대체 무슨 말인지 전혀 모르겠군."

"모르겠다고? 그럼 다시 설명하지. 당신은 그 젊은이를 데리고 가지 않겠다고 했어. 그럼 어쩌겠다는 거지? 얼마를 낼 생각이야?"

작은아버지는 아무런 대꾸 없이 불안한 기색으로 안절부절못했다.

"명심해!" 앨런이 버럭 고함을 질렀다. "난 향사다. 국왕과 같은 성을 쓰는 사람이란 말이다. 네놈 현관을 발로 걷어차는 건달과는 격이 다르지. 예의를 갖춰서 지금 당장 대답해라. 안 그러면 글렌코 봉우리에 맹세코 이 삼척 검을 네놈 배때기에 꽂아 넣어 주마!"

"뭐라고?" 작은아버지가 외마디 비명을 지르더니 비틀거리며 일어섰다. "자, 잠깐 기다려! 내가 뭘 잘못했다고 이래? 난 평범한 사람이야. 건방지지 않게 최대한 정중하게 굴려고 하잖아. 그렇게 난폭한 말을 하다니, 부끄럽지도 않나? 배때기라니, 맙소사, 그런 천박한 말을! 이 나팔총이 안 보이나?"

"화약과 네놈의 늙어빠진 손 따위는 이 앨런의 손에 있는 눈부신 칼날에 비하면 발톱의 때만도 못하다는 걸 모르나?" 앨런이 받아쳤다. "네놈의 바들거리는 손가락이 방아쇠에 닿기도 전에 이 칼이 네놈의 갈비뼈를 찌를 것이다."

"누, 누가 뭐라고 했소? 뭘 원하시오? 원하는 대로 해 드리리다. 당신을 거역할 생각은 없소. 얼마를 원하시오? 그걸 말해 주면 원만히 합의될 것 같은데."

"난 무리한 거래를 바라는 게 아니야. 하나만 말해 주면 돼. 젊은이를 죽였으면 좋겠나, 살렸으면 좋겠나?"

"그게 무슨 말이오!" 에버니저가 소리 질렀다. "맙소사! 그런 말도 안 되는 질문을!"

"죽였으면 좋겠나, 살렸으면 좋겠나?" 앨런이 다시 물었다.

"살려 주시오, 살려 줘!" 작은아버지가 울먹이는 소리로 말했다. "피를 흘리는 건 원치 않소."

"좋아. 소원대로 해 드리지. 그편이 더 손해지만."

"손해라고?" 에버니저가 꽥 소리 질렀다. "그럼 당신은 죄를 저지르는 편이 낫다는 말이오?"

"흥! 어느 쪽이건 죄는 죄지! 차라리 죽이는 게 쉽고 간편하고 확실한 방법이야. 아이를 데리고 있는 것은 여간 성가신 일이 아니거든. 귀찮고 어려운 일이지."

"그래도 꼭 살려 주시오. 난 지금까지 살면서 도리에 어긋난 일은 한 적이 없소. 그런데 인제 와서 난폭한 하일랜드인을 기쁘게 하는 일은 하고 싶지 않소."

"아주 신중한 양반이로군." 앨런이 비웃었다.

"난 신조를 지키는 사람이오." 에버니저가 차갑게 말했다. "돈을 내라면 내겠소. 그 아이가 내 동생의 아들이라는 사실을 잊은 것 같군."

"좋아, 좋아. 그럼 이번엔 흥정을 해 볼까. 난 그런 데에는 소질이 없지만 말이야. 먼저 몇 가지 질문을 하지. 처음에 호지슨에게 얼마를 줬지?"

"호지슨이라니!" 허를 찔린 작은아버지가 목청을 높였다. "그에게 왜 돈을 준단 말이오?"

"데이비드를 납치한 대가로."

"새빨간 거짓말이야!" 작은아버지가 악을 썼다. "그 애는 납치된 게 아니오. 납치라니, 얼토당토않은 거짓말을 했군. 납치라고? 그런 일은 결단코 없었소!"

"그럼 내 잘못도 아니고, 당신 잘못도 아니군. 호지슨이 믿을 만한 사람이라면, 그의 잘못도 아니고."

"그게 무슨 뜻이오?" 작은아버지가 고함을 질렀다. "호지슨이 당신에게 뭐라고 했소?"

"당연하잖아, 영감. 그렇지 않고서는 내가 어떻게 알겠어?" 앨런이 소리쳤다. "호지슨과 나는 동업 관계야. 그러니 아무리 거짓말을 해도 통하지 않을 거라는 점을 명심해. 속 시원히 말해 볼까? 당신은 어리석은 거래를 한 거야. 그런 놈한테 자신의 비밀을 그렇게까지 세세하게 털어놓다니 말이야. 하지만 이미 엎질러진 물이고, 자업자득이지. 중요한 건 지금이야. 그에게 얼마를 줬지?"

"그자가 말하지 않던가?"

"그가 말했건 안 했건 당신하고는 관계없는 일이야."

"그자가 어떤 거짓말을 했건 상관없지만, 하느님께 맹세할 수 있는 건 내가 그자에게 20파운드를 줬다는 것이오. 이왕 이렇게 된 거 솔직히 말하지. 그자는 그 아이를 캐롤라이나에서 팔아넘길 셈이었소. 그렇게 하면 내게서 돈을 뜯어내지 않고도 주머니가 두둑해졌을 테니까."

"수고했소, 톰슨 씨. 아주 잘했소." 변호사가 앞으로 나오며 말했다. 그리고 아주 정중하게 말했다. "안녕하십니까, 벨퍼 씨."

이어서 내가 말했다. "안녕하세요, 작은아버지." 트랜스도 덧붙였다. "좋은 밤입니다, 벨퍼 씨." 작은아버지는 입을 떡하니 벌리고 계단 꼭대기에 털썩 주저앉아 돌처럼 굳은 채 우리를 멍하니 바라볼 뿐이었다. 앨런이 작은아버지에게서 나팔총을 획 빼어 들었다. 변호사가 작은아버지의 팔을 붙들고 부엌으로 끌고 들어갔다. 우리도 따라 들어가서 작은아버지를 난롯가 의자에 앉혔다. 불이 거의 꺼져 잉걸불만 남은 상태였다.

우리는 난로 앞에 서서 작은아버지를 한참 동안 가만히 내려다보았다. 일이 뜻대로 풀려서 무척 기뻤지만, 그와 동시에 작은아버지가 수모를 당하는 것을 보니 다소 불쌍한 마음도 들었다.

"에버니저 씨," 변호사가 말했다. "무리한 조건을 내세우진 않을 테니 너무 낙심하지 마십시오. 창고 열쇠 좀 빌릴까요? 이 사건을 기념하기 위해 트랜스에게 포도주를 한 병 가져오게 하죠." 그러고는 내 손을 잡고 말했다. "데이비드 군, 행운을 진심으로 축하하네. 자네는 행복을 누릴 자격이 충분히 있네." 그러더니 이번에는 앨런을 돌아보고 다소 농담조로 말했다. "톰슨 씨, 정말 감탄했습니다. 연기가 정말 뛰어나세요. 그런데 이해가 안 가는 부분이 하나 있었어요. 당신은 왕족이라고 하셨는데, 그렇다면 제임스입니까, 찰스입니까, 조지입니까?"

"왜 꼭 그중에서 하나여야 합니까?" 앨런이 모욕을 당했다는 듯이 정색하고 말했다.

"지금까지 톰슨이라는 왕은 없었고, 있었다 해도 그분에 관한 소문은 들은 적이 없거든요. 그래서 혹시 당신이 세례명을 말한 건 아닌지 궁금해서 그럽니다."

그 말은 앨런의 정곡을 찔렀다. 기분이 몹시 언짢아진 앨런은 한마디 대꾸도 없이 부엌 구석으로 가서 뚱한 표정으로 의자에 앉았다. 나는 얼른 그를 따라가 손을 내밀고 본명을 부른 뒤, 일이 잘 해결된 것은 모두 당신 덕분이라고 인사했다. 그는 그제야 픽 웃고는 모두가 있는 자리로 다시 돌아왔다.

어느새 모닥불은 활활 타오르고 있었다. 우리는 포도주병을 땄다. 트랜스가 들고 온 바구니에서 훌륭한 저녁 식사가 나왔다. 트랜스와 나와 앨런은 앉아서 먹기 시작했다. 변호사와 작은아버지는 유산 상속 문제를 논의하러 옆방으로 갔다. 약 한 시간 뒤, 드디어 결론이 나서 작은아버지와 나는 정식으로 합의했다. 작은아버지는 재산을 처분할 때 랜케일러 씨의 동의를 얻어야 하며, 내게 쇼스 저택 연간 수입의 2/3를 준다는 내용이었다.

이리하여 서사곡에 자주 등장하는 거지나 다름없던 나도 드디어 내 집으로 돌아오게 되었다. 그날 밤 부엌 궤짝 위에 누운 나는 재산가이자 지방의 유지가 되어 있었다. 앨런과 트랜스와 랜케일러는 저마다 딱딱한 침대에 누워서 코를 골고 있었다. 그러나 그토록 무수한 낮과 밤을 주린 배를 움켜쥐고 죽음의 공포에 떨면서 하늘을 천장 삼고 흙과 돌을 침대 삼았던 나는 막상 이렇게 안정을 되찾고 나니 오히려 얼떨떨했다. 나는 천장에 어른거리는 난롯불의 그림자를 바라보면서 내 미래에 대해 이것저것 생각하느라 새벽녘까지 한잠도 이루지 못했다.

30. 헤어지다

내 일은 잘 해결되었지만, 내가 큰 신세를 진 앨런의 문제는 아직 남아 있었다. 또한, 그 살인 사건에 연루된 글렌 가문의 제임스가 몹시 걱정되었다. 이튿날 아침 6시 즈음, 나는 쇼스 저택 앞을 거닐면서 이 두 가지 문제를 랜케일러에게 털어놓았다. 눈앞에 보이는 것은 밭과 숲이 다였지만, 조상 대대로 내려온 이 땅이 이제는 내 것이라고 생각하니 나는 중대한 문제를 상의하는 와중에도 눈이 기쁨으로 빛나고 가슴이 벅차올랐다.

내게 앨런을 책임질 확실한 의무가 있다는 데에는 변호사도 완전히 동의했다. 즉, 나는 어떤 위험을 감수하고라도 앨런이 이 나라에서 벗어나도록 도와야 했다. 그러나 제임스 문제에 대해서는 변호사와 내 의견이 갈렸다.

"톰슨 씨와 톰슨 씨 문제는 별개네." 변호사가 말했다. "자세한 건 모르겠지만, 짐작건대 그 귀족…… 괜찮다면 그를 'AD'*[124]라고 부르겠네. 그 AD는 그 사건과 모종의 연관이 있고 원한까지 있는 모양이군. AD가 훌륭한 귀족이라는 데에는 동의하네. 하지만 데이비드 군, '나는 신을 업신여기는 자를 두려워하네.' 자네가 그의 복수를 방해할 생각이라면, 자네를 증언 못하게 할 방법은 딱 한 가지밖에 없다는 사실을 명심하게. 바로 자네를 죄인으로서 피고석에 앉히는 방법이지. 그러면 자네는 톰슨 씨의 친척처럼 궁지에 몰리게 될 거야. 자네는 무죄를 주장하고 싶겠지만, 그건 그 친척도 마찬가지 아

* 124 Duke of Argyll(아가일 공)의 머리글자. 아가일 공은 캠벨 가문의 영주.

닌가? 하일랜드에서 일어난 사건으로 하일랜드 배심원들 앞에서 하일랜드 재판관에게 재판을 받는다는 건 곧 교수대로 보내지는 걸 의미해."

사실 나도 아까부터 이 문제를 여러모로 생각해 보았지만 만족스러운 답을 발견하지 못했다. 나는 가장 간단한 대답을 내놓았다. "그래 봐야 목이 날아나기밖에 더하겠어요?"

"좋네, 데이비드 군." 변호사가 목청을 높였다. "신의 이름을 걸고 자신이 옳다고 생각하는 대로 행동하게. 이렇게 나잇살이나 먹어서, 안전할지언정 부끄러운 길을 선택하라고 권유하는 건 한심한 일이지. 방금 말은 사과하고 취소하겠네. 자네의 의무를 다하게. 혹 교수형에 처하거든 사나이답게 받아들이게. 세상에는 사형당하는 것보다 나쁜 일도 많으니까."

"별로 많지는 않죠." 내가 싱긋 웃으면서 말했다.

"왜, 많지." 변호사가 자신 있게 말했다. "아주 많고말고. 네 작은아버지만 봐도, 얌전히 교수대에 목이 달리는 편이 열 배는 행복해 보이지 않느냐?"

변호사는 이 말을 남기고 집으로 들어갔다(기운차게 들어가는 모습을 보니 내 결정에 진심으로 만족하고 있다는 것을 알 수 있었다). 변호사는 나를 위해 편지를 두 통 써 주면서 이런저런 설명을 곁들였다.

"이건 네 명의로 예금계좌를 열기 위해 내가 거래하는 브리티시 리넨 은행에 보내는 편지네. 톰슨 씨와 의논하면 방법을 알려 줄 걸세. 이 예금이 있으면 사는 데는 문제 없을 거야. 난 자네가 돈을 함부로 쓰고 다니지 않을 거라고 믿네. 하지만 내가 자네라면, 톰슨 씨 같은 친구를 위해서라면 아낌없이 쓸 걸세. 그 사람의 친척에 관한 문제는 담당 검사를 찾아가서 경위를 설명하고 자네가 증인으로 나서겠다고 말하는 것 외에 방법이 없을 것 같네. 검사가 자네를 증인으로 채택해 줄지 말지는 문제가 아니네. 그 'AD'가 어떻게 나오느냐가 문제지. 그리고 검사총장과도 만날 수 있도록, 자네와 같은 성을 쓰는 존경하는 필릭 벨퍼 씨에게 의뢰장을 써 두었네. 같은 성을 쓰는 사람에게 소개받는 편이 유리하겠지. 필릭 벨퍼 씨는 변호사 모임에서 대단히 존경받는 인물이고, 글랜트 검사총장과도 사이가 좋으니까. 내가 자네라면, 벨퍼 씨에게는 너무 자세한 이야기는 하지 않겠네. 톰슨 씨의 이름도 꺼내지 않는 편이 좋아. 이유는 알겠지? 벨퍼 씨는 훌륭한 모범이 되는 사람

이니 자네도 본받도록 하게. 검사를 상대할 때는 신중해야 해. 하느님께서 자네와 함께하시기를 진심으로 비네, 데이비드 군!"

그는 내게 작별인사하고 트랜스를 데리고 퀸스페리로 돌아갔다. 나와 앨런은 에든버러를 향해 출발했다. 쇼스 저택의 오솔길을 지나 정문과 짓다 만 별채 옆을 지나가면서 우리는 조상이 대대로 물려준 저택을 계속 돌아보았다. 저택은 웅장했지만, 아무도 살지 않는 집처럼 연기 한 줄기 피어오르지 않았다. 꼭대기 층 창문에서 뾰족한 나이트캡의 끄트머리가 굴에서 삐죽 나온 토끼의 귀처럼 나왔다 들어갔다 하는 것이 보였다. 처음 왔을 때는 조금도 환영받지 못했고 머무는 동안에는 더 푸대접받았지만, 떠나는 이 순간만큼은 배웅받는 셈이었다.

앨런과 나는 천천히 걸었다. 빨리 걸을 기분도 대화를 나눌 기분도 아니었다. 이별이 점점 다가온다는 똑같은 생각이 우리의 머릿속을 가득 채웠다. 그와 동시에, 지나간 수많은 추억이 가슴을 무겁게 짓눌렀다. 물론 우리는 앞으로의 일을 논의했다. 앨런은 이 고장에서 숨어다니면서 하루에 한 번씩 약속 장소에 나타나 나나 내 심부름꾼과 만나 연락을 취하기로 했다. 나는 앨런의 문제를 믿고 맡길 수 있도록 아핀 스튜어트 일족의 변호사를 찾아 앨런이 무사히 탈 수 있는 배를 구해 달라고 의뢰하기로 했다. 여기까지 논의하자 우리는 갑자기 꿀 먹은 벙어리처럼 말이 없어졌다. 나는 앨런을 톰슨 씨라고 부르며 어떻게든 장난을 걸려고 했고, 앨런은 내 새 옷과 재산을 농담의 소재로 삼으려고 했다. 그러나 웃음보다는 눈물이 먼저 떨어지려 했다.

우리는 샛길을 통해 코스트파인 언덕*125에 올랐다. 이윽고 코스트파인의 늪지와 에든버러 시내와 언덕 위 성이 한눈에 내려다보이는 '휴식의 장'이라는 갈림길에서 우리는 누가 먼저라 할 것 없이 걸음을 멈추었다. 굳이 말하지 않아도, 각자 다른 길로 가야 함을 잘 알았기 때문이다. 앨런은 변호사의 주소와 매일 만날 시각과 그때 주고받을 신호 등등 약속한 사항들을 다시 확인했다. 나는 앨런이 당분간이라도 굶지 않도록 가진 돈(랜케일러가 준 기니 금화 한두 닢이 다였지만)을 모두 건넸다. 우리는 잠시 그 자리에 서서 조용히 에든버러 시내를 내려다보았다.

"그럼 잘 가라." 이윽고 앨런이 왼손을 내밀었다.

"안녕히 가세요." 나도 인사하고 그 손을 꽉 잡은 뒤 언덕을 내려가기 시작했다.

우리는 서로 얼굴을 똑바로 바라보지 못했다. 나는 앨런의 모습이 시야에 남아 있는 동안에는 멀어져 가는 그의 뒷모습을 바라보지도 못했다. 그러나 마을을 향해 걷는 동안 점점 견딜 수 없이 외로워져서 둑에 털썩 주저앉았다. 그럴 수만 있다면 갓난아기처럼 소리 내어 울고 싶은 심정이었다.

교회와 그래스마켓 옆을 지나 수도로 향하는 큰길로 나왔을 때는 정오가 다 되어 있었다. 10층 또는 15층의 까마득한 고층 건물, 수많은 사람을 토해내는 좁은 아치형 입구가 달린 골목, 상점 진열장을 형형색색으로 메운 물건들, 소음과 혼잡함, 역겨운 냄새, 화려한 옷차림, 그밖에 헤아릴 수도 없

*125 에든브러 시 서쪽에 있는 언덕. 경치가 좋기로 유명.

이 많은 것들에 둘러싸여 혼이 쏙 빠진 나는 인파에 이리저리 떠밀려 다녔다. 그러나 그런 와중에도 '휴식의 장'에 서 있는 앨런의 모습은 내 머리에서 한순간도 떠나지 않았다. (독자 여러분은 내가 눈앞의 화려하고 진기한 광경에 가슴을 두근댔으리라고 생각하겠지만) 뭔가 나쁜 짓을 한 뒤에 느끼는 죄책감과도 닮은 싸한 기분이 줄곧 나를 괴롭혔다.

그리고 어느새 나는 하느님의 인도로 브리티시 리넨 은행 입구까지 떠밀려 와 있었다.

A Lodging for the Night
하룻밤 잠자리

하룻밤 잠자리
프란시스 비용의 이야기

때는 1456년 11월 끝무렵 어느 날이었다. 파리에는 말도 못할 만큼 어머어마하게 큰 눈송이들이 끊임없이 퍼붓고 있었다. 이따금씩 돌풍이 일면 돌풍에 흐트러진 눈이 소용돌이 속으로 휘몰려가기도 했으며, 어쩌다 바람이 잦아들면 칠흑 같은 밤하늘에서 눈송이들이 줄을 지어 소리 없이 원을 그리며 끊임없이 내리기도 했다. 가난한 사람들은 젖은 눈썹을 들어 하늘을 바라보면서 어디에서 이렇게 많은 눈이 내리는지 무척 신기해하기도 했다. 그날 오후 장인(匠人) 프란시스 비용은 선술집 창가에서 이 눈에 대해 두 가지 가설을 내놓았다. 이교도들의 신 주피터가 올림포스 산 위에서 거위 털을 뽑고 있는 것일지도 모르고, 또 하늘의 성스러운 천사들이 털갈이를 하고 있는 것일지도 모른다는 게 그의 주장이었다. 이어서 그는 자신은 보잘것없는 예술가에 지나지 않기 때문에 어느 정도 신성과 관계되는 이런 문제를 놓고 감히 섣부른 결론을 내릴 수 없다고 말했다. 그때 함께 있던 몽타르지 출신의 멍청한 늙은 수사(修士)가 이 우스갯소리도 재미있지만 그가 지어 보이는 찡그린 표정이 더 마음에 든다며 그 젊은 불한당에게 포도주 한 병을 사주었다. 그러고는 자신의 흰 턱수염에 걸고 단언하기를, 자기도 비용의 나이 적에는 그에 못지않게 형편없는 건달이었노라고 털어놓았다.

바깥 공기는 너무도 쌀쌀하여 살을 에는 듯했다. 그러나 기온은 어는점 아래로 겨우 내려간 정도였으며, 눈송이는 크고 습기를 머금고 있어 어디에나 잘 들러붙었다. 도시가 온통 눈에 뒤덮여 있었다. 군대가 도시 끝에서 끝까지 행진한다고 하더라도 비상(非常)을 알릴 만한 발자국 하나 남지 않을 것만 같았다. 만약 때늦게 하늘을 날아가는 철새들이라도 있었다면, 그 새들에겐 센 강 한가운데의 섬이 검은 바닥 위에 떠 있는 하나의 커다란 흰 점으로밖에 보이지 않았을 것이다. 또한 강을 가로지르는 다리들이 가늘고 하얀 대들보로밖에 보이지 않았을 것이다. 눈은 성당의 드높은 탑을 장식하고 있는 격자창 틈 사이에도 쌓여 들었다. 벽을 따라 설치된 수많은 벽감(壁龕) 안에도 휘몰아친 눈이 가득 차 있었고, 기괴한 모습을 하고 있거나 성자의 모습을 하고 있는 수많은 조상(彫像)들의 머리 위에도 길고 하얀 모자가 씌어져 있었다. 괴물 형상의 홈통들은 끄트머리가 아래쪽으로 축 처진 거대한 코의 모습으로 바뀌어 있었으며, 건물 위 돋을새김 장식은 흡사 한쪽만 부풀어 오른 베개를 세로로 세워놓은 듯한 모습이었다. 바람이 잦아들면 교회 안에서는 눈이 녹아 떨어지면서 내는 둔탁한 소리가 이따금씩 들려오고는 했다.

세례 요한의 묘지에도 눈은 쌓일 만큼 쌓여 있었다. 모든 무덤이 상당한 양의 눈으로 덮여 있었으며, 주변에는 하얀 눈으로 뒤덮인 높직한 지붕들이 근엄한 자세로 서 있었다. 덕망을 갖춘 시민들은 흰 눈으로 된 모자를 쓰고 있는 그들의 집처럼 취침용 모자를 쓴 채 잠자리에 든 지 이미 오래였다. 사방에는 등불 한 점 비치지 않았다. 다만 교회 성가대 자리에 걸린 채 흔들리는 등불에서 불빛이 약하게 새어나오고 있었을 뿐인데, 그 불빛은 등불의 흔들림에 맞추어 이리저리 그림자를 던지고 있었다. 시계가 10시를 쳤을 즈음 순찰대가 도끼처럼 생긴 창으로 무장한 채 호롱불을 앞세우고 손을 비비면서 지나갔다. 그들은 세례 요한의 묘지에서 수상쩍은 것이라곤 아무것도 발견하지 못했다.

그러나 그 묘지의 담에 등을 기대고 서 있는 작은 집 한 채가 있었는데, 그 집안 사람들은 아직 깨어 있었다. 모든 사람들이 코를 골며 잠든 이곳에서 무언가 나쁜 짓을 하기 위해 깨어 있었던 것이다. 그러나 바깥쪽에서 볼 때는 이를 눈치채게 할 만한 것은 별반 없었다. 다만 한 줄기 따뜻한 김이 굴뚝에서 솟아오르고 있었으며 눈이 녹아서 생긴 얼룩 자국 하나가 지붕 위에 있었다. 그리고 눈에 덮여 반쯤 감추어진 발자국 몇 개가 문 앞에 있을 뿐이었다. 그러나 겉창을 굳게 내린 그 집 안쪽에서는 시인 프란시스 비용이 그와 어울려 다니는 도둑놈들 같은 패거리와 함께 밤을 새워가면서 술병을 돌리고 있었다.

아치처럼 생긴 벽난로에서는 이글거리는 거대한 불등걸 더미가 강렬한 붉은빛을 내고 있었다. 그 난로를 뒤로하고 다리를 벌린 채 앉아 있던 피카르디의 수도사 돈 니콜라가 사제복 자락을 걷어 올려 비대한 다리를 드러낸 채 기분 좋은 듯 불을 쬐고 있었다. 부풀어오른 듯한 그의 그림자가 방 한가운데를 가로지르고 있었고, 난로 불빛은 그 펑퍼짐한 체구의 양쪽 편과 벌린 두 다리 사이의 조그만 웅덩이로만 가까스로 새어나갈 뿐이었다. 그의 얼굴은 끊임없이 술을 마시는 주정뱅이 특유의 술기운에 절은 듯 얼룩덜룩한 모습을 하고 있었다. 거미줄처럼 뒤얽힌 실핏줄이 얼굴을 뒤덮고 있었는데, 여느 때 같으면 자줏빛이었을 얼굴색이 지금은 연보라빛이었다. 등을 난로 쪽에 대고 있지만 반대쪽은 아직 냉기로 얼얼한 상태이기 때문이었다. 머리 뒤로 반쯤 젖혀진, 겉옷에 달린 고깔은 마치 그의 굵고 짧은 목 양쪽에 난 이상한 혹처럼 보였다. 그는 그처럼 다리를 벌리고 앉아 낮은 목소리로 불평을 늘어놓고 있었는데, 그의 풍채는 그 그림자가 방을 둘로 나눌 정도로 당당했다.

오른편엔 비용과 기 타바리가 양피지 한 조각을 앞에 놓은 채 앉아 있었다. 비용은 '구운 생선의 노래'라는 제목을 붙일 예정인 시가를 쓰고 있었고, 타바리는 어깨너머로 들여다보면서 침이 튈 정도로 열심히 찬사를 늘어놓았다. 차림새가 남루한 시인의 피부는 가무잡잡했고 몸은 작고 수척해 보였으며, 얼굴은 양볼이 움푹 패였고, 검은 머리는 숱이 적었다. 그는 스물네 해 동안 열띤 흥분에 휩싸여 살아왔다. 탐욕으로 찌든 두 눈 언저리에는 주름살이 생겼고 사악한 웃음으로 입은 오므라들어 있었다. 그의 얼굴은 이리와 돼지가 서로 아귀다툼을 벌이는 듯한 인상이었다. 표현력이 풍부할 뿐만 아니라 날카롭고 추하며 비천한 그런 얼굴 모습이었다. 손은 작은 데다 무언가를 움켜쥐기에 적합했고 손가락은 가는 끈의 매듭처럼 울퉁불퉁했다. 또한 그의 손은 격렬하게 감정을 표현하는 무언극 배우의 손가락처럼 몸 앞쪽에서 쉴새없이 재빠르게 움직이고 있었다. 타바리는 천박하고 제 흥에 겨워 어쩔 줄 몰라하는 인간이면서도 남의 일에 무턱대고 감탄하는 멍청이였다. 그는 너부죽한 코와 침이 질질 흐르는 입술로 숨을 내쉬고 있었다. 사실 그가 도적이 된 것도 따지고 보면 거위나 당나귀같이 우둔한 인간들의 삶을 지배하는 저 피할 수 없는 우연의 산물이라고 할 수 있다. 그에게 운만 닿았더라면 도둑이 된 것처럼 선량한 시민이 되었을지도 모른다.

수도사 왼편에서는 몽티니와 테브냉 팡세트가 노름판을 벌이고 있었다. 먼저 몽티니는 좋은 집안에서 태어나 교육을 제대로 받은 듯한 분위기를 풍기고 있어서 마치 타락한 천사 같은 느낌을 주었다. 그의 풍채는 어딘가 늘

씬하고 유연하고 기품이 있어 보이면서도, 독수리 부리를 연상시키는 날카로운 곡선을 이룬 그의 얼굴에는 어딘지 모르게 어두운 분위기가 감돌았다. 천박한 인간인 테브냉은 멋모르고 그저 신바람이 나 있었다. 그는 그날 오후 포부르 생자크에서 멋지게 깡패짓거리를 한판 해낸 데다가 저녁에는 줄곧 몽티니한테서 돈을 따고 있었던 것이다. 멋없는 웃음이 그의 얼굴을 환하게 만들었고, 붉은 고수머리가 화환처럼 가장자리를 두르고 있는 그의 대머리는 장밋빛으로 번들거렸다. 불룩 튀어나온 그의 자그마한 똥배가 판돈을 제 앞으로 쓸어넣을 때마다 소리 없이 요동을 쳤다.

"판돈을 두 배로 올려 단판내기로 끝낼까?" 테브냉이 말했다.

몽티니가 어두운 표정으로 고개를 끄덕였다.

"진수성찬을 택하는 자가 있나니." 비용이 이렇게 적었다. "은으로 만든 접시에 빵과 치즈를 담아 들면서. 아니면…… 아니면…… 귀도, 자네가 좀 거들어주게나."

타바리가 낄낄거리며 웃었다.

"아니면 은으로 만든 접시에 파슬리를 담아." 시인이 이렇게 휘갈겨 썼다.

바깥쪽에서는 바람이 다시 불어 눈을 마구 몰아붙였다. 그리고 이따금씩 승리감에 도취된 듯 씽씽거리는 소리를 드높이기도 했으며, 무덤을 떠올리게 하는 음산하고도 낮은 울림소리를 굴뚝 안에 울려퍼뜨렸다. 밤이 깊어가면서 추위는 점점 더 혹독해져갔다. 비용은 입을 앞으로 내밀어 휘파람 소리와 신음 소리의 중간쯤 되는 소리를 내어 휘몰아치는 바람소리를 흉내냈다. 이는 시인이 곧잘 피우는 재주였다. 사람들의 등골을 오싹하게 하고 마음을 언짢게 하는 시인의 이런 재주를 피카르디의 수도사는 아주 싫어했다.

"바람이 교수대를 덜컹이게 하는 소리가 들리지 않나?" 비용이 말했다. "저 높은 곳에서 모두들 악마의 춤을 추고 있는 것이라네. 이봐 멋쟁이 양반들, 춤이나 한 판 추어보시지. 그래도 몸은 조금도 더 더워지지 않을 테니까. 휴! 그놈의 바람 한번 참 대단하네. 지금 바로 어느 놈인가 떨어졌군. 삼각 다리 처형대의 모과나무에서 열매가 또 하나 떨어졌단 말이네. 한데, 오늘 저녁은 생드니 거리도 꽤나 춥지 않겠나?" 그가 수도사에게 물었다.

돈 니콜라는 커다란 두 눈을 껌벅이고 있었는데, 목젖 부분에 무언가 걸린 듯한 표정이었다. 소름이 끼칠 듯한 파리의 대교수대인 몽포콩이 바로 생드니 거리 옆에 굳건히 서 있었기 때문에 이 농담이 그의 아픈 데를 찔렀던 것이다. 한편 타바리는 모과나무에 관한 농담에 어쩔 줄 모르겠다는 듯이 웃어댔다. 그는 이보다 더 재미있는 이야기는 평생 들어본 적이 없다면서 옆구리를 쥐고 캑캑대며 웃었다. 그러나 비용이 손가락으로 녀석의 코를 탁 튕겨주자 그는 흥이 깨어져 갑작스레 쿨룩쿨룩 기침을 하기 시작했다.

"아 거참, 그만 좀 하고, 물고기란 글자에 어울릴 운(韻)이나 생각해보란 말이야." 비용이 말했다.

"판돈을 두 배로 올려 단판내기로 끝내자." 몽티니가 끈덕지게 말을 걸었다.

"좋고말고." 테브냉이 대꾸했다.

"그 병 안에 술이 아직 남아 있나?" 수도사가 물었다.

"새 병을 헐지." 비용이 말했다. "도대체 수도사는 어쩌자고 그 돼지 머리통처럼 커다란 몸통을 술병같이 조그만 걸로 다 채우길 바라고 있는 건가요? 그래 가지고 어떻게 천당엘 가겠다는 건지? 피카르디의 수도사 하나를 데려가는 데 천사를 과연 몇 명이나 할당해놓았다고 생각하는 건가? 아니면 수도사는 자신이 또 한 명의 선지자 엘리야라고 믿는 건 아닌지? 모시고 갈 마차라도 보낼 거라고 생각하는 건가?"

"어찌 인간이 그것을 알 수 있으리." 수도사가 잔을 채우며 라틴어로 대답했다.

타바리는 재미있어 죽겠다는 듯 제정신이 아니었다.

비용이 손가락으로 다시 한 번 그의 코를 탁 튕겨주었다.

"웃고 싶거들랑 내 우스개에나 웃으란 말이야." 그가 말했다.

"재미있는 걸 어쩌나." 타바리가 대꾸했다.

비용이 그를 보고 인상을 찡그렸다. "물고기란 단어에 어울릴 운이나 생각해보라니깐." 비용이 말했다. "라틴어하고 자네하고 무슨 상관이 있는가? 최후 심판의 날이 와서 악마가 라틴어로 '성직자 귀도 타바리'라고 불러내보게. 그땐 라틴어를 모른다면 얼마나 좋을까라고 후회막급이 될 테니. 꼽추에다가 손톱이 새빨간 악마 말일세. 이왕에 악마 말이 나왔으니 말인데." 그가 소리를 죽여 속삭이듯 이렇게 말을 덧붙였다. "저 몽티니를 보게나!"

세 사람은 모두 노름꾼 쪽을 훔쳐보았다. 몽티니를 보니 전혀 운수가 트이고 있는 것 같지 않았다. 입은 한쪽으로 약간 비틀려 있는 데다가 콧구멍 하나는 거의 막혀 있었고 다른 한쪽은 굉장히 크게 벌어져 있었다. 사람들이 아이들에게 말해주는 무시무시한 이야기에 나오는 시커먼 개가 등 위에 올라타고 있는 듯한 인상이었다. 그는 소름끼치는 중압감 때문에 숨을 헐떡이는 표정을 짓고 있었던 것이다.

"칼로 찌르기라도 할 것 같은 인상인데." 타바리가 눈을 둥그렇게 뜬 채 소리 죽여 말했다.

수도사가 몸을 부르르 떨더니 외면하고는 새빨갛게 달아오른 불더미 앞에 두 손을 벌렸다. 하긴 돈 니콜라가 이렇게 행동하는 것은 추위 탓이지, 어떤 도덕적 감수성을 넘치도록 지니고 있기 때문은 아니었다.

"자." 비용이 말했다. "이 시가나 마저 끝내야겠군. 어디까지 했지?" 비용이 손으로 박자를 맞추어가면서 타바리에게 소리내어 이제까지 지은 부분을 읽어주었다.

네 번째 행까지 읽어나갔을 때였다. 노름꾼들 사이에 일어난 눈 깜짝할 사이의 치명적 다툼 때문에 시 낭송은 중단되고 말았다. 마침 한 판이 다시 끝났을 때였다. 테브냉이 또다시 이겼다고 말하기 위해 입을 열려는 순간 몽티니가 독사처럼 잽싸게 일어나서는 상대방의 가슴에 칼을 내리꽂았던 것이다. 비명조차 지를 겨를도 없이, 몸 한 번 움직일 사이도 없이 가슴에 꽂힌 칼이 효력을 발휘했다. 테브냉의 몸뚱이는 한두 번 경련을 일으키듯 꿈틀거리더니 양손이 펴졌다가 움켜 쥐어졌고, 뒤꿈치가 방바닥 위에 부딪히며 털컥 소리를 몇 번 냈다. 그러고는 두 눈을 크게 부릅뜬 채 머리가 한쪽 어깻죽지 쪽으로 축 늘어지고 마는 것이었다. 이렇게 해서 테브냉 팡세트의 영혼은 하느님에게로 되돌아갔다.

모두가 튀어오르듯 자리에서 일어섰다. 그러나 일은 순식간에 끝나버린 것이었다. 살아 있는 네 사람은 얼마쯤 파랗게 질린 듯한 태도로 서로의 얼굴을 쳐다보았다. 그리고 죽은 사람은 기묘하고도 추한 곁눈질로 천장 한 모퉁이를 응시하고 있었다.

"세상에!" 타바리는 이렇게 뇌까리고는 라틴어로 기도를 올리기 시작했다.

비용이 난데없이 발작하듯이 웃었다. 그는 곧 한 걸음 앞으로 나아가서 우스꽝스럽게 머리를 획 숙여 테브냉에게 인사하고는 한층 더 야단스레 웃어댔다. 그러고 나서 그는 느닷없이 의자에 털썩 주저앉더니 온몸이 산산조각이라도 날 것처럼 격렬하게 웃음을 계속 터뜨렸다.

제일 먼저 정신을 차린 사람은 몽티니였다.

“녀석이 얼마나 갖고 있는지 뒤져봐야겠어.” 그는 이렇게 말하곤 죽은 사람의 주머니를 익숙한 솜씨로 뒤졌다. 그러고는 주머니에서 꺼낸 돈을 넷으로 똑같이 나누어 탁자 위에 놓았다. “자, 자네들 몫일세.” 그가 이렇게 말했다.

수도사는 깊은 한숨을 지으며 자신의 몫을 챙긴 다음 죽은 테브냉에게 살그머니 눈길을 한 번 주었다. 죽은 자는 이제 몸이 축 늘어져 의자 한쪽으로 굴러떨어질 듯했다.

“우리 모두가 걸려든 것이야.” 비용이 웃음을 삼키면서 소리쳤다. “여기 있는 녀석들은 하나도 빠짐없이 모두 교수형감이란 말야. 여기 없는 놈이야 말할 것도 없지만.” 그는 오른손을 치켜들고 허공에다 소름이 끼칠 듯한 몸짓을 해 보였다. 그러고는 혓바닥을 축 늘어뜨린 채 고개를 한쪽으로 떨어뜨리면서 교수형 당한 인간의 모습을 흉내냈다. 그런 다음 자기 몫 전리품을 주머니에 넣더니, 몸의 피가 다시 통하게 하려는 듯 발을 끌면서 걸음을 옮겼다.

맨 마지막으로 자기 몫을 챙긴 사람은 타바리였다. 그는 왈칵 달려들어 돈을 낚아채더니 방 한쪽 구석으로 가버렸다.

몽티니는 테브냉을 의자 위에 똑바로 앉혀놓고서는 꽂았던 비수를 뽑았다. 그러자 그 자리에서 선혈이 한 줄기 솟아 흘러나왔다.

“자네들, 자리를 뜨는 게 좋겠어.” 그는 자기가 죽인 사람의 윗옷에다 칼날의 피를 닦으면서 말했다.

“그렇게 하는 게 좋겠는걸.” 비용이 술 한 잔을 들이켜면서 이렇게 말했다. “빌어먹을, 저놈의 머리통은 왜 저렇게 커!” 그가 별안간 소리를 질렀다. “저게 담처럼 목구멍에 걸린단 말야. 죽어서까지 빨강 머리를 가질 권리가 도대체 어느 놈에게 있지?” 이렇게 말하고 그는 다시 의자 위에 털썩 주저앉더니, 양손으로 얼굴을 완전히 감싸버렸다.

몽티니와 돈 니콜라가 큰 소리로 웃었고, 타바리조차 이에 끼어들어 풀죽은 웃음소리를 냈다.

“자, 울게나 울어!” 수도사가 말했다.

"내가 늘 말했지, 저 녀석은 계집애라고." 몽티니가 찬웃음을 머금은 채 한마디 덧붙였다. "똑바로 앉아, 똑바로 못 앉겠어!" 그는 살해 당한 사람의 몸을 또 한 번 흔들면서 이렇게 말을 이었다. "닉, 저놈의 불을 짓밟아 꺼버리게!"

그러나 니콜라는 더 실속 있는 일을 하느라고 바빴다. 이삼 분 전까지만 해도 시가를 지으면서 앉아 있었던 의자를 비용이 다시 차지하고 축 늘어진 채 몸을 떨고 있는 동안, 니콜라는 슬그머니 비용의 지갑을 꺼내고 있었던 것이다. 몽티니와 타바리는 입을 다문 채 그 전리품에서 자기 몫을 요구했고, 이에 수도사는 그 자그만 지갑을 수도복 깊숙이 찔러 넣으면서 역시 말없이 각자 몫을 챙겨주겠다는 약속을 해 보였다. 어느 모로 보나 예술가적 기질이란 현실을 사는 데 알맞지 않은 모양이었다.

이 같은 도둑질이 막 이루어지고 난 순간 비용은 몸을 부르르 떨더니 벌떡 일어나서 불등걸을 헤치고 불을 끄는 일을 돕기 시작했다. 그동안 몽티니는 문을 열고 조심스럽게 바깥쪽 눈치를 살폈다. 거리에는 인적이 없었고, 귀찮은 순찰꾼도 보이지 않았다. 그래도 각자 따로따로 빠져나가는 것이 현명한 처사라는 판단을 했다. 비용은 비용대로 죽은 테브냉의 옆에서 한시바삐 도망치고자 했고, 나머지 녀석들은 비용이 자기 몫의 돈을 잃은 것을 알아채기 전에 빨리 그를 쫓아내버리려고 했기 때문에, 모두 비용이 가장 먼저 거리로 뛰어나가는 데 합의했다.

바람이 거세게 몰아쳐 하늘에는 구름 한 점 없었다. 다만 달빛처럼 희미한 약간의 안개가 별들을 스치면서 재빠르게 날아가고 있을 뿐이었다. 날은 살을 에는 듯 몹시 추웠으며, 눈이 주는 시각적 효과 때문인지 몰라도 모든 사물이 대낮보다도 더 뚜렷하게 보이는 듯했다. 잠들어 있는 도시는 완벽하게 고요한 데다가, 마치 하얀 두건을 쓴 한 떼거리처럼, 작은 알프스 산들이 가득 솟아 있는 듯한 느낌의 들판이 깜박이는 별 아래 깔려 있었다. 비용은 자기 운명을 저주했다. 눈이라도 계속 내린다면 얼마나 좋을까! 이제 어디로 가든 흰 눈으로 반짝이는 거리 위에 지울 수 없는 발자국이 남아 그의 뒤를 따를 것이다. 그는 어디로 가더라도 여전히 세례 요한의 묘지 근처에 있는 그 집에 매어 있는 것이다. 그러므로 어디로 가더라도 자신의 터벅거리는 발이 자신을 범죄 현장으로 옭아묶는 밧줄을 거리 위에 만들어서 결국 교수대로 끌고 갈 것임에 틀림없다고 여겼다. 곁눈질을 하던 죽은 자의 눈매가 새삼스럽게 눈앞에 아른거렸다. 그는 마치 용기를 북돋우려는 듯 손가락을 부딪혀 딱 소리를 냈다. 그러고는 닥치는 대로 길을 선택하여 대담하게 눈 속을 걸어나아갔다.

걸어가는 동안 두 가지가 그의 마음에 걸렸다. 하나는 바람이 센 청명한 밤의 이 시각 몽포콩 교수대의 광경이요, 또 하나는 대머리 가장자리에 붉은 고수머리가 화환처럼 둘러져 있던 죽은 그자의 표정이었다. 이 두 가지가 모두 그의 심장에다 찬 기운을 끼얹는 듯했다. 그는 빨리 걷기만 하면 이런 불쾌한 생각에서 도망쳐나갈 수 있기라도 한 듯이 계속 걸음을 재촉했다. 이따금씩 소스라치듯 놀라면서 어깨 너머로 뒤를 돌아다보았다. 그러나 새하얀 거리에서 움직이고 있는 것이라곤 그 혼자뿐이었다. 다만 길모퉁이에서 바람이 급습하여 이제 막 얼어붙기 시작한 눈을 휘몰아 은빛 먼지를 일으킬 때를 제외하곤, 그 혼자만이 움직이고 있었던 것이다.

갑자기 저 멀리 그의 눈앞에 한 무리의 시커먼 형상과 호롱불 서너 개가 나타났다. 그 무리는 움직이고 있었으며, 호롱불은 걷고 있는 사람들이 들고 있는 것처럼 흔들리고 있었다. 순찰대였다. 비록 그들은 비용이 가는 길을 가로질러가고 있는 것일 뿐이었지만, 그는 될 수 있는 한 재빨리 그들의 시야에서 벗어나는 것이 현명한 방법이라고 판단했다. 그는 검문을 당할 기분도 아니었거니와, 눈 위에 아주 또렷하게 발자국을 남겨놓고 있다는 것이 여간 마음에 걸리지 않았던 것이다. 때마침 왼편에는 작은 탑들로 장식된 거대한 저택이 한 채 있었는데, 문 앞에는 널찍한 현관이 있었다. 그곳이 지금은 반쯤 폐허가 됐고 오랫동안 빈집 상태로 있다는 점을 그는 기억하고 있었기에, 세 걸음 앞으로 나간 다음 껑충 뛰어 현관 안으로 몸을 피했다. 눈 덮인 길의 희미한 빛에 익숙해 있다가 안으로 들어오니 상당히 어두웠다. 그는 양팔을 벌리고 더듬으면서 앞으로 나아갔다. 그러다 무언가에 걸려 넘어지고 말았다. 단단하면서 부드럽고, 견고하면서 동시에 풀어져 있는 묘한 혼합체, 도저히 무어라 형용할 수 없는 물체에 부딪힌 것이다. 그는 가슴이 철렁 내려앉아 얼른 두 발자국 뒤로 물러선 다음 겁에 질린 채 그 물체를 응시했다. 이윽고 그는 안도의 웃음을 가볍게 지었다. 그건 웬 여자였고, 그것도 죽어 있었던 것이다. 그는 정말로 여자가 죽어 있는지를 확인하기 위해 그 여자의 곁에 무릎을 꿇고 앉았다. 여자는 꽁꽁 얼어붙어서 막대기처럼 굳어 있었다. 머리에 꽂힌 자그마하고도 남루한 장식품이 바람에 펄럭였다. 그녀의 볼에는 바로 그날 저녁 연지로 짙게 화장했던 자국이 그대로 남아 있었다. 주머니는 텅텅 비어 있었으나, 대님으로 매어놓은 양말 속에 '하얀 돈'으로 통하는 조그만 은전이 두 닢 있었다. 액수라야 변변치 않은 것이지만, 언제나 쓸모가 있는 돈이었다. 그 돈을 미처 다 쓰지도 못한 채 여자가 죽었다는 사실이 시인의 마음속에 깊은 연민의 정을 불러일으켰다. 이는 그에게 어둡고도 가련한 신비와도 같이 느껴졌다. 이윽고 그는 손에 쥔 은전에서 죽어 있는 여자에게로, 그러고는 다시 은전에 눈길을 주면서 인간의 삶이 갖는 수수께끼에 머리를 저었다. 프랑스를 정복하고 나서 곧바로 뱅센에서 목숨을 잃은 영국의 헨리 5세, 자신의 은전 몇 닢을 써볼 겨를도 없이 대저택 문 앞에서 한파에 목숨을 잃은 이 가련한 계집, 이것이야말로 가혹한 세상살이라는 생각이 들었다. 은전 두 닢을 탕진하는 데야 시간이 얼마나 걸릴까마는, 그렇다 하더라도 악마가 영혼을 사로잡고 육신이 새 떼와 벌레들의 밥이 되기 전에 그 돈으로 한 번은 더 입안에 단맛을 느낄 수도 있었고 한 번은 더 입맛을 다실 수도 있었을 텐데. 비용이라면 불이 꺼지고 호롱이 부서지기 전에 자신이 갖고 있던 기름이란 기름은 몽땅 다 써버리고자 했을 것이다.

이런 생각들이 머리를 스쳐가는 동안 그는 거의 기계적으로 손으로 몸을 더듬어 지갑을 찾았다. 갑자기 심장 박동이 멎는 것만 같았다. 차가운 생선 비늘이 돋는 것 같은 느낌이 정강이를 타고 올라왔으며, 한기가 그의 머리 가죽에 일격을 가하며 떨어지는 듯했다. 그는 잠시 돌처럼 서 있다가, 다시 한 번 미친 듯이 몸을 더듬어 지갑을 찾았다. 이윽고 지갑을 잃어버렸다는 생각이 그를 엄습하자, 그의 몸은 순식간에 땀으로 뒤덮였다. 방탕꾼에게 돈이란 이처럼 생기를 얻는 데 필요한 현실적인 것이다. 방탕꾼들과 세속의 쾌락 사이에 가로놓인 엷은 장막과도 같은 것, 그것이 바로 돈이다. 그들의 행운에 한계가 있다면 그것은 단 하나 시간의 한계뿐이다. 큼직한 은화 몇 개만 있어도 그 돈을 탕진할 때까지는 그는 다름 아닌 로마 황제이다. 그런 인간이 돈을 잃는다는 것은 세상의 더할 수 없는 불운과 만나는 것이다. 또한 눈 깜짝할 사이에 천국에서 지옥으로, 전부에서 무(無)로 전락하는 것이나 다를 바 없다. 그것 때문에 교수대 밧줄에 목을 집어넣는 결과가 된다면, 어렵사리 손에 넣었다가 이처럼 멍청이같이 잃고 만 바로 그 지갑의 돈 때문에 내일 교수형을 당하게 된다면 이는 더 말할 것이 없는 몰락이다. 비용은 일어서서 저주의 욕설을 내뱉었다. 그리고 은전 두 닢을 거리에 집어던져버린 다음 하늘을 향해 주먹을 휘두르기도 하고 발을 구르기도 했다. 발을 구르다가 자신이 그 가련한 시체를 짓밟고 있다는 사실을 알아차리게 되었다. 그러나 그에게는 끔찍하다는 느낌이 들지 않았다. 이윽고 그는 오던 길을 되돌아가 묘지 곁의 집으로 걸음을 재촉하기 시작했다. 이미 오래전에 지나간 순찰대이긴 하지만 그들에 대한 두려움을 모두 잊은 채 그는 다만 잃어버린 지갑만을 생각했다. 그 밖에는 아무런 생각도 할 수가 없었다. 눈 위를 좌우로 아무리 살펴보아도 헛수고였다. 아무것도 보이지 않았다. 거리에 떨어뜨린 것은 아니었다. 그렇다면 집 안에서 떨어뜨렸단 말인가? 들어가서 확인해보고 싶은 마음이 몹시도 간절했다. 그러나 아직 그 집을 지키고 있을 무시무시한 시체를 생각하니 용기가 나지 않았다. 게다가 가까이 다가가서 보니 불을 끄려고 애썼던 것이 헛일이었음을 알아차리게 되었다. 꺼지기는커녕 불은 활활 타오르고 있었으며, 번득이는 불빛이 문과 창문의 틈 사이로 새어나오고 있었다. 그 불빛은 공안 당국과 파리의 교수대에 대한 공포를 다시금 그의 마음속에 되살려놓았다.

그는 현관이 있는 대저택으로 되돌아갔다. 그러고는 어린애 같은 감정에 휩싸여 홧김에 집어던진 돈을 찾기 위해 눈 위를 더듬었다. 그러나 그는 한 닢만을 찾아낼 수 있었다. 나머지 한 닢은 아마도 비스듬히 처박혀 눈 속 깊이 묻힌 모양이었다. 은전 한 닢을 잃어버리는 바람에 난잡한 술집에 가서 밤새도록 퍼마시려던 모든 계획이 완전히 물거품으로 돌아가게 되었다. 쾌락이 소리내어 웃으면서 그의 손아귀를 빠져나와 달아나버린 것이었다. 그러나 그것으로 일이 끝난 것은 아니었다. 슬픔에 잠긴 채 현관 옆에 서 있자니 현실적인 불편과 고통이 그를 엄습해왔다. 온몸의 땀은 이미 식어버렸고 바람은 이제 잠잠해졌지만 살을 에는 듯한 서릿발이 시시각각으로 강도를 더해갔다. 그는 마비 증세와 통증이 심장을 덮쳐오고 있음을 느꼈다. 이제 어찌할 것인가? 비록 시간은 늦었고 성공할 가망성은 없었지만, 그는 어쨌든 자신의 양아버지인 성 베누아 성당 신부를 찾아가보기로 했다.

그는 그곳까지 줄곧 뛰어간 다음, 쭈뼛거리면서 문을 두드렸다. 그러나 대답이 없었다. 두드릴 때마다 조금씩 더 용기를 내어 몇 번이고 계속 두드렸다. 마침내 안에서 이쪽으로 다가오는 발걸음 소리가 들렸다. 쇠장식을 한 문에는 빗장을 지른 작은 격자창이 있었는데, 그 격자창이 아래로 열리자 노란 불빛이 일시에 확 흘러나왔다.

"격자창 쪽으로 얼굴을 좀 들어보시오." 안에서 신부가 말했다.

"접니다." 비용이 풀 죽은 소리로 대답했다.

"아, 너로구나." 신부가 대꾸했다. 그러고는 한밤중에 잠을 깨웠다는 사실에 화가 난 신부는 신부답지 않은 지저분한 욕설을 비용에게 퍼부어댔으며, 지옥에서 온 인간이니 지옥으로 냉큼 꺼져버릴 것을 명했다.

"손이 손목 있는 데까지 온통 파랗게 얼었어요." 비용이 사정했다. "발은 마비되어 마구 쑤신다니까요. 살을 에는 듯한 공기 때문에 코도 아프고, 추위가 가슴속까지 파고들었단 말이에요. 이러다간 날이 새기 전에 죽어버릴 것 같아요. 아버지, 이번 한 번만 봐주세요. 하느님께 맹세하건대 두 번 다시는 안 올 테니까요."

"올려면 일찍 왔어야지." 성직자는 냉담한 어조로 이렇게 말했다. "젊은 녀석들은 이따금씩 뜨거운 맛을 봐야 해." 그러고는 격자창을 닫아버리고 유유히 안으로 사라졌다.

비용은 제정신이 아니었다. 손과 발로 문을 마구 두드리고 걷어차면서 신부의 등에 대고 거친 목소리로 소리를 질러댔다.

"벌레 같은 늙은 여우놈아!" 그는 고함을 질렀다. "이 손이 네놈 사타구니 아래 들어가기만 해봐라. 네놈을 거꾸로 세워서 저 아래 무한 지옥으로 날려버리고 말테니."

안에서는 문이 닫히는 소리가 났고, 그 소리가 긴 복도를 타고 시인의 귀에 희미하게 들려왔다. 그는 입에 손을 갖다대고 욕설을 퍼부었다. 이윽고 자신의 처지가 어쩐지 한심스럽다는 느낌이 문득 들었다. 그는 한바탕 웃어젖히고는 하늘을 훌쩍 올려다보았다. 하늘에서는 별들이 그의 딱한 몰골을 내려다보면서 깜박이는 듯했다.

어떻게 한다지? 서리가 내린 이 차가운 거리에서 밤을 지새우는 수밖에 없을 것 같았다. 그러자 죽은 여자의 모습이 불현듯 머리에 떠오르면서 겁이 바싹 났다. 초저녁 무렵 그 여자에게 일어났던 일이 아침이 되기 전에 자신에게도 얼마든지 일어날 수 있지 않겠는가. 아직도 새파랗게 젊은데! 그뿐 아니라 난잡한 쾌락이 앞으로도 무한히 있을 수 있는데! 그는 자신의 운명을 생각하면서 마치 누군가 다른 사람의 운명이기라도 하듯 말할 수 없는 연민의 정을 느끼게 되었다. 그리고 상상력을 조금 더해서 날이 밝아 사람들이 자기 시체를 발견하게 되었을 때 광경을 눈앞에 그려보기도 했다.

그는 엄지손가락과 집게손가락 사이에 잡힌 은전을 계속 뒤집어가면서 가능하다고 생각되는 곳은 죄다 검토해보았다. 그러나 비슷한 곤경에 빠졌다면 그를 한 번쯤 가엾게 생각해주었음직한 옛 친구들과는 불행하게도 죄다 사이가 벌어져 있었다. 그는 시를 써서 친구들을 야유하거나 아니면 두들겨 패거나 속이거나 했던 것이다. 하지만 그가 이처럼 절박한 위기에 빠져 있을 때 마음을 누그러뜨리고 그를 받아줄 사람이 적어도 하나쯤은 있을 것처럼 생각되었다. 적어도 한 번 시도해볼 만하지 않은가. 어떻게 되든 한 번 가서 부닥쳐보는 것이다.

길을 가던 도중 대단치는 않았지만 두 개의 사건이 일어나 그의 생각은 아주 딴판으로 바뀌게 되었다. 우선 그는 순찰대가 남긴 발자국과 마주치게 되었다. 자기가 가야 할 방향을 벗어나는 것이긴 했지만, 몇 백 야드가량 그 발자국을 따라 밟아갔다. 이 일이 그에게 기운을 솟게 했다. 적어도 자신의 발자취를 숨길 수 있었기 때문이다. 그는 사람들이 눈 위에 난 자신의 발자국을 따라 파리 전역을 뒤져 자기를 추적하고 있으며, 다음 날 아침 눈을 뜨기도 전에 목덜미가 잡힐 것이라는 생각에 아직까지 사로잡혀 있었다. 다른 하나의 사건은 그에게 아주 다른 영향을 미쳤다. 그는 어느 길모퉁이를 지나가게 되었는데, 그곳은 바로 얼마 전 어떤 여자가 그녀의 아이와 함께 늑대에게 잡아먹혔던 장소였다. 오늘 날씨가 바로 그때의 날씨와 같다는 생각이 들었다. 늑대란 놈이 다시 파리에 들어오겠다고 생각하기 딱 알맞은 날씨라는 생각이 들었던 것이다. 이처럼 인적이 끊긴 거리를 혼자 걷고 있는 인간에게라면 단순히 깜짝 놀라게 할 정도의 일이 아니라 한층 더 끔찍한 일이 일어날 수 있을지도 몰랐다. 그리하여 그는 걸음을 멈춘 채 언짢은 기색으로 사방을 둘러보았다. 그곳은 마침 몇 개의 작은 길이 서로 만나는 지점이었는데, 그는 그 길을 하나씩 차례로 내려다보면서 숨을 죽인 채 귀를 기울였다. 행여 눈 위를 전속력으로 질주하는 검은 물체가 그의 눈에 띄지는 않을까,

아니면 그가 있는 곳과 강 사이에서 늑대의 울부짖는 소리가 들려오지는 않을까, 걱정이 되었기 때문이다. 그는 그가 아직 어린아이였을 때 어머니가 그에게 이야기를 해주면서 어떤 지점을 가리키던 일이 기억났다. 어머니! 어머니가 지금 어디에 살고 계신지 알기만 한다면, 적어도 이 추위를 피할 피난처를 틀림없이 확보할 수 있었을 텐데. 그는 다음 날 아침이 되면 어머니가 어디 사시는지 알아보겠다는 결심을 했다. 아니, 꼭 찾아가서 가련한 어머니를 만나뵈야지! 이렇게 생각하는 동안 그는 목적지에 도착했다. 그날 밤에 남은 마지막 희망이었다.

그 집은 이웃집들과 마찬가지로 아주 어두웠다. 그러나 서너 번 문을 두드리자 위쪽에서 무언가 움직이는 소리가 들리더니, 문이 열리고 누군가가 조심스러운 목소리로 누구냐고 물었다. 시인은 속삭이듯이 그러나 또렷한 목소리로 자기 이름을 대고 그다지 자신이 있는 것은 아니었지만 어쨌든 결과를 기다렸다. 그러나 오래 기다릴 필요는 없었다. 갑자기 창문이 열리더니 한 양동이의 구정물이 현관 층계 쪽으로 철썩 소리를 내며 쏟아졌다. 비용은 이 정도의 일을 예상치 못했던 것은 아니라서 현관 구조가 허락하는 데까지 얼른 몸을 감추었음에도 허리 아래쪽은 구정물을 흠뻑 뒤집어쓰는 비참한 꼴이 되고 말았다. 바지가 곧장 얼어붙기 시작했다. 추위와 노출 탓으로 성큼 다가온 죽음이 그를 빤히 바라보고 있었다. 그는 자기에게 폐병 기미가 있다는 것을 기억해내고는 시험 삼아 기침을 해보았다. 어쨌든 다가오는 위험이 너무나 심각한 만큼 그는 곧 정신을 가다듬었다. 그렇게도 거친 대접을 받았던 문으로부터 몇 백 야드쯤 떨어진 곳에서 그는 발걸음을 멈추고, 코에다 손가락을 얹은 채 곰곰이 생각해보았다. 잠자리를 얻는 길은 이제 하나밖에 없다. 남의 집을 빼앗는 길만 남아 있었다. 그는 그다지 멀지 않은 곳에 있는 집 한 채를 눈여겨봐두었던 것이다. 침입하기에 별반 힘들 것 같지 않은 그런 집이었다. 이윽고 그는 지체없이 그쪽으로 발걸음을 옮겼다. 가는 도중 그는 아직 따뜻한 방과 저녁 식사 때 먹다 남은 음식이 수북이 쌓여 있는 식탁을 떠올리면서 마음의 위안을 찾았다. 그곳에서 나머지 밤 시간을 보내고 나서 아침에 나올 때 값진 그릇을 한 아름 들고 나올 수도 있을 것이었다. 심지어 음식은 뭘로 하고 포도주는 뭘로 할까까지도 생각해보았다. 자신이 좋아하는 맛있는 음식 목록을 늘어놓는 도중, 즐거움과 공포가 묘하게 결합되어 있는 그의 마음에 구운 생선이 떠올랐다.

'그놈의 시가는 영영 끝내지 못하겠는걸.' 속으로 그는 이렇게 생각했다. 그리고 기억이 되살아나자 몸이 다시 한 번 부르르 떨렸다. "제기랄, 빌어먹을 놈의 비곗덩어리 대갈통 같으니라고!" 그는 되풀이하여 격렬하게 욕을 하고는 눈 위에다 침을 뱉었다.

언뜻 보니 문제의 그 집은 어두웠다. 그러나 예비 답사를 하면서 손쉽게 침입할 장소를 찾는 도중 커튼을 내린 창 너머로 작은 불빛 하나가 반짝이고 있는 것이 비용의 눈에 띄었다.

"젠장할!" 그는 속으로 이렇게 중얼거렸다. "아직도 안 자고 있다니! 학잔지 성잔지 모르겠지만, 어쨌거나 망할 놈의 자식들이로군! 이웃 사람들마냥 술이나 퍼마시고 나서 코나 골며 잠에 빠질 수 없단 말인가? 이래 가지고서야 소등 시간을 알리는 종소리가 다 무슨 소용이람? 그 망할 놈의 종치기 녀석들이 종탑 밧줄에 매달려 겅중겅중 뛸 필요가 어디 있느냔 말이다. 한밤중까지도 자지 않고 깨어 있다면, 낮은 다 뭐에 써먹는담! 거지발싸개 같은 놈들!" 그러다 그는 자신의 논법이 자신을 어느 쪽으로 이끌어가고 있는지를 알아차리고는 씩 웃었다. "하기야 사람마다 다 사정이 있는 법이지." 그는 말을 이었다. "만일 저쪽이 깨어 있다면, 틀림없이 이번만큼은 정직하게 저녁을 얻어먹게 될 수 있을지도 몰라. 그러면 악마라도 깜짝 놀라게 될걸."

그는 대담하게 문 쪽으로 다가가서, 자신감을 갖고 문을 두드렸다. 먼젓번에는 두 번 모두 남이 알아챌까봐 두려워서 조심조심 문을 두드렸으나, 이제 무단으로 주거침입할 생각을 버리고 나니 문을 두드리는 일이 상상할 수 없을 정도로 손쉽고 정직한 행위인 것처럼 생각되었다. 문을 두드리는 소리가 마치 집 안이 텅 비어 있기라도 한듯 가늘고도 귀기어린 반향을 일으키면서 집 안을 울렸다. 그러나 이 반향이 채 사라지기도 전에 일정한 간격을 둔 발소리가 가까이 다가왔다. 그리고 빗장 몇 개를 벗기는 소리가 나더니, 그 집 안 사람들은 어떤 속임수나 속임수에 대한 두려움도 모르고 있기라도 하다는 듯 문 한쪽이 활짝 열렸다. 그러자 장대한 사나이가, 강건하고 마른 체격의 허리가 약간 구부러진 사나이가 비용의 눈앞에 나타났다. 엄청나게 머리가 컸지만, 섬세하게 잘 다듬어진 얼굴이었다. 코 끝은 무디어 보였으나 세

련미를 갖춘 콧날이 위쪽으로 뻗어나가다가 강렬하고 정직해 보이는 두 눈썹과 만나고 있었다. 입가와 두 눈언저리에는 잔주름이 잡혀 있었고, 대담하고 단호하게 다듬어져 있는 짙은 흰 수염이 얼굴 주위를 온통 감싸고 있었다. 깜박이는 손등잔 불빛으로 보긴 했지만, 으레 그러려니 생각한 것보다 더 기품이 있어 보였다. 어쨌든 세련된 인상에다 이지적이라기보다는 고결해 보이는 동시에 강인하면서도 순박하고 청렴하게 보였다.

"늦게 찾아오셨소." 낭랑하면서도 정중한 어조로 노인이 말했다.

비용은 몸을 굽실거리더니 온갖 비굴한 말로 거듭 사과의 뜻을 전했다. 이처럼 위급할 때는 거지 근성이 모든 것을 압도하여 그의 천재성은 갈피를 잡지 못한 채 얼굴을 감추는 것이었다.

"추우시겠소." 노인이 되풀이하여 말했다. "그리고 시장하시지 않소? 자, 들어오시오." 그러고는 더할 나위 없이 고결한 몸짓으로 그를 집 안으로 불러들였다.

'대단한 귀족 신사로군.' 비용이 그런 생각을 하는 동안, 주인은 사람이 지나다니도록 입구에 깔아놓은 널돌 위에다 등잔을 내려놓고는 빗장을 다시 제자리로 내렸다.

"실례지만, 내가 앞장을 서겠소." 문을 걸어 잠그고는 그가 이렇게 말했다. 그리고 위층에 있는 커다란 방으로 시인을 안내했다. 그 방에 들어서니 숯불 화로가 방을 따뜻하게 덥히고 있었고, 천장에 매달린 큼직한 등잔이 실내를 비추고 있었다. 가구라곤 거의 없었으며, 다만 금으로 만든 식기 몇 개가 찬장 위에 놓여 있었고, 이절판의 큼직한 책이 몇 권 있었다. 그리고 창문 사이에 갑옷 한 벌이 자리를 차지하고 있었다. 또한 여기저기 정교한 융단이 벽에 걸려 있었는데, 십자가에 못 박혀 있는 예수의 모습을 담은 것도 있었고, 흐르는 시냇가에 자리잡은 남녀 목동의 모습을 담은 것도 있었다. 벽난로 위에는 문장(紋章)이 새겨진 방패가 걸려 있었다.

"자, 앉으시오." 노인이 말했다. "잠깐 실례해도 되겠소? 오늘 밤엔 나 혼자뿐이오. 그러니 손님께서 무언가 드시려면 내가 손수 음식을 준비해야 한단 말이오."

주인이 나가자마자 비용은 방금 앉았던 의자에서 발딱 일어나 고양이처럼 살그머니 신경을 곤두세우고 방 안을 훔쳐보기 시작했다. 그는 금으로 만든 술병을 손으로 들어 무게를 달아보았고, 이절판 책들을 모조리 펼쳐보았다. 그리고 방패 위에 어떤 모양의 문장이 새겨져 있는지, 의자들은 어떤 천으로 씌워놓았는지를 자세히 검사했다. 커튼을 젖히고 보니 창문은 값진 색유리로 덮여 있었는데, 그가 보기에 색유리에는 무인(武人)을 암시하는 것처럼 보이는 형상들이 담겨 있었다. 이윽고 비용은 방 한가운데에 서서 길게 숨을 들이쉰 다음 볼을 불룩이 한 채 숨을 멈추고, 마치 이 방 안의 특징 하나하나를 빠짐없이 기억 속에 아로새겨놓기라도 할 듯이 발꿈치로 돌면서 몇 번이고 주위를 둘러보았다.

"쟁반이 일곱 개로군." 그는 중얼거렸다. "열 장만 돼도 한 번 해볼 판인데. 집도 훌륭하고 노인장도 괜찮은 양반이니, 제발 딴마음 먹지 않도록 온갖 성자님들이여 굽어살피소서."

바로 그때 노인이 돌아오는 발소리가 복도를 따라 들려오자 그는 살그머니 의자로 되돌아간 다음 겸손한 자세로 앉아 숯불 화로 앞에서 젖은 바지를 말리기 시작했다.

주인은 한 손에 고기 쟁반을, 다른 손에 포도주 병을 들고 들어왔다. 쟁반을 식탁 위에 올려놓고는 비용에게 손짓하여 의자를 당겨 그쪽으로 오라고 했다. 그러고는 찬장 쪽으로 가서 잔을 두 개 가지고 와서 거기에다 술을 채웠다.

"손님에게 행운이 따르길 바라며. 자, 건배합시다." 이렇게 말하면서 노인은 정중하게 비용의 잔에 자신의 잔을 부딪쳤다.

"앞으로 잘 부탁합니다." 시인은 대담해져서 이렇게 말했다. 여느 사람 같았더라면 나이 든 이 귀족 양반의 정중한 대접에 압도당하여 어쩔 줄 몰라했을 것이다. 그러나 비용은 이 방면에서 이미 닳고 닳은 인간이었다. 그는 이전에 이미 대단한 귀족들과 환락의 자리를 가진 적이 있었는데, 그들 역시 자신과 마찬가지로 흉악한 인간들이라는 사실을 알게 되었다. 그리하여 게걸스러운 식욕으로 정신없이 음식을 탐했다. 그동안 노인은 몸을 뒤로 젖히고서 호기심에 찬 눈으로 그를 계속 지켜보고 있었다.

"젊은 양반, 어깨 위에 피가 묻어 있는데." 노인이 말했다.

집을 나올 때 몽티니란 놈이 피에 젖은 손을 어깨 위에다 얹었던 모양이었다. 그는 속으로 몽티니를 저주했다.

"제가 흘린 피는 절대 아닙니다." 그는 더듬거리며 이렇게 말했다.

"내 생각에도 그런 것 같지는 않소." 노인이 조용한 목소리로 대꾸했다. "싸웠소?"

"글쎄요, 뭐 그렇게 말할 수도 있겠네요." 비용이 떨리는 목소리로 인정했다.

"아마 누군가 살해당했나 보군요."

"아니, 천만에, 살해라니요." 시인은 더욱더 당황해하면서 이렇게 말했다. "정말로 공정한 내기였습니다. 어쩌다 우연히 살해된 거죠. 하느님께 맹세하건대, 절대로 전 가담하지 않았습니다." 그는 열띤 어조로 이렇게 덧붙였다.

"악당이 하나 줄었다고 말할 수 있겠군요." 집주인이 이렇게 말했다.

"아마 그렇게 말씀하셔도 될 겁니다." 비용은 무한한 안도감을 느끼며 그의 말에 동의했다. "이곳과 예루살렘 사이에 그만한 악당이 또 있을라고요. 한 마리 어린 양처럼 곧장 발가락을 위로 하고 죽어 넘어지더군요. 하지만 눈뜨고 보기에는 너무도 역겨웠습니다. 노인장께서도 한창 시절에 죽은 사람을 보신 적이 있으시겠죠?" 그는 갑옷을 흘끗 쳐다보면서 이렇게 말을 덧붙였다.

"많이 보았소." 노인이 말했다 "젊은이 추측대로 전쟁에 여러 번 참여했었다오."

비용은 방금 손에 다시 들었던 나이프와 포크를 내려놓았다. "시체들 가운데 대머리도 있었습니까?" 그가 물었다.

"있었고말고. 그리고 나 같은 백발도 있었지."

"백발이라면 그다지 마음에 거리낄 것 같지는 않은데요." 비용이 말했다. "그 녀석 머리는 빨간색이었습니다."

다시금 몸서리가 쳐졌으며 웃음을 터뜨리고 싶다는 충동이 일었지만, 그는 포도주 한 잔을 벌컥벌컥 들이켬으로써 이런 충동을 가까스로 잠재웠다.

"그걸 생각하면 문득 화가 치밀어오릅니다." 그는 말을 이었다. "잘 아는 녀석이었죠. 막돼먹은 놈이었어요! 게다가 추우면 사람들에게 엉뚱한 생각이 드는 법인가 보죠. 아니, 엉뚱한 생각을 하니까 추위를 느끼는지도 모르죠. 어느 쪽이 맞는 건지 잘 모르겠습니다."

"돈 좀 가지고 있소?" 노인이 물었다.

"은전 한 닢 갖고 있습니다." 시인은 웃으면서 이렇게 대답했다. "어느 집 현관에 죽어 있는 계집의 양말 속에서 꺼낸 것입니다. 가여운 작부년이 죽어 넘어져 있더군요. 저 시저처럼 말입니다. 교회당처럼 싸늘했죠. 머리에 리본 조각을 매단 채로 죽어 있더군요. 이처럼 추운 겨울이면 세상살이가 참 어렵습니다. 늑대들이나 작부년들에게도 그렇고, 저 같은 한심한 악당에게도 그렇고."

"나는 말이요." 노인은 말을 이었다. "앙게랑 드 라 푀이에라는 사람인데, 브리스투의 영주이자 파타트락의 법률 집행관이오. 댁의 이름은 무엇이며, 무얼 하는 사람이오?"

비용은 일어서서 깍듯이 경의를 표했다. "저는 프란시스 비용이라는 사람으로, 이곳 대학 출신의 변변치 못한 서생입니다. 라틴어를 조금 알며, 산더미 같은 악행을 익혀왔습지요. 노래나 시가, 각종 단가나 단시를 지을 줄 알고, 술을 매우 좋아합니다. 태어난 곳은 지붕 아래 다락방이고, 어쩌면 교수대에서 죽을지도 모르겠습니다. 한마디 더 드리자면, 오늘 저녁 이후로 저는 어르신의 충실한 하인이 되어 어떤 명령에도 따르겠습니다."

"나의 하인이라니, 당치 않소." 나이 지긋한 기사가 이렇게 말했다. "오늘 밤은 나의 손님일 뿐이요, 다만 그뿐이란 말이오."

"손님으로 받아주시다니, 정말 감사드립니다." 비용이 공손하게 말했다. 그러고는 무언의 몸짓과 함께 노인의 건강을 비는 축배를 들었다.

"못된 양반이로군." 노인은 자기 이마를 가볍게 치면서 입을 열었다. "아주 못된 양반이야. 학식이 풍부한 학자이면서, 거리에서 죽은 계집의 얼마 안 되는 돈에 손을 대다니. 그건 도둑질 아니오?"

"전쟁터에서 자주 일어나는 일이 바로 도둑질이죠."

"전쟁터는 명예의 현장이오!" 노인은 자랑스럽게 대꾸했다. "그곳에서 사람들은 목숨을 걸고 싸움을 한다오. 국왕 폐하, 하느님, 그 모든 거룩한 성자와 천사들의 이름을 걸고 싸움에 임한단 말이오."

"이렇게 말해보면 어떨까요." 비용이 말했다. "제가 진짜 도둑이라고 합시다. 저 역시 목숨을 걸고, 그것도 전쟁터에서 싸우는 것보다 훨씬 불리한 처지에서 싸우는 것이 아닐까요?"

"그건 이득을 위한 것일 뿐 명예를 위한 건 아니오."

"이득이라고요?" 비용은 어깨를 한 번 으쓱하면서 되풀이해 말했다. "이득이라니요! 가난한 자가 저녁 한 끼를 먹지 못해서 뭔가를 취하는 것입니다. 전쟁터 병사들도 마찬가집니다. 귀가 따갑도록 듣는 이야깁니다만, 그 징발이란 게 대체 뭡니까? 그 물건이 그것을 징발해가는 사람에게는 이득이 되지 않는다 하더라도 그 물건이 징발된 사람에게는 더할 나위 없는 손실이지요. 군인들이 따뜻한 불 옆에서 술을 마시는 동안 서민들은 그들에게 술과 나무를 사 대기 위해 손톱을 물어뜯으며 분하게 생각하고 있단 말입니다. 시골에 가면 교수형을 당한 농부들이 수없이 나무에 매달려 있는 것을 여기저기에서 볼 수 있지요. 아 참, 한 그루 느릅나무에 서른 명이 매달려 있는 것을 본 적도 있습니다. 그 모습들이 모두 다 처참하더군요. 누구에겐가 무슨 일로 이 모든 사람이 교수형을 당하게 되었는가 물어봤지요. 그랬더니 군인들을 만족시킬 만큼 돈을 충분히 긁어모으지 못해서 그렇게 되었다고 하더군요."

"전쟁 땐 그런 일이 불가피하다오. 신분이 낮은 사람들이라면 끈기를 갖고 참아야 하죠. 너무 지나치게 일을 몰아가는 지휘관들이 있는 것도 사실이오. 쉽게 연민의 정에 이끌리지 않는 친구들이 계급을 떠나 어디에든 있는 법이죠. 사실 많은 사람들이 약탈자보다 하나도 나을 게 없는 군인의 길을 가고 있다오."

"그것 보십쇼." 시인이 말을 이었다. "어르신께서도 군인과 약탈자를 나누지 못하고 계시지 않습니까? 도둑이라는 게 신중한 방법으로 남의 물건을 취하는 단독 약탈자가 아니고 무엇이겠습니까? 저는 남의 편안한 잠을 방해하는 일조차 없이 양고기 두어 덩이를 훔칩니다. 당하는 농부야 조금 불평은 하겠지요. 하지만 남은 것을 갖고서도 여전히 충분한 식사를 할 수 있단 말입니다. 군인들은 나팔을 멋지게 불어대면서 와서는 통째로 양을 빼앗아갑니다. 게다가 덤으로 농부를 딱할 정도로 두들겨 팹니다. 전 나팔도 없어요. 저야 어떤 이름으로도 불릴 수 있는 하찮은 인간입니다. 저는 악당에다 개 같은 놈이지요. 교수형조차 저에겐 과분할 정도입니다. 이건 진심으로 하는 말입니다. 아무튼 우리 가운데 어느 쪽을 택하겠냐고 농부들에게 물어보십시오. 그리고 우리 가운데 누구에게 저주를 퍼붓기 위해 추운 밤 그들이 잠도 자지 않은 채 누워 있는가, 한번 알아보십시오."

"우리 두 사람을 한번 보시오." 노인이 말했다. "나는 나이가 들고 건장하며 사람들에게 존경을 받는 사람이오. 내일 당장 내 집에서 쫓겨난다고 하더라도 수많은 사람들이 자랑스러운 마음으로 나에게 거처를 마련해줄 것이오. 내가 혼자 있고 싶어한다는 암시만 주어도, 안됐지만 사람들은 집을 나가 아이들과 함께 거리에서 밤을 지새울 거요. 그런데 젊은이는 알고 보니 집도 없이 떠돌아다니다가 길가에 죽어 있는 여자 몸을 뒤져 하찮은 돈이나 몇 푼 꺼내는 인간 아니오! 나에겐 아무도 아무것도 두려울 것이 없다오. 그런데 내가 보니 젊은이는 말 한마디에 온몸을 떨고 얼굴색이 변하더군. 나는 나 자신의 집에서 마음 편히 하느님의 부르심을 기다리고 있단 말이오. 또 국왕께서 만일 나를 다시 부르신다면 기꺼이 전쟁터로 나갈 생각이오. 그런데 젊은이가 예견하는 것은 교수대란 말이오. 희망도 명예도 없이 눈 깜짝할 사이에 끝장을 맞는 거친 죽음을 예견하고 있잖소. 이래도 우리 둘 사이에 차이가 없단 말이오?"

"물론 하늘과 땅 사이만큼 차이가 있지요." 비용은 그의 말에 동의했다. "그러나 제가 만일 브리스투의 귀족으로 태어나고 어르신께서 가난한 서생 프란시스로 태어나셨다면, 그것보다는 차이가 좀 줄어들까요? 제가 여기 이 숯불 화로에 무릎을 녹이고 있고 어르신께서 눈 속에 묻힌 하찮은 돈 몇 푼을 더듬어 찾게 되지 않을까요? 저는 군인이 되고 어르신께서는 도둑이 되는 게 아니겠어요?"

"도둑이라!" 노인은 큰 소리로 말했다. "내가 도둑이라! 무슨 말을 하는지 알고서 그런 말을 했다면 후회하게 될 것이오."

비용은 그만의 독특한 건방진 몸짓과 함께 양손을 뒤집어 보이면서 이렇게 말했다. "제가 제 자신의 논리에 따라 말할 수 있는 영광을 어르신께서 허락해주셨으면 합니다."

"내가 그대 앞에 앉아 있는 것만 해도 그대에겐 과분한 영광일 것이오." 나이 지긋한 기사는 이렇게 말했다. "나이가 많고 명예로운 사람 앞에서는 말을 삼갈 줄도 알아야 하오. 나보다 성미가 급한 사람이라면 단단히 혼을 냈을 것이오." 그렇게 말하고 노인은 일어나서 방 아래쪽으로 걸어갔다. 그는 분노와 혐오감을 삭이느라 무진 애를 쓰고 있었다. 비용은 몰래 자기 잔에다 술을 다시 채웠다. 그러고는 보다 더 편안한 자세로 고쳐 앉았다. 책상

다리를 한 채, 머리는 한쪽 팔에 기대고 팔꿈치는 의자 등받침에 대고 앉아 있었다. 이제 배도 부르고 몸도 따뜻했다. 그리고 이처럼 엄청나게 차이가 나는 두 사람의 인물 됨됨이를 놓고 가능한 한 정확하게 상대를 평가했기 때문에, 그에 대해 어떤 두려움도 느끼지 않고 있었다. 이제 밤은 상당히 지나갔으며, 따지고 보면 매우 편안하게 보낸 셈이었다. 그리고 그는 아침이 되면 무사하게 떠나게 될 것이라는 확신을 실제로 갖게 되었다.

"한 가지 물어보겠소." 노인이 발길을 멈추고 물었다. "젊은이, 당신은 정말 도둑이오?"

"친절히 대우받을 신성한 권리를 요구합니다." 시인이 이렇게 대꾸했다. "그렇습니다, 주인장 어른."

"젊은이는 아직 너무 젊어." 노인은 말을 이었다.

"하긴 이만큼 나이 먹기도 쉽지 않았을 것입니다." 비용은 양쪽 손가락을 보이면서 이렇게 말했다. "이 열 손가락의 재주로 삶을 꾸려나가지 않았더라면 말입니다. 이거야말로 저를 키워준 어머니이자 아버지인 셈이지요."

"지금이라도 뉘우치면 딴사람이 될 수 있을 거요."

"저는 날마다 뉘우치고 있습니다." 시인이 말했다. "이 가련한 프란시스보다 더 열심히 뉘우치는 자는 별로 없을 것입니다. 그리고 딴사람이 될 수 있다고 말씀하셨는데, 우선 누구라도 제 환경부터 다른 것으로 바꿔주었으면 합니다. 사람은 계속 먹고 살아야만 합니다. 계속 뉘우치기 위해서라도 말입니다."

"딴사람이 되는 일은 마음에서부터 시작되는 것이오." 노인이 근엄한 목소리로 타일렀다.

"존경하는 어르신." 비용이 대답했다. "어르신께선 정말 제가 다만 재미로 도둑질을 하고 있는 줄 생각하고 계신 것은 아닙니까? 저도 다른 나쁜 일이나 위험한 일 못지않게 도둑질을 싫어합니다. 교수대만 보아도 이가 덜덜 떨린다니까요. 그렇지만 먹어야죠, 마셔야죠, 어떤 종류의 사회든 거기에 섞여야죠. 젠장맞을! 인간은 혼자 사는 동물이 아닙니다. '하느님께서 인간에게 여자를 주셨노라.' 저를 왕의 주방 관리자가 되도록 도와주시거나 생드니 성당의 수도원장이 되도록 도와주십시오. 아니면 파타트락의 법률 집행관이 되도록 도와주십시오. 그러면 정말로 딴사람이 될 것입니다. 하지만 돈 한푼

없는 가난뱅이 서생 프란시스 비용으로 남도록 내버려두시는 한, 저는 물론 언제나 가난뱅이 서생 프란시스 비용으로 남아 있게 될 것입니다."

"하느님의 은총은 전능하다오."

"그걸 의심한다면 전 이단자일 것입니다." 비용이 말했다 "그 은총으로 인해 어르신은 브리스투의 영주가 되셨고 파타트락의 법률 집행관이 되신 겁니다. 또 그 은총으로 저는 머릿속 재치와 양손 위의 이 열 손가락만 가지게 된 것입니다. 포도주를 좀더 마셔도 괜찮겠습니까? 대단히 감사합니다. 어르신 댁 술맛이 더할 수 없이 좋은 것도 다 하느님의 은총 덕분이겠지요."

브리스투의 영주는 뒷짐을 진 채 이리저리 서성이고 있었다. 아마도 그는 아직 도둑과 군인을 나란히 놓는 비용의 논리 때문에 마음이 가라앉지 않은 것 같았다. 어쩌면 연민의 정이 뒤엉키게 만듦으로써 비용이 그의 흥미를 끌었는지도 모를 일이었다. 아니면 너무나도 낯선 논리 때문에 그의 이해력이 뒤죽박죽이 되었는지도 모를 일이었다. 원인이 어디에 있는지 몰라도 어쨌든 그는 이 젊은이를 보다 올바르게 생각하는 사람으로 바꿀 수 있게 되기를 갈망했고, 이 때문에 그를 다시 거리로 내쫓아버릴까 하는 문제를 놓고 마음을 정할 수가 없었던 것이다.

"이 문제와 관련해서 나로서는 도무지 이해할 수 없는 점이 있소." 그가 마침내 다시금 말을 꺼냈다. "젊은이 입은 교묘한 말로 가득 차 있소. 그리고 악마가 젊은이를 나쁜 길로 아주 멀리 끌고 가버린 것 같소. 그러나 악마란 하느님의 진리 앞에선 약하기 짝이 없는 존재에 불과하오. 진정으로 영광스러운 말 한마디만 들려와도 악마의 모든 교묘한 말은 아침에 어둠이 가시듯 사라지고 마는 법이오. 내 말을 다시 한 번 잘 들어두시오. 내 일찍이 신사란 모름지기 하느님과 국왕, 그리고 자기 부인에게 충성과 사랑을 바치며 살아야 한다고 배웠소. 그동안 수도 없이 이상한 일이 벌어지는 것을 이 두 눈으로 보았던 것도 사실이오. 그렇지만 아직까지 그 원칙에 따라 살아가려 애를 쓰고 있소. 이 원칙은 모든 고귀한 역사책에 기록되어 있을 뿐만 아니라 모든 사람의 가슴속에 들어 있기도 하다오. 세심하게 주의를 기울여 읽으려고 한다면 그것이 보일 것이오. 젊은이는 음식과 술에 대해 이야기를 했고, 나 역시 굶주림이 얼마나 견디기 힘든 시련인가 잘 알고 있소. 그러나 그것 말고도 우리에게 필요한 것들이 얼마든지 있는데, 젊은이는 그에 대해 한마디도 하지 않았소. 명예, 하느님과 타인에 대한 믿음, 예의, 조건 없는 사랑에 대해선 한마디도 없었소. 아마도 내가 현명한 인간이 되지 못해서 그런지는 모르겠으나, 하긴 내가 어리석다고 생각하지는 않지만 내가 보기엔 젊은이가 길을 잃은 채 인생에서 크나큰 과오를 저지르고 있는 인간으로밖에 보이지 않소. 젊은이는 지금 사소한 욕구에 마음을 빼앗긴 나머지 위대하고도 진실된 것들을 완전히 잊고 있는 것 같소. 마치 최후 심판의 날에 충치를 고치려 드는 의사처럼 말이오. 명예, 사랑, 신앙 같은 것들이 먹을 것과 마실 것보다도 더 고귀하기 때문에 이런 말을 하는 것은 아니오. 우리는 또한 정말로 그런 것들을 더욱더 갈망해야 하고 그런 것들이 없음으로 그만큼 더 고통을 느껴야 한다고 생각하기 때문에 하는 말이기도 하다오. 젊은이가 내 말을 아주 쉽게 이해하리라고 믿기에 내가 이런 말을 하는 것이오. 배를 채우는 데 여념이 없는 동안 가슴속에 존재하는 또 하나의 욕구를 소홀히 하고 있었던 것이 아니오? 그 때문에 인생의 즐거움을 망치고 계속해서 비참한 상태를 벗어나지 못했던 것은 아니오?"

비용은 설교조 훈계를 듣는 동안 눈에 띄게 약이 올라 있었다. "어르신께선 제가 명예심이 없다고 생각하시는 겁니까?" 그가 큰 소리로 이렇게 말했다. "물론 저는 몹시도 가난합니다. 부자야 장갑을 끼고 있지요. 그런 그가 춥다고 하며 손을 불어 녹이는 것을 찾아보기란 쉽지 않은 일입니다. 어르신께선 아주 대단치 않은 것이라고 이야기하시지만 배가 고프다는 것은 고통스러운 일입니다. 저만큼 배가 고파본 적이 있으시다면 아마도 어르신께선 어조를 바꾸실 겁니다. 어쨌든 전 도둑입니다. 그리고 그걸 잘 이용합니다. 하지만 하느님께 맹세하건대, 저는 지옥에서 온 악마는 아닙니다. 저도 제 나름대로 명예심을 갖고 있다는 점을 알아주셨으면 합니다. 그걸 갖고 있는 것이 마치 하느님의 기적인 것처럼 온종일 떠들어대지는 않습니다만, 어르신의 것과 조금도 다름없는 명예심을 갖고 있단 말입니다. 그건 저에게 아주 당연한 것이어서, 필요할 때까지 상자 속에다 모셔놓고 있을 뿐입니다. 자, 보세요. 제가 어르신과 함께 얼마나 오랫동안 이 방에 있었죠? 어르신께선 이 집에 혼자 계시다고 하지 않았나요? 금으로 만든 저 쟁반을 보십시오. 물론 어르신께서 말씀하신 대로 어르신은 건장하십니다. 그러나 연로하실 뿐만 아니라 맨손이십니다. 그런데 저는 여기 칼을 갖고 있습니다. 이 팔을 한번 휘두르는 일 말고 어떤 일이 필요하겠습니까? 그러기만 하면 싸늘한 칼날을 배에 간직한 채 어르신께선 이쪽에서 숨을 거둘 수도 있겠지요. 저는 저쪽에서 금으로 만든 술잔을 한아름 안고 거리를 달려나가면 됩니다. 제가 그만한 꾀도 없는 인간이라고 생각하셨습니까? 그러나 저는 그러한 행동을 수치스럽게 생각합니다. 어르신의 저 알량한 잔들은 성당 안에 있는 거나 마찬가지로 안전하고, 그쪽에 계신 어르신의 심장은 새거나 다름없이 말짱하게 뛰고 있습니다. 그리고 이쪽의 저는 들어올 때처럼 빈털터리 신세로 다시 나갈 채비가 되어 있습니다. 저의 얼굴에 어르신께서 던진 거나 다름없는 은전 한 닢만을 갖고서 말입니다. 그래도 이놈에게 명예심이 없다고 하시겠습니까? 세상에 참!"

노인은 오른손을 내밀었다. "젊은이가 어떤 인간인지를 이제 말하겠소." 그가 말을 이었다. "젊은이는 악당이오. 뻔뻔스럽고도 음흉한 악당이자 건달이란 말이오. 그런 인간과 내가 한 시간을 보냈단 말이오. 아, 정말이지, 수치감을 느끼지 않을 수 없소. 게다가 그런 인간이 나의 식탁에서 먹고 마시고 했단 말이오. 이젠 젊은이가 내 눈앞에 있다는 것만으로도 넌덜머리가 나는군요. 날이 새기 시작했으니 이제 밤새도 제 둥지로 돌아가야죠. 어디, 날이 밝기 전에 가겠소? 아니면 밝은 다음에 가겠소?"

"원하시는 대로 하지요." 시인이 일어서면서 이렇게 대답했다. "어르신께선 대단히 존경스러운 분이라고 믿습니다." 그는 생각에 잠긴 듯 천천히 잔을 비웠다. "총명한 분이라는 말을 덧붙일 수 있다면 얼마나 좋을까요." 그는 주먹으로 자신의 머리를 두드리면서 이렇게 말을 이었다. "나이, 그건 나이 때문입니다. 머리가 굳어서 마비되고 말았단 말입니다."

노인은 더 이상 자존심을 상하게 할 수 없다는 듯 앞장서서 문 쪽으로 갔다. 비용은 휘파람을 불면서 양쪽 엄지손가락을 허리띠에 끼운 채 따라갔다.

"하느님의 자비가 있기 바라오." 브리스투의 영주가 문 앞에서 이렇게 말했다.

"아버지같이 생각되는 어르신, 그럼 안녕히 계십시오." 비용은 하품을 하면서 노인의 말을 받았다. "차디찬 양고기나마 정말 잘 대접받았습니다."

그의 뒤쪽에서 문이 닫혔다. 흰 눈이 덮인 지붕들 위로 동이 트고 있었다. 싸늘하고도 언짢은 아침이 다시금 하루가 시작됨을 알리고 있었다. 비용은 길 한복판에 서서 늘어지게 기지개를 켰다.

“거 참, 대단히도 멍청한 노인 양반이로군.” 그는 생각했다. “그건 그렇고, 그 술잔은 값이 얼마나 나가는 것일까?”

The Body-Snatcher
시체도둑

시체도둑

장의사, 여관 주인, 페테스, 나 우리 넷은 밤마다 데번햄 조지 여관 작은 응접실에 모여들었다. 어쩌다 더 많은 사람이 모일 때도 있었지만, 바람이 사납게 부는 날이나 잔잔한 날이나, 눈비 내리는 날이나 추운 날에도, 하루도 빠짐없이 우리 넷은 저마다에게 배정된 안락의자에 자리를 잡고 앉아 있었다. 페테스는 스코틀랜드 출신으로 술주정뱅이 노인네였다. 한눈에 학식이 있는 사람처럼 보였으며 나날을 빈둥거리는 생활로 보아 재산도 좀 있는 것 같았다. 오래전 젊었을 때 데번햄으로 이사온 뒤 계속 이곳에서만 살아왔기에, 지금은 이 고장 사람이나 마찬가지였다. 그의 푸른색 낙타 가죽 망토는 이 마을 교회 뾰족탑만큼 오래된 것이었다. 조지 여관 응접실에 있는 그의 자리, 교회에 나가지 않는 것, 나이와 폭음, 좋지 않은 평판은 데번햄에서 꽤 유명했다. 그는 가끔 탁자를 내리치며 열변을 토하기도 하는 모호한 급진주의자이자 뜨내기 무신론자였다. 그는 밤마다 습관처럼 럼주를 다섯 잔씩 마셨기에 여관에 와서 앉아 있을 때에는, 술잔을 오른손에 든 채 고주망태가 되어 울적해하는 모습을 보이는 때가 많았다. 그는 의학에 조예가 있는 듯했고, 조금 부러진 뼈를 이어주거나 제자리에서 벗어난 뼈를 바로잡아주기도 했기 때문에 우리는 그를 의사라 불렀다. 그렇지만, 이런 몇 가지 특징 말고는 그의 성격이나 이력에 대해서 아는 것이 거의 없었다.

어느 겨울 밤, 여관 주인이 우리와 자리를 함께하기 바로 전 9시쯤이었다. 그때 여관에는 아픈 사람이 하나 있었다. 이 지역 대지주였는데, 의회로 가는 길에 뇌졸중으로 갑자기 쓰러져 실려 왔다. 이 명사에게는 더 유명한 런던의 주치의가 있어서 급전을 쳐서 그를 불렀다. 철도가 개통된 지 얼마 안 된 데번햄에선 처음 겪는 일이었다. 이 뜻밖의 일에 우리는 모두 적절하게 움직였다.

"그가 오는군." 여관 주인이 파이프에 담배를 채워 넣고 불을 붙이고 나서 말했다.

“그라니?” 내가 물었다. “누구? 그 의사?”

“그래, 그 사람.”

“이름은?”

“닥터 맥팔레인.”

석 잔이나 마셔서 술에 취해 멍하니 졸고 있던 페테스가 갑자기 혼란스러운 듯이 주위를 두리번거렸다. 여관 주인의 마지막 말을 듣고서 깨어난 것 같았다. 그는 ‘맥팔레인’이라는 이름을 두 번 되뇌었는데, 처음에는 나직이 속삭이더니 두 번째는 갑자기 흥분해서 말했다.

“그렇습니다, 그 사람 이름이 닥터 울프 맥팔레인입니다.” 여관 주인이 말했다.

페테스는 순간 술에서 깨어났다. 눈은 진지해졌고, 목소리는 분명한 데다 우렁차고 한결같았으며, 말투는 힘이 있고 진지했다. 죽었다가 살아난 것 같은 갑작스러운 태도 변화에 우리는 놀랐다.

“미안하네만,” 그가 말했다. “자네 말을 흘려들었나 보네. 그 사람 이름이 울프 맥팔레인이라고 했나?” 그런 다음 여관 주인의 대답을 듣고는 “그럴 수 없어, 그럴 수 없어” 되뇌더니 말했다. “직접 얼굴을 봐야겠어.”

“아는 사람입니까, 의사 선생님?” 장의사가 헐떡거리며 물었다.

“이럴 수가! 아직 이름이 조금 낯설긴 한데 분명히 그 사람일 거야. 이봐요, 주인장, 나이가 많던가?”

“음, 분명히 젊은 사람은 아니었어요. 머리가 하얗게 셌지만 선생님보다는 젊어 보였어요.” 여관 주인이 말했다.

“그가 더 늙었네, 몇 살 더 많지. 다만……” 페테스가 탁자를 내리치며 말했다. “내 얼굴에서 보이는 건 럼주뿐이지. 럼주와 죄악. 그런데 그 사람은 아마 양심은 없고 위장은 튼튼할 걸세. 양심! 내 말을 들어봐. 자네들은 나를 착하고, 연륜도 있고, 점잖은 기독교인으로 생각하겠지? 그렇지 않나? 하지만, 아닐세. 난 그런 사람이 아닐 뿐더러 그랬던 적이 한 번도 없었어. 만약 대표적인 무신론자 볼테르가 내 처지였다면 그는 기독교인이 될 수 있었겠지. 그의 머리는,” 그는 자신의 대머리를 강하게 때리면서 말했다. “나와 달리 그의 머리는 밝고 활기가 가득했으니까. 이건 추론한 게 아니라 내가 직접 본 거라네."

한동안 어색한 침묵이 흐르고 나서 내가 용기를 내서 말했다.

"그 의사가 아는 사람이라면, 선생님은 주인장과는 다르게 그를 좋지 않게 생각하시는 것 같네요."

페테스는 내 말을 귓등으로 흘려보냈다.

"그래," 갑자기 결심한 듯 그가 말했다. "직접 얼굴을 봐야겠어."

또다시 침묵이 흐르는 순간 1층에서 문 닫히는 소리가 나더니, 누군가 계단 올라오는 소리가 들렸다.

"그 의사네요." 여관 주인이 소리쳤다. "분명히 보시면 알 수 있을 거예요."

오래된 조지 여관은 현관에서 응접실까지 두 발짝 거리였다. 그리고 문밖에는 거리에 거의 잇닿아 있는 넓은 참나무 계단이 있었다. 문턱과 계단 마지막 발판 사이는 터키산 융단이 깔린 작은 공간이었다. 이 작은 공간은 계단 위 등불과 간판 밑 커다란 표시등 뿐만이 아니라, 계산대 창문에서 새어나오는 따뜻한 불빛을 받아서 저녁때마다 환하게 비쳤다. 그 덕분에 조지 여관은 추운 거리를 지나가는 사람들 눈에 잘 띄었다. 페테스는 차분하게 그곳으로 걸어갔다. 그의 뒤를 따르던 우리는 페테스의 말처럼, 두 사람이 대면하는 광경을 지켜보았다. 닥터 맥팔레인은 경계하는 듯한 눈에 혈기 왕성한 모습이었지만, 흰머리 때문에 얼굴빛은 좀더 창백하고 차분해 보였다.

그의 옷차림은 화려했다. 질 좋은 옷감과 하얀색 리넨으로 만든 정장을 입고 있었고, 휘황찬란한 금 시곗줄과 금 단추, 금테 안경을 쓰고 있었다. 라일락 꽃무늬가 새겨진 하얀색 넥타이를 넓게 접어 맸고, 팔에는 털이 복슬복슬한 모피 외투를 들고 있었다. 그가 한때 잘나갔던 것은 의심할 여지가 없었다. 그러나 놀랍게도 우리의 응접실 술주정뱅이 페테스는 너무나 대조적으로 대머리에다 지저분했으며, 뾰루지까지 난 얼굴에 낙타 가죽으로 만든 낡은 망토를 걸치고 있었다.

"맥팔레인!" 페테스가 조금 우렁차게 그의 이름을 불렀는데, 친구 이름을 부르는 것이 아니라 전령을 부르는 듯한 말투였다.

그 대단한 의사는 네 번째 계단에서 딱 멈춰 섰다. 귀에 익은 목소리에 놀랐고, 얼마쯤 품위를 손상당한 듯한 표정을 지었다.

"토디 맥팔레인!" 페테스가 다시 불렀다.

런던에서 온 이 사람은 비틀거렸다. 자기 앞에 서 있는 남자를 재빠르게 쳐다보고는, 두려운 눈빛으로 자기 뒤를 살폈다. 그러고는 깜짝 놀란 목소리로 낮게 말했다. "페테스! 자네!"

"그렇소, 나예요! 당신도 내가 죽었다고 생각했소? 우리 인연도 꽤 질기네요." 페테스가 말했다.

"쉿, 쉿! 이렇게 만나리라고는 생각조차 못했네. 자네가 사람처럼 보이지 않았어. 솔직히 처음에는 자네를 알아보지 못했지만, 이렇게 다시 만나니 정말 기쁘네. 그런데 지금은 안부를 묻자마자 작별 인사를 해야겠네. 마차가 기다리고 있고, 기차를 놓치면 안 되거든. 그렇지만, 어디 보자. 그래, 주소를 알려주면, 내가 곧 연락하지. 자네한테 뭔가 해주고 싶네, 페테스. 곤궁한 자네 모습을 보니 마음이 무겁군. 언제 한번 옛날처럼 같이 저녁 먹으면서 지난 추억에 잠겨보자고."

"돈!" 페테스가 소리쳤다. "당신에게 받았던 돈! 당신에게 받았던 그 돈은 빗속으로 던져버렸소."

조금은 우쭐하고 자신만만하게 말했던 닥터 맥팔레인은 뜻밖의 거절에 처음에 느꼈던 당혹감을 감추지 못했다.

덕망 있어 보이는 얼굴에 무섭고 험악한 표정이 스쳐 지나갔다.

"이 친구, 자네 편할 대로 하게. 마지막 말에 화가 난 것 같군. 강요할 생각은 없네. 내 주소를 알려주지. 그런데……."

"그럴 필요 없소. 당신이 사는 곳 따위는 알고 싶지도 않으니까." 페테스가 말을 잘랐다. "당신 이름을 들었소. 그게 당신일 수도 있다고 생각하니 두려웠죠. 어쨌든 신이 있었으면 하고 바랐는데, 이제 정말 신이 없다는 걸 깨닫게 됐소. 썩 꺼지시오!"

페테스는 여전히 계단과 출입문 사이에 놓인 융단 한가운데에 서 있었고, 위대한 런던의 외과의사는 빠져나가려고 한쪽으로 비켜설 수밖에 없었다. 그는 이런 굴욕감 앞에서 어찌할 바를 몰라했다. 얼굴은 아까처럼 창백했고, 안경 너머 눈은 위태롭게 빛나고 있었다. 알 수 없는 침묵이 흐르는 동안, 그는 자신이 타고 갈 마차의 마부가 도로에서 이런 보기 드문 광경을 지켜보고 있으며, 또 계산대 한쪽 구석에 마련된 응접실에서 우리가 바라보고 있다는 것을 알아차렸다. 지켜보는 사람이 많다는 사실을 깨닫고 그는 곧바로 떠나기로 마음먹었다. 그는 고개를 숙이고 쏜살같이 벽을 스치듯 지나쳐 문을 박차고 나가려고 했다. 그러나 시련이 완전히 끝난 것은 아니었다. 그가 지나가려 할 때 페테스가 팔로 그를 붙잡으며 분명히 고통스러울 것이라는 듯 이렇게 속삭였다. "그것을 다시 본 적이 있소?"

엄청난 부자인 런던의 의사는 고함을 참으며, 큰 소리로 날카롭게 비명을 질렀다. 그는 페테스를 아무도 없는 쪽으로 밀쳐내더니, 두 손으로 머리를 감싸쥐고는 쫓기는 도둑처럼 문밖으로 뛰쳐나갔다. 우리 가운데 하나가 손을 쓰기도 전에, 마차는 벌써 역을 향해 덜컹거리며 출발했다. 그 일은 꿈처럼 지나갔지만, 그가 왔다 갔다는 증거와 흔적이 남아 있는 꿈이었다. 다음 날 하인이 현관에서 부러진 금테 안경 조각을 발견했다. 그리고 그날 저녁 우리는 모두 계산대 창문 옆에 숨죽이고 서 있었고, 우리 옆에 있던 페테스 표정은 냉정하고 창백했으며 단호했다.

"맙소사, 페테스 씨!" 으레 그렇듯 여관 주인이 맨 먼저 말했다. "이게 도대체 어떻게 된 일입니까? 선생님이 해주신 이야기는 너무 이상하군요." 페테스가 우리 쪽으로 돌아서서는 우리 얼굴을 차례대로 보며 말했다.

"비밀을 지킨다면 이야기해주지. 맥팔레인이라는 저 작자와 마주치는 건 위험하네. 이미 그렇게 한 자들은 너무 늦게 후회했지." 그런 다음 세 번째 잔을 다 비우지도 않고, 남은 두 사람을 기다리지도 않고 인사를 한 뒤, 여관 밖으로 나가 어둠 속으로 사라졌다.

우리 셋은 커다란 벽난로가 있고 촛불 네 개가 환하게 켜진 응접실의 우리 자리로 돌아가 앉았다. 그리고 지나간 일을 되새겨보았는데, 처음에는 놀라움에 등골이 오싹했고, 놀라움은 곧이어 강렬한 호기심으로 변했다. 우리는 밤늦도록 앉아 있었다. 내 기억으로 낡은 조지 여관에서 가장 늦게까지 모여 있던 날이었다. 헤어지기 전에 우리는 저마다 그가 입증하고 싶어했던 그의 이론에 대해서 생각했다. 우리에게는 이 죄많은 동료의 과거를 추적하는 일이 가장 시급한 과제였다. 그리고 그가 런던의 유명한 의사와 그런 비밀을 공유하고 있다는 게 놀라웠다. 떠벌려 자랑할 것은 아니지만, 나는 조지 여관에 있는 우리 동료들 가운데 내가 가장 이야기를 잘했다고 믿는다. 그리고 다음의 구역질 나는 이상한 사건을 나보다 더 잘 말할 수 있는 사람은 아마 없을 것이다.

젊었을 때 페테스는 에든버러에 있는 학교에서 의학을 공부했다. 그는 들은 것을 빠르게 이해하고 손쉽게 자기 것으로 만드는 능력이 있었다. 집에서는 거의 공부를 하지 않았지만, 선생들 앞에서는 예의 바르고 상냥하며 똑똑했다. 선생들은 곧 그를 수업 열심히 듣고 기억력 좋은 청년으로 손꼽았다. 처음 들었을 때는 믿기 어려웠지만, 그즈음에는 잘생기고 호감가는 인물이었다고 한다. 그 무렵에 해부학을 가르치는 외부 강사가 있었는데, 여기서는 편의상 그를 K라고 부르겠다. 그는 나중에 굉장한 유명인사가 되었다. 버크*[1] 사형 집행에 환호하던 군중이 그를 고용한 의사도 같이 처벌하라고 소리치던 때, 그는 에든버러 거리의 환호하는 사람들 속으로 변장하고 몰래 숨어들었다.

그러나 그때 K의 인기는 절정이었다. 한편으로는 자신의 재능과 일솜씨 덕분에, 다른 한편으로는 경쟁 상대인 대학교수의 무능함 때문에 그즈음 최고 인기를 누리고 있었다. 아무튼 학생들은 그를 마음으로 따랐다. 다른 학생들처럼 페테스도, 자신이 만약 하늘의 별만큼 유명한 이 사람의 총애를 얻는다면, 성공의 기초를 튼튼히 다지게 될 것이라고 믿었다. K는 능력이 있을 뿐만 아니라 인생을 즐겁게 사는 선생이었다. 수업준비를 철저히 했으며, 익살스러운 암시도 즐겨 사용했다. 페테스는 그의 이 두 가지 능력을 모두 좋아했고 신경을 썼다. 페테스는 2년차가 되자, 자기 반의 두 번째 시범조교나 조수 보조라는 반정규직 자리를 차지할 수 있었다.

이 자리에 있는 동안 그는 수술실과 강의실 관리 임무를 따로 떠맡았다. 그는 그곳을 청결하게 관리하고 다른 학생들을 지도했으며, 다양한 해부용 시체를 공급받아 학생들한테 나누어주었다. 이 일은 그즈음에는 아주 미묘한 일이었고 세심한 주의가 필요한 일이었기에 그는 K가 사는 집과 같은 골목에 있는, 해부 실습실이 있는 건물에서 살았다.

떠들썩하고 즐겁게 밤을 보낸 뒤에도, 이곳에서 그의 손은 언제나 떨렸고, 시야는 몽롱하고 혼란스러웠다. 그는 더럽고 인생 막장인 불법 시체 조달업자들 때문에 한겨울 새벽 한밤중에도 잠자리에서 일어나야만 했다. 이들의

---

*1 해부용 시체가 부족하여 의과대학에 비싸게 팔린다는 사실을 알고, 자신이 경영하는 여관에 찾아온 손님 열여섯 명을 살해한 1820년대 연쇄살인범.

악명이 널리 퍼져 있었기에 언제라도 이들에게 문을 열어주어야만 했다. 그는 이들을 도와 시체를 나르기도 했고, 그들에게 더러운 대가를 지급하기도 했으며, 그들이 가고 나면 이 차가운 시체들과 함께 혼자 남곤 했다. 그는 그런 일이 끝나기가 무섭게 모자란 잠을 보충하기 위해, 또 그날의 지친 몸을 충전하기 위해 두서너 시간씩 선잠을 잤다.

인간이 유한한 존재라는 사실을 실감나게 하는 시체들과 함께 지내는 생활 속에서 아무런 영향도 받지 않고 무감각할 수 있는 젊은이는 거의 없다. 그는 결코 일반적일 수 없는 그런 상황에 점점 무감각해졌다. 다른 사람의 죽음이나 운명은 아랑곳하지 않고, 의욕도 잊은 채 점점 욕망의 노예가 되어 갔다. 냉정하고 가벼웠으며 이기적이었던 그는 무분별하게 술을 마시거나 처벌받을 만한 도둑질은 하지 않았다. 그건 그가 도덕적이어서가 아니라 어느 정도 분별력이 있기 때문이었다. 게다가 선생들과 학생들한테 인정을 받고 싶었고, 사회생활에 오점을 남기고 싶지 않았다. 그래서 좋은 학업성적을 얻으려 했으며, 스승인 K한테 책잡히지 않으려고 그가 보는 앞에서는 하루도 거르지 않고 열심히 노력했다. 그러나 밤에는 그런 시간을 보상받으려는 듯 떠들썩하고 망나니처럼 놀았다. 그런 이중생활을 하면서도 양심의 가책 따위는 조금도 느끼지 않았다.

해부 실습용 시체 공급은 그의 선생뿐만 아니라 그에게도 끝없는 골칫거리였다. 학생이 많고 복잡한 수업시간이었기에, 해부되지 않은 시체가 떨어지지 않도록 계속 공급하기는 쉬운 일이 아니었다. 그래서 이 일은 그 자체로 기분 나쁜 일이었을 뿐만 아니라, 관련된 모든 사람을 위험한 지경에 빠뜨릴 수도 있는 일이었다. K는 시체 거래에 관해서는 아무도 묻지 못하게 했다.

"그들은 시체를 갖다주고, 우리는 그 대가를 지급한다." 그는 이렇게 말하고는, 라틴어 두음을 살려서 "쿼드 프로 쿠오"*2라고 덧붙였다. 그리고 얼마쯤 모욕적인 말투로 조교들한테 다시 한 번 말하고는 했다. "양심에 거리끼지 않으려면, 아무것도 묻지 마라." 살인을 통해 해부 실습용 시체가 공급되고 있다고 말하는 사람은 없었다. 막상 누군가가 K에게 그런 생각을 말로

*2 quid pro quo, 보상(대가)으로 주는 물건.

꺼내놓았으면, K는 공포를 느꼈을 것이다. 그러나 K는 그렇게 중대한 문제에 대해서 아무렇지도 않게 이야기했고, 그런 말투는 그 자체로 선행에 대한 모독이었고, 그가 부리는 사람들한테는 유혹이었다.

예를 들어 페테스는 시체는 독특하게도 신선하다고 가끔 혼잣말을 했다. 그는 새벽이 되기도 전에 들이닥치는 시체 조달업자들의 처량하면서도 혐오스러운 모습에 끊임없이 충격을 받았다. 그는 이 일에 대해서 나름대로 분명하게 생각을 정리했다. 그는 아마도 그 일의 목적이 너무나 분명하고 부도덕하게 보여서 선생의 경솔한 충고 탓으로 돌릴 수는 없었을 것이다. 그는 자신의 의무를 간단하게 세 가지 사항, 그러니까 가져온 것을 받아두고, 대가를 지급하며, 그 범죄 증거물에는 눈길을 주지 않는 것으로 이해했다.

11월 어느 날 아침, 이 침묵 방침이 위험천만한 시험대에 오르는 일이 벌어졌다. 그날 페테스는 심한 치통 때문에 밤을 꼬박 새웠다. 치통이 너무 심해서 우리에 갇힌 짐승처럼 온 방 안을 헤집고 다니거나, 침대 위에서 미친 듯이 뒹굴었다. 고통으로 밤을 꼬박 새우다가 이따금 찾아오는 편안하지 않은 선잠에 빠졌는데, 서너 차례 잇달아 난폭하게 두드리는 그 합의된 신호 때문에 결국 잠에서 깼다. 밖에는 달빛이 엷게 빛나고 있었다. 지독하게 추운 날이었다. 바람도 심했고 서리까지 내렸다. 도시는 아직 잠에서 깨어나지 않았지만, 뭐라 말할 수 없는 어떤 이상한 소리가 그날 벌어질 일의 서막을 알렸다.

시체 조달업자가 평소보다 늦게 와서는 평소보다 서둘러 떠나려는 것 같았다. 페테스는 잠결에도 그들을 위해 계단에 불을 비춰주었다. 그는 꿈속에서 그들이 아일랜드 억양으로 투덜대는 소리를 들었다. 그들이 자루를 벗기고 그 서글픈 상품을 꺼내놓을 때까지도, 그는 어깨를 벽에 기댄 채로 서서 졸고 있었다. 그러고는 그들에게 돈을 내주려고 잠을 쫓으며 정신을 차렸다. 그러다가 시체 얼굴에 그의 시선이 멈췄다. 그는 깜짝 놀라며, 두어 걸음 더 가까이 다가가 촛불을 높이 들었다.

"세상에! 저건 제인 갤브레이스잖아!" 그가 외쳤다. 그들은 아무 대꾸도 없이 문 쪽으로 발을 질질 끌며 걸어갔다.

"내가 아는 여자예요, 내 말 좀 들어보세요." 그가 계속 말했다. "저 여자는 어제까지도 건강하게 살아 있었어요. 그런 여자가 죽는다는 건 있을 수 없습니다. 당신들이 이 시체를 정당한 방법으로는 얻을 수 없습니다."

"확실히, 뭔가 단단히 오해하셨군, 선생." 한 사람이 말했다.

그러나 다른 사람은 페테스를 험악하게 노려보며 돈이나 빨리 내놓으라고 으박질렀다.

그것은 위협이었고, 돈을 주지 않으면 금방이라도 일을 저지를 것 같아 페테스는 두려웠다. 그는 더듬거리며 변명을 하고는 셈을 치렀다. 그러고는 가증스러운 방문자들이 떠나는 것을 지켜보았다. 그들이 떠나자마자 그는 서둘러 시체를 확인했다. 이 시체가 이틀 전 자기와 농담을 주고받았던 그 소녀라는 분명한 증거가 십여 가지도 넘었다. 두려움에 떨며 그녀 몸 여기저기에 난 분명한 폭력의 흔적을 발견했다. 공포에 질린 그는 도망치듯 자기 방으로 돌아왔다. 그러고는 자기가 발견한 것을 다시 곰곰이 생각했다. 그는 K가 지시했던 말의 진짜 의미와, 그렇게 심각한 사업에 끼어드는 것이 얼마나 위험한 일인지 진지하게 생각해보았다. 너무 혼란스러웠기에 해부학 수업 조교이자 직속상관의 조언을 구하기로 마음먹었다.

그 사람이 젊은 의사 울프 맥팔레인이었다. 무모한 학생들 사이에서 인기가 가장 많았던, 교활한 난봉꾼에다 아주 파렴치한 사람이었다. 그는 여행을 자주 다녔고, 외국유학도 다녀왔다. 매너가 좋았으나 조금은 뻔뻔했다. 또 연극에도 조예가 있었고, 스케이트도 잘 탔으며, 골프도 잘 쳤다. 옷차림도 눈에 띌 정도로 근사했다. 그리고 그가 가진 마차와 빨리 달리는 튼튼한 말 한 필은 그의 멋진 모습을 완벽하게 마무리해주었다. 페테스와 그는 아주 가까운 사이였다. 실제로 그들은 공생관계였다. 해부 실습용 시체가 부족할 때면, 두 사람은 맥팔레인의 마차를 타고 아주 먼 시골까지 가서 그곳의 외딴 묘지의 무덤을 허락 없이 파헤쳐서는 그 노획물을 싣고 새벽이 오기 전에 해부 실습실로 돌아오고는 했다.

페테스가 갤브레이스 시체를 발견했던 그날 아침, 맥팔레인은 평소보다 조금 빨리 해부 실습실에 도착했다. 페테스는 그가 오는 소리를 듣고, 계단에서 그를 만나 이야기를 했으며, 그에게 자신이 놀란 원인을 보여주었다. 맥팔레인은 그녀 몸에 난 상처 자국을 검사했다.

"그렇군," 그가 고개를 끄덕이며 말했다. "어딘가 미심쩍어 보여."

"그러면, 나는 어떻게 해야 할까요?"

"뭘 해?" 상대방이 되물었다. "뭐라도 하고 싶은가? 나쁜 상황에 대해서는 아무 말 않는 게 상책이지. 그게 내가 하고 싶은 말일세."

"누군가 그 여자를 알아볼 수 있어요. 그 여자는 알 만한 사람은 다 안다고요." 페테스가 반발했다.

"그런 일이 벌어지지 않기를 바랄 뿐, 혹시 누군가 알아보더라도 모른 척하게. 모른다고 하면 그뿐이야. 사실, 이런 일은 오래전부터 있었던 일이잖아. 괜스레 벌통을 쑤셔봐야 K만 죽일 놈이 되는 거라고. 만약 그렇게 되면 자네도 옴짝달싹 못할 처지가 될걸세. 자네가 그렇게 되면 나 또한 그렇게 될 거야. 그러면 우리가 어떤 모습으로 보일지, 기독교인의 증인석에 앉아서 우리를 위해 증언해줄 악마가 있을지 난 정말 알고 싶어. 자네도 알고 있을 테지만, 솔직히 우리에게 제공되는 해부 실습용 시체들은 모두 살해된 사람들이잖나." 맥팔레인이 말했다.

"맥팔레인!" 페테스가 소리쳤다.

"진정하게!" 상대방이 비웃으며 말했다. "그럼 자넨 지금까지 한 번도 의심하지 않았다는 거로구먼!"

"의심하는 것과……."

"사실로 확인되는 것은 다르지. 그래, 나도 알고 있어. 나도 자네만큼이나 이런 상황에까지 오게 된 것이 유감스럽네." 그는 지팡이로 시체를 톡톡 치며 말했다. "내가 보기에 그나마 괜찮은 방법은 이 시체를 알아보지 못한 걸로 하는 거야." 그는 냉정하게 말했다. "난 그렇게 하겠네. 자넨 자네 마음 가는 대로 하게. 명령하고 싶지 않지만, 모든 사람이 나처럼 할걸세. 한마디 덧붙이자면, K는 우리가 어떻게 하기를 원할까 생각해보게. 문제는 그가 왜 우리를 조수로 택했느냐인데, 대답은 간단해. 그는 수다스러운 노인네 따위는 원치 않았어."

그의 말은 페테스 같은 청년의 마음을 뒤흔들었다. 그는 자신도 맥팔레인처럼 하겠다고 동의했다. 이 불쌍한 여자의 시체는 예정대로 해부되었고, 그녀를 안다고 말하거나 아는 체하는 사람은 아무도 없었다.

어느 날 오후 페테스는 일을 끝내고 나서 선술집에 들렀다가, 맥팔레인이 낯선 남자와 함께 있는 것을 보았다. 그는 작은 몸집에 얼굴은 창백하고 어두웠으며, 눈동자는 숯처럼 까맸다. 멀리서 봤을 때 겉으로는 어딘지 지적이고 세련되어 보였지만, 가까이에서 살펴보니 거칠고 상스러우며 멍청한 사람이었다. 그렇지만 그는 맥팔레인을 기가 막히게 가지고 놀았다. 그는 독재자처럼 명령을 내렸고, 그의 명령에 조금이라도 토를 달거나 시간을 끌면 불같이 화를 냈다. 또 그는 맥팔레인이 노예처럼 자신의 말에 복종해야 한다는 등의 무례한 말도 서슴지 않았다. 이렇게 막돼먹은 사람이 이상하게도 페테스에게는 바로 호감을 보여서 술잔을 든 채 페테스에게 몸을 숙이고는, 자신의 경력을 은밀하게 이야기했다. 만약 그가 털어놓은 이야기 가운데 십 분의 일이라도 사실이라면, 그는 정말로 메스꺼운 사기꾼이었다. 그렇게 경험 많은 사람이 보여주는 관심은 페테스 같은 청년의 허영심을 자극하기에 충분했다.

"나라는 인간은 참 나쁜 놈이야." 낯선 사람이 말했다. "그런데 맥팔레인은 아직 애송이야. 그래서 난 그를 토디 맥팔레인이라 부르지. 토디, 이 친구한테 술 한잔 더 시켜주지"라거나 "토디, 일어나 뛰어가서 문 좀 닫아"라고 말하기까지 했다. 그는 계속 말했다. "토디는 날 싫어하는 것 같아. 그래, 그럴 거야. 토디, 날 싫어하지?"

"그 빌어먹을 이름 좀 부르지 말아요." 맥팔레인이 으르렁거렸다.

"저 애송이 하는 말 들었지! 저놈이 칼 쓰는 걸 본 적 있나? 아마 내 몸을 토막이라도 내고 싶을걸."

"우리 의학도들한테는 그것보다 더 좋은 방법이 있어요. 우리는요, 죽이고 싶을 정도로 싫어하는 친구가 생기면 그를 해부해버리죠." 페테스가 말했다. 맥팔레인은 실없는 농담은 하지 말라는 듯 그를 노려보았다.

오후가 지나갔다. 그레이가 그 낯선 사람의 이름이었다. 자신들과 저녁도 함께 먹자고 페테스에게 제안했다. 그러고는 술집이 술렁거릴 정도로 값비싼 음식을 시켰으며, 식사를 마치자 맥팔레인에게 계산하라고 명령했다. 술자리는 늦게서야 끝이 났고, 그레이는 곤드레만드레 취했지만, 맥팔레인은 화가 나서 그런지 멀쩡했다. 그는 억지로 내야 했던 술값과 자신이 참아야 했던 경멸에 대해서 곰곰이 생각했다. 페테스는 다양하게 술을 마셔서 그런지 머릿속으로 노래를 부르며, 필름이 끊긴 채 갈지자걸음으로 집으로 돌아왔다.

다음 날 맥팔레인은 강의실에 오지 않았다. 페테스는 참기 어려운 그레이를 모시고 이 술집 저 술집 옮겨다니는 맥팔레인을 상상하며 혼자 웃었다. 페테스는 수업이 끝나고 나서 곧장 지난밤 술친구들을 찾아 이곳저곳 기웃거렸지만, 어디에서도 찾을 수 없었다. 그래서 일찍 자기 방으로 돌아와 잠자리에 들었고, 바로 잠들었다.

페테스는 새벽 4시에 익숙한 소리를 듣고서 잠에서 깼다. 문으로 내려간 그는 마차에 앉아 있는 맥팔레인을 보고 놀랐다. 마차에는 눈에 익은 소름 끼치는 긴 꾸러미가 하나 놓여 있었다.

"뭡니까?" 그가 소리쳤다. "혼자 구해온 겁니까? 어떻게 저걸 여기까지 가져왔습니까?"

그러나 맥팔레인은 그에게 조용히 있으라고 거칠게 말하더니 일에나 신경 쓰라고 명령했다.

두 사람이 시체를 위층으로 가지고 올라와 탁자 위에 올려놓고 나서, 맥팔레인은 처음에는 그냥 가려는 듯 발걸음을 옮기다가 멈춰 서더니 잠시 머뭇거렸다. 그러고 나서 조금은 마지못한 듯한 목소리로 "얼굴을 확인해보는 게 좋을 거야"라고 말했다. "확인해보는 게 좋을 거야." 그는 놀라서 자기만 쳐다보는 페테스에게 되뇌었다.

"그런데 어디서, 어떻게, 언제 저걸 구했습니까?" 페테스가 말했다.

"얼굴이나 확인해봐." 맥팔레인은 그렇게만 대답했다.

페테스는 비틀거렸다. 이상한 의심이 들었다. 그는 그 젊은 의사와 시체를 번갈아 보고, 다시 한 번 더 번갈아 보고 나서야 비로소 명령받은 대로 시체 옆으로 다가갔다. 그의 눈에 비친 모습은 예상대로였고 고통스러운 충격을 받았다. 멋진 옷차림으로 배불리 먹고 선술집 문 앞에서 어리석은 짓을 하던 그가, 지금은 굳은 시체가 되어 알몸으로 굵은 삼베자루 속에 담겨 있다. 시체에 대해서는 생각하지 않기로 했던 페테스였지만, 양심의 가책을 조금이나마 느꼈다. 자신이 알고 있던 두 사람이 이 차가운 탁자 위에 놓이게 되었으니, '내일은 너'라는 라틴어 묘비 문구가 마음속에 떠올랐다. 그런데 이런 생각은 그다지 중요하지 않았다. 울프 맥팔레인에 관한 생각이 가장 먼저 떠올랐다. 이토록 엄청난 요구에 아무런 준비도 되어 있지 않다 보니 그는 맥팔레인의 얼굴을 어떻게 봐야 할지 알 수 없었다. 감히 맥팔레인과 눈을 마주칠 수도, 그의 명령에 대한 대답은커녕 목소리조차 낼 수 없었다.

맥팔레인이 먼저 말을 꺼냈다. 그는 조용히 뒤로 걸어와 부드러우면서도 단호하게 페테스 어깨 위에 손을 얹으며 말했다. "머리는 리처드슨에게." 리처드슨은 오래전부터 인체 머리 부분을 해부해보고 싶다고 간절히 바라던 학생이었다. 아무런 대답이 없자 살인자가 다시 말했다. "사업 이야기를 하지. 내게 돈을 주고, 장부에 적게. 자네도 알겠지만, 반드시 장부에 적어야 해."

"당신에게 돈을 지급하라고요!" 페테스는 자기도 모르게 큰 소리로 말했다. "저것에 대해서 돈을 내주란 말입니까?"

"당연히 그래야지, 반드시. 그리고 시체를 가져왔으니 세상없어도 자네는 반드시 돈을 지급해야 해. 나는 공짜로 준 게 아니야. 자네 설마 날로 먹겠다는 속셈이라면 곤란하지. 자네와 나, 우리만 타협하면 돼. 이건 지난번 제인 갤브레이스의 경우와 같다네. 일이 잘못될수록 더더욱 아무 일 없는 듯이 행동해야 해. K가 돈을 두는 곳은 어딘가?"

"저쪽입니다." 페테스가 쉰 목소리로 한쪽 구석 벽장을 가리키며 말했다.

"열쇠를 주게." 맥팔레인이 손을 내밀며 조용히 말했다.

순간적으로 망설였지만, 이제와서 돌이킬 수도 없었다. 맥팔레인은 손가락 사이에 놓인 열쇠의 감촉을 느꼈을 때, 커다란 안도감의 미세한 흔적인 신경 떨림을 억누를 수 없었다. 그는 벽장을 열고 그 안에 들어 있는 펜과 잉크와 장부를 꺼냈다. 그러고는 시체 제공의 대가에 해당하는 액수만큼 서랍에서 꺼냈다.

"자, 이제 보게. 돈의 지급은 자네의 성실한 믿음에 대한 첫 번째 증거일세. 자네의 안전을 위한 첫 번계 단계지. 이제 두 번째 단계로 가서 일을 마무리 지으세. 장부에 금액을 써넣게. 그럼 자네 임무를 다했으니, 어느 누구도 따따부따하지 못할걸세." 그가 말했다.

페테스는 어떻게 해야 하나 잠시 고민했으나 곧바로 결정을 내렸고, 두려움도 사라졌다. 지금 당장 맥팔레인과의 싸움을 피할 수만 있다면, 앞으로 찾아올 어떤 어려움도 참아낼 수 있을 것 같았다. 그는 그동안 내내 들고 있던 촛불을 내려놓고, 평소처럼 장부에 날짜와 시체 종류, 거래 금액을 적었다.

"자, 이제, 돈을 주머니에 넣으면 공평해지는 거야. 난 이미 내 몫을 챙겼네. 말이 났으니 하는 말이지만 조그만 행운이라도 따르는 사람한테는 이득이 조금이라도 더 생기는 걸세. 그리고 말하기 뭣하지만, 이런 때 지켜야 할 행동규칙이 하나 있네. 절대로 누구한테 한턱을 낸다거나, 값비싼 교재를 산다거나, 해묵은 빚을 갚는다거나 하지 말게. 빌리기만 하고, 빌려주지는 말게."

"맥팔레인, 당신이 시키면 목이라도 내놓겠습니다." 페테스가 여전히 조금 쉰 목소리로 말했다.

"내가 시킨다고?" 맥팔레인이 소리쳤다. "왜 이래! 내가 옆에서 지켜봐서 알지만, 자네는 자기방어를 하기 위해 해야 할 일을 스스로 한 거야. 생각해보게. 나한테 문제가 생기면, 자넨 어떻게 될 것 같나? 이 두 번째 사소한 일은 분명히 첫 번째 일에서 비롯된 거야. 그레이 씨는 갤브레이스 양의 속편일 뿐이야. 시작하지 않았으면 멈출 일도 없었겠지. 시작했으면 시작한 일을 계속해야 하는 게 진리야. 사악한 자에게 휴식이란 없어."

눈앞이 캄캄해지는 끔찍한 느낌과 운명이 자신을 배신하고 있다는 생각이 이 불쌍한 학생의 영혼을 사로잡았다.

"맙소사!" 그가 소리쳤다. "도대체 내가 무슨 짓을 했다는 겁니까? 그리고 내가 언제 시작을 했습니까? 이성적으로 생각했을 때, 수업 조교가 되는 게 잘못된 일입니까? 봉사에는 지위가 필요하고 마땅히 지위를 가져야 합니다. '그'였어도 지금 '나' 같은 처지에 놓여 있을까요?"

"여보게, 친구." 맥팔레인이 말했다. "자넨 뭘 모르는군. 자네가 무슨 해를 입었나? 입 다물고 있으면 무슨 해를 입는단 말인가? 이렇게 사는 게 어떤 건지 자넨 알고 있나? 우리 같은 사람들은 두 부류로 나뉘어지네. 바로 사자와 양이네. 만약 자네가 양이면, 자넨 그레이나 제인 갤브레이스처럼 여기 이 탁자 위에 눕게 되는 거야. 그러나 만약 사자라면 자네는 살 수 있고, 나처럼 말을 탈 수도 있으며, K처럼, 그리고 재치와 용기를 가진 진짜 남자처럼 될 수 있는 거라고. 처음에 자넨 망설였지. 하지만 K를 봐, 이 친구야! 자넨 영리하고 용기도 있어. 난 자네를 좋아하고 K도 자네를 좋아해. 자네는 사냥에 재능이 있어. 내 명예를 걸고, 내 인생 경험을 통해서 말하지만, 사흘만 지나면 자넨 광대극을 보는 고등학생처럼 이 모든 허수아비들을 비웃게 될걸세."

이 말을 끝으로 맥팔레인은 동이 트기 전에 은밀하게 골목길을 따라 마차를 몰고 떠났다. 페테스는 후회하면서 그렇게 혼자 남게 되었다. 그는 자신이 아주 고약하고 위험천만한 일에 말려들었음을 깨달았다. 그는 자신이 이토록 나약했음을 알고, 또 계속 이렇게 양보하다 보니 맥팔레인의 운명을 결정할 수 있는 결정권자에서 맥팔레인의 공범으로 떨어진 자신의 처지를 깨닫고는 말로 표현할 수 없는 낭패감을 느꼈다. 그때 조금 더 용기를 냈더라면 상황이 조금은 달라졌을지 모르지만, 그는 언제나 용기 있게 행동할 수 없었다. 제인 갤브레이스의 일을 덮어둔 사실과 그레이의 거래를 가증스럽게도 장부에 기재한 사실 때문에 그는 침묵을 지킬 수밖에 없었다.

시간은 흘렀고, 학생들이 도착하기 시작했다. 불쌍한 그레이의 몸뚱이는 학생들한테 따로따로 나누어졌다. 어느 누구도 시체에 대해서 말하지 않았다. 러처드슨은 머리 부분을 받은 것에 아주 행복해했다. 수업이 끝나는 종소리가 울리기도 전에, 페테스는 그레이의 몸뚱이가 이미 안전한 곳으로 갔다는 소식에 기뻐서 몸을 떨었다.

이틀 동안 그는 보다 더 재미를 느끼면서 이 무시무시한 위장 과정을 지켜봤다.

사흘째에야 맥팔레인이 모습을 나타냈다. 그동안 아팠다고 말하고 나서 그는 학생들을 열정적으로 가르치며 빼먹은 수업 시간을 벌충했다. 특히 그는 리처드슨을 최대한 성심성의껏 도와주었고 도움이 될 만한 조언도 아끼지 않았다. 리처드슨은 강사의 칭찬에 고무되어 앞날에 대한 희망으로 잔뜩 부풀어 있었는데, 마치 학위 메달을 벌써 목에 건 것처럼 보였다.

일주일이 지나기도 전에 맥팔레인의 예언은 실현되었다. 페테스는 두려움을 이겨냈고 슬프고 끔찍한 기분도 잊었다. 그는 자신의 용기를 자랑하기 시작했으며, 그 이야기를 마음속에서 정리해보기도 했다. 그는 그 사건들을 되돌아보면서 병적인 자부심까지 느꼈다. 수업에 관련된 일을 할 때 말고는 공범자와 만날 일도 거의 없었다. 그들은 K한테 명령을 받을 때에는 함께 있었다. 그때는 사적인 대화도 한두 마디씩 했고, 맥팔레인은 줄곧 친절하고 유쾌하게 그를 대했다. 그러나 공통의 비밀에 대한 언급을 꺼리는 것은 분명했다. 심지어 페테스가 자신의 운명을 사자에 걸지 결코 양은 되지 않겠다고 속삭였을 때에도 맥팔레인은 조용히 있으라는 뜻으로 슬며시 웃을 뿐이었다.

마침내 둘의 관계가 좀더 가깝게 엉겨 붙게 되는 일이 벌어졌다. K는 또다시 시체가 부족하게 되었고 학생들도 간절히 원했다. 시체를 언제나 원활하게 공급하라는 요구는 선생이 가진 권리 가운데 하나였다. 때맞춰 글렌코스에 있는 시골 묘지에서 장례식이 열린다는 소식이 들려왔다. 문제의 장소는 오랜 세월이 지났어도 거의 변하지 않았다. 지금처럼 그때도 묘지는 사람들이 사는 곳에서 멀리 떨어진 샛길 가까이에 있었고, 시체는 여섯 그루 삼나무 이파리 밑에 깊숙이 묻혔다.

묘지 근처 언덕에서는 양들의 울음소리가 들려오고, 양쪽 밑으로는 작은 개울 두 개가 저마다 흐르고 있었다. 하나는 큰 소리를 내며 조약돌 사이로 흘렀고, 다른 하나는 이 연못에서 저 연못으로 조용히 흘러갔다. 꽃이 활짝 핀 늙은 밤나무 사이로 바람이 불었으며, 일주일에 한 번씩 울리는 교회 종소리와 성가대 선창자의 나이 든 음색만이 시골 교회 주위의 정적을 깨뜨렸다. 그즈음에는 '다시 살리는 자'로도 불렸던 이 시체도둑들은 그 마을 전통의 거룩한 신앙심 때문에 자기 일을 그만둘 사람들이 아니었다. 이들의 시체거래는 오래된 무덤에 장식된 글이나 추도식을 경멸하고 더럽히는 짓이었다. 그것은 참배하는 사람들과 슬퍼하는 사람들이 걸었던 길과 유족들이 사랑으로 가꾸어놓은 봉헌물과 비석을 망가뜨리는 짓이었다. 시체도둑들은 사랑으로 보다 끈끈하게 얽혀 있으며 혈연관계나 유대감을 통해 사회 전체가 하나의 교구로 단결된 시골 이웃들을 존경하는 마음으로 하던 일을 그만둘 종자들이 아니었으며, 오히려 쉽고 안전하게 일을 끝낼 수 있다는 점에서 시골을 더 좋아했다.

대지에 묻혀 아예 다른 방법으로 깨어나기를 즐겁게 기다리던 시체는, 램프 불빛 아래에서 두려움에 떨며 이루어지는 삽질과 곡괭이질을 통해서 성급하게 되살아난다. 관은 강제로 뜯기고 수의는 찢기며, 우울한 유적은 삼베 자루에 싸여 몇 시간이나 달빛도 없는 샛길을 덜컹거리며 달린 끝에, 결국은 입을 딱 벌리고 기다리는 학생들 앞에 가장 치욕적인 모습으로 드러나게 된다.

마치 죽어가는 양을 덮치는 두 마리 독수리처럼, 페테스와 맥팔레인은 녹색의 조용한 묘지의 무덤 위로 달려들 것이다. 단지 좋은 버터를 만들고 종교적인 경건한 대화만을 나누며 예순 해를 보냈던, 어느 농부의 아내는 한밤중에 무덤에서 파헤쳐져 발가벗겨진 채, 언제나 잘 차려입고 가고 싶어했던 먼 도시로 옮겨질 것이다. 그녀의 가족은 세상이 끝나는 날이 올 때까지도 텅 빈 무덤을 지키겠지만, 그녀의 순결하고 존엄한 신체는 해부학자의 끝없는 호기심 앞에 드러나게 될 것이다.

어느 늦은 오후, 두 사람은 망토를 잘 둘러쓰고 술병에 술을 가득 담아 길을 떠났다. 비가 계속해서 내리고 있었다. 앞이 보이지 않을 정도로 세차게 퍼붓는 차가운 비였다. 가끔 바람이 획획 불었지만, 쏟아지는 빗줄기는 그칠 줄 몰랐다. 그들이 하룻밤 묵어가려는 곳은 페니퀵만큼 멀리 떨어진 곳으로, 가져간 술을 전부 마셨지만 지루하고 조용한 여행길은 계속되었다. 가는 길에 그들은 교회 마당과 가까운, 덤불이 우거진 곳에 무덤을 파헤칠 때 쓸 도구를 숨기려고 한 번 멈췄다. 그리고 따뜻한 토스트를 먹기 위해, 또 한 번은 위스키 대신 맥주를 마시기 위해 피셔스 트리스트에 들렀다. 목적지에 도착해서 마차를 들여놓고, 말에게 먹이를 주고 쉬게 했다. 젊은 두 의사는 집주인이 마련해준 최고의 저녁 식사와 술이 차려진 별실에 앉았다. 그들이 앞으로 해야 할 춥고 힘든 일과는 전혀 어울리지 않는, 불빛과 모닥불의 따뜻한 열기, 창문을 두드리는 빗소리가 즐거운 저녁 식사에 묘미를 더해주었다. 술을 한 잔씩 마시면서 온화하고 화목한 분위기가 점차 고조되었다. 얼마 지나지 않아 맥팔레인은 동료에게 적지 않은 돈을 내밀었다.

"선물이네. 친구 사이에 이런 자그마한 숙박시설쯤이야 별것도 아니지만." 그가 말했다.

페테스는 돈을 집어넣으며 맥팔레인을 칭송하고 또 칭송했다.

"당신은 철학자입니다." 그가 소리쳤다. "당신을 알기 전까지 나는 얼간이였습니다. 당신과 K에게 영광을! 맹세코, 나도 진짜 남자로 만들어주시기를."

"물론 그렇게 되어야지." 맥팔레인이 손뼉을 쳤다. "남자? 이야기 하나 해주지. 자네 얘기를 들으니 어느 날 아침에 날 도와준 사람이 생각나네. 뚱뚱하고 시끄러운 마흔 살쯤 먹은 겁쟁이였어. 시체를 보더니 메스꺼운지 고개를 돌려버리더군. 하지만, 자넨 다르더군. 자네를 유심히 지켜봤는데, 고개를 꼿꼿이 쳐들고 있었어."

"물론, 당연하죠." 페테스가 으스대며 말했다. "나한테는 일도 아니었습니다. 그렇게 해봐야 방해만 되지 얻을 게 하나도 없거든요. 그렇게 하지 않았으니 이렇게 당신한테 선물도 받잖아요. 이거 보이죠?" 그는 돈이 찰랑거리게 주머니를 두드렸다.

맥팔레인은 이런 즐겁지 않은 이야기를 들으니 조금 불안해졌다. 이 젊은 동료한테 너무 많은 것을 가르쳐주었나 후회도 했지만 페테스가 계속해서 시끄럽게 허풍을 떨었기 때문에 그를 저지할 틈도 없었다.

"중요한 것은 두려워하지 말아야 한다는 거죠. 우리끼리 하는 말이지만, 나는 목을 매달고 싶지 않아요. 그게 현실적이죠. 그렇지만 맥팔레인, 난 치욕스럽게 태어났어요. 어린아이들은 지옥, 신, 악마, 선과 악, 원죄, 범죄, 그리고 미술관에 있는 모든 오래된 골동품을 무서워하죠. 하지만 당신과 나 같은 진짜 남자는 그런 것들을 무시하죠. 그레이를 추억하며 건배!" 이렇게 이야기를 나누다 보니 예정보다 시간이 조금 지나게 되었다.

부탁한 대로 양쪽을 램프로 환하게 밝힌 마차가 문 앞에서 기다리고 있었다. 젊은이들은 계산하고 길을 나섰다. 그들은 피블즈로 간다고 말하고는, 인가에서 멀어질 때까지 그쪽으로 달렸다. 그러더니 램프 불을 끈 다음, 처음에 가려고 했던 방향으로 마차를 돌려 목적지 글렌코스로 가는 샛길을 따라 달렸다. 그들이 탄 마차 소리만 들렸고, 비는 끊임없이 세차게 쏟아지고 있었다. 주위는 칠흑같이 어두웠다. 여기저기 보이는 하얀 대문과 흰 벽돌만이 조금씩이나마 앞으로 어둠을 가르고 나아갈 수 있도록 도와주었다. 그렇지만 그들은 어둠 속을 거의 걷다시피 더듬으며 기다시피 했다. 그래도 그들은 칠흑 같은 어둠 속을 지나면서, 종교의식이 행해지던, 외딴곳에 떨어진 목적지를 향해 조심스럽게 계속 나아갔다. 무덤 주변을 가로지르는 움푹 꺼진 숲에 다다르니 희미한 빛조차 사라졌다. 그래서 성냥을 그어 등불을 하나라도 다시 켜야 했다. 그렇게 그들은 바람에 움직이는 거대한 나무 그림자들로 둘러싸인, 물이 뚝뚝 떨어지는 나무 밑에 다다랐으나, 바로 그들이 부정한 일을 해야 하는 곳이었다.

그들은 모두 그런 일에 경험이 있어서 힘차게 삽질을 했다. 20분도 안 돼 삽이 관 뚜껑을 털컥하고 건드렸다. 바로 그 순간 맥팔레인은 실수로 돌에 손을 다쳤고, 그 돌을 집어 무심코 머리 위로 던졌다. 어깨높이까지 파내려간 그 무덤은 공동묘지 거의 위쪽 막바지에 있었다. 그리고 마차의 램프는 작업을 쉽게 할 수 있도록 잘 비추려고, 시냇가로 내려가는 비탈진 강기슭 가장자리에 있는 나무에 기대 세워놓았다.

우연하게도 돌이 목표물을 맞추고 말았다. 유리 깨지는 소리가 들렸으며, 갑자기 주위가 어두워졌다. 이어서 램프가 강기슭 아래로 굴러내려가며 나무에 부딪치는 둔탁한 소리와 쨍그랑하는 소리가 번갈아 들렸다. 굴러내려 가는 램프에 부딪힌 돌멩이 한두 개가 뒤를 이어 깊은 계곡 아래로 굴러떨어지는 소리가 들렸다. 어둠과 함께 다시 정적이 찾아왔다. 혹시 무슨 소리라도 들려올까 잔뜩 귀를 기울였지만, 몇 킬로미터에 걸쳐 펼쳐진 드넓은 땅 위로 바람을 가르며 쏟아지는 빗소리 말고는 아무 소리도 들리지 않았다. 혐오스러운 일이 거의 끝나가고 있었기 때문에, 그들은 그냥 어둠 속에서 일을 마무리하는 게 낫겠다고 판단했다. 관을 파내고 뚜껑을 부쉈다. 그리고 물이 뚝뚝 떨어지는 자루에 시체를 담아 마차로 옮겼다. 한 사람은 시체 자루를 제자리에 놓기 위해 마차 위로 올라갔고, 다른 사람은 말고삐를 잡았다. 그들은 벽과 덤불을 더듬으며 천천히 나아가더니 피셔스 트리스트 옆 조금 더 넓은 길에 다다랐다. 어디선가 불빛이 희미하게 비쳤다. 그들은 그 희미한 불빛이 햇빛이나 되는 듯 환호했다. 그 불빛 덕에 빠르게 말을 몰 수 있었고, 도시를 향해 즐겁게 달려가기 시작했다.

두 사람 모두 시체를 파내느라 온몸이 흠뻑 젖어 있었다. 그런데 깊게 파여 있던 바퀴자국 때문에 마차가 갑자기 튀어 올랐다. 그러자 그들 사이에 비스듬하게 세워둔 시체 자루가 한 번은 한쪽으로, 또 한 번은 반대쪽으로 쓰러졌다. 그들은 그 끔찍한 것이 계속해서 반복적으로 그들의 몸에 닿을 때마다 저마다 본능적으로 재빨리 그것을 밀쳐냈다. 그 과정은 아주 자연스러운 것이었지만, 그들로서는 신경이 쓰이기 시작했다. 맥팔레인이 농부 아내에 대해서 몇 마디 농담 비슷하게 험한 말을 퍼부었으나 곧 잠잠해졌고, 그들은 다시 침묵에 빠져들었다. 시체 자루는 여전히 이쪽저쪽으로 부딪쳤다. 시체 머리 부분이 마치 비밀 이야기라도 하듯 그들 어깨 위에 기대기도 했고, 흠뻑 젖은 삼베자락이 차갑게 그들 얼굴에 부딪히기도 했다. 페테스의 마음속에는 은근히 오싹한 기분이 들기 시작했다. 그는 시체 자루를 살펴보았는데, 어쩐지 처음보다 조금 커진 것 같았다. 가깝고 멀고를 떠나 시골 곳곳에서, 농장 개들이 시끄럽게 짖어대는 소리가 그들을 따라왔다.

어떤 이상한 기적 같은 일이 벌어지는 듯한 기분이 들다 보니 시체에도 어떤 알 수 없는 변화가 생긴 것 같았고, 개들이 사납게 짖는 것도 그들이 옮기는 불경스러운 짐에 대한 두려움 때문인 듯싶었다.

페테스가 힘겨운 목소리로 겨우 말했다. "빌어먹을, 불을 켭시다!"

맥팔레인도 같은 기분을 느낀 것 같았다. 비록 대답은 없었지만, 말을 세웠기 때문이다. 그는 페테스에게 고삐를 넘겨주고는 마차에서 내려 남아 있는 램프에 불을 붙였다. 그때 그들은 겨우 오헨클리니로 내려가는 갈림길에 도착했다.

대홍수가 다시 찾아오기라도 한 듯 비가 여전히 세차게 퍼붓고 있는 어두운 밤에 불을 붙이는 게 쉽지는 않았다. 마침내 일어난 파란 불꽃을 심지에 옮기자 불꽃이 점점 커지더니 선명하게 타오르기 시작했다. 불빛은 마차 주위로 넓은 원을 그리며 흐릿하게 비추었다. 두 젊은이는 서로의 얼굴을 볼 수 있었고, 그들 사이에 놓인 짐도 볼 수 있었다. 거친 삼베 자루는 비에 젖어 있어서 안에 담긴 시체 윤곽이 고스란히 드러나 있었다. 머리 부분은 몸통과 분명히 구분되었고 어깨 윤곽도 분명히 드러났다. 그들은 마치 유령에 홀린 듯 동시에 그들의 무시무시한 동료를 주시했다.

맥팔레인은 램프를 든 채 꼼짝도 못하고 서 있었다. 뭐라 말할 수 없는 두려움이 물기가 스며드는 것처럼 시체 주위에 널리 퍼졌다. 그것을 본 페테스는 얼굴이 하얗게 질려 있었다. 의미를 알 수 없는 두려움과 한 번도 느껴보지 못한 공포가 계속해서 솟아올랐다. 또 다른 무엇인가를 보고 그가 말하려 했지만 동료가 그를 앞질렀다.

"저건 여자가 아니야." 맥팔레인이 낮은 목소리로 말했다.

"우리가 넣었을 땐 분명히 여자였어요." 페테스가 속삭였다.

"램프를 들고 있어봐, 얼굴을 확인해야겠어." 맥팔레인이 말했다.

페테스가 램프를 받아들자, 맥팔레인은 동여맨 끈을 풀고 자루를 머리에서부터 벗겨냈다. 불빛은 어둠속에서 선명하게 비추었다.

뚜렷이 드러난 얼굴 윤곽, 깔끔하게 수염을 깎은 두 볼은 두 젊은이 꿈속에 자주 나타났던 너무나도 낯익은 얼굴이었다. 찢어질 듯한 비명이 어둠 속에 울려 퍼졌으며, 두 사람은 따로따로 길 위로 뛰어내렸다. 램프가 굴러떨어져 부서지며 불이 꺼졌다. 이런 별난 소동에 놀란 말이 뛰어오르더니, 마차에 유일하게 남은 승객을 태운 채 에든버러를 향해 미친 듯이 달리기 시작했다. 그것은 오래전에 죽어 해부되었던 그레이의 시체였던 것이다.

Will O'the Mill
물레방앗간의 윌

물레방앗간의 윌

평원과 별

윌이 양부모와 함께 살던 물레방앗간은 높은 산과 소나무숲 사이에 있는 골짜기에 있었다. 위쪽으로는 많은 언덕이 빼곡한 숲을 뚫고 높게 솟구쳐 하늘을 향해 있는 그대로 솟아 있었고, 조금 더 위쪽으로 나무가 우거진 산 중턱에는 한 외딴 마을이 솔기나 한 줄기 안개처럼 멀리까지 뻗어 있었다. 바람이 좋을 때면 윌은 마을에서 가볍고 희미하게 울리는 종소리를 들을 수 있었다. 아래쪽으로는 계곡이 점점 더 가팔라지는 동시에 양옆으로 넓어졌다. 그리고 물레방앗간 옆 언덕에서는 계곡 전체와 저 멀리 계곡 너머로 이 도시에서 저 도시로 강물이 반짝이며 굽이쳐 바다로 흘러가는 넓은 평원을 볼 수 있었다. 우연하게도 이 계곡 위쪽에는 이웃 나라로 통하는 길이 하나 나 있었다. 강 옆을 따라 난 조용한 시골길이었지만, 화려하고 활력 넘치는 두 사회를 잇는 중요한 도로였다. 여름 내내 여행용 마차가 천천히 올라오거나, 물레방앗간을 지나 아래로 거꾸러지듯이 달음질쳐 내려갔다. 그리고 우연하게도 건너편 길은 올라오기가 훨씬 더 쉬워서, 그 길은 아래로 내려가는 사람을 빼면 오가는 이가 거의 없었다. 윌이 보았던 마차 여섯 대 가운데 다섯 대는 아래로 달음질쳐 내려갔고, 겨우 한 대만 천천히 올라왔다.

걸어서 여행하는 사람들은 더 심했다. 가볍게 차려입은 여행객들과 외국 물건을 짊어진 상인들은 길옆에 흐르는 강물처럼 아래로만 내려갔다. 이게 전부가 아니었다. 윌이 어렸을 때 세계 대부분 지역에서 비참한 전쟁이 벌어졌다. 신문에는 승전과 패전 소식이 가득했고, 땅 위에는 기병대 말발굽 소리가 진동했다. 선량한 민중은 전쟁이라는 혼란에 겁을 먹고 며칠 동안이나 멀리까지 밭일을 나가지 못했다. 이런 와중에도 골짜기에서는 오랫동안 이 소식을 들을 수 없었는데 결국 어떤 지휘관이 그 길을 통해 군대를 이동시켰고, 사흘 동안 말과 사람과 대포, 폭약을 실어나르는 이륜마차, 드럼, 군대 깃발 등이 물레방앗간을 지나 아래로 물밀듯 밀려 내려갔다. 소년은 눈 주변이 검게 타고, 면도를 하지 않은 창백한 얼굴에 색 바랜 군복 차림으로 발맞춰 행진하는 군인들과, 그들이 든 찢어진 군기가 지나가는 것을 온종일 서서 바라보면서 싫증이나 연민을 느꼈으며, 때로는 놀라기도 했다. 잠자리에 들어서도 밤새도록 물레방앗간을 지나 앞으로 아래로 내려가는 대포의 울림과 거친 발소리, 거대한 군 장비가 휩쓸고 지나가는 소리를 들어야 했다. 그렇지만 그런 혼란의 시대에도 그들은 소문이 미치지 않는 곳에 살았기 때문에 골짜기에 사는 어느 누구도 이 원정대의 운명에 대해서는 알지 못했다.

하지만 윌은 그들 가운데 어느 누구도 돌아오지 않았다는 한 가지 사실만은 분명히 알고 있었다. 그들은 모두 어디로 가버린 걸까? 여행객들과 외국물건을 짊어진 상인들은 모두 어디로 가는 걸까? 마차 뒷좌석에 하인을 태우고서 바쁘게 나아가던 네바퀴 포장마차는 모두 어디로 가버린 걸까? 강물은 언제나 아래로 빠르게 흘러 내려가고 언제나 위에서부터 시작되는 걸까? 바람까지도 골짜기 아래로 부는 때가 더 많았으며, 가을에는 떨어진 잎들도 바람에 실려 아래로 내려갔다. 그것은 마치 생물과 무생물의 커다란 음모처럼 느껴졌다. 모든 것이 빠르고 즐겁게 아래로 내려가고, 윌만 길가 돌멩이처럼 혼자 남은 것 같았다. 강물을 거슬러 고개를 내미는 물고기를 볼 때면 기쁘기까지 했다. 다른 모든 것이 낯선 세계로 내려갔던 데 반하여 물고기만은 충실하게 그 옆에 서 있는 듯싶었다.

어느 날 저녁 그는 강물이 어디로 흘러가느냐고 양아버지인 물레방앗간 주인에게 물었다.

"골짜기 아래로 흘러 많은 물레방아를 돌리지. 여기에서 언더데크까지 물레방아가 120개 있다더라. 그러면서도 결코 지치지 않지. 그런 다음 낮은 땅으로 흘러 넓은 곡창지대를 이루고, 멋진 도시의 풍광을 따라 흐르지. 그런 도시에는 문 앞에 서서 눈알을 아래위로 굴리는 보초가 있고 왕이 혼자 사는 훌륭한 궁전이 있다더라. 그리고 물결을 내려다보며 이상한 미소를 짓는 석상이 있고, 사람들도 난간에 팔을 기대고 강물을 내려다보는, 다리 밑으로도 흘러가는데, 계속 흐르고 흘러 늪과 모래밭 밑을 지나 인도에서 앵무새와 담배를 싣고 온 배가 떠 있는 바다로 흘러간다더라." 양아버지가 대답했다.

"바다가 뭐예요?" 윌이 물었다.

"바다!" 물레방앗간 주인이 외쳤다. "아, 신이시여, 그건 신이 만든 가장 큰 것이지. 세상의 물이 모두 흘러들어 만들어진 큰 소금 연못이지. 그건 내 손바닥처럼 평평하고 어린아이처럼 때묻지 않았지만, 바람이 불면 우리 동네 그 어떤 산보다 더 높고 큰 파도가 되어 우리 물레방앗간보다 더 큰 배를 집어삼키기도 하고, 으르렁거리는 소리는 바다에서 멀리 떨어진 육지에서도 들을 수 있다더라. 거기에는 황소보다 다섯 배나 더 큰 물고기가 있고, 사람처럼 수염이 있고 머리에는 은빛 왕관을 쓴, 강물만큼 길고 이 세상만큼 나이 든 늙은 뱀이 있다더라."

윌은 지금까지 이런 이야기를 한 번도 듣지 못했다. 그래서 온갖 모험과 놀라움으로 가득한 강 아래 세상에 대해서 계속 물어보았고, 늙은 물레방앗간 주인은 자신도 흥미를 느껴 윌의 손을 잡고 골짜기와 평원이 내려다보이는 언덕으로 그를 데리고 갔다. 구름 한 점 없는 맑은 하늘에 이제 막 지기 시작한 해가 낮게 걸려 있었다. 모든 것이 황금빛으로 물들어 밝게 빛나고 있었다. 윌은 지금까지 그렇게 드넓은 대지를 한 번도 본 적이 없었기에 그저 서서 바라보며 놀라워할 뿐이었다. 윌은 도시와 숲과 밭, 반짝이는 강물의 굴곡, 저 멀리 빛나는 하늘까지 뻗은 지평선을 바라보았다. 제어하기 어려운 감격이 소년의 마음과 몸을 사로잡았다. 심장은 숨 쉴 수 없을 만큼 빨리 뛰었고, 눈앞에 펼쳐진 광경 때문에 현기증이 났다. 태양이 바퀴처럼 빙빙 돌았고, 생각만큼 빠르게 사라지는 뒤집힌 것 같은 이상한 형태의 빛을 내뿜었으며, 그것은 곧바로 다른 형태의 빛으로 바뀌는 듯했다. 윌은 두 손으로 얼굴을 가리고 왈칵 울음을 터뜨렸다. 가난한 물레방앗간 주인은 애처롭게도 실망하고 당황하여, 그를 안고서 조용히 집으로 데리고 가는 수밖에 없었다.

그날 뒤로 윌은 새로운 희망과 동경을 가슴속에 가득 품게 되었다. 어떤 무엇이 그의 심금을 울렸다. 흘러가는 물을 보며 몽상에 잠길 때면 강물은 그의 바람을 함께 데려갔고, 바람은 수없이 많은 나무 꼭대기 위로 스쳐가면서 그에게 격려의 말을 건넸다. 나뭇가지는 아래로 손짓했고, 구불구불 뻗어가다 점점 더 가파르게 골짜기 아래로 사라지는 탁 트인 길은 그를 유혹했다. 그는 물레방앗간 옆 언덕 위에서 넓게 펼쳐진 기름진 낮은 지대와 강물을 바라보며, 또는 느리게 부는 바람을 타고 움직이면서 보라색 그림자를 평원에 드리우는 구름을 바라보며 오랜 시간을 보내거나, 길가를 서성거리며 강을 따라 덜컹덜컹 내려가는 마차를 눈으로 좇았다. 그것이 무엇이든 상관없었으니, 구름이든, 마차든, 새든, 흙탕물이든, 아래로 내려가는 모든 것을 열렬히 동경하면서 그들을 좇아 그의 마음도 함께 흘러 내려가는 것 같았다.

선원들이 바다에서 온갖 모험을 겪거나, 오랜 역사가 하찮은 먼지와 소문으로 굴러떨어지는 한 민족이나 부족의 쇠퇴는 복잡한 이유에서 비롯된 것이 아니라, 수요공급 법칙과 싼 식량을 얻기 위한 어떤 자연적인 본능에서 시작되었다고 과학자들은 말한다. 깊게 생각하는 사람에게 이것은 멍청하고 옹색한 설명일 것이다. 북쪽과 동쪽에서 몰려온 부족은, 설령 그들이 그 뒤의 다른 부족에게 밀려왔다고 해도, 동시에 남쪽과 서쪽이 그들의 마음을 끌어당겼을 테고, 그 영향을 받아 몰려왔던 것이다. 다른 나라의 평판이 그들에게 닿았고, 그래서 그들도 영원한 도시의 명성을 들었다. 그들은 이주민이 아니라 순례자다. 그들은 술과 황금과 햇살을 찾아 이동했지만, 그들의 마음은 더 높은 어떤 곳에 있었다. 그 신성한 불안, 모든 위대한 업적과 비참한 실패를 만드는 인간 본연의 오랜 쓰라린 고통, 이카로스의 날개를 펴게 하거나 콜럼버스를 황량한 대서양으로 떠나게 했던 어떤 것이, 그토록 위험한 행진을 할 수 있도록 이 야만인들을 격려하고 도와주었다. 그들의 정신을 잘 나타내는 전설이 하나 있다. 이 유랑인들 가운데 한 무리가 서둘러 이동하다가 쇠신발을 신은 한 노인을 만났다. 노인은 그들에게 어디로 가느냐고 물었고, 그들은 한목소리로 '영원의 도시로 간다'고 대답했다. 노인은 근엄하게 그들을 바라보며 말했다. "나도 이 세상 거의 모든 곳을 돌아다니며 그곳을 찾았소. 이번 순례 여행 동안 나는 지금 내가 신은 것과 똑같은 신발을 세 켤레나 더 신었으며, 이제 네 번째 신발도 점점 작아지고 있지만, 지금까지도 나는 그 도시를 찾지 못했소." 노인은 놀라워하는 그들을 남겨둔 채 돌아서서 자기 갈 길을 가버렸다.

하지만 이런 이야기도 평원을 동경하는 윌의 강렬한 마음에 비할 바가 못될 것이다. 그렇게 먼 곳까지 나갈 수만 있다면 눈은 깨끗하게 밝아지고, 귀는 더욱 예민해지며, 숨 쉬는 것까지 편안해질 것 같았다.

그는 옮겨 심어진 나무였고, 지금 있는 곳에서 시들어가고 있었다. 낯선 땅에 누워 고향을 그리워하며 아파했던 것이다. 그는 저 아래 세상에 대한 단편적인 생각을, 장엄한 바다로 나갈 때까지 쉬지 않고 흐르며 불어나는 강물과, 아름다운 사람들이 활기 넘치게 살고, 분수와 악단과 대리석 궁전이 있고, 밤이면 끝에서 끝까지 황금빛 인공별이 켜지는 도시에 대한, 훌륭한 교회와 약삭빠른 대학에 대한, 정예부대와 금고에 저장된 셀 수 없이 많은 돈에 대한, 벌건 대낮에 벌어지는 악행에 대한, 은밀하고 재빠르게 벌어지는 한밤의 살인에 대한 단편적인 생각을 조금씩 짜맞추었다.

나는 그가 고향을 그리워하며 아파했다고 말했는데, 잘못된 표현이다. 그것은 태어나기 전 형태 없는 어스름 속에 누워서 빛깔과 소리가 풍부한 생명의 세계로 애정 어린 손길을 내뻗는 어떤 것과 같다. 그가 불행한 것은 당연하다. 그는 강가에 나가 물고기한테 말을 건네곤 했다. 비록 물고기는 생존본능에 충실하도록 만들어져서, 지렁이나 흐르는 물, 비탈진 둑 밑의 구멍만을 바랄 뿐이나 그는 물고기와는 다르게 만들어져서 겉으로 봐서는 도저히 만족할 수 없는 온 세상의 변화무쌍한 모습을 보고 싶어하고 만지고 싶어하는 욕망과 열망으로 가득했다. 참된 삶, 진짜 밝은 햇살은 저 멀리 평원에 있었다. 아! 죽기 전에 한 번만이라도 그 빛을 볼 수 있다면! 저 황금빛 땅을 즐겁게 걸을 수 있다면! 재능을 갈고닦은 가수의 노래와 달콤한 교회 종소리를 들을 수 있다면! 휴일 정원 풍경을 볼 수 있다면! 그는 외쳤다. "아, 물고기야 너희는 코를 하류로 돌리기만 하면, 전설의 바다로 쉽게 헤엄쳐 머리 위로 구름처럼 지나가는 거대한 배를 볼 수도 있고, 커다란 파도가 만들어내는 음악을 온종일 들을 수도 있겠지!" 그러나 물고기는 그들이 가고자 하는 쪽만 끈기 있게 바라보고 있어서, 윌은 웃어야 할지 울어야 할지 도무지 알 수 없었다.

지금까지 윌은 그 길을 통해 자기 곁을 스쳐 지나가는 것을 마치 그림 속에서 볼 수 있는 것으로 여겼다. 그는 아마도 여행자들과 인사를 나누거나, 마차 창문으로 여행 모자를 쓴 노신사를 봤을 테지만, 지나가는 것들 대부분이 그에게는 조금 떨어져서, 미신에 사로잡힌 듯한 느낌으로 바라보는 하나의 상징 같은 것일 뿐이었다. 그런데 마침내 이것이 바뀔 때가 왔다. 나름대로 욕심도 많았고 합법적인 돈벌이 기회는 결코 무시하지 않았던 물레방앗간 주인은 그가 살던 물레방앗간을 길가의 작은 여관으로 바꾸었다. 때맞추어 행운이 몇 번 찾아왔고, 마구간을 세워 역참*1 주인이 되었다. 이제 윌은 물레방앗간 정원 위쪽 정자에 앉아 아침을 먹는 사람들의 시중을 들게 되었다. 물론 윌은 오믈렛이나 술을 나르면서 바깥세상의 새로운 소식에도 귀를 기울여 많이 들어 알게 되었다. 그뿐만 아니라, 때로는 혼자 온 손님과 대화를 나누거나 노련하게 질문도 하고, 공손하게 이야기를 들어주며 호기심을 채웠고, 여행자들의 호감도 샀다. 많은 사람이 노부부에게 윌을 칭찬했고, 어떤 교수는 그를 평원으로 데려가 정식으로 가르치고 싶어했다. 물레방앗간 주인 부부는 깜짝 놀라면서도 그 이상으로 기뻐했으며, 여관을 개업한 것이 아주 잘한 일이라고 생각했다. 노인은 말하곤 했다. "당신도 아는 것처럼, 저 아이는 여관 주인이 될 재능을 타고난 것 같아. 아마 다른 어떤 것은 되지 못할 거야!" 그렇게 계곡에서의 삶은 흘러갔고, 모든 이가 아주 만족해 했지만, 윌은 그렇지 않았다. 여관문을 나서는 모든 마차는 자신의 일부를 함께 데려가는 것 같았다. 사람들이 농담으로 태워주겠다고 할 때도 흥분을 억누르기 어려웠다. 매일 밤 그는 평원으로 그를 데려갈 훌륭한 마차가 문밖에서 기다리는 꿈을 꾸다가 시끄러운 하인들 때문에 잠에서 깨고는 했다. 처음에는 굉장히 즐거웠던 그 꿈이 심각하게 느껴지기 시작했고, 나중에는 밤의 호출과 그를 기다리는 마차가 그의 마음속에 두려움과 희망을 함께 가져다준 어떤 것으로 자리 잡았다.

윌이 열여섯 살쯤 되던 어느 날, 뚱뚱한 젊은이 하나가 저녁에 도착해서 하룻밤을 묵었다. 그는 서글서글한 눈매와 편안해 보이는 인상이었고, 배낭을 메고 있었다. 저녁이 준비될 때까지 그는 정자에 앉아 책을 읽고 있었지만, 윌을 보자마자 책을 내려놓았다. 분명히 그는 책 속의 박제된 인물보다 살아 있는 사람을 더 좋아했다. 윌 또한 처음 보았을 때에는 이 낯선 사람한테 그다지 관심이 없었지만, 온화함과 양식으로 가득 찬 그의 이야기에 큰 재미를 느끼기 시작했고, 마침내 그의 성품과 지혜를 존경하게 되었다. 그들은 밤늦도록 앉아서 이야기를 나누었고, 윌은 새벽 2시에 자기는 정말로 이 골짜기를 떠나고 싶고 평원의 도시에 대해 얼마나 밝은 동경을 품고 있는지,

*1 중앙과 지방 사이에 설치된 교통 통신 기관.

젊은이에게 속내를 털어놓았다. 젊은이는 휴! 하고 한숨을 쉬더니 싱긋 웃었다.

"이봐 젊은 친구, 확실히 자넨 호기심이 많은 사람이네. 자네는 결코 손에 넣을 수도 없는 많은 것을 바라고 있어. 자네가 상상하는 그 동화 같은 도시에 사는 나이 어린 친구들이 산으로 오고 싶어 괴로워하면서 마찬가지로 어리석은 짓을 저지르고 있다는 사실을 알게 되면, 자넨 틀림없이 무척 부끄러워할 거야. 그리고 잘 들어두게. 저 평원으로 내려간 사람들도 그곳에 잠깐 있으면 진심으로 다시 돌아오고 싶어한다네. 공기가 맑고 깨끗한 것도 아니고 햇살이 더 밝은 것도 아니라네. 미남 미녀들의 경우 많은 사람들이 누더기를 걸치고 있을 뿐만 아니라 신체장애 때문에 몸이 기형임을 알게 될 거야. 그리고 도시는 가난하고 감성적인 사람이 살기 힘든 곳이기 때문에 많은 사람들이 스스로 목숨을 끊는다네." 그가 말했다.

"당신은 나를 무척 단순한 사람으로 생각하는군요. 내 비록 이 골짜기 밖으로 나간 적은 없지만, 나를 믿어주세요. 나도 눈은 있습니다. 한 놈이 다른 놈을 어떻게 잡아먹고 사는지 잘 압니다. 이를테면 물고기는 동료를 잡아먹으려고 소용돌이를 일으키고, 양치기는 단지 저녁을 먹으려고 양을 집으로 몰고 가며 그림 같은 풍경을 만드는 것입니다. 나도 당신이 살던 도시의 모든 것이 좋으리라 기대하지 않으며, 그것 때문에 괴로운 것도 아닙니다. 한때는 그랬을지도 모릅니다. 비록 이곳을 벗어난 적은 없지만, 최근에는 많이 묻고 배워서 오래된 환상에서 확실히 벗어났습니다. 당신은 내가 좋은 것이든 나쁜 것이든 볼 수 있는 것을 못 보고, 남들 하듯이 하지도 못하면서 개처럼 살다가 죽었으면 좋겠습니까? 이 길과 저 강물 사이에서 일생을 보내며, 나만의 삶을 찾고 좇고자 하는 노력도 하지 않으며 살았으면 좋겠느냔 말입니다. 지금 내가 하는 일에서 벗어나지 못하고 다람쥐 쳇바퀴 돌듯 살 바에야 차라리 이 자리에서 죽는 게 낫겠네요." 월이 말했다.

"수많은 사람이 자네처럼 살다가 죽는다네. 그런데도 그들은 행복해한다고." 젊은이가 말했다.

"아! 나처럼 살기를 바라는 사람이 그렇게 많다면, 왜 누구도 내 자리를 차지하려고 하지 않는 겁니까?" 월이 말했다.

밤이 깊어 정자에 매단 등불이 식탁과 두 사람 얼굴을 비추었고, 격자무늬 울타리의 아치를 따라 매달린 나뭇잎이 밤하늘을 배경으로 밝게 빛나고 있었다. 그것은 어두운 자줏빛 바탕 위에 만들어진 투명한 초록색 무늬였다. 뚱뚱한 젊은이가 일어서서 윌의 팔을 잡고 그를 하늘이 보이는 곳으로 데려갔다.

"별을 바라본 적이 있겠지?" 하늘을 가리키며 그가 물었다.

"자주 보죠." 윌이 대답했다.

"별이 무엇인지 알고 있나?"

"많은 상상을 했습니다."

"별은 우리 지구와 같은 세계라네. 어떤 것은 지구보다 작지만, 대부분은 지구보다 1백만 배나 더 크지. 자네가 보는 저 반짝이는 작은 별 가운데 어떤 것은 단지 하나의 떠돌이별이 아니라 우주 한가운데에서 서로 주위를 빙빙 도는 별무리라네. 우리는 저 별 속에 무엇이 있는지 모르지. 혹시 우리가 가진 모든 고민에 대한 해답이나 모든 아픔을 치유해주는 것이 그곳에 있을지도 모르지만, 우리는 아직 그곳에 갈 수 없다네. 제아무리 기술이 뛰어난 사람도 지구에서 가장 가까운 별이라 해도 그곳으로 갈 수 있는 배를 만들지는 못할 뿐만 아니라 그 여행을 견뎌낼 만큼 오래 살 수 있는 사람도 없어. 큰 전쟁에서 졌을 때도, 가까운 친구가 죽었을 때도, 기쁠 때나 슬플 때도, 저 별은 끊임없이 우리 머리 위에서 빛나고 있지. 우리가 여기 서서 떼를 지어 심장이 터져라 외쳐도, 저기에서는 한마디도 들리지 않는다네. 아무리 높은 산에 올라도 저곳에 가까워진 것은 아닐세. 우리가 할 수 있는 일은 여기 정원 아래에 서서 모자를 벗는 것뿐이라네. 그리고 별빛이 우리 머리 위에 빛을 비추면, 내 머리는 조금 벗겨졌는데, 그 머리가 어둠 속에서 빛나는 것을 볼 수 있을 거야. 산과 쥐의 관계, 그것이 아르크투르스*2나 알데바란*3과 우리의 관계와 같은 것이라네. 자네는 비유를 들 줄 아나?" 그가 윌의 어깨에 손을 얹으며 덧붙였다. "비유는 논리적인 설명과는 다르지만 설득력이 엄청나지."

윌은 고개를 약간 숙였다가 하늘을 향해 다시 고개를 들었다. 별이 팽창하면서 더욱 밝은 빛을 내뿜는 것 같았고, 더 높이 눈을 들어 쳐다보니 수없이

---

*2 목동자리 가장 큰 별.

*3 황소자리 1등별.

많이 늘어나는 것처럼 보였다.

"알았습니다." 윌이 젊은이 쪽으로 돌아서며 말했다. "우리는 쥐덫에 갇혀 있는 셈이군요."

"그 정도 크기지. 다람쥐 쳇바퀴 도는 걸 본 적 있나? 그리고 다른 다람쥐가 도토리를 물고 철학자처럼 앉아 있는 걸 본 적 있나? 어느 쪽 다람쥐가 더 멍청하게 보이는지 물어볼 필요도 없겠지."

목사의 딸 마저리

몇 년 뒤에 노부부가 죽었다. 양아들의 정성 어린 간호와 조용한 애도 속에 어느 겨울 두 사람 모두 죽었다. 방랑을 꿈꿔왔던 윌의 이야기를 들어본 사람이라면 그가 서둘러 재산을 처분하고 운명을 개척하기 위해 강 아래로 내려갔을 것이라고 생각할 것이다. 그러나 윌은 전혀 그런 의도를 보이지 않았으며, 여관업의 기반을 보다 튼실하게 다지기 위해 자신을 도와 그 일을 함께 해나갈 하인을 두어 명 고용했다. 그리고 그곳에 정착했다. 그는 신발을 벗은 키 190센티미터에 체격이 건장하고 목소리가 다정하며, 친절하고, 수수께끼 같은 젊은 청년이 되었다. 그는 곧 그 지역에서 조금 별난 사람으로 평가받기 시작했는데, 언제나 많은 생각을 했으며 가장 평범하고 상식적인 일에도 끊임없이 의문을 품었던 그였기에 애당초 이상한 일도 아니었다. 그러나 그에 관한 가장 시끄러웠던 소문은 그가 목사의 딸 마저리에게 청혼했던 이상한 사건이었다.

목사의 딸 마저리는 윌이 서른 살쯤 됐을 때, 열아홉 살쯤 된 아가씨였다. 그녀는 예뻤고, 가풍에 어울리게 그 지역 다른 어느 여자아이보다 더 많은 교육을 받았다. 그녀는 눈이 아주 높아서 이미 몇 군데 청혼을 오만한 태도로 거절해서 이웃들 사이에서는 평판이 좋지 않았다. 그런데도 그녀는 모든 남자가 좋아할 만한 훌륭한 아가씨였다. 윌은 그녀를 자주 보지 못했다. 교회나 목사관과 그의 집 사이의 거리는 겨우 3킬로미터였으나, 일요일에만 그곳에 갔기 때문이다. 그런데 우연히 목사관이 파손되어 철거를 해야 했다. 목사와 딸은 한 달 남짓, 저렴한 가격으로 윌의 여관에 묵었다. 우리 친구는 여관과 물레방앗간, 양부모의 저축으로 부자가 되었다. 게다가 그는 성품도 좋고 영리하다는 평가를 받았다. 그것은 결혼하는 데 가장 중요한 부분이었다. 그래서 남이 못되기를 비는 사람들 사이에서는, 목사와 딸이 그들의 임시 거처를 아무 생각 없이 정한 게 아니라는 소문이 돌았다. 윌은 꼬임이나 위협에 넘어가 결혼을 할 사람이 아니었다. 호수처럼 맑고 고요하며, 속에서 우러나오는 것 같은 밝은 빛을 가진 그의 눈을 본다면, 그가 자신의 마음을 잘 알고 있고, 또 꿋꿋하게 굽히지 않으리라는 것을 알게 되리라. 마저리도 결코 약해 보이지 않았다. 강인하고 한결같은 눈초리로 의연하고 차분하게 행동했다. 결국 둘 가운데 누가 더 확고하게 버티는지, 결국에는 두 사람 가운데 누가 그 결혼을 주도적으로 이끌게 될지 궁금하게 여길 만했다. 그러나 마저리는 그런 생각을 한 번도 해보지 않았고, 어떤 경우에도 흔들리지 않는 순수함과 무관심으로 아버지를 따라왔던 것이다.

철은 아직 일러, 손님이 아주 드물었다. 하지만 라일락꽃이 피고 날씨도 따뜻해서, 그들은 강물 소리와 숲 속에서 울려 퍼지는 새 소리를 들으며 정자에서 식사를 했다. 윌은 곧 이런 식사 자리에 특별한 즐거움을 느끼기 시작했다. 목사는 밥상머리에서 조는 버릇이 있어서 조금 따분한 대화 상대였다. 그러나 실례가 되거나 험한 말은 하지 않았다. 목사의 딸에 대해서 말한다면, 그녀는 더없이 우아한 모습으로 주위와 어울렸다. 그리고 그녀가 하는 말은 모두 아주 거침없고 훌륭했기 때문에 윌은 그녀의 재능이 대단하다고 생각했다. 그녀가 앞으로 고개를 숙였을 때, 우뚝 솟은 소나무숲을 배경으로 그녀의 얼굴을 볼 수 있었다. 그녀의 눈은 평온하게 빛났고, 머리 주위에는 스카프를 두른 것처럼 빛이 비쳤다. 미소를 짓지는 않았지만 그녀의 하얀 볼이 주름졌고, 윌은 즐거워 어쩔 줄 모르며 그녀를 바라보는 눈길을 거두지 못했다. 아무런 말을 하지 않더라도 그녀 자체가 너무 완벽하게 보여서, 또 손끝에서 발끝까지 아주 생기가 발랄해서, 세상 어떤 것도 그녀에 비하면 시답잖게 보였다. 만약 윌이 그녀에게서 눈을 돌려 주위를 둘러보았다면 나무는 생기 없고 감각 없는 것처럼 보였을 것이며, 하늘에 걸린 구름은 그 자리에 멈춰선 것처럼 보였을 테고, 산 정상에 대한 환상도 사라졌을 것이다. 계곡 모두를 합쳐도 이 아가씨 하나와는 비교가 되지 않았다.

윌은 언제나 주위 사람들을 살폈지만 마저리에 대해서는 고통스러울 정도로 열성적으로 살폈다. 그녀가 하는 말 한 마디 한 마디에 귀를 기울였으며, 숨은 뜻을 찾으려고 그녀의 눈을 읽었다. 친절하고 간결하며 진지한 많은 말이 마음속에서 메아리쳤다.

그는 아무런 의심도 욕망도 없이 평화롭게 살고 있는, 그 자체로 아름답게 균형 잡힌 한 영혼을 느낄 수 있었다. 그녀의 생각과 외모를 분리할 수는 없었다. 손목을 돌리는 행동이나 조용한 음색, 눈빛과 몸매는 마치 가수의 목소리를 받쳐주고 그것과 조화를 이루는 반주처럼 그녀의 의젓하고 점잖은 이야기와 조화를 이루었다. 그녀가 끼치는 영향력은 한 덩어리여서 따로 나뉠 수도 논의될 수도 없는, 감사와 기쁨으로만 느낄 수 있는 것이었다. 그녀와 함께 있으면 윌은 자신의 어린 시절이 떠올랐다. 새벽에도, 흐르는 강물을 볼 때도, 이른 아침에 핀 제비꽃과 라일락을 볼 때도 그녀를 떠올렸다. 처음 보는 어떤 것이나, 봄에 피는 꽃처럼 시간이 한참 지난 뒤에 다시 보게 되는 어떤 것은 우리 안에 있는 날카로운 감각의 끝과, 시간이 지나면서 생활 속에서 잊게 되는 신비롭고 낯선 느낌을 다시 일깨우는 특성이 있다. 그러나 연인의 얼굴을 보는 것은 한 남자의 성격을 원천적으로 바꾸기도 한다.

어느 날, 윌은 식사를 하고 나서 전나무숲 속을 산책했다. 그는 머리에서 발끝까지 근엄하고 더없는 행복에 젖어 산책을 하는 도중에도 자기 자신과 주위 풍경에 미소를 지어 보였다. 냇물은 아름답고 잔잔한 물결을 일으키며 징검다리 사이를 흐르고, 새는 숲에서 큰 소리로 노래하며, 산봉우리는 헤아릴 수 없을 만큼 높아 보여, 그가 가끔 올려다볼 때마다 호기심 많은 자애로운 눈빛으로 그의 움직임을 바라보는 것 같았다. 그는 평원이 내려다보이는 언덕으로 올라가 바위 위에 앉아 즐거운 생각에 깊이 잠겼다. 평원에는 도시와 은빛 강물이 넓게 펴져 있었다. 파란 하늘에서 계속 올라갔다 내려갔다 하면서 회오리치듯 빙글빙글 맴돌고 있던 새들 말고는 모든 것이 잠들어 있었다.

그는 마저리의 이름을 크게 부르고 또 불렀고, 그 소리는 그의 귀에 흐뭇하게 메아리쳐 들렸다. 눈을 감았을 때 그의 앞에는 달콤한 생각과 함께 조용하게 반짝이는 그녀의 영상이 나타났다. 강물은 영원히 흘러갈 것 같았고, 새들은 별에 닿을 정도로 높이 날아오를 것 같았다. 그러나 그는 그것이 결국 공허한 요란법석임을 깨달았다. 왜냐하면 여기에서 한 발짝도 움직이지 않고 자신만의 좁은 골짜기에서 참을성 있게 기다리면 보다 좋은 햇빛을 얻을 수 있기 때문이었다.

다음 날 윌은 목사가 담배 파이프를 채우는 동안 식탁 너머로 사랑 고백 같은 것을 했다.

"마저리 양, 나에게는 당신만큼 좋아했던 사람이 없었습니다. 나는 대체로 차갑고 무뚝뚝한 남잡니다. 열정이 없어서가 아니라 사고방식이 독특하기 때문이죠. 그리고 사람들이 나를 멀리하는 것 같습니다. 마치 내 주위에 그어진 커다란 원이 당신만 들여보내는 듯해요. 다른 사람들이 웃고 떠드는 것을 들을 수 있지만 당신만이 내 옆으로 가까이 다가왔습니다. 아마도 당신은 이런 얘기가 마음에 들지 않겠지요?" 그가 물었다.

마저리는 대답하지 않았다.

"솔직하게 대답해라, 얘야." 목사가 말했다.

"아니, 지금 대답하지 않아도 괜찮습니다. 따님에게 강요하고 싶지는 않습니다, 목사님. 저도 이런 일에는 익숙하지 않아서 말이 잘 나오지 않는군요. 그리고 따님은 여자고 아직 어립니다. 그러나 저로서는, 사람들이 그것을 어떤 뜻으로 받아들이는지 제가 이해하는 한 저는 분명히 그들이 사랑이라고 말하는 것에 빠졌습니다. 그렇지만 저 자신이 얽매이고 싶지는 않습니다. 제가 잘못 생각하는 것일 수도 있으니까요. 하지만, 그녀도 저와 같으리라고 믿습니다. 만일 마저리 양이 다르게 느낀다면, 부디 거절하기 바랍니다……."

마저리는 입을 다물고 들은 척도 하지 않았다.

"무슨 뜻입니까, 목사님?" 윌이 물었다.

"얘야, 말해라." 파이프를 내려놓으며 목사가 대답했다. "마지야, 여기 우리 이웃이 너를 사랑한다고 하잖니. 너는 이 사람을 사랑하니, 사랑하지 않니?"

"저도 그렇다고 생각합니다." 마저리가 기어들어가는 목소리로 말했다.

"그렇다면, 됐습니다!" 윌이 진심으로 소리쳤다. 그리고 식탁 너머로 그녀의 손을 잡았다. 그는 크게 만족해하면서 양손으로 잠시 그녀의 손을 잡고 있었다.

"이 사람과 결혼하거라." 목사가 파이프를 다시 입에 물며 말했다.

"그것이 옳다고 생각하십니까?" 윌이 물었다.

"반드시." 목사가 말했다.

"잘 알겠습니다." 구애자인 윌이 대답했다.

옆에 있는 사람들은 거의 알아차릴 수 없었지만, 그날 뒤로 이삼 일 동안 윌은 정말 즐거웠다. 그는 언제나처럼 마저리와 마주 보며 식사를 하고 이야기를 나누었고, 그녀 아버지 앞에서도 그녀를 뚫어져라 바라보았다. 그러나 그녀만 따로 만나려고 하지는 않았고, 그녀에 대한 행동도 처음 만났던 때와 달라진 게 없었다. 어쩌면 그녀는 조금 실망했을 수도 있었고, 아마 그럴 만도 했을 것이다. 그래도 자기가 다른 사람 마음속에 언제나 남아 있고, 그의 모든 생활을 바꾸고 그 속에 스며든 것만으로도 충분하다면, 그녀는 정말 만족스럽게 생각했을 것이다. 왜냐하면 그녀는 윌의 마음속에서 한순간도 떠난 적이 없었기 때문이다. 윌은 강가에 앉아 소용돌이가 일으키는 탁한 물보라와 물속을 맴도는 물고기와 팽팽하게 당겨진 물풀을 바라보거나 노을 지는 저녁에 주위 모든 찌르레기가 함께 지저귀는 소리를 들으며 숲 속을 혼자 거닐면서, 아침 일찍 일어나 잿빛 하늘이 금빛으로 바뀌는 광경과, 산봉우리 위로 떠오르는 태양을 바라보았다. 그러는 동안 예전에는 한 번도 보지 못했던 것에, 지금은 이렇게 달라 보이는 것에 연신 놀라워했다. 물레방아 도는 소리나 나무 사이로 부는 바람 소리에 마음이 어지럽고 황홀했다. 정말로 매혹적인 생각이 그의 가슴속에 스스로 떠올랐다. 밤에 잠을 자지 못할 정도로 행복했고, 그녀가 없으면 조용히 앉아 있지 못할 정도로 안절부절못했지만 여전히 그녀를 찾기보다는 피하는 것 같았다.

어느 날, 윌이 산책을 끝내고 집으로 돌아오는 길에 정원에서 꽃을 꺾는 마저리를 발견하고는 그녀 옆으로 다가가 발걸음을 늦추며 그녀와 함께 걸었다.

"꽃을 좋아하네요?" 그가 말했다.

"정말로 좋아해요, 당신은?" 그녀가 대답했다.

"좋아하죠, 그렇게 많이는 아니지만." 그가 대답했다. "그렇게 하면 꽃은 하찮은 것이 됩니다. 나는 사람들이 꽃 가꾸는 것은 정말로 좋아하지만, 지금 당신이 하는 일은 그리 좋아 보이지 않는군요."

"제가 어떻게 했는데요?" 그녀가 멈춰 서서 그를 보며 물었다.

"꽃을 꺾었죠. 꽃은 본디 있던 곳에서 더 잘 자라고, 더 아름답게 보인답니다." 그가 말했다.

“저는 꽃을 저만의 것으로 갖고 싶은걸요. 제 마음속에 두고 싶어 방 안에 놓아둡니다. 이곳에서 자라는 꽃들은 저를 유혹하죠. ‘와서 우리를 어떻게 좀 해줘요’라고 말하는 것 같아요. 그러나 일단 꺾어서 모아두면, 매력이 사라져 아주 편안한 마음으로 바라볼 수 있거든요.”

“당신은 꽃에 대해 더 이상 생각하기 싫어서 그것을 갖고 싶어하는 거로군요. 황금알을 낳는 거위를 죽인 이야기와 조금 비슷해요. 내가 어렸을 때 하고 싶었던 것과도 조금 닮았네요. 나는 저 평원을 바라보는 것을 좋아해서 그곳으로 내려가고 싶어했죠. 그러나 그곳으로 내려가면 더는 그곳을 바라볼 수 없었겠지요. 그것이 이치상으로 당연한 게 아니겠어요? 아이고! 사람들이 모두 그렇게 생각한다면, 세상 사람들은 모두 나처럼 할 겁니다. 그리고 내가 여기 산속에 머물러 있듯이 당신도 꽃을 그대로 놔두겠죠.” 그는 갑자기 말을 끊고는 “그렇군!” 하고 큰 소리로 외쳤다. 그녀가 무슨 일이냐고 물어도 귓등으로 듣고는 재미있다는 표정을 지으며 집 안으로 들어가버렸다.

그는 식사를 하면서도 말이 없었다. 밤이 되고 머리 위에 별이 떴지만 들쑥날쑥한 발걸음으로 마당과 정원 안을 오랫동안 이리저리 돌아다녔다. 마저리의 방 창문에서는 아직 불빛이 흘러나오고 있었다. 그것은 검푸른 산과 은빛 찬란한 별빛 세계 속에 있는 길쭉하게 생긴 작은 오렌지 조각 같았다. 마음은 온통 그녀의 창문으로 향했지만, 생각이 꼭 연인다운 것은 아니었다. 그는 생각했다. ‘저 방에는 그녀가 있고, 머리 위에는 별이 있어. 그들 모두에게 축복이 있기를!’ 둘 다 그의 삶에 좋은 영향을 주었다. 둘 다 그를 위로했으며, 진정으로 세상 속에서 만족하게 해주었다. 그 둘에게 무엇을 더 바랄까? 그 뚱뚱한 젊은이와 그의 충고가 생각이 나서, 그는 머리를 들어 두 손을 입에 대고 별천지인 하늘에다 큰 소리로 외쳤다. 갑자기 머리를 들어서인지 또는 갑자기 기운을 쓴 탓인지는 알 수 없었으나, 별들 사이에서 일어난 순간적인 충돌과 차가운 빛이 하늘을 가로질러 한쪽에서 다른 한쪽으로 퍼져 나가는 것을 본 듯했다.

동시에 가리개의 한쪽 끝이 올라갔다가 곧 다시 내려갔다. 그는 큰 소리로 웃었다. ‘순서대로군!’ 윌은 생각했다. 그는 “별은 지고, 가리개는 올라간다. 이런! 나야말로 정말 훌륭한 마법사로군! 그런데 만약 내가 바보라고 해도, 어느 정도는 다른 바보가 되어야 하지 않을까? 바보일 뿐이라 해도!”

라고 말하며, 혼자 낄낄거리면서 잠자리에 들었다.

다음 날, 그는 아침 일찍 정원에서 그녀를 다시 보고는, 그녀에게 다가갔다.

"결혼에 대해서 계속 생각해봤습니다." 그가 갑자기 말을 꺼냈다. "여러모로 생각해보고 나서, 결혼은 아무런 가치도 없는 일이라고 결정했습니다."

그녀는 그를 잠깐 쳐다보았다. 하지만 그는 환하고 친근한 모습이었으며, 천사라도 당황할 만한 어이없는 상황이었다. 그녀는 말없이 다시 고개를 숙였다. 그는 그녀가 떨고 있다는 것을 눈치챘다.

"신경 쓰지 말아요." 그는 조금 놀라면서 말을 이었다. "걱정하지 말아요. 여러모로 생각해봤는데, 맹세코 결혼은 아무런 의미도 없습니다. 결혼해도 우리 사이는 지금보다 조금도 더 가까워지지 않을 겁니다. 내 말이 맞다면, 지금처럼 이렇게 행복하지도 않을 거고요."

"말 돌리실 필요 없어요, 얽매이고 싶지 않다는 당신의 말을 아주 잘 기억하고 있어요. 그리고 이제는 당신이 실수했다는 것도, 그리고 사실 저를 좋아하지 않는다는 것도 잘 알고 있어요. 지금까지 오해한 것이 슬플 뿐입니다." 그녀가 말했다.

"미안하지만, 내 말뜻을 이해하지 못하는군요." 그가 단호하게 말했다. "내가 당신을 사랑하느냐 안 하느냐는 다른 사람들이 판단해야 합니다. 그렇지만 한 가지, 내 감정은 변하지 않았다는 것, 그리고 또 한 가지, 당신은 당신 덕분에 내 모든 삶과 성격이 예전과는 아주 다르게 변했다는 것을 자랑거리로 삼아도 좋습니다. 내가 말하려는 것은 이것뿐이며, 더는 없습니다. 나는 결혼을 가치 있는 일이라고 생각하지 않습니다. 당신은 당신 아버지와 함께 지내길 바랍니다. 그래서 교회에 가는 사람들처럼 일주일에 한 번이나 두 번 당신을 찾아갈 겁니다. 그렇게 하면 우리 둘 다 가끔씩이나마 지금보다는 더 행복할 수 있습니다. 이게 내 생각입니다. 하지만, 만약 당신이 원한다면 결혼하겠습니다."

"지금 당신이 저를 모욕하고 있다는 걸 아세요?" 그녀가 폭발했다.

"그렇지 않아요, 마저리. 나도 분명히 양심이 있어요. 결코 그렇지 않습니다. 나는 내 마음속 최고의 애정을 당신한테 바치는 것이고, 그것을 받아들이고 말고는 당신의 선택입니다. 이미 지나간 일을 나나 당신의 힘으로 돌이킬 수 있을지도 의문이지만, 그렇다고 내가 당신을 사랑하지 않는다고는 생각하지 말기 바랍니다. 당신이 원한다면 결혼하겠습니다. 그러나 거듭거듭 말하지만, 그것은 가치 없는 일이며, 우리는 가장 좋은 친구로 남을 수 있습니다. 내 비록 말이 없는 사람이지만, 사는 동안에 많은 일에 관심을 보여왔습니다. 나를 믿고, 내 제안을 받아줘요. 그렇게 하기 싫으면 말만 해요, 당장에라도 당신과 결혼하겠습니다."

한동안 침묵이 흘렀다. 초조해지기 시작한 윌은 결국 화를 내기 시작했다.

"자존심이 너무 강해서 속마음을 솔직하게 털어놓지 못하는군요. 나로선 유감입니다. 솔직한 고해는 생활을 단순하게 만듭니다. 어떤 남자가 내가 했던 것보다 더 솔직하고 정중하게 여자를 대할 수 있겠습니까? 나는 하고 싶은 말을 했고 선택은 당신 몫입니다. 나와 결혼하길 바라나요? 아니면 친구 사이가 되자는 내 제안을 받아들일 건가요? 그것도 아니면 나 같은 놈한테는 진저리가 나서 앞으로 영원히 보고 싶지 않은 겁니까? 제발 말 좀 해봐요. 당신도 알다시피 당신 아버지도 이런 일에는 속마음을 솔직하게 털어놓아야 한다고 말씀하지 않으셨나요?"

이때 그녀는 정신을 차리고는 아무 말도 하지 않은 채, 정원을 빠르게 가로질러 집 안으로 들어가버렸다. 정원에 남아 있던 윌은 뜻밖의 결말에 혼란스러워했다.

그는 휴! 하고 조용히 한숨을 내쉬며 정원 안을 이리저리 돌아다녔다. 때로는 걸음을 멈추고 하늘과 산봉우리를 조용히 바라보거나, 둑 끝으로 내려가 멍하니 수면을 바라보며 앉아 있기도 했다. 이 모든 의혹과 혼란은 단호하게 스스로 선택했던 그의 성격이나 인생과는 너무나도 달라서, 그는 마저리가 자기 집에 와 있게 된 것을 후회하기 시작했다. 그는 생각했다. '예전에 나는 더없이 행복했었지. 내가 원하면 하루 내내 여기 내려와 물고기도 볼 수 있었고, 내 오래된 물레방앗간처럼 안정되고 만족했었는데.' 마저리는 아주 단정하고 차분한 모습으로 식사하러 내려왔다. 세 사람 모두 식탁에 앉자, 그녀는 시선을 자신의 음식 접시에 고정한 채 아버지한테 말했다. 하지만, 당황하거나 고통스러워 보이지는 않았다.

"아버지, 윌 씨와 제가 여러 가지로 상의했어요. 저희는 저희의 감정에 대해 뭔가 실수를 했음을 알게 됐습니다. 그리고 윌 씨는 저의 요구에 따라 결혼 생각을 버리고, 지난날처럼 저의 좋은 친구로만 남기로 동의했습니다. 하지만 말다툼은 조금도 없었어요. 게다가, 전 앞으로 윌 씨를 더 자주 볼 수 있기를 바라거든요. 우리 집에서는 윌 씨의 방문을 언제든 환영할 테니까요. 물론 아버지도 잘 알고 계시겠지만, 지금으로서는 여기를 떠나는 것이 좋겠어요. 이런 일이 생긴 뒤에도 지난날처럼 사이좋게 한집에 같이 사는 건 어려울 테니까요."

처음부터 스스로를 겨우 억누르고 있던 윌은 갑자기 흥분해서 알아들을 수 없는 소리를 내더니, 정말 당황한 모습으로 그녀의 말을 끊고 반박하려는 듯 한쪽 손을 들어올렸다. 그러나 그녀가 화가 나서 붉어진 얼굴로 재빨리 그를 쳐다보며 곧바로 그를 막았다.

"이런 문제는 저 자신이 설명할 수 있게 해주실 정도의 아량은 있으시겠죠?" 윌은 그녀의 표정과 목소리에 아주 당혹스러워했다. 그는 이 아가씨한테는 자신이 이해할 수 없는 무엇인가가 있다고 결론 내리고 조용히 있었다. 그리고 그런 그의 생각은 정확하게 옳았다.

가엾은 목사는 매우 풀이 죽었다. 그는 이것이 밤이 되기 전에 사라지는, 진정한 연인 사이의 사소한 말다툼일 뿐이라는 것을 입증하려고 애썼다. 그게 받아들여지지 않자, 싸우지 않았다면 굳이 헤어질 필요도 없다고 계속해서 설득했다. 성격 좋은 목사는 집주인의 환대와 사람 됨됨이를 좋아했기 때문이다. 이 아가씨가 두 사람을 다루는 방법은 조금 이상했다. 그녀는 그동안 말수는 적게, 아주 조용하게 말했다. 두 사람을 마음대로 부리면서, 여성 특유의 재치와 지략으로 자기 생각대로 서서히 그들을 끌고 갔다. 그녀와 그녀 아버지는 그날 오후 농장용 수레를 타고 그곳을 떠나 계곡 아래로 내려갔다. 그리고 그들의 집이 완성될 때까지 다른 마을에서 기다리기로 했는데, 그것은 그녀가 결정한 것이 아니라 저절로 그렇게 된 것처럼 보였다. 그러나 윌은 그녀를 가까이에서 지켜봐왔기 때문에, 그녀가 민첩하고 결단력이 있음을 아주 잘 알고 있었다. 윌은 혼자 있게 되니 마음이 무척이나 어지러웠다. 무엇보다도 아주 슬프고 외로웠다. 하고 싶은 일이 없어져버렸다. 보고 싶은 만큼 별을 봤지만, 어찌 된 일인지 예전처럼 별에게서 지지나 위안을 받을 수 없었다. 다음으로는 마저리 때문에 마음이 혼란스러웠다. 그는 그녀의 행동에 당황하고 짜증을 냈지만, 그녀의 행동을 칭찬할 수밖에 없었다. 그녀의 조용한 영혼 속에는 지금까지 그가 짐작할 수 없었던, 섬세하고 고집

불통인 천사가 하나 깃들어 있음을 깨달았다. 비록 그것이 일부러 세상에 존재를 드러내놓지 않고 살아온 그의 삶에는 어울리지 않을 뿐만 아니라 나쁜 영향만 미치는 것임을 알고 있었지만, 그것을 갖고 싶어하는 강렬한 욕망을 누르지는 못했다. 어둠 속에서만 살다가 이제 막 햇빛을 보게 된 사람처럼 그는 괴롭기도 하고 기쁘기도 했다.

시간이 지나면서 그의 마음은 극과 극을 달렸다. 자신의 굳은 결심에 자부심을 느꼈다가도, 소심하고 어리석은 자신의 신중함을 경멸하곤 했다. 어쩌면 앞엣것이 그의 진심이고 남자다운 생각을 나타내는 것일 수도 있지만, 때때로 뒤엣것도 제멋대로 격렬하게 폭발했다. 그럴 때면 아무런 생각도 없이 집과 정원을 돌아다니거나, 후회로 이성을 잃고서 전나무숲 사이를 걸었다.

마음이 침착하고 한결같은 윌로서는 이런 상태를 견딜 수가 없었다. 그래서 그는 어떤 희생을 치르든지 간에 끝까지 가기로 결심했다. 어느 무더운 여름날 오후, 잘 차려입고는 가시나무 가지를 손에 들고 강물을 따라 골짜기 아래로 내려갔다. 결심을 하자 곧바로 평상시에 느꼈던 마음의 평온을 되찾을 수 있었다. 여러 가지 걱정과 불쾌한 욕망을 잊고 화창한 날씨와 다양한 주위 풍경을 즐겼다. 일이 어떻게 결말이 나든 그에게는 별반 달라질 게 없었다. 만약 그녀가 그를 받아들인다면 이번에는 그녀와 결혼하게 될 것이고, 그건 아마 최고의 선택일 것이다. 만약 그녀가 거절하더라도 그 나름대로 최선을 다했으니 양심에 거리낌 없이 제 갈 길을 가면 될 일이었다. 대체로 그는 그녀가 거절하기를 바랐다. 그런데 강가에 비스듬히 자란 버드나무 가지 사이로 그녀가 사는 집의 갈색 지붕이 보이자, 그런 바람은 절반쯤 반대로 기울었고, 그래서 이렇게 결심이 나약한 자신의 모습 때문에 부끄러움이 반(半) 넘게 커졌다.

마저리는 그를 기쁘게 맞이하는 것처럼 보였고, 꾸미거나 머뭇거리지 않고 그에게 손을 내밀었다.

"이 결혼에 대해서 줄곧 생각했습니다." 그가 말을 시작했다.

"저도 그랬어요. 그리고 아주 현명하신 분이라고 생각하니 당신을 더욱 존경하게 되었어요. 당신은 제가 저 자신을 이해하는 것보다 더 저를 잘 이해하셨어요. 지금 저는 그것이 최고의 선택이었다고 확신해요." 그녀가 말했다.

“그렇기는 하지만…….” 윌이 용기를 냈다.

“피곤하시겠네요.” 그녀가 가로막았다. “앉으세요, 포도주 한 잔 갖다드릴게요. 오늘 오후는 정말 덥네요. 이렇게 들르는 것에 불편해하지 않으셨으면 해요. 자주 들러주세요, 시간 있으시면 일주일에 한 번 정도는요. 친구를 맞이하는 일이 제게는 언제나 큰 즐거움이거든요.”

‘잘됐군.’ 윌은 속으로 생각했다. ‘결국 내가 옳았던 것 같아.’ 그는 방문을 기쁜 마음으로 마치고는 최고의 기분으로 다시금 집을 향해 걸었다. 그리고 결혼에 대해서 더 이상 걱정하지 않았다.

거의 3년 동안 윌과 마저리는 사랑의 이야기는 한마디도 나누지 않은 채, 일주일에 한 번이나 두 번 만나는 그런 관계를 계속 이어왔다. 그러는 동안 윌은 남자로서 누릴 수 있는 최고의 행복을 누렸다. 오히려 그는 그녀를 만나는 기쁨을 자제했다. 마치 식욕을 돋우려는 것처럼, 그녀가 사는 목사관까지 절반쯤 갔다가 다시 돌아오기를 수도 없이 되풀이했다. 사실 거기에는 집으로 돌아오기 전에 자주 앉아서 명상에 잠기기도 했던, 그가 정말 좋아하는 길모퉁이가 있었다. 그곳은 눈에 잘 띄지 않는 작은 세모꼴 땅이었는데, 그곳에서는 비스듬히 자란 전나무숲 사이로 뻗은 골짜기 틈으로 교회 뾰족탑을 볼 수 있었다. 땅거미가 질 무렵, 그곳에서 자주 그를 발견했던 농부들은 그곳을 ‘물레방앗간 윌의 모퉁이’라고 불렀다.

3년이 지난 뒤 마저리가 갑자기 다른 사람과 결혼하면서 윌만 낙동강 오리알 신세가 되었다. 윌은 의연하게 냉정함을 잃지 않고, 비록 자신은 여자를 잘 몰랐지만, 3년 전에 그녀와 결혼하지 않은 것은 사려 깊은 처신이었다고 생각할 뿐이었다. 그녀는 그녀 자신의 마음을 분명히 몰랐던 것이니, 비록 믿을 수는 없지만, 다른 여자들만큼 변덕스럽고 경솔했던 것이다. 그는 결혼을 피한 자신의 행동에 스스로 만족했고, 결과적으로 자신의 현명한 처신이 높게 평가받을 것으로 생각했다. 그러나 마음속으로는 화가 나는 게 당연했고, 한두 달을 굉장히 우울하게 보내고 보니 시중드는 아이들이 놀랄 정도로 많이 야위었다.

그녀가 결혼한 뒤 1년쯤 지난 어느 늦은 밤, 길을 따라 빠르게 달려오는 말발굽 소리와 곧이어 여관문을 급하게 두드리는 소리에 윌이 잠을 깼다. 창문을 열어 보니 농장 일꾼 한 명이 말에 탄 채, 함께 갈 사람이 타고 갈 다른 말 고삐를 쥐고 서 있었다. 일꾼은 마저리 부인이 위독해서 그녀의 침대 곁으로 그를 모셔오라는 분부를 받았으니, 되도록 빨리 자기와 함께 가자고 그에게 말했다. 그러나 윌은 말을 잘 타지 못했기 때문에 아주 천천히 갈 수 밖에 없었다. 그가 도착했을 때 이 불쌍한 새색시는 죽기 직전이었다. 그러나 그들은 몇 분 동안 둘이서 이야기를 나눌 수 있었으니, 그는 그녀가 마지막 숨을 몰아쉴 때 그곳에 있었고, 몹시 슬퍼하며 통곡했다.

죽음

한 해 한 해 덧없이 흘러갔다. 평원의 도시에서는 큰 격동과 소동이 일어났다. 피로 물든 폭동이 벌어졌고 그것은 피로 진압되었으며, 여기저기에서 전투가 벌어졌다. 끈기 있는 천문학자들은 천문대에서 새로운 별을 발견하여 이름을 붙였고, 불 켜진 극장에서는 연극이 공연되었다. 병원에는 사람들이 들것에 실려 왔고, 도시 중심가는 사람들이 살아가는 일상의 소란과 동요로 조용한 날이 없었다. 윌이 사는 골짜기에서는 오직 바람과 계절이 바뀌는 것을 통해 시간이 지나가는 것을 알 수 있었다. 물고기는 물속을 헤엄쳤고, 새들은 머리 위를 맴돌았으며, 소나무 끝은 별 밑에서 바스락거렸고, 높은 산봉우리는 모든 것을 지켜보았다. 그리고 윌은 머리가 하얗게 셀 때까지, 길가에 차려놓은 여관 일에만 신경을 쓰며 이리저리 돌아다녔다. 그의 심장은 젊고 활기찼으니, 심장 박동은 균형을 유지하며 천천히 뛰었고, 손목 맥박은 여전히 강하고 안정적으로 뛰었다. 양쪽 볼은 잘 익은 사과처럼 혈색이 좋았다. 허리는 조금 굽었으나 발걸음은 여전히 탄탄했다. 그리고 건장한 손을 누구에게나 선뜻 내밀며 친근하게 악수했다. 얼굴에는 야외 생활에서 생긴 주름이 가득했지만, 자세히 보면 햇볕에 오랫동안 타서 생긴 흉터처럼 보였다. 그런 주름은 얼굴을 좀더 멍청하게 보이게도 하지만, 윌처럼 눈이 맑고 입가에 미소가 어린 사람한테는 소박하고 평온하게 살아왔음을 증명하는 또 다른 매력을 더해줄 뿐이었다. 그는 다른 사람들한테 흥미를 느꼈고, 다른 사람들도 그에게 흥미를 느꼈다. 여행하기에 좋은 철이 되어 여행객으로 골짜기가 북적거리게 되자, 윌의 정자는 밤마다 사람들로 왁자지껄했다. 이웃 사람들은 별스럽다고 생각했던 그의 의견이 도시와 대학에서 온 학식 있는 사람들로부터는 이따금 찬사를 받았다. 사실 그는 노년을 아주 훌륭하게 보내고 있어서 날이 갈수록 점점 유명해졌고, 그의 명성은 평원의 도시에까지 알려졌다. 여행 중인 젊은이들은 여름철 카페에서 물레방앗간의 월과 그의 다듬어지지 않은 철학에 대해 함께 이야기를 나누었다. 그는 많은 곳에서 초청을 받았지만, 자기가 사는 높은 골짜기에서 내려가려 하지 않았다. 그는 고개를 저으며 담배 파이프를 입에 문 채 의미심장하게 미소 지을 뿐이었다. 그는 대답하곤 했다.

"너무 늦게 왔네. 나는 이제 죽은 사람이야. 나는 다 살았고 이미 죽었다네. 50년 전이었다면 내 마음이 움직였겠지만 지금은 아니네, 날 설득할 생각은 하지도 말게. 그리고 삶에 미련을 두지 말아야 오래 살 수 있다네. 다시 말하면 오래 사는 것과 멋진 식사 사이에는 한 가지 차이가 있지. 식사에는 맛있는 것이 마지막에 나오네. 한 가지 더 말하자면, 어렸을 때 난 조금 갈팡질팡했지. 호기심을 느끼고 주의 깊게 살필 만한 가치가 있는 것이 나 자신인지 세상인지 알지 못했어. 이제는 그게 나 자신임을 알았고, 그 생각은 지금도 그대로야."

그는 쇠약 증상을 조금도 보이지 않았다. 마지막까지 건장하고 굳건하게 지냈다. 그러나 사람들은 그가 말년으로 접어들수록 말수가 줄어 다른 사람 이야기를 몇 시간씩 즐겁게 공감하며 말없이 듣기만 했다고 말했다. 하지만 일단 입을 열면, 오랜 경험이 깃든 핵심적인 말을 전보다 더 많이 했다. 그는 포도주 한 병을 기꺼이 다 비웠다. 특히 해질 무렵 언덕 꼭대기나, 별 많은 늦은 밤 정자에서 마시곤 했다. 그는 매력적이지만 가질 수 없는 어떤 것을 볼 때, 자신의 즐거움이 풍부해진다고 말하곤 했다. 그리고 오래 산 덕분에 양초와 떠돌이별을 비교할 때 양초를 더더욱 칭찬한다고 털어놓았다.

일흔두 살이 되던 어느 날 밤, 그는 몸과 마음이 왠지 불안해져 잠에서 깨어 일어나서는 옷을 입고, 정자에서 명상을 하려고 밖으로 나왔다. 별 하나 보이지 않는 칠흑같이 어두운 밤이었다. 강물은 불어나 있었고, 젖은 숲과 초원의 향기는 바람에 실려왔다. 그날은 하루 내내 천둥이 쳤고, 내일은 더 심해질 것 같은 조짐을 보였다. 일흔두 살 노인에게는 어둡고 숨 막히는 밤이었다! 날씨 때문인지 잠을 제대로 이루지 못했던 때문인지, 아니면 늙어서 쇠약해진 팔다리에서 느끼는 가벼운 열감 때문인지는 알 수 없지만 떠들썩하게 밀려드는 지독한 옛 추억들로 월의 마음은 괴로웠다. 어린 시절 뚱보 청년과 함께 보냈던 밤, 양부모의 죽음, 마저리와 함께 보냈던 여름날들, 다른 사람들한테는 아무것도 아닌 것으로 보이겠지만, 그 자신의 삶의 중심이 되었던 많은 대단찮은 사실들, 예를 들어 그가 보았던 것, 들었던 말, 오해했던 모습 등이 잊고 있던 마음 한구석에서 되살아나 그의 주의를 빼앗았다. 그가 함께 지냈던, 이미 죽어버린 사람들이 희미한 추억이 되어 그의 머릿속에 차례대로 떠오를 뿐만 아니라, 깊고 생생한 꿈속에 나타나듯 그의 눈앞에 다시 나타났다. 뚱보 청년은 식탁 맞은편에서 팔꿈치로 식탁 위에 기대어 앉아 있었고, 마저리는 앞치마 가득 꽃을 담고 정원과 정자 사이를 왔다 갔다 하고 있었다. 그는 또 목사의 담배 파이프 두드리는 소리나 코 푸는 소리를 들을 수 있었다. 그의 의식은 파도처럼 밀려왔다 밀려갔다. 어떤 때는 반쯤 잠들어서 과거 회상에 빠져들다가, 또 어떤 때는 완전히 잠에서 깨어 놀라워했다. 한밤중에 손님이 도착하는 소리에 깜짝 놀라곤 했던 물레방앗간 주인처럼, 이번에는 그가 집 밖에서 자신을 부르는 죽은 물레방앗간 주인 목소리에 깜짝 놀라 일어났다. 환청이 너무 사실 같아서, 윌은 자리에서 벌떡 일어나 자신을 부르는 그 소리가 반복되기를 기다렸다. 귀를 기울이고 있으려니, 강물이 요란하게 흐르는 소리와 열에 들떠 울리는 귀울림 말고도 또 다른 소리를 들을 수 있었다. 그것은 말이 움직이는 소리와 마구가 삐걱거리는 소리 같았다. 마치 성마른 말 두 마리가 끄는 마차가 마당 문 앞에서 갑자기 멈춘 것 같았다. 이런 시각에, 이렇게 거칠고 위험한 산길을 지나서 마차가 왔다고 생각하다니, 바보 같은 짓이었다. 그래서 윌은 그런 생각을 떨쳐버리고 다시 의자에 앉았다. 그러자 흐르는 강물처럼 다시 잠이 몰려왔다. 그는 전보다 더 가늘고 기괴한, 죽은 물레방앗간 주인이 부르는 소리에 다시 잠에서 깼다. 그리고 또다시 길에서 마차 소리가 들려왔다. 이렇게 세 번, 네 번, 같은 꿈, 같은 환상이 나타났고, 생생하게 느꼈다. 그래서 마침내 보채는 아이를 어를 때처럼, 혼자서 미소 지으며 분명하지 않은 기분을 가라앉히기 위해 문 쪽으로 걸어갔다.

정자에서 문까지는 멀지 않은 거리였으나 윌에게는 시간이 꽤 걸렸다. 마치 죽은 것들이 정원에서 그를 두껍게 둘러싸고, 한 걸음씩 뗄 때마다 길을 가로막는 듯했다. 맨 먼저, 그는 헬리오트로프*4의 감동적인 향기 때문에 갑자기 놀랐다. 마치 그 꽃이 정원 여기저기에 심어져 있어, 덥고 습기찬 이 밤에 모든 향기를 단숨에 내뿜는 것 같았다. 그런데 헬리오트로프는 마저리가 가장 좋아하던 꽃이어서, 그녀가 죽은 뒤에 단 한 송이도 윌의 정원에 심어져 있지 않았다.

'내가 미쳐가는 게 틀림없어, 불쌍한 마저리와 그녀의 헬리오트로프여!' 그는 생각했다.

이런 생각을 하며 한때 그녀가 살았던 방의 창문을 바라보았다. 예전에 그는 당황해서 어쩔 줄 몰라했지만, 지금 그는 엄청난 공포를 느꼈다. 왜냐하면 그 방에 불이 켜져 있었고, 창문이 예전처럼 길쭉하게 생긴 오렌지 조각처럼 보였으며, 또 당황해서 어쩔 줄 몰라 별천지인 하늘에다 소리쳤던 그 밤처럼 가리개가 한쪽 끝이 올라갔다 내려갔기 때문이다.

그 환영은 잠깐이었지만 그를 조금 나약하게 만들었다. 그는 눈을 비비고 집 윤곽과 그 뒤 검은 하늘을 바라보았다. 이렇게 서 있는데 꽤 오랫동안 그곳에 서 있었던 것 같은 기분이 들었다. 그런데 길에서 또다시 소리가 들려왔다. 그래서 고개를 돌리는 바로 그 순간, 그를 만나기 위해 정원을 가로질러 다가오는 낯선 사람과 마주쳤다 그 낯선 사람 뒤 길 위에는 거대한 마차의 윤곽처럼 보이는 것이 있었고, 그 위로는 수많은 깃털 같은 검은 소나무 숲이 눈에 들어왔다.

"윌 선생이십니까?" 방문자는 간단하게 군대식으로 물었다.

"그렇습니다, 손님. 도와드릴 일이라도 있습니까?"

"윌 선생 평판은 익히 들어 알고 있소. 대단하더군요. 그것도 좋은 쪽으로. 일 때문에 무척 바쁘지만, 정자에서 함께 포도주 한 병 마시고 싶군요. 내 소개는 떠나기 전에 하겠소."

윌은 그를 정자로 안내했다. 그러고는 등잔에 불을 밝히고 술병 마개를 땄다. 그렇게 자신을 칭찬하는 사람이 찾아왔던 적이 아예 없었던 것도 아니지만 실망한 적도 많아서, 이번에도 그다지 기대하지는 않았다. 그는 정신에 구름이 낀 것처럼 분별력이 조금 흐려져서, 그 시각이 어정쩡한 때라는 것을 조금도 알아차릴 수 없었다. 그는 몽유병 환자처럼 움직였다. 마치 생각만 했는데 저절로 등잔에 불이 켜지고 병마개가 뽑히는 것 같았다. 그래도 방문

---

*4 페루가 원산지인 달콤한 향이 나는 꽃. 향수 원료로 쓰고, 관상용으로 재배한다.

객 모습이 아무래도 이상해서 그 사람 얼굴에 등잔불을 비쳐 보았지만 헛수고였다. 등잔 다루는 게 서툴러서 그런지, 눈이 침침해서 그런지 자기와 함께 식탁에 앉아 있는 그 사람 그림자만 겨우 분간할 수 있었다. 그는 유리잔을 닦으면서 그 그림자를 계속 뚫어지게 바라보았다. 그러자 가슴에 이상한 차가운 기운을 느끼기 시작했다. 침묵이 그를 무겁게 짓눌렀다. 갑자기 아무런 소리도 들리지 않았기 때문이었다. 강물 소리조차 들리지 않았고, 심장 뛰는 소리만 들려왔다.

"당신의 건강을 위해서, 건배!" 낯선 사람이 거칠게 말했다.

"손님의 건강을 위해서, 건배!" 윌이 대답하고, 포도주를 한 모금 마셨는데, 어쩐지 맛이 조금 이상했다.

"당신이 굉장히 긍정적인 사람이라고 들었소." 낯선 사람이 말했다.

윌은 만족스럽게 미소를 지으며 고개를 약간 끄덕였다.

"나도 그렇소." 낯선 사람이 말을 이었다. "나는 사람들을 화나게 만드는 것을 무척 좋아하지요. 나 말고 어느 누구도 긍정적인 사람이 되도록 내버려두지 않소, 단 한 사람이라도 말이오. 한창때는 왕이나 장군이나 위대한 예술가를 찾아다니며 그들을 화나게 만들었소. 만약 내가 일부러 당신을 화나게 하려고 여기에 왔다면, 당신은 뭐라고 말하겠소?"

신랄한 답변이 윌의 혀끝에서 맴돌았지만, 나이 많은 여관 주인의 정중함으로 이겨냈다. 평온을 유지하고는 정중한 손짓으로 대답을 대신했다.

"그러려고 왔소." 낯선 사람이 말했다. "당신을 특별히 존중하지 않았다면 이런 말은 하지도 않았을 거요. 당신은 이곳에서 지내는 것을 퍽 자랑스럽게 생각하는 것 같군요. 이 여관에서 영원히 머물려고 그러나 본데, 이제 내 마차를 타고 함께 한 바퀴 돌아봅시다. 이 술병을 다 비우기 전에 그렇게 해야 할 거요."

"정말 이상한 말씀을 하시는군요." 윌이 빙긋이 웃으며 대답했다. "글쎄요, 손님, 난 늙은 참나무처럼 이곳에서만 자랐습니다. 악마조차도 나를 여기서 뽑아낼 수는 없습니다. 꽤나 재미있으신 분 같은데, 손님이 헛수고를 한다는 데 포도주 한 병을 더 걸겠습니다."

그러는 동안 윌의 눈은 점점 더 침침해졌다. 하지만 자신을 압도하고 짜증나게 만드는 날카롭고 차가운 눈길은 느낄 수 있었다.

"그렇게 생각하실 필요 없어요." 그는 스스로도 깜짝 놀랄 만큼 폭발적이고 열띤 태도로 갑자기 말을 쏟아냈다. "하느님 말고 다른 무엇이 두려워서 집에 머무는 것이 아닙니다. 내가 모든 일에 지쳤다는 건 하느님도 알고 계십니다. 그리고 당신이 생각하는 것보다 훨씬 더 오래 여행을 할 때가 되면, 그때 기꺼이 떠날 것입니다."

낯선 사람은 잔을 비우고는 멀찍이 옆으로 치웠다. 그는 아래를 잠깐 내려다보다가, 식탁 위에 몸을 기대면서 손가락 하나로 윌의 팔뚝을 세 번 톡톡 두드렸다. 그러고는 근엄하게 말했다.

"지금이 바로 그땝니다."

어떤 불쾌한 전율이 그가 건드렸던 부분에서부터 온몸으로 퍼졌다. 그의 목소리 음색은 놀랍도록 음울했고, 윌의 마음속에서 기묘하게 울려 퍼졌다.

"죄송합니다만, 그게 무슨 뜻입니까?" 윌이 불안해하며 대답했다.

"나를 보시오. 그러면 시선이 빙빙 도는 것처럼 느껴질 거요. 손을 올려 보시오, 돌덩어리처럼 무거울 거요. 이것이 당신이 마시는 마지막 포도주요, 윌 선생. 그리고 오늘이 당신이 이 세상에서 보내는 마지막 밤이오."

"당신은 의삽니까?" 윌이 떨리는 소리로 물었다.

"최고의 의사죠. 똑같은 처방으로 몸과 마음을 모두 치료하니까요. 나는 모든 고통을 없애주고, 모든 죄를 용서해줍니다. 내 환자가 살아가면서 실수를 하면, 모든 문제를 없애주고 다시 그가 하고 싶은 대로 자유롭게 놓아준다오."

"나한테는 당신이 필요 없습니다."

"모든 사람한테는 세상과의 인연을 끊어야 할 때가 오게 마련이오, 윌 선생. 당신은 신중하고 조용히 살았기 때문에, 그런 때가 오기까지 시간이 꽤 걸렸고, 그것을 받아들이기 위한 수양을 오랫동안 할 수 있었던 거요. 당신은 당신의 물레방앗간 주위에서 볼 수 있는 것은 다 본 셈이오. 당신은 토끼굴 속 토끼처럼 평생을 꼼짝 않고 살았지만, 이제 그것도 끝이오. 그래서……." 의사가 일어나며 말을 이었다. "이제 일어나서 나와 함께 가야 하오."

"당신은 이상한 의사군요." 윌이 손님을 뚫어지게 바라보며 말했다.

"나는 자연법칙이오. 사람들은 모두 나를 죽음이라고 부르지요."

"왜 진작 그렇게 말씀하지 않으셨나요? 오랫동안 당신을 기다렸어요. 나를 도와주세요. 환영합니다.” 윌이 소리쳤다.

“내 팔에 기대시오, 당신은 이미 힘이 빠졌으니 얼마든지 내게 기대시오. 내 비록 늙었지만 힘은 아주 세지요. 마차까지는 겨우 세 발짝 남았소. 그곳까지만 가면 당신의 모든 괴로움은 끝나는 거요. 자, 윌 씨, 나는 친아들처럼 당신을 그리워했소. 평생 내가 찾아갔던 다른 모든 사람들보다 더 반갑게 당신을 찾아온 거요. 나는 신랄해서, 때때로 처음 보는 사람을 화나게도 하지만, 당신 같은 사람과는 정말 좋은 친구가 된다오.” 낯선 사람이 말했다.

“마저리를 먼저 보내고 나서, 신께 맹세코 당신은 내가 찾아야 했던 유일한 친굽니다.”

그래서 둘은 서로 팔짱을 끼고 안마당을 가로질러갔다.

이 무렵 일꾼 가운데 한 명이 잠에서 깼다가 다시 잠들기 전에, 말이 앞발로 땅을 박차는 소리를 들었다. 그리고 그날 밤 골짜기 아래 모든 곳에서는, 마치 부드럽게 끊임없이 평원 쪽으로 부는 바람처럼, 서둘러 내려가는 마차 소리를 들을 수 있었다. 다음 날 아침 세상이 깨어났을 때, 사람들은 물레방앗간의 윌이 마침내 자신만의 여행을 떠났다는 것을 알았다.

Markheim
마크하임

마크하임

"그렇죠, 우리는 가끔 다양한 방법으로 뜻밖의 횡재를 하지요. 골동품에 대해서 아는 게 없는 손님들한테는 내 우월한 지식에 대한 특별수당을 청구합니다. 정직하지 않은 손님들도 있지요." 판매업자는 그렇게 말하고는 촛불을 들어 손님 얼굴을 환하게 비추었다. "그럴 때는," 그가 말을 이었다. "고상한 척하면서도 챙길 이득은 다 챙깁니다."

마크하임은 밝은 거리에서 방금 들어왔기 때문에, 빛과 어둠이 섞여 있는 가게 안 분위기가 아직은 낯설었다. 판매업자의 이런 노골적인 말 때문에, 촛불이 그의 얼굴을 비추기 바로 전에, 눈을 몹시 깜박거리며 고개를 돌려버렸다.

판매업자가 싱긋이 웃었다. "성탄절에 가게를 찾아오셨군요. 내가 가게에 혼자 있는 걸 알면서도, 여닫개를 내려 장사하지 않는다는 걸 알렸는데도 말이죠. 자, 그러니 대가를 지급하셔야겠습니다. 그리고 지금은 장부를 결산해야 할 시간인데, 당신이 내 시간을 뺏고 있으니 그 대가도 치러야 합니다. 게다가 오늘 당신 태도가 아주 이상하다는 걸 내가 알아차렸으니, 이에 대해서도 물론 지급하셔야 합니다. 나는 아주 사려 깊은 사람이니 곤란한 질문은 하지 않겠습니다. 그렇지만 내 눈을 똑바로 바라보지 않는 손님한테는, 반드시 그 대가를 받고 있습니다."

판매업자는 다시 한 번 싱긋이 웃었다. 그런 다음 그의 목소리는 평소처럼 정중하게 손님을 대하는 목소리로 돌아왔지만, 비꼬는 말투는 그대로였다.

"그 물건을 손에 넣게 된 과정을 평소처럼 분명히 말씀해주십시오. 이번에도 삼촌 진열장인가요? 정말 놀랄 만한 수집가이십니다, 선생님!"

조금 창백한 얼굴에, 등이 굽은 이 판매업자는 거의 발끝으로 서서, 금테 안경 너머로 그를 올려다보며, 도무지 믿을 수 없다는 듯 고개를 흔들었다. 마크하임은 끝없는 동정심과 약간의 공포심을 함께 느끼며 그를 뚫어지게 바라보았다.

"이번에는 당신이 틀렸습니다." 마크하임이 말했다. "오늘은 팔려고 온 게 아니라 사려고 왔습니다. 그리고 이제 처분할 골동품도 없어요. 삼촌 진열장도 징두리 판자밖에 없습니다. 여태껏 남아 있다 해도, 이제 늘리면 늘렸지 줄이지는 않을 겁니다. 내가 주식투자로 한몫 잡았거든요. 오늘 용건은 아주 단순합니다. 어떤 아가씨에게 줄 성탄절 선물을 사러 왔어요." 준비한 말들이 떠오르면서 그는 점점 더 자연스럽게 말을 이어 나갔다. "이런 시답잖은 일로 영감님을 방해해서 정말 죄송합니다. 어제 준비했어야 했는데 내가 깜박했거든요. 오늘 저녁 모임에서 조그만 선물이라도 내놓아야 합니다. 잘 아시겠지만, 부잣집과의 결혼인데 소홀히 할 수는 없잖아요."

잠시 침묵이 흘렀다. 판매업자는 이 말을 믿지 못하겠다는 듯 잠깐 생각을 하는 것 같았다. 가게 안 이상한 잡동사니 사이에 군데군데 섞여 있는 많은 시계의 째깍거리는 소리와, 가까운 거리에서 들려오는 마차 지나가는 희미한 소리가 침묵의 틈을 메우고 있었다.

"좋습니다, 손님, 그렇게 하시죠. 어찌 됐든 단골이시니까요. 그리고 손님 말씀처럼 좋은 집안과 결혼하시게 되었다는데, 내가 방해가 되어서는 안 되겠지요. 그 아가씨를 위해서 여기 좋은 물건이 하나 있습니다. 15세기에 만들어진 손거울입니다. 보증서도 있습니다. 물론 훌륭한 수집가한테서 사들인 것입니다만, 그분을 위해서 이름은 밝힐 수 없습니다. 그 고객 또한 손님처럼 놀랄 만한 수집가의 조카이자 유일한 상속인입니다."

판매업자는 그렇게 무뚝뚝하고 신랄하게 말하면서 허리를 굽혀 손거울을 꺼냈다. 그가 그렇게 할 때, 어떤 충동이 마크하임을 꿰뚫고 지나갔다. 아주 격앙된 흥분이 손과 발에서 시작되어 그의 얼굴로 갑자기 솟구쳤다. 그러나 충동은 느꼈던 것만큼이나 빠르게, 손거울을 받아든 손이 조금 떨리는 것 말고는 어떤 흔적도 남기지 않은 채 사라졌다.

"거울," 그가 쉰 목소리로 말하고는 잠시 머뭇거리더니, 좀더 분명하게 되뇌었다. "거울? 성탄절 선물로요? 장난합니까?"

"안 되는 이유라도 있나요?" 판매업자가 큰 소리로 말했다. "거울은 왜 안 된다는 거죠?"

마크하임은 미묘한 표정으로 그를 바라보며 말했다. "안 되는 이유라도 있냐고 물으셨나요? 왜라니요, 이걸 봐요, 여기 이 안을 좀 봐요. 거기 비친 당신 모습을 좀 보란 말이에요! 그걸 보는 게 좋나요? 아닙니다! 나도 그렇고요, 어느 누구도 좋아하지 않을 거라고요."

마크하임이 갑자기 거울을 눈앞에 들이대자 키 작은 판매업자는 뒤로 움찔 물러났다. 그러나 마크하임이 손에 위험한 것을 들고 있지 않음을 알아채고는 이내 다시 싱긋이 웃고는 말했다.

"손님, 결혼하실 아가씨가 그렇게 예쁘지는 않으신가 보네요."

"나는 성탄절 선물을 골라달라고 부탁했는데 영감님은 이것을, 지나간 세월이나 과거에 벌인 잘못이나 어리석은 행동을 떠올리게 하는 이따위 것을, 양심을 비추는 이 손거울을 보여주네요! 일부러 그러셨나요? 도대체 생각이 있으신 겁니까? 말씀해보세요. 말씀하시는 게 좋을 겁니다. 어서요, 영감님 자신을 어떻게 생각하시는지 말씀해보란 말입니다. 미루어 생각하여 헤아리건대, 나는 영감님이 아주 자비로운 사람이라 믿고 있어요."

판매업자는 손님을 유심히 쳐다보았다. 이상하게 오늘은 마크하임이 재미있으라고 그런 말을 하는 것 같지 않았다. 그의 얼굴에서 열렬한 희망의 힘찬 기운은 느낄 수 있었지만, 즐거워하는 것 같지는 않았다.

"무슨 말을 하려는 겁니까?" 판매업자가 물었다.

"자비로운 사람이 아닌가요?" 마크하임이 우울하게 대답했다. "자비심도 없고, 신앙심도 깊지 않고, 양심적이지도 않고, 누군가를 사랑하지도 않고, 그렇다고 누군가의 사랑을 받는 것도 아니고, 돈을 버는 손과 그것을 보관하는 금고, 그게 모두입니까? 빌어먹을, 영감님한테는 그게 전부인가요?"

"그게 뭔지 말해주겠소." 판매업자가 새되게 말을 하려다 다시 싱긋이 웃더니 말했다. "이제 보니 손님은 연애결혼을 하시나 보군요. 그리고 그 아가씨의 건강을 위해 벌써 한잔 마시고 오신 모양이고요."

"아!" 마크하임이 이상한 호기심을 느끼며 소리쳤다. "아, 영감님도 사랑에 빠지신 적이 있습니까? 말씀 좀 해보세요."

"내가?" 판매업자가 소리쳤다. "내가 사랑에? 그럴 시간도 없었지만 오늘처럼 이런 말도 안 되는 이야기를 들을 시간도 없어요. 이 거울을 사겠소?"

"왜 그렇게 서두르시나요? 여기 서서 이야기를 나누고 있으니 기분이 좋네요. 인생이란 게 너무 짧고 불안정하다 보니 나는 어떤 자잘한 즐거움도 대충대충 누리고 싶지 않군요, 안 되지요, 이렇게 자잘한 즐거움까지도 말입니다. 우리는 낭떠러지 끝에 서 있는 사람처럼, 하다못해 지푸라기라도 잡는 심정으로 뭐든지 붙잡아야 합니다. 순간순간이 하나의 낭떠러지입니다. 이렇게 생각해보세요. 높이가 1.5킬로미터 정도 되는, 너무 높아서 떨어지면 인간다움이라고는 아주 없애버리는 그런 낭떠러지가 인생이라고 말입니다. 그러니까 즐겁게 이야기나 나누는 게 최곱니다. 우리 서로 이야기나 해봅시다. 왜 이런 가면을 쓰고 있어야 하나요? 까놓고 이야기해봅시다. 누가 압니까? 우리는 친구가 될 수도 있습니다."

"손님한테 딱 한 가지만 말씀드리죠. 물건을 사든가, 아니면 가게에서 나가주시오!" 판매업자가 말했다.

"맞아요, 맞아요, 내가 바보짓을 했군요. 거래를 해야지요. 다른 것도 좀 보여주시죠."

판매업자가 다시 한 번 허리를 숙였다. 손거울을 진열장 선반 위 본디 있던 자리에다 갖다놓기 위해서였다. 그렇게 하자 그의 가는 금발 머리가 흘러내려 눈을 가리게 되었다. 그때 마크하임은 한 손을 자신의 커다란 외투 주머니에 찔러 넣고 좀더 가까이 다가갔다. 그는 윗몸을 뒤로 젖히며 숨을 깊이 들이마셨는데, 바로 그때 두려움, 혐오감, 결심, 황홀함, 육체적인 불쾌감 같은 수많은 서로 다른 감정이 한꺼번에 그의 얼굴에 나타났다. 그리고 윗입술이 거칠고 사납게 들리더니 이가 드러났다.

"아마도, 이게, 맞으실 것 같은데요." 판매업자가 이렇게 말하면서 다시 일어나려고 할 때 마크하임이 뒤에서 달려들었다. 꼬챙이 같은 긴 칼이 번쩍였다가 바닥으로 떨어졌다. 판매업자는 관자놀이를 선반에 부딪치면서 암탉처럼 버둥거리더니 쿵 하고 쓰러져서는 움직이지 않았다.

그 가게 안에 있는 시계들이 내는 작은 소리가 크게 들렸다. 어떤 것들은 오래된 것에 어울리는 장중하고 느릿느릿한 소리를, 다른 것들은 수다스럽고 다급한 소리를 냈다. 이런 초침 소리들이 한꺼번에 더해져 째깍거리는 복잡한 합창을 이루었다. 그런데 갑자기 인도 위를 뛰어가는 한 남자의 묵직한 발소리가 이 작은 소리를 흩트려버렸으며, 마크하임은 이 소리에 놀라 비로소 주변 상황을 의식할 수 있었다. 그는 두려움에 떨며 주위를 둘러보았다.

계산대 위에 세워진 양초 불꽃이 스며든 찬바람에 장엄하게 흔들렸다. 그리고 그런 자잘한 움직임 때문에 가게 안이 소리 없는 소란으로 가득 차서 바다처럼 일렁거렸다. 키가 큰 그림자는 고개를 끄덕거렸고, 그림자의 어둡고 커다란 얼룩이 숨을 쉬는 것처럼 커졌다가 작아졌으며, 초상화의 얼굴들과 도자기에 새겨진 신들이 물속에 비친 모습처럼 흔들거리며 변했다. 가게 안쪽 문이 조금 열려 있었는데, 그 문은 뾰족한 손가락처럼 가느다란 빛으로 그 뭉쳐진 그림자를 자세히 들여다보고 있는 것 같았다.

마크하임은 두려움을 일으키는 이런 일렁거리는 것들로부터 눈을 돌려 희생자 시체를 바라보았다. 시체는 팔다리를 뻗은 채 앞으로 고부라져 쓰러져 있었는데, 살아 있을 때보다 엄청나게 작아 보였고, 이상하게 더 초라해 보였다. 판매업자는 이렇게 불쌍하고 궁상맞은 옷차림에 볼품없는 자세로 톱밥 덩어리처럼 누워 있었다. 예전의 마크하임이었다면 두려워서 제대로 쳐다볼 수조차 없었겠지만, 그런데 보라! 아무것도 아니었다. 하지만 그가 그 시체를 뚫어지게 바라보고 있자니, 오래된 옷과 흥건히 고여 있는 피에서 사람에게 감동을 주는 목소리를 발견하기 시작했다. 시체는 분명히 이곳에 쓰러져 있다, 섬세하게 만들어진 관절을 다시 작동시킨다거나 기적처럼 다시 움직이게 지휘할 수도 없다. 누군가가 발견할 때까지 반드시 여기에 누워 있을 것이다. 발견이라! 아, 그렇게 되면? 그렇게 되면 이 시체는 영국 전체를 울릴 큰 소리를 질러댈 것이고, 온 세상은 살인자의 뒤를 쫓는 흔적들로 가득 찰 것이다. 아, 죽었든 죽지 않았든, 이자는 아직 그의 적이었다. 그는 '이자의 머리를 깨부수었던 시간도 적이었지'라고 생각했다. 그리고 첫 번째 단어가 그의 마음에 충격으로 다가왔다. 시간, 그 일을 끝내버린 지금, 시간은 희생자에게는 끝나버린 것이지만, 살인자에게는 절박하고 중요한 것이 된다.

그가 이렇게 생각하고 있을 때, 시계들이 차례대로 온갖 다양한 속도와 소리—대성당 뾰족탑 종소리처럼 깊은 소리, 또는 왈츠 서곡 고음부를 연주하는 듯한 소리—를 내며 늦은 3시를 알렸다.

조용한 방에 울려 퍼진 그렇게 많은 시계의 갑작스러운 폭발음에 그는 깜짝 놀랐다. 그는 양초를 들고 있었는데, 양초 촛불의 움직임에 따라 움직이는 그림자에 둘러싸인 채 가게 안을 있는 힘껏 이리저리 돌아다니기 시작했다. 그러다가 우연히 거울에 비친 영상을 보고 화들짝 놀랐다. 국내에서 만들어졌거나 베네치아나 암스테르담에서 만들어진 것처럼 보이는, 수많은 화려한 거울들 속에서 자꾸만 반복해서 되비치는 자신의 모습이 마치 한 무리의 첩자처럼 보였다. 그 자신의 눈들이 그와 마주쳤고, 그의 움직임을 살폈다. 그의 발소리는 주위 정적을 깨뜨렸다. 그는 여전히 주머니에 손을 찔러 넣은 채, 자신의 계획에 결점이 많았음을 깨닫고는 넌더리가 난다는 듯이 되풀이해서 스스로를 책망했다. 그는 좀더 조용한 시간대를 골랐어야 했고, 알리바이도 준비했어야 했다. 칼은 쓰지 않았어야 했으며, 주의를 좀더 기울였어야 했다. 판매업자를 죽이지 말고 입을 틀어막아 묶어두기만 했어야 했고, 차라리 좀더 대담하게 하녀까지 죽였어야 했다. 모든 것을 달리 했어야 했다. 그는 사무치게 후회했고, 울적해했으며, 끊임없는 고민에 시달렸다. 바꿀 수 없는 것을 바꾸려 했고, 이제는 쓸모없어진 계획을 다시 세우려 했으며, 돌이킬 수 없는 과거를 다시 설계하고자 했다. 한편 이런 모든 움직임 뒤에는 동물적인 공포감이 도사리고 있었다. 그것은 마치 버려진 다락방 안에서 종종걸음치는 쥐처럼, 그의 머릿속 가장 깊고 외딴 곳까지 시끄럽게 채워 나갔다. 경찰의 손이 그의 어깨를 육중하게 덮치면, 그의 신경은 낚싯줄에 걸린 물고기처럼 요동칠 것이다. 법정 피고석과 감옥, 교수대와 검은 관이 한 줄로 빠르게 그의 눈앞을 스쳐 지나갔다.

거리의 사람들에 대한 두려움이 포위해오는 군대처럼 그의 마음속에 자리잡았다. 그럴 리는 없었지만, 판매업자와 싸우면서 질렀던 소리가 사람들 귀에 분명히 들어갔을 테고, 그래서 그들이 호기심의 날을 세우고 있을 것이라 생각했다. 그리고 지금 모든 이웃집에서는 사람들이 꼼짝도 하지 않고 앉아서 귀를 쫑긋 세우고 있으리라 추측했다. 지나간 추억을 떠올리며 집에서 홀로 성탄절을 보내도록 운명지워진 외로운 사람들은 깜짝 놀라서 지금쯤 그런 망상에서 완전히 깨어났을 것이다. 행복한 가정에서는 식구들이 침묵에 휩싸인 채 식탁 주위에 둘러앉아서, 어머니는 조용히 하라는 듯 손가락을 여전히 입 앞에 세우고 있을 것이다. 남녀노소, 지위의 높고 낮음을 떠나 모든 사람이 자기 집에서 동정을 살피고 귀를 기울이며, 그의 목을 매달 밧줄을 짜고 있을 것이라 생각했다. 이따금 그는 조용히 움직이려고 했지만 생각대로 되지 않았다. 굽이 높은 보헤미아 술잔이 종소리 같은 큰 소리를 냈다.

그리고 째깍거리는 시계 소리가 너무 커서 깜짝 놀란 그는 그 시계들을 멈추게 하려고도 했다. 그런데 또다시 두려움의 대상이 눈 깜짝할 사이에 바뀌었는데, 가게 안이 조용하다 보니 두려움을 느끼는 듯싶었고, 그래서 지나가는 사람들을 놀라게 하고 얼어붙게 만드는 것 같았다. 그래서 그는 좀더 대담하게 걷기로 하고는 일부러 큰 소리를 내며 가게 안 물건 사이를 부산하게 돌아다녔다. 그리고 애써 허세를 부리며 자기 집에서 마음 편하게 분주히 움직이는 사람의 흉내도 냈다.

이렇듯 서로 다른 공포에 이끌려 마음 한구석은 여전히 기민하게 빈틈없이 움직였지만, 또 다른 마음 한구석은 무서움에 떨며 미치기 직전이었다. 하나의 환각이 고지식한 그의 마음을 유달리 강하게 사로잡았다. 하얗게 질린 얼굴로 창문 옆에서 엿듣는 이웃 사람들, 생각하기도 싫은 추측을 하며 가던 길을 멈추고 거리에서 서성이는 길손들, 이들은 최악의 경우를 짐작할 수는 있겠지만 알 수는 없을 것이다. 소리만이 벽돌담과 덧문이 닫힌 창문을 통해 빠져나갈 수 있는 여기, 집 안에, 판매업자 혼자만 있었던가? 그는 그렇다고 생각했다. 하녀가 초라하지만 가장 아끼는 옷을 차려입고 나가는 것을 보았다. 그녀의 리본과 웃음에는 '오늘은 바깥나들이를 하는 날'이라고 쓰여 있었다. 그래, 그는 분명히 혼자였다. 그런데 완전히 텅 빈 이 집 위층에서 누군가 조심스럽게 걷는 소리를 확실하게 들었다. 그는 설명할 수는 없지만 누군가 분명히 있다고, 확실히 있다고 느꼈다. 그의 상상은 방마다 구석구석 그 존재를 따라갔다. 그것은 얼굴은 없었지만 볼 수 있는 눈은 갖고 있었다. 이제 다시 보니 그것은 자기 자신의 그림자였다. 아니, 그것은 교활함과 증오로 되살아난, 죽은 판매업자와 아주 비슷했다.

가끔씩 그는 여전히 그의 시선을 거부하는 것 같은 열린 문을 가까스로 흘긋 바라보았다. 집은 천장이 높았고, 채광창은 작고 더러웠다. 안개 때문에 밖은 잘 보이지 않았다. 그리고 1층으로 스며드는 빛은 너무 희미해서 가게 문턱을 희미하게 비추고 있었다. 그러나 그 어두운 한 자락 빛줄기 속에서 그림자 하나가 매달려 흔들리는 것이 아닌가?

갑자기 바깥 거리에서 신사 한 명이 아주 쾌활하게 지팡이로 가게 문을 두드리기 시작했다. 그는 시끄럽게 소리 지르고 판매업자의 이름을 계속 불러대며 농담했다. 마크하임은 꼼짝도 못한 채 죽은 사람을 흘끗 보았다. 그러나 그는 죽었다! 여전히 아무 말 없이 누워 있었다. 이렇게 두드리며 그의 이름을 시끄럽게 외쳐 불러도, 그는 그 소리를 들을 수 없는 먼 곳으로 사라졌다. 고요한 바다 밑으로 깊숙이 가라앉았다. 울부짖는 폭풍우 속에서도 알아차릴 수 있었던 그의 이름은 이제 하나의 공허한 소리가 되었다. 마침내 그 쾌활한 신사는 두드리기를 멈추고 가버렸다.

그것은 일을 서둘러 마무리해야 한다는, 이웃 사람들의 비난하는 듯한 눈초리에서 벗어나 런던의 군중이라는 욕조 속으로 뛰어들어가 있다가, 밤이 되면 안전한 피난처이자 겉으로는 결백해 보이는 그의 침대로 서둘러 돌아가라는 분명한 암시였다. 방문객 한 명이 왔었으니, 언제 어느 때든 다른 방문객이 올 것이고, 먼저 왔다가 간 사람보다 더 집요할 것이다. 그런 일을 저지르고도 아무것이 없다면, 그것은 너무도 혐오스러운 실패가 될 것이다. 이제는 돈과 그것을 얻을 수단인 열쇠가 마크하임의 관심사가 되었다.

그는 어깨너머로 열린 문을 흘긋 바라보았다. 그 그림자는 여전히 남아서 흔들리고 있었다. 그다지 혐오스럽지는 않았지만, 두려운 마음에 몸을 떨면서 시체 가까이로 다가갔다. 사람다운 특징은 완전히 사라지고 없었다. 마치 밀기울이 절반쯤 채워진 옷처럼, 팔다리는 사방으로 널브러져 있었고, 고꾸라진 몸뚱이는 바닥 위에 반으로 접혀 있었다. 그렇지만 시체는 아직 그를 거부하고 있었다. 거무죽죽하고 하찮게 보였지만, 손을 대면 어떤 일이 벌어질 것 같아 무서웠다. 그는 어깨 부분을 잡고 시체를 바로 돌려놓았다. 그것은 이상하게 가볍고 유연했다. 팔다리가 마치 부러진 것처럼 자세가 이상했다. 얼굴에는 아무런 표정이 없었지만 밀랍처럼 창백했고, 관자놀이 주변은 피로 짙게 얼룩져 있었다. 그것은 마크하임에게는 불쾌한 광경이었다. 그것을 보자마자 한 어촌에서 열린 어떤 장날을 떠올렸다. 날씨는 흐렸고, 바람이 몹시 불었으며, 길거리는 사람들로 북적거렸다. 금관악기와 북의 요란한 소리, 발라드를 부르는 가수의 콧소리 섞인 목소리가 들려왔다. 한 소년이 흥미와 두려움을 함께 느끼면서 군중 속에 파묻혀 이리저리 돌아다니다가 사람들이 가장 많이 모인 장소로 가서, 가게와 요란한 색깔로 음산하게 그려진 그림이 걸린 커다란 칸막이를 보았다. 제자와 함께 있는 브라운리그, 자신들이 죽인 손님과 함께 있는 매닝 부부, 터텔에게 목이 졸린 채 죽어가는 위어, 이 밖에도 유명한 범죄 장면이 그려진 그림 20여 점을 보았다. 그때 기억이 너무나 뚜렷하게 되살아났다. 그는 다시 그때 꼬맹이가 되었다. 그는 그때와 똑같은 생리적인 혐오감을 느끼면서 이 넌더리 나는 그림을 다시 보고 있었다. 그날 울렸던 북소리 때문에 아직도 귀가 먹먹했고, 그날 들었던 음악 한 소절이 떠올랐다. 그리고 그때, 그는 처음으로 양심의 가책을 느껴서 토할 것 같았고, 관절에서 힘이 빠졌다. 그는 곧바로 그런 생각을 떨쳐버리고 이겨내야만 했다.

그는 이런 생각으로부터 도망치기보다는 맞서는 것이 더 현명하다고 판단했다. 그래서 시체 얼굴을 좀더 대담하게 쳐다보면서, 자신이 저지른 범죄의 본질과 심각성을 깨닫고자 노력했다. 조금 전까지만 해도 저 얼굴은 감정 변화에 따라 움직였었다. 저 창백한 입은 말을 했고, 저 몸은 억제할 수 있는 활기로 불타오르고 있었다. 그런데 지금은, 마치 시계 수리공이 손가락을 끼워 넣어 시계를 멈추게 하는 것처럼, 그의 행동 때문에 저 생명체는 움직임을 멈추고 말았다. 그는 그렇게 경솔하게 이성적으로 생각하자 후회에 의한 양심의 가책은 더 이상 느끼지 않았다. 범죄 장면이 그려진 그림 앞에서 벌벌 떨었던 마음이 이제는 실제 범죄 현장 앞에서도 냉정했다. 세상을 매혹적인 정원으로 만들 수 있는 모든 능력을 타고 났으면서도 제대로 인생을 살아보지도 못하고 지금은 허무하게 저세상으로 가버린 한 사람에 대해, 기껏해야 한 가닥 동정심만 느꼈을 뿐 겁을 먹지는 않았다.

그는 이런 생각들을 떨쳐버리고 열쇠를 찾아서는, 가게 안 열려 있는 문쪽으로 다가갔다. 밖에서는 비가 거세게 내리기 시작했다. 지붕 위를 때리는 빗소리에 고요함은 사라졌다. 물이 뚝뚝 듣는 동굴에서처럼, 희미하지만 끊임없이 울리는 빗소리와 째깍거리는 시계 소리가 함께 섞여 귓가를 떠나지 않았다. 마크하임은 문에 가까이 다가갔을 때 자신의 조심스러운 발소리에 맞춰 계단 위로 물러나는 또 다른 사람 발소리가 들리는 것 같았다. 그 그림자는 여전히 문지방 위에서 축 늘어져 떨고 있었다. 그는 대단한 결심을 한 듯 팔에 힘을 주어 문을 잡아당겼다.

흐릿하고 뿌연 햇빛이 바닥과 계단 위에 미늘창*1을 들고 층계참에 서 있는 청동상의 빛나는 갑옷 위에도, 아래 창틀 아래에 붙인 판에 걸려 있는 그

*1 창과 도끼를 결합시킨 형태의 옛날 무기.

림 액자들과 어두운 나무 조각상들 위에도 어스레하게 비쳤다. 쏟아지는 빗소리가 집 안 전체에 시끄럽게 울리고 있었지만, 마크하임은 그 속에서 다른 많은 소리를 구분해서 듣기 시작했다. 발소리와 한숨 소리, 먼 곳에서 행진 중인 군대 발소리, 계산대에서 동전 짤랑대는 소리, 열려 있는 문이 삐걱대는 소리 등이 천장 위로 후드득 떨어지는 빗소리와 파이프에서 쏟아지는 물소리와 섞여서 들리는 것 같았다. 혼자가 아니라는 느낌은 그를 미치기 직전 상태로 몰고 갔다. 무엇인가가 사방에서 자신을 둘러싸고서 따라다니는 것만 같았다. 가만히 움직이는 그들의 소리가 위층에서 들려왔다. 가게 안에서는 시체가 발을 질질 끄는 듯한 소리가 들려왔다. 그가 힘들게 겨우 계단을 올라가기 시작하자, 발소리들이 그 앞에서 조용히 사라지더니 이번에는 뒤에서 몰래 따라왔다. 그는 자신이 귀머거리였다면 마음이라도 편안해졌을 텐데 하고 생각했다. 그러나 보다 신경써서 주위에 귀를 기울이며, 전초기지를 세우고 그곳에 믿음직한 파수꾼을 두어 목숨을 지켜주는 자신의 혼란스러운 감각에 스스로 감사했다. 그는 계속해서 두리번거렸고, 금방이라도 눈구멍에서 튀어나올 것 같은 눈은 사방을 살폈다. 여기저기에 놓여 있는 것들이 조용히 사라져서 마음이 조금은 놓였다. 위층으로 올라가는 계단의 스물네 개 디딤대는 스물네 개 고통이었다.

1층에 있는 문 가운데 조금 열려 있었던 세 개의 문은 마치 몰래 숨어 있는 세 명의 병사처럼 보였을 뿐만 아니라 대포 구멍 같아서 그의 신경을 혼란스럽게 만들었다. 그는 이제 틀어박힌 듯 숨어 있어도 사람들의 관찰하는 눈길을 피할 수는 없다고 생각했다. 그는 집에 혼자 있고 싶은 생각이 간절했으며, 사방이 벽으로 둘러싸인 곳에서 이불 속에 파묻혀, 하느님 말고 다른 어느 누구의 눈에도 띄지 않기를 바랐다. 그런 생각을 하게 되자 그는 다른 살인범들 이야기와 그들이 하늘이 내리는 벌을 받을까 두려워했다는 것을 기억해내고는 조금 이상하게 여겼다. 적어도 그는 그렇지 않았다. 다만, 자연의 법칙이 냉정하고 변함없는 진행 절차 속에서 자신이 저지른 범죄의 어떤 빌어먹을 증거를 보존하고 있는 게 아닌가 두려웠다. 그는 굴욕적이고 미신적인 공포심을 느끼며, 계속 이어져야 할 인간의 경험이 끊어지고, 자연이 일부러 자신의 법칙을 깨버리는 게 아닌가 라고 생각하니 열 배는 더 두려웠다. 그는 기술이 필요한 놀이를 했다. 원인에서 결과를 예측하는 그런 법칙에 따라서 말이다. 그런데 놀이에 져서 체스판을 뒤엎는 폭군처럼, 만약 자연이 연속성의 틀을 깨버린다면? 만약 그렇다면, 겨울이 오는 시기가 바뀌어 나폴레옹에게 좋지 않은 일이 닥친 것처럼(작가들이 그렇게 말했다) 자신한테도 좋지 않은 일이 닥칠 거라고 두려워했다. 저 단단한 벽이 갑자기 투명해져서, 마치 유리 벌통 속에 갇힌 벌들의 움직임처럼 자신이 한 짓거리가 드러날 수도 있고, 발밑에 있는 두꺼운 바닥이 유사(流沙)*2가 되어 자신을 옴짝달싹도 못하게 만들 수도 있다. 그런 것이 아니라도, 그를 망칠 보다 엄숙한 사고는 얼마든지 더 있다. 예를 들면 집이 무너져 그가 시체 옆에 갇힌다든가, 아니면 옆집에 불이 나서 소방관들이 사방에서 밀어닥칠 수도 있다. 그는 이런 것들이 두려웠다. 그런데 어떤 의미에서 보면 이런 것들도 죄를 다스리는 하느님의 손길이라고 말할 수 있다. 그러나 그는 하느님 자체에 대해서는 마음이 편했다. 그는 자신의 행동이 확실히 예외적인 것이고, 그래서 하느님이 그것을 알고 자신을 용서해줄 거라 생각했다. 그가 확실히 느끼는 자기 행동의 정당성은 하느님에 대한 것이지, 사람들에 대한 것이 아니었다.

그는 안전하게 응접실로 들어가 문을 닫자, 비로소 공포가 잠시나마 물러남을 느꼈다. 그 방은 완전히 엉망이었다. 양탄자도 깔려 있지 않았고, 포장용 상자와 어울리지 않은 가구가 어수선하게 흩어져 있었다. 마치 그가 무대 위에 선 배우라도 되는 것처럼, 다양한 각도에서, 그를 비추는 커다란 거울도 여러 개 있었다. 액자에 끼워져 있거나 끼워져 있지 않은 많은 그림이 앞면이 벽쪽을 향한 채 기대 세워져 있었다. 또 셰러턴*3풍 고급 찬장 하나, 상감으로 세공된 장식장 하나, 장식용 휘장이 쳐진 아주 오래된 침대 하나가 있었다. 창문은 열려 있었지만 정말 운 좋게도 덧문 아래쪽은 닫혀 있어 그의 모습이 이웃 사람들 눈에 띄지는 않았다. 마크하임은 포장용 상자 하나를 장식장 앞에 끌어다놓고 열쇠 꾸러미를 뒤지기 시작했는데, 열쇠가 너무 많아서 시간이 오래 걸린 데다 무척이나 지루했으며, 어쩌면 장식장 안에 아무것도 없을 수도 있었다. 시간은 나는 듯이 흘러갔다. 그러나 조심스럽게 열

---

*2 바람이나 물에 의해 아래로 흘러내리는 모래. 사람이 들어가면 늪에 빠진 것처럼 헤어나오지 못함.

*3 18세기 영국의 유명한 가구 제작자.

쇠를 찾다보니 그는 오히려 침착해졌다. 그는 문을 힐끗 바라보았다. 때때로, 훌륭한 방어 시설의 상태를 즐거이 확인하는 요새 사령관처럼 똑바로 문을 바라보기도 했다. 그러나 사실 마음은 편했다. 거리에 떨어지는 빗소리가 자연스럽고 기분 좋게 들렸다. 잠시 뒤, 거리 저쪽에서 피아노 연주에 맞춰 아이들이 부르는 찬송가가 들려왔다. 얼마나 장중하고 편안한 가락인가! 어린아이들 목소리는 얼마나 산뜻한가! 마크하임은 흐뭇하게 그 소리에 귀를 기울이며 열쇠를 찾았다. 그 음악 소리에 따라 마크하임의 마음속에는 많은 생각과 영상들로 넘쳐났다. 교회에 가는 아이들 모습, 커다란 오르간이 울리는 소리, 들판에서 뛰어노는 아이들, 시냇가에서 멱 감는 아이들, 야생장미가 핀 공원을 거니는 아이들, 구름이 떠다니는 하늘 위로 바람에 연을 날리는 아이들 모습이 떠올랐다. 찬송가 리듬이 바뀌자, 교회 안 풍경이 떠올랐다. 어느 여름 일요일 교회에서 조는 사람들, 한껏 허세를 부리는 목사의 목소리(이 생각에 그는 미소 지었다), 화려하게 꾸며진 제임스 1세 때 무덤들, 성단소(聖壇所) *4에 새겨진 십계명의 희미한 글자가 떠올랐다.

그는 그렇게 바쁘게 열쇠를 찾으며 멍하니 생각에 잠겨 있다가, 갑자기 놀라서 벌떡 일어났다. 놀라움에 얼어붙다가 갑자기 불같이 뜨거운 피가 솟구쳐 온몸으로 퍼졌다. 그는 꼼짝도 못하고 두려움에 떨며 서 있었다. 느리지만 착실하게 계단을 밟고 올라오는 발소리가 들렸다. 곧이어 손잡이에 손이 닿더니, 자물쇠가 딸깍하면서 문이 열렸다.

마크하임은 두려움에 사로잡혀 손가락 하나 까딱할 수 없었다. 무엇을 어떻게 해야 할지 몰랐다. 죽은 사람이 걸어온 것일까? 아니면 인간의 정의를 심판하는 공무원이 찾아온 것일까? 아니면 우연히 범죄를 목격한 사람이 자신을 교수대로 끌고 가기 위해 무턱대고 찾아온 것일까? 그런데 어떤 사람이 문틈으로 고개를 들이밀고, 방 안을 둘러보더니, 그를 보자 마치 친구를 알아본 것처럼 고개를 끄덕이며 미소를 짓고는, 다시 문을 닫고 물러갔다. 그는 공포를 이겨내지 못하고 쉰 목소리를 내고 말았고, 그 소리에 방문객이 다시 돌아왔다.

"나를 불렀소?" 그가 유쾌하게 물으면서 다시 방으로 들어와 문을 닫았다.

---

*4 교회당 성가대와 성직자의 자리.

마크하임은 선 채로 그를 뚫어지게 바라보았다. 아마도 그의 눈에 얇은 막이 덮여 있어서 새로 들어온 사람의 윤곽이 마치 가게 안 촛불에 흔들리는 상상의 윤곽처럼 변하고 흔들리는 것처럼 보였다. 그런데 때때로 마크하임은 이 사람을 알 것 같았다. 때때로 자기 자신과 너무나 닮았다고 생각했다. 그러나 이것은 지상의 것도, 하느님 것도 아니라는 확신이 생생한 공포 덩어리처럼 그의 가슴속에 자리 잡았다.

그런데 이 생명체는 이상하게도 겉으로 보기에는 평범했다. 그는 안으로 들어와 미소 지으며 마크하임을 보고 서 있었다. 그가 덧붙여 말했다. "돈을 찾고 있지요, 그렇지요?" 그것은 일상생활에서 쓰는 공손한 말투였다.

마크하임은 대답하지 않았다.

"당신에게 미리 알려줄 것이 있소. 하녀가 평소보다 일찍 애인과 헤어졌으니, 곧 이리로 올 겁니다. 만약 마크하임 씨가 이 집에 있는 걸 알게 된다면, 그 결과가 어떨지는 굳이 말할 필요가 없겠죠?"

"나를 아시오?" 살인범 마크하임이 부르짖었다.

방문객은 미소 지으며 대답했다.

"나는 오래전부터 당신을 좋게 생각해왔소. 오랫동안 당신을 지켜봤고 가끔씩 당신을 도우려고 했소."

"당신 누구요? 악마요?" 마크하임이 울부짖었다.

"내가 누구든, 당신을 돕겠다는 내 마음에는 아무런 영향도 미치지 않소." 그가 대답했다.

"영향을 미칠 수 있소! 영향을 미친다고! 당신 도움을 받는다? 아니, 그럴 일 절대 없소! 당신 도움 따윈 필요 없어요. 당신은 날 모릅니다. 고맙게도 당신은 아직 날 모른다고요!"

"당신을 알고 있소," 방문객이 근엄하게, 아니 오히려 단호하게 대답했다. "나는 당신 영혼까지 알고 있소."

"나를 안다고! 누가 나를 알 수 있겠소? 내 삶이 나 자신을 조롱하고 비방할 뿐이오. 나는 내 본성을 속이며 살아왔소. 모든 사람들이 다 그렇죠. 누구나 다 점점 익숙해져서 자신을 스스로 감추게 되는 이런 가면 쓴 모습보다는 나아요. 당신도 알다시피, 사람들은 모두 난폭한 자에게 잡혀 망토를 덮어쓴 채 생활에 치여 살고 있소. 만약 그들이 자기 자신을 제어할 수 있다면, 당신은 그들의 진짜 얼굴을 볼 수 있을 거요. 그들은 완전히 딴사람이 되어 영웅이나 성자처럼 빛날 거요! 나는 그들 대부분보다 더 나쁜 놈이오. 나 자신을 더 감추고 있소. 변명일 뿐임은 나도 알고 하느님도 압니다. 그렇지만 내게 시간이 좀더 있다면, 진짜 내 모습을 보여줄 수도 있소."

"내게 말입니까?" 방문객이 물었다.

"어느 누구보다 당신한테 가장 먼저. 나는 당신이 똑똑한 사람이라고 생각했소. 당신이 나타났을 때 나는 당신이 사람 마음을 읽을 수 있는 사람일 것이라 생각했소. 그런데 당신은 내 행동만으로 나를 판단하려 하고 있습니다. 생각해보시오, 내 행동만으로! 나는 거인의 나라에서 태어났고 지금까지 살아왔소. 그 거인은 내가 어머니 배 속에서 나왔을 때부터 지금까지 내 손목을 잡고 나를 질질 끌고 다니고 있어요. 그 환경이라는 거인이. 그런데도 당신은 내 행동만 보고 나를 판단하려 하고 있소. 당신은 내 속을 들여다보지 못하고 있잖소? 내가 죄악을 싫어한다는 것을 당신은 이해하지 못하는 건가요? 비록 너무나도 자주 무시하긴 했지만, 어떤 의도적인 궤변에도 흐려지지 않는, 내 마음속에 분명히 새겨져 있는 양심이라는 문자를 당신은 보지 못하는 건가요? 내 비록 본의 아니게 죄를 지었지만 당신은 나한테서 인간성이라는 확실한 공통점을 읽을 수 없소?"

"모든 것을 실감나게 아주 잘 나타냈습니다. 그렇지만 그것은 나와는 관계가 없지요. 그런 일관된 관점은 내 영역을 벗어난 것입니다. 당신이 올바른 방향으로만 가고 있다면, 무엇이 당신을 강제로 끌고 다니는지 조금도 상관하지 않아요. 그러나 시간은 쏜살같이 지나가고 있소. 하녀는 거리에 모인 사람들의 얼굴을 보며, 광고판 그림도 쳐다보면서 꾸물거리고 있지만, 그래도 여전히 조금씩 가까이 다가오고 있소. 기억하시오. 그것은 마치 교수대가 성탄절 거리를 지나 당신 앞으로 뚜벅뚜벅 걸어오는 거나 마찬가지니까! 내가 도와줄까요? 모든 것을 아는 내가, 돈이 어디에 있는지 알려줄까요?"

"대가는 무엇이오?" 마크하임이 물었다.

"그냥 성탄절 선물이오." 방문객이 대답했다.

마크하임은 어떤 씁쓸한 승리감 같은 것을 느끼고는 미소 짓지 않을 수 없었다. "아닙니다, 당신의 도움은 받고 싶지 않소. 목이 말라 죽겠는데 당신이 내 입술에 물주전자를 들이민다고 해도, 나는 배짱 있게 거절할 거요. 경솔한 행동일 수도 있겠지만, 나 자신을 죄악에 빠뜨릴 짓은 조금도 하지 않을 거요."

"임종 때의 후회라는 데에는 나도 이의가 없소." 방문객이 말했다.

"당신이 그 효과를 믿지 않기 때문이오!" 마크하임이 외쳤다.

"그런 뜻으로 말한 것은 아니오, 나는 다른 관점에서 이것들을 봅니다. 사람의 생명이 끝나면 내 관심도 사라집니다. 사람들은 살면서 나를 도와주고, 종교를 핑계 삼아 비관적인 시선을 퍼뜨리며, 당신이 그랬던 것처럼, 힘없이 욕망에 이끌려 밀밭에 독초를 뿌립니다. 인간은 삶에서 구원받는 순간이 가까워질수록 도움되는 한 가지 일을 할 수 있을 뿐입니다. 뉘우치고, 웃으면서 죽는 것, 그래서 살아남은 겁많은 사람들에게 희망과 자신감을 심는 것입니다. 나는 그렇게 매몰찬 주인이 아니니, 한번 시험해보시오. 내 도움을 받아들여요. 지금까지 당신이 해왔던 것처럼 삶을 즐기란 말이오. 인생이라는 식탁에 팔꿈치를 대고 좀더 풍요롭게 즐기란 말이오. 당신한테 보다 고상한 위로의 말을 하자면, 밤이 찾아오고 커튼이 쳐지면 양심과의 싸움에서 보다 쉽게 타협할 수 있고, 하느님에게 복종함으로써 평온하게 지낼 수 있음을 알게 될 것이오. 나는 지금 막 그런 임종의 자리에서 오는 길입니다. 그 방에는 죽어가는 사람의 말을 들으며 정말로 슬퍼하는 사람들로 가득했소. 그런데 하느님의 은총과는 어울리지 않게 돌처럼 딱딱하게 굳어져가는 그 사람 얼굴을 보았을 때, 나는 그가 희망을 가지고 웃고 있음을 깨달았소."

"당신은 나를 그런 인간으로 생각합니까?" 마크하임이 물었다. "당신은 나를 숱한 죄를 지었으면서도 마지막에는 뱀처럼 살금살금 천국에 들어가고자 하는 욕망에 사로잡힌 놈으로만 보나요? 생각해보니 열 받네요. 당신이 겪어본 인간의 모습입니까? 아니면 손에 피를 묻힌 나를 발견하고서 그런 비열한 생각을 하는 겁니까? 그리고 살인죄가 정말로 선의 근원을 말려서 없애버릴 정도로 그렇게 나쁜 것입니까?"

"살인은 내게 특별한 일이 아닙니다. 모든 삶이 전쟁인 것처럼, 모든 죄는 살인이오. 나는 당신네 인간을 뗏목 위 굶주린 선원들, 그러니까 굶주린 사람 손에서 빵 부스러기를 빼앗고 서로 잡아먹는 그런 선원들이라고 생각합니다. 나는 당신들이 죄를 지은 그 순간을 넘어서 죄 그 자체를 쫓아다니죠. 그리고 결국 마지막 결과는 죽음이라고 생각합니다. 무도회 참가 문제로 그토록 우아하게 어머니에게 훼방놓는 아리따운 아가씨도, 살인자인 당신만큼이나 사람의 피를 흘리게 하는 사람이라고 생각합니다. 나는 죄의 뒤를 좇는다고 말했지요? 나는 또 덕의 뒤도 좇습니다. 그것들 사이에는 손톱 만큼의 차이도 없죠. 그것들은 죽음의 천사를 베기 위한 양날 칼이오. 나를 살게 하는 목적인 죄악은 행위에 있는 게 아니라 그 행위를 저지른 사람에게 있소. 나에게 소중한 것은 나쁜 사람이지 나쁜 행동이 아니오. 삶의 여러 시기가 부딪치며 떨어져 내리는 폭포 아래 멀리까지 따라가다 보면, 악행의 결과가 정말 훌륭한 덕행의 결과보다 더 행복할 수 있다는 것을 발견할 수도 있을 것이오. 내가 당신의 도피를 돕고자 하는 이유는 당신이 판매업자를 죽였기 때문이 아니라, 당신이 마크하임이기 때문이오."

"모든 것을 털어놓겠습니다. 당신이 발견한 이 범죄는 내 마지막 범죄입니다. 여기까지 오면서 많은 것을 배웠습니다. 범죄 자체가 중요한 교훈이 되었습니다. 저항을 한다고는 했지만 지금까지 나는 내가 바라지 않던 것을 억지로 해야 했습니다. 나는 가난의 노예였으며, 그것에 쫓기고 괴롭힘 당했습니다. 이러한 유혹을 이겨내는 확고한 미덕도 분명 있지만, 나의 미덕은 그렇지 못했습니다. 나는 쾌락을 간절히 바랐습니다. 그러나 오늘 이런 짓을 하고 나서야 비로소 어떤 경고와 풍요로움, 그러니까 나 자신을 되찾을 힘과 새로운 결심을 얻었습니다. 이제 나는 이 세상 모든 일에서 자유로운 사람이 되었습니다. 나 자신이 완전히 달라졌음을, 좋은 일을 하면 마음이 편안해짐을 깨닫기 시작한 것입니다. 과거의 어떤 것이 지금의 나를 찾아왔습니다. 안식일 저녁에 교회 풍금 소리를 들으며 내가 꿈꾸었던 어떤 것, 훌륭한 책을 읽으며 눈물을 흘렸을 때나 어릴 적에 어머니와 이야기를 나눌 때 예상했던 어떤 것이 마음속에 떠오른 것입니다. 내 삶은 그곳에 있습니다. 지난 몇 년 동안 나는 방황했습니다. 하지만 이제 다시 한 번 내가 가야 할, 나만의 도시를 찾았습니다."

"당신은 이 돈으로 주식에 투자하려고 그러죠?" 방문객이 물었다. "그리고 만약 내가 잘못 안 게 아니라면, 당신은 이미 많은 돈을 잃었어요."

"아! 하지만 이번에는 확실한 종목이 있습니다." 마크하임이 외쳤다.

"당신은 이번에도 또 잃을 것이오." 방문객이 조용히 대답했다.

"아, 반 정도는 남겨둘 겁니다!" 마크하임이 외쳤다.

"그것 또한 잃게 될 거요."

마크하임 이마 위에 땀방울이 맺혔다. "그렇다 한들 그게 왜 문제가 되죠? 그 돈을 잃고 또다시 가난해진다고 해도, 내 안의 한 부분, 그러니까 악한 부분이 끝까지 선한 부분을 이긴다고 말할 수 있습니까? 선과 악은 맹렬하게 내게 달려와 양쪽에서 나를 잡아끕니다. 그러나 나는 어느 한쪽을 사랑하지 않으며, 둘 다 사랑합니다. 나는 위대한 행동을 상상할 수 있고 금욕할 수도 있으며, 순교자가 될 수도 있습니다. 내 비록 살인 같은 죄를 지었지만, 연민을 모르지는 않습니다. 나는 가난한 사람들을 불쌍히 여깁니다. 어느 누가 나보다 더 그들의 고통을 잘 알겠습니까? 나는 그들을 동정하고 그들을 돕습니다. 나는 사랑을 소중히 여기고, 정직한 웃음을 사랑합니다. 나는 이 세상의 모든 선한 것과 진실한 것을 진심으로 사랑합니다. 그런데 악덕만이 내 삶을 지배하고, 나의 미덕은 무기력하고 쓸모없는 정신의 한 부분으로 남아 있어야 합니까? 아닙니다. 선함 또한 행동의 원천입니다."

그러나 방문객은 그 말에 찬성하지 않는다는 듯이 손가락을 들고 말했다. "나는 당신이 이 세상에서 살아온 36년 동안, 운명도 여러 차례 바뀌고 성격도 자주 바뀌면서도, 끊임없이 타락해만 가는 모습을 지켜보았소. 15년 전 당신은 도둑질하는 것만 보고도 깜짝 놀랐었소. 3년 전에는 살인이라는 말만 들어도 뒷걸음질 쳤지요. 그런데 지금은 어떤 범죄, 어떤 잔혹한 행위나 비열한 행위가 당신을 아직도 뒷걸음질 치게 하나요? 앞으로 5년 뒤에 당신은 현행범으로 잡힙니다! 아래로, 아래로만 추락해서 결국은 죽음만이 당신을 멈출 수 있을 것이오."

"사실입니다, 어느 정도 악을 따랐던 것이 사실입니다. 그렇지만 모든 사람이 다 그렇습니다. 어떤 성자도, 단순한 일상생활에서는 고집을 꺾고 주위 환경에 맞춥니다." 마크하임이 쉰 목소리로 말했다.

"한 가지 간단한 질문을 하겠소. 대답에 따라 당신의 도덕적인 운명을 점쳐주죠. 당신은 지금까지 수많은 방종을 저질렀소. 아마 잘한 일도 있었겠지요. 어떤 면에서는 모든 사람이 다 그렇소. 그것을 인정하더라도, 당신은 자신의 행동 속에서 아주 하찮은 것이라고 해도 어떤 특별한 한 가지에만 만족하기 어렵습니까? 아니면 모든 것에 자제력을 잃습니까?"

"어떤 한 가지?" 마크하임이 고민스럽다는 듯 되풀이해서 말했다. "아닙니다." 그는 절망하며 덧붙였다. "한 가지가 아닙니다. 나는 모든 점에서 타락했습니다."

"그러면 지금 당신 모습에 만족하시오. 왜냐하면 당신은 결코 바뀌지 않으니까요. 이 세상에서 당신의 운명은 이미 정해져 있어 바꿀 수 없소."

마크하임은 한참 동안 말없이 서 있었고, 오히려 침묵을 먼저 깬 쪽은 방문객이었다.

"그러니까, 돈이 어디에 있는지 알려줄까요?"

"그리고 신의 자비도?" 마크하임이 외쳤다.

"이미 시험해보지 않았나요? 2, 3년 전 신앙부흥 전도집회에서 나를 보지 않았소? 찬송가도 당신이 가장 크게 부르지 않았나요?" 방문객이 되물었다.

"맞아요, 이제 내가 해야 할 일이 무엇인지 분명히 알았습니다. 이렇게 가르쳐 줘서 정말 고맙소. 이제 깨어났어요. 마침내 내가 누군지 알게 됐소." 마크하임이 대답했다.

바로 그때, 날카로운 초인종 소리가 온 집 안에 울려 퍼졌다. 그 소리가 마치 기다리고 있던 어떤 약속된 신호인 것처럼, 방문객은 곧바로 자리에서 일어났다.

"하녀요!" 그가 외쳤다. "내가 경고했던 것처럼 그녀가 돌아왔소. 이제 당신 앞에는 보다 더 어려운 과정이 놓여 있소. 반드시 주인이 아프다고 말하고, 꼭 그녀를 집 안으로 들어오게 해야 하오. 자신 있으면서도 진지한 표정으로, 웃지 말고 과장하지만 않으면 성공할 거요! 일단 그녀가 안으로 들어와 문을 닫으면, 이미 판매업자를 제거했던 때 보여준 그 솜씨를 한 번만 더 발휘하면 돼요. 그러면 당신은 이 마지막 위험에서 벗어날 거요. 그런 뒤에는 저녁 시간이 통으로, 필요하다면 온밤이 당신 것이오. 집 안 보물을 모두 훔칠 수도 있고, 당신 안전도 확보할 수 있소. 위험이라는 가면을 쓰고 당신을 찾아온 이것이 당신을 도와줄 거요. 서둘러요! 어서 서둘러요. 당신 인생이 위태롭게 흔들리고 있소. 서둘러 움직이시오!" 그가 외쳤다.

마크하임은 조언자를 침착하게 바라보며 말했다. "비록 나쁜 행동 때문에 유죄판결을 받겠지만, 아직 자유의 문 하나는 열려 있소. 나는 행동을 멈출 수 있습니다. 내 삶이 사악한 것이라면, 나는 그것을 버릴 수도 있소. 정말이지 당신이 말한 것처럼, 내가 온갖 사악한 유혹에 끌려다녔어도, 나는 아직 단호하게 어떤 유혹도 느낄 수 없는 곳으로 나 자신을 옮겨놓을 수도 있습니다. 선을 사랑하는 내 마음은, 빌어먹을 아무래도 결실을 보지 못하는군요. 아마 그렇겠지요, 뭐 그래도 상관없소! 그렇지만, 아직 나는 악을 미워합니다. 당신은 화가 나서 실망하겠지만, 힘과 용기를 낼 수 있음을 보여주겠소."

마크하임이 이렇게 말했을 때, 방문객 모습이 아름답고 사랑스럽게 바뀌기 시작했다. 승리의 기쁨으로 환하고 부드럽게 빛나더니 곧 희미하게 사라졌다. 그러나 마크하임은 멈춰 서서 이런 변화를 지켜보거나 이해하려고 하지 않았다. 그는 문을 열고, 혼자만의 생각에 잠겨서 아래층으로 천천히 내려갔다. 그의 과거가 있는 그대로 그의 눈앞을 지나갔다. 그는 과실치사처럼 제멋대로인, 추하고 격렬한 꿈—패배의 장면—을 있는 그대로 바라보았다. 이처럼 되돌아본 그의 삶은 이제 더는 그를 유혹하지 않았다. 그는 저 멀리에 그의 배가 정박할 조용한 항구가 있음을 느꼈다.

그는 복도에 멈춰 서서 가게 안을 바라보았다. 촛불이 아직도 시체 옆에서 타오르고 있었다. 이상할 정도로 조용했다. 그렇게 서서 보고 있으려니, 그의 마음속에 판매업자에 대한 생각이 떠올랐다.

그때 초인종 소리가 참을 수 없다는 듯 다시 시끄럽게 울렸다.

그는 현관에서 조용하게 미소 지으며 하녀를 맞았다.

"경찰을 부르러 가는 게 좋을 거요. 내가 당신 주인을 죽였거든."

The Isle of Voices
목소리 섬

목소리 섬

케올라는 몰로카이*[1]의 현자인 칼라마케의 딸 레후아와 결혼했고, 장인과 계속 같이 살았다. 현자 칼라마케보다 재주가 많은 사람은 아무도 없었다. 그는 별자리를 읽었고, 죽은 자들의 시체로 점을 칠 수 있었으며, 사악한 존재들 덕분에 혼자서도 도깨비들이 다스리는 산의 가장 높은 꼭대기까지 갈 수 있었고, 그곳에 고대의 영혼들을 잡기 위한 덫을 놓기도 했다.

그러므로 그는 하와이 왕국 전체를 통틀어 가장 자문을 많이 받는 사람이었다. 분별 있는 사람 치고 뭔가를 사고팔고, 결혼을 하는 등 삶을 꾸려 나가면서 그와 상의하지 않는 사람이 없었다. 왕도 카메하메하의 보물을 찾기 위해 그를 두 번이나 코나로 불렀다.*[2] 또 그는 다른 누구보다도 경원시되는 존재이기도 했다. 그의 적들에 대해 말하자면 어떤 사람들은 그의 주문 때문에 병에 걸려 숫자가 점차 줄었고, 또 어떤 사람들은 생명과 육체가 모두 사그라져서 사람들의 눈에는 그들의 뼈조차 보이지 않았다. 그가 옛날 영웅들의 재능 또는 기술을 가졌다는 소문도 돌았다. 사람들은 그가 한밤중에 절벽 사이를 걸어서 건너며 산중을 배회하는 모습을 보기도 했다. 그가 키가 큰 나무들이 울창한 숲을 걷는 모습도 목격되곤 했는데, 그의 머리와 어깨는 나무들 위에 있었다.

무엇보다도 이 칼라마케라는 사람은 보기 드문 외양을 하고 있었다. 그는 몰로카이와 마우이에서도 순수한 혈통의 가장 훌륭한 피를 받았으면서도 어떤 이방인보다 피부가 하얬다. 머리칼은 마른 풀 색깔이었으며, 눈은 붉은빛으로 대단히 어두워서 '미래 너머를 볼 수 있는 칼라마케처럼 어두운' 이라는 말이 하와이 제도에서는 흔히 쓰이고 있을 정도였다.

---

*1 하와이 제도의 한 섬으로 원주민들 사이에서는 예전부터 이 섬에는 마법사들이 살고 있었다고 전해진다.

*2 19세기 초에 하와이 제도를 통일한 카메하메하 1세가 코나에서 만년을 보냈다.

케올라는 세간의 소문을 통해 장인의 이런 모든 행동들을 어느 정도는 알고 있었다. 어떤 소문은 더 의심이 가기도 했지만 나머지는 무시해 버렸다. 하지만 케올라를 계속 괴롭히는 문제가 하나 있었다. 칼라마케는 먹는 것이든, 마시는 것이든, 입는 것 등은 전혀 아끼지 않았다. 뿐만 아니라 그 모든 것들의 값을 그는 반짝거리는 새 돈으로 치렀다. '칼라마케의 돈처럼 반짝거린다는 말 역시 하와이 제도에서 흔히 쓰이는 말이 되었다. 그러나 그는 장사를 하거나, 농사를 짓거나, 세를 놓는 일도 없었기 때문에 어디서 그렇게 많은 은화를 가져오는지 알 길이 없었다.

어느 날 케올라의 아내가 섬의 바람이 불어오는 쪽에 있는 카우나카카이에 다니러 간 사이 사람들은 바다낚시를 하러 갔다. 하지만 케올라는 게으른 종자였기 때문에 베란다에 누워 파도가 해안을 때리고 새들이 절벽 주변을 날아다니는 모습을 구경하고 있었다. 그는 늘 반짝거리는 새 돈에 대한 생각에 사로잡혀 있었기에 자려고 침대에 누워 있을 때에도 어떻게 그렇게 많은 돈이 있는 것인지 늘 궁금해하고는 했다. 아침에 일어나면 왜 전부 새 돈인지도 알 수 없었다. 그리고 그 생각이 머릿속에서 떠나지 않았다. 하지만 바로 오늘 그는 어떤 발견을 한 게 확실하다고 마음속으로 확신했다. 칼라마케가 보물들을 넣어 두는 곳을 본 것 같았기 때문이었다. 응접실 벽 카메하메하 5세의 그림과 왕관을 쓴 빅토리아 여왕의 사진 아래에 붙여 놓은 자물쇠로 잠가 놓은 책상이 그것이었다. 바로 전날 밤 그는 그 책상 안을 볼 기회가 있었는데, 보라! 그 안에 놓인 자루는 비어 있었다. 그리고 오늘은 기선이 들어오는 날이었다. 그는 칼라우파파를 떠나는 기선의 연기를 볼 수 있었다. 곧 기선이 그 달치 물건, 즉 통조림 연어와 진 등 칼라마케를 위한 귀한 사치품들을 잔뜩 싣고 곧 입항할 터였다.

'오늘 물건 값을 지불할 수 있다면 이 사람은 마법사이고, 그 돈들은 악마의 주머니에서 나온다는 게 확실해지는 거지.' 케올라는 생각했다.

그런 생각을 하고 있을 때 그의 뒤에 있던 장인은 골치 아프다는 얼굴을 하고 있었다.

"저기 저게 기선인가?" 그가 물었다.

"맞아요." 케올라가 대답했다. "하지만 먼저 펠레쿠누에 들렀다가 곧 여기로 들어올 겁니다."

"그럼 어쩔 도리가 없군." 칼라마케가 대꾸했다. "자네보다 나은 사람이 달리 없으니 자네에게 비밀을 알려 줄 수밖에 없겠군. 케올라, 집안으로 들어오게."

그래서 그들은 함께 응접실로 들어갔다. 응접실은 아주 멋진 방으로 종이 벽지를 발랐고, 그림들이 걸려 있었으며, 유럽식 흔들의자와 탁자와 소파가 놓여 있었다. 그것 말고도 서가가 있었으며, 탁자 한가운데에는 가정용 성경이 놓여 있었고, 벽에 붙여 세워 둔 잠가 놓은 책상이 있었다. 이로써 누가 보든 어엿한 자산가의 집이라는 걸 한눈에 알 수 있었다.

칼라마케는 케올라에게 창문의 덧문을 완전히 닫게 하고 자신도 직접 모든 문을 닫은 다음 책상의 뚜껑을 열었다. 거기서 그는 부적과 조개껍질들이 주렁주렁 달린 목걸이 한 쌍과 말린 약초와 말린 나뭇잎 한 뭉치, 그리고 초록색 야자수 가지를 꺼냈다.

"이제 내가 하려고 하는 일은 놀라울 정도가 아닐 거야." 그가 말했다. "옛날 사람들은 현명했지. 그들은 놀라운 일들을 해냈어. 이건 그중에서 그들이 남긴 유산이야. 하지만 그건 깜깜한 밤에 적당한 별 아래 사막에서 벌어졌던 일이었지. 나는 같은 일을 내 집에서, 쨍쨍 빛나는 태양 아래서 할걸세."

그렇게 말하면서 그는 성경을 한 모퉁이도 보이지 않게 소파의 쿠션 아래 파묻은 다음, 같은 장소에서 놀랍도록 곱게 짜인 직물로 만든 매트를 꺼내고, 약초와 나뭇잎들을 납작한 양철 접시에 담긴 모래 위에 수북이 쌓았다. 그런 다음 그와 케올라는 목걸이를 걸고 매트의 양 끝에 마주 보고 섰다.

"이제 됐군." 마법사가 말했다. "놀라지 말게."

마법사는 그 말과 함께 그는 약초에 불을 붙이고 주문을 웅얼거리며 야자수 가지를 흔들었다. 덧문이 있었기 때문에 처음에는 불이 어슴푸레했다. 하지만 약초에 맹렬하게 불이 붙더니 이내 불꽃이 케올라를 엄습했고, 응접실 전체가 환해졌다. 다음 순간 연기가 피어오르더니 머리가 어찔어찔하고 눈앞이 캄캄해졌으며 칼라마케가 웅얼거리는 소리가 그의 귀에 흘러 들어왔다. 갑자기 그들이 서 있던 매트를 누군가가 획획 잡아당기는 느낌이 들었다. 그 모든 것이 눈 깜짝할 사이에 벌어졌다. 바로 그 순간 응접실과 집이 사라졌고, 케올라의 몸에서 생기가 모두 빠져나갔다. 이글거리는 태양빛이 그의 눈과 머리에 쏟아졌다. 그는 자기가 강렬한 태양이 내리쬐고 거센 파도가 으르렁거리는 해안으로 옮겨졌다는 것을 깨달았다. 케올라와 마법사는 아무런 말도 하지 못하고 매트 위에 서서 숨을 헐떡거리고 눈을 어루만졌다.

"이게 뭡니까?" 장인보다는 젊었기 때문에 더 일찍 정신을 차린 케올라가 소리쳤다. "놀라서 죽는 줄 알았어요."

"그건 중요하지 않아." 칼라마케가 헐떡거리며 대답했다. "이제 됐어."

"그러면 하느님의 이름으로 묻건대 대관절 우리가 어디에 있는 거죠?" 케올라가 고함쳤다.

"그건 문제가 되지 않아." 마법사가 대꾸했다. "여기서 아직 해결해야 될 문제가 있어. 자, 어서 가. 내가 숨을 고르고 있을 동안 어서 저 숲으로 가서 이런저런 나뭇잎과 이런저런 약초들을 가져오게. 거기 많이 자라고 있을 거야. 나뭇잎과 약초를 각각 세 줌씩 가져오게. 서둘러. 기선이 도착하기 전에 집에 돌아가야 한단 말이야. 우리가 사라지면 사람들이 이상하게 생각할 테니까."

그리고 마법사는 모래 위에 주저앉아 헐떡거렸다.

케올라는 반짝이는 모래와 산호로 이루어진 해안으로 올라갔다. 그 해안은 독특한 모양의 조개껍데기로 뒤덮여 있었다. 그는 마음속으로 생각했다.

'어떻게 내가 이 해안을 모를 수 있었지? 다음에 다시 와서 조개껍데기를 모아야겠다.'

정면에는 하늘을 배경삼아 야자수들이 줄지어 늘어서 있었다. 하와이의 여덟 섬에 있는 야자수들과는 달리 키가 훌쩍 크고 생생하고 아름다웠으며, 시든 잎이 무성한 초록색 가운데 금색으로 매달려 있었다. 그는 마음속으로 생각했다.

'아무리 생각해도 이런 숲을 내가 몰랐다니 참 이상한 일이야. 날씨가 따뜻해지면 낮잠을 자러 다시 와야겠다.' 그리고 그는 생각했다. '어떻게 이렇게 갑자기 따뜻해졌지!'

하와이는 지금이 겨울이어서 요즘 날씨가 쌀쌀했기 때문이었다. 그는 또 생각했다.

'회색 산맥은 어디에 있는 거지? 숲이 울창하고 새들이 빙빙 도는 높은 절벽은 어디에 있는 거지?'

생각을 하면 할수록 그는 자기가 떨어진 곳이 섬의 어떤 구역인지 점점 더 알 수 없었다.

숲과 인접해 있는 해안과 만나는 경계에 약초가 자라고 있었지만 나무는 훨씬 더 안쪽에 있었다. 케올라는 나무를 향해서 가다가 벌거벗은 채 나뭇잎 띠만 두른 젊은 아가씨가 있는 것을 알아차렸다.

와! 이쪽 지역에서는 옷에 별로 까다롭지 않은 모양이구나. 케올라는 생각했다. 그리고 아가씨가 자신을 보면 도망가리라는 생각에 잠시 발을 멈췄다가 아가씨가 여전히 앞쪽을 응시하고 있는 것을 보자 움직이지 않고 소리 내어 콧노래를 불렀다. 그 소리에 아가씨가 펄쩍 뛰었고 얼굴이 창백해졌다. 이리저리 살피던 아가씨는 마음으로부터 공포에 질려 입이 딱 벌어져 있었다. 하지만 아가씨의 시선이 케올라에게 머물지 않는 것은 이상한 일이었다.

"안녕하세요?" 그가 말했다. "그렇게 무서워하지 않아도 돼요. 아가씨를 잡아먹지는 않을 테니까요."

그가 입을 열기가 무섭게 젊은 아가씨는 덤불숲 속으로 도망쳤다.

'그것 참 희한한 예절이군.'

케올라는 생각했다. 그는 자기가 무슨 짓을 하는지도 생각지 않고 아가씨의 뒤를 쫓았다.

도망치면서 아가씨는 뭔가 소리를 질렀다. 하와이에서는 쓰지 않는 말이었지만 몇 가지 단어가 같았기 때문에, 그는 아가씨가 계속 다른 사람들을 부르고 경고를 보내는 것을 알 수 있었다. 이제 남녀노소 가릴 것 없이 더 많은 사람들이 불이라도 난 것처럼 모두 소리를 지르며 달리고 있었다. 그 모습에 자기도 무서워지기 시작한 케올라는 나뭇잎을 따 가지고 칼라마케에게 돌아갔다. 그는 칼라마케에게 자신이 본 것들을 전부 이야기했다.

"관심 갖지 말게." 칼라마케가 말했다. "이건 모두 꿈과 그림자 같은 거야. 전부가 사라지고 잊히는 거라네."

"아무도 제가 보이지 않는 것 같았어요." 케올라가 말했다.

"아무도 자네를 볼 수 없네." 마법사가 대답했다. "이 부적 덕분에 우리가 밝은 햇빛 아래 걸어 다녀도 아무도 볼 수 없는 거야. 하지만 우리가 내는 소리는 들리지. 그러니까 나처럼 가만히 말하는 게 좋을 거야."

말을 마친 칼라마케는 매트 주위에 돌로 동그라미를 만들고, 한가운데에 나뭇잎을 놓았다. "이게 자네가 할 일이야." 그가 말했다. "나뭇잎의 불이 꺼지지 않게 지키고 있다가 천천히 나뭇잎을 불에 넣는 걸세. (아주 잠깐에 불과하지만) 나뭇잎이 타는 동안 나는 내 볼일을 봐야 해. 그러고 나면 재가 완전히 까맣게 되기 전에 우리를 이곳으로 데려온 바로 그 힘이 다시 데려갈 거야. 자, 이제 성냥을 준비하게. 불이 완전히 다 타버리면 안 되니까 적당한 때에 나를 불러. 그렇지 않으면 난 여기 남겨지고 말 거야."

나뭇잎에 불이 붙자마자, 마법사는 마치 사슴처럼 동그라미에서 뛰쳐 나가 목욕을 끝낸 사냥개처럼 해안을 따라 달리기 시작했다. 달리면서 그는 계속 몸을 굽혀 조개껍데기들을 주웠다. 케올라에게는 칼라마케가 줍는 조개껍데기마다 반짝이는 것처럼 보였다. 나뭇잎은 밝은 불꽃을 올리면서 이파리를 빠르게 태웠다. 이윽고 케올라에게는 나뭇잎이 한 줌밖에 남지 않았는데 마법사는 허리를 굽혔다가 다시 달렸다가 하면서 멀리 가 있었다.

"돌아와요!" 케올라가 소리를 질렀다. "돌아오세요! 나뭇잎이 거의 다 탔어요."

그 소리가 나는 것과 동시에 칼라마케는 빙글 몸을 돌렸다. 조금 전에 그가 달렸다면 지금은 날고 있는 것이나 다름없었다. 하지만 그가 빨리 달릴수록 나뭇잎도 빨리 타들었다. 불꽃이 막 꺼지려 할 때 그가 몸을 날려 껑충 뛰어올라 매트 가장자리에 올라섰다. 그가 뛰어 드는 바람에 불이 꺼졌고, 그와 동시에 해안이 사라졌다. 태양과 바다도 마찬가지였다. 그들은 다시 덧문을 닫고 침침한 응접실로 돌아왔는데, 다시 한 번 몸이 흔들거리고 앞이 보이지 않았다. 케올라와 칼라마케 사이에 매트 위에는 반짝반짝 빛나는 새 돈이 한가득 쌓여 있었다. 케올라가 창문으로 달려가 응접실의 덧문을 열자 파도에 흔들리며 기선이 가까워지고 있었다.

바로 그날 밤 칼라마케가 사위를 한쪽 구석으로 데려간 다음 5달러를 손에 쥐여 주며 그가 말했다.

"케올라, 자네가 현명한 사람이라면(아무래도 의심스럽지만) 오늘 오후에 베란다에서 낮잠을 자다가 꿈을 꾸었다고 생각할 거야. 나는 말이 별로 없는 사람이고, 잘 잊어버리는 사람을 조수로 둔다네."

칼라마케는 그 사건에 대해 더 이상 말하지 않았고, 다시 입을 여는 일도 없었다. 그러나 케올라의 머릿속에서는 그 일이 한시도 떠나지 않았다. 그리고 전에 케올라의 행동이 게으른 정도였다면 이제는 아예 아무 일도 하지 않았다. 그는 생각했다.

'조개껍데기로 돈을 만들 수 있는 장인이 있는데 내가 왜 일을 해야 하지?'

곧 그의 몫은 다 사라져 버렸다. 그는 멋진 새 옷을 사는데 돈을 전부 써 버렸다. 그러자 그는 아쉬워했다.

'손풍금을 샀으면 더 좋았을 텐데. 그럼 하루 종일 가지고 놀 수 있잖아.'

그는 생각했다. 그러고 나자 칼라마케에게 짜증이 나기 시작했다.

'칼라마케는 개새끼야. 언제든 내키는 대로 해변에서 돈을 주워 모을 수 있으면서 나는 손풍금 따위가 사고 싶어 안달 나게 만들다니! 두고 보라지. 나는 어린애가 아냐. 나도 칼라마케만큼 재간 있고, 그의 비밀도 알고 있거든.'

그는 아내인 레후아에게 자기 생각을 말했고, 장인의 태도에 대해 투덜거렸다.

"저라면 아버지에게 관심을 두지 않겠어요." 레후아가 말했다. "아버지는 대항하기에는 무서운 사람이에요."

"난 무섭지 않아!" 케올라가 소리를 지르더니 손가락을 딱 튕겼다. "나는 장인을 내 마음대로 부릴 수 있어. 내가 하고 싶은 대로 하게 만들 수 있다고." 그는 레후아에게 자초지종을 이야기했다.

그러나 그녀는 고개를 저었다.

"당신은 내키는 대로 할 수 있겠죠. 하지만 아버지께 반기를 들었다가는 당신은 분명 종적도 없이 사라지고 말 거예요. 이런 사람, 저런 사람들을 생각해 보세요. 하원의원으로 매년 호놀룰루에 가곤 했던 후아를 생각해 보세요. 뼛조각 하나, 머리카락 하나 발견된 게 없잖아요. 키마우는 어땠어요? 시름시름 앓다 쇠약해져서 끝내 그의 아내가 한 손으로도 그를 들 수 있을 지경이 되었잖아요. 케올라 당신은 아버지에게는 아기에 불과해요. 아버지는 엄지손가락과 검지손가락으로 당신을 집어 새우처럼 먹어버릴 거예요."

레후아가 말했다.

이제 케올라는 칼라마케에 대해 몹시 두려운 마음이 들었다. 하지만 그는 자만심이 강했기 때문에 아내의 그런 말에 굉장히 화가 났다.

"그래 좋아." 그가 말했다. "나를 그렇게 생각한다면 당신이 얼마나 잘못 생각하고 있는지 보여 주겠어."

케올라는 곧바로 장인이 앉아 있는 응접실로 갔다.

"장인어른, 저는 손풍금이 갖고 싶습니다." 그가 말했다.

"정말로 갖고 싶은가?" 칼라마케가 대답했다.

"그럼요." 그가 말했다. "그리고 솔직히 말하자면 손풍금을 가질 작정입니다. 해변에서 돈을 줍는 사람이라면 손풍금 정도는 가질 수 있어야지요."

"자네가 그렇게 용감한지 몰랐군." 마법사가 대꾸했다. "나는 자네가 겁 많고 쓸모없는 녀석인 줄 알았어. 내가 잘못 알았다는 걸 이제라도 알게 되어서 얼마나 기쁜지 모르겠네. 자, 이제 나한테 조수이자 내 어려운 사업의 후계자가 생겼다는 생각이 드는군. 손풍금이라고? 자네는 호놀룰루에서 가장 훌륭한 손풍금을 가지게 될 걸세. 오늘 밤 날이 어두워지는 대로 자네와 내가 나가서 돈을 찾는 거야."

"그 바닷가로 돌아가나요?" 케올라가 물었다.

"아냐, 아냐." 칼라마케가 대답했다. "자네는 내 비밀을 아직 좀 더 배워야 해. 지난번에는 조개껍데기를 줍는 방법을 가르쳤지. 이번에는 물고기를 잡는 법을 알려 주겠어. 자네는 필리*3 보트를 띄울 수 있을 만큼 튼튼한가?"

"그런 것 같아요." 케올라가 대꾸했다. "하지만 이미 띄워 놓은 장인어른의 배를 타면 안 됩니까?"

"거기에는 그럴 만한 까닭이 있다네. 내일이 오기 전에 자네도 완전히 알게 될 거야." 칼라마케가 말했다. "내가 하려는 일에는 필리 보트가 더 잘 맞거든. 그러니 괜찮다면 날이 어두워지는 대로 거기서 만나세. 그리고 그동안 이 이야기는 우리끼리만 아는 걸로 하세. 다른 자들을 우리 일에 끼워 줄 이유가 없으니까."

아무리 꿀이라 하더라도 칼라마케의 목소리보다 감미롭지는 않을 것이다. 케올라는 만족감을 주체할 수 없었다.

'어쩌면 몇 주 전에 손풍금을 가질 수 있었을지도 몰라.' 그가 생각했다.

---

*3 지붕의 이엉을 얹는 데 쓰이는 하와이 갈대.

'세상을 사는 데에는 용기만 한 줌 있으면 되는 거야.'

이윽고 레후아가 흐느껴 울고 있는 모습을 엿보게 된 케올라는 모든 것이 잘되었다고 말할까 하는 마음이 조금 들기도 했다.

'하지만 안 돼.' 그는 생각했다. '손풍금을 내놓을 수 있을 때까지 기다려야지. 그러면 저 계집은 어떤 반응을 보일까? 아마도 자기 남편이 똑똑하다는 걸 레후아도 앞으로 알게 되겠지.'

어두워지자마자 장인과 사위는 필리 보트를 물에 띄우고 항해에 나섰다. 큰 바다였는데 바람이 불어가는 쪽에서 역시 강한 바람이 일었다. 그러나 보트는 빠르고 가벼워 물보라에 젖지도 않으며, 파도 위를 미끄러져 나아갔다. 마법사는 불을 켠 등을 손가락에 고리를 걸어 들고 있었다. 둘은 고물에 앉아 칼라마케가 항상 가지고 다니는 담배를 피웠다. 그러면서 그들은 마술과 그 마술을 부려서 만들어 낼 수 있을 거액의 돈과, 돈이 생기면 어떤 걸 먼저 사고 두 번째로는 또 어떤 걸 사면 좋을지에 관해 서로 친구처럼 이야기를 지껄였다. 칼라마케의 말투는 마치 아버지 같았다.

이윽고 그는 사방을 돌아보았다. 머리 위의 별자리와 삼면이 바다 속으로 가라앉은 섬 뒤에 온 것을 보고 노련하게 현재 위치를 가늠하는 것처럼 보였다.

"보게!" 칼라마케가 말했다. "이미 우리는 몰로카이 섬을 훨씬 지나왔고 마우이 섬은 마치 구름처럼 보이는군. 그리고 내가 아는 이 세 별의 위치를 보건대 원하던 곳에 왔어. 이 구역의 바다는 죽은 자의 바다라고 불린다네. 엄청나게 깊은 이 바닥은 전부 인간의 뼈로 덮여 있으며, 그곳의 구멍들 속에는 신들과 악마들이 살지. 해류는 북쪽으로 흐르는데 상어도 헤엄칠 수 없을 정도로 거세다네. 여기서는 배에서 떨어져 바다에 빠지는 사람은 그 해류가 야생마처럼 가장 멀리 떨어진 대양으로 실어가 버리지. 이윽고 그의 목숨이 끊어져 가라앉으면, 그의 뼈는 다른 뼈들과 더불어 흩어지고 신들이 그의 영혼을 먹어 치워버린다네."

그 말을 듣자 두려움이 케올라를 엄습했다. 그에게는 별빛과 등불에 의해서 마법사의 모습이 바뀌는 것처럼 보였다.

"어디 아프세요?" 케올라가 빠르고 날카로운 어조로 소리쳤다.

"아픈 사람은 내가 아니야." 마법사가 말했다. "하지만 굉장히 아픈 사람이 여기 한 명 있긴 하지."

그 말과 함께 그는 등불을 바꾸어 들었다. 보라, 그가 고리에서 손가락을 빼내려 하자 손가락이 달라붙더니 고리가 갑자기 폭발했고, 그의 손은 세 배의 크기로 자라났다.

그 광경에 케올라는 비명을 지르며 손으로 얼굴을 감쌌다. 그러나 칼라마케는 등불을 쳐들었다.

"자, 이제 내 얼굴을 보게나!" 그가 말했다. 그의 머리는 이미 큰 통처럼 거대했다. 거기서 멈추지 않고 머리가 산 위의 구름이 커지는 것처럼 쑥쑥 자라나자 케올라는 그의 앞에 주저앉아 비명을 질러 댔다. 보트는 넓은 바다를 질주했다.

마법사가 말했다.

"이제는 손풍금에 대해서 어떤 생각이 드나? 플루트가 갖고 싶다는 생각은 안 드나? 정말 괜찮아? 그럼 좋아. 난 내 가족이 변덕스럽게 구는 건 좋아하지 않으니까. 하지만 나는 이제 이 하찮은 보트에서 내리는 게 좋겠다는 생각이 드는군. 내 몸이 이상할 정도로 크게 부풀어서 우리가 더 조심하지 않으면 배가 곧 침몰될 것 같으니 말일세."

그 말과 함께 그는 뱃전 너머로 두 다리를 내렸다. 그러는 동안에도 그의 몸은 계속 커져서 눈 깜짝할 사이에 30배, 40배로 자랐다. 그래서 그가 깊은 바다 속에 섰는데도 물이 겨드랑이까지밖에 오지 않았고 머리와 어깨는 높은 섬처럼 우뚝 솟았다. 파도가 낭떠러지에 부딪쳤다 부서지듯이 그의 가슴께에 부딪치다가 무너졌다. 보트는 여전히 북쪽으로 질주했다. 그러나 마법사가 손을 뻗어 뱃전을 손가락으로 잡더니 비스킷처럼 부서뜨렸고, 케올라는 바다에 빠지게 되었다. 마법사는 보트의 잔해를 손바닥에 쥐어 으스러뜨린 다음 어둠 속 몇 마일 밖으로 내던졌다.

"미안하지만 등불은 내가 가져가도록 하지." 그가 말했다. "바다를 건너려면 갈 길이 먼데 바다 바닥이 평평하지가 않고, 발가락 아래에 있는 뼈들이 발에 차이는군."

그는 몸을 돌리더니 크게 걸음을 내딛으며 떠났다. 케올라가 물루 사이의 골에 가라앉을 때마다 그의 모습은 보이지 않았다. 하지만 물마루를 타고 다시 올라올 때마다 성큼성큼 걸을 때마다 몸집이 점점 줄어드는 칼라마케의 모습이 보였는데, 그는 등불을 머리 위로 높이 쳐들고 있었고, 그가 움직임에 따라 주변에서 파도가 하얗게 부서졌다.

하와이의 섬들이 바다에서 솟아난 이래 이번 케올라보다 더 놀라고 공포에 질린 사람은 아무도 없었다. 실제로 그는 헤엄을 치고 있기는 했지만 물에 던져진 강아지처럼 헤엄쳤다. 그는 어디로 향해야 할지 알 수 없었다. 케올라의 머릿속에서는 거대하게 부풀어 올랐던 마법사와 산처럼 커다랗던 그의 얼굴과 섬처럼 넓었던 그의 어깨와 그 어깨 사이에서 헛되이 부딪치던 바다의 파도에 대한 생각이 좀처럼 머리에서 떠나지 않았다. 그는 손풍금을 생각했다가 수치심에 사로잡혔으며, 죽은 사람들의 뼈를 생각하고 무서워서 벌벌 떨었다.

갑자기 그는 별빛 아래 거무스름한 뭔가가 흔들리고 그 아래 불빛과 환하게 바다가 갈라진 것을 알아차렸다. 사람들이 말하는 소리가 들렸다. 그가 크게 소리를 지르자 응답하는 목소리가 있었다. 눈 깜짝할 사이에 균형을 잘 잡은 물건처럼 파도를 탄 뱃머리가 그의 위로 멈추면서 그를 확 덮쳤다. 케올라는 배의 사슬을 두 손으로 잡았고, 다음 순간 달려드는 파도에 묻혔다가 선원들에 의해 갑판으로 끌어올려졌다.

선원들은 그에게 진과 비스킷과 마른 옷을 주었고, 그가 어떻게 그들이 그를 발견한 곳에 왔는지 그리고 그들이 본 불빛이 라에 오카라우 등대가 맞는지 물었다. 그러나 케올라는 백인들이 아이들과 같아서 자기들의 이야기만 믿는다는 것을 알고 있었다. 그래서 자신에 관해서는 내키는 대로 아무렇게나 말했고, (칼라마케의 등불이었던) 불빛에 대해서는 아무것도 보지 못했다고 맹세했다.

그 범선은 호놀룰루에 갔다가 투아모투*4에서 교역을 하는 스쿠너 범선이었다. 케올라에게는 대단히 불행스럽게도 얼마 전 불었던 돌풍으로 배의 이물에 튀어나온 돛대에서 선원 한 명이 떨어지는 사고가 있었다. 케올라가 하와이에 더 이상 머무르고 싶지 않았다는 것은 말할 필요도 없을 것이다. 발 없는 말은 천 리를 가고, 사람들은 수다를 떨고 소식을 전하는 것을 굉장히 좋아 했기 때문에, 만약 그가 카우아이의 북쪽 끄트머리나 카우의 남쪽 끄트

---

*4 프랑스령 제도로 세계에서 환초가 가장 많은 지역이다.

머리에 숨는다 해도 마법사는 채 한 달도 지나기 전에 풍문으로 소식을 듣게 될 터였다. 그는 꼭 도망쳐야만 했다. 그래서 그는 가장 분별 있어 보이는 선택을 해서 물에 빠져 죽은 남자를 대신해서 선원으로 가장하고 항해를 계속했다.

어떤 의미에서 그 배는 좋은 장소였다. 음식이 놀라울 정도로 맛있고 풍족해서 비스킷과 소금에 절인 쇠고기가 매일 나왔고, 밀가루와 소기름으로 만든 푸딩과 완두콩 수프는 일주일에 두 번씩 나왔기 때문에 케올라는 몸이 뚱뚱해졌다. 선장 역시 좋은 사람이었으며, 선원들도 다른 백인들보다 딱히 나쁘지 않았다. 그런데 한 가지 문제는 케올라가 여태까지 만난 사람들 중에서 가장 까다로운 항해사로 매일같이 그가 어떤 일을 해도, 또 하지 않아도 때리고 욕을 퍼부었다. 항해사는 튼튼한 남자였기 때문에 그의 구타는 대단히 아팠다. 게다가 케올라는 좋은 가문 출신으로 남에게서 존중을 받는 것에 익숙해져 있었기 때문에 그가 사용하는 말이 굉장히 불쾌했다. 그중에 가장 심했던 것은 케올라가 잠잘 기회를 발견할 때마다 항해사는 깨어 있다가 밧줄 채찍으로 그를 괴롭히는 것이었다. 상황이 절대 좋아지지 않을 거라고 여긴 케올라는 도망치기로 결심했다.

그가 호놀룰루를 떠난 지 한 달쯤 되었을 때 육지가 보였다. 별이 반짝반짝 빛나는 밝은 밤이었으며, 바다가 잔잔할 뿐만 아니라 하늘도 맑게 개었고, 무역풍이 순조롭게 불었다. 바람이 불어오는 뱃머리 쪽에 야자수가 바다를 따라 띠처럼 반듯하게 늘어선 섬이 보였다. 선장과 항해사는 케올라가 잡고 있는 타륜 옆에서 야간용 망원경으로 섬을 보고 그 섬의 이름을 떠올리면서 섬에 관해 이야기했다. 그곳은 무역상이 한 번도 온 적이 없는 섬인 것 같았다. 선장의 의견으로는 작은 섬인 데다 아무도 살지 않는 것 같다고 했다. 그러나 항해사는 다르게 생각했다.

"나는 그 의견에 땡전 한 푼도 걸지 않겠수다. 어느 날 밤 나는 스쿠너 범선 유제니 호를 타고 여길 지나간 적이 있었지. 꼭 오늘 같은 밤이었어. 사람들이 횃불을 들고 낚시를 하고 있었는데, 해변은 꼭 도시처럼 불빛이 환했다니까." 항해사가 말했다.

"그래, 그래." 선장이 말했다 "해안이 너무 가팔라 그게 어렵구먼. 해도상으로는 아무런 위험도 안 보이니 섬의 바람이 부는 쪽으로 접근하도록 합시다. 끝까지 계속 돌려! 내가 그렇게 말했잖아! 그들의 이야기를 너무 집중해서 듣느라 타륜을 돌리는 것을 깜빡 잊어버린 케올라에게 선장이 소리를 질렀다.

항해사는 케올라에게 욕을 했다. 원주민은 이 세상에서 아무런 쓸모가 없는 종자이며 만약 그가 밧줄걸이를 가지고 쫓아간다면 케올라는 편치 못하게 될 거라고 항해사는 악담을 퍼부었다.

선장과 항해사는 함께 갑판 지붕으로 내려갔고, 케올라는 혼자 남겨졌다.

'이 섬이야말로 나에게 안성맞춤이야.' 그는 생각했다. '무역상들이 아무도 거기서 장사를 하지 않는다면 그 항해사도 다시는 오지 않겠지. 그리고 칼라마케가 이렇게 멀리 오는 건 불가능해.'

그렇게 생각한 케올라는 범선을 섬에 조금씩 더 가까이 댔다. 이 작업은 은밀해야 했다. 백인들, 특히 항해사에게는 골치 아픈 일일 것이기 때문에 들키면 무슨 짓을 당할지 알 수 없었다. 백인 선원들은 모두 고요히 잠들어 있거나, 잠들지 않았다 해도 잠든 척하고 있었다. 만약 돛이 흔들리기라도 하면 모두들 벌떡 일어나서 밧줄 채찍을 들고 들이닥칠 터였다. 그래서 케올라는 범선을 아주 조금씩 움직이면서 천천히 계속 다가갔다. 이윽고 배가 땅에 가까워지자 뱃전에 부딪치는 파도 소리가 커졌다.

그러자 갑자기 항해사가 갑판 지붕에서 벌떡 일어나 소리를 질렀다. "뭘 하는 거야?" 그가 으르렁거렸다. "배를 상륙시킬 참이냐!"

항해사가 케올라에게 달려들었고, 케올라는 날렵한 움직임으로 난간을 뛰어넘어 별빛이 반짝이는 바다로 풍덩 뛰어 들었다. 그가 다시 물 위로 올라와 보니 스쿠너 범선은 원래 항로로 향하고 있었으며, 항해사가 직접 타륜을 잡고 욕을 퍼붓는 소리가 들렸다. 섬의 바람이 불어 가는 쪽 바다는 잔잔했으며, 한편으로는 따뜻하기까지 했다. 케올라는 선원용 칼을 가지고 있었기 때문에 상어가 두렵지 않았다. 그에게서 약간 떨어진 곳에 나무가 멈춰 있었다. 마치 항구의 입구처럼 육지의 선이 끊겨 있었다. 그 때 밀려드는 조수가 그의 몸을 감아 올렸다가 다른 곳으로 옮겼다. 한순간 사라졌던 케올라는 다음 순간 안쪽에 모습을 드러냈다. 그가 표류한 곳은 만 개의 별들로 밝게 빛나는 넓고 얕은 물이었고, 눈앞에는 야자수들이 일렬로 늘어선 고리 모양의 육지가 있었다. 이런 섬이 있다는 이야기는 한 번도 들어본 적이 없기 때문에 그는 깜짝 놀랐다.

그곳에서 케올라가 보낸 시간은 두 시기로 나뉜다. 혼자 지냈던 시기와 부족 사람들과 함께 보낸 시기였다. 처음에 그는 섬의 구석구석을 뒤졌지만 아무도 찾지 못했다. 작은 부락에 집만 몇 채 있었고, 불을 피운 흔적만 남아 있었다. 그러나 재에는 온기가 없었고 전부 빗물에 씻겨 내려갔다. 그리고 바람이 불어 오두막 몇 채는 뒤엎어져 있었다. 그는 여기에 둥지를 틀고 불쏘시개와 조개껍데기로 갈고리를 만들어 물고기를 잡아 요리했고, 섬 어느 곳에도 물이 없었기 때문에 야자나무에 올라가 초록색 코코넛을 따 과즙을 마셨다. 낮은 너무 길었으며, 밤은 몸서리치게 무서웠다. 그는 코코아 껍데기로 램프를 만들어 다 익은 열매에서 기름을 짜고 섬유질로 심지를 만들었다. 저녁이 되면 그는 오두막의 문을 닫고 램프를 켠 다음 자리에 누워 아침이 올 때까지 벌벌 떨었다. 차라리 바다 밑바닥에서 다른 뼈다귀들과 함께 자기의 뼈도 굴러다니는 신세가 되었더라면 좋았을 거라는 생각을 여러 번 했다.

오두막들은 산호초에 둘러싸인 얕은 바다의 기슭에 있었는데, 야자수가 그곳에서 가장 잘 자랐으며 그 바닷가에는 좋은 물고기가 많았기 때문에 그는 거기 있는 동안 섬 안쪽으로는 들어가지 않았다. 반대편에는 딱 한 번 갔는데 그는 바닷가 해안을 단 한 번 보고 벌벌 떨면서 돌아왔다. 그 빛나는 모래와 모래사장을 뒤덮은 조개껍질과 강렬한 태양과 파도를 보자 견딜 수 없이 무서워졌던 것이다. '설마 아닐 거야.' 그는 생각했다. '하지만 굉장히 비슷해. 내가 어떻게 아냐고? 그 백인들은 배를 어디로 몰고 가는지 아는 척하긴 했지만 다른 사람들처럼 운에 맡기고 되는대로 항해한 게 분명해. 그러니까 한 바퀴 돌아서 항해해 온 건지도 몰라. 어쩌면 지금 내가 있는 곳이 몰로카이랑 굉장히 가깝고, 이 해안이 장인이 돈을 주워 모으던 바로 그 해변은 아닐까?' 그래서 그는 신중하게 생각한 뒤에 섬 안쪽으로는 들어가지 않기로 작정을 했다.

그로부터 약 한 달쯤 지났을 때였다. 다른 섬에 살던 사람들이 커다란 보트 여섯 척을 가득 채울 만큼 많이 도착했다. 몸집이 다들 멋졌고 하와이 말과는 굉장히 다르게 들리는 말을 사용했지만 같은 단어가 아주 많아서 말을 이해하기는 어렵지 않았다. 게다가 부족 남자들은 굉장히 친절하고, 여자들은 굉장히 우호적이었다. 그들은 케올라를 환영하고 집을 지어 주었으며 아내까지 짝을 지어 주었다. 가장 놀라웠던 것은 다른 젊은이들과 함께 일하러 가라고 한 적이 한 번도 없었다는 점이었다.

이제 케올라는 세 시기를 거친다. 그는 처음에는 굉장히 슬퍼했으나, 그 후에는 꽤 즐거운 시기를 보냈다. 마지막으로 닥쳐온 세 번째 시기에 그는 4 대양에서 가장 공포에 질린 남자가 되었다.

처음에 슬픈 시간을 보냈던 것은 그가 결혼해야 했던 아내 때문이었다. 그는 그 섬을 미심쩍게 생각하고 있었다. 그리고 마법사와 함께 매트를 타고 그곳에 왔을 때 약간이나마 들었던 적이 있는 그 말씨를 이상하게 생각했다. 그러나 그의 아내를 보자 착각이 아니라는 걸 알아차리게 되었다. 아내는 숲 속에서 울면서 그에게서 도망쳤던 바로 그 여자였다. 그는 그동안 내내 배를 타고 항해했었지만 지금 있는 곳이 몰로카이일지도 몰랐다. 집과 아내와 친구들을 모두 버리고 떠난 것은 단지 적에게서 도망치기 위해서였다. 그런데 그가 도착한 섬은 마법사가 배회하는 땅으로, 사람의 눈에 보이지도 않으면서 거니는 곳이었다. 바로 이 시기에 그는 산호초 기슭 부근의 가장 가까이에서 지냈으며, 두려워질수록 오두막 은신처에 숨었다.

두 번째 시기를 즐겁게 보낼 수 있었던 것은 아내와 부족 장로들에게서 들은 이야기 덕택이었다. 케올라 자신은 거의 말을 하지 않았다. 새로 사귄 친구들은 안전하다고 생각하기에는 너무 호의적이었기 때문에 그는 그들을 완전히 믿지 않았다. 장인을 더 잘 알게 되면서 그는 더욱 신중해졌다. 그래서 그는 그들에게 자신에 관한 이야기는 한마디도 하지 않고 이름과 가문만 알려 주었다. 그는 자신이 하와이 출신이라든지, 하와이가 얼마나 아름다운지, 호놀룰루에 있는 왕의 궁전이 얼마나 멋진지, 그리고 그가 어떻게 왕과 선교사들과 중요한 친구로 사귈 수 있었는지 하는 따위의 이야기만 했다. 그러나 케올라는 그들에게 많은 것을 묻고, 많은 것을 배웠다. 그가 있는 섬은 목소리 섬이라고 불렸다. 섬은 그 부족의 것이었지만 그들은 남쪽으로 배를 세 시간가량 타고 가야 하는 다른 섬을 거처로 삼고 있었다. 그들은 그 섬에 진짜 집을 가지고 있었다. 그 섬은 계란과 닭과 돼지가 있는 부유한 곳으로 럼과 담배를 실은 배들이 교역을 하러 드나들곤 했다. 케올라가 도망친 스쿠너 범선이 도착한 곳도 그 섬이었고, 백인 바보들이 흔히 그렇듯이 항해사는 거기서 죽었다. 스쿠너 범선이 입항했을 때 그 섬에는 얕은 바다의 물고기들이 독성을 띠고 있어 그 물고기를 먹는 사람은 모두 몸이 탱탱 붓다가 죽는 나쁜 계절이 시작되고 있었다. 항해사도 그 이야기를 들었다. 그 계절에는 사람들이 그 섬을 떠나 목소리 섬으로 항해를 떠나기 때문에 항해사가 보트를 준비하는 모습도 보았다. 그러나 그는 자기 이야기 말고는 믿지 않는 바보 같은 백인이었기 때문에 그 물고기 한 마리를 잡아 요리해서 먹더니 몸이 탱탱 부어 죽고 말았다. 케올라에게는 좋은 소식이었다. 목소리 섬은 연중 대부분 비어 있었다. 가끔 보트 선원이 야자열매를 가지러 올 뿐이었다. 그리고 본섬의 물고기가 독성을 가지는 나쁜 계절 동안만 그 부족은 이 섬에 집단으로 이주했다. 목소리 섬이라는 이름은 신기한 현상이 일어나는 곳이기 때문에 지어진 것이다. 섬의 해안가가 전부 눈에 보이지 않는 악마들로 에워싸인 것 같았기 때문이었다. 밤낮으로 악마들이 이상한 말로 서로 이야기하는 소리가 들렸다. 밤낮으로 해변에서 작은 불꽃이 일었다가 꺼지곤 했다. 왜 그런 일이 일어나는 것인지 아무도 알지 못했다. 케올라는 그들이 사는 본섬에서도 이와 같은 일이 생기는지 물었으나 그들은 아니라고, 그곳에서는 그런 일이 일어나지 않는다고 대답했다. 그 바다에 있는 수백 개나 되는 다른 어떤 섬에서도 그런 일은 없었으며, 오직 목소리 섬에서만 있는 특유의 현상이었다. 그들은 또 큰 바다 쪽 해안가와 바다를 향해 있는 숲 주변에서만 이렇게 불꽃이 보이고, 목소리가 들린다고 말했다. 그리고 환초를 둘러싼 얕은 바다 근처라면 2천 년을 산다 해도 (그렇게 오래 살 수 있다면 말이지만) 걱정할 일이 없을 거라고 이야기했다. 해안가라고 해도 악마는 건드리지만 않으면 딱히 사람에게 해를 입히지는 않았다. 꼭 한 번 어떤 족장이 그런 목소리가 나는 쪽으로 창을 던진 적이 있었는데, 바로 그날 밤 족장은 야자나무에서 떨어져 죽었다.

케올라는 곰곰이 생각했다. 부족들이 본섬으로 돌아가기만 하면 자신도 안전해질 것 같았다. 그리고 산호초 주변의 바다 근처에서만 지낸다면 더없이 만족스러울 것 같았다. 그래도 그는 할 수만 있다면 지금의 위험한 상황을 바로잡고 싶었다. 그래서 그는 대족장에게 가서 한 때 그가 목소리 섬처럼 귀신에 들볶이는 섬에 간 적이 있었는데, 그 섬에 사는 사람들이 문제를 해결할 방법을 알아냈다고 말했다.

"저기 숲속에 자라는 나무가 있었어요." 그가 말했다. "악마들은 그 나뭇잎을 가지러 오는 것 같았죠. 그래서 섬사람들은 눈에 띄는 대로 나무를 베었고, 그 뒤로 악마는 다시 나타나지 않았답니다."

부족 사람들이 어떤 나무인지 묻자 그는 칼라마케가 잎을 태웠던 바로 그 나무를 알려 주었다. 그들은 믿기 어려운 이야기라고 생각했지만 그 생각은 사람들을 자극했다. 밤마다 나이 든 사람들이 모여 논쟁을 벌였다. 그러나 대족장은 (비록 용감한 사람이긴 했지만) 두려웠기 때문에 목소리에 창을 던졌다가 죽은 족장 이야기를 매일 그들에게 상기시켰다. 그들도 그 일을 생각하고 나무를 베지 않았다.

아직 그 나무들을 없애지는 못했지만 케올라는 충분히 기뻤으며, 주변을 돌아보기 시작했고 나날을 즐기게 되었다. 그리고 다른 무엇보다도 자기 아내에게 친절하게 대했기 때문에 아가씨는 그를 몹시 사랑하기 시작했다. 어느 날 그가 오두막에 가니 그녀가 바닥에 쓰러져 슬퍼하고 있었다.

"무슨 일이요? 어디 안 좋은 데라도 있는 거요?" 케올라가 말했다.

그녀는 아무것도 아니라고 분명하게 말했다. 그날 밤 그녀가 그를 깨웠다. 램프의 불이 매우 약했지만 그녀의 표정에서 그녀가 그때까지도 슬픔에 잠겨 있다는 것을 알 수 있었다.

"케올라," 그녀가 말했다. "당신 귀를 제 입 가까이에 대세요. 아무도 엿듣지 못하게 속삭여 말할 수 있게요. 보트가 출항 준비를 시작하기 이틀 전에 큰 바다에 면한 해안으로 내려가서 잡목 숲속에 숨으세요. 숨을 곳은 우리가 그전에 먼저 찾아 놓고, 당신이랑 저랑 음식을 숨겨 둬야 해요. 매일 밤 제가 그 근처에 가서 노래를 부를게요. 그러다 밤이 되어도 제 목소리가 들리지 않으면 우리가 섬에서 완전히 떠난 거예요. 그러면 은신처에서 다시 나와도 돼요."

케올라의 영혼은 내면에서 죽은 것 같았다. "그게 무슨 말이오?" 그가 소리쳤다. "악마들이랑 같이 살 수는 없어. 이 섬에 혼자 남겨지지 않을 테요. 나는 이 섬을 떠나고 싶어 죽을 지경이란 말이오."

"불쌍한 케올라, 당신은 살아서는 이 섬을 떠날 수 없어요." 아내가 말했다. "사실대로 말하자면 우리 부족은 식인종이에요. 하지만 부족 사람들은 그걸 비밀로 하고 있어요. 그리고 우리가 떠나기 전에 사람들이 당신을 죽이려는 건 우리 섬에는 배들이 오고, 프랑스 정부 대표가 프랑스 사람들을 위해 이야기를 하러 오기도 하고, 베란다가 딸린 집에 사는 백인 무역상과 전도사도 있기 때문이에요. 아, 정말로 멋진 곳이랍니다! 그 무역상은 밀가루가 가득 든 통들을 가지고 있어요. 그리고 한번은 프랑스 군함이 얕은 바다까지 들어와서 모든 사람들에게 포도주와 비스킷을 나눠 주기도 했지요. 아, 불쌍한 케올라. 당신을 우리 섬으로 데려갈 수 있다면 얼마나 좋을까요. 저는 당신을 몹시 사랑하니까요. 우리 섬은 파페이테*5를 제외하면 남태평양에서 가장 멋진 곳이에요."

이제 케올라는 4대양에서 가장 공포에 질린 남자였다. 그는 남양 제도에 식인종이 있다는 이야기를 들은 적이 있었는데, 늘 그 이야기가 무서웠다. 그런데 이제 그 식인종 이야기가 자신의 이야기가 되었다. 그 외에도 그는 여행자들에게서 식인종의 관습에 관해서 들었는데, 그들은 사람을 먹기로 마음을 먹으면 어머니가 가장 사랑하는 아이에게 하듯이 먹을 사람을 애지중지한다고 했다. 케올라는 자신이 바로 그런 경우라는 것을 알 수 있었다. 부족 사람들은 그에게 집을 주고, 먹을 것을 주고, 아내를 주고, 아무 일도 시키지 않고, 나이 든 사람들과 족장들이 그를 유력자처럼 존중해서 대한 것은 모두 그런 이유 때문이었다. 그는 침대에 쓰러져서 자신의 운명을 푸념했으며, 생각할수록 간담이 서늘해졌다.

다음날도 부족 사람들은 전과 마찬가지로 그를 매우 우호적으로 대했다. 그들은 우아하게 말을 하고, 아름다운 시를 읊고, 식사를 할 때면 선교사도 웃다가 죽을 정도로 재미있는 농담들을 했다. 케올라는 그들의 세련된 거동에도 거의 신경이 가지 않았다. 그저 그들의 입안에서 번쩍거리는 하얀 치아만 눈에 들어 왔고, 그 광경에 목구멍이 꽉 막혔다. 그들이 식사를 마쳤을 때 그는 숲으로 가서 죽은 사람처럼 쓰러졌다. 다음 날도 마찬가지였고, 이번에는 아내가 그를 따라왔다.

"케올라," 그녀가 말했다. "당신이 먹지 않는다면 내일 살해당해서 요리될 거라고 솔직히 말할 수밖에 없어요. 나이든 족장들 가운데는 이미 투덜거리는 사람이 있어요. 그들은 당신이 병에 걸려서 살이 빠질 거라고 생각한단

*5 타히티의 북서쪽에 있는 프랑스령 폴리네시아의 수도.

말이에요."

그 말에 케올라는 벌떡 일어났고, 분노가 그의 내부에서 타올랐다.

"이러나저러나 마찬가지야." 그가 말했다. "나는 악마와 깊은 바다 사이에 있어. 내가 꼭 죽어야 한다면 가장 빠른 방법으로 죽겠어. 기껏해야 누군가에게 먹힐 수밖에 없다면 사람보다는 귀신에게 먹히겠어. 잘 있어."

그렇게 말을 마친 그는 가만히 서 있는 그녀를 두고 큰 바다에 면한 해변으로 걸어갔다.

강한 햇살 아래 해변은 전부 있는 그대로 드러나 있었다. 사람의 흔적은 안 보였으나 모래에는 발자국이 드러나 있었다. 그가 앞으로 나아가자 목소리들이 속삭이며 이야기하고 있었고, 작은 불꽃이 피어났다가 다 타서 꺼졌다. 프랑스어, 네덜란드어, 러시아어, 타밀어, 중국어 등 지상의 모든 언어들이 들렸다. 마법이 존재하는 모든 땅의 사람들이 케올라의 귀에 속삭였다. 해변은 소리로 가득했지만 아무도 보이지 않았다. 그가 걸어가는 동안 조개껍질들이 그의 앞에서 사라지는 것이 보였지만 줍는 사람은 아무도 없었다. 그의 생각에는 악마라도 그런 곳에서는 혼자 있기가 무서웠을 것 같았다. 그러나 케올라는 두려움을 초월해서 죽음을 구하려 했다. 불길이 일었을 때 그는 황소처럼 돌진했다. 육신 없는 목소리들이 여기저기서 서로 불렀고 보이지 않는 손이 불꽃에 모래를 끼얹었다. 그러더니 그가 손을 뻗기 전에 불길들이 해변에서 사라졌다.

'칼라마케가 여기 있지 않은 게 확실해.' 그는 생각했다. '그렇지 않았다면 나는 오래전에 살해당하고 말았을 테니까.' 그렇게 생각한 그는 피곤해져서 숲 가장자리에 주저앉아 손으로 턱을 괴었다. 그의 눈앞에서는 이러저러한 일들이 계속 벌어지고 있었다. 해변은 웅얼거리는 목소리로 가득했고, 불길이 일었다가 사라졌으며, 그가 보고 있는 동안에도 조개껍질은 없어졌다가 다시 나타났다.

'내가 전에 여기 왔을 때는 낮이었지.' 그가 생각했다. '그건 이것에 비하면 아무것도 아니었어.' 그는 여기 널린 수백만 달러와 해변에서 그걸 주워 모아 독수리보다 더 높고 빠르게 하늘로 날아오르는 수백 명의 사람들을 생각하느라 머리가 어지러웠다.

"사람들이 조폐국이라는 곳이 있다는 이야기와 돈을 거기서 만든다는 이야기로 나를 바보로 만들었던 걸 생각해 봐. 세상의 새 동전이란 동전은 전부 이 모래에서 줍는 게 분명한데! 하지만 이젠 나도 알아." 그가 말했다. 마침내 어쩌다 그렇게 되었는지는 모르겠지만 케올라는 잠에 빠졌고, 이 섬과 그의 모든 슬픔을 잊었다.

이튿날 아침 일찍 해가 뜨기도 전부터 뭔가 소란스러운 소리가 케올라를 깨웠다. 그는 잠을 자다가 부족 사람들에게 잡혔는지도 모른다는 생각에 두려운 마음으로 황급히 일어났지만, 그런 건 아니었다. 그 앞의 해변에서 육신 없는 목소리들이 서로를 부르고 소리치고 있었는데, 그들 모두가 그의 옆을 지나쳐 섬의 해안 지대를 향해 몰려가는 것 같았다.

'무슨 일이 벌어지고 있는 거지?' 케올라는 생각했다. 뭔가 이상한 일이 생긴 게 분명했다. 불길도 일지 않았고, 조개껍질도 사라지지 않았지만 육신 없는 목소리들이 계속해서 해안 위로 소식을 알리고, 소리를 지르다가 점차 소멸되었으며, 곧 또 다른 목소리들이 뒤를 이었는데, 그 소리들로 보건대 마법사들이 화가 난 것 같았다. '나한테 화가 난 게 아니야.' 케올라는 생각했다. '바로 옆으로 지나가면서도 나를 가만히 내버려 두잖아.' 사냥개가 못 본 체하고 뛰어가는 것처럼, 아니면 경주에 나간 말이나 도시 사람들이 불이 난 곳으로 달려가는 것처럼 모두가 그 일행에 뛰어들었고, 또 그 뒤에 꼬리에 꼬리를 물고 합류하고 있었다. 케올라도 마찬가지였다. 그러나 케올라는 자신이 뭘 하는지, 무엇 때문에 그러는지 알지 못했다. 그러면서도 그는 그 목소리들과 발을 맞춰 뛰고 있었다!

그가 섬의 어떤 지점을 돌자 두 번째 광경이 눈에 들어왔다. 숲속에서 마법사의 나무가 스무 그루가량 나란히 자라는 곳으로서 그가 기억하고 있던 장소였다. 그 지점에서 말로 형용하지 못할 비명 소리가 나서 소란이 커지고 있었다. 그와 함께 달리던 존재들은 그 소리가 나는 방향으로 진로를 정하고 그쪽을 향해 달렸다. 조금 더 가까이 가자 비명 소리가 여러 개로 도끼로 쿵쿵 찍는 시끄러운 소리와 뒤섞였다. 그 소리를 듣자 마침내 어떤 생각이 그의 머릿속에 떠올랐다. 대족장이 승낙을 했구나. 부족 사람들이 그 나무들을 베어 넘어뜨리기 시작했구나. 그 이야기가 섬의 마법사들 사이에서 전해졌고 이것은 지금 마법사들이 자기 나무들을 지키기 위해 모여든 거구나. 순간 그는 기묘한 일을 하고 싶은 욕구가 솟구쳤다. 그는 목소리들과 함께 서둘러서 해안을 가로질러 숲의 경계로 뛰어들었고 깜짝 놀라서 그 자리에 우뚝 섰다. 드디어 나무 하나가 쓰러졌다. 다른 나무들도 일부가 도끼에 잘려 넘어가고 있었다. 거기에 부족들이 모여 있었다. 그들은 서로 등을 맞대고 있었는데, 그 가운데는 이미 쓰러진 사람들도 있었고 그들의 발밑으로 피가 흘렀다. 그들은 두려운 기색이 만면에 가득했다. 그들의 목소리는 족제비의 비명소리처럼 새되게 하늘까지 올라갔다. 혼자 있는 아이가 목검을 가지고 허공에 대고 펄쩍펄쩍 뛰고 칼을 휘두르면서 싸우는 모습을 본 적이 있는가? 마치 그런 것처럼 식인종들은 궁지에 몰려 등을 맞댔고, 도끼를 버리고 비명을 지르면서 땅에 쓰러졌다. 아, 보라! 그들과 싸우는 사람은 없었다! 그저 여기저기서 식인종들에게로 손도 없이 도끼가 휘둘러지는 모습이 보였다. 가끔 부족 사람이 둘로 쪼개지거나 갈가리 찢겨 그 도끼 앞에 쓰러지고는 했고, 그의 영혼은 아우성치면서 서둘러 육신을 떠났다.

한동안 케올라는 마치 꿈을 꾸는 것처럼 이 놀라운 장면을 응시하고 있었지만 곧 그런 광경을 보는 것만으로도 두려움이 죽음처럼 순식간에 그를 덮쳤다. 바로 그때 부족의 대족장이 케올라가 서 있는 모습을 보고 손가락질을 하며 그의 이름을 소리쳐 불렀다. 다음 순간 모든 부족 사람들이 그를 보았다. 부족 사람들은 눈을 번쩍이며 이를 갈았다. '여기에 너무 오래있었군.' 케올라는 생각했다. 그는 숲에서 빠져나와 해안을 따라 달렸지만 어디로 가면 될지 전혀 알 수 없었다.

"케올라!" 텅 빈 모래사장 가까이에서 한 목소리가 들렸다.

"레후아! 당신이지?" 그는 소리를 질렀고, 헐떡거리며 그녀를 찾아 사방을 둘러보았다. 하지만 눈에 보이는 대로라면 그는 완전히 혼자였다.

"아까 당신이 지나가는 걸 보았어요." 목소리가 대답했다. "하지만 당신은 제 말이 들리지 않는 것 같았어요. 얼른 서둘러요. 우리가 도망칠 수 있게 나뭇잎과 약초를 가져오세요."

"그 매트를 가지고 거기 있는 거지?" 그가 물었다. "여기, 당신 옆에 있어요." 그녀가 대답했고, 그는 옆에 있는 그녀의 팔을 느낄 수 있었다. "서둘러요! 나뭇잎과 약초를 가져오세요. 아버지가 오시기 전에 얼른 빨리요!"

케올라는 필사적으로 달려서 마법사의 연료를 가지고 돌아왔다. 레후아는 그를 뒤로 인도해서 그의 발을 매트 위에 올리게 하고 불을 피웠다. 연료가 타는 내내 싸우는 소리가 숲에서 들려 왔다. 마법사들과 식인종은 맹렬한 전투를 계속 벌이고 있었다. 보이지 않는 마법사들은 산 위에 풀어 놓은 황소처럼 울부짖었고, 부족 사람들은 영혼으로부터 공포에 질려 새되고 야만적인 소리를 질러 댔다. 케올라는 연료가 타는 동안 매트 위에 서서 그 소리를 들으며 몸을 떨었고, 레후아의 보이지 않는 손이 나뭇잎을 넣는 모습도 지켜보았다. 그녀가 나뭇잎을 빨리 쏟아 넣자 불꽃이 높이 타올라 케올라의 허벅지가 불에 그슬렸다. 그녀는 서둘러 불을 후후 불었다. 그리고 마지막 나뭇잎까지 태워 먹히자 불꽃이 스러졌고, 전과 같은 충격이 뒤를 이었다. 그리고 케올라와 레후아는 집의 거실로 돌아왔다.

마침내 아내를 다시 만나게 된 케올라는 말할 수 없이 기뻐했다. 몰로카이의 집에 다시 돌아와서, 그리고 포이*6—배에서는 포이 요리를 만들지 않았고, 목소리 섬에는 포이가 없었다—사발을 곁에 두고 앉을 수 있어서 말할 수 없이 기뻤으며, 식인종의 손아귀에서 무사히 탈출한 기쁨은 이루 말할 수 없을 정도였다. 하지만 분명하지 않은 문제가 있었기 때문에 레후아와 케올라는 밤새도록 이야기하고 고민했다. 섬에는 칼라마케가 남겨져 있었기 때문이었다. 만약 신의 축복으로 그가 그 섬을 떠날 수 없게 된다면 모든 것이 잘될 것이었다. 그러나 그가 섬에서 도망쳐서 몰로카이로 돌아온다면, 그의 딸과 그녀의 남편에게는 정말 운이 나쁜 날이 될 게 분명했다. 레후아와 케올라는 그가 몸을 부풀리는 능력이나 바다 속에서 그 정도 먼 거리의 바다를 걸어서 건널 수 있을지 등에 관해 이야기했다. 하지만 이번에는 케올라가 그 섬의 위치가 적도 근처이고 위험한 군도 부근이라는 것을 알았다. 그래서 지도를 가져와서 지도 위의 거리를 보았는데, 그들이 생각하기에는 나이 많은 노인이 걸어서 건너기에는 꽤 먼 거리였다. 그러나 칼라마케 같은 마법사라면 어떤 것도 완전히 확신할 수 없었기 때문에 마침내 그들은 백인 선교사와 상의하기로 했다.

그래서 처음으로 들른 선교사에게 케올라는 모든 일에 대해서 전부 이야기했다. 선교사는 두 번째 아내를 들인 것에 대해서는 심하게 꾸짖었지만, 나머지 이야기는 전혀 이해가 되지 않는다고 단언했다. 선교사가 말했다.

---

*6 하와이의 토란 요리.

"하지만 당신 장인의 이 돈이 부정하게 얻은 것이라고 생각한다면 일부는 나병 환자들에게 주고, 또 일부는 선교 기금으로 기부하라고 충고하고 싶군요. 그리고 그런 시시하고 장황한 이야기 따위는 아무한테도 말하지 말고 혼자만 알고 있는 게 좋을 겁니다."

그러나 선교사는 호놀룰루의 경찰에게 칼라마케와 케올라가 가짜 돈을 만든 것 같으니, 그들을 주의깊게 지켜보는 게 좋겠다고 일러주었다.

케올라와 레후아는 선교사의 충고를 받아들여서 나병 환자들과 선교 기금에 상당한 액수를 기부했다. 그런데 그 뒤로 칼라마케에 대한 이야기가 다시는 들리지 않은 걸 보면 그 충고가 훌륭했다는 것에는 의심할 여지가 없다. 하지만 그가 숲속 마법사 나무 옆에서 일어난 전투에서 죽었는지, 아니면 아직도 목소리 섬에서 무료하게 지내고 있는지는 그 누가 알겠는가?

The Bottle Imp
병 속의 악마

병 속의 악마

하와이 섬에 한 남자가 살았는데, 그 사람 이름은 케아웨라 하겠다. 사실 그가 아직 살아 있기 때문에 그의 이름은 비밀로 하는 것이 바람직하다. 그것은 그가 태어난 곳이 케아웨 대왕의 유골이 숨겨진 동굴이 있는 호나우나우에서 멀지 않기 때문이다. 케아웨는 가난했지만 용감하고 적극적인 성격이었다. 그는 학교 선생님처럼 읽고 쓸 수 있는 데다 일급 선원으로 한동안 섬들 사이를 운항하는 기선을 탔고, 하마쿠아 연안에서는 고래잡이배의 키를 잡기도 했다. 그러다가 더 큰 세상과 외국의 도시들을 보아야겠다는 생각에 케아웨는 샌프란시스코로 향하는 배에 올랐다.

그곳은 멋진 항구가 있는 멋진 도시였고, 부유한 사탐들이 셀 수 없이 많았는데, 특히 어느 언덕에는 궁전 같은 집들이 줄지어 있었다. 어느 날 케아웨는 주머니에 돈을 가득 채운 채 이 언덕을 산책하면서 양편에 늘어선 커다란 집들을 즐거운 기분으로 구경했다. '정말 멋진 집들이구나!' 그는 생각했다. '저 안에 사는 사람들은 얼마나 행복할까. 내일 따위는 전혀 걱정하지 않겠지!' 다른 저택들보다 다소 작기는 하지만 장난감처럼 아름답게 장식된 세련되고 멋진 집 앞에 다다랐을 때 그는 그런 생각을 하였다. 그 집 앞의 계단은 은처럼 반짝거렸고, 정원의 가장자리에는 꽃다발처럼 꽃들이 활짝 피었으며, 창문은 다이아몬드처럼 빛났다. 케아웨는 그 집 앞에서 발길을 멈추고 눈에 들어오는 모든 것들의 빼어난 아름다움에 경탄을 금치 못했다. 그러다가 그는 창문에서 밖을 내다보는 한 남자를 알아차렸는데, 창문이 어찌나 깨끗했던지 그 모습이 암초의 웅덩이 안에 든 물고기처럼 선명하게 보였다. 나이가 지긋해 보이는 그 남자는 대머리에 검은 턱 수염을 길렀는데, 슬픈 일이 있는지 안색이 어두웠고 쓰디쓴 한숨을 내쉬고 있었다. 사실은 창문 안을 쳐다보는 케아웨나, 케아웨를 내다보는 그 남자나 서로가 서로를 부러워하고 있었다.

갑자기 남자가 미소를 짓더니 가볍게 고개를 끄덕여 알은체하며 케아웨한테 들어오라고 신호를 보내더니 현관으로 나와 그를 맞이했다.

"이 멋진 집은 내 집이오." 남자는 이렇게 말하더니 씁쓸히 한숨을 내쉬었다. "들어와서 방 구경을 하고 싶지 않소?"

그러더니 케아웨를 안내하면서 지하 저장실에서 지붕까지 집을 구석 구석 보여 주었는데 완벽하지 않은 곳이 한 군데도 없어서 케아웨는 깜짝 놀랐다.

"정말이지 멋진 집이로군요. 만약 제가 이런 집에 산다면 하루 종일 웃음밖에 나오지 않을 것 같습니다. 그런데 선생님은 왜 그렇게 한숨을 계속 쉬시나요?"

"아무 이유도 없다오." 남자가 대답했다. "당신도 바라기만 한다면 모든 면에서 이 집과 비슷하거나, 더 멋진 집을 가질 수도 있지, 암. 그렇고말고. 당신은 가진 돈이 좀 있을 것 같은데, 그렇지 않소?"

"50달러 있습니다. 하지만 이런 집이라면 50달러는 넘을 것 같은데요?" 케아웨가 말했다.

남자는 심사숙고했다. "그거밖에 없다니 참으로 유감이오." 그가 말했다. "앞으로 문제가 생길 수도 있을 테니 말이오. 하지만 50달러에 주도록 하겠소."

"이 집을요?" 케아웨가 물었다.

"아니, 이 집이 아니라 병 말이오." 남자가 대답했다. "사실은 말이지, 당신 눈에는 내가 굉장히 부유하고 운이 좋은 것처럼 보이겠지만, 내 모든 재산과 이 집 자체와 정원은 0.5리터 정도밖에 안 되는 병에서 나온 거라오. 이게 바로 그 병이오."

그는 자물쇠로 잠긴 곳을 열더니 배가 둥글게 나오고 목이 긴 병을 꺼냈다. 병을 만든 유리는 우유처럼 뿌옜는데 조금씩 무지개 색으로 색깔이 바뀌었다. 안에는 어떤 형상이 그림자와 불처럼 흐릿하게 움직였다.

"이게 그 병이라오." 남자가 말하자 케아웨가 웃음을 터뜨렸다. "내 말이 믿어지지 않겠지. 그럼 당신이 직접 시험해 보시오. 깨뜨릴 수 있는지 없는지 보면 알 거야."

그래서 그 병을 받아 마루에 세게 내던진 케아웨는 이상한 기분이 들었다. 병은 아이들이 가지고 노는 공처럼 통통 튀어오를 뿐 작은 금 하나도 생기지

앉았다.

"이거 참 이상한 물건인데요." 케아웨가 말했다. "눈으로 보나, 손으로 만져 보나 유리로 만든 게 분명한데요."

"유리가 맞소." 그 남자는 전보다 더욱 무겁게 한숨을 쉬면서 대답했다. "하지만 그 유리는 지옥의 불꽃 속에서 제련되었다오. 우리 눈에 보이는, 그 안에서 움직이는 그림자가 병 속에 사는 악마지요. 적어도 나는 그렇게 생각하오. 악마는 누구든 이 병을 사는 사람의 명령에 복종한다오. 사랑이든, 명성이든, 돈이든, 이런 집이든, 아, 아니면 샌프란시스코 같은 큰 도시이든, 주인이 바라는 것을 입 밖으로 꺼내기만 한다면 모든 걸 이루어 줘요. 나폴레옹도 이 병을 가졌고, 병의 도움을 받아 온 세상을 지배하는 왕이 되었다오. 하지만 마지막에는 병을 팔아 버렸고, 그래서 몰락했지. 쿡 선장도 이 병을 가졌고, 병의 힘으로 그렇게 많은 섬들을 발견했다오. 하지만 그 역시 병을 팔았고, 하와이에서 살해당하는 신세가 되고 말았어. 왜냐하면 일단 이 병을 팔고 나면 그 힘과 가호가 옮겨 가기 때문이오. 그때 자기가 가진 것에 만족하지 않는다면 나쁜 일이 일어나고 만다오."

"그런데 선생님은 이 병을 팔겠다고요?" 케아웨가 말했다. "나는 바라는 모든 걸 가졌고, 이젠 늙어 가고 있소." 남자가 대답했다. "악마가 해줄 수 없는 것이 딱 한 가지 있는데, 그건 바로 수명을 늘리는 일이라오. 그런데 이 병에는 문제가 하나 있소. 그걸 숨기는 건 공평하지 못한 일이겠지. 만약 이 병을 가진 사람이 죽기 전에 병을 다른 사람에게 팔지 못한다면 영원히 지옥불에서 타게 된다오."

"확실히 그건 큰일이군요." 케이웨가 소리쳤다. "그런 일에는 끼어들지 않겠습니다. 집 같은 건 돈이 없어도 사는 데 아무런 지장이 없어요. 아, 다행한 일이지요. 하지만 내가 견딜 수 없는 게 단 하나 있는데, 그건 저주받는 것이랍니다."

"이봐요, 그렇게 허둥지둥 도망칠 필요는 없다오." 남자가 대꾸했다. "당신은 그저 악마의 힘을 적당하게 사용하다가 내가 당신에게 팔 듯이 적당한 사람에게 팔아넘기고 안락하게 생을 마감하면 돼요."

"하지만 이상한 점이 두 가지나 있군요." 케아웨가 말했다. "선생님이 내내 사랑에 빠진 아가씨처럼 한숨을 쉰다는 게 그 첫 번째이고, 둘째로 이 병을 그렇게 싸게 판다는 것이 이상합니다."
"내가 한숨을 쉬는 이유는 벌써 설명을 했잖소." 남자가 말했다. "내 건강이 망가지고 있기 때문이오. 당신도 말한 것처럼 죽어서 악마에게 간다는 건 누구에게나 불행한 일이기 때문이지. 그렇게 싸게 파는 데에도 이유가 있어요. 이 병에는 괴이한 점이 하나 있다오. 아주 오래오래 전에 악마가 이 병을 처음 지상으로 가져왔을 때는 이루 말할 수 없이 값이 비쌌는데, 사제왕 존*[1]이 수백만 달러를 주고 처음으로 병을 샀소. 하지만 이 병은 손해를 보지 않고는 팔 수가 없어요. 산 가격만큼 받고 팔면 병은 집으로 돌아가는 비둘기처럼 다시 돌아온다오. 그래서 몇 백 년 동안 가격이 계속 내려간 덕분에 지금은 굉장히 싸졌소. 나는 이 언덕에 사는 훌륭한 이웃에게서 병을 샀는데, 내가 지불한 가격은 겨우 90달러였다오. 89달러 99센트에는 팔 수 있지만 그보다 한 푼이라도 더 받아서는 안 돼요. 안 그러면 병이 나에게로 돌아올 테니까. 자. 여기에는 두 가지 문제가 있어요. 우선, 그런 둘도 없는 병을 팔 십 몇 달러에 팔겠다고 하면 사람들은 당신이 농담을 한다고 여길 게요. 두 번째는 —서두를 일은 아니지만—내가 말할 것까지도 없겠지만 그저 현금을 받아야만 팔 수 있다는 걸 명심하시오."
"선생님 말이 모두 사실이라는 걸 내가 어떻게 확인합니까?" 케아웨가 물었다.
"지금 당장 몇 가지는 확인할 수도 있소." 남자가 대꾸했다. "당신이 가진 50달러를 내게 주고, 이 병을 가져요. 그리고 그 50달러가 다시 당신 주머니에 돌아오기를 바라는 거요. 그렇게 되지 않으면, 내 명예를 걸고 맹세하건대, 계약을 파기하고 당신 돈을 돌려주겠소."
"속이는 건 아니겠지요?" 케아웨가 말했다.
남자는 대단히 엄숙하게 맹세했다.
"그럼 그 정도 위험은 감수하겠어요. 그렇다고 손해볼 건 없을 테니까요." 케아웨는 말을 한 다음 돈을 남자에게 주었고, 남자는 병을 건네주었다.
"병 속의 악마야, 내 돈 50달러가 돌아왔으면 좋겠어." 그러자 그 말이 떨어지기가 무섭게 케아웨의 주머니는 전과 마찬가지로 무거워졌다.

---

*1 Prester John. 아프리카나 아시아 등 동방에 존재한다고 중세 사람들이 믿었던 거대하고 풍요로운 기독교 왕국의 왕.

"정말 놀라운 병이로군요." 케아웨가 말했다.

"자, 훌륭한 친구, 좋은 아침이오. 이 악마도 나를 위해 당신이 가져가시오!" 남자가 말했다.

"잠깐만요. 이런 장난은 이제 그만 할래요. 여기 있어요. 이 병 가져 가세요." 케아웨가 말했다.

"당신은 내가 샀던 가격보다 싸게 샀소." 남자가 손을 문지르며 대답했다. "이제 이건 당신 거요. 내 입장에서 말하자면 이제 당신 이 병을 샀으니 그걸 가지고 얼른 떠나 주면 좋겠소." 그러더니 남자는 중국 하인을 불러 케아웨를 배웅하게 했다.

길거리로 나온 케아웨는 겨드랑이에 병을 끼고 걸어가면서 생각하기 시작했다. '이 병에 대한 이야기가 전부 사실이라면 나는 손해 보는 거래를 한 건지도 몰라. 하지만 그 사람이 그냥 농담을 한 건지도 모르지. 우선 그는 돈을 세어보았다. 정확하게 미국 돈 49달러와 칠리 돈 1달러였다. "정말인 것 같은데." 케아웨가 중얼거렸다. "그럼 다른 것도 시험해 봐야지."

그 구역의 거리는 배 갑판처럼 깨끗했고, 정오 무렵이었는데도 다니는 사람이 거의 없었다. 케아웨는 병을 도랑에 넣고 그 자리를 떠났다. 두 번이나 뒤를 돌아보았지만, 우윳빛의 배가 둥글게 나온 병은 그 자리에 그대로 있었다. 세 번째로 뒤를 돌아보고 모퉁이를 돌기가 무섭게 무언가가 팔꿈치에 느껴졌다. 보라! 둥근 배 부분은 선원용 재킷의 주머니에 쑤셔 넣어진 채 병의 긴 목이 불쑥 튀어나와 있었다.

"이것도 정말인 것 같은데." 케아웨가 말했다.

그 다음으로 그는 가게에서 코르크 마개뽑이를 사서 인적이 없는 들판으로 갔다. 그리고 코르크를 뽑으려고 애썼지만 마개 뽑이는 넣을 때마다 튕겨 나왔고, 코르크는 전과 마찬가지로 멀쩡했다.

"아마 새로 나온 신형 코르크인가 봐." 케아웨는 소리 내어 말했지만 갑자기 오한이 들더니 식은땀이 흐르기 시작했다. 그는 그 병이 무서워졌다.

항구 쪽으로 가는 길에 무인도에서 가져온 곤봉과 조가비, 오래된 이방인들의 신상, 옛날 동전, 중국과 일본에서 온 그림들을 비롯해 선원들이 가져올 법한 온갖 물건들을 파는 가게가 보였다. 그는 여기서 한 가지 생각을 떠올렸다. 그는 가게로 들어가 그 병을 1백 달러에 팔겠다고 했다. 가게의 주인 남자는 처음에는 그를 비웃으며 5달러를 주겠다고 했다. 하지만 그 병이 정말로 신기한 물건이었고—인간이 만든 작품으로 그런 유리는 만들어진 적이 없었다— 우윳빛 아래 무지개 색이 너무나 예쁘게 반짝거렸으며, 가운데서 너울거리는 형상이 굉장히 이상야릇했기 때문에 나름대로 잠시 말씨름을 벌이고 나서 가게의 남자는 케아웨에게 물건 값으로 은화 60달러를 주었다. 그리고 그 병을 쇼윈도 한가운데의 선반에 진열했다.

"자, 내가 50달러, 아니 사실은 그보다 조금 적게 주고 산 병을 60달러에 팔았어. 1달러는 칠리 돈이니까 말이지. 이제 다른 쪽의 진실도 알게 될 거야." 케아웨가 중얼거렸다.

그리고 배로 돌아온 케아웨가 자신의 사물함을 열자 그 병이 그 안에 들어 있었다. 케아웨보다 더 빨리 온 것이었다. 케아웨에게는 로파카라는 이름을 가진 같은 배에 탄 친구가 있었다.

"저 상자에 뭐가 들었기에 그렇게 고민하는 거야?" 로파카가 말했다.

앞갑판 아래 선원실에는 단 둘만 있었고, 케아웨는 그에게 비밀을 지키겠다고 맹세하게 한 다음 모든 이야기를 들려줬다.

"정말 이상한 이야기야." 로파카가 말했다. "이 병 때문에 자네가 곤란한 처지에 빠지지 않을까 걱정이 되는군. 하지만 한 가지 아주 분명한 건 있어. 이미 화근거리가 자네에게 있으니 그 거래에서 이득을 좀 보는 건 어떤가. 무엇을 원하는지 결정해서 명령을 내려. 그래서 자네가 원하는 대로 이루어진다면 내가 그 병을 사지. 나에게는 범선을 사서 섬들을 오가는 무역업을 하고 싶다는 꿈이 있으니 말이야."

"나는 그런 건 바라지도 않아." 케아웨가 말했다. "내가 바라는 건 고향인 코나 해변에 아름다운 집과 정원을 갖는 거야. 문가에는 햇볕이 빛나고, 꽃이 핀 정원과 유리를 끼운 창문과 그림이 걸린 벽과 장식품이 놓인 탁자와 아름다운 양탄자가 있는, 그래, 꼭 내가 오늘 들어가 본 것과 같은 집 말이야. 그저 그 집보다 한 층 더 높고, 왕의 궁전처럼 발코니가 사방에 있었으면 해. 그런 집에서 아무런 근심 없이 살면서 친구들과 친척들과 더불어 웃고 즐기는 게 내 바람이야."

"좋아, 이제 이 병을 가지고 하와이로 돌아가세." 로파카가 말했다. "자네가 바라는 대로 모두 이루어진다면 아까 말한 것처럼 내가 병을 사서 범선을 달라고 할 거야."

그들이 합의한 뒤 얼마 지나지 않아 케아웨와 로파카와 병을 실은 배가 호놀룰루로 돌아갔다. 상륙하자마자 그들은 해변에 있던 친구를 만났다. 친구는 곧바로 케아웨에게 위로의 말을 꺼냈다.

"왜 내가 위로를 받아야 하는지 모르겠는데." 케아웨가 말했다.

"못 들었단 말이야?" 친구가 대답했다. "자네 삼촌, 그 훌륭한 양반이 돌아가시고, 예쁜 자네 사촌동생이 바다에 빠져 죽었어."

케아웨는 너무 슬퍼서 눈물을 흘리고 애도하느라 그 병에 대한 일을 잊어버렸다. 하지만 로파카는 곰곰이 생각하다가 이제 케아웨의 슬픔이 조금 가라앉은 듯하자 물었다.

"생각해 봤는데 말이야. 자네 삼촌이 하와이의 카우 구역에 땅을 가지고 있지 않았나?"

"아니, 카우는 아니고. 삼촌의 땅은 산 쪽에 있어. 후케나에서 조금 남쪽으로."

"이제 그 땅은 자네의 것이 되겠군." 로파카가 말했다

"그렇겠지." 케아웨는 대답하더니 다시 삼촌과 사촌동생을 애도하기 시작했다

"아니야." 로파카가 말했다. "지금은 슬퍼만 하고 있을 때가 아니야. 어떤 생각이 났는데 말이지. 이게 모두 병이 한 짓이 아닐까? 지금 자네가 집을 지을 땅이 생긴 걸 보면 그런 것 같아."

"만약 그렇다면, 내 친척을 죽여서 내 부탁을 들어주다니 정말이지 비열한 방식이야." 케아웨가 소리쳤다. "하지만 어쩌면 정말로 그럴지도 모르지. 내가 마음의 눈으로 보았던 집이 바로 그런 위치에 있었으니까."

"하지만 그 집은 아직 지어지지 않았어." 로파카가 말했다. "그렇지. 그리고 앞으로 지을 수 있을 것 같지도 않아." 케아웨가 말했다. "삼촌이 커피와 바나나를 조금 키우긴 하지만 나 혼자 입에 풀칠할 정도밖에 되지 않을걸. 그리고 나머지 땅은 화산암지대야."

"자, 변호사에게 가보지. 아직 그 생각이 내 머리에서 떠나지 않아."

변호사를 만난 그들은 케아웨의 삼촌이 말년에 엄청나게 부자가 되었다는 사실을 알게 되었다. 한 재산이라고 할 만한 큰 돈이었다.

“자, 이제 그 집을 지을 돈이 생겼어.” 로파카가 외쳤다.

“집을 새로 지을 생각이라면 새로 온 건축가 명함을 여기 드리지요.” 변호사가 말했다. “평판이 굉장하더군요.”

“점점 더!” 로파카가 소리쳤다. “이제 모든 게 분명해지는군. 자, 계속 따라가 보자고.”

그 길로 그들은 건축가를 만나러 갔는데 놀랍게도, 그의 탁자 위에는 집 도면이 여러 장 놓여 있었다.

“외딴 곳에 있는 집을 원하시는군요.” 건축가는 말하면서 도면을 한 장 케아웨에게 건넸다. “이런 집은 어떠신가요?”

도면에 눈길을 준 케아웨는 비명을 질렀다. 그가 생각했던 집이 완벽하게 그려져 있었다.

“나는 이 집에 홀딱 반했어.” 케아웨가 생각했다. “소원을 이루는 방식은 정말 싫지만 이 집에는 홀딱 반했어. 악마에게서일지라도 내 행운을 받아들이는 수밖에.”

그래서 그는 건축가에게 자신이 원하는 바를 모두 말했다. 어떤 가구를 갖출지, 어떤 그림을 벽에 걸지, 자질구레한 장식품들은 어떻게 갖출지, 모두 말한 다음 전부 다해서 얼마나 들겠는지 솔직하게 물었다.

건축가는 케아웨에게 많은 질문을 던지더니 펜을 들고 계산을 했다. 계산을 모두 마친 후 그는 케아웨가 물려받은 액수와 정확하게 일치하는 금액을 불렀다.

로파카와 케아웨는 서로 마주 보았고, 고개를 끄덕였다.

‘좋든 싫든 내가 이 집을 갖게 되는 건 분명해졌어.’ 케아웨는 생각했다. ‘하지만 악마에게서 받은 집이니 나에게 별로 좋지 않은 일이 일어날까 봐 두려워. 한 가지 확실한 건 이 병을 가지고 있는 동안에 앞으로 어떤 소원도 빌지 않을 거라는 사실이야. 하지만 그 집을 갖는 것만으로도 악마에게서 행운을 받아들이는 것이겠지.’

그래서 그는 건축가와 계약을 했다. 그들은 계약서에 서명했고, 케아웨와 로파카는 다시 배를 타고 오스트레일리아로 항해를 떠났다. 둘은 건축가를 전혀 방해하지 않고 집을 짓고 꾸미는 일을 건축가와 병 속의 악마의 뜻대로 맡기기로 합의했기 때문이었다.

항해는 평온했지만 케아웨는 혹시라도 다른 소망을 말해서 악마의 덕을 입는 일이 없도록 내내 주의를 기울였다. 하와이로 돌아오자 약속한 기한이 다 되었다. 건축가는 집의 준비가 다 끝났다고 알려 왔고, 케아웨와 로파카는 케아웨가 머릿속에 그렸던 그대로 모든 것이 다 되었는지 확인하러 코나 길을 따라 집을 보러 갔다.

집은 산 중턱에 있어서 지나가는 배에서도 보였다. 위로는 울창한 숲이 비구름을 뚫고 우뚝 솟아 있고, 아래로는 옛 왕들이 누워 있는 골짜기로 검은 화산암이 낭떠러지를 이루었다. 집 주변의 정원에는 다양한 색의 꽃들이 만발했고, 한쪽으로는 파파야 과수원이, 다른 쪽으로는 빵나무 과수원이 있었으며, 바다를 향한 정면의 지붕에는 깃발이 달린 배의 돛대가 세워져 있었다. 집으로 말할 것 같으면, 삼층으로 커다란 방마다 넓은 발코니가 딸려 있었다. 창문은 유리였는데, 그 품질이 얼마나 뛰어난지 물처럼 투명하고 햇살처럼 빛났다. 방방마다 모든 형태의 가구들로 장식되었다. 배며, 싸우는 사람들이며, 가장 아름다운 여인들이며, 기이한 곳들을 그린 그림들은 금색 액자에 걸려 있었다. 케아웨의 집에 걸린 그림들보다 더욱 밝은 색깔을 가진 그림은 세상 어느 곳에도 없을 터였으며 장식품들도 엄청나게 정교했다. 괘종시계와 오르골, 고개를 끄덕거리는 작은 사람 모양의 인형, 그림이 많이 실린 책, 세상 온갖 곳에서 가져온 값비싼 무기, 그리고 고독한 남자의 여가를 달래 줄 가장 훌륭한 퍼즐들이 있었다. 그런 방에 산다면 누구라도 아무런 근심 걱정 없이 방들을 거닐며 바라보기만 해도 좋을 것 같았다. 발코니들은 어찌나 넓은지 마을사람들 전체가 몰려온다 해도 즐겁게 살 수 있을 것 같았다. 케아웨는 육지의 미풍이 불고 과수원과 화단이 보이는 뒷베란다와 바닷바람을 들이킬 수 있고 가파른 낭떠러지와 후케나와 펠레 언덕 사이를 일주일에 한 번 정도 오가는 홀 호나 목재와 바나나를 해안에 부리는 범선을 내려다볼 수 있는 정면 발코니 중에서 어느 쪽이 더 마음에 드는지 판단하기 어려웠다.

집을 전부 돌아본 케아웨와 로파카는 베란다에 앉았다.

"자, 말해 보게. 자네가 원하는 게 그대로 이루어졌나?" 로파카가 물었다.

"더 이상 아무 말이 필요 없어." 케아웨가 대답했다. "내가 꿈꿨던 것보다 더 나아. 너무나 만족스러워 머리가 이상해질 것 같을 정도야."

“하지만 한 가지 고려해야 할 게 있어.” 로파카가 말했다. “어쩌면 이 모든 게 그냥 자연스럽게 일어난 일일지도 몰라. 병 속의 악마는 아무것도 한 일이 없는데, 내가 그 병을 샀다가 결국 범선을 얻지 못하는 꼴이 된다면 아무짝에도 쓸모없는 것 때문에 불구덩이에 손을 집어넣는 격이야. 자네에게 약속을 했다는 건 알아. 하지만 제발 부탁이니 한 가지 증거만 더 보여 주게.”

“나는 이제 그 물건에게서 덕을 입지 않겠다고 맹세했어. 더 이상 그 병과 얽히고 싶지 않아.”

“내가 생각하는 건 자네에게 덕이 되는 게 아니야.” 로파카가 말했다. “그냥 악마를 보자는 거니까. 그래서 얻을 수 있는 건 아무것도 없으니 맹세를 깨뜨렸다고 수치스러워 하지 않아도 돼. 하지만 나로서는 악마를 한번 본다면 전부 확신을 할 수 있을 거야. 그러니 제발 내 부탁을 들어주게. 악마를 보여 줘. 그러고 나서 내 손에 쥐고 있는 이 돈으로 병을 사기로 하지.”

“내가 유일하게 두려운 게 바로 그거야. 악마가 너무나 추악하게 생겨서 자네가 악마를 보고 나면 그 병을 사는 게 끔찍해질지도 모르잖아.” 케아웨가 말했다.

“남아일언중천금일세.” 로파카가 대꾸했다. “자, 이 돈은 우리 가운데에 두도록 하지.”

“그렇다면 좋아.” 케아웨가 대답했다. “나 자신도 궁금하니까 자, 나와 봐, 악마 씨, 네 모습을 보여 줘.”

말이 떨어지기가 무섭게 악마가 병 밖으로 얼굴을 내밀었다가 다시 들어갔다. 도마뱀처럼 재빨랐다. 케아웨와 로파카는 돌처럼 굳었다. 밤이 다 될 때까지 둘은 아무 생각도, 아무 말도 할 수 없었다. 그러다가 로파카가 돈을 내밀고 병을 가져갔다.

“나는 약속을 지키는 사람이야. 그리고 그래야만 해. 그렇지 않다면 발로도 이 물건을 건드리기 싫을 테니까.” 그가 말했다.

“음, 범선이 생기고, 주머니에 돈이 몇 푼 생기는 대로 악마를 가능한 한 빨리 치워 버려야겠어. 솔직히 있는 그대로 말하자면 그 모습을 보니까 토할 것 같아.”

“로파카, 제발 나를 나쁘게 생각하지 말아 주게.” 케아웨가 말했다. “지금이 밤이란 것도, 길이 좋지 않다는 것도, 무덤 옆으로 난 길이라 이렇게 늦은 시간에 지나가기에는 기분이 나쁘리라는 것도 다 알아. 하지만 그 작은 얼굴을 본 이상 그것이 멀리 사라지기 전에는 밥을 먹을 수도, 잠을 잘 수도, 기도를 할 수도 없어. 램프와 병을 넣을 바구니를 주겠네. 그리고 내 집에서 자네 마음에 드는 게 있다면 그림이든 아름다운 물건이든, 뭐든 다 가져가게. 그리고 제발 지금 당장 이 집에서 나가 줘. 후케나에서 나히누와 함께 자게."

"케아웨, 자네 이야기를 기분 나쁘게 받아들일 사람들이 많을 걸세. 게다가 나는 자네에게 모든 호의를 베풀었고 자네와의 약속을 지키기 위해 이 병까지 샀어. 그런데도 자네는 이렇게 깜깜한 밤중에 무덤들 사이로 난 길로 나서라고 하는군. 양심에 거리끼는 죄를 짓고, 그런 병을 옆에 낀 사람에게 열 배는 위험할 길로 말이야. 하지만 나 역시 너무나 무서워서 완전히 질렸기 때문에 자네를 비난할 여유가 없어. 좋아, 그럼 나는 가겠네. 부디 자네의 집에서 행복하기를, 내가 운이 좋아 범선을 얻을 수 있기를, 그리고 악마와 병에도 불구하고 우리 둘 다 마지막에는 천국에 닿을 수 있기를 기도하겠네."

그렇게 해서 로파카는 산을 내려갔다. 케아웨는 정면 발코니에 서서 따그닥거리는 말발굽 소리를 들으며 램프 불빛이 길을 따라, 옛날 사람들이 묻혀 있는 동굴들이 있는 절벽을 따라 내려가는 것을 지켜보았다. 그는 내내 몸을 떨며 양손을 꼭 쥐고 친구를 위해 기도하고 하느님께 영광을 돌리며, 마침내 그 괴로움을 이겨낼 수 있었다.

이튿날 날이 밝자 날씨는 매우 맑았고 새 집도 너무나 마음에 든 나머지 그는 전날밤의 공포심을 모두 잊어버렸다. 케아웨는 그 집에서 늘 즐거운 나날을 보냈다. 그는 뒷베란다에 마음에 드는 자리를 마련하고 늘 거기서 밥을 먹고 살았으며, 호놀룰루의 신문에 실린 기사들을 읽었다. 지나가던 사람들은 누구든 안으로 들어와 방과 그림들을 구경할 수 있게 했다. 그래서 그 집은 널리 유명해졌다. 집은 코나 전체에서 카 할레 누이, 즉 '굉장한 저택'으로 불렸다. 또 가끔은 '빛나는 집'이라고도 불리기도 했다. 케아웨가 중국인 하인을 들여 하루 종일 먼지를 떨고 닦게 한 덕분에 유리와 금박과 아름다운 물건들과 그림들이 아침 햇살처럼 반짝거렸기 때문이었다. 케아웨 자신은 방을 거닐 때마다 노래가 절로 나왔고, 근처 바다를 지나는 선박이 있으면 돛대에 그의 깃발을 휘날리게 하고는 했다.

그러던 어느 날 케아웨는 친구들을 만나러 멀리 카일루아까지 나갔다. 거기서 그는 융숭한 대접을 받았고, 다음 날 아침이 되자마자 그곳에서 출발하여 열심히 말을 달렸다. 자기의 아름다운 집을 보고 싶어 참을 수 없기도 했지만, 죽은 옛 사람들이 코나 지역을 돌아다니는 밤이 다가오고 있기 때문이었다. 그는 이미 악마와 얽힌 적이 있었기에 죽은 사람을 만나는 게 더욱 꺼려졌다. 호나우 나우를 지난 지 얼마 되지 않았을 때 먼 앞을 바라보던 케아웨에게 바다 언저리에서 목욕을 하고 있는 여인이 보였다. 양갓집 규수처럼 보였지만 그 이상 아무런 생각도 들지 않았다. 그러다가 그는 옷을 걸치는 그녀의 하얀 블라우스와 빨간 홀로쿠*[2]가 나부끼는 모습을 보았다. 그리고 그가 가까이 갔을 무렵 그녀는 옷매무새를 다 가다듬고 바다에서 나와 빨강 홀로쿠에 쓸려 생긴 선로 옆에 서 있었다. 갓 목욕을 마친 그녀는 매우 상쾌해 보였고 반짝이는 눈은 상냥했다. 그녀의 모습을 본 케아웨는 즉시 말고삐를 잡아 당겼다.

"이 땅의 사람들이라면 다 안다고 생각했는데, 어째서 당신을 몰랐을까요?" 케아웨가 말했다.

"저는 키아노의 딸인 코쿠아예요." 아가씨가 말했다. "오아후 섬에서 지금 막 돌아왔답니다. 당신은 누구세요?"

"내가 누군지는 곧 말씀드리지요." 케아웨가 말에서 내리며 말했다. "지금 당장은 말고요. 갑자기 어떤 생각이 들었거든요. 내가 누군지 말을 하면 아가씨는 아마 내 이름을 들어 본 적이 있을 겁니다. 그래서 진실한 대답을 하지 않을지도 모르지요. 하지만 우선 한 가지만 말해 줘요. 당신은 결혼했나요?"

이 질문에 코쿠아는 크게 웃음을 터뜨렸다. "질문은 당신이 하고 있군요." 그녀가 말했다. "당신은 결혼했나요?"

"코쿠아, 난 절대로 결혼하지 않았답니다. 지금 이 순간까지는 결혼하고 싶은 생각도 없었고요. 하지만 여기 자명한 진실이 있어요. 난 길가에서 당

---

*2 하와이 전통 드레스.

신을 만났고, 별처럼 반짝이는 당신의 눈을 보자마자 내 몸이 새처럼 눈 깜짝할 사이에 당신을 향했어요. 그러니 당신이 나를 조금도 원치 않는다면 지금 당장 그렇게 말해요. 그러면 그냥 집으로 돌아가겠습니다. 하지만 다른 젊은이들보다 나쁠 게 없다고 생각한다면 그렇다고 말해 줘요. 그러면 길을 돌려 당신 아버지의 집으로 가서 밤을 보내고 내일 당신 아버지와 상의를 하겠어요."

코쿠아는 아무 말도 하지 않고 바다를 보며 웃었다.

"코쿠아, 당신이 아무 말도 하지 않는다면 긍정적인 대답으로 받아들일 겁니다." 케아웨가 말했다. "자, 당신 아버지의 집으로 갑시다."

그녀는 몇 발자국 앞서 걸어가면서도 아무런 말도 하지 않았다. 그저 가끔 뒤돌아봤다가 다시 시선을 돌렸으며 모자의 밀짚을 입에 물고서 빼지 않았다.

그들이 집에 도착했을 때 키아노가 베란다에서 나와 케아웨의 이름을 외치며 환영했다. 그 이름에 그녀는 그를 훑어보았다. 커다란 저택의 명성은 그녀의 귀로도 들은 적이 있었고, 확실히 그것은 대단히 유혹적이었다. 그날 저녁 내내 그들은 함께 즐거운 시간을 보냈고, 아가씨는 부모의 눈길 아래 대담하게 행동하며 케아웨를 놀렸다. 그녀의 재치는 대단했다. 이튿날 그는 키아노와 상의한 뒤 아가씨가 혼자 있는 것을 발견했다.

"코쿠아, 어제 저녁 내내 당신은 나를 놀렸지요. 이제 작별을 고해야 할 시간입니다. 내가 누군지 말을 하지 않았던 것은 내 집이 굉장히 멋지기 때문이었습니다. 당신이 그 집만 생각하고, 당신을 사랑하게 된 남자에 대해서는 생각하지 않을까 봐 두려웠어요. 이제 당신은 모든 것을 알게 되었지요. 앞으로 나를 다시 보고 싶지 않다면 지금 당장 그렇게 말해요." 그가 말했다.

"그렇지 않아요." 코쿠아가 말했다. 이번에는 웃지 않았고 케아웨도 더 이상 질문을 하지 않았다.

이것이 케아웨의 청혼이었다. 모든 일이 빠르게 진척되었다. 그러나 빨리 날아가는 화살도, 그보다 더 빠른 총알도 과녁을 맞히게 마련이다. 빠르기도 했지만. 일은 순조롭게 착착 진행되었다. 아가씨의 머리에서는 케아웨 생각이 떠나지 않았다. 화산암 구멍으로 밀려드는 파도에서 케아웨의 목소리가 들렸고, 겨우 두 번 밖에 보지 않은 이 젊은이를 위해서라면 아버지와 어머니와 고향 섬을 떠날 수 있을 것 같았다. 한편 케아웨는 무덤들이 있는 절벽 아래의 산길을 날 듯이 말을 달렸다. 말발굽 소리와 케아웨가 기뻐서 부르는 노랫소리는 죽은 자들의 동굴에 메아리쳤다. 빛나는 집에 도착했을 때까지도 그는 노래를 부르고 있었다. 넓은 발코니에 앉아 그가 밥을 먹는 동안 중국인 하인은 음식을 입에 가득 물고 어떻게 노래를 부를 수 있는지 궁금해했다. 해가 바다 속으로 가라앉고 밤이 왔다. 케아웨는 램프 불빛에 의지해 발코니를 거닐었고, 높은 산에서 들리는 그의 노랫소리는 배를 타고 지나는 사람들을 깜짝 놀라게 했다.

"고지대의 내 집에 있자니 이보다 더 나은 삶이 있을까 싶어." 그는 혼잣말을 했다. "여기가 산꼭대기야. 이보다 더 좋을 수는 없을 것 같아. 처음으로 방에 불을 밝혀야지. 그리고 멋진 욕실에서 뜨거운 물과 차가운 물로 목욕을 한 다음 신부의 방에서 오늘은 혼자 자야겠다."

명령을 받은 중국 하인은 자다가 일어나 난로에 불을 지폈다. 아래층 보일러 옆에서 분주하게 일을 하는 그에게 주인이 위층 불을 밝힌 방에서 기쁨에 겨워 노래를 부르는 소리가 들렸다. 물이 뜨겁게 데워지자 중국 하인이 주인에게 소리쳐 알렸고, 케아웨는 욕실로 갔다. 대리석으로 만든 욕조를 채우는 동안에도 주인은 흥얼거렸고, 또 흥얼거리는 소리가 중국 하인에게도 들렸다. 그런데 주인이 옷을 벗으면서 군데군데 끊기던 노랫소리가 갑자기 멈췄다. 중국 하인은 귀를 기울이고, 또 기울였다. 하인은 케아웨가 괜찮은 지 소리를 질러 물었다. 케아웨는 "그렇다"고 대답하고 하인에게 이제 잠자리에 들어도 좋다고 했다. 하지만 그 후로는 빛나는 집에서 노랫소리는 전혀 들리지 않았다. 그리고 중국 하인은 밤새도록 주인의 발이 쉬지 않고 발코니를 맴도는 소리만 들었다.

자, 이야기의 진상은 이랬다. 목욕을 하기 위해 옷을 벗던 케아웨는 바위에 낀 이끼처럼 보이는 반점이 피부에 생긴 것을 알아차렸다. 노래를 멈춘 건 바로 그때였다. 그런 종류의 반점은 전에도 본 적이 있었다. 그는 자신이 문둥병에 걸렸다는 걸 알았다.

물론 어떤 사람이라 해도 이 병에 걸리는 것은 슬픈 일이었다. 그리고 그토록 아름답고 널찍한 집과 모든 친구들을 떠나 깎아지른 절벽에 거센 파도가 몰아치는 북쪽 몰로카이 해안으로 가야 한다는 건 어떤 사람이라 해도 슬픈 터였다. 하지만 이 남자 케아웨는 거기에 더해 바로 어제 사랑하는 사람을 만났고, 오늘 아침 그녀의 마음을 얻었다. 그런데 바로 지금 모든 희망이 한순간에 유리조각처럼 산산이 부서지는 것을 보았다.

잠시 욕실 가장자리에 주저앉았던 그는 벌떡 일어나 비명을 지르며 바깥으로 뛰쳐나갔다. 그는 절망에 빠진 사람처럼 발코니를 따라 이리저리, 여기저기 서성거렸다.

'기쁜 마음으로 나는 조상들의 고향인 하와이를 떠날 수 있었을 거야.' 케아웨는 생각했다. '가벼운 마음으로 내 집을 떠날 수 있었을 거야. 산맥 고지대에 있는 창문이 많은 이 집을, 용감하게 내 조상들에게서 멀리 떨어져 몰로카이로, 즐비한 절벽 사이의 칼라우파파로 가서 문둥병자들과 함께 살 수 있을 거야. 하지만 도대체 내가 무슨 잘못을 저질렀단 말인가? 내 영혼에 무슨 죄가 있기에 그날 저녁 바다에서 상쾌하게 나오던 코쿠아와 마주쳤단 말인가? 코쿠아, 나를 사로잡은 이여! 코쿠아, 내 인생의 빛이여! 나는 절대로 그녀와 결혼하지 못하겠지. 다시는 그녀를 보지 못하겠지. 사랑에 넘치는 내 손으로 다시는 그녀를 애무하지 못하겠지. 내가 비탄에 잠기는 건 이것 때문이야. 당신 때문이야, 오, 코쿠아!'

자, 여러분은 이제 케아웨가 어떤 사람인지 알 수 있을 것이다. 그는 오랫동안 빛나는 집에 살면서 아무에게도 병을 알리지 않을 수도 있었다. 하지만 코쿠아를 잃어야 한다면 그런 생각도 들지 않았을 것이다. 또 어쩌면 돼지 같은 영혼을 가진 다른 많은 사람들이 그렇듯이 코쿠아에게 아무것도 알리지 않고 결혼할 수도 있었을 것이다. 하지만 케아웨는 남자다운 마음으로 그 아가씨를 사랑했기 때문에 그녀를 다치게 하거나 위험에 빠지게 할 수는 없었다.

자정이 조금 지났을 때 그는 그 병을 떠올렸다. 그는 뒷베란다로 돌아가서 악마가 고개를 내밀었던 날의 기억을 되살렸다. 그 생각을 하자마자 모골이 송연해졌다.

'병은 끔찍한 물건이었어.' 케아웨는 생각했다. '그리고 악마도 끔찍했지. 지옥불의 위험을 무릅쓰는 것도 끔찍해. 하지만 병을 치료해서 코쿠아와 결혼할 방법이 그 외에는 없는걸 어떡하지!' 그는 생각했다. '이 집을 갖기 위

해 악마와 한 번 만나는 걸 참았는데 코쿠아를 얻기 위해 다시 한 번 맞서지 못할 게 뭐람.'

거기서 그는 호놀룰루에 돌아가는 홀 호가 다음날 들른다는 것을 떠올렸다. '우선 거기에 가서 로파카를 만나야겠어. 지금으로서는 그토록 기꺼운 마음으로 치워 버렸던 그 병이 유일한 희망이니까.'

그는 한숨도 잘 수 없었고, 음식은 목구멍에 걸리는 것 같았다. 하지만 그는 키아노에게 편지를 보내고 기선이 들어올 무렵 절벽 옆의 길을 따라 말을 달렸다. 비가 내렸고 말의 발걸음이 무거웠다. 그는 시커먼 동굴 입구들을 올려다보며 거기 잠들어 모든 괴로움에 종지부를 찍은 사람들을 부러워했다. 전날 말을 타고 이 길을 달렸던 것을 떠올리며 놀랐다. 그렇게 그는 후케나로 갔다. 언제나 그렇듯이 온 섬의 사람들이 기선을 기다리며 모여들었다. 가게 앞의 오두막에 모인 사람들은 앉아서 농담을 하며 소식들을 서로 주고받았지만 어떤 이야기도 케아웨의 머리에는 들어오지 않았다. 사람들 한가운데 앉아 집집마다 떨어지는 빗방울과 바위에 몰려드는 파도도 본체만체하면서 그는 깊은 한숨을 내쉬었다.

"빛나는 집의 케아웨가 정신이 나갔나 봐." 사람들이 수군거렸다. 사실 그는 그랬기 때문에 별로 놀랍지도 않았다.

홀 호가 도착했고, 그는 보트를 타고 배에 올랐다. 배 뒤에는 화산을 구경하러 온 외국 사람들이 가득했고, 중간에는 카나카*3 사람들로 만원이었으며. 앞부분에는 힐로의 야생 수소들과 카우의 말들이 잔뜩 실려 있었다. 하지만 케아웨는 혼자만의 슬픔에 빠져 홀로 앉아 키아노의 집을 바라보았다. 검은 바위들이 늘어선 해안가, 코코야자가 그늘을 드리운 문가에 빨강 홀로쿠를 걸친 사람이 부지런하게 오가며 서성대는 모습이 마치 파리처럼 자그마하게 보였다. "아, 내 마음의 여왕이여!" 그가 외쳤다. "당신을 얻기 위해서라면 내 소중한 영혼도 걸 수 있어!"

곧 주위가 어두워지고 선실에 불이 밝혀지자 외국 사람들은 습관처럼 카드놀이를 하고 위스키를 마셨으나, 케아웨는 밤새도록 갑판을 거닐었다. 그리고 다음 날 마우이 또는 몰로카이의 그림자를 따라 증기를 뿜으며 배가 항

*3 하와이 원주민을 가리키는 말.

해하는 동안에도 그는 동물원 우리에 갇힌 야생 짐승처럼 이리저리 서성거리면서 생각에 빠졌다.

저녁이 되어 갈 무렵 다이아몬드헤드를 지나 호놀룰루 부두에 도착했다. 케아웨는 사람들 틈에 끼어 배에서 내렸고, 로파카를 찾기 시작했다. 그는 —이 일대의 섬들에서 가장 훌륭한 —범선을 갖게 되어 폴라폴라나 카히키처럼 먼 곳으로 모험을 떠난 것 같았다. 그러므로 로파카에게서 병을 찾을 희망은 없었다.

케아웨는 시내에서 변호사를 하고 있는 로파카의 친구(그 사람 이름은 밝힐 수가 없다)를 떠올리고 그에 대해 수소문했다. 사람들이 말하기를 그가 갑자기 부유해지더니 와이키키 해변에 멋진 새 집을 갖게 되었다고 했다. 케아웨는 머리에 떠오르는 생각이 있어 마차를 불러 변호사의 집으로 갔다.

집 전체가 번쩍번쩍했고, 정원의 나무들은 갓 심어진 듯 지팡이만 했으며, 나타난 변호사는 굉장히 만족스러운 듯한 태도를 보였다.

"'무슨 도움이 필요하십니까?" 변호사가 말했다.

"로파카의 친구 분이 맞으시지요?" 케아웨가 대꾸했다. "로파카가 제게서 사간 물건이 있는데 선생님이 그걸 찾는 데 도움을 주실 수 있을 것 같아서 왔습니다."

그러자 변호사의 안색이 어두워졌다. "케아웨 씨, 당신 말씀을 못 알아듣는 척하지 않겠습니다." 그가 말했다. "끼어들고 싶지 않은 일이긴 하지만요. 제가 아무것도 모른다는 건 아실 겁니다. 하지만 한 가지 생각나는 것은 있습니다. 끼워 맞춰 보면 아실 수 있지 않을까요?"

그리고 그는 한 남자의 이름을 입에 올렸는데, 그 이름 역시 이 글에서는 언급하지 않는 게 좋겠다. 그런 식으로 케아웨는 여러 날에 걸쳐 이 사람 저 사람을 오가면서 어디서나 새 옷과 마차와 멋진 새 집과 대단히 만족스러워하는 사람들을 보았다. 그의 용건을 밝힐 때마다 그들의 안색이 어두워지긴 했지만.

'내가 제대로 찾고 있는 게 확실해.' 케아웨가 생각했다. '이런 새 옷이랑 마차는 모두 조그만 악마의 선물이겠지. 그리고 그 기쁜 얼굴들은 이익만 취하고 병을 안전하게 없앴다는 뜻일 테고. 창백한 얼굴과 한숨 소리를 찾으면 그게 바로 병 근처겠지.'

마침내 그는 베리타니아 거리에 사는 한 외국인의 이름을 듣게 되었다. 저녁 식사 시간이 되었을 무렵 그 집 현관에 도착하자 언제나 그랬듯이 새 집과 만든 지 얼마 되지 않은 정원과 창문 안의 전등 불빛이 눈에 들어왔다. 하지만 주인이 모습을 드러냈을 때 케아웨에게 희망과 두려움이 교차했다. 나타난 젊은이는 시체처럼 창백했고, 교수대에 목이 매달릴 날짜를 받아 놓은 듯한 표정을 하고 있었다.

"여기 있구나, 확실해." 케아웨가 생각했다. 그래서 그는 지체하지 않고 자기 용건을 밝혔다. "병을 사러 왔습니다." 그가 말했다.

말이 떨어지자 베리타니아 거리의 젊은 백인은 현기증이 나는 듯 비틀거리며 벽에 몸을 기댔다.

"병!" 그는 숨을 몰아쉬었다. "그 병을 산다고요?" 숨이 막힌 듯한 주인은 케아웨의 팔을 잡더니 방으로 안내하고 포도주를 두 잔 따라주었다.

"우선 인사를 드립니다." 살면서 외국인을 접한 경험이 많은 케아웨가 말했다. "맞아요. 병을 사러 왔습니다. 지금은 가격이 얼맙니까?"

그 말에 젊은 주인의 손가락 사이로 잔이 미끄러졌다. 그는 케아웨를 귀신이라도 되는 것처럼 보았다.

"가격 말이지요." 그가 말했다. "가격! 가격이 얼마인지 모르신다는 말입니까?"

"그래서 지금 묻고 있지 않습니까?" 케아웨가 대꾸했다. "그런데 왜 그렇게 괴로운 얼굴입니까? 가격에 무슨 문제라도 있나요?"

"케아웨 씨, 당신이 팔았던 때로부터 값이 무척 많이 내려갔습니다." 그가 더듬더듬 말했다.

"아, 음, 하지만 그래도 더 싸게 살 여지는 남아 있겠지요. 당신은 얼마를 냈습니까?" 케아웨가 말했다.

젊은이의 얼굴은 유령처럼 창백해졌다. "2센트를 주고 샀습니다." 그가 말했다.

"뭐라고요?" 케아웨가 소리를 질렀다. "2센트라고요? 그렇다면 1센트로밖에 팔 수가 없겠군요. 그리고 그렇게 사는 사람은……." 뒷말은 케아웨의 입에서 나오지 못했다. 그렇게 사는 사람은 절대로 다시 팔 수가 없는 것이다. 병과 병의 악마는 죽을 때까지 그의 옆에 있다가 죽으면 붉은 지옥의 종말로 그를 인도할 것이었다.

베리타니아 거리의 젊은이는 털썩 무릎을 꿇었다. "제발 사 주십시오!" 그가 외쳤다. "제 재산도 전부 드리겠습니다. 그 값에 그 병을 살 생각을 했다니 제가 미쳤던 모양입니다. 제 가게에서 돈을 횡령했다가 들켰거든요. 감옥에 갈 뻔했습니다."

"불쌍한 사람." 케아웨가 말했다. "그런 무모한 일에 영혼을 걸고 자신이 저지른 불명예스러운 일에 대한 정당한 벌을 피하려 했군요. 내가 사랑 앞에 서라도 망설일 거라고 생각하겠지만, 그 병과 잔돈을 주시오. 잔돈은 늘 준비해 놓고 있었을 테니 말입니다. 여기 5센트 있습니다."

케아웨가 생각했던 대로였다. 젊은이는 서랍에 잔돈을 잔뜩 준비 해 놓고 있었다. 병이 주인을 바꿨고, 그는 자기 손에 들어오기가 무섭게 다시 깨끗한 사람이 되게 해달라고 소원을 빌었다. 그리고 당연한 일이지만 호텔로 돌아와 거울 앞에서 옷을 벗었을 때 그의 피부는 갓 태어난 아기처럼 깨끗해졌다. 그러자 이상하게도 다른 생각이 들었다. 이런 기적을 보자마자 그 안의 마음이 바뀌었다. 이제 나병 걱정은 손톱만큼도 들지 않았고, 코쿠아 생각도 거의 나지 않았다. 이제 앞으로 영원히 병의 악마에게 묶인 신세이며, 지옥불에서 영원히 타는 것 말고 다른 희망은 바랄 수 없다는 생각만이 유일하게 그의 머리에서 떠나지 않았다. 그는 지옥불이 활활 타오르는 모습을 마음의 눈으로 보았고, 영혼이 움츠러들어 어두움이 빛을 눌렀다.

케아웨가 조금 정신을 차렸을 때는 늦은 밤이 되어 호텔에서 밴드가 음악을 연주하고 있었다. 그는 혼자 있기가 두려웠기 때문에 그 쪽으로 갔다. 그는 행복한 얼굴들 사이를 이리저리 거닐며 오르내리는 음의 가락을 듣고, 박자를 두드리는 왕립 군악대장 밴드 마스터 버거*4를 보았지만, 내내 그의 귀에는 불꽃이 활활 타는 소리가 들리고, 눈에는 나락에서 타오르는 새빨간 화염이 보였다. 갑자기 밴드가 〈히키 아오 아오〉를 연주했다. 코쿠아와 함께 불렀던 노래였다. 그 음악을 듣자 멀리 사라졌던 용기가 되살아나 희망이 용솟음쳤다.

'이제 끝난 일이야' 그는 생각했다. '다시 한 번 악마와 잘 지내보는 수밖

---

*4 Henri Burger(1844~1929). 독일 출신의 음악가로 약 40년간 로얄 하와이안 밴드를 이끌었다.

에 없어.'

그래서 다시 용기가 생긴 그는 하와이로 향하는 첫 기선을 타고 돌아왔고 준비가 되자마자 코쿠아와 결혼해서 그녀를 산허리에 있는 빛나는 집으로 데려왔다.

이제 코쿠아와 함께 있을 때면 케아웨의 마음은 고요해졌지만 혼자 남겨지는 그는 즉시 무서운 공포에 잠겼다. 지옥의 불꽃이 활활 타는 소리가 들렸고, 나락에서 타오르는 새빨간 화염이 보였다. 코쿠아 아가씨는 온 마음을 다해 그를 사랑했다. 케아웨만 보면 그녀의 심장이 뛰었고 그녀의 손은 그의 손에서 떨어지지 않았다. 또한 그녀는 머리 위에서 발끝까지 어찌나 아름다운지 그녀를 보는 사람마다 즐거워하지 않는 사람이 없었다. 그녀는 천성적으로 쾌활했다. 그녀는 언제나 좋은 말만 했다. 노래도 아주 많이 아는 그녀는 빛나는 집을 이리저리 돌아다니며 이 삼층집에서 가장 빛나는 존재가 되어 새처럼 지저귀었다. 케아웨는 그녀를 보고 목소리를 들을 때마다 기쁨에 넘쳤지만, 반면에 마음 한편은 움츠러들었고 그녀를 얻기 위해 지불한 대가를 떠올리며 끙끙 앓기도 하고 울기도 했다. 그런 다음 그는 눈물을 닦고, 얼굴을 씻고서 넓은 발코니로 나가 그녀와 함께 앉아 같이 노래를 부르고 아픈 영혼을 감추고 그녀의 미소에 답해주었다.

마침내 그녀의 발걸음이 무거워지고 노랫소리가 드물어지는 날이 왔다. 이제 혼자서 우는 것은 케아웨만이 아니었다. 둘은 그 사이에 빛나는 집의 폭만큼 거리를 두고 서로 떨어져 반대편 발코니에서 저마다 울었다. 케아웨는 그 자신의 절망에 너무 깊이 빠져 있어서 코쿠아의 변화를 거의 알아차리지 못했다. 그저 혼자서 자신의 운명을 골똘히 생각할 시간이 늘어나고 아픈 마음으로 억지로 미소를 지어야 하는 일이 전보다 줄어든 것만이 은근히 기뻤다. 하지만 어느 날 고요히 집을 배회하는 그에게 아이가 흐느끼는 것 같은 소리가 들렸다. 코쿠아가 발코니 바닥에서 몸부림치며 길 잃은 아이처럼 슬피 울고 있었다.

"코쿠아, 이 집에서 당신이 울고 있다니. (적어도) 당신만은 행복하게 해주기 위해 내 목이라도 내놓을 수 있는데 말이오." 케아웨가 말했다.

"행복이라고요!" 그녀는 울며 외쳤다. "케아웨, 이 빛나는 집에서 당신 혼자 살았을 때 당신은 행복한 남자라고 소문이 자자했었어요. 웃음과 노래가 당신의 입에서 떠나는 날이 없었고, 당신의 얼굴은 햇살처럼 빛났어요. 그런데 불쌍한 코쿠아와 결혼했어요. 하느님만은 코쿠아의 어떤 점이 잘못된 건지 아시겠지요. 코쿠아와 결혼한 바로 그날부터 당신은 웃지 않았어요. 아, 저의 어떤 점이 잘못되었나요? 저는 제가 예쁘다고 생각했고, 당신을 사랑한다는 걸 알아요. 제 어떤 점이 잘못되었기에 남편의 가슴에 이런 먹구름이 드리워지게 되었나요?"

"불쌍한 코쿠아." 케아웨가 말했다. 그는 그녀의 옆에 앉아 손을 잡으려 했지만, 그녀는 뿌리쳤다. "불쌍한 코쿠아," 그가 다시 말했다. "내 가련한 아가씨, 내 예쁜 아가씨, 당신에게만은 이 괴로움을 알리지 않으려고 나는 내내 생각했다오. 아, 하지만 이제는 당신도 모든 걸 알아야겠지. 그래야 적어도 당신이 불쌍한 케아웨를 동정이라도 해줄 테니까. 그래야 케아웨가 과거에 당신을 얼마나 사랑했는지, 지금도 얼마나 당신을 사랑하고 있는지, 그래도 당신을 볼 때면 웃음을 떠올릴 수 있다는 것을 알게 될 테니까. 나는 당신을 얻기 위해 지옥의 악마와 거래를 했소."

그와 함께 그는 그녀에게 맨 처음부터 모든 이야기를 다 들려주었다.

"저를 위해 그렇게 하셨다고요?" 그녀가 소리쳤다. "맙소사, 그러면 저는 무엇을 무서워했던 거지요!" 그녀는 그를 꼭 껴안으며 울었다.

"아, 나의 아가씨. 하지만 나는 지옥불을 생각하면 너무 무섭소." 케아웨가 말했다.

"그런 말 마세요." 그녀가 말했다. "누구라도 코쿠아를 사랑했다는 이유로 아무 잘못도 없는데 파멸하게 할 수는 없어요. 케아웨, 제가 이 두 손으로 당신을 구하겠어요. 안 된다면 당신과 함께 파멸하겠어요. 당신은 저를 사랑해서 당신의 영혼까지 주었는데 그 보답으로 당신을 구하기 위해 제가 죽지 못할 거라고 생각했나요?"

"아, 사랑하는 내 아내! 아무렴, 당신은 나를 위해서라면 백 번이라도 죽겠지. 하지만 그런다고 해서 뭐가 달라지겠소? 내 저주의 날이 오면 나를 혼자 두고 가는 수밖에 없을 텐데!" 그는 울었다.

"당신은 아무것도 몰라요." 그녀가 말했다. "저는 호놀룰루에 있는 학교에서 훌륭한 교육을 받았어요. 흔해빠진 보통 여자가 아니라고요. 그리고 분명히 말하지만 제가 사랑하는 사람은 제가 살릴 거예요. 이 1센트에 대해 말씀하셨죠? 하지만 미국만이 세상의 전부가 아니랍니다. 영국에는 파딩이라는 화폐 단위가 있는데, 반 센트 정도 값어치예요. 아! 슬프게도 그건 거의 의미가 없군요. 사는 사람이 파멸할 테니까요. 내 사랑 케아웨처럼 용감한 사람을 다시 찾을 수는 없을 거예요! 하지만 프랑스도 있어요. 프랑스에는 작은 동전이 있는데 상팀이라고 해요. 1센트는 5상팀 혹은 그 언저리쯤 될 거예요. 그 이상은 없는 것 같아요. 자, 케아웨, 우리 프랑스령 섬으로 가요. 가장 빠른 배를 타고 타히티로 가요. 거기에 가면 4상팀, 3상팀, 2상팀, 1상팀이 있어요. 네 번이나 사고 팔 수 있는 기회가 있다고요. 우리 둘이서 열심히 팔아 보도록 해요. 자, 나의 케아웨! 저에게 키스를 해주고 이제 두려움은 버리세요. 코쿠아가 당신을 지킬 거예요."

"하느님의 축복이야!" 그가 외쳤다. "이렇게 좋은 것을 바랐다고 하느님이 날 벌주시리라고는 생각할 수 없어! 좋아, 그럼 당신의 뜻대로 합시다. 당신이 원하는 곳으로 가요. 내 목숨과 내 구원을 당신 손에 맡기겠소."

이튿날 아침 일찍 코쿠아는 준비를 시작했다. 그녀는 케아웨가 선원 생활을 할 때 썼던 상자를 가져다가 우선 병을 가운데에 넣었다. 그런 다음 그녀는 그들이 가진 옷 가운데 가장 훌륭한 것들과 집의 장식품들 가운데 가장 화려한 것들을 포장했다. 그녀는 말했다. "우리는 반드시 부자처럼 보여야 돼요. 안 그러면 누가 그 병 이야기를 믿겠어요?" 준비를 하는 내내 그녀는 한 마리 새처럼 명랑했다. 그러다가는 케아웨를 볼 때만 눈물을 흘렸는데 그럴 때면 그녀는 그에게 달려가 키스해야 했다. 케아웨로서는 영혼을 짓누르던 무게가 덜어진 기분이었다. 이제 비밀을 나누고 희망이 생긴 케아웨는 새로운 사람처럼 보였다. 그의 발걸음은 가볍게 땅을 밟았고, 다시 편하게 숨을 쉴 수 있게 되었다. 하지만 그의 팔꿈치께에는 아직 공포가 어려 있었다. 바람이 촛불을 꺼뜨릴 때마다 희망이 사라졌고, 지옥에서 타는 붉은 불과 흔들리는 불꽃이 보였다.

그들은 섬 사람들에게는 미국으로 관광 여행을 간다고 소문을 냈다. 사람들은 이상한 일이라고들 생각했다. 아무도 짐작하지 못했지만 진실은 훨씬 더 이상했다. 그들은 홀 호를 타고 호놀룰루로 갔고, 거기서 수많은 외국인들과 함께 우마틸라 호를 타고 샌프란시스코로 갔다. 샌프란시스코에 도착한 그들은 남쪽 섬들 가운데 프랑스령의 중심지인 파페이테로 향하는 우편선 트로픽 버드 호를 탔다. 즐거운 항해가 끝나고 무역풍이 부는 화창한 어느 날 그곳에 도착한 그들은 파도가 부딪쳐 부서지는 암초와 야자수가 빽빽한 작은 섬들과 파도를 타는 범선들과 초록색 나무들 사이로 해안을 따라 늘어선 마을의 하얀 집들과 머리 위의 산들과 구름들을 보았다. 타히티는 눈부신 섬이었다.

집을 빌리는 게 가장 현명할 것 같아서 그들은 영국 영사관 앞에 집을 빌려 돈을 물 쓰듯 쓰고, 호화로운 마차와 말로 사람들의 눈에 잘 띄도록 했다. 병을 가지고 있는 한 그것은 누워서 떡먹기였다. 케아웨보다 더 대담한 코쿠아는 언제든 필요하면 악마에게 20달러나 100달러를 요구했다. 그 두 사람은 곧 시내에서 유명해졌다. 하와이에서 온 이방인이라는 점과 그들이 타고 다니는 말과 마차, 그리고 코쿠아의 아름다운 홀로쿠 드레스들과 풍성한 레이스 장식은 온 섬의 화젯거리가 되었다.

그들은 우선 타히티 말에 익숙해지도록 했다. 몇 가지 철자만 바꾸면 하와이 말과 굉장히 비슷했기 때문에 그다지 어렵지 않았다. 그리고 자유롭게 말을 할 수 있게 되자마자 그들은 병을 팔기 시작했다. 여러분은 그것이 말을 꺼내기가 쉽지 않은 화제라는 점을 고려해야 한다. 마르지 않는 부와 건강의 원천을 4상팀에 팔겠다는 말이 진심이라는 것을 성실한 사람들에게 설득시키는 것 역시 쉽지 않았다. 게다가 병이 지니는 위험까지 설명해야 했다 그러면 사람들은 이야기 전부를 믿지 않고 웃음을 터뜨리거나, 좀 더 부정적인 부분에 구애돼 내용의 심각함에 얼굴을 찌푸리고 악마와 거래를 한 케아웨와 코쿠아를 멀리하거나 둘 중 하나였다. 얼마 지나지 않아 두 사람은 자신들이 입지를 얻기는커녕 따돌림을 당하고 있다는 걸 알아차렸다. 특히 아이들이 그들을 보자마자 소리를 지르며 달아나는 것이 코쿠아에게는 참기 어려운 일이었다. 가톨릭 신자들은 그들이 지나갈 때면 성호를 그었다. 사람들은 그들이 지나갈 때면 합심한 듯이 뿔뿔이 흩어졌다.

절망이 그들의 영혼을 나락으로 떨어뜨렸다. 피곤한 하루를 보낸 후 밤이 되면 그들은 한마디 말도 나누지 않고 새 집에 우두커니 앉아 있거나, 코쿠아가 갑자기 울음을 터뜨려 침묵이 깨지고는 했다. 가끔은 함께 기도를 했고, 가끔은 마룻바닥에 병을 꺼내놓고 저녁 내내 병 가운데의 그림자가 너울거리는 모습을 지켜보았다. 그럴 때면 잠자리에 들기가 무서워졌다. 쉽사리

잠을 이루지도 못 했고, 설령 한 명이 잠들었다 해도 다른 한 명이 어둠 속에서 흐느끼는 소리에 잠이 깨거나, 또는 혼자서 깨어나기 일쑤였다. 그 사이 다른 한 명이 병과 같이 있는 게 두려워 집을 나가 조그만 정원의 바나나 나무 아래를 서성이거나 달빛 아래 해변을 배회했다.

어느 날 저녁 코쿠아가 잠에서 깼을 때도 그랬다. 침대를 더듬던 그녀는 남편의 자리가 차갑다는 것을 알았다. 그러자 두려움이 엄습했고, 그녀는 침대 위에 일어나 앉았다. 창문의 겉창 틈으로 희미하게 달빛이 스며들었다. 방은 밝았고, 방바닥에 놓여 있는 병이 보였다. 바깥은 바람이 거세게 불어 길가의 거대한 나무들이 울부짖는 듯한 요란한 소리를 냈고 떨어진 나뭇잎들이 베란다에서 버석버석 굴러다녔다. 이런 와중에 코쿠아는 다른 소리가 들리는 것을 알아차렸다. 짐승인지, 아니면 사람인지 알 수 없었지만 죽음처럼 슬프게 우는 소리는 그녀의 영혼을 에는 것 같았다. 조용히 일어난 그녀는 문을 살짝 열고 달빛이 비치는 뜰을 내다보았다. 거기 바나나 나무 아래에 케아웨가 누워 흙에 입을 처박고 울부짖고 있었다.

우선 달려가서 그를 위로해야겠다는 생각이 들었지만, 다시 다른 생각이 그녀를 억눌렀다. 케아웨는 아내 앞에서 용감한 남자처럼 잘 참았다. 그런 남편이 약해진 때에 끼어든다면 그는 수치스러워할 것이기 때문이다. 그 생각에 그녀는 집으로 물러났다.

'하느님!' 그녀는 생각했다. '그동안 내가 얼마나 생각이 짧았던가! 얼마나 약하게 굴었던가! 이 영원한 위험을 무릅쓰고 있는 사람은 그이이지, 내가 아니야. 영혼에 저주를 받은 것은 그이이지, 내가 아니야. 그건 나를 위해서였어. 그럴 만한 가치가 없는 이의 사랑을 얻기 위해서였어. 지금 그이는 코끝 앞에 닥친 지옥의 불꽃을 보고 있어. 아, 달빛 아래 바람 부는 곳에 누워 그 불꽃의 연기를 맡고 있는 거야. 내가 너무 둔해서 지금까지 내 의무를 생각하지 못했던 걸까? 아니면 눈앞에서 보고도 놓친 걸까? 하지만 이젠 적어도 내 남편에 대한 애정의 손으로 내 영혼을 집어 들겠어. 천국의 하얀 계단과 그곳에서 만날 친구들의 얼굴에 작별을 고하자. 사랑에는 사랑으로. 내 사랑도 케아웨의 사랑과 공평해야지! 영혼에는 영혼으로. 파멸하는 영혼은 내가 되도록 하자.'

손재주가 좋은 그녀는 곧 옷을 차려 입었다. 그녀는 처음부터 언제나 옆에 준비해 둔 소중한 상팀 잔돈들을 챙겨 가지고 다녔다. 상팀 동전은 거의 쓰이지 않았기 때문에 그들은 정부 관청에 가서 미리 준비를 해놓았다. 그녀가 거리로 나섰을 때 바람을 타고 몰려온 구름이 잔뜩 끼어 달빛이 어두워졌다. 시내는 잠이 들었고, 어디로 가야 할지 몰라 정처 없이 배회하던 그녀에게 나무 그늘 사이에서 기침 소리가 들려왔다.

"할아버지." 코쿠아가 불렀다. "이렇게 추운 밤에 밖에서 뭐 하세요?"

노인은 기침 때문에 거의 말을 할 수가 없었지만 그녀는 그가 늙고 가난하며, 섬에서 보지 못했던 사람이라는 것을 알아차렸다.

"할아버지, 저 좀 도와주시겠어요?" 코쿠아가 말했다. "이방인 대 이방인으로, 노인 대 젊은 여자로 하와이의 딸을 도와주시지 않겠어요?"

"아, 너는 여덟 섬에서 온 마녀로구먼." 노인이 말했다. "이제 이 늙은 영혼까지 옭아매려 하는 겐가? 하지만 나는 네 소문을 진작 들었어. 사악하게 굴려면 어디 해봐."

"여기 앉아 보세요." 코쿠아가 말했다. "이야기를 하나 해드릴게요." 그리고 그녀는 케아웨의 이야기를 처음부터 끝까지 털어놓았다.

"자 제가 그의 아내예요. 영혼의 안녕을 팔아 얻은 아내지요. 제가 어떻게 해야 할까요? 제가 직접 그에게 가서 병을 사겠다고 한다면 그는 거절할 거예요. 하지만 할아버지가 산다면 기꺼이 팔겠지요. 제가 여기서 기다릴게요. 할아버지가 병을 4상팀에 사오시면 제가 다시 3상팀에 살게요. 부디 주님이 이 가련한 딸에게 힘을 주시길!"

"나를 속이려 드는 거라면 하느님이 널 쳐죽일 거야." 노인이 말했다.

"당연하지요!" 코쿠아가 외쳤다. "당연히 그러실 거예요. 저는 그렇게 배신하는 사람이 아니에요. 하느님이 용납하지 않고 말고요."

"4상팀을 주고 여기서 기다려."

길가에 홀로 서서 기다리면서 코쿠아의 영혼은 죽었다. 나무 사이로 거세게 부는 바람이 코쿠아의 눈에는 지옥의 불꽃이 밀려드는 것처럼 보였다. 가로등 불빛 아래로 던져진 그림자는 악마가 잡아채려는 손길로 보였다. 기운이 있었다면 그녀는 분명히 달아났을 것이고, 한 모금 숨이라도 남았다면 크게 비명을 질렀을 것이었다. 하지만 사실은 그중 아무것도 할 수 없었고, 그녀는 두려움에 질린 어린아이처럼 길가에 서서 몸을 떨었다.

그때 노인이 돌아오는 것이 보였다. 그는 손에 병을 들고 있었다.

"네가 부탁한 걸 다 했어." 그가 말했다. "네 남편이 아이처럼 우는 걸 두고 왔지. 오늘 밤은 잘 잘 수 있을 거야." 그는 병을 앞으로 내밀었다.

"병을 주시기 전에 할아버지도 악마에게서 좋은 걸 가지세요. 기침을 낫게 하라고 하지 그러세요." 코쿠아가 헐떡이며 말했다.

"나는 늙었어." 노인이 대답했다. "악마에게 은혜를 입기에는 무덤가에 너무 가까이 와 있다고. 그런데 이건 뭐지? 왜 병을 받지 않지? 망설이는 건가?"

"망설이는 게 아니에요!" 코쿠아가 외쳤다. "전 그냥 약해졌을 뿐이에요. 잠깐만 기다려 주세요. 그 저주받은 물건을 제 손이 거부하고, 제 몸이 떨릴 뿐이에요. 아주 잠깐이면 돼요."

노인은 온화해진 눈으로 코쿠아를 보았다. "가련한 아가씨 같으니!" 그가 말했다. "너도 두렵구나. 네 영혼이 두려움을 불러일으키는구나. 그래, 그럼 그냥 내가 이 병을 가지마. 나는 늙었고, 이 세상에서 더 행복해지는 글렀으니까. 아마 다음 세상도……."

"더 이상 망설이지 않을 거예요!" 코쿠아가 병을 잡았다. "여기 돈 있어요. 저를 그 정도로 비열한 사람으로 생각하셨나요? 병을 이리 주세요."

"하느님이 아가씨를 축복하시길!" 노인이 말했다.

코쿠아는 병을 홀로쿠 아래 감추고 노인에게 작별의 인사를 한 다음 큰 길 거리를 걸었다. 어디로 가는지 신경이 쓰이지 않았다. 이제 어차피 모든 길은 다 지옥으로 가는 길이었으니 그녀에게는 아무 길이나 마찬가지였다. 걷다가 또 뛰기도 했다. 한밤중에 비명을 지르다가 길옆에 엎드려 흙먼지 속에서 흐느꼈다. 귀에는 전에 지옥에 대해 들었던 모든 이야기들이 다시 들려왔다. 불꽃이 타 오르는 것이 보였고, 연기 냄새가 났으며 살갗은 석탄 위에서 시들어 가는 것 같았다.

거의 동이 틀 무렵이 되어서야 그녀는 정신을 차리고 집으로 돌아왔다. 노인이 말한 그대로였다. 케아웨는 아이처럼 곤히 자고 있었다. 코쿠아는 옆에 서서 그의 얼굴을 바라보았다.

"자, 나의 낭군님. 이제 당신이 잠들 차례예요." 그녀가 말했다. "잠에서 깨면 이제 당신이 노래하고 웃을 차례가 될 거예요. 하지만 불쌍한 코쿠아는, 아! 나쁜 뜻은 아니지만, 불쌍한 코쿠아에게는 이제 편안한 잠이나, 노래나, 기쁨은 없겠지요. 지상에서나, 천국에서나."

말을 마친 그녀는 남편 곁에 누웠고, 고통이 극에 달한 나머지 곧 잠들었다.

오전 느지막이 일어난 남편은 그녀를 깨웠고, 곧 좋은 소식을 전했다. 그는 기쁨이 지나쳐 바보가 된 것 같았다. 그녀의 고통에는 전혀 주의를 기울이지 않았던 것이다. 그녀가 숨기려 애쓰긴 했지만 말이 목에 걸려 아무런 대꾸도 하지 않았지만, 케아웨는 혼자서 떠들어댔다. 그녀는 식사를 전혀 하지 못했지만, 케아웨는 아랑곳하지 않고 접시를 깨끗이 비웠다. 코쿠아에게는 그가 기뻐하는 모습을 보고 듣는 것이 이상한 꿈처럼 느껴졌다. 무슨 영문인지 잊어버리거나 알 수 없어서 이마에 손을 대는 때도 있었다. 하지만 자신이 그런 운명을 걸머지게 되었는데 남편이 마구 수다를 떤다는 것이 끔찍하게 여겨졌다.

케아웨는 밥을 먹는 내내 이야기를 하고, 귀국할 시기를 따져보며 그를 구원해 준 것을 그녀에게 감사하고, 그녀에게 애정을 보이며 진정한 구원자라고 불렀다. 그는 멍청하게도 병을 사간 노인을 비웃었다.

"훌륭한 노인처럼 보였는데." 케아웨가 말했다. "하지만 겉모습으로는 아무도 알 수 없지. 무뢰한이 아니라면 왜 그런 병이 필요하겠소?"

"케아웨, 내 남편." 코쿠아가 겸허하게 말했다. "아마 좋은 의도에서 그랬을 거예요."

케아웨는 미친 사람처럼 웃음을 터뜨렸다.

"당치도 않아!" 케아웨가 소리쳤다. "분명히 말하지만 그 노인은 단지 늙은 악당이었소. 아무 짝에도 쓸모가 없고말고. 4상팀에도 팔기가 얼마나 어려웠는데, 3상팀에 판다는 건 불가능해. 이제 얼마 지나지 않아 그 물건은 연기 냄새를 피울걸. 우, 무서워!" 그는 말을 하며 부르르 떨었다. "나 자신이 그보다 더 작은 동전이 있다는 걸 모르면서도 1센트에 산 것은 사실이오. 고뇌 때문에 제정신이 아니었지. 그런 사람을 다시는 찾을 수 없을 거요. 누구든 지금 그 병을 가지고 있는 사람이 지옥으로 가져가겠지."

"아, 케아웨!" 코쿠아가 말했다." 한 사람을 구하기 위해 다른 사람이 영원한 파멸에 빠지는 게 끔찍하지 않은가요? 저는 웃을 수 없을 것 같아요.

전 겸허하게 있을래요. 저는 슬퍼하겠어요. 불쌍하게도 병을 가진 사람을 위해 기도하겠어요."

그러자 케아웨는 더욱더 화가 치밀었다. 그녀가 말한 것이 옳다는 걸 알았기 때문이었다. "잘난 척하지 말아요!" 그가 소리를 질렀다. "그러고 싶다면 당신은 슬픔에 빠져 있도록 해요. 좋은 아내라면 그럴 수 없지. 당신이 정말 나를 생각한다면 부끄러운 줄 알아요."

그러고서 그는 나가 버렸고, 코쿠아는 혼자가 되었다.

그 병을 2상팀에 팔 수 있을 가능성이 과연 얼마나 될까? 전혀 없어, 그녀는 생각했다. 만약 털끝만큼의 가능성이 있다 해도 남편은 서둘러 1센트보다 적은 동전이 없는 곳으로 그녀를 데려갈 터였다. 그리고 지금 그녀의 희생에도 불구하고 남편은 그녀를 비난하며 떠나 버렸다.

그녀는 얼마 남지 않은 시간에 애써 볼 생각도 하지 못하고 집 안에 우두커니 앉아 있었다. 그녀는 병을 꺼내 놓고 말로 다 할 수 없는 공포에 몸서리치며 바라보다가 견딜 수 없어서 그것을 눈 앞에서 치워버렸다.

이윽고 케아웨가 돌아왔고, 그녀에게 드라이브를 가자고 했다.

"케아웨, 저는 몸이 좋지 않아요." 그녀가 말했다. "기운이 없어요. 정말 미안해요. 드라이브를 가도 재미없을 것 같아요."

그러자 케아웨는 더욱 격노했다. 그녀가 노인만 걱정한다고 생각했기 때문에 그녀에게 화가 났고, 그녀가 옳다는 걸 알았고 그토록 행복해한 자신이 부끄러워졌기 때문에 자신에게도 화가 난 것이다.

"이것이 당신의 진심이로군." 그가 소리를 질렀다. "당신의 애정은 이 정도였어! 당신 남편이 영원한 파멸에서 이제 막 벗어났는데 전혀 기뻐하지 않다니! 그런 파멸을 선택했던 것도 다 당신을 사랑해서였는데! 코쿠아, 당신은 남편에게 충실하지 않은 여자야."

그는 격분해서 다시 집을 뛰쳐나갔고, 하루 종일 시내를 배회했다. 그는 친구들을 만나 술을 마셨다. 그와 친구들은 마차를 불러 야외로 나가 다시 술을 마셔댔다. 그러나 케아웨의 마음은 내내 불편했다. 아내는 슬퍼하는데 자신은 놀러 나왔다는 것 때문에, 그리고 아내의 말이 옳다는 것을 알았기 때문에 더욱 마음이 불편해져서 그는 술을 마구 마셔 댔다.

그와 함께 술을 마시던 사람들 중에는 포경선의 갑판장과 금광 일꾼으로 일했었고 수배범 전력에 전과도 있는 나이가 많고 난폭한 외국인이 한 명 있었다. 그는 심성이 비열한 데다가 말투도 거칠었으며 술을 퍼마시는 것과 다른 사람들이 술에 취하는 모습을 보는 것을 가장 좋아했다. 그가 케아웨에게 술잔을 강요했다. 곧 일행들의 돈이 다 떨어졌다.

"이봐!" 그 선원이 말을 걸었다. "당신 부자라며? 당신 입으로 늘 그렇게 말했잖아. 술을 한 병 살 테야, 아니면 망신을 당할 테야?"

"좋아요." 케아웨가 말했다. "난 부자요. 집으로 돌아가서 아내에게 돈을 좀 달라고 해야겠소. 아내가 돈을 가지고 있거든."

"이봐, 친구. 그건 정말 좋지 않은 생각이야." 갑판장이 이간질했다. "치마 두른 여자한테 단돈 1달러라도 맡기면 안 된다고. 그년들은 전부 부정을 저지르거든. 마누라를 단단히 감시하란 말이야."

그 말은 술에 취해 혼란스러운 케아웨의 마음에 그대로 꽂혔다.

'확실히 코쿠아가 부정을 저지른 게 틀림없어. 정말로.' 그가 생각했다. '그렇지 않으면 내가 병에서 해방되었는데 왜 그렇게 기분이 울적해보이겠어? 내가 그렇게 만만한 놈이 아니라는 것을 확실히 보여 줘야지. 부정을 저지르는 현장을 잡아 본때를 보여 줘야겠어.'

그래서 일행들과 함께 시내로 돌아왔을 때 케아웨는 갑판장을 오래된 교도소 모퉁이에서 기다리게 하고 혼자서 큰길을 따라 올라가 집으로 향했다. 다시 밤이 되었기 때문에 집에 불은 켜져 있었지만 인기척은 전혀 없었다. 케아웨는 집 모퉁이를 살금살금 돌아가서 뒷문을 조용히 열고 집 안을 들여다보았다.

코쿠아는 램프를 곁에 두고 바닥에 앉아 있었고, 그녀의 앞에 배가 둥글고 목이 긴 우윳빛 병이 있었다. 병을 보면서 코쿠아는 양손을 비틀고 있었다.

케아웨는 오랫동안 문간에 서서 집 안을 보았다. 제일 처음에는 어안이 벙벙했다. 다음으로는 어제 병을 판 거래가 잘못되어 샌프란시스코에서 경험했던 것처럼 병이 다시 돌아왔다는 생각에 공포가 엄습했다. 두려움에 무릎이 후들거리고 아침 강가에서 안개가 걷히듯이 취기가 완전히 사라졌다. 그러자 어떤 이상한 생각이 들었다. 그 생각에 그의 뺨은 불타는 듯이 달아올랐다.

'내 짐작이 맞는지 확인해야겠어.' 그는 생각했다.

그래서 그는 문을 닫고 살며시 집 모퉁이를 돌아 현관으로 갔다. 그는 이제 막 돌아온 것처럼 일부러 시끄러운 소리를 내며 안으로 들어갔다. 그러자 보라! 그가 문을 열었을 때 병은 이미 사라지고 없었다. 코쿠아는 의자에 앉아 막 잠에서 깬 사람처럼 깜짝 놀라며 일어났다.

"나는 하루 종일 술을 마시고 즐겁게 지냈어." 케아웨가 말했다. "좋은 친구들이랑 같이 보냈어. 지금은 그냥 돈을 좀 챙기러 온 것뿐이야. 돈만 주면 다시 돌아가서 술을 마시고 친구들이랑 흥청망청 즐길 테니까."

그의 얼굴과 목소리는 판결을 내리는 사람처럼 딱딱했지만, 코쿠아는 마음이 너무 괴로워서 알아차리지 못했다.

"케아웨, 당신 돈이니 당신 마음대로 쓰세요." 대답하는 코쿠아의 목소리가 떨렸다.

"뭐든지 내 마음대로 할 테니 걱정 마." 대답을 하며 케아웨는 상자로 가서 돈을 꺼냈다. 병을 넣어 두던 상자를 구석까지 재빨리 살폈지만 아무것도 없었다.

그걸 보고 나자 상자가 높은 파도처럼 솟아오르고 집이 소용돌이처럼 빙빙 도는 듯 어지러워졌다. 이제 끝이라는 것을, 도망 갈 곳이 없다는 것을 알았기 때문이었다. '내가 두려워했던 대로야.' 그가 생각했다. '그녀가 병을 산 거야.'

어느 정도 정신이 든 그는 벌떡 일어섰다. 하지만 그의 얼굴에는 우물물처럼 차가운 땀이 비처럼 흘러내렸다.

"코쿠아, 내가 오늘 못된 짓을 저질렀다고 말했지." 그가 말했다. "이제 나는 유쾌한 친구들한테 가서 흥청망청 즐길 거야."

그 말을 내뱉으며 그는 조용히 웃었다. "술을 마시며 놀다 올 테니 당신이 이해하라고."

일순간 그녀가 그의 무릎을 꼭 껴안았다. 그녀는 그의 볼에 키스하며 눈물을 펑펑 쏟았다.

"아, 케아웨." 그녀가 외쳤다. "저는 그저 따뜻한 말 한마디면 족해요!"

"서로 상대방은 신경 쓰지 말자고." 케아웨는 그 말을 내뱉고는 집 밖으로 나갔다.

케아웨가 지금 가져온 돈은 타히티에 도착한 즉시 준비해 둔 상팀 동전 몇 개뿐이었다. 그가 술을 더 마실 생각이 전혀 없다는 것은 자명한 일이었다. 아내가 그를 위해 영혼을 바쳤으니 그 역시 그녀를 위해 자신의 영혼을 바쳐야 했다. 그 외의 다른 생각은 전혀 들지 않았다.

오래된 교도소 모퉁이에서 갑판장이 그를 기다리고 있었다.

"내 아내가 그 병을 가지고 있소." 케아웨가 말을 꺼냈다. "내가 병을 찾도록 도와주지 않는다면 오늘 밤에는 돈도 더 이상 구할 수 없고, 술도 더 마실 수 없을 거요."

"그 병에 대해 떠벌린 이야기가 진담이라고?" 갑판장이 고함을 질렀다.

"가로등이 환하군." 케아웨가 말했다. "내가 농담하는 것처럼 보이오?"

"그렇구먼. 유령처럼 핼쑥해 보여." 갑판장이 대꾸했다.

"그렇다면 좋아요. 여기 2상팀이 있소. 내 아내에게 가서 그 병을 사겠다고 하시오. (내가 잘못 생각한 게 아니라면) 그러면 아내가 곧바로 그 병을 줄 거요. 그걸 이리로 가져오면 내가 1상팀에 다시 사겠소. 그 병을 사고 팔 때는 그게 규칙이거든. 팔 때는 산 가격보다 싸게 팔아야 하오. 하지만 아내에게는 내 부탁을 받고 왔다는 말을 입도 뻥끗하면 안 돼요."

"이봐, 나를 놀리는 건 아니겠지?" 갑판장이 다시 물었다.

"당신에게는 아무런 해도 없을 거요." 케아웨가 대답했다.

"좋아, 친구." 갑판장이 말했다.

"그리고 내 말이 의심스럽다면 당신이 직접 시험해 보면 되잖소." 케아웨가 덧붙였다. "우리 집에서 나오는 대로 주머니에 돈이 가득 있었으면 좋겠다거나, 최상급 럼이 한 병 생기면 좋겠다거나, 아니면 뭐든지 원하는 걸 빌어요. 그러면 그 병의 진짜 가치를 알게 될 테니 말이오."

"좋아, 카나카 친구." 갑판장이 말했다. "내가 직접 시험해 보지. 하지만 나를 놀리는 거라면 자네를 밧줄에 걸어 가지고 놀 거야."

그렇게 해서 선원은 큰길을 따라 올라갔다. 케아웨는 제자리에 서서 기다렸다. 전날 밤 코쿠아가 기다렸던 곳과 가까운 장소였지만, 케아웨의 결심은 훨씬 단단했고 전혀 주저함이 없었다.

그저 그의 영혼만이 쓰디쓴 절망에 빠졌을 뿐이었다.

갑판장을 기다린 지 한참이 지나서야 깜깜한 대로에서 노랫소리가 들렸다. 갑판장의 목소리라는 건 알아차렸지만 갑자기 더 취한 듯해서 그는 의아하게 생각했다.

노랫소리에 이어 갑판장이 가로등 불빛 아래 발부리가 걸려 비틀거리며 나타났다. 악마의 병을 겉옷 속에 넣고 단추를 꽁꽁 채운 그는 손에 다른 병을 들고 있었다. 그는 모습을 드러내면서 병을 들어 입에 대고 마셨다.

"보아하니 병을 가져왔구려." 케아웨가 말했다. "손 떼!" 갑판장이 황급히 뒤로 물러나며 고함을 질렀다. "나한테 한 발자국만 다가오면 자네 입을 뭉개 버리겠어. 나를 자네 앞잡이로 만들어 이용할 수 있을 줄 알았지?"

"무슨 말이오?" 케아웨가 외쳤다. "무슨 말이냐고?" 갑판장이 마주 소리쳤다. "이런 귀염둥이 병이 있었다니. 이게 내가 해줄 말이다. 이런 보물을 어떻게 겨우 2상팀을 주고 손에 넣을 수 있는지 모르겠어. 하지만 자네한테 1상팀에 팔아넘기지 않을 거라는 건 알고 있겠지."

"병을 팔지 않겠다고?" 케아웨가 숨이 막혀 헐떡거렸다. "절대로!" 갑판장이 소리를 질렀다. "마실 거면 이 럼주 한 모금은 줄 수 있어."

"말했잖소." 케아웨가 말했다. "그 병을 가진 사람은 지옥에 간다고."

"그러지 않아도 나는 지옥에 갈 거야." 선원이 대꾸했다. "그리고 이 병 정도라면 함께 지옥에 가도 후회는 없지. 절대로 팔지 않겠어!" 그가 다시 고함을 질렀다. "이제 이건 내 병이야. 자네는 가서 다른 거나 알아봐!"

"진심이오?" 케아웨가 외쳤다. "당신을 위해서 하는 말이오. 부디 나에게 그 병을 파시오!"

"헛소리 작작 하라고." 갑판장이 대꾸했다. "내가 멍청이인 줄 알았나? 그렇지 않다는 걸 이제 알았겠지. 난 멍청이가 아니야. 이게 끝이야. 자네가 럼주 한 모금 하기 싫다면 내가 마시지 뭐. 자, 자네의 건강을 위해 건배! 그리고 잘 가게!"

갑판장은 비틀거리며 큰 거리를 내려가 시내로 향했고, 병도 그렇게 사라졌다.

케아웨는 바람처럼 가벼운 마음으로 코쿠아에게 달려갔다. 그날 밤 그들의 기쁨은 대단했다. 그리고 그 후로 그 두 사람은 빛나는 집에서 내내 평화롭게 남은 삶을 살았다.

Thrawn Janet
목이 돌아간 재닛

목이 돌아간 재닛

머독 술리스 목사는 듈 골짜기의 황무지인 밸위어리 교구에서 오랫동안 존경받아 온 성직자였다. 그는 엄하고 음울한 얼굴을 한 노인으로 교구민들에게도 무시무시하게 굴었던 탓에 말년을 친척이나 하인도 하나 없이 행잉쇼 아래 있는 작고 외로운 목사관에서 보냈다. 외모는 강하고 냉정해 보였지만 그의 눈은 거칠고, 무섭고 변덕스러웠다. 회개하지 않는 사람들의 앞날에 대해서 개인적으로 훈계를 할 때면, 그의 눈은 시간의 폭풍우를 넘어 두려운 영원까지 꿰뚫어보는 것처럼 보였다. 영성체 기간을 준비하러 왔던 많은 젊은이들이 그의 이야기에 끔찍한 충격을 받았다. 그는 매년 8월 17일이 지난 후 첫 번째 주일에 〈베드로전서〉 5장 8절의 '우는 사자 같은 마귀'를 설교했고, 소름 끼치는 설교 소재나 설교단에서 그가 취하는 무서운 태도는 늘 성경의 본문보다 훨씬 더 두려웠다. 아이들은 소스라치게 놀라 기절할 정도였고, 노인들은 보통 때보다 더 과장되게 행동하는 듯이 보였으며, 그날은 종일 햄릿이 비난했던 그런 종류의 암시가 넘쳐났다. 울창한 나무들 사이 듈 골짜기 강가에, 한쪽으로는 추운 황무지 언덕 꼭대기들이 여럿 보이게 서 있는 목사관은 술리스 씨가 목회 생활을 시작한 초기부터 땅거미가 질 무렵이면 스스로 분별력 있다고 생각하는 모든 사람들은 기피하고 얼씬도 하지 않았다. 자그마한 근처 선술집에 앉은 사람들은 으스스한 그 근방을 늦은 시간에 지나친다는 생각만으로도 일제히 고개를 저었다. 더 정확히 말하자면 모두들 특히 무섭다고 생각하는 장소가 한 곳 있다. 대로와 듈 강 사이에 있는 목사관은 양쪽 지붕이 박공으로 되어 있었다. 그리고 목사관 뒤는 거의 반 마일 가량 떨어진 밸위어리 교구를 향해 있었다. 정면에는 강과 길 사이의 공터에 헐벗은 정원이 있었는데 가시나무 울타리가 정원을 에워싸고 있었다. 목사관은 이층으로 되어 있는데 층마다 큰 방이 두 개 있었다. 정원 쪽으로 바로 들어가는 것은 불가능했고, 길 또는 통행로로 문이 나 있었는데,

한쪽은 길로 통했고, 다른 쪽은 강 가장자리에 자란 키가 큰 버드나무와 딱총나무로 막혀 있었다. 밸위어리 교구의 어린 교구민들 사이에 그렇게 악명이 높았던 곳은 이 길이었다. 목사는 땅거미가 진 뒤 가끔 그 길을 걸었고, 때로는 입속으로 올린 기도의 절박한 느낌에 쫓겨 큰 소리로 신음했다. 그가 집을 비워 목사관 문이 잠겨 있을 때면 대담한 학생들은 두근거리는 가슴을 끌어안고 '대장을 따라'*[1] 그 전설적인 장소를 가로지르는 모험을 나섰다.

목사는 한 점 흠이 없는 하느님의 사람으로 정통파 신앙을 가졌지만, 이런 무서운 분위기와 환경 때문에 우연히 또는 일을 보러 이 알려지지 않은 외딴 시골을 찾게 된 몇몇 외지인들은 불가사의하게 여기고 목사에 대해 탐문했다. 그러나 많은 사람들이, 심지어 교구에 사는 사람들조차도 술리스 씨가 목사로 부임한 첫해에 상흔을 남긴 그 이상한 사건에 대해서는 알지 못했다. 그리고 그 이야기를 알고 있는 사람들 중에서도 어떤 사람들은 자연스럽게 말을 조심했고, 다른 사람들은 아예 말을 꺼내지조차 못했다. 가끔 나이 든 교구민들 가운데 한 사람이 술 석 잔을 마신 용기를 내서 목사가 기이한 외양으로 고독한 생활을 하게 된 이유를 화제로 꺼낼 뿐이었다.

50년 전에 술리스 씨가 처음 밸위어리에 왔을 때의 그는 아직 젊은이였지. 애송이였어. 배운 것도 엄청 많고 설교할 때는 아주 당당했지만, 그런 젊은이들이 다 그렇듯이 종교에 대해 실제 경험은 별로 없었지. 나이가 젊은 축은 목사의 재능과 말에 대단히 경도되었지만, 나이 든 사람들은 걱정했어. 그리고 생각이 깊은 사람이면 남자든, 여자든 자기기만에 빠진 듯한 이 젊은 목사와 지원을 제대로 받지 못하는 교구를 위해서 기도했다네. 그때만 해도 아직 온건파가 득세하기 전이라서 사람들은 온건파를 몹시 바라고 있었지. 하지만 나쁜 일도 좋은 일과 마찬가지라네. 둘 다 점차로 물들어 가는 거지. 한 번에 조금씩 말이야. 그리고 대학 교수들의 술책에 질려 주님이 떠났다고 하며 공부하러 온 젊은이들은 차라리 겨드랑이에 성경을 끼고 기도하는 마음을 품고서 박해를 참고 견뎠던 선조들처럼 토탄 늪에 쭈그려 앉아 있는 게 나을 거라고 말하는 사람들이 그때도 있었을 정도였다니까. 어쨌든 술리스 씨가 대학에 오래 있었다는 건 의심할 나위가 없는 사실이었어. 그 사람은

*1 대장이 하는 행동을 그대로 따라 하는 놀이.

꼼꼼하고 필요하지도 않은 걱정을 사서 했어. 술리스 씨는 책이 정말 많았지. 우리 교구에서 그렇게 많은 책은 본 적이 없었다니까. 책 더미가 얼마나 굉장했는지 이곳과 킬매커리 사이에 있는 악마의 늪을 완전히 덮을 수 있을 정도로 많았어. 전부 신학 책이 분명했어. 하지만 생각이 깊은 사람들은 스코틀랜드 구석에 하느님의 말씀을 퍼뜨리는데 그 많은 책이 무슨 소용이 있겠냐는 의견들이었지. 그는 낮에도 밤에도 절반은 초라한 책상에 앉아 글을 썼어. 그가 처음으로 설교문을 읽었을 때 사람들은 무서워했어. 곧 목사가 직접 책을 쓴다는 사실이 알려졌는데, 그 젊디젊은 나이로 보나 아직 경험이 부족한 것을 생각하면 확실히 어울리지 않는 일이었지.

어쨌든 목사관을 돌보고 목사의 식사를 보살펴 주려면 나이가 좀 있고 점잖은 여자가 필요했어. 나이가 지긋한 재닛 매클루어라는 여자가 추천을 받았는데 결정을 하는 것은 목사의 몫이었어. 많은 사람들이 그 여자를 받지 말라고 권했어. 밸위어리의 좋은 집안 사람들은 그 여자를 수상쩍게 여겼어. 오래전에 아기를 억지로 떼었다는 소문이 있었거든. 아마 한 30년은 성찬을 받지 않았을 거야. 게다가 땅거미가 질 무렵에 그 여자가 키스 론에서 혼잣말을 중얼거리는 모습을 봤다는 아이들도 있었는데, 경건한 신앙심을 가진 여자라면 그런 시간에 그런 곳에는 절대 가지 않지. 목사한테 재닛 이야기를 처음 한 사람이 우리 마을 지주라고 해도 말이야. 그때 목사는 지주의 비위를 맞춰야 할 일이 있었어. 그래서 교구 사람들이 목사에게 재닛이 악마랑 일가친척이라고 말을 해줬지만 목사가 보기에는 그건 미신이었어. 사람들이 목사와 엔도르의 무당*2을 성경의 구절을 떠올리며 비난하자 목사가 사람들에게 목청을 낮추라고 꾸짖어서 그날은 그렇게 지나갔고, 다행히도 악마는 물러났어.

자, 재닛 매클루어가 목사관의 하녀가 될 거라는 소문이 마을에 퍼지자 사람들은 재닛과 목사 둘 다에게 몹시 화가 났어. 여자들은 재닛의 집을 에워싸고 욕을 하면서 군인의 사생아로부터 존 톰슨의 칠면조까지 들먹거리며 그녀에게 온갖 죄를 뒤집어씌웠어. 하지만 재닛은 별 말이 없었지. 사람들이 계속 욕을 했지만 그녀는 사람들을 그냥 내버려 두었어. 그렇지만 그녀는 한

*2 구약에서 이스라엘 왕 사울이 블레셋과 싸울 전쟁의 결과를 알고 싶어 찾아갔던 무당.

번 입을 열었다 하면 물방앗간 주인도 꼼짝 못할 말솜씨를 가진 여자였어. 밸위어리에는 그런 소문은 없었는데 그날은 그 여자가 누군가에게 대들었나 봐. 사람들은 말도 제대로 못하고 그 여자 혼자 두 배로 떠들었대. 마침내 그 여자들이 분이 북받쳐 올라서 그 여자의 옷을 잡고는 마을을 지나 듈 강까지 질질 끌고 갔지. 마녀인지 아닌지, 물에 빠져 죽는지 안 죽는지 확인하겠다고 말이야. 그 마녀가 째지는 소리로 얼마나 크게 비명을 질러댔는지 행잉쇼까지 들릴 정도였어. 그 여자 혼자서 열 사람은 될 정도의 힘으로 치고 받았다고 하더군. 다음 날이랑 며칠이 지나서도 상처 자국이 아물지 않은 여자들이 많았을 정도였다니까. 그들이 한창 시끄럽게 싸우고 있는데 신임 목사가 성큼성큼 다가왔어.

"아주머니들." 목사가 말했어. (목사는 위엄이 넘치는 목소리를 가졌어.) "주님의 이름으로 말하나니, 그 여자를 풀어 주십시오."

재닛은 목사에게 줄달음질치더니 목사를 붙잡고 제발 마을 여자들에게서 자기를 구해 달라고 애원했어. 너무 놀라 창백해진 모습이었지. 마을 여자들은 또 여자들대로 고자질하며 그럴 수는 없다고, 어쩌면 죄가 더 있을 거라고 아우성쳐댔어.

"아주머니, 이분들의 말씀이 맞습니까?" 목사가 재닛에게 물었어.

"주님이 날 보고 계세요." 그녀가 대답했어. "주님이 날 만드셨는데, 정말 터무니없는 소리예요. 아기를 뗀 이야기는 말할 것도 없고요. 난 평생동안 점잖게 살았어요."

"하느님의 이름으로, 그리고 그분의 변변치 못한 목사인 내 앞에서 악마와 악마가 하는 일을 부인하겠습니까?" 술리스 씨가 물었지.

자, 목사가 그렇게 묻자 재닛은 보는 사람들이 소름끼칠 정도로 웃어댔어. 그 여자가 입속으로 이를 득득 가는 소리가 들렸지만 그럭저럭 아무 일 없이 지나갔어. 재닛은 사람들 앞에서 손을 들고 부인했지.

"자, 이제 여러분들은 모두 집으로 돌아가셔서 하느님께 용서를 구하는 기도를 올리십시오." 술리스 목사가 여자들에게 말했어.

그러고서 목사는 속옷밖에 걸치지 않은 재닛의 팔을 잡고 부축해서 영국 귀부인이나 되는 것처럼 마을에 있는 그녀의 낡은 집까지 데려다 주었어. 그 여자가 깔깔거리고 웃던 소리는 나중에 그야말로 소문거리가 되었지 뭔가.

밤새도록 많은 사람들이 근심했지. 하지만 다음 날 아침이 되었을 때 밸위어리는 그야말로 소름끼치는 두려움에 휩싸였다네. 아이들은 저마다 몸을 숨기고 어른인 남자들조차 무서워서 문을 열지 못했어. 재닛이 마을에 내려왔는데 그녀의 목이 교수대에 매달린 몸처럼 한쪽으로 돌아가 있었거든. 그게 진짜 재닛이었는지, 아닌지는 아무도 모르지 뭐. 그 여자는 걱정이라고는 없는 시체처럼 얼굴에 우스꽝스러운 표정을 짓고 있었으니까. 이윽고 사람들은 목이 돌아간 재닛의 모습에 익숙해져서 마침내 뭐가 잘못된 건지 빤히 쳐다볼 수도 있게 되었지. 하지만 그날부터 그 여자는 기독교도 여자처럼 말을 하지 못하게 되었고, 큰 가위처럼 이빨을 쩍 벌리고 철컥대는 소리를 내며 침을 질질 흘렸어. 그리고 그날부터 하느님의 이름은 절대 그 여자의 입에 오르지 못했어. 그 여자는 하느님을 말하고 싶었지만 그렇게 되지 않았지. 사람들은 말을 아끼는 게 제일 좋겠다고 생각했어. 그렇긴 하지만 사람들은 그것을 재닛 매클루어라고 부르지 않았어. 나이를 먹을 만큼 먹은 그 재닛은 그날 무서운 지옥에 빠졌거든. 그런데 목사는 그걸 잡거나 묶어 두려고 하지 않았어. 그는 그 여자를 마비시킨 게 사람들의 잔인함이라고 훈계할 뿐이었지. 그는 그 여자를 귀찮게 구는 아이들을 혼내더니, 바로 그날 밤 그 여자를 행잉쇼 아래 목사관으로 데려가서 그 여자랑 함께 살더군.

그렇게 시간이 흘러갔고 성정이 느긋한 사람들은 그 불길한 사건을 가볍게 생각하기 시작했지. 목사는 평판이 좋았어. 그는 늘 늦게까지 글을 썼는데 마을 사람들은 자정이 지난 뒤에도 듈 강가에서 목사의 촛불이 바람에 흔들리는 걸 볼 수 있었어. 누가 봐도 그의 건강이 쇠약해지고 있다는 게 분명했지만 그 목사는 딱 보건대 책상 앞에 앉아 있는 게 좋았던 것 같아. 재닛은 말이지, 그 여자는 그냥 그렇게 지냈어. 전보다 말수가 줄었다면 그건 그 전보다 말을 적게 해야 할 이유가 있었기 때문이지. 그 여자는 아무에게도 해코지를 하지 않았어. 하지만 너무 무시무시한 꼴을 하고 있어서 밸위어리 교구에서는 아무도 그 여자처럼 타락에 빠지지 않았어.

7월 말쯤 되자 그 지방에 유례가 없는 날씨가 한동안 계속되었지. 바람 한 점 불지 않는 뜨겁고 무자비한 날씨였어. 가축 떼들은 블랙 힐 언덕까지 올라가지 못했고, 아이들은 너무 지쳐 기진맥진해져서 나가 놀지도 못할 정도였지. 그러면서도 골짜기에는 소리가 요란한 뜨거운 바람이 몰아쳤어. 소나기가 몇 번 내리긴 했지만 양이 너무 적어 아무것도 적시지 못할 정도였지. 우리는 늘 다음 날 아침이면 천둥이 칠 거라고 생각했어. 하지만 다음 날 아침이 와도, 또 그다음 날 아침이 와도 항상 그런 비정상적인 날씨가 계속되었지. 사람들에게나, 가축들에게나 너무 견디기 어려운 날씨였어. 하지만 그중에서도 술리스 목사처럼 고생한 사람은 없었을 거야. 그는 자지도, 먹지도 못한다고 마을 노인들에게 이야기를 했어. 다른 사람들이 기꺼운 마음으로 바깥보다 시원한 집안에서 지낼 때에도 그 따분한 책을 쓰지 않을 때면 그는 귀신 들린 사람처럼 시골을 헤매고 다녔다지.

행잉쇼 저 위, 블랙 힐의 숨겨진 곳에 철제문으로 에워싸인 조그만 땅이 있었어. 예전에는 밸위어리 교회의 묘지로 스코틀랜드에 축복의 빛이 비치기 전에 가톨릭 교구에서 봉헌했던 땅이었던 것 같아. 어쨌든 그곳은 술리스 씨가 즐겨 찾는 곳이었다네. 그는 그곳에 앉아 설교문을 생각하곤 했어. 그야말로 은신처 같은 장소였지. 그런데 어느 날 그가 블랙 힐의 서쪽 끝까지 갔는데, 처음에는 갈까마귀 두 마리가, 그 다음에는 네 마리가, 또 그 다음에는 일곱 마리가 오래된 교회 묘지 위를 빙글빙글 돌면서 날고 있는 거야. 갈까마귀들은 낮고 무겁게 날면서 서로 다른 갈까마귀에 대고 까악까악 시끄럽게 울었어. 술리스 씨에게도 그 갈까마귀들이 무엇 때문인지는 몰라도 정상이 아니라는 게 똑똑히 보였지. 그는 쉬이 겁을 내지 않고 울타리 끝까지 올라갔어. 그가 거기서 본 것은 남자, 아니 적어도 남자의 모습을 가진 것이 울타리 안쪽의 무덤 위에 앉아 있는 모습이었지.*3 술리스 씨도 검은 남자의 이야기를 많이 듣긴 했지. 하지만 그 검은 남자에게는 그의 기를 꺾는 기이한 뭔가가 있었어. 날씨는 굉장히 더웠지만 차가운 한기가 골수에 스며드는 느낌이었다고나 할까. 하지만 그는 목청을 돋워 말을 걸었어. "이보시오. 여긴 처음인가요?" 그러나 검은 남자는 한마디도 대꾸하지 않았어. 그런데 그는 갑자기 벌떡 일어나더니 다른 쪽에 있는 울타리를 향해 걸어갔어. 하지만 그러면서도 그 검은 남자는 목사에게서 계속 눈길을 떼지 않았지. 목사는 제자리에 서서 뒤를 돌아보았어. 마침내 검은 남자는 울타리를 훌쩍 뛰어넘더니 나무들 아래 숨겨진 은신처를 향해 달려갔어. 술리스 씨는 왜인지

---

*3 스코틀랜드에서는 악마가 검은 남자의 모습으로 나타난다는 믿음이 널리 퍼져 있다.

이유도 모르는 채 무작정 그 남자를 따라 달렸지. 하지만 건강에 해로운 그 뜨거운 날씨와 오랜 산책 때문에 그는 견디기 힘들 정도로 피로했어. 그리고 그렇게 뛰었지만 자작나무들 사이로 검은 남자는 그림자도 보이지 않았다네. 언덕 기슭까지 내려와서야 다시 그 검은 남자의 모습이 보였지. 그는 빨리 걷고, 껑충 뛰어 오르기도 하면서 듈 강을 건너 목사관으로 향했어.

술리스 씨는 이 무시무시한 부랑자가 밸위어리 목사관을 마음대로 휘젓고 다닐 거라 생각하니 기분이 좋지 않았어. 그래서 발걸음을 재촉해서 발을 적셔 가며 개울가와 길가까지 나가 봤지만 검은 남자는 전혀 눈에 띄지 않았어. 큰길로도 나가 봤지만 아무것도 보이지 않았지. 정원을 샅샅이 뒤졌지만 검은 남자는 전혀 보이지 않았어. 마침내, 당연한 일이지만 조금 겁이 난 목사는 걸쇠를 풀고 목사관으로 들어갔어. 그러자 목이 돌아간 재닛 매클루어가 그의 눈앞에 나타났어. 그녀는 목사를 보고도 그다지 반가워하지 않았지. 재닛이 처음 눈에 들어왔을 때, 검은 남자를 보았던 순간부터 계속 꺼림칙했던 추위와 한기가 다시 그를 엄습 했어.

"재닛, 검은 남자를 봤습니까?" 그가 말했어.

"검은 남자라고요?" 그녀가 대답했지. "어머나, 맙소사! 목사님은 잘 모르시는군요. 밸위어리에 검은 남자 같은 건 없어요."

그러나 그녀가 분명하지 못한 말투로 말했다는 건 자네도 알 수 있겠지. 꼭 망아지가 송아지인 척 음매 하고 우는 것 같았어.

"글쎄요. 재닛, 검은 남자가 없다면 내가 말을 건 사람은 우리 교우들을 참소하는 자였나 보군요." 그가 말했어.

그러더니 목사는 열이 잔뜩 오른 사람처럼 주저앉았고, 이내 이빨이 딱딱 부딪혔어.

"흥! 부끄러운 줄 아세요, 목사님." 재닛은 대꾸를 하더니 늘 가지고 다니는 브랜디 한 잔을 목사에게 주었어.

술리스 씨는 곧 책에 둘러싸인 서재로 갔어. 서재는 길고 천장이 낮은 어두운 방으로, 목사관이 개울가 근처에 지어졌기 때문에 겨울에는 얼어 죽을 만큼 춥고, 한여름에도 습기가 완전히 가시지 않았지. 의자 깊숙이 몸을 묻은 그는 밸위어리에 부임한 이래 지금까지 겪은 일들과 고향과 어려서 언덕을 뛰어다니며 놀던 시절을 떠올렸어. 그러면서도 같은 노래가 계속 되풀이 되는 것처럼 그 검은 남자가 머릿속에서 떠나지 않았지. 기도를 하려고 했지만 기도문이 떠오르지 않았어. 또 책을 쓰려고 했지만 그 역시도 진도가 나가지 않았다고 하더군. 잠시 그 검은 남자가 겨드랑이 옆에 서 있을지도 모른다는 생각이 들자 우물물처럼 차가운 땀이 비 오듯이 흘러내렸지. 그런가 하면 막 세례를 받아 걱정스러울 게 아무것도 없는 아이처럼 본연의 모습으로 돌아갔던 순간도 있었어.

결국 목사는 창가로 가서 찌푸린 얼굴로 듈 강을 노려보며 섰어. 숲이 기이할 정도로 울창했고, 목사관 아래 개울물은 깊고 검게 흘렀어. 개울가에서는 재닛이 웃옷을 걷어붙이고 옷을 빨고 있었지. 목사에게 등을 돌리고 있었는데, 그로서는 자기 눈에 보이는 모습을 잘 분간할 수가 없었어. 이윽고 그 여자가 몸을 돌리더니 얼굴을 보였어. 술리스 목사는 그날 앞서 두 번이나 그를 엄습했던 차가운 한기를 다시 느끼게 되었어. 그 순간 재닛은 오래전에 죽었고 이건 재닛의 육신—차가운 피부—아래 들어간 귀신이라는 마을 사람들의 말을 목사는 문득 확신했지. 그는 뒤로 조금 물러서서 그 여자를 주의 깊게 살펴보았어. 그 여자는 빨래를 밟으면서 낮은 목소리로 노래를 불렀지. 그런데 아! 주님, 저희를 이끄소서, 그러곤 돌아서서 보인 그 얼굴은 무시무시했어. 그 여자는 더욱 큰 소리로 노래를 불렀지만 어머니 배 속에서 태어난 인간들 중에 그 노래 가사를 알아들을 수 있는 사람은 아무도 없었지. 그 여자는 비스듬히 눈을 내리깔고 있었는데 딱히 보는 거라곤 아무것도 없었어. 목사는 극심한 혐오감이 자기의 등줄기를 훑어내리는 것을 느꼈지. 하느님이 알려 주신 거였어. 하지만 술리스 씨의 말에 따르면 그는 자기를 책망했어. 기댈 사람이라고는 자신을 빼고 아무도 없는 그 불쌍하고 나이 많고 고통받는 여자를 그렇게 나쁘게 생각하다니. 그는 자신과 그 여자를 위해 기도를 하고 시원한 물을 조금 마셨어. 자기도 모르게 그 여자에게 혐오감이 들어 심장이 울렁거렸기 때문이지. 그러고는 땅거미가 질 무렵 술리스 목사는 헐벗은 침대에 들었어.

그날 밤, 그 8월 17일의 밤은 밸위어리에서 절대 잊히지 않을 밤이었어. 아까 말한 것처럼 낮에도 엄청 더운 날씨였지만 밤이 그렇게 무더웠던 적은 없었거든. 기기묘묘한 모양새를 한 구름 사이로 해가 지고 나니 주위는 탄광 속처럼 깜깜해졌어. 별 하나도 보이지 않고, 바람 한 점 불지 않았지. 얼굴

바로 앞에 손을 가져다 대도 보이지 않았고, 늙은이들조차 이불을 걷어차고 숨을 헐떡거릴 정도였지. 머릿속이 그렇게 복잡하니 술리스 목사가 잠을 더 잘 잔다는 건 말도 되지 않는 일이었지. 잠자리에 들었을 때는 서늘했던 침대가 어느새 그의 뼈마디마디를 달구듯 덥디더웠지. 그는 자는 동안에도, 깨어 있는 동안에도, 밤의 소리를 듣고 있는 동안에도, 그리고 누군가가 죽기라도 한 것처럼 들개가 황무지에서 울부짖고 있는 동안에도. 귀신이 귓전에서 떠드는 소리가 들리는 것 같고, 방 안에서 도깨비불을 보는 동안에도 그는 마땅히 병에 걸려서 그런 거라고 생각했어. 실제로 아팠기 때문에 병에 걸린 게 아니라는 생각은 하지 않았지.

마침내 정신이 맑아진 그는 속옷 바람으로 침대 맡에 앉아 다시 검은 남자와 재닛에 대한 생각에 빠졌지. 말로 잘 설명할 수는 없었지만—발끝의 냉기 때문인지도 몰라—그 둘 사이에 무슨 관계가 있으며, 둘 중 하나 아니면 둘 다 귀신일 거라는 생각이 밀물처럼 밀어닥쳤어. 바로 그 순간 그의 옆방인 재닛의 방에서 남자들이 몸싸움을 하는 듯 쿵쿵 울리는 발소리가 나더니 곧이어 쾅 하고 뭔가 부딪히는 소리가 들렸어. 이어서 집안 구석구석을 바람이 휩쓸고 지나갔고, 곧 다시 집은 무덤처럼 고요해졌지.

술리스 목사는 사람도 악마도 무섭지 않았어. 그는 부싯깃 통을 들어 촛불을 켜고 세 발짝을 걸어 재닛의 방으로 갔어. 다행히 문고리가 걸려 있지 않아서 그는 문을 밀쳐 열고는 대담하게 안으로 들어갔지. 재닛의 방은 컸어. 얼마큼이나 컸냐 하면 거의 목사의 방만큼이나 컸지. 방은 훌륭하고 오래된 튼튼한 가구들로 치장되어 있었지. 목사에게는 그것 말고 다른 가구가 없었거든. 오래된 태피스트리가 걸린 사주식(四柱式) 침대도 있었어. 그리고 목사의 다른 신학 책들이 가득 꽂힌 훌륭한 참나무 책장이 하나 있었고, 재닛의 옷가지 몇 개가 바닥에 여기저기 널려 있었어. 하지만 재닛의 모습은 술리스 목사의 눈에 띄지 않았고 방 안에 있는 듯한 기척도 없었어. 그는 방으로 들어가 (그렇게 할 수 있는 사람은 별로 없겠지) 사방을 돌아보고 기척이 나는지 귀를 기울였어. 하지만 목사관 안에서나, 벨위어리를 통틀어서도 아무런 소리도 들리지 않았어. 아무것도 보이지 않고 그저 커다란 그림자들만 촛불 주변에서 너울거렸지. 그러다가 갑자기 목사는 심장이 그대로 멎는 것 같았어. 차가운 바람이 그의 머리카락을 날렸어. 불쌍한 목사의 눈에 보인 그것은 얼마나 끔찍한 광경이었을까! 오래된 참나무 책장 옆의 못에 재닛이 매달려 있었던 거야. 여느 때처럼 어깨 위로 늘어진 머리, 감겨진 눈, 입에서 불쑥 튀어나온 혓바닥. 그녀의 발꿈치는 마루에서 60센티미터 정도 위에 떠 있었어.

'하느님, 우리의 죄를 모두 사하소서! 불쌍한 재닛이 죽었군.' 목사는 이렇게 생각했어.

시체 가까이로 한 발자국 다가선 목사는 또다시 심장이 멎는 듯한 충격을 받았어. 사람의 힘으로는 판단할 수 없는 어떤 장난인지 재닛이 못 한 개에 걸린 양말을 꿰매는 실 한 가닥에 매달려 있었거든.

그런 이상한 어둠이 드리운 밤에 그 집에 있기란 끔찍한 일이었지. 하지만 술리스 씨는 믿음이 깊은 사람이었어. 그는 돌아서서 그 방 밖으로 나간 뒤 문을 잠갔지. 그리고 납덩이처럼 무거운 발을 끌고 한 걸음씩 계단을 내려간 다음 계단 아래의 탁자 위에 촛불을 내려놓았어. 그는 기도도 할 수 없었고, 아무 생각도 할 수 없었어. 식은땀으로 흠뻑 젖어 그저 자신의 심장이 쿵쿵쿵 울리는 소리밖에는 아무 소리도 듣지 못했지. 아마 한 시간은 거기 서 있었을 거야. 어쩌면 두 시간일지도 모르지. 거의 정신이 없었으니까. 그런데 갑자기 위층에서 으스스하고 섬뜩한 웃음소리가 들렸어. 시체가 매달려 있는 방 안에서 이리저리 서성거리는 발소리도 들렸지. 이윽고 문이 열리는 소리가 들렸어. 목사가 다시 생각해 보았지만 분명히 문을 잠갔었는데 말이야. 다음 순간 층계참에서 발소리가 났는데, 목사한테는 꼭 재닛의 시체가 거기 서서 그가 서 있는 곳을 내려다보고 있는 것 같았어.

그는 촛불을 다시 들고 (불빛이 꼭 필요했거든) 가능한 한 기척을 내지 않고 목사관에서 빠져나와 큰길의 정반대쪽 끝을 향해 갔어. 늘 탄광속처럼 깜깜한 곳이었지. 촛불을 땅에 내려놓았는데도 꼭 방 안에 있는 것처럼 불꽃이 흔들리지 않고 환하게 타올랐어. 골짜기를 흐르는 듯한 듈 강과 저 멀리 목사관 안의 계단을 터벅터벅 내려오는 사악한 발걸음을 제외하고는 움직이는 게 아무것도 없었지. 그는 그 발걸음소리를 아주 잘 알고 있었어. 바로 재닛의 발소리였거든. 발소리가 날 때마다 조금씩 가까워지면서 목사는 몸속 깊은 곳까지 한기가 스며드는 것을 느꼈어. 그는 자기를 만들고 지켜 주신 하느님께 영혼을 맡겼어. "오, 주님, 오늘밤 악령의 힘에 맞설 힘을 제게 주소서." 그는 기도를 올렸지.

그때 발자국이 복도를 지나 문으로 향했어. 무서운 것이 길을 찾기라도 하려는 것처럼 손이 벽 언저리를 더듬는 소리가 들렸지. 버드나무 가지가 흔들리며 갈기처럼 흩날렸고, 긴 한숨이 언덕을 넘어 촛불을 흔들었어. 그리고 목이 돌아간 재닛의 시체가 거기 서 있었지. 견모로 만든 겉옷을 입고 검은 모자를 쓰고 있었는데, 늘 그렇듯이 머리는 어깨 위로 늘어져 있었고, 여전히 히죽 웃는 얼굴이었어. 자네라면 살아 있는 거라고 말했겠지만, 우리도, 술리스 목사도 잘 알듯이 그건 목사관 문턱에 걸려 있던 시체였어.

사람의 영혼이 썩기 쉬운 육체에 들어가야 한다니, 이상한 일이야. 하지만 목사는 이미 그것을 보았기 때문에 혼란에 빠지지 않았어.

그녀는 거기 오래 있지는 않았어. 다시 움직이기 시작하더니 천천히 버드나무 아래 서 있는 술리스 목사에게로 다가왔지. 육신의 모든 생명력과 정신의 온 힘을 다해 그는 그녀를 노려보았어. 그녀는 뭔가 말을 하려는 듯했지만 말을 할 수 없는지 왼손으로 신호를 보냈어. 고양이의 한숨 같은 바람이 불었지. 촛불이 꺼지고 버드나무 가지는 사람들처럼 날카롭게 울었어. 술리스 씨는 죽든 살든 이것이 마지막이라는 것을 알 수 있었어.

"이 마녀, 늙은 마녀, 악마!" 그가 고함을 질렀어. "하느님의 권능으로 명하노니 썩 꺼져라. 죽었다면 무덤으로, 저주를 받았다면 지옥으로 꺼져."

바로 그 순간 주님의 손이 하늘에서 뻗쳐 내려와 그 무서운 것이 서 있던 곳을 내리쳤어. 오랫동안 무덤에 들어가지 않고 악마들에게 끌려 다니던 그 마녀의 신성 모독적인 시체가 유황처럼 불꽃을 튀기며 타들어 가더니 재가 되어 땅 위로 산산이 흩어졌지. 뒤를 이어 우렁차게 천둥이 치고 억수같이 비가 쏟아졌어. 술리스 씨는 끊임없이 비명을 지르면서 정원 울타리를 뛰어넘어 마을을 향해 달려갔어.

바로 그날 아침 존 크리스티가 머클 케른을 지나가는 검은 남자를 보았다고 해. 여섯 시를 치고 있을 때였는데 여덟 시가 되기도 전에 녹다우의 선술집까지 갔다나 봐. 그리고 오래지 않아 샌디 매클레런은 그 남자가 킬매커리에서 언덕을 성큼성큼 내려오는 걸 보았다고 해. 오랫동안 재닛의 몸 안에서 지냈던 게 바로 그 남자라는 게 거의 분명했지. 하지만 마침내 그 남자는 떠났어. 그리고 그 후로 악마는 밸위어리 사람들을 다시는 괴롭히지 않았지.

하지만 목사에게는 매우 혹독한 특별사면이었지. 그는 아주 오랫동안 헛소리를 하며 침대에서 나오지 못했어. 그리고 그때 이후로 목사는 자네들이 지금 아는 그런 사람이 된 거야.

로버트 루이스 스티븐슨 생애와 작품

로버트 루이스 스티븐슨 생애와 작품

생애

스티븐슨은 1850년 11월 13일에 에든버러에서 태어났다. 할아버지인 로버트와 아버지 토머스는 스코틀랜드 해안에 유명한 등대를 여러 개 지은 등대 건축기사였다. 어머니 마거릿은 콜링튼에서 목사를 하는 루이스 밸포어의 딸이었는데, 밸포어 가문에는 프랑스인의 피도 섞여 있었다. 따라서 스티븐슨은 아버지에게서는 순수한 스코틀랜드인의 특성인 성실하고 솔직하고 다소 완고한 성질을, 어머니에게서는 프랑스인다운 활기차고 재기발랄하며 다소 반항적인 성질을 물려받았다. 이 외동아들은 부모님과 유모 카미의 사랑을 독차지하며 유년기를 보냈다. 체질이 허약하여 학교에는 다니지 않고 가정교사에게 배웠다. 그 시절 유모가 자주 들려준 스코틀랜드의 전설과 역사, 그리고 어머니가 요양 목적으로 여러 차례 데리고 간 외국 여행은 스티븐슨의 문학가로서의 생애에 커다란 영향을 미쳤다.

아버지 토머스는 아들도 자신의 뒤를 이어 등대 건축기사가 될 것을 기대했다. 그러나 로버트는 몸도 약하고 성격도 기술자와 거리가 멀었다. 결국, 열일곱 살에 에든버러 대학에 입학하긴 했으나, 공학은 도중에 그만두고 법률로 전공을 바꾸었다.

그러나 핏줄은 속일 수 없는 법인지, 한편으로는 재학 중에 《새로운 형태의 등대용 명멸등》이라는 논문을 써서 왕립 스코틀랜드 기술협회에서 은메달을 받은 적도 있으며, 역시 재학 중에 아버지의 명령으로 북부 해안으로 조사 여행을 가서 《데이비드 모험》의 무대 중 하나가 되는 멀 섬과 이레이드 섬에 들른 적도 있다고 하니 좋은 경험을 한 셈이다. 로버트는 그 뒤에도 친구와 배를 타고 서해안을 돌기도 하고, 아버지와 하일랜드를 여행하기도 했다. 이 소설에서 자연 풍경이 눈에 보일 듯 생생하게 묘사되어 있는 것도 당

사모아 섬에서 이웃들과 함께 건강을 회복하기 위해 6년 동안 남태평양의 여러 섬을 여행하다가 사모아 섬에 정착하였다. 이곳에서 스티븐슨은 건강을 되찾고 주민들과도 친하게 지냈다.

연한 일이다.

흥미로운 점은 스티븐슨이 뒷날 《데이비드 모험》을 쓰게 된 계기도 대학 시절에 법률을 공부한 것과 관계가 있다는 것이다. 스티븐슨 부인의 회상록에 따르면, 부인이 어느 희곡의 각본을 쓰게 되었을 때 스티븐슨이 그 자료로 쓰라며 책방에서 여러 공판 기록을 모아서 부인에게 주었다. 아핀 살인사건과 관련이 있는 《제임스 스튜어트 공판 기록》도 거기에 섞여 있었는데, 그것을 읽은 스티븐슨은 창작욕에 불타올라 《데이비드 모험》을 집필하기 시작했다고 한다. 그러고 보면, 전공 분야라고 할 수 없는 등대 연구와 법률 공부가 이 걸작을 낳은 커다란 원동력이 된 셈이다.

1873년, 아버지와 견해차로 힘들게 지내다가 잉글랜드 서퍽에 사는 사촌을 방문했으며, 이곳에서 영문학 교수 시드니 콜빈과 그의 여자 친구 프랜시스 시트웰을 만나 평생 친구로 지냈다. 특히 로버트보다 10년 이상 나이가 많은 시트웰은 매력과 재능을 갖춘 여자로서 그의 관심을 끌었다. 두 사람은 스티븐슨의 문학적 재능을 알아보고 격려했으며, 다양하게 도움을 주고 동향 출신 시인 앤드루 랭을 소개해 주기도 했다. 그해 말에, 심한 호흡기 질환을 앓아 프랑스 리비에라로 떠났는데 뒤에 콜빈이 이곳까지 왔다.

이듬해 집으로 돌아온 스티븐슨은 1875년 7월 변호사 자격시험에 합격한다.

그는 변호사 자격은 얻었으나 개업은 하지 않았다. 설상가상으로 건강까지 나빠져 요양을 떠나지 않을 수 없게 되었다. 그 뒤로는 소설과 평론 등을 쓰면서 문학가로서의 일생을 보내게 된다. 폐결핵 때문에 요양하러 프랑스 남부에 머무르는 일이 잦아지면서 에든버러와 프랑스를 왕복하는 생활이 반복되었다.

스티븐슨(1850~1894) 초상화
1892. 넬리 작.

1876년, 프랑스 바르비종에 머물던 중 패니 오즈번이라는 미국 여성과 알게 되어 사랑에 빠지는데, 그녀는 남편과 자식까지 있는 몸이었다. 3년 뒤에는 이혼 수속을 밟으러 귀국한 패니를 찾아 미국으로 건너갔다. 두 번이나 죽을 고비를 넘긴 힘든 여행을 거듭한 끝에 패니와 재회했으며, 부모님과 친구들의 반대를 무릅쓰고 결혼했다. 결국에는 부모님과도 화해하여 아내와 의붓자식을 데리고 에든버러로 돌아왔다. 그 뒤에도 종종 스위스, 프랑스, 영국 남부 등으로 옮겨 다니면서 활발한 문필 활동을 계속했다. 이 시기에 《보물섬》(1883), 《지킬 박사와 하이드》(1886), 《데이비드 모험》(1886) 등이 출판되어 스티븐슨의 이름이 널리 알려졌다.

1887년, 다시 미국으로 건너가 여전히 병에 시달리면서 여기저기 옮겨 다녔는데, 아무리 괴로운 때라도 펜과 종이는 한시도 놓지 않았다. 이윽고 출판사의 의뢰로 '남태평양 이야기'라 불리는 시리즈를 쓰기 위해 남태평양 제도를 도는 선박 여행에 나섰다. 해상 생활이 건강에 좋다는 것을 깨닫고 그 뒤에도 가족과 함께 남태평양 제도를 돌다가 사모아 제도 우폴루 섬에서 여

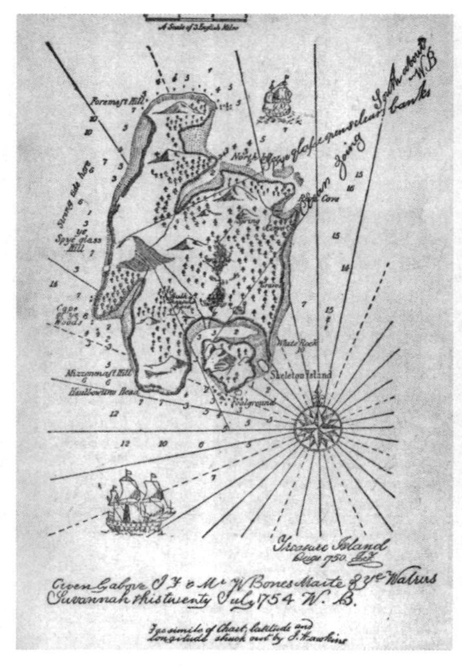

▲《보물섬》 삽화
짐이 나무 위에서 해적들과 해적선 히스파니올라호를 정탐하고 있다.
◀보물섬 지도
초판본에 실렸다.

생을 보내기로 하고 집을 짓고 정착한다. 딱 한 번 귀국 여행에 나섰지만 도중에 심한 객혈을 해서 되돌아왔다. 그러고 나서 죽을 때까지 고국 땅을 밟지 못했다. 우폴루 섬에서는 토착민에게 '추시탈라'(토착어로 '이야기하는 사람'이라는 뜻)라고 불리며 존경과 사랑을 받았다. 스티븐슨도 남태평양의 전설을 모아 소설을 쓰는 한편, 토착민들과 어울리면서 백인의 횡포에 분노하고 토착민들을 도왔다.

1894년 12월 3일, 그는 갑자기 뇌출혈로 쓰러진 뒤 두 시간 만에 마흔네 살의 나이로 생애를 마감했다. 토착민들은 밤새 길을 닦아 사랑하는 '추시탈라'의 시신을 직접 산꼭대기까지 옮기고 아름다운 자연에 매장했다.

《지킬 박사와 하이드》

세상에는 너무나 유명해서 오히려 잘 읽히지 않는 명작이 더러 있다. 《보물섬》과 나란히 로버트 루이스 스티븐슨의 대표작의 하나인 《지킬 박사와 하이드 *The strange case of Dr. Jekyll and Mr. Hyde*》도 그 한 전형이라고 할 수 있다.

'지킬과 하이드'라는 말이 이중 인격이나 선악 양면성을 나타내는 표현으로 일반인에게 통용될 정도로 널리 알려진 작품이지만, 그 명성에 비해 실제로 원전을 읽은 사람은 의외로 소수인 것 같다.

《보물섬》(초판 발행, 1883) 표지

그것은 어쩌면, 이 책이 무성 영화 시절부터 수없이 영화화되면서 사람들 입에 오르내린 것이 적지 않은 영향을 미쳤을지도 모른다. 작품 속의 한 캐릭터인 악의 화신 하이드는 그 유명한 드라큘라 백작이나 프랑켄슈타인의 괴물과 나란히 호러 영화의 대표 몬스터 대열에 끼었을 정도이다.

참고로 위의 흡혈백작이나 인조인간도, 이 책과 마찬가지로 작품 속 캐릭터가 원작은 내버려두고 혼자 자립함으로써 절대적인 대중성을 획득하게 된 전형적인 예라고 할 수 있는데, 원전인 브람 스토커의 《드라큘라》(1897)와 메리 셸리의 《프랑켄슈타인》(1818)에서의 괴물들의 모습은 영화판의 그것과는 크게 다르며, 그들이 작품 속에서 차지하는 의미도 영화판에서는 원작에 비해 피상화된 느낌을 지울 수 없다.

하얀 콧수염을 기른 노인 모습으로 성벽을 도마뱀붙이처럼 기어다니는 원작의 드라큘라는, 벨라 루고시와 크리스토퍼 리가 연기한 검은 옷의 귀공자 이미지와는 상당히 거리가 있다. 원작의 프랑켄슈타인 몬스터는 나무인형처럼 두 팔을 앞으로 쳐들고 어색하게 걷는 것이 아니라, 알프스 산맥과 빙하를 무시무시한 속도로 질주하는가 하면, 자신을 창조한 프랑켄슈타인 박사를 향해 격조 높은 장광설을 낭랑하게 늘어놓았다.

그것은 우리의 하이드도 마찬가지다. 주연인 프레드릭 마치가 아카데미상을 수상한 파라마운트사 영화 《지킬 박사와 하이드》(1932)는 일련의 '지킬과 하이드' 영화를 대표하는 수작으로 평가받지만, 거기서의 하이드는 고릴라와 흡사한 유인원의 모습으로 조형되어, 미남배우가 특수한 분장을 통해 흉포한 괴인으로 변신하는 장면이 영화로서 인기를 얻는 요인이 되었다.

그러한 경향은 '지킬과 하이드' 영화의 상투라고 할 수 있으며, 최근에도 유니버설 영화 《반 헬싱》(2004)의 첫머리에서 파리를 무대로 뛰어난 능력을 가진 괴물 헌터와 사투를 되풀이하는 하이드는, 미국만화에 등장하는 초인 헐크도 무색할 마초적인 거인 모습으로 분하여 호방하게 날뛴다.

그런데 스티븐슨의 원전에 그려진 하이드는 거인은커녕

"그 하이드란 자가 키가 작다고 하지 않던가요?"

하고 어터슨이 물었다.

"키가 아주 작고 유난히 불쾌한 얼굴이었다고 하녀가 그러더군요."

키가 큰 지킬의 양복이 변신한 뒤의 하이드에게는 너무 커서 헐렁헐렁해지고 마는 우스꽝스러움 속에 기형의 불길함을 연상시키는 인상적인 묘사만으로도 하이드의 왜소함을 특별히 강조하는 효과를 올리고 있다.

원래 대도시의 소란과 밤안개를 틈타 남몰래 무도한 행위에 빠지는 것이 하이드의 습성인 이상, 괴물 같은 유인원이나 구름에 닿는 거인처럼 사람들의 시선을 끄는 모습을 하고 있으면, 뭔가 불편함이 많을 것은 자명하지 않은가? 그런 상대와 문 앞에서 대면한다면 하녀는 비명을 지르며 졸도하고 말 것이다.

왜 이렇게 기묘한 역전현상이 생긴 것일까?

수수께끼를 푸는 열쇠는 극장 무대에 있었다.

영화산업이 대두하기 전에, 연극이 도시생활자들에게 오락의 꽃이었던 것은 동서양이 다르지 않다. 그다지 널리 알려지지는 않은 것 같아도 《드라큘라》와 《프랑켄슈타인》, 그리고 이 책도 출판한 지 곧 희곡화되어 상연되자 사람들의 이목을 끌면서 호평을 받아 세상에 널리 퍼져 갔다. 그런 식의 구조는 현대 출판계의 미디어믹스 전략과 하나도 다를 것이 없다고 할 수 있다.

《지킬 박사와 하이드》는 출판된 지 약 1년 만에 일찌감치 희곡화되었다.

각본을 담당한 것은 토머스 러셀 설리번으로 젊은 신인 배우 리처드 맨스필드가 지킬과 하이드 2역을 소화했다. 1887년 5월 9일, 보스턴에서 초연된 것을 시작으로 전미 각지를 순회 공연하여 호평받은 뒤, 이듬해 88년 8월 4일부터 런던의 라이시엄 극장에서도 공연하여 대호평을 받았다고 한다.

이 작품이 크게 주목받은 것은, 무대 위에서 한 사람의 배우가 지킬과 하이드를 구별하여 연기했고 그 변모가 크게 관객을 흥분시켰기 때문이다.

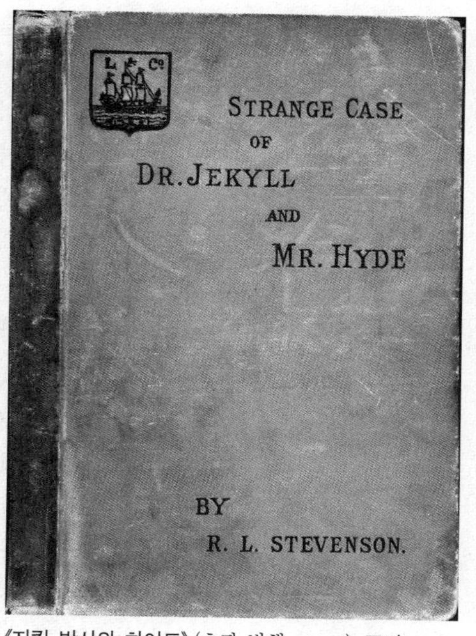

《지킬 박사와 하이드》(초판 발행, 1886) 표지

현존하는 무대 사진을 보면, 주연인 맨스필드는 허리를 크게 구부리고 손가락을 위협하듯이 동그랗게 말아서, 조명의 조절로 격변하는 것처럼 분장과 표정을 연구하여, 관객이 보는 앞에서 기형으로 변신하는 어려운 역할을 해낸 듯하다.

역시 연출 효과면에서 보면, 키가 작은 다른 배우가 번갈아 무대에 등장하는 것보다는 주연배우가 관객의 이목을 끌면서 바로 눈앞에서 흉악하고 기괴하게 변모하는 편이 관객에게 주는 충격이 더 클 것이 분명하다.

그리하여 나중의 무대와 영화에서는 거의 예외 없이 지킬과 하이드를 한 배우가 연기하는 관례가 형성되어, 내면의 악이 응축된 혐오스러운 작은 남자라는, 참으로 독창적인 하이드의 속성은 등한시되는 수밖에 없었다.

지금 스티븐슨이 쓴 원작을 허심탄회하게 읽어보면, 어느 쪽 하이드가 더 깊은 공포와 혐오를 불러일으키는지 자명할 것이다. 작자 자신을 고민하게 한 악몽(스티븐슨은 악한이 약을 마시고 다른 사람으로 변신하는 꿈을 꾸고, 이 이야기를 착상하게 되었다고 한다)의 심연에서 추출하여, 고심 끝에 문학적 생명을 불어넣은 원작의 하이드는, 겉으로 흉포하고 추악하게 보이는 것과는 거리가 멀기 때문에 독자의 가슴 속에 더욱 깊이 스며들어, 그 영혼마저 뒤흔들지 않을 수 없다.

오직 언어로만 구현되는 공포, 그것이 바로 문예의 진면목이 아닐까.

스티븐슨이 의식 속의 어둠에서 건져 올려 작품 속에 해방한 악의 화신은, 무대 위뿐만 아니라 현실 속 런던의 지저분한 거리에서도 온몸에 소름이 돋는 '숨바꼭질'에 빠져든 셈인데, 그것은 비단 19세기 말 영국에만 한정되지는 않는다.

약물을 사용해 자신의 내면의 악을 해방하고, 마침내 기꺼이 파멸에 몸을 맡기고자 하는 욕망에 사로잡힌 하이드들은 사회 곳곳에서 오늘날에도 무참한 '숨바꼭질'을 지칠 줄 모르고 되풀이하고 있기 때문이다.

《보물섬》이 세상에 나온 것이 1883년, 《지킬 박사와 하이드》는 그 3년 뒤이지만, 과연 같은 작가의 문장인가 하고 생각될 정도로 경향이 다르다. 그건 그렇다. 저쪽은 무대가 푸른 하늘, 푸른 바다, 흰 모래와 푸른 소나무, 찬란히 빛나는 태양, 하얀 돛에 하얀 물결, 그리고 마지막에는 금은보화가 반짝인다. 이쪽은 무슨 일이 일어나는 것도 대개 한밤중, 인물이 거리를 걷고 사람을 방문하는 것도 밤늦게, 실내에서 뭔가 하는 것도 한밤중, 오후의 안개까지 진흙이 묻은 것처럼 어두운 색이다. 그런 검은 고딕 소설의 무대에서는 가로등, 촛불, 장작불, 밤하늘의 별, 경찰이 지닌 반구형 렌즈가 달린 램프는, 모두 어둠을 비추기보다는 악덕과 사악한 기운으로 가득한 암흑을 드러내는 소도구이다. 작품 속에 '검은'이나 '어두운'이라는 형용사가 자주 나오고, 첫 장에 나오는 '협박의 집'까지—번역에서는 검은색이 사라져 버리지만—Blackmail House이다.

작자 스티븐슨 자신이 출간 이듬해에 미국에서 신문기자에게 발음에 대한 질문을 받고 '지-킬'이라고 대답했다. Jekyll은 프랑스어의 je와 영어의 kill의 합성으로 '나는 죽인다'라는 함의를 가지고 있다는 건 널리 알려져 있는 듯하지만 재미있다기보다 억지로 갖다 붙인 것 같고, 그보다는 아직 Dr.-kyll의 존칭과 흉악성의 조합이 더욱 그럴듯하다. 인명을 구하는 의사와 사람을 죽이는 살인자—구명과 살인—가 되는데, 우리나라 말로는 굳이 갖다 붙일 표현이 없는 듯하다. 반대로 Hyde는 어터슨이 아니라도 숨는 남자(미스터 하이드)라는 이면의 의미를 누구나 금방 연상할 수 있다. 한 걸음 더 나아가서 숨다(hide)와 같은 스펠링의 '짐승 가죽'을 이끌어 내어 하이드의 동물성을 나타낸다고 억측하는 연구자도 있다. '포악한 원숭이'의 비유가 그 구체적인 예라고 할 수 있다.

《지킬 박사와 하이드》 삽화
인간 내부에 잠들어 있는 사악한 분신 하이드는 '육체에서 배어나는 부정(不淨)한 영혼의 빛'으로써 인간에게 혐오감과 두려움을 심어 준다. 어느 날 스티븐슨은 한 남자가 약을 먹고 변신하는 꿈을 꾸고서 이 이중인격 이야기를 떠올리게 되었다. 초판본에 수록된 이 판화는 지킬 박사가 하이드로 변하는 모습을 본 래넌 박사가 공포에 질리는 장면이다.

억측이라고 하면 이런 것도 있다. 작품 첫머리, 어터슨 변호사의 인물묘사 대목에 '그는 때로는 그릇된 행동을 하는 사람의 왕성한 정신력에 감탄하면서 부러움마저 느꼈다'고 했는데, 원문은 sometimes wondering, almost with envy, at the high pressure of spirits involved in their misdeeds이다. 지적자는 이 misdeeds를 성적 범죄라고 추측했다. 그렇다면 '그는 때로는 성적 범죄를 저지르는 사람의 왕성한 정력에 감탄하면서 부러움마저 느꼈다'고 번역해야 한다. 근거는 '부러움'이라는 한 단어에 있는 듯하지만, 굳이 그렇게 번역할 필요는 없다. 평전이나 주석서를 한두 권을 훑어본 정도로는 아무것도 단정할 수 없지만, 아직 여러 가지 어구분석이나 정확한 해석이 더 나올 것이 틀림없다. 장수하는 명작이기 때문이다. 무엇보다 간행한 지 반 년 만에 본국 영국에서만 4만 부가 팔린 베스트셀러인만큼 연구서와 전기가 끊이지 않는 것도 이상할 것이 없다. 4만 독자 가운데에는 그때의 재상과 빅토리아 여왕도 있었다.

스티븐슨은 여자에 대한 묘사가 서툴다는 평가를 듣는데, 다른 작품은 몰라도 《보물섬》과 《지킬 박사와 하이드》는 등장인물에 여자가 필요하지 않다.

아니, 여자가 등장하면 오히려 방해가 되는 작품이다. 전자에 나오는 것은 주인공 짐 소년의 어머니뿐인데, 그쪽은 항해와 해적 이야기이므로 당연하고, 후자는 어떨까? 말을 하는 인물로서는 소녀 하나, 젊은 하녀 둘, 요리사와 늙은 가정부가 등장하지만, 창문 밖의 참극을 목격한 하녀는 그 증언이 반간접화법으로 얘기되어 있고, 소녀와 또 한 사람의 하녀는 그저 울부짖기만 할 뿐, 요리사와 늙은 가정부에게는 한 마디씩 대사가 있으나, 다섯 명 모두 극히 단역에 지나지 않는다. 이유는 확실하다. 주요 등장인물이 독신남이 아니면 곤란하기 때문이다. 부인과 자식이 있다면 밤마다 마음대로 거리로 나가지도 못할 것이고, 이상한 인물이 찾아왔을 때 부인과 자식이 등장해서도 안 된다. 그래서 이야기의 중심인물인 변호사와 두 사람의 의사는 하나같이 모두 독신인 것이다. 젊은 엔필드가 하이드의 잔학행위를 목격하는 것이 오전 세 시, '아주 먼 곳에 갔다가' 집에 돌아오는 길(coming home from some place at the end of the world), 뭔가 사연이 있음직한 이 표현은, 굳이 추측하자면 독신남이 그리 바람직하지 않은 장소에서 돌아오는 것을 암시하는 것인지도 모른다.

중요한 이중인격이나 변신 욕망에 관해서는, 쉽게 다룰 수 없는 장치와 상징적인 음영도 많아서 다시 읽을 때마다 새로운 것을 발견하게 되는데, 짧은 작품이면서도 숙독하고 깊이 음미할 만한 작품이라는 것만은 자신 있게 단언할 수 있다.

《데이비드 모험》

《데이비드 모험 *Kidnapped*》(1886)은 스티븐슨의 걸작 중 하나이자 작가가 자신 있게 발표한 소설이다. 이 작품은 스코틀랜드 남북에 걸친 광활한 지역을 무대로 하며, 18세기 영국의 실제 역사적 사실을 배경으로 쓰인 방대한 스케일의 역사 소설이자 모험 소설이다. 주인공 데이비드가 줄곧 생명의 위협에 시달리면서 풍랑이 이는 바다에서, 황량한 섬에서, 또 늪지와 산속에서 펼치는 모험은 숨막히는 박진감과 흥미로 넘친다. 이 이야기는 모험 소설 또는 역사 소설의 고전으로서 지금은 아동 문학의 세계에서 높은 위치를 차지하는데, 그 주된 이유는 작가 스티븐슨이 이 작품의 무대인 스코틀랜드에서 나고 자라 각지를 여행하면서 모국의 지리와 역사를 단순한 지식으로서가 아니라 진정한 고국으로서 사랑했기 때문이다. 자신의 핏속에 흐르는 스코틀랜드인의 기질을 다양한 등장인물에 투영하여 생생하게 그려냈다는 점도 간과할 수 없다.

《데이비드 모험》(초판 발행, 1886) **표지**
데이비드 밸푸어의 1751년 모험 회고록이다. 1930년판. 런던.

이 소설을 읽어 내려가는 사이에 우리는 어느새 데이비드와 함께 스코틀랜드의 바다와 산지를 여행하면서 긴장감 넘치는 사건과 독특한 인물을 직접 경험하는 기분을 느낀다. 이 점이 《보물섬》과는 다른 이 소설의 최대 매력이다.

《데이비드 모험》에 관해 몇 가지 설명을 덧붙이겠다. 이 소설은 계속해서 장면이 바뀌기 때문에 앞으로 어떤 장면이 펼쳐질지 궁금해서 어느새 끝까지 읽게 된다. 그러나 이때 같이 염두에 두고 읽어 주었으면 하는 점이 있다. 바로 장마다 각기 다른 드라마를 보는 듯한 선명한 구성, 조연에 이르기까지 모든 등장인물의 생생한 동작과 심리 변화, 소설의 효과를 극대화하는 풍경과 건물의 묘사이다. 줄거리를 따라 한 번 단숨에 읽어 내려갔으면, 그대로 내팽개치지 말고 이번에는 한 장 한 장 천천히 음미하면서 읽기 바란다. 또 다른 재미를 듬뿍 발견할 수 있을 것이다.

독자 중에는 이 소설에 등장하는 복잡한 지명과 인명, 그리고 낯선 역사적 사건에 골치 아파하는 사람도 많을 것이다. 확실히 이런 점은 외국 소설을 읽을 때 장해가 되지만, 그렇다고 재미있고 풍부한 이야기의 세계를 눈앞에

스티븐슨의 무덤 스티븐슨은 남태평양을 여행하다가 1890년 10월에 사모아에 들어와 정착하여 살았다. 그의 친절과 포용력은 사모아인들의 정을 얻었으며 부지런히 지내는 동안 그의 작품도 성숙해졌다. 1894년 그가 죽자, 사모아인들은 그를 바에아 산 정상에 안장하였다. 그의 묘비에는 그의 시 〈레퀴엠〉이 새겨져 있다.

두고도 모르는 채 넘어가는 것은 유감스러운 일이다. 따라서 이 책에서는 소설의 이해를 돕기 위해 필요한 부분에 최소한도로 주석을 달아 놓았으니 참조하기 바란다. 특히 제9장과 제12장의 주를 읽으면 막연하게나마 당시 역사적 배경을 알 수 있어 이해도와 재미가 증가할 것이다.

스티븐슨은 데이비드와 앨런이 그 뒤 어떻게 되었는지를 소재로 8년 뒤 《카트리오나》(1893)라는 제목으로 속편을 썼다. 세세한 줄거리는 생략하고 결말만 말하자면, 앨런은 무사히 프랑스로 도주했으며, 데이비드는 카트리오나를 만나 결혼한다. 이 소설도 복잡한 줄거리가 얽히고설킨 재미있는 작품이지만, 문학 작품으로서의 결말과 박력은 전작 《데이비드 모험》에 비해 많이 떨어진다.

그 밖의 걸작 단편들

《하룻밤의 잠자리》는 몹시 추운 겨울밤에 부득이한 일로 길거리에 내몰린 불량배가 하룻밤 잘 곳을 찾아 헤매는 과정을 마치 그 뒤를 따라가듯 상세하게 그리고 있다. 어느 도박판에서 돈을 계속 따고 있던 남자가 돈을 잃은 남자에게 살해된다. 비용과 나머지 일행은 그 남자의 돈을 나눠 갖고는 헤어진다. 그 뒤 비용은 돈을 잃어버리고 양부모에게 쫓겨나는 우여곡절 끝에 어느 인자한 노장군의 은혜를 입어 그의 집에 들어간다. 노장군은 돈을 훔치는 비용의 행실을 나무라고, 그는 전쟁터에서 약탈하는 병사들보다는 자기가 낫다며 항변한다. 가진 자와 못 가진 자, 먹고사는 현실문제와 명예·신과 군주에 대한 충성심. 그 논쟁의 끝은 무엇일까.

《시체도둑》은 주정뱅이 페티스가 자신이 의대생이었던 시절 겪은 이야기를 들려주는 형식으로 되어 있다. 그는 해부용 시체를 조달하는 일을 맡고 있었다. 그런데 시체 수가 턱없이 모자라다 보니, 일부러 사람을 죽여 시체를 팔아넘기는 일이 늘어났다. 상관인 맥팔레인 박사의 묵인 아래 페티스도 어쩔 도리가 없었다. 어느 날 페티스는 맥팔레인이 일으킨 사건에 엮이면서 그 자신도 시체도굴에 끼게 되었고, 점점 그 일에 무덤덤해져 간다. 칠흑 같은 어두운 밤, 농부의 죽은 아내를 파내 마차에 싣고 돌아오던 두 사람은 뜻밖의 소름끼치는 사건과 맞닥뜨리게 된다. 점점 부도덕과 죄의식에 무뎌져 가는 한 인간의 내면묘사가 돋보이는 작품이다.

《물레방앗간의 윌》은 도시가 내려다보이는 산골에 살면서 도시를 동경하지만, 죽을 때까지 고향을 떠나지 않는 한 남자의 인생관을 담은 작품이다. 방앗간의 윌은 마을처녀 마저리를 사랑하여 그녀에게 구혼했다가 문득 깨닫는 바가 있어 청을 거두어들인다. 이후에도 둘은 우정을 쌓아가지만, 어느 날 마저리는 다른 남자와 결혼하고 윌은 상심하며 자신의 결정을 후회한다. 마저리는 죽기 전 윌을 찾고 윌은 그녀의 임종을 지켜본다. 세월은 흘러 윌은 방앗간을 잘 운영하여 제법 큰 여관으로 키운다. 어린 시절 도시로 떠나는 사람들의 행렬을 보며 도시생활을 꿈꿨던 그는 어느덧 백발의 노인이 되어 어느 날 뜻밖의 방문자를 맞이한다. 윌은 동경하는 도시를 늘 내려다보지만 굳이 그 안에 들어가지는 않는다. 사랑까지도 애써 소유하지 않고 멀리서 지켜보는 방식으로 한다. 멀리서 바라보는 것이 더 좋은 것임을 깨달은 것이다. 그럼으로써 그는 자신의 삶을 온전히 지켜낼 수 있었다.

《마크하임》은 살인자의 심리학이라고 불릴 만한 우화로서, 주인공과 내면의 악이 실시간으로 대화를 나누는 전개는 디킨스의 《크리스마스 캐럴》을 떠올리게 한다. 마크하임은 크리스마스 밤에 돈을 훔치려고 골동품점 주인을 죽인다. 잔뜩 긴장하여 가게를 뒤지던 그의 앞에 의문의 남자가 나타난다. 그는 마크하임에게 살인은 아무 일도 아니라며 또 다른 죄를 지으라고 부추긴다. 그런데 마크하임은 그에 따르지 않고 오히려 그와의 대화 속에서 구원을 찾으려 한다. 저자 스티븐슨은 이 작품으로, 범죄를 저질렀다 해서 그 사람을 무조건 악한 인간이라고 단정할 수는 없으며, 가난하고 못 배웠기에 오히려 사람을 더 선한 마음으로 바라볼 수 있고 악의 유혹에 흔들리지 않을 수 있다는 것을 보여준다.

《목소리 섬》은 하와이를 무대로 인간의 탐욕과 나약함을 그려낸다. 해양을 배경으로 하는 압도적 스케일의 재미있는 이야기가 바닷바람처럼 상쾌하다. 케올라는 장인이 사는 섬에 갔다가 장인이 돈을 마음껏 만들어낼 수 있는 마법사임을 알게 된다. 그가 장인을 이용하려 하자 장인은 그를 바다 한가운데로 데려가 빠뜨린다. 케올라는 가까스로 헤엄쳐 어느 섬에 닿는데 그 섬의 원주민들은 그를 환영한다. 이 환대의 의미는 무엇일까? 결국 위기의 순간, 뜻밖의 혼란을 틈타 탈출한 그는 선교사에게 자신이 겪은 일을 털어놓으나 선교사는 그저 심드렁할 뿐이다.

《병 속의 악마》는 《천일야화》에서 가져 온 것으로 보이는 소재에 남태평양에서 전승되는 전설을 결합하여 환상과 교훈이 어우러진 흥미로운 이야기다. 케아웨는 행운을 주지만 죽고 나면 영원히 지옥에 빠지는 조건이 붙은 악마를 구매할 기회를 얻게 된다. 이 악마를 떼어내려면 산값보다 더 싼 가격을 받고 남에게 팔아야 한다. 케아웨는 행운을 마음껏 즐기다가 지옥이 두려워지면 싸게 파는 일을 반복하다가 마침내 더 싸게 팔 수 없는 지경까지 이른다. 어떻게 해야 악마를 떼어 놓을 수 있을까. 그는 과연 지옥의 불길을 피할 수 있을 것인가. 스티븐슨 특유의 재치 있는 결말이 묘한 여운을 남긴다.

《목이 돌아간 재닛》은 한 목사가 어떤 이유로 고지식하고 독신생활을 고집

하며 신자들을 위협하는 무시무시한 존재가 되었는지를 흥미진진하게 풀어낸다. 술리스는 개혁적이며 의욕이 넘치는 젊은 목사였다. 재닛이라는 여자가 목사관의 하녀로 추천받는데, 마을에서는 그 여자가 악마에 씌었다는 소문이 돌았다. 술리스는 그녀를 감싸지만, 그녀의 행동은 석연치 않다. 그러던 어느 음산한 날 술리스는 재닛의 실체를 깨닫고는 신의 이름으로 호통을 내려 위기를 벗어나지만, 그 뒤로 그는 전과는 전혀 다른 사람이 되고 만 것이다. 그에게는 '혹독한 특별사면'이었다.

스티븐슨의 단편들은 저마다 다른 방식으로 이야기가 전개되는데, 모든 작품이 최고의 이야기꾼 스티븐슨의 명성에 더없이 어울리는 흡입력으로 독자를 끌어들인다.

로버트 루이스 스티븐슨 연보

1850년 11월 13일, 스코틀랜드의 수도 에든버러에서 태어남. 아버지는 엔지니어인 토머스 스티븐슨, 어머니는 마거릿 이자벨라 밸포어. 태어나자마자 주어진 이름은 로버트 루이스(Lewis) 밸포어지만, 18세 무렵에 두 번째 이름을 Louis로 변경하고, 1873년에는 세 번째인 밸포어를 스티븐슨으로 바꾸어서 그때부터 Robert Louis Stevenson이 정식 이름이 됨.

1864년(14세) 유소년기부터 온갖 병에 시달리면서 학교를 몇 군데 다니는 동안 쉬는 날이 많았음. 그동안 주로 가정교사에게서 배움. 그러던 중 가까스로 건강상태가 약간 회복되어, 이해에 에든버러 사립학교에 입학하여 대학입학까지 그곳에서 보냄.

1867년(17세) 11월에 에든버러 대학에 입학하여 공학을 배우지만, 그 방면보다 문학에 흥미가 있었음. 그러나 아버지의 반대로 결국 타협책으로서 법학을 공부하게 되는데, 학업에는 열성을 보이지 않고 대학에서 발행하는 잡지의 편집자가 되어 에세이를 여러 편 발표했음.

1873년(23세) 이해 여름, 잉글랜드의 서퍽에 머무르고 있던 스티븐슨은 대학 교수인 시드니 콜빈과 그의 여자 친구 프랜시스 시트웰을 만남. 두 사람은 스티븐슨의 문학적 재능을 높이 평가하고 그를 격려함. 콜빈은 다양하게 도움을 주고, 스코틀랜드 출신 시인이자 아동문학가인 앤드루 랭(1844~1912)을 만나는 계기도 만들어 줌. 이때 스티븐슨은 서른네 살이었던 시트웰에게 열렬한 연정을 품고 그 뒤 2년 동안 편지를 주고받음.

1875년(25세) 최종시험에 합격하여 변호사가 되지만 결국 개업하지는 않고 문필방면에 정력을 쏟아, 잡지에 경쾌하고 야유적인 에세이를 발표함. 그러나 이 시기에도 여전히 폐질환에 시달리면서 건강이 좀처럼 회복되지 않았음.

1876년(26세) 건강 회복을 위해 프랑스로 건너가, 거기서 미국인 여성이자 유부녀인 패니 오즈번을 만남. 두 사람은 곧 열렬한 사랑에 빠짐.

1879년(29세) 미국으로 돌아간 패니를 만나기 위해 병약한 몸을 이끌고 대서양을 건너, 다시 악몽과도 같은 대륙횡단 여행을 한 끝에, 샌프란시스코에서 오클랜드로 가서 패니와 재회함.

1880년(30세) 3월, 긴 여행의 피로와 빈곤으로 쓰러져 죽음의 위기에 처하지만, 이미 전 남편과 이혼했던 패니와 5월에 행복하게 결혼함. 그 뒤 이 아내와 의붓자식을 데리고 스코틀랜드로 돌아가지만 폐질환은 여전히 계속되자 의사의 권유로 스위스로 옮김.

1881년(31세) 《보물섬》을 구상하고 쓰기 시작하여, 그해 10월부터 이듬해 1월까지 소년잡지에 '선박의 요리사 또는 보물섬(The Sea Cook or Treasure Island)'이라는 제목으로 연재됨.

1883년(33세) 11월, 《보물섬》 출판.

1884년(34세) 2년 동안의 남프랑스 생활을 거쳐 그해 7월, 영국 남부의 본머스로 옮겨 3년 동안 가족과 함께 보냄.

1885년(35세) 공동작업으로 희곡을 쓰지만 좋은 평을 얻지 못함. 소설《오토 왕자》, 어린이를 위한 시집《어린이의 시동산》 출판.

1886년(36세) 공포 소설《지킬 박사와 하이드》 출판. 이어《데이비드 모험》 발표.

1887년(37세) 5월, 아버지 세상을 떠남. 어머니와 아내, 아들 등과 함께 미국으로 감.

1888년(38세) 6월, 가족과 함께 남태평양을 향해 떠나 마르케사스 제도를 거쳐 9월에 타히티에 도착함. 이듬해 1월에는 하와이에 도착. 참고로 이 여행은 폐결핵에 시달리는 스티븐슨의 요양을 겸한 것이었는데 건강상태도 조금 나아짐.

1889년(39세) 사모아 제도에 도착하여 아피아 근교에 정착하는데, 그곳이 마지막 거처가 됨. 《발란트래 경》 출판. 이후, 남태평양을 무대로 한 작품이나 괴기 단편소설을 많이 씀. 또한, 현지 사람들로부터는 '이야기꾼'으로 기억되며 좋은 평판을 얻었음.

1892년(42세) 《역사에 대한 각주》 출판. 제국주의 열강의 손에 번롱당하는 이 르포르타주는 최근에 주목을 모으고 있음.

1894년(44세) 소설 《썰물》 출판. 오랜 폐질환, 전부터 정서가 불안했던 아내와의 생활, 생계를 유지하기 위해 집필을 계속하는 스트레스 등이 겹쳐서 12월, 뇌출혈로 세상을 떠남.

강혜숙(姜惠淑)
서울 출생. 이화여자대학교 영어영문학과 졸업. 「율리시스학회」 회원.
옮긴책 제임스 힐턴 「굿바이 미스터 칩스」 카슨 맥컬러스 「마음은 외로운 사냥꾼」

세계문학전집076
Robert Louis Stevenson
STRANGE CASE OF DR. JEKYLL AND MR. HYDE
KIDNAPPED
지킬 박사와 하이드/데이비드 모험
로버트 루이스 스티븐슨/강혜숙 옮김
동서문화창업60주년특별출판
1판 1쇄 발행/2017. 1. 20
발행인 고정일
발행처 동서문화사
창업 1956. 12. 12. 등록 16-3799
서울 중구 다산로 12길 6(신당동 4층)
☎ 546-0331~6 Fax. 545-0331
www.dongsuhbook.com
*

사업자등록번호 211-87-75330
ISBN 978-89-497-1541-4 04800
ISBN 978-89-497-1515-5 (세트)